O HOMEM
QUE RI

VICTOR HUGO

O HOMEM QUE RI

TRADUÇÃO
MÁRCIA VALÉRIA MARTINEZ DE AGUIAR
MARIA JOSÉ PERILLO ISAAC

PREFÁCIO DE
VERÓNICA GALÍNDEZ

Amarilys

Copyright © Editora Manole Ltda., por meio de contrato com as tradutoras.

Amarilys é um selo editorial Manole.

Este livro contempla as regras do Acordo Ortográfico
de 1990, que entrou em vigor no Brasil.

Editor-gestor: Walter Luiz Coutinho
Editor: Enrico Giglio
Produção editorial: Luiz Pereira e Natália Aguilar
Projeto gráfico, editoração eletrônica: Studio DelRey
Capa: Daniel Justi

Dados Internacionais de Catalogação na Publicação (CIP)
(Câmara Brasileira do Livro, SP, Brasil)

Hugo, Victor, 1802-1885.
O homem que ri / Victor Hugo;
tradução Márcia Valéria Martinez de Aguiar, Maria José Perillo Isaac
Barueri, SP : Amarilys, 2017.

Título original: L'homme qui rit.
ISBN 978-85-204-3766-7

1. Ficção francesa I. Título.

16-08005 CDD-843

Índices para catálogo sistemático:
1. Ficção : Literatura francesa 843

Todos os direitos reservados.
Nenhuma parte deste livro poderá ser reproduzida, por qualquer processo,
sem a permissão expressa dos editores. É proibida a reprodução por xerox.

A Editora Manole é filiada à ABDR – Associação Brasileira de Direitos Reprográficos.

Editora Manole Ltda.
Av. Ceci, 672 – Tamboré
06460-120 – Barueri – SP – Brasil
Tel.: (11) 4196-6000 – Fax: (11) 4196-6021
www.manole.com.br / www.amarilyseditora.com.br
info@amarilyseditora.com.br

Impresso no Brasil / *Printed in Brazil*

VICTOR HUGO

(Besançon, 26 de fevereiro de 1802; Paris, 22 de maio de 1885)

"Esse século tinha dois anos..."

Trata-se do início do primeiro verso de *Folhas de outono*, poema autobiográfico de Victor Hugo. A curta frase pretende revelar uma impossibilidade: qualificar Victor Hugo. Uma rápida incursão na rede infinita de links disponíveis hoje na internet dará mostras da abundante produção do multifacetado homem de letras francês do século XIX. Além de longevo, não é arriscado afirmar que acumulou, em sua figura de autor, todas as possibilidades que as letras poderiam e ainda podem oferecer.

Victor Hugo foi — talvez seja preciso abrir uma porta de entrada — poeta, romancista, dramaturgo, viajante, fotógrafo, político, pintor... Em exposição consagrada a sua obra no início dos anos 2000, a Biblioteca Nacional da França o qualificou de Homem oceano[1]. O visitante era guiado pelos meandros do monumental acervo dessa que é, sem sombra de dúvidas, uma das mais importantes figuras literárias da França. São milhares

---

1. Ainda é possível fazer a visita virtual da exposição em http://expositions.bnf.fr/hugo/ (último acesso em 20/06/2016).

de páginas manuscritas — algumas em belas encadernações feitas pelo próprio escritor —, óleos, aquarelas, cadernos de viagem, anotações variadas, cartas, discursos. Uma preocupação recente: cuidar do próprio acervo, documentar o próprio trabalho. Em 1881, portanto quatro anos antes de sua morte, Victor Hugo formaliza a doação de seus manuscritos à Biblioteca Nacional da França, fazendo uso de uma fórmula que dá conta de sua personalidade visionária e de seu comprometimento para com seu tempo:

> *"Eu doo todos os meus manuscritos e tudo aquilo que for encontrado escrito ou desenhado por mim à biblioteca nacional de Paris, que será, um dia, a Biblioteca dos Estados Unidos da Europa".*

Temos, claramente, um homem com aguda visão no tocante à política, mas, também, no tocante à própria literatura e ao papel que nela exerce. Cabe recordar que a "literatura" tal como a conhecemos hoje ainda é muito recente na época de Victor Hugo. No âmbito francês, como atesta a *Enciclopédia* dirigida por Diderot e D'Alembert, a atividade que reconhecemos como literária constava no verbete Belas-artes, ao qual são dedicadas páginas de reflexão, enquanto que o verbete Literatura contava com pouco mais de um parágrafo. O homem de letras, até o final do século XVIII trabalha de maneira quase que indistinta em campos que hoje claramente separamos como filosofia, ciências, política, etc. Victor Hugo ainda guarda parte dessas práticas, mas já se situa no centro daquilo que passa a permitir que o homem de letras viva de seu trabalho. O século XIX francês conhecerá vários escritores que refletem acerca da atividade literária, propondo condutas, comportamentos, práticas. Victor Hugo é uma figura central nesse quesito, tendo, inclusive redigido um manifesto ao romantismo: *Prefácio de Cromwell* (prefácio de uma peça de teatro). Para ele, o homem de letras é, antes de qualquer coisa, um homem de seu tempo, em seu tempo, o que implica e justifica seu engajamento. Assim, não nos assombra seu envolvimento nas polêmicas relacionadas à renovação do teatro, questionando seu papel na sociedade e suas formas de circulação e produção; seu papel central na renovação do verso francês; sua importância para a Terceira República, que o homenageia com honras de Estado quando de sua morte; seu exílio; suas reflexões morais acerca da paternidade, mas também de seu papel de avô, de marido, de amante...

No âmbito estritamente literário, o mais relevante para a leitura deste, a crítica atribui a Victor Hugo o papel de revelador e de catalisador dos matizes sócio-filosóficos das letras do século XIX. Seu leitor é sempre amparado por um narrador "erudito", no sentido de um depositário dos saberes necessários para que as informações sobre o mundo sejam compreendidas pelo leitor, um verdadeiro mediador. Os romances, para tratar de ponto mais específico dessa obra monumental, propõem uma unidade completa, quase sempre construída a partir de trajetórias exemplares e cujo objetivo é oferecer figuras simbólicas do ser humano, em sua complexidade por vezes antitética, de uma sociedade em plena transformação e na qual a própria ideia de humanidade e de individualidade se vê ameaçada (trata-se, principalmente, dos efeitos das revoluções políticas, sociais e tecnológicas das quais o século XIX é palco privilegiado). Outro grande romancista do século XIX, Honoré de Balzac, também propõe ao seu leitor uma obra romanesca monumental, que desse conta de todas as dimensões da vida do homem do século XIX (moral, filosófica, social, etc.). Alexandre Dumas, por sua vez, tenta propor uma historiografia literária, romanesca ou folhetinesca, da sociedade francesa. Um leitor mais jovem dessa produção, Gustave Flaubert, embarca em sua empreitada monumental tendo interpretado que poderia encenar dois personagens (a antítese do mesmo, o duplo de si mesmo) numa aventura livresca que perpassasse todo o saber disponível ao homem do século XIX (*Bouvard e Pécuchet*, obra póstuma e inacabada).

Contrariamente a Balzac e Flaubert, no entanto, Victor Hugo se mantém fiel à multiplicidade de gêneros, que acabam por se complementar e propõem pontos de vista diferentes sobre a saga humana desse homem. Assim, se o romance é terreno fértil para a exploração discursiva da História, da filosofia e das ciências, a poesia permite uma exploração lírica da sensibilidade do poeta, assim como os discursos políticos plasmam uma atuação claramente engajada.

Victor Hugo produziu nove romances, sendo *Bug-Jargal* o primeiro, escrito aos dezesseis anos e *Quatre-vingttreize* [Noventa e três] o último, aos setenta e dois anos. Os mais conhecidos entre nós talvez sejam *Notre-Dame de Paris* (1831) e *Os Miseráveis* (1862), com seus personagens paradigmáticos: Quasímodo e Jean Valjean.

O homem que ri apresenta-nos outro personagem marcante de Victor Hugo: Gwynplaine, o homem cujo rosto carrega ao mesmo tempo as dimensões trágica e cômica da existência. Trata-se de um personagem que habita o imaginário literário, mas que também está presente no cinema, em personagens como Coringa, antagonista de Batman, ou ainda na prostituta-aberração do filme *L'Apollonide* [2].

---

2. *Os amores da casa de tolerância*, filme francês de Bertrand Bonello, de 2011, sobre a vida de uma prostituta no final do século XIX. O aspecto teatral e especular da casa de tolerância com relação à sociedade francesa em muito lembram a lógica romanesca de Victor Hugo.

O leitor hugoano de primeira viagem não demorará em identificar elementos presentes em toda a sua prosa: enumerações, digressões enciclopédicas que visam explicar o contexto no qual se desenrola a ação, repetições... Convém lembrar que a maioria dos romances do século XIX era primeiramente publicada sob forma de folhetim semanal, algo parecido com o que hoje conhecemos como novela, ou série. Assim, certo número de repetições era não só necessário, como desejável para que o leitor pudesse acompanhar sem ter que recorrer a um texto anterior que poderia, até mesmo, ter sido perdido. Não é o mesmo ter um livro sob os olhos, que se pode percorrer, pulando partes ou retomando-as, e um jornal que se joga fora no dia seguinte ou se usa para embrulhar mercadoria.

Assim, essas questões propriamente formais, que hoje poderiam soar ultrapassadas, adaptavam-se não somente à forma de produção romanesca da época, como ao próprio projeto romântico da prosa: informar, ensinar e, quem sabe até, substituir a experiência (resquício dos romances do século XVIII, tais como *A Nova Heloísa*, de Jean-Jacques Rousseau, ou *Ligações perigosas*, de Chordelos de Laclos, em língua francesa). Nesse contexto, as repetições, os acúmulos de imagens, de dados, de metáforas, contribuem para o aspecto propriamente didático do romance, sem dúvida, mas proporciona, igualmente, subsídio valioso para a dimensão evocatória do gênero: o romance é, antes de tudo, produção de imagens, língua a serviço do imaginário. Nos romances de Victor Hugo, o leitor, mesmo em sua língua original, entra em contato com uma língua de infinitas possiblidades, cujo vocabulário é rico e parece inesgotável. O romance é multiplicação de realidades, de possibilidades de expressão e, por conseguinte, de apreensão de realidades diversas (no tempo e no espaço). Convivem o grotesco e o sublime, oposição central para a proposta hugoana, e o enciclopedismo, que contribui para a construção de uma figura autoral genial, avassaladora e muitas vezes comparada a um furacão pela crítica especializada.

Em *O homem que ri*, justamente, temos um navio tocado por um furacão, imagem central para a construção da figura do narrador, verborrágico e colecionador de máximas históricas e filosóficas, mas também para o ritmo da narrativa, no que tange à quantidade de eventos que se desenrolam sem parar. O leitor sente, frequentemente, a presença de um discurso preponderante, que parece querer convencer, reunir as multidões, mobilizar. O leitor, como na maioria de seus romances, não tem qualquer escapatória, sendo levado à revelia pela narrativa e pelo narrador. Trata-se de um dos mais bem-sucedidos romances de Victor Hugo, em que a forma e o conteúdo parecem estar em total harmonia, formando uma espécie de amálgama de linguagem que poderia, tranquilamente, substituir a experiência.

De volta ao contexto mais geral, *O homem que ri* faria parte, como explica o prefácio do próprio autor, de uma trilogia política: este livro trataria da aristocracia, enquanto outro trataria da monarquia e um último, *Quatre-vingttreize*, da Revolução. É importante salientar que o romance foi escrito em seu período de exílio, parte na Bélgica e outra parte na ilha de Guernesey. Ainda que o projeto tenha sido pensado do ponto de vista político, seu desenvolvimento adquire claros contornos filosóficos, históricos e poéticos. O romance, após um período de hesitação quanto à publicação, é lançado em quatro volumes, no ano de 1869, ao longo de três dias (Victor Hugo queria que os volumes fossem lançados de uma só vez). Logo depois, o romance divide a crítica: Émile Zola o considera o melhor de Victor Hugo, enquanto Barbey d'Aurevilly o julga ser o seu pior. De todos modos, trata-se de um grande fracasso de público. Victor Hugo chega a admitir ter sido exigente demais com seu público, o que só faz aumentar a imagem colossal do autor.

Tudo está em tudo, talvez seja a fórmula hugoana que continua a explicar ou a indicar a leitura de seus romances monumentais. Em *O homem que ri*, o leitor conviverá inicialmente com uma dupla de personagens que se completa: Ursus, o homem vestido de pele de urso, e Homo, um lobo doméstico. Figuras praticamente circenses, e que estarão na base de uma trupe de teatro, cuja trajetória cruza aquela do personagem que dá nome ao livro: Gwynplaine, vítima do bando dos *comprachicos*, que rende uma situação histórica e ao mesmo tempo uma reflexão filosófica e moral desde o início do romance. Este último também encontra seu par complementar: o bebê Dea, em contornos que lembram a Bela e a Fera. São discutidas as relações, o papel da aparência física em oposição à alma, a castidade. O leitor acompanha a criação da trupe de teatro e a consequente apresentação de uma peça, num exemplo magistral de como o romance passa a incorporar em sua forma todas as outras formas existentes, em seu uso da língua, todas as linguagens possíveis (a partir da segunda edição, o romance será publicado com ilustrações do autor).

O pano de fundo é a passagem do século XVII ao XVIII na Inglaterra, com a coroação da rainha Ana. Sob seu reinado, surge um personagem que muda destinos e que, também, permite a emergência de uma análise histórica do funcionamento da câmara dos lordes.

A dificuldade da obra reside na mensagem política alegorizada e que só pode ser plenamente compreendida com a leitura de *Quatre-vingttreize*, no que seria a possibilidade de uma Revolução. Ainda assim, o leitor poderá apreciar as oposições homem/animal, grotesco/sublime, corpo/alma, experiência/transcendência, nesse turbilhão de imagens, dissertações eruditas e personagens fascinantes, ainda que não tenha, em nosso caso, profundo conhecimento do contexto francês de produção da obra. Há romance para todos os gostos em *O homem que ri*: aventura, informação, análise política, social, histórica, diversão. Como todo romance monumental de Victor Hugo, *O homem que ri* é composto de vários romances que o leitor pode descobrir, combinar como quiser, ler como bem entender.

Verónica Galíndez
Professora Doutora em Literatura Francesa
da Universidade de São Paulo

PREFÁCIO

Da Inglaterra, tudo é grande, mesmo o que não é bom, mesmo a oligarquia. O patriciado inglês é o patriciado, no sentido absoluto da palavra. Não há feudalismo mais ilustre, mais terrível e mais vivaz. Digamo-lo, esse feudalismo foi útil em sua época. É na Inglaterra que este fenômeno, a Senhoria, quer ser estudado, do mesmo modo que é na França que se deve estudar este outro fenômeno, a Realeza.

O verdadeiro título deste livro seria *A Aristocracia*. Outro livro, o seguinte, poderá intitular-se *A Monarquia*. E esses dois livros, se for dado ao autor concluir esse trabalho, precederão e ensejarão um outro que será intitulado: *Noventa e três*.

Hauteville House, 1869.

PRIMEIRA
PARTE

O MAR
E A NOITE

DOIS CAPÍTULOS PRELIMINARES

I

URSUS

I

Ursus e Homo eram ligados por estreita amizade. Ursus era um homem; Homo, um lobo. Seus espíritos haviam-se combinado. Fora o homem que batizara o lobo. Provavelmente, fora também ele que escolhera seu próprio nome; tendo achado *Ursus* bom para si, achara *Homo* bom para o animal. A conexão entre esse homem e esse lobo servia às feiras, às festas de paróquia, às esquinas das ruas onde os passantes se aglomeram e à necessidade que o povo experimenta, em todos os lugares, de ouvir patacoadas e de comprar elixires milagrosos. O lobo, dócil e graciosamente subalterno, era agradável à multidão. As domações agradam. Nosso supremo contentamento consiste em ver desfilar todas as variedades da domesticação. É o que faz com que haja tantas pessoas na passagem dos cortejos reais.

Ursus e Homo perambulavam de esquina em esquina, das praças públicas de Aberystwith às praças públicas de Yeddburg, de região em região, de condado em condado, de cidade em cidade. Explorado um mercado, passavam a outro. Ursus morava em uma cabana sobre rodas que Homo, suficientemente civilizado, puxava de dia e vigiava à noite. Nas estradas difíceis, nas subidas, quando havia muitas valas ou muita lama, o homem passava o arreio no pescoço e puxava fraternalmente, ombro a ombro com o lobo. Haviam, assim, envelhecido juntos. Acampavam aqui e ali, em campos selvagens, clareiras, perto de entrecruzamento de estradas, na entrada das aldeias, no portão dos burgos, nos mercados, nos passeios públicos, na orla dos parques, no adro das igrejas. Quando a carroça parava em algum campo de feira, quando as comadres acorriam boquiabertas, quando os curiosos os rodeavam, Ursus perorava; Homo aprovava. Homo, com um pires na boca, fazia educadamente a coleta entre a audiência. Ganhavam a vida. O lobo era letrado, o homem também. O lobo fora adestrado pelo homem, ou tinha-se adestrado a si mesmo, com várias gentilezas de lobo que contribuíam para a receita.

– O mais importante é não degenerar em homem — dizia-lhe o amigo.

O lobo nunca mordia; o homem, às vezes. Pelo menos morder era a pretensão de Ursus. Ursus era misantropo e, para acentuar sua misantropia, tinha-se feito saltimbanco. Também para viver, pois o estômago impõe suas condições. Além disso, esse saltimbanco misantropo, fosse para se complicar, fosse para se completar, era médico. Médico é pouco, Ursus era ventríloquo. Podia-se vê-lo falar sem que sua boca se mexesse. Copiava, à perfeição, o sotaque e a pronúncia de qualquer um; imitava vozes ao ponto de se acreditar estar ouvindo a própria pessoa. Sozinho, reproduzia o murmúrio de uma multidão, o que lhe dava o direito ao título de *engastrimita*. Ele o assumia. Reproduzia todos os tipos de cantos de pássaros, do tordo, da toutinegra, da cotovia, também chamada de petinha-dos-prados, do melro de peito branco, todos viajantes como ele; de modo que, por instantes, ele nos fazia ouvir, a seu bel-prazer, ou uma praça pública coberta de rumores humanos, ou uma pradaria repleta de vozes bestiais; ora tempestuoso como uma multidão, ora pueril e sereno como a aurora. Aliás, esses talentos, apesar de raros, existem.

No século passado, um certo Touzel, que imitava a balbúrdia confusa de homens e animais e que reproduzia os gritos de todos os animais, era ligado à pessoa de Buffon para lhe servir de "zoológico". Ursus era sagaz, inverossímil e curioso e inclinado às explicações singulares, que chamamos de fábulas. Parecia acreditar nelas. Esse atrevimento fazia parte de sua malícia. Olhava a mão dos passantes, abria livros ao acaso e concluía, predizia as sortes, ensinava que é perigoso encontrar uma mula preta e mais perigoso ainda ouvir-se chamar, no momento em que se parte em viagem, por alguém que não sabe para onde estamos indo, e intitulava-se "mercador de superstição". Dizia:

– Existe, entre o arcebispo de Cantorbéry e mim, uma diferença; eu admito.

De modo que o arcebispo, bastante indignado, chamou-o um dia; mas Ursus, hábil, desarmou Sua Graça recitando-lhe um sermão dele, Ursus, sobre o sagrado dia de *Christmas*, que o arcebispo, encantado, decorou, declamou em púlpito e publicou como dele, arcebispo. Diante do que, perdoou-o.

Ursus, médico, curava, por isso ou apesar disso. Praticava os arômatas. Era versado nos simples. Tirava proveito da profunda potência que existe em muitas plantas desdenhadas, a avelã selvagem, a urtiga-branca, o viburno, o guarabu, a rosa-de-gueldres, o escambroeiro. Tratava a tísica com a drosera; usava com ciência as folhas do eufórbia que, arrancadas por baixo, são um purgativo, e, arrancadas pelo alto, são um vomitivo; acabava com uma dor de garganta por meio da excrescência vegetal da chamada *orelha de judeu*; sabia qual junco curava o boi, e qual mentastro curava o cavalo; estava a par das belezas e dos benefícios da erva mandrágora que, como ninguém ignora, é hermafrodita. Tinha receitas. Curava as queimaduras com lã de salamandra, da qual Nero, nas palavras de Plínio, tinha uma toalha. Ursus possuía uma retorta e um matraz;

fazia transmutação; vendia panaceias. Contavam que estivera ele outrora um tempo internado em Bedlam ; tinham-lhe feito a honra de tomá-lo por insensato, mas tinham-no liberado, percebendo que não passava de um poeta. Provavelmente, essa história não era verdadeira; todos nós carregamos essas lendas que nos impigem.

A realidade é que Ursus era pedante, homem de gosto e velho poeta latino. Era douto dos dois modos: hipocratizava e pindarizava. Teria concorrido em phébus com Rapin e Vida. Teria contado, de maneira não menos triunfante que o padre Bouhours, tragédias jesuítas. Resultava de sua familiaridade com os veneráveis ritmos e metros dos antigos o fato de ele possuir imagens próprias a ele e toda uma família de metáforas clássicas. De uma mãe precedida de suas duas filhas, dizia: *é um dactyle*; de um pai seguido de seus dois filhos: *é um anapeste*; e de um menino caminhando entre o avô e a avó: *é um anphimacre*. Tanta ciência só podia dar em fome. A escola de Salerno diz: "Comas pouco e sempre". Ursus comia pouco e raramente; obedecendo, assim, à metade do preceito e desobedecendo à outra; mas era culpa do público, que nem sempre afluía e que não comprava com frequência. Ursus dizia: "A expectoração de uma sentença alivia. O lobo é consolado pelo uivo; o carneiro, pela lã; a floresta, pela toutinegra; a mulher, pelo amor; e o filósofo, pelo epifonema." Ursus, quando preciso, fabricava comédias, que representava mais ou menos; isso ajudava a vender as drogas. Tinha, entre outras obras, composto uma pastoral heroica em honra do cavaleiro Hugh Middleton que, em 1608, trouxe um lago a Londres. Esse lago estava tranquilo no condado de Hartford, a sessenta milhas de Londres; o cavaleiro Middleton foi e o pegou; levou uma brigada de seiscentos homens munidos de pás e picaretas, se pôs a revolver a terra, cavando aqui, elevando ali, às vezes vinte pés de altura, às vezes trinta de profundidade, construiu aquedutos de madeira no ar, e aqui e ali oitocentas pontes, de pedra, de tijolos, de madeira e, em uma bela manhã, o lago entrou em Londres, que carecia de água. Ursus transformou todos esses detalhes banais em uma bela bucólica entre o rio Tâmisa e o lago Serpentine; o rio convidava o lago a vir à sua casa, e oferecia-lhe seu leito, e lhe dizia: "Sou velho demais para agradar às mulheres, mas bastante rico para pagá-las." Modo engenhosíssimo e galante de exprimir que o senhor Hugh Middleton custeara toda a obra.

Ursus era notável no solilóquio. De compleição selvagem e falante, com o desejo de ninguém ver e a necessidade de falar com alguém, resolvia o problema falando consigo. Todos os que viveram solitários sabem a que ponto o monólogo está na natureza. A fala interior dá comichões. Arengar ao espaço é uma libertação. Falar bem alto e completamente sozinho, isso provoca o efeito de um diálogo com o deus que habita em nós. Era esse, ninguém o ignora, o costume de Sócrates. Ele perorava para si. Lutero também. Ursus assemelhava-se a esses grandes homens. Tinha esta faculdade hermafrodita de ser seu próprio auditório. Interrogava-se e respondia a si mesmo; glorificava-se e insultava-se. Ouvia-se-o, da rua, monologar em sua cabana. Os passantes, que têm uma maneira própria de apreciar as pessoas de espírito, diziam: é um idiota. Às vezes, injuriava-se — acabamos de dizê-lo —, mas havia também momentos em que se avaliava com justiça. Um dia, em uma dessas alocuções que dirigia a si mesmo, ouviu-se exclamar: "Estudei o vegetal em todos os seus mistérios, o caule, o botão, a sépala, a pétala, a estamina, o carpelo, o óvulo, a teca, o esporângio e o apotécio. Aprofundei a cromática, a osmologia e a química, ou seja, a formação da cor, do odor e do sabor." Havia, provavelmente, nesse certificado que Ursus outorgava a Ursus, alguma fatuidade, mas que aqueles que não se aprofundaram na cromática, na osmologia e na química lhe atirem a primeira pedra.

Felizmente, Ursus nunca fora aos Países Baixos. De certo haveriam de querer pesá-lo para saber se tinha o peso normal, para além ou para aquém do qual um homem é considerado feiticeiro. Esse peso, na Holanda, era sabiamente fixado pela lei. Nada mais simples e mais engenhoso. Era uma verificação. Metiam-no em um prato, e a evidência era manifesta pelo rompimento do equilíbrio: pesado demais, era enforcado; leve demais, era queimado. Pode-se ver ainda hoje, em Oudewater, a balança de pesar feiticeiros, mas hoje ela serve para pesar queijos, tanto a religião degenerou! Ursus teria certamente alguma diferença com essa balança. Em suas viagens, absteve-se da Holanda, e fez bem. Aliás, acreditamos que não saía da Grã-Bretanha.

De qualquer maneira, sendo muito pobre e muito arredio, e tendo conhecido Homo em um bosque, o gosto pela vida errante lhe viera. Tomara aquele lobo como companheiro, e partira com ele pelos caminhos, vivendo, ao ar livre, a grande vida do acaso. Tinha muita engenhosidade e muita reflexão e uma grande arte em todas as coisas para curar, operar, tirar as pessoas da doença e realizar particularidades surpreendentes; era considerado bom saltimbanco e bom médico; passava também, como era de se esperar, por mago; um pouco, não muito, pois não era bem-visto nessa época ser considerado amigo do diabo. Na verdade, Ursus, por paixão pela farmácia e amor pelas plantas, expunha-se, já que ia muitas vezes colher ervas nas matas cerradas, onde se encontram as plantas de Lúcifer e onde se corre o risco, como constatou o conselheiro De l'Ancre, de se encontrar na bruma da noite um homem saindo da terra, "vesgo do olho direito, sem casaco, espada ao lado, descalço". Ursus, apesar de aspecto e temperamento estranhos, era galante demais para atrair ou expulsar espíritos ruins, fazer aparecer figuras, matar um homem do tormento de dançar demais, sugerir sonhos claros ou tristes e cheios de pavor, e fazer nascer galos de quatro asas; não tinha dessas maldades. Era incapaz de certas abominações. Como, por exemplo, falar alemão, hebreu ou grego sem tê-los aprendido, o que é sinal de execrável perversidade ou de alguma doença natural vinda de algum humor melancólico. Se Ursus falava latim é porque o sabia. Não se teria permitido falar siríaco, visto que não o sabia; além disso, está provado que o siríaco é a língua dos sabás. Na medicina, preferia Galeno a Cardan, Cardan, por mais sábio que pudesse ser, não passava de uma minhoca perto de Galeno.

Em suma, Ursus não era um personagem incomodado pela polícia. Sua cabana era comprida e larga o suficiente para que se pudesse deitar sobre um baú em que ficavam suas vestimentas, pouco suntuosas. Era proprietário de uma lanterna, de várias perucas e de alguns utensílios pendurados em pregos, entre os quais diversos instrumentos de música. Possuía, além disso, uma pele de urso, com a qual se vestia nos dias de grande performance; chamava a isso paramentar-se. Dizia: "Tenho duas peles; eis a verdadeira." E mostrava a pele de urso. A cabana sobre rodas era dele e do lobo. Além de sua cabana, de sua retorta e de seu lobo, tinha uma flauta e uma viola de gamba, e tocava agradavelmente. Ele próprio fabricava seus elixires. Tirava de seus talentos algo com que cear algumas vezes. Havia no teto de sua cabana um buraco por onde passava a chaminé de um fogão de ferro fundido tão contíguo ao seu baú a ponto de chamuscar a madeira. Esse fogão tinha dois compartimentos; em um, Ursus cozinhava alquimias; e, no outro, batatas. À noite, o lobo dormia embaixo da cabana, amigavelmente amarrado. Homo tinha o pelo negro, e Ursus o pelo grisalho; Ursus tinha cinquenta anos, a menos que tivesse sessenta. Sua aceitação do destino humano era tal que ele comia, como acabamos de ver, batatas, imundície com que se alimentavam os porcos e os forçados. Comia aquilo, indignado e resignado. Não era alto; era longo. Era vergado e melancólico. O talhe curvado dos velhos é a pressão da vida. A natureza o fizera para ser triste. Era-lhe difícil sorrir e sempre lhe fora impossível chorar. Faltava-lhe este consolo, as lágrimas, e este paliativo, a alegria. Um velho homem é uma ruína pensante; Ursus era essa ruína. Uma loquacidade de charlatão, uma magreza de profeta, uma irascibilidade de semblante carregado, assim era Ursus. Em sua juventude fora filósofo em casa de um lorde.

Isso acontecia há cento e oitenta anos, no tempo em que os homens eram um pouco mais lobos do que hoje.

Não muito mais.

II

Homo não era um lobo qualquer. Pelo seu apetite por nêsperas e maçãs, poderíamos tomá-lo por um lobo de pradaria; por sua pelagem escura, por um mabeco; e por seu uivo atenuado em latido, por um lobo andino; mas ninguém nunca observou suficientemente a pupila do lobo andino para ter certeza de que não se trata de uma raposa, e Homo era um verdadeiro lobo. Media cinco pés de comprimento, o que é um belo comprimento de lobo, mesmo na Lituânia; era muito forte; tinha o olhar oblíquo, o que não era culpa sua; tinha a língua macia, e às vezes lambia Ursus; tinha uma estreita crina de pelos curtos na espinha dorsal e era magro, de uma boa magreza de floresta. Antes de conhecer Ursus e ter uma carroça para puxar, fazia alegremente suas quarenta léguas em uma noite. Ursus, encontrando-o em um matagal, perto de um riacho de água viva, tomara-se de estima por ele ao vê-lo pescar pitus com sabedoria e prudência, e nele saudara um honesto e autêntico lobo Koupara, do chamado gênero cachorro caranguejeiro.

Ursus preferia Homo como animal de carga a um asno. Ter sua cabana puxada por um asno tê-lo-ia repugnado; considerava muito o asno para isso. Além disso, notara que o asno, sonhador de quatro patas pouco compreendido dos homens, por vezes levanta de modo inquietante as orelhas quando os filósofos dizem tolices. Na vida, entre nosso pensamento e nós, um asno é um terceiro: é incômodo. Como amigo, Ursus preferia Homo a um cachorro, estimando que o lobo vem de mais longe na amizade.

Era por isso que Homo bastava a Ursus. Homo era para Ursus mais do que um companheiro, era um análogo. Ursus batia-lhe nos flancos cavados dizendo: "Encontrei meu tomo segundo".

Dizia ainda: "Quando eu morrer, quem quiser me conhecer só terá que estudar Homo. Eu o deixarei depois de mim, como cópia autenticada".

A lei inglesa, pouco benevolente com os animais dos bosques, poderia ter entrado em querela com esse lobo e querido criar chicanas por causa de seu atrevimento de entrar familiarmente nas cidades; mas Homo beneficiava-se da imunidade concedida por um estatuto de Eduardo IV "aos domésticos". *Todo doméstico que estiver acompanhando o dono poderá ir e vir livremente.* Além disso, certa liberalização com relação aos lobos se devia à moda das mulheres da corte, sob os últimos Stuarts, de ter, à guisa de cachorros, pequenos *vulpes corsacs*, conhecidos como raposas-das-estepes, que eram do tamanho de gatos e que elas faziam vir da Ásia a peso de ouro.

Ursus transmitiu a Homo uma parte de seus talentos — ficar em pé, dissimular a cólera em mau humor, grunhir em vez de urrar, etc.; e o lobo, por sua vez, ensinara ao homem o que sabia — viver sem teto, viver sem pão, viver sem fogo, preferir a fome em um bosque à escravidão em um palácio.

A cabana, espécie de cabana-carro que seguia o itinerário mais variado, sem contudo sair da Inglaterra e da Escócia, tinha quatro rodas, um varal para o lobo e um balancim para o homem. Esse balancim era para o acaso dos maus caminhos. Era sólida, apesar de construída com madeiras leves como as casas em taipa. Tinha na frente uma porta envidraçada com uma pequena varanda que servia para as arengas, tribuna misto de cátedra, e atrás uma porta inteiriça, vazada por uma bandeira. O abaixamento de um estribo de três degraus, munido de dobradiças e instalado atrás da porta com a bandeira dava entrada à cabana, bem fechada à noite com trancas e ferrolhos. Muito chovera e nevara em cima dela. Fora pintada, mas não se sabia mais muito bem de que cor, pois as mudanças de estação são para as carroças como as mudanças de reino para os cortesãos. Na frente, na parte de fora, em uma espécie de frontispício de ripas, podia-se decifrar antigamente esta inscrição, em caracteres negros sobre fundo branco, que se tinham pouco a pouco misturado e confundido:

"O ouro perde anualmente pela fricção um quatorze avos de seu volume; é o chamado *desgaste*; donde se segue que, a cada um bilhão e quatrocentos mil em ouro circulando em toda a Terra, perde-se, todos os anos, um milhão. Esse milhão em ouro transforma-se em poeira, evapora-se, flutua, é átomo, torna-se respirável, carrega, satura, lastreia e torna pesadas as consciências, e amalgama-se com as almas dos ricos, que ele torna soberbos, e com a alma dos pobres, que ele torna selvagens."

Essa inscrição, apagada e deteriorada pela chuva e pela bondade da Providência, era felizmente ilegível, pois é provável que, ao mesmo tempo enigmática e transparente, essa filosofia do ouro respirado não seria do gosto dos xerifes, prebostes, *marshalls* e outros porta-perucas da lei. A legislação inglesa não brincava naqueles tempos. Achavam-se facilmente traidores. Os magistrados se mostravam ferozes por tradição, e a crueldade era rotina. Os juízes de inquisição pululavam. Jeffreys dera cria.

III

No interior da cabana havia mais duas inscrições. Acima do baú, na parede de tábuas lavada com água de cal, lia-se o seguinte, escrito com tinta e à mão:

"Únicas coisas que importa saber:

O barão par de Inglaterra usa um diadema com seis pérolas.
A coroa começa com o visconde.

O visconde usa uma coroa de incontáveis pérolas; o conde, uma coroa de pontas encimadas de pérolas entremeadas de folhas de morangueiro mais baixas; o marquês, pérolas e folhas de igual altura; o duque, florões sem pérolas; o duque real, um círculo de cruzes e de flores-de-lis; o príncipe de Gales, uma coroa semelhante à do rei, mas não fechada.

O duque é *muito elevado e muito poderoso príncipe*; o marquês e o conde, *muito nobres e poderosos senhores*; o visconde, *nobre e poderoso senhor*; o barão, *verdadeiramente senhor*.

O duque é *graça*; os outros pares são *senhoria*.
Os lordes são invioláveis.
Os pares são câmara e corte, *concilium et cúria*, legislatura e justiça.
'*Most honourable*' é mais do que '*right honourable*'.
Os lordes pares são qualificados 'lordes de direito'; os lordes não pares são 'lordes de cortesia'; os únicos lordes são aqueles que são pares.
O lorde nunca presta juramento, nem ao rei nem à justiça. Sua palavra basta. Diz: *por minha honra*.
As comunas, que são o povo, convocadas à câmara dos lordes, ali apresentam-se humildemente, com a cabeça descoberta, diante de pares cobertos.

As comunas enviam aos lordes projetos de lei por quarenta membros que apresentam o projeto de lei com três reverências profundas.

Os lordes enviam os projetos de lei às comunas por um simples escrivão.

Em caso de conflito, as duas câmaras conferenciam na câmara pintada: os pares sentados e cobertos, as comunas de pé e com a cabeça descoberta.

Conforme uma lei de Eduardo VI, os lordes têm o privilégio de homicídio simples. Um lorde que simplesmente mata um homem não é perseguido.

Os barões pertencem à mesma categoria dos bispos.

Para ser barão par, é preciso ligar-se ao rei por *baroniam integram*, por baronia inteira.

A baronia inteira se compõe de treze feudos nobres e um quarto, cada feudo nobre de vinte libras esterlinas, o que dá um total de quatrocentos marcos.

A sede da baronia, *caput baroniae*, é um castelo hereditariamente regido como a própria Inglaterra; ou seja, não pode ser entregue às mulheres senão na ausência de filhos homens, e nesse caso para a filha mais velha, *caeteris filiabus aliunde satisfacti*[1].

Os barões têm a qualidade de *lord* do saxão *laford*, do latim culto *dominus* e do baixo latim *lordus*.

Os filhos primogênitos e segundos dos viscondes e barões são os primeiros escudeiros do reino.

Os filhos primogênitos dos pares têm preferência sobre os cavaleiros da Jarreteira; os segundos, não.

O filho primogênito de um visconde caminha após todos os barões e antes de todos os baronetes.

Toda moça filha de lorde é lady. As outras moças inglesas são *miss*.

Todos os juízes são inferiores aos pares. O oficial de justiça veste um capuz de pele de cordeiro; o juiz tem um capuz de arminho imitação, de *minuto vario*, várias pequenas peles brancas de todo tipo, exceto de arminho. O arminho é reservado aos pares e ao rei.

Não se pode conceder um *supplicavit* contra um lorde.

Um lorde não está sujeito à prisão. Fora o caso da Torre de Londres.

Um lorde chamado ao palácio do rei tem o direito de matar um gamo ou dois no parque real.

O lorde mantém, em seu castelo, uma corte de barão.

É indigno de um lorde sair às ruas com um casaco acompanhado de dois lacaios. Só pode mostrar-se com um grande séquito de fidalgos domésticos.

Os pares dirigem-se ao parlamento em carruagens enfileiradas; as comunas, não. Alguns pares vão a Westminster em liteiras de quatro rodas. A forma dessas cadeiras e dessas carruagens ornadas com brasões e coroas só é permitida aos lordes e faz parte de sua dignidade.

Um lorde só pode ser condenado à multa por lordes, e nunca a mais de cinco *shillings*, exceto o duque, que pode ser condenado a dez.

Um lorde pode ter em sua residência seis estrangeiros. Todos os outros ingleses só podem ter quatro.

Um lorde pode ter oito tonéis de vinho sem pagar direitos.

O lorde é o único isento de se apresentar diante do xerife de sua circunscrição.

O lorde não pode ser convocado para a milícia.

Quando assim lhe apraz, um lorde levanta um regimento e o dá ao rei; assim fazem Suas Graças, o duque de Athol, o duque de Hamilton e o duque de Northumberland.

O lorde só se filia a lordes.

Nos processos de interesse civil, ele pode pedir adiamento de sua causa se não houver ao menos um cavaleiro entre os juízes.

O lorde nomeia seus capelões.

Um barão nomeia três capelões; um visconde, quatro; um conde e um marquês, cinco; um duque, seis.

O lorde não pode ser interrogado, mesmo por alta traição.

O lorde não pode ser marcado na mão.

O lorde é escrivão, mesmo não sabendo ler. Ele sabe por direito.

Um duque pode-se fazer acompanhar por um pálio, quando o rei não estiver presente; um visconde tem um pálio em sua casa; um barão tem um testo e o mantém sob a sua taça enquanto bebe; uma baronesa pode ter a cauda de seu vestido carregada por um homem na presença de uma viscondessa.

Oitenta e seis lordes, ou filhos primogênitos de lordes, presidem às oitenta e seis mesas, de quinhentos talheres cada uma, que são servidas todos os dias à Sua Majestade em seu palácio às custas da região que circunda a residência real.

Um plebeu que golpear um lorde terá seu punho cortado.

O lorde é quase rei.

O rei é quase Deus.

A terra é um *lordship*.

Os ingleses dizem a Deus *mylord*."

Em face dessa inscrição, lia-se uma segunda, escrita da mesma maneira, e que é a seguinte:

"Satisfações que devem bastar àqueles que nada têm:

Henrique Auverquerque, conde de Grantham, que tem assento na câmara dos lordes entre o conde de Jersey e o conde de Greenwich, tem cem mil libras esterlinas de renda. É à sua Senhoria que pertence o palácio Grantham-Terrace, todo erigido em mármore e célebre pelo chamado labirinto dos corredores, que é uma curiosidade e onde se encontra o corredor encarnado em mármore de Sarrancolin, o corredor castanho em lumaquela de Astracan, o corredor branco em mármore de Lani, o corredor negro em mármore de Alabanda, o corredor cinza em mármore de Staremma, o corredor amarelo em mármore de Hesse, o corredor verde em mármore do Tirol, o corredor vermelho mesclado de mármore cereja da Boêmia e lumaquela de Córdoba, o corredor azul em turquesino de Gênova, o corredor violeta em granito de Catalunha, o corredor luto, estriado branco e preto, em xisto de Murviedro, o corredor rosa em cipolino dos Alpes, o corredor pérola em lumaquela de Nonette e o corredor de todas as cores, conhecido como corredor cortesão, em brecha arlequínea.

Richard Lowther, visconde Lonsdale, tem Lowther, no Westmoreland, que é, antes de tudo, faustoso e cujo vestíbulo parece convidar os reis a entrar.

Richard, conde de Scarborough, visconde e barão Lumley, visconde de Waterford na Irlanda, lorde-tenente e vice-almirante do condado de Northumberland e de Durham, cidade e condado, tem a dupla castelania de Stansted, a antiga e a moderna, na qual se pode admirar uma soberba grade semicircular, circundando um lago com um chafariz incomparável. Tem, além disso, seu castelo de Lumley.

Robert Darcy, conde de Holderness, tem seu domínio de Holderness, com suas torres de barão e infinitos jardins à francesa pelos quais passeia de carruagem com seis cavalos, precedido por dois batedores, como convém a um par da Inglaterra.

Charles Beauclerk, duque de Saint-Albans, conde de Burford, barão Heddington, falcoeiro-mor de Inglaterra, tem uma casa real em Windsor, ao lado da do rei.

Charles Bodville, lorde Robartes, barão Truro, visconde Bodmyn, tem Wimple em Cambridge, que se constitui de três palácios com três frontões, um arqueado e dois triangulares. A entrada é formada por quatro fileiras de árvores.

O mui-nobre e poderoso lorde Philippe Herbert, visconde de Caërdif, conde de Montgomeri, conde de Pembroke, senhor par e senhor de Candall, Marmion, Saint-Quentin e Churland, guardião das minas de estanho nos condados da Cornualha e de Devon, visitante hereditário do colégio de Jesus, tem o maravilhoso jardim de Willton, em que se encontram dois lagos com chafariz mais belos que os de Versalhes do rei mui-cristão Luís XIV.

Charles Seymour, duque de Somerset, tem Somerset-House sobre o Tâmisa, que se equipara ao palácio Pamphili de Roma. Destacam-se sobre a grande lareira dois vasos de porcelana da dinastia dos Yuen, que valem cerca de meio milhão da França.

Em Yorkshire, Arthur, lorde Imgram, visconde Irwin, tem Temple-Newsham, no qual se entra por um arco do triunfo e cujos amplos telhados planos assemelham-se aos terraços mouriscos.

Robert, lorde Ferres de Chartley, Bourchier e Lovaine, tem, no Leicestershire, Staunton-Harold, cujo parque com plano geométrico tem a forma de um templo com frontão; e, diante da peça d'água, a grande igreja de campanário quadrado pertence à Sua Senhoria.

No condado de Northampton, Charles Spencer, conde de Sunderland, um do conselho privado de Sua Majestade, possui Althrop, no qual se entra por uma grade de quatro pilares sobre de grupos de mármore.

Laurence Hyde, conde de Rochester, tem, em Surrey, New-Parke, magnífico por seu acrotério esculpido, seu prado circular rodeado de árvores e suas matas, na extremidade das quais se encontra uma montanhazinha artisticamente arredondada e com um grande carvalho no alto que se pode avistar de longe.

Philippe Stanhope, conde Chesterfield, possui Bredly, em Derbyshire, que tem um soberbo pavilhão de relógio, falcoeiros, bosques de caça e belíssimas águas tranquilas, quadradas e ovais, uma das quais em forma de espelho, com dois chafarizes que alcançam alturas elevadas.

Lorde Cornwallis, barão de Eye, tem Brome-Hall, que é um palácio do século quatorze.

O mui-nobre Algernon Capel, visconde Malden, conde de Essex, tem Cashiobury no Hersfordshire, castelo que tem a forma de um grande H e onde há caçadas profícuas.

Charles, lorde Ossulstone, tem Dawly no Middlesex, no qual se entra por jardins italianos.

James Cecill, conde de Salisbury, a sete léguas de Londres, tem Hartfield-House, com seus quatro pavilhões senhoriais, sua torre campanário ao centro e seu pátio de honra, lajeado de branco e preto como a de Saint-Germain. Esse palácio, que tem duzentos e setenta e dois pés de frente, foi construído sob Tiago I pelo grande tesoureiro da Inglaterra, bisavô do conde reinante. Ali se encontra a cama de uma condessa de Salisbury, de preço inestimável, inteiramente feita de certa madeira do Brasil que é uma panaceia contra picadas de serpentes, conhecida como *milhombres*, que quer dizer *mil homens*. Acima dessa cama está escrito em letras douradas: *Execrado seja quem nisso vir malícia*.

Edward Rich, conde de Warwick e Holland, tem Warwick-Castle, em que carvalhos inteiros são queimados nas lareiras.

Na paróquia de Seven-Oaks, Charles Sackville, barão Buckhurst, visconde Cranfeild, conde de Dorset e Middlesex, tem Knowle, que é grande como uma cidade e que se compõe de três palácios, posicionados paralelamente um atrás do outro como linhas de infantaria, com dez gabletes na fachada principal e uma porta sob um pequenino torreão.

Thomas Thyne, visconde Weymouth, barão Varminster, possui Long-Leate, que tem quase tantas lareiras, lanternas, caramanchões, bastiões, pavilhões e torrinhas quanto Chambord na França, que pertence ao rei.

Henry Howard, conde de Suffolk, tem, a doze léguas de Londres, o palácio de Audlyene no Middlesex, que pouco fica a dever em grandeza e majestade ao Escurial do rei de Espanha.

No Bedforshire, Wrest-House-and-Park, que é toda uma região cercada de fossos e muralhas, com bosques, riachos e colinas, pertence a Henri, marquês de Kent.

Hampton-Court, no Hereford, com sua imponente torre ameada e seu jardim circundado por uma peça d'água que o separa da floresta, pertence a Thomas, lorde Coningsby.

Grimsthorf, no Lincolnshire, com sua longa fachada recortada por altas torres, seus parques, seus lagos, suas criações de faisão, pastagens, seus canteiros de relva e em quincôncio, suas alamedas, suas matas, seus canteiros bordados de flores formando quadrados ou losangos e que se assemelham a grandes tapetes, suas pradarias de corrida, e a majestade do anel que as carruagens têm de percorrer antes de entrar no castelo, pertence a Robert, conde Lindsay, lorde hereditário da floresta de Walham.

Up Parke, no Sussex, castelo quadrado com dois pavilhões simétricos e torres companários que ladeiam o pátio de honra, pertence ao muito honrado Ford, lorde Grey, visconde Glendale e conde de Tankarville.

Newnham Padox, no Warwickshire, com dois viveiros de peixes quadrangulares e uma empena com quatro vitrais, pertence ao conde de Denbigh, que é conde de Rheinfelden na Alemanha.

Wythame, no condado de Berk, com seu jardim à francesa em que se encontram quatro caramanchões esculpidos, e sua grande torre ameiada ladeada por duas altas naves de guerra, pertence a lorde Montague, conde de Abingdon, que tem também Rycott, onde é barão, e em cuja porta principal podemos ler a divisa: *Virtus aríete fortior*[2].

William Cavendish, duque de Devonshire, tem seis castelos, entre eles Chattsworth, constituído por dois andares da mais bela ordem grega; além disso Sua Graça tem o palacete de Londres, em que se pode ver um leão que dá as costas ao palácio do rei.

O visconde Kinalmeaky, que é conde de Cork na Irlanda, tem Burlington House em Piccadilly, com vastos jardins que se estendem até os campos fora de Londres; tem também Chiswick, em que há nove corpos magníficos; tem também Londesburgh, que é um palacete novo ao lado de um velho palácio.

O duque de Beaufort tem Chelsea que contém dois castelos góticos e um castelo florentino; tem também Badmington em Glocester, que é uma residência de que partem inúmeras avenidas, formando uma estrela. Mui nobre e poderoso príncipe Henri, duque de Beaufort, é ao mesmo tempo marquês e conde de Worcester, barão Raglan, barão Power e barão Herbert de Chepstow.

John Holles, duque de Newcastle e marquês de Clare, tem Bolsover, com sua majestosa torre de menagem quadrada, além de Haughton em Nottingham, em que há, no centro de um lago, uma pirâmide redonda imitando a torre de Babel.

William, lorde Craven, barão Craven de Hampsteard, tem, em Warwickshire, uma residência, Comb-Abbey, em que se pode ver o mais belo chafariz da Inglaterra e, em Bershire, duas baronias, Hampstead Marshall, cuja fachada exibe cinco torres-lanterna góticas embutidas, e Asdownw Park, castelo situado no ponto de intersecção de um encruzamento de estradas em uma floresta.

Lorde Linnoeus Clancharlie, barão Clancharlie e Hunkerville, marquês de Corleone na Sícília, tem seu pariato sediado no castelo de Clancharlie, construído em 914 por Eduardo, o Velho, contra os dinamarqueses, mais Hunkerville-House em Londres, que é um palácio, mais, em Windsor, Corleone-Lodge, que é outro palácio, e oito castelanias, uma em Bruxton, no Trent, com direito de exploração sobre os veios de alabastro, depois Gumdraith, Homble, Moricambe, Trenwardraith, Hell-Kerters, onde existe um poço maravilhoso, Pillinmore e seus brejos de turfa, Reculver, perto da antiga cidade Vagniacoe, Vinecaunton, na montanha Moil-enlli; mais dezenove burgos e vilarejos com bailio, e toda a região de Pensneth-chase, o que, em seu conjunto, rende à Sua Senhoria quarenta mil libras esterlinas de renda.

Os cento e setenta e dois pares reinantes sob Jaime II possuem entre todos eles, em bloco, o rendimento de um milhão duzentas e setenta mil libras esterlinas por ano, que é a undécima parte do rendimento da Inglaterra."

À margem do último nome, lorde Linnoeus Clancharlie, lia-se esta nota, do punho de Ursus:

"Rebelde; no exílio; bens, castelos e domínios confiscados. É bem feito."

36 O HOMEM QUE RI

IV

Ursus admirava Homo. Admiramos o que nos é próximo. É lei.

Estar sempre surdamente furioso era a situação interior de Ursus, e resmungar era sua situação exterior. Ursus era o descontente da criação. Era, na natureza, aquele que se opunha. Tomava sempre a mal o universo. Não dava sua aprovação a quem quer que fosse nem ao que quer que fosse. Fazer mel não absolvia a abelha por picar; uma rosa desabrochada não absolvia o sol da febre amarela e do vômito negro. É possível que, na intimidade, Ursus fizesse muitas críticas a Deus. Dizia: "Evidentemente, o diabo é movido a molas, e o erro de Deus foi ter disparado o gatilho." Os únicos que aprovava eram os príncipes, e tinha uma maneira própria de aplaudi-los. O dia que Jaime II dera de presente à Virgem de uma capela católica irlandesa uma lamparina de ouro maciço, Ursus, que passava por ali com Homo, deixando de lado sua indiferença, irrompeu de admiração na frente de todo o povo e exclamou: "Certamente a santa Virgem tem muito mais necessidade de uma lamparina de ouro do que essas criancinhas descalças precisam de sapatos!"

Tais provas de sua "lealdade" e a evidência de seu respeito pelos poderes estabelecidos provavelmente não contribuíram pouco para que os magistrados tolerassem sua existência vagabunda e sua aliança com um lobo. Algumas vezes, deixava, à noite, por amigável fraqueza, Homo estirar um pouco os membros e errar em liberdade em volta da cabana; o lobo era incapaz de um abuso de confiança e se comportava "em sociedade", quer dizer, entre os homens, com a discrição de um cãozinho; contudo, se acaso tivessem que se defrontar com alcaides de mau humor, poderia haver inconvenientes; assim

Ursus mantinha, como podia, o honesto lobo amarrado. Do ponto de vista político, sua inscrição sobre o ouro, que se tornara indecifrável e que, aliás, era pouco inteligível, não passava de um borrão na fachada e não o denunciava. Mesmo depois de Jaime II, e sob o reino "respeitável" de Guilherme e Maria, as pequenas cidades dos condados da Inglaterra podiam ver rodar tranquilamente sua carroça. Viajava livremente, de uma ponta da Grã-Bretanha à outra, vendendo seus filtros e garrafinhas, fazendo, em associação com seu lobo, suas momices de médico de feira, e passava tranquilamente pelas malhas da rede da polícia, estendida nessa época por toda a Inglaterra para esquadrinhar os bandos nômades e, particularmente, para prender, de passagem, os "comprachicos".

De resto, era justo. Ursus não era de nenhum bando. Ursus vivia com Ursus; *tetê-à-tête* dele mesmo com ele mesmo, no qual um lobo enfiava gentilmente o focinho. A ambição de Ursus era ser índio; não o podendo ser, era aquele que era sozinho. O solitário é um diminutivo do selvagem, aceito pela civilização. É-se ainda mais sozinho quando se é errante. Daí seu perpétuo deslocamento. Ficar em algum lugar parecia-lhe domesticação. Passava a vida pelos caminhos. A vista das cidades redobrava, nele, o gosto pelas brenhas, pelos matagais, os espinhos e as tocas nos rochedos. Sua casa era a floresta. Não se sentia muito deslocado no murmúrio das praças públicas, bastante parecido com o burburinho das árvores. A multidão satisfaz, em certa medida, o gosto pelo deserto. O que o desgostava em sua cabana era que tinha uma porta e janelas e que se parecia com uma casa. Teria atingido seu ideal se pudesse colocar uma caverna sobre quatro rodas e viajar em um antro.

Não sorria, como dissemos, mas ria; às vezes, e mesmo frequentemente; de um riso amargo. Há consentimento no sorriso, enquanto o riso é, muitas vezes, uma recusa.

Sua grande causa era odiar o gênero humano. Era implacável nesse ódio. Tendo elucidado que a vida humana é medonha, tendo observado a superposição das calamidades — os reis sobre o povo, a guerra sobre os reis, a peste sobre a guerra, a fome sobre a peste, a tolice sobre tudo —, tendo constatado uma certa dose de castigo no simples fato de existir, tendo reconhecido que a morte é uma libertação, quando lhe traziam um doente, ele o curava. Tinha tônicos e beberagens para prolongar a vida dos velhos. Punha os entrevados de pé e lançava-lhes este sarcasmo: "Já está novamente sobre suas patas. Que possa caminhar durante muito tempo neste vale de lágrimas!" Quando via um pobre morrendo de fome, dava-lhe todos os cobres que tinha dizendo entredentes: "Viva, miserável, coma! Dure bastante tempo! Não serei eu a abreviar sua provação." Após o que, esfregava as mãos e dizia: "Faço aos homens todo o mal que posso."

Os passantes podiam, pelo buraco da lucarna traseira, ler no teto da cabana a insígnia, escrita no interior, mas visível de fora, traçada a carvão em letras enormes: "Ursus, filósofo".

II

OS COMPRACHICOS

I

Quem conhece hoje a palavra *comprachicos* e quem conhece-lhe o sentido?

Os comprachicos, ou *comprapequeños*, eram uma horrenda e estranha afiliação nômade, famosa no século XVII, esquecida no XVIII, ignorada hoje. Os comprachicos são, como "o pó da sucessão", um antigo detalhe social característico. Fazem parte da velha fealdade humana. Para o grande olhar da história, que vê os conjuntos, os comprachicos estão associados ao imenso fato da Escravidão. "José vendido pelos irmãos" é um capítulo dessa lenda. Os comprachicos deixaram vestígios nas legislações penais da Espanha e da Inglaterra. Encontra-se, aqui e ali, na confusão obscura das leis inglesas, a pressão desse fato monstruoso, como se encontra a marca do pé de um selvagem em uma floresta.

Comprachicos, como *comprapequeños*, é uma palavra espanhola composta que significa "os *compra-crianças*".

Os comprachicos mercadejavam crianças.

Compravam-nas e vendiam-nas.

Não as roubavam. O roubo de crianças é outra indústria.

E no que transformavam essas crianças?

Em monstros.

Por que monstros?

Para fazer rir.

O povo tem necessidade de rir; os reis também. As feiras precisam de truões; os Louvres, de bufões. Um se chama Turlupino, o outro Triboulet.

Os esforços do homem para sentir um pouco de alegria são, às vezes, dignos da atenção do filósofo.

Que estamos esboçando nessas primeiras páginas preliminares? Um capítulo do mais terrível dos livros, do livro que poderíamos intitular: *A exploração dos infelizes pelos felizes*.

II

Uma criança destinada a ser um brinquedo para os homens, isso existiu. (Ainda hoje existe.) Nas épocas ingênuas e ferozes, constituía uma indústria especial. O século XVII, conhecido como grande século, foi uma dessas épocas. Foi um século muito bizantino; tinha a ingenuidade corrupta e a ferocidade delicada, variedade curiosa de civilização. Um tigre fazendo-se refinado. Madame de Sévigné fazendo faceirices a respeito da fogueira e da roda. Esse século explorou muito as crianças: os historiadores, ciosos desse século, esconderam a chaga, mas deixaram entrever o remédio, Vincente de Paulo.

Para fazer um bom homem-joguete é preciso começar cedo. O anão deve começar desde pequeno. Brincava-se com a infância. Mas uma criança bem conformada não é muito divertido. Um corcunda é mais alegre.

Daí veio uma arte. Havia criadores. Pegava-se um homem e fazia-se um aborto; pegava-se um rosto e fazia-se um focinho.

Atarracava-se o crescimento; deformava-se a fisionomia. Essa produção artificial de casos teratológicos tinha suas regras. Era toda uma ciência. Que se imagine uma ortopedia às avessas. Onde Deus colocou o olhar, essa arte colocava o estrabismo. Onde Deus colocou a harmonia, colocavam a deformidade. Onde Deus colocou a perfeição, restabeleciam o esboço. E, aos olhos dos especialistas, o esboço era perfeito. Havia igualmente uma sub-arte para os animais; inventavam-se cavalos malhados; Turenne montava um cavalo malhado. Em nossos dias, não pintam os cachorros de azul e de verde? A natureza é nossa maquete. O homem sempre quis acrescentar algo a Deus. O homem retoca a criação, às vezes para melhor, às vezes para pior. O bufão da corte não passava de uma tentativa de reduzir o homem ao macaco. Retrocesso. Obra-prima em marcha à ré. Ao mesmo tempo, tentava-se transformar o macaco em homem. Barbe, duquesa de Cleveland e condessa de Southampton, tinha como pagem um sapaju. Na residência de Frances Sutton, baronesa Dudley, que ocupava a oitava posição no pariato do banco dos barões, o chá era servido por um babuíno vestido de brocado de ouro, que lady Dudley chamava de "meu negro". Caterine Sidley, condessa de Dorchester, ia ocupar seu assento no parlamento em uma carruagem ornada com suas armas, atrás da qual se mantinham de pé, com os focinhos ao vento, três papuas em libré de gala. Uma duquesa de Medina-Coeli, a cujo despertar assistiu o cardeal Polus, fazia com que suas meias fossem colocadas por um orangotango. Esses macacos enobrecidos faziam contrapeso aos homens brutalizados e bestializados. Essa promiscuidade, desejada pelos grandes, do homem e do animal, era particularmente realçada pelo anão e pelo cão. O anão nunca se afastava do cão, sempre maior que ele. O cão era o duplo do anão. Eram como dois colares acoplados. Essa justaposição é constatada por inúmeros monumentos domésticos, particularmente pelo retrato de Jeffrey Hudson, anão de Henriqueta de França, filha de Henrique IV, mulher de Carlos I.

Degradar o homem leva a deformá-lo. Completava-se a supressão de sua condição pela desfiguração. Alguns vivissecadores daqueles tempos conseguiam muito bem apagar do rosto humano a efígie divina. O doutor Conquest, membro do colégio de Amen-street e frequentador declarado das lojas dos droguistas de Londres, escreveu um livro em latim sobre essa cirurgia às avessas, cujos procedimentos explica. A se acreditar em Justus de Carrick-Fergus, o inventor dessa cirurgia é um monge chamado Aven-More, palavra irlandesa que significa *Grande-Ribeira*.

O anão do eleitor palatino, Perkeo, cuja figura — ou espectro — saía de uma caixa de surpresas na adega de Heidelberg, era um notável espécime dessa ciência variadíssima em suas aplicações.

Isso fazia seres cuja lei de existência era monstruosamente simples: permissão de sofrer, ordem de divertir.

III

Essa fabricação de monstros se praticava em grande escala e compreendia diversos gêneros.

O sultão precisava de um; o papa precisava de outro. Um para vigiar suas mulheres; o outro para fazer suas orações. Era um gênero a parte, não podendo se reproduzir sozinho. Esses mais ou menos humanos eram úteis à volúpia e à religião. O harém e a capela sistina consumiam a mesma espécie de monstros: aqui, ferozes; ali, suaves.

Sabiam produzir naqueles tempos coisas que não se produzem mais agora, tinham talentos que nos faltam, e, não sem razão, os bons espíritos proclamam a decadência. Não se sabe mais esculpir em plena carne humana; isso porque a arte dos suplícios está se perdendo; éramos virtuosos nesse gênero, não o somos mais; simplificou-se essa arte ao ponto de fazê-la, talvez, em breve, desaparecer completamente. Cortando os membros de homens vivos, abrindo-lhes o ventre, arrancando-lhes as vísceras, apanhávamos os fenômenos tais como são, fazíamos descobertas; devemos renunciar a isso e ficamos privados dos progressos que o carrasco proporcionava à cirurgia.

Essa vivisseção de outrora não se limitava a fabricar fenômenos para a praça pública; bufões, uma espécie de aumentativo dos cortesãos, para os palácios; e eunucos para os sultões e os papas. Abundava em variantes. Um desses triunfos era o de ter feito um galo para o rei da Inglaterra.

Era comum que, no palácio do rei da Inglaterra, houvesse uma espécie de homem noturno, cantando como o galo. Esse homem, em vigília enquanto se dormia, fazia a ronda no palácio e dava, de hora em hora, aquele grito de quintal, repetido quantas vezes fosse necessário para substituir um sino. Esse homem, promovido a galo, sofrera para isso em sua infância uma operação na faringe, que faz parte da arte descrita pelo doutor Conquest. Sob Carlos II, uma salivação inerente à operação tendo desgostado a duquesa de Portsmouth, conservou-se a função, a fim de não obscurecer o brilho da coroa, mas fez-se com que o grito do galo fosse dado por um homem não mutilado. Escolhia-se normalmente para o honroso emprego um antigo oficial. Sob Carlos II, esse funcionário de chamava William Sampson Galo[3], e recebia anualmente por seu canto nove libras, dois *schellings* e seis centavos.

Mal faz cem anos que, em Petersburgo, como contam as memórias de Catarina II, quando o tzar ou a tzarina não estavam contentes com um príncipe russo, faziam-no acocorar-se na grande antecâmara do palácio, e ele ficava nessa posição pelo número de dias determinado, miando, como lhe era ordenado, como um gato, ou cacarejando como uma galinha choca, e ciscando no chão a sua comida.

Essas modas passaram, menos do que se acredita, contudo. Hoje, os cortesãos que cacarejam para agradar modificam um pouco a entonação. Mais de um cata no chão, para não dizer na lama, o que come.

É uma feliz circunstância que os reis não possam se enganar. Dessa maneira, suas contradições nunca se tornam constrangedoras. Aprovando sem cessar, convencemo-nos de ter sempre razão, o que é agradável. Luís XIV não teria gostado de ver em Versalhes nem um oficial bancando o galo, nem um príncipe bancando o peru. O que elevava a dignidade real e imperial na Inglaterra e na Rússia teria parecido a Luís, o Grande, incompatível com a coroa de São Luís. Conhecemos seu descontentamento quando Madame Henriqueta, uma noite, abandonou-se ao ponto de ver, em sonhos, uma galinha, grave inconveniência, de fato, em uma pessoa da corte. Quem está no alto não deve sonhar com o baixo. Bossuet, como todos lembram, compartilhou do escândalo de Luís XIV.

IV

O comércio de crianças no século XVII completava-se, como acabamos de explicar, com uma indústria. Os comprachicos faziam esse comércio e exerciam essa indústria. Compravam crianças, trabalhavam um pouco essa matéria-prima e, em seguida, a revendiam.

Os vendedores eram de todos os gêneros, desde o pai miserável que se livrava da família até o senhor que fazia uso de seu rebanho de escravos. Vender homens era coisa mais do que simples. Em nossos dias, muitos lutaram para manter esse direito. Como todos se lembram, há menos de um século, o eleitor de Hesse vendia seus súditos ao rei da Inglaterra, que precisava de homens para morrer na América. Ia-se ao eleitor de Hesse como ao açougue, comprar carne. O eleitor de Hesse possuía carne para bucha de canhão. Esse príncipe pendurava seus súditos em sua loja. Pechinchem, está à venda. Na Inglaterra, sob Jeffreys, após a trágica aventura de Monmouth, houve muitos senhores e fidalgos decapitados e esquartejados; esses supliciados deixaram esposas e filhas, viúvas e órfãs que Jaime II deu à rainha, sua mulher. A rainha vendeu essas *ladies* a Guilherme Penn. É provável que o rei ganhasse uma comissão e tanto por cento. O que espanta não é que Jaime II tenha vendido essas mulheres, mas que Guilherme Penn as tenha comprado.

A compra de Penn desculpa-se, ou explica-se, pelo fato de Penn, tendo que semear homens em um deserto, precisar de mulheres. As mulheres faziam parte de seu ferramental.

Essas ladies foram um bom negócio para sua graciosa majestade a rainha. As jovens foram vendidas caro. Pensamos, com o mal-estar de um sentimento de escândalo complicado, que Penn provavelmente adquiriu velhas duquesas a preços reduzídissimos.

Os comprachicos eram chamados também de "cheylas", palavra hindu que significa *desaninhador de crianças.*

Durante muito tempo, os comprachicos só se esconderam à meia. Há, por vezes, na ordem social, uma penumbra complacente com as indústrias infames; elas se mantêm ali. Vimos, em nossos dias, na Espanha, uma associação desse gênero, dirigida pelo trabuqueiro Ramon Selles, durar de 1834 a 1866, aterrorizando durante trinta anos três províncias, Valência, Alicante e Múrcia.

Sob os Stuarts, os comprachicos não eram mal vistos. Quando precisava, a razão de Estado se servia deles. Foram, para Jaime II, quase um *instrumentum regni*. Era a época em que se desmembravam as famílias incômodas ou refratárias, em que se cortavam, sem mais, as filiações, em que se suprimiam bruscamente os herdeiros. Às vezes, frustrava-se um ramo em proveito de outro. Os comprachicos tinham um talento, desfigurar, que os recomendava à política. Desfigurar é melhor que matar. Havia, naturalmente, a máscara de ferro, mas era um meio grosseiro. Não se pode encher a Europa de máscaras de ferro, ao passo que os saltimbancos disformes correm as ruas sem inverossimilhança; e, depois, a máscara de ferro pode ser arrancada, a máscara de carne, não. Mascarar alguém para sempre com seu próprio rosto, nada mais engenhoso. Os comprachicos manipulavam os homens como os chineses manipulam as árvores. Tinham segredos, já o dissemos; tinham truques. Arte perdida. Uma estranha atrofia saía de suas mãos. Era ridículo e profundo. Tocavam um pequeno ser com tanto espírito que o pai não o reconheceria. *"Et que méconnaîtrait l'oeil même de son père."*[4], diz Racine com um erro de francês. Às vezes, deixavam a coluna dorsal ereta, mas refaziam o rosto. Marcavam uma criança como se marca um lenço.

Os produtos destinados aos saltimbancos tinham as articulações habilmente deslocadas. Pareciam sem ossos. Isso fazia ginastas.

Os comprachicos não removiam apenas o rosto da criança, mas removiam-lhe também a memória. Pelo menos removiam-na tanto quanto podiam. A criança não tinha consciência da mutilação que sofrera. A horrenda cirurgia deixava vestígios em seu rosto, não em seu espírito. Podia lembrar-se, no máximo, de que um dia fora pega por alguns homens, que depois dormira e que, em seguida, a tinham curado. Curado de quê? Isso ela ignorava. Queimaduras por enxofre e incisões por faca, não se lembrava de nada. Os comprachicos, durante a operação, adormeciam o pequeno paciente por meio de um pó entorpecente que passava por mágico e suprimia a dor. Esse pó sempre foi conhecido na China e é aí empregado até hoje. A China teve, antes de nós, todas as nossas invenções: a tipografia, a artilharia, a aerostação, o clorofórmio. Contudo, a descoberta que, na Europa, ganha imediatamente vida e se desenvolve, que se torna pródiga e maravilhosa, permanece embrião na China e aí se mantém morta. A China é um bocal de fetos.

Já que estamos na China, vamos ali permanecer ainda um momento por um detalhe. Na China, assistiu-se, sempre, à busca da seguinte arte e indústria: a modelagem do homem vivo. Pega-se uma criança de dois ou três anos, coloca-se-a em um vaso de porcelana mais ou menos estranho, sem tampa nem fundo, para que a cabeça e os pés passem. De dia, mantém-se esse vaso de pé; de noite, ele é deitado para que a criança possa dormir. A criança engorda, assim, sem crescer, preenchendo, com sua carne comprimida e com seus ossos retorcidos, as concavidades do vaso. Esse crescimento em garrafa dura vários anos. Em dado momento, torna-se irremediável. Quando se julga que já está bom e que o monstro está feito, quebra-se o vaso, a criança sai, e tem-se um homem com a forma de um vaso.

É cômodo; pode-se encomendar de antemão seu anão da forma que se quiser.

V

Jaime II tolerou os comprachicos. Por uma boa razão: se servia deles. Isso lhe aconteceu pelo menos mais de uma vez. Nem sempre se desdenha o que se despreza. Essa indústria baixa, expediente por vezes excelente para a indústria alta que se chama política, era conservada miserável, mas não perseguida. Nenhuma vigilância, mas certa atenção. Isso pode ser útil. A lei fechava um olho, o rei abria o outro.

Algumas vezes, o rei chegava a confessar sua cumplicidade. Audácias do terrorismo monárquico. O desfigurado era marcado com a flor-de-lis; removiam-lhe a marca de Deus, metiam-lhe a marca do rei. Jacob Astley, cavaleiro e baronete, senhor de Melton, condestável no condado de Norfolk, teve, em sua família, uma criança vendida, em cuja fronte o comissário vendedor imprimira, a ferro quente, uma flor-de-lis. Em certos casos, se se queria constatar, por uma razão qualquer, a origem real da nova situação da criança, empregava-se esse meio. A Inglaterra sempre nos fez a honra de empregar, para seus usos pessoais, a flor-de-lis.

Os comprachicos, com a nuança que separa uma indústria de um fanatismo, eram análogos aos estranguladores da Índia; viviam entre eles, em bandos, um pouco saltimbancos, mas por pretexto. A circulação lhes era assim mais fácil. Acampavam aqui e ali, mas graves, religiosos, não tendo com os outros nômades nenhuma semelhança, incapazes de roubar. O povo confundiu-os erroneamente, por muito tempo, com os mouriscos da Espanha e os mouriscos da China. Os mouriscos da Espanha eram moedeiros falsos; os mouriscos da China eram ladrões. Nenhuma semelhança com os comprachicos. Eram pessoas honestas. Que se pense o que se quiser, eram, às vezes, sinceramente escrupulosos. Empurravam uma porta, entravam, negociavam uma criança, pagavam e a levavam. Aquilo se fazia corretamente.

Eram de todos os países. Sob este nome, *comprachicos*, confraternizavam ingleses, franceses, castelhanos, alemães, italianos. Um mesmo pensamento, uma mesma superstição, a exploração em comum de um mesmo ofício, fazem essas fusões. Nessa fraternidade de bandidos, os nascidos no Levante representavam o Oriente, os nascidos no Poente representavam o Ocidente. Muitos bascos dialogavam com muitos irlandeses; o basco e o irlandês se entendem, falam o velho jargão púnico; acrescentem a isso as relações íntimas da Irlanda católica com a católica Espanha. Relações tão fortes que acabaram por fazer enforcar, em Londres, quase um rei da Irlanda, o lorde gaulês De Brany, o que originou o condado de Letrim.

Os comprachicos eram mais uma associação que uma tribo, mais um resíduo que uma associação. Era toda a canalha do universo que tinha como indústria um crime. Era uma espécie de povo arlequim, composto de todos os farrapos. Afiliar um homem, era costurar um andrajo.

Errar era a lei de existência dos comprachicos. Aparecer, depois desaparecer. Quem não é mais que tolerado não deita raízes. Mesmo nos reinos em que sua indústria abastecia as cortes e, em caso de necessidade, auxiliava o poder real, eram, às vezes, repentinamente hostilizados. Os reis usavam sua arte e metiam os artistas nas galés. Essas inconsequências vão ao sabor dos caprichos real. Pois tal é nosso prazer.

Pedra que rola e indústria que roda não pegam limo. Os comprachicos eram pobres. Poderiam ter dito o que dizia aquela bruxa magra e esfarrapada ao ver acender-se a tocha da fogueira: "É muita vela para pouco defunto." Talvez, provavelmente mesmo, seus chefes, que permaneciam incógnitos, os empresários de alto escalão do comércio de crianças, fossem ricos. Esse ponto, passados dois séculos, seria difícil de esclarecer.

Era, como dissemos, uma associação. Tinha suas leis, seu juramento, suas fórmulas. Tinha quase sua cabala. Quem quisesse saber mais, hoje, sobre os comprachicos, só precisaria ir à Biscaia ou à Galícia. Como havia muitos bascos entre eles, é nessas montanhas que repousa sua lenda. Fala-se, ainda hoje, dos comprachicos em Oyarzun, em Urbistondo, em Leso, em Astigarraga. *Aguarda te, niño, que voy a llamar al comprachicos!*[5] é, nessa região, o grito de intimidação das mães às crianças.

Os comprachicos, como os ciganos, marcavam encontros; de tempos em tempos, os chefes realizavam colóquios. Tinham, no século XVII, quatro principais pontos de encontro. Um na Espanha: o desfiladeiro de Pancorbo; um na Alemanha: a clareira chamada de Mulher Malvada, perto de Diekirsch, em que há dois baixos-relevos enigmáticos representando uma mulher com cabeça e um homem sem; um na França: a colina em que estava a colossal estátua Massuela-Promesse, no antigo bosque sagrado Borvo Tomona, perto de Bourbonne-les-Bains; um na Inglaterra: atrás do muro do jardim de William Chalonner, escudeiro de Gisbrough em Cleveland no York, entre a torre quadrada e o grande muro vazado por uma porta ogival.

VI

As leis contra os vagabundos sempre foram muito rigorosas na Inglaterra. A Inglaterra, em sua legislação gótica, parecia inspirar-se neste princípio: *Homo errans fera errante pejor*, o homem errante é pior que um animal selvagem errante. Um de seus estatutos especiais qualifica o homem sem asilo de "mais perigoso que a víbora, o dragão, o lince e o basilisco" (*atrocior áspide, dracone, lynce et basilico*). A Inglaterra, durante muito tempo, preocupou-se tanto com os ciganos, de que queria se desembaraçar, quanto com os lobos, de que se livrara.

Nisso os ingleses diferem dos irlandeses, que roga aos santos pela saúde do lobo e o chama de "meu padrinho".

A lei inglesa, contudo, do mesmo modo que tolerava, como acabamos de ver, o lobo domado e domesticado, transformado em uma espécie de cachorro, tolerava o vagabundo laborioso, transformado em súdito. Não se incomodava nem o saltimbanco, nem o barbeiro ambulante, nem o físico, nem o caixeiro viajante, nem o sábio ao ar livre, desde que tivessem um ofício de que viver. Fora isso, e salvo essas exceções, a espécie de homem livre que existe no homem errante amedrontava a lei. Um passante era um inimigo público possível. Esta coisa moderna, flanar, era ignorada; só se conhecia esta coisa antiga, errar. O "mau encarado", esse não sei quê que todo mundo entende e que ninguém pode definir, bastava para que a sociedade pegasse um homem pelo colarinho. Onde você mora? O que você faz? E se ele não pudesse responder, severas penas o aguardavam. O ferro e o fogo estavam no código. A lei praticava a cauterização da vagabundagem.

Daí, sobre todo o território inglês, uma verdadeira "lei dos suspeitos" aplicada aos errantes — a maioria malfeitores, é preciso dizê-lo — e particularmente aos ciganos, cuja expulsão foi erroneamente comparada à expulsão dos judeus e dos mouros da Espanha, e dos protestantes da França. Quanto a nós, nós não confundimos uma batida com uma perseguição.

Os comprachicos, insistamo-lo, não tinham nada em comum com os ciganos. Os ciganos eram uma nação; os comprachicos eram um composto de todas as nações; um resíduo, como dissemos; vaso horrível de águas imundas. Os comprachicos não tinham, como os ciganos, um idioma próprio; seu jargão era uma promiscuidade de idiomas; todas as línguas misturadas eram sua língua; falavam um cafarnaum. Tinham acabado por se tornar, como os ciganos, um povo serpenteando entre os povos; mas seu laço comum era a associação, não a raça. Em todas as épocas da história, podemos constatar, nesta vasta massa líquida que é a humanidade, alguns desses rios de homens deletérios correndo à parte, com algum envenenamento ao seu redor. Os ciganos eram uma família; os comprachicos eram uma franco-maçonaria; maçonaria que tinha não um objetivo augusto, mas uma indústria hedionda. Última diferença, a religião. Os ciganos eram pagãos, os comprachicos eram cristãos; e mesmo bons cristãos; como assenta a uma associação que, apesar de ser formada de todos os povos, nascera na Espanha, lugar devoto.

Eram mais que cristãos, eram católicos; eram mais que católicos, eram romanos; e tão ciosos de sua fé e tão puros, que recusaram associar-se aos nômades húngaros do condado de Peste, comandados e dirigidos por um velho que tinha como cetro um bastão ornado por um castão de prata encimado pela águia de duas cabeças da Áustria. É verdade que esses húngaros eram cismáticos a ponto de celebrar a Assunção em 27 de agosto, o que é abominável.

Na Inglaterra, enquanto reinaram os Stuarts, a associação dos comprachicos foi, como deixamos entrever os motivos, mais ou menos protegida. Jaime II, homem fervoroso, que perseguia os judeus e caçava os ciganos, foi príncipe clemente para os comprachicos. Vimos o porquê. Os comprachicos eram compradores do artigo humano cujo mercador era o rei. Eram exímios em desaparecimentos. O bem do Estado exige, de tempos em tempos, desaparecimentos. Um herdeiro importuno, de pouca idade, que eles pegavam e manipulavam, perdia a forma. Isso facilitava os confiscos. As transferências de senhorias para os favoritos eram simplificadas. Os comprachicos eram, além disso, muito discretos e muito taciturnos, prometiam silêncio e mantinham a palavra, o que é necessário para as coisas do Estado. Quase não havia exemplos de traição aos segredos do rei. Isso, na verdade, era de seu maior interesse. Pois, se o rei perdesse a confiança, eles se veriam em grande perigo. Constituíam, pois, um recurso do ponto de vista político. Além disso, esses artistas forneciam cantores ao santo papa. Os comprachicos eram úteis ao *Miserere* de Allegri. Eram particularmente devotos de Maria. Tudo isso agradava ao papismo dos Stuarts. Jaime II não podia ser hostil a homens religiosos que levavam sua devoção à virgem ao ponto de fabricar eunucos. Em 1688, houve uma mudança de dinastia na Inglaterra. Orange suplantou Stuart. Guilherme III substituiu Jaime II.

Jaime II iria morrer no exílio, onde fez milagres em sua tumba e onde suas relíquias curaram o bispo de Autun da fístula, digna recompensa das virtudes cristãs desse príncipe.

Guilherme, não tendo as mesmas ideias nem as mesmas práticas que Jaime, foi severo para com os comprachicos. Empregou muito de sua boa vontade para o extermínio dessa canalha.

Um estatuto dos primeiros tempos de Guilherme e Maria atingiu rudemente a associação dos compradores de crianças. Foi um golpe de massa nos comprachicos, que se pulverizaram. Segundo os termos do estatuto, os homens dessa associação, presos e devidamente julgados culpados, deviam ser marcados a ferro quente no ombro com um R, que significa *rogue*, isto é, vagabundo; na mão esquerda com um T, significando *thief*, ou seja ladrão; e na mão direita com um M, significando *man slay*, ou seja, assassino. Os chefes, "presumidamente ricos, apesar de seu aspecto andrajoso", seriam punidos com o *collistrigium*, o pelourinho, e marcados na testa com um P; teriam seus bens confiscados e as árvores de seus bosques arrancadas. Os que não denunciassem os comprachicos seriam "castigados com o confisco e com a prisão perpétua" e pelo crime de *misprision*, cumplicidade. Quanto às mulheres encontradas entre esses homens, elas sofreriam o *cucking stool*, que é um suplício cuja apelação, composta da palavra francesa *coquine*, safada, e da palavra alemã *stuhl*, cadeira, significa "cadeira de p...". Como a lei inglesa é dotada de uma estranha longevidade, essa punição existe ainda na legislação da Inglaterra para "as mulheres irascíveis".

Suspende-se o *cucking stool* sobre um riacho ou um lago, senta-se nele a mulher e solta-se a cadeira na água, depois a retiram da água e repetem três vezes esse mergulho da mulher, "para esfriar sua cólera", diz o comendador Chamberlayne.

LIVRO PRIMEIRO

A NOITE MENOS NEGRA QUE O HOMEM

I

A PONTA SUL DE PORTLAND

Um teimoso vento norte soprou ininterruptamente no continente europeu e, mais rudemente ainda, na Inglaterra, durante todo o mês de dezembro de 1689 e todo o mês de janeiro de 1690. Daí o frio calamitoso que fez com que esse inverno fosse escrito como "memorável para os pobres" nas margens da velha bíblia da capela presbiteriana dos Non Jurors de Londres. Graças à útil solidez do pergaminho monárquico empregado nos registros oficiais, longas listas de indigentes encontrados mortos de fome e de frio são ainda hoje legíveis em muitos repertórios locais, particularmente nos livros de registro da Clink Liberty Court do burgo de Southwark, da Pie Powder Court, que quer dizer Pátio dos pés poeirentos, e da White Chapel Court, mantida no vilarejo de Stapney pelo bailio do senhor. O Tamisa congelou, o que mal acontece uma vez por século, pois dificilmente o gelo ali se forma, por causa da vibração do mar. As carroças rodavam no rio gelado; houve, no Tamisa, feiras com barracas e combates de ursos e touros; ali assaram um touro inteiro, em cima do gelo. Esse gelo espesso durou dois meses. O penoso ano de 1690 superou em rigor mesmo os célebres invernos do começo do século XVII, tão minuciosamente observados pelo doutor Gédéon Delaun, que foi homenageado pela cidade de Londres com um busto com pedestal na qualidade de apoticário do rei Jaime I.

Uma noite, quase no final de um dos dias mais glaciais daquele mês de janeiro de 1690, acontecia, em uma das inúmeras enseadas inóspitas do golfo de Portland, algo inusitado que fazia gritar e dar voltas, na entrada dessa enseada, as gaivotas e os golfinhos, que não ousavam entrar.

Nessa angra, a mais perigosa de todas as enseadas do golfo quando reinam certos ventos e, consequentemente, a mais solitária e cômoda, exatamente por seu perigo, para os navios que querem se esconder, uma pequena embarcação, quase encostada na falésia, graças às águas profundas, estava amarrada a uma ponta de rocha. Enganamo-nos ao dizer que a noite cai; deveríamos dizer que a noite sobe; pois é da terra que vem a escuridão. Já estava escuro no pé da falésia; ainda estava claro no alto. Quem se aproximasse da embarcação amarrada, reconheceria uma urca biscainha.

O sol, escondido o dia inteiro pelas brumas, acabara de se pôr. Começava-se a sentir aquela angústia profunda e negra que se poderia denominar a ansiedade do sol ausente.

Como o vento não vinha do mar, a água da angra estava calma.

Era, principalmente no inverno, uma feliz exceção. Essas angras de Portland são, quase sempre, entradas de portos. O mar, no mau tempo, se revolve consideravelmente, e é preciso muita habilidade e experiência para por ali passar em segurança. Esses pequenos portos, mais aparentes que reais, prestam mau serviço. Temível é neles entrar, terrível sair. Naquela noite, extraordinariamente, não havia nenhum perigo.

A urca de Biscaia é uma antiga embarcação caída em desuso. Aquela urca, que servira até mesmo à marinha militar, tinha um casco robusto; barco por sua dimensão, navio por sua solidez. Figurava na Invencível Armada; a urca de guerra atingia, é verdade, grandes tonelagens; assim, a nau capitânea *São Martinho*, comandada por Lopez de Medina, comportava seiscentas e cinquenta tonéis e carregava quarenta canhões; mas a urna mercantil e de contrabando era de ínfimo porte. As pessoas do mar estimavam e consideravam seu gabarito mesquinho. Os cordames da urca eram formados de cabos de cânhamo, alguns com alma de fio de ferro, o que indica a intenção provável, mesmo que pouco científica, de obter indicações nos casos de tensão magnética; a tenuidade dessa enxárcia não excluía os grandes cabos de laborar, os cábreas das galeras espanholas e os *cameli* das trirremes romanas. A cana do leme era muito longa, o que lhe dava a vantagem de um grande braço de alavanca, mas o inconveniente de um pequeno arco de esforço; duas polias de corda fixadas na ponta da cana corrigiam esse defeito e atenuavam um pouco a perda de força. A bússola estava bem alojada em uma caixa perfeitamente quadrada, bem balanceada por dois quadros de cobre horizontais e montada sobre uma bitácula, como as lamparinas de Cardan. Havia ciência e sutileza na construção da urca, mas uma ciência ignorante e uma sutileza bárbara. A urca era primitiva como a barca e a piroga, participava da barca pela estabilidade e da piroga pela velocidade e tinha, como todas as embarcações nascidas do instinto pirata e pescador, notáveis qualidades marítimas. Era própria para águas fechadas e águas abertas; seu velame particularíssimo, com complicado sistema de velas de estai, permitia-lhe navegar vagarosamente nas baías fechadas das Astúrias, que são quase bacias, como Pasajes, por exemplo, e largamente em mar aberto; podia dar a volta a um lago ou a volta ao mundo; singulares naus com duas finalidades, boas para a calmaria e boas para a tempestade. A urca estava para os navios como a alvéola para os pássaros, um dos menores e dos mais intrépidos; a alvéola, pousada, mal faz vergar um junco, e, voando, atravessa o oceano.

As urcas de Biscaia, mesmo as mais pobres, eram douradas e pintadas. Essa tatuagem faz parte do gênio desses povos encantadores, um pouco selvagens. O sublime e confuso colorido de suas montanhas, desenhadas por neves e pradarias, revela-lhes, mesmo assim, o rude fascínio do ornamento. São indigentes e magníficos; colocam brasões em suas choupanas; possuem grandes asnos que engalanam de guizos e grandes bois que enfeitam com penachos; suas carroças, cujas rodas se ouvem gemer a duas léguas, são ornadas com iluminuras, cinzeladas e adornadas com fitas. Um sapateiro tem um baixo-relevo na porta; é São Crispino e um sapato, mas é de pedra. Eles engalanam suas vestes de couro; não remendam seus farrapos, bordam-nos. Alegria magnífica e profunda. Os bascos são, como os gregos, filhos do sol. Enquanto os valencianos se enrolam nus e tristes em seus cobertores de lã ocre, com um furo para a passagem da cabeça, os moradores da Galícia e da Biscaia têm a alegria das belas camisas de algodão branco alvejado no orvalho. As soleiras e as janelas de suas casas são repletas de faces loiras e frescas, rindo sob as guirlandas de milho. Uma serenidade jovial e altiva brilha nas suas artes ingênuas, nas suas indústrias, nos seus costumes, nos trajes das jovens, nas canções. A montanha, casebre colossal, é, na Biscaia, toda brilhante; os raios entram e saem por todas as suas brechas. O selvagem monte Jaizquivel é cheio de idílios. A Biscaia é a graça dos Pirineus como a Saboia é a graça dos Alpes. As temíveis baías que banham São Sebastião, Lezo e Fontarabie misturam às tormentas, às nuvens negras, às espumas que recobrem os cabos, à violência das ondas e do vento, ao horror, ao estrondo, barqueiras coroadas de rosas. Quem viu o país basco deseja revê-lo. É a terra bendita. Duas colheitas por ano, vilarejos alegres e sonoros, uma pobreza altiva, todo domingo o barulho de violões, danças, castanholas, amores, casas limpas e claras, cegonhas nos campanários.

Voltemos a Portland, áspera montanha do mar.

A península de Portland, vista em plano geometral, oferece o aspecto de uma cabeça de pássaro cujo bico está voltado para o oceano e a nuca para Weymouth; o istmo é o pescoço.

Portland, para grande prejuízo de sua selvageria, existe hoje para a indústria. As costas de Portland foram descobertas pelos explorados de pedra e gesso em meados do século XVIII. Desde essa época, com a rocha de Portland, é feito o chamado cimento romano, exploração útil que enriquece a região e desfigura a baía. Há duzentos anos, essas costas estavam arruinadas como uma falésia; hoje, estão arruinadas como uma pedreira; a picareta morde miudamente, as ondas largamente; daí uma diminuição da beleza. À corrosão magnífica do oceano sucedeu o corte regrado do homem. Esse corte regrado suprimiu a angra na qual estava amarrada a urca biscainha. Para encontrar algum vestígio desse pequeno ancoradouro demolido, seria preciso procurar na costa oriental da península, perto da ponta, para além de Folly-Pier e de Dirdle-Pier, para além mesmo de Wakeham, entre o lugar chamado Church-Hop e o lugar chamado Southwell.

A angra, murada de todos os lados por escarpas mais altas que sua própria largura, era a cada minuto mais invadida pela noite; a bruma turva, própria ao crepúsculo, tornava-se mais espessa; era como uma cheia de escuridão no fundo de um poço; a saída da angra para o mar, corredor estreito, desenhava nesse interior quase noturno, em que as águas se agitavam, uma fenda esbranquiçada. Tinha-se que estar muito perto para distinguir a urca amarrada aos rochedos e como que oculta em seu grande manto de sombra. Uma prancha lançada do navio a uma saliência baixa e plana da falésia, único ponto em que se dava pé, ligava o barco com a terra; formas escuras caminhavam e se cruzavam nessa ponte instável, e naquelas trevas pessoas embarcavam.

Fazia menos frio na angra que no mar, graças ao paredão de rochas que se erguia ao norte da bacia; diminuição que não impedia as pessoas de tiritar. Apressavam-se.

Os efeitos do crepúsculo recortam as formas de maneira implacável; os fiapos de suas roupas eram visíveis e mostravam que aquelas pessoas pertenciam à classe que, na Inglaterra, denomina-se *the ragged*, ou seja, os esfarrapados.

Distinguiam-se vagamente nos relevos da falésia os vaivéns de uma trilha. Uma moça que deixa seu espartilho apoiado no encosto de uma poltrona desenha, sem querer, quase todas as trilhas das falésias e das montanhas. A trilha dessa angra, cheia de nós e cotovelos, quase a pique, e mais apropriada para cabras do que para homens, dava na plataforma em que estava a prancha. As trilhas das falésias são habitualmente dotadas de declives pouco tentadores; mostram-se mais como um tombo do que como um caminho; desmoronam mais do que descem. Aquela, possível ramificação de algum caminho da planície, era desagradável ao olhar, tanto era vertical. De baixo, podia-se vê-la chegar, em ziguezague, aos platôs mais elevados da falésia e dali desembocar, por valas profundas, no platô superior por uma fenda na rocha. Por aquela trilha deviam ter vindo os passageiros que aquele barco esperava na angra.

Em torno do movimento de embarque que se fazia na angra, movimento visivelmente atemorizado e apreensivo, tudo estava ermo. Não se ouvia nem um passo, nem um barulho, nem um sopro. Mal se distinguia, do outro lado da enseada, na entrada da baía de

Ringstead, uma flotilha, evidentemente perdida, de barcos de pesca de tubarão. Aqueles barcos polares haviam sido lançados das águas dinamarquesas às águas inglesas pelos caprichos do mar. Os ventos boreais pregam essas peças nos pescadores. Aqueles tinham acabado de se refugiar no ancoradouro de Portland, sinal provável de mau tempo e de perigo em mar aberto. Estavam ocupados em lançar âncora. O barco mestre, posicionado à frente segundo o antigo costume das flotilhas norueguesas, desenhava em negro todo o seu velame contra a brancura plana do mar, e via-se na proa a forquilha de pesca com todas as variedades de ganchos e arpões destinados ao *seymus glacialis*, ao *squalus acanthias* e ao *squalus spinax niger* e a rede para capturar o grande seláquio. Com exceção dessas poucas embarcações, todas varridas para o mesmo lugar, o olhar, naquele vasto horizonte de Portland, nada encontrava de vivo. Nenhuma casa, nenhum navio. A costa, naquela época, não era habitada, e a enseada, naquela estação, não era habitável.

Por pior que fosse o aspecto, do tempo, os seres que a urca biscainha ia levar não deixavam de apressar a partida. Constituíam, à beira do mar, uma espécie de grupo atarefado e confuso, de movimentos rápidos. Distingui-los uns dos outros era difícil. Impossível ver se eram velhos ou jovens. A noite indistinta os misturava e os esfumava. A sombra, espécie de máscara, estava em seus rostos. Eram silhuetas na noite. Eram oito. Havia, provavelmente, entre eles uma ou duas mulheres, mal reconhecíveis sob os farrapos e andrajos que todo o grupo trajava, indumentária que não era mais nem roupa de mulheres, nem roupa de homens. Os maltrapilhos não têm sexo.

Uma sombra menor, indo e vindo entre os grandes, indicava um anão ou uma criança.

Era uma criança.

II

ISOLAMENTO

Observando de perto, eis o que podíamos notar.

Todos usavam longas capas, furadas e remendadas, mas grossas, que os cobriam, se fosse preciso, até os olhos, boas contra o vento e a curiosidade. Sob as capas, moviam-se agilmente. A maioria trazia um lenço enrolado em volta da cabeça, espécie rudimentar de turbante nascido na Espanha. Tal penteado nada tinha de insólito na Inglaterra. O Sul, nessa época, estava na moda no Norte. Talvez isso se devesse ao fato de o Norte estar derrotando o Sul. Vencia-o e admirava-o. Após a derrota da Invencível Armada, o castelhano se tornou, na corte de Elizabeth, uma elegante linguagem. Falar inglês na corte da rainha da Inglaterra era quase "shocking". Sujeitar-se um pouco aos costumes daqueles a quem se impõe a lei é o hábito do vencedor bárbaro frente ao vencido refinado; o tártaro contempla e imita o chinês. É por isso que as modas castelhanas penetravam na Inglaterra; em contrapartida, os interesses ingleses infiltravam-se na Espanha.

Um dos homens do grupo que embarcava parecia chefe. Calçava alpargatas e estava paramentado de farrapos ornamentados e dourados e de um colete de lantejoulas, que reluzia, sob a capa, como uma barriga de peixe. Um outro tinha sobre o rosto um vasto chapéu de feltro, um sombrero. Esse chapéu não tinha buraco para o cachimbo, o que indicava um homem letrado.

O menino, por cima de seus farrapos, estava vestido, segundo o princípio de que um blusão de homem é um casaco de criança, com uma bata de marinheiro que lhe descia até os joelhos.

Pelo seu tamanho, adivinhava-se um garoto de dez a onze anos. Estava descalço.

A tripulação da urca se compunha de um dono e dois marinheiros.

A urca, ao que parecia, vinha da Espanha e para ali voltava. Fazia, sem nenhuma dúvida, de uma costa a outra, um serviço furtivo.

As pessoas que ela embarcava cochichavam entre si.

O cochichar daqueles seres era híbrido. Ora uma palavra castelhana, ora uma palavra alemã, ora uma palavra francesa; às vezes gaulês, às vezes basco. Era um dialeto, se não fosse um jargão.

Pareciam ser de todas as nações e do mesmo grupo.

A tripulação era provavelmente gente deles. Havia conivência naquele embarque.

Aquela trupe heteróclita parecia ser uma associação de camaradas, talvez um bando de cúmplices.

Se houvesse um pouco mais de claridade, e se se olhasse com um pouco de cuidado, ter-se-ia percebido que aquelas pessoas usavam rosários e escapulários mal dissimulados sob os farrapos. Um dos aparentemente mulher misturado ao grupo tinha um rosário quase igual, pelo tamanho das contas, a um rosário de derviche, fácil de reconhecer como um rosário irlandês de Llanymthefry, também chamada de Llanandiffry.

Poder-se-ia igualmente notar, se houvesse um pouco menos de escuridão, uma Nuestra-Señora com o niño, dourada, esculpida na proa da urca. Era, provavelmente, a Nossa Senhora basca, espécie de Virgem dos velhos cantábricos. Sob essa espécie de figura de proa, havia uma lanterna, não acesa naquele momento, excesso de precaução que indicava o extremo cuidado de se esconder. Essa lanterna servia evidentemente a duas finalidades: quando a acendiam, ardia pela Virgem e iluminava o mar, fanal fazendo as vezes de círio.

O talha-mar, comprido, curvo e agudo sob o gurupés, saía da proa como um quarto crescente. No ponto em que nascia o talha-mar, aos pés da Virgem, ajoelhava-se um anjo encostado à roda de proa, de asas fechadas, olhando o horizonte com um binóculo. O anjo era dourado como a Nossa Senhora.

Havia no talha-mar aberturas e fendas para deixar passar as ondas, ocasião de douraduras e arabescos.

Sob a Nossa Senhora estava escrito, em maiúsculas douradas, a palavra *Matutina*, nome do navio, ilegível naquele momento por causa da obscuridade.

Ao pé da falésia estava jogada, desordenadamente e na confusão da partida, a carga que aqueles viajantes levavam e que, graças à prancha que servia de ponte, passava rapidamente das margens para o barco. Sacos de biscoitos, uma barrica de *stockfish*, uma caixa de sopa em pó, três barris — um de água doce, um de malte, um de alcatrão —, quatro ou cinco garrafas de cerveja, um velho bote amarrado por correias, baús, arcas, um fardo de estopa para tochas e sinalizações, tal era o carregamento. Aqueles esfarrapados tinham malas, o que parecia indicar uma existência nômade; os andrajosos ambulantes são obrigados a possuir alguma coisa; gostariam, às vezes, de partir como pássaros, mas não podem, exceto se quiserem perder seu ganha-pão. Têm, necessariamente, caixas de ferramentas e instrumentos de trabalho, seja qual for sua profissão errante. Aqueles ali carregavam essa bagagem, estorvo em mais de uma ocasião.

Não devia ter sido fácil trazer aquela mudança para o pé da falésia. O que, de resto, revelava uma intenção de partida definitiva.

Não se perdia tempo; era uma passagem contínua das margens para o barco e do barco para as margens; todos participavam; um carregava um saco, outro um baú. As possíveis ou prováveis mulheres naquela promiscuidade trabalhavam como os outros. E sobrecarregava-se o menino.

Que o menino tivesse naquele grupo pai e mãe era pouco provável. Nenhum sinal de vida lhe era dado. Faziam-no trabalhar, nada mais. Ele não parecia uma criança em uma família, mas um escravo em uma tribo. Servia a todos, e ninguém falava com ele.

De resto, ele ia ligeiro e, como toda aquela trupe obscura de que fazia parte, parecia ter um único pensamento, embarcar rapidamente. Acaso sabia por quê? Provavelmente, não. Aviava-se maquinalmente. Porque via os outros se aviarem.

A urca estava estivada. O carregamento da bagagem no porão foi prontamente executado, o momento de largar chegava. A última caixa fora levada à ponte, só faltava embarcar os homens. Os dois daquela trupe que pareciam mulheres já estavam a bordo; seis, entre eles o menino, ainda estavam na plataforma baixa da falésia. O movimento da partida se fez no navio, o dono segurou o leme, um marinheiro pegou um machado para cortar o cabo de amarra. Cortar, sinal de pressa; quando se tem tempo, desamarra-se. "*Andamos*", disse, à meia-voz, aquele dos seis que parecia o chefe e que tinha lantejoulas nos farrapos. O menino precipitou-se para a prancha para ser o primeiro a entrar. Quando a estava alcançando, dois homens se empurrando, e quase o derrubando no mar, entraram antes dele; um terceiro o empurrou com o cotovelo e passou; o quarto repeliu-o com a mão e seguiu o terceiro; o quinto, que era o chefe, não entrou, mas saltou para o barco e, depois de fazê-lo, empurrou com o calcanhar a prancha que caiu no mar. Uma machadada cortou a amarra, a cana do leme girou, o navio largou, e o menino ficou em terra.

III
SOLIDÃO

O menino quedou imóvel no rochedo, com o olhar fixo. Não chamou. Não reclamou. Contudo, aquilo era inesperado; não disse uma palavra. Havia, no navio, o mesmo silêncio. Nenhum grito do menino para os homens, nenhum adeus dos homens ao menino. Havia, das duas partes, uma aceitação muda do intervalo que ia aumentando. Era como uma separação de manes às margens de algum Estige. O menino, como que pregado na rocha que a maré alta começava a banhar, olhou o barco se afastar. Parecia entender. O quê? O que entendia? A sombra.

Um momento depois, a urca atingiu o estreito de saída da enseada e nele entrou. Viu-se a ponta do mastro contra o céu claro, acima dos rochedos a prumo entre os quais serpenteava o estreito, como entre duas muralhas. Essa ponta errou no alto das rochas e pareceu nelas mergulhar. Não se a viu mais. Acabara. O barco pegara o mar.

O menino olhou aquele esvaecimento.

Estava atônito, mas pensativo.

À sua estupefação mesclava-se uma sombria constatação da vida. Parecia haver experiência naquele ser incipiente. Talvez já julgasse? As provações, quando começam cedo demais, constroem, às vezes, no fundo da reflexão obscura das crianças, não sei que temível balança em que essas pobres alminhas pesam Deus.

Sentindo-se inocente, aceitava. Nenhuma queixa. O irrepreensível não repreende.

Aquela brusca eliminação que dele faziam não lhe arrancou nem mesmo um gesto. Teve uma espécie de enrijecimento interior. Sob aquela súbita via de fato do destino, que parecia colocar o desfecho de sua existência quase antes do início, o menino não se dobrou. Recebeu o raio, de pé.

Era evidente, para quem visse seu espanto sem desespero, que, naquele grupo que o abandonava, ninguém o amava, e ele amava ninguém.

Pensativo, esquecia o frio. De repente, a água molhou-lhe os pés; a maré subia; um sopro atravessou-lhe os cabelos; o vento se levantava. Estremeceu. Teve da cabeça aos pés aquele estremecimento que é o despertar.

Deu uma olhada em torno.

Estava só.

Não houvera para ele, até aquele dia, outros homens na terra além daqueles que estavam, naquele momento, na urca. Aqueles homens tinham acabado de escapulir.

Acrescentemos, coisa estranha de enunciar, que aqueles homens, os únicos que conhecera, lhe eram desconhecidos.

Não poderia dizer quem eram aqueles homens.

Sua infância se passara entre eles, sem que tivesse a consciência de ser um deles. Estava justaposto a eles; nada mais.

Acabara de ser esquecido por eles.

Não tinha dinheiro, nem sapatos nos pés, mal tinha uma roupa no corpo nem mesmo um pedaço de pão no bolso.

Era inverno. Era noite. Era preciso andar várias léguas antes de encontrar uma habitação humana.

Ignorava onde estava.

Não sabia nada, exceto que aqueles que tinham vindo com ele à beira daquele mar tinham partido sem ele.

Sentia-se expulso da vida.

Sentia o homem faltar-lhe sob os pés.

Tinha dez anos.

O menino estava num deserto, entre profundezas em que via elevar-se a noite e profundezas em que ouvia rugir as ondas.

Esticou os bracinhos magros e bocejou.

Depois, bruscamente, como alguém que toma uma decisão, e saindo de sua letargia, e com a agilidade de um esquilo — de saltimbanco, talvez — voltou as costas para a enseada e se pôs a subir as encostas da falésia. Escalou a trilha, deixou-a, voltou a ela, alerta e arriscando-se. Apressava-se agora a chegar à terra. Parecia ter um itinerário. Contudo, não ia a parte alguma.

Apressava-se sem objetivo, espécie de fugitivo diante do destino.

Escalar é próprio do homem; trepar, do animal. Ele escalava e trepava. Como as escarpas de Portland estão voltadas para o sul, quase não havia neve na trilha. A intensidade do frio, aliás, transformara essa neve em uma poeira bastante incômoda para o caminhante. O menino fazia como podia. Seu blusão de homem, largo demais, era uma complicação e o atrapalhava. De vez em quando, encontrava, em uma saliência ou um declive, um pouco de gelo que o fazia cair. Agarrava-se a um ramo seco ou a uma saliência da pedra, após ter ficado pendurado alguns instantes sobre o precipício. Uma vez, pisou em um veio de brecha que desmoronou bruscamente sob seus pés, arrastando-o em sua demolição. Esses desabamentos da brecha são pérfidos. Durante alguns segundos, o menino pareceu uma telha escorregando de um telhado; rolou até à última beira da queda; um tufo de mato agarrado a tempo o salvou. Não gritou diante do abismo como não gritara diante dos homens; arrimou-se e voltou a subir, silencioso. A escarpa era alta. Houve, assim, algumas peripécias. O precipício era agravado pela escuridão. Aquela rocha vertical não tinha fim. Recuava, diante da criança, nas profundezas do alto. À medida que o menino subia, o cume parecia subir. Enquanto ia trepando, considerava aquele entablamento negro, colocado como uma barreira entre o céu e ele. Finalmente chegou.

Saltou para o planalto. Quase se poderia dizer que ele aportara, pois saía do precipício.

Mal se viu fora da escarpa, começou a tiritar. Sentiu em seu rosto o vento cortante, essa lâmina da noite. O mordente do vento noroeste soprava. Apertou contra o peito sua bata de marinheiro.

Era uma boa roupa. Chama-se, em linguagem de bordo, um capote sudoeste, porque essa espécie de bata é pouco permeável às chuvas do sudoeste.

O menino, chegando ao planalto, parou, pôs firmemente os dois pés nus na terra gelada, e olhou.

Atrás dele, o mar; na frente, a terra; sobre a sua cabeça, o céu.

Mas um céu sem estrelas. Uma neblina opaca cobria o zênite.

Chegando ao alto da muralha de rocha, encontrava-se virado para o lado da terra; considerou-a. Diante dele, ela era a perder de vista, plana, gelada, coberta de neve. Alguns tufos de erica tremiam. Não se viam estradas. Nada. Nem mesmo uma cabana de pastor. Via-se, aqui e ali, redemoinhos de espirais pálidas, turbilhões de neve fina arrancados da terra pelo vento que esvoaçavam. Uma sucessão de ondulações do terreno, que se tornava imediatamente brumosa, serpenteava no horizonte. As grandes planícies descoradas perdiam-se na neblina branca. Silêncio profundo. Aquilo se estendia como o infinito e calava-se como o túmulo.

O menino voltou-se para o mar.

O mar, como a terra, estava branco; uma de neve, o outro de espuma. Nada mais melancólico que a claridade forjada por aquela dupla brancura. Certas luminosidades da noite têm durezas muito nítidas; o mar era de aço, as falésias eram de ébano. Da altura em que o menino se encontrava, a baía de Portland aparecia quase como um mapa geográfico, alvacenta em seu semicírculo de colinas; havia algo de sonho naquela paisagem noturna; um círculo pálido envolvendo um quarto crescente escuro; a lua oferece, às vezes, esse aspecto. De uma ponta a outra, em toda aquela costa, não se via uma única cintilação indicando uma lareira acesa, uma janela iluminada, uma casa viva. Ausência de luz na terra como no céu; nenhuma lâmpada embaixo, nenhum astro em cima. Os vastos platôs das águas no golfo tinham, aqui e ali, elevações súbitas. O vento desfazia e amarrotava aquele lençol. A urca ainda era visível na baía, fugindo.

Era um triângulo negro que deslizava naquela lividez.

Ao longe, confusamente, as extensões de água revolviam-se no claro-escuro sinistro da imensidão.

A *Matutina* navegava veloz. Diminuía de minuto a minuto. Nada mais rápido que o perder-se de um navio nas lonjuras do mar.

A um dado momento, ela acendeu o fanal de proa; é provável que a escuridão se estivesse tornando inquietante ao seu redor e que o piloto sentisse necessidade de iluminar a águas. Aquele ponto luminoso, cintilação percebida de longe, aderia lugubremente à sua alta e longa forma negra. Dir-se-ia uma mortalha de pé e caminhando no meio do mar, sob a qual alguém estaria segurando na mão uma estrela.

Havia no ar uma iminência de tempestade. O menino não se dava conta, mas um marinheiro teria estremecido. Era aquele minuto de ansiedade prévia, em que parece que os elementos vão se transformar em pessoas e que se vai assistir à transfiguração misteriosa do vento em boreal. O mar vai ser oceano, as forças vão revelar vontades, o que tomamos por uma coisa é uma alma. É o que se vai ver. Daí o horror. A alma do homem teme esse confronto com a alma da natureza.

Um caos ia fazer sua entrada. O vento, dispersando a neblina e amontoando as nuvens por detrás, montava o cenário daquele drama terrível das águas e do inverno, denominado tempestade de neve.

O sintoma dos navios que voltavam se manifestava. A baía já não estava deserta. A todo instante, surgiam, de trás dos cabos, barcos inquietos, que se apressavam em direção ao ancoradouro. Uns dobravam o Portland Bill, outros o Saint-Albans Head. Do extremo mais longínquo, vinham velas. Que se refugiasse quem pudesse. Ao sul, a escuridão se adensava e as nuvens, cheias de noite, aproximavam-se do mar. O peso da tempestade que pendia do céu apaziguava, de modo lúgubre, as águas. Não era o momento de partir. A urca, contudo, partira.

Rumara para sul. Já estava fora do golfo e em alto-mar. De repente, o vento soprou em rajadas; a *Matutina*, que ainda se via muito nitidamente, abria todas as velas, como que resolvida a tirar partido do furacão. Era o noroeste, que antigamente chamavam de galerno, vento sorrateiro e violento. O noroeste encarniçou-se imediatamente sobre a urca. A urca, atingida de lado, inclinou-se, mas não hesitou, e continuou seu curso para o alto-mar. Aquilo indicava mais uma fuga que uma viagem, menos temor do mar que da terra e mais preocupação com a perseguição dos homens que com a perseguição dos ventos.

A urca, passando por todos os graus da redução, mergulhou no horizonte; a pequena estrela, que ela arrastava na escuridão, empalideceu; a urca, cada vez mais amalgamada à noite, desapareceu.

Dessa vez, era para sempre.

Pelo menos, o menino pareceu compreendê-lo. Parou de olhar o mar. Seus olhos se voltaram para as planícies, as charnecas, as colinas, para os espaços em que não era, talvez, impossível fazer um encontro vivo. Pôs-se em marcha nesse desconhecido.

QUESTÕES

Que era, afinal, aquela espécie bando em fuga que deixou, para trás, aquele menino?

Aqueles fugitivos eram comprachicos?

Vimos acima, em detalhes, as medidas tomadas por Guilherme III, e votadas no parlamento, contra os malfeitores, homens e mulheres, chamados de comprachicos, de compra-pequeños, de cheylas.

Há legislações dispersantes. Aquele estatuto, que caiu sobre os comprachicos, determinou uma fuga generalizada, não apenas dos comprachicos, mas de vagabundos de toda a espécie. Foi um deus-nos-acuda para se safar e embarcar. A maior parte dos comprachicos voltaram para a Espanha. Muitos, como dissemos, eram bascos.

Aquela lei protetora da criança teve um primeiro resultado estranho: um súbito abandono de crianças.

Aquele estatuto penal produziu, imediatamente, uma multidão de crianças abandonadas, perdidas. Nada mais simples de entender. Qualquer grupo nômade que tivesse uma criança era suspeito; o simples fato da presença da criança denunciava-o. São, provavelmente, comprachicos. Tal era a primeira ideia do xerife, do preboste, do policial. Seguiam-se prisões e investigações. Pessoas simplesmente miseráveis, reduzidas a errar e a mendigar, ficavam aterrorizadas de passar por comprachicos, mesmo não o sendo; mas os fracos não confiam muito nos possíveis erros da justiça. Além disso, as famílias errantes são, normalmente, assustadas. O que se reprovava nos comprachicos era a exploração das crianças dos outros. Mas as promiscuidades da miséria e da indigência são tais que, por vezes, teria sido complicado a um pai e a uma mãe provar que seu filho era seu filho. De onde veio essa criança? Como provar que ela vinha de Deus? A criança tornava-se um perigo; desfaziam-se dela. Fugir sozinhos será mais fácil. O pai e a mãe se decidiam a perdê-la, fosse em um bosque, fosse em uma praia, fosse em um poço.

Encontravam-se, nas cisternas, crianças afogadas.

Acrescentemos que os comprachicos eram, à imitação da Inglaterra, caçados, então, por toda a Europa. Soara o toque de persegui-los. Nada como dar o impulso inicial. Desde então, todas as polícias rivalizavam para pegá-los, e o aguazil não estava menos à espreita que o policial. Ainda se podia ler, há vinte e três anos, em uma pedra da porta de Otero, uma inscrição intraduzível — o código, nas palavras, desafia a honestidade — que, de resto, marcava, com uma forte diferença penal, a nuança entre os mercadores de crianças e os ladrões de crianças. Eis a inscrição, em um castelhano um pouco selvagem: *Aqui quedan las orejas de los comprachicos, y las bolsas de los robaninõs, mientras que se van ellos al trabajo de mar.*[6] Como vemos, as orelhas, etc., confiscadas não impediam as galés. Daí um salve-se-quem-puder entre os vagabundos. Partiam apavorados, chegavam trêmulos. Por todo o litoral da Europa, vigiavam-se as chegadas furtivas. Para um bando, embarcar com uma criança era impossível, pois desembarcar com uma criança era perigoso.

Perder a criança, era a melhor solução.

Por quem a criança que acabamos de entrever na penumbra da solidão de Portland havia sido rejeitada?

Ao que tudo indica, por comprachicos.

V

A ÁRVORE DE INVENÇÃO HUMANA

Poderiam ser, aproximadamente, sete horas da noite. O vento, agora, diminuía, sinal de recrudescência próxima. O menino se encontrava no extremo do planalto sul da ponta de Portland.

Portland é uma península. Mas o menino ignorava o que era uma península e não conhecia nem mesmo esta palavra, Portland. Só sabia uma coisa, que podemos caminhar até não aguentar mais. Uma noção é um guia; ele não tinha noção nenhuma. Eles o haviam trazido até ali e ali o deixado. *Eles* e *ali*, esses dois enigmas representavam todo o seu destino; *eles* era o gênero humano; *ali* era o universo. Não havia, neste mundo, absolutamente nenhum outro ponto de apoio fora a pequena quantidade de terra em que punha os calcanhares, terra dura e fria para a nudez de seus pés. Nesse grande mundo crepuscular, aberto de todos os lados, o que havia para aquela criança? Nada.

Ele caminhava para aquele Nada.

O imenso abandono dos homens o rodeava.

Atravessou diagonalmente o primeiro planalto, depois um segundo, depois um terceiro. Na extremidade de cada planalto, o menino encontrava uma falha no terreno; o declive era, às vezes,

80   O HOMEM QUE RI

abrupto, mas sempre curto. As altas planícies nuas da ponta de Portland assemelham-se a grandes lajes quase encaixadas umas sobre as outras; o lado sul parece entrar sob a planície precedente, e o lado norte se sobrepõe à seguinte. Isso produzia desníveis que o menino saltava agilmente. De vez em quando, suspendia sua caminhada e parecia consultar a si mesmo. A noite tornava-se muito escura, seu raio de visão se reduzia, não via senão há alguns palmos.

De repente, parou, escutou um instante, fez um imperceptível aceno de cabeça satisfeito, virou-se vivamente e dirigiu-se para um monte de altura medíocre que via confusamente à sua direita, na ponta da planície mais próxima da falésia. Havia, naquele monte, uma configuração que parecia, na neblina, uma árvore. O menino acabara de ouvir, vindo daqueles lados, um barulho, que não era nem o barulho do vento, nem o barulho do mar. Também não era a voz de um animal. Pensou que ali havia alguém.

Em algumas pernadas, chegou ao sopé do montículo.

Havia, efetivamente, alguém.

O que não se podia distinguir no topo do monte era agora visível.

Era algo como um grande braço que saía reto da terra. Na extremidade superior daquele braço, uma espécie de indicador, sustentado, por baixo, pelo polegar, estendia-se horizontalmente. Aquele braço, aquele polegar e aquele indicador desenhavam no céu um esquadro. No ponto de união dessa espécie de indicador e dessa espécie de polegar, havia um fio do qual pendia não sei quê de negro e informe. Aquele fio, balançado pelo vento, fazia o barulho de uma corrente.

Era aquele barulho que o menino ouvira.

O fio era, visto de perto, o que o barulho anunciava, uma corrente. Corrente marítima com quase todos os anéis.

Por essa misteriosa lei de amálgama que na natureza inteira superpõe as aparências às realidades, o lugar, a hora, a neblina, o mar trágico, os longínquos tumultos visionários do horizonte, somavam-se a essa silhueta e a faziam enorme.

A massa ligada à corrente assemelhava-se a uma bainha. Parecia um bebê enfaixado, mas era longa como um homem. Havia, no alto, uma parte arredondada, em torno da qual a extremidade da corrente estava enrolada. A parte inferior da bainha estava rota. Descarnamentos saíam pelos rasgos.

Uma brisa ligeira agitava a corrente, e o que pendia da corrente vacilava suavemente. Aquela massa passiva obedecia aos movimentos difusos da vastidão; tinha não sei quê de pânico; o horror que distorce a proporção dos objetos quase tirava-lhe a dimensão, deixando-lhe o contorno; era uma condensação de negrume que tinha um aspecto; tinha a noite sobre e dentro de si; era presa da ampliação sepulcral; os crepúsculos, as fases da lua, o deslizar das constelações por trás das falésias, as flutuações do espaço, as nuvens, toda a rosa dos ventos tinham acabado por entrar na composição daquele nada visível; aquela espécie de bloco qualquer suspenso ao vento participava da impessoalidade esparsa ao longe no mar e no céu, e as trevas concluíam aquela coisa que havia sido um homem.

Era o que não é mais.

Ser um resto é algo que escapa à língua humana. Não existir mais, e persistir, estar no abismo e fora dele, ressurgir por sobre a morte, como insubmergível, há uma certa quantidade de impossível misturada a tais realidades. Daí o indizível. Aquele ser — acaso era um ser? —, aquela testemunha negra, era um resto, e um resto terrível. Resto de quê? Primeiro, da natureza; segundo, da sociedade. Zero e total.

A inclemência absoluta o tinha à sua discrição. Os profundos esquecimentos da solidão o rodeavam. Estava entregue às aventuras do ignorado. Era indefeso contra a obscuridade, que fazia dele o que queria. Era para sempre o paciente. Sujeitava-se. Os furacões agiam sobre ele. Lúgubre função dos ventos.

Aquele espectro estava entregue à pilhagem. Enfrentava uma horrível via de fato, a do apodrecimento aos ventos. Escapava da lei do ataúde. Tinha o aniquilamento sem a paz. Desfazia-se em cinzas no verão e em lama no inverno. A morte deve ter um véu, a tumba deve ter um pudor. Aqui, nem pudor nem véu. A putrefação cínica e confessa. Há algo de insolente na morte quando ela revela sua obra. Insulta todas as serenidades da sombra quando trabalha fora de seu laboratório, a tumba.

Aquele ser expirado estava despojado. Despojar um despojo, inexorável finalização. Sua medula não estava mais nos ossos, suas vísceras não estavam mais em seu ventre, sua voz não estava mais em sua garganta. Um cadáver é um bolso que a morte vira do avesso e esvazia. Se houvera um eu, onde aquele eu estava? Ainda ali, talvez. E pensar nisso era pungente. Algo de errante em torno de algo pendurado em uma corrente. Podemos imaginar, na escuridão, lineamento mais fúnebre?

Existem realidades neste mundo que são como janelas para o desconhecido, por onde a saída do pensamento parece possível e para as quais a hipótese se precipita. A conjectura tem sua *compelle intrare*. Se passamos em certos lugares e diante de certos objetos, não podemos nos impedir de parar, capturados pelo devaneio, e de deixar nosso espírito avançar para dentro deles. Há, no invisível, obscuras portas entreabertas. Ninguém poderia encontrar aquele defunto sem meditar.

A vasta dispersão o desgastava silenciosamente. Ele tinha tido um sangue que haviam bebido, uma pele que tinham comido, uma carne que haviam roubado. Nada por ele passara sem tomar-lhe alguma coisa. Dezembro emprestara-lhe o frio; meia-noite, o terror; o ferro, a ferrugem; a peste, os miasmas; a flor, perfumes. Sua lenta desagregação era um tributo. Tributo do cadáver às rajadas de vento, à chuva, ao orvalho, aos répteis, aos pássaros. Todas as mãos sombrias da noite haviam saqueado aquele morto.

Era não sei que estranho habitante, o habitante da noite. Estava em uma planície e sobre uma colina, e não estava. Era palpável e evanescente. Era uma sombra completando as trevas. Após o desaparecimento do dia, na vasta escuridão silenciosa, tornava-se lugubremente conivente com tudo. Aumentava, simplesmente por estar ali, o luto da tempestade e a calma dos astros. O inexprimível, que pertence ao deserto, condensava-se nele. Destroço de um destino desconhecido, somava-se a todas as indomáveis reticências da noite. Havia em seu mistério uma vaga reverberação de todos os enigmas.

Sentia-se em torno dele como um encolher-se da vida que ia até as profundezas. Havia, nas vastidões que o cercavam, uma diminuição da certeza e da confiança. O estremecer dos arbustos e dos matos, uma melancolia desolada, uma ansiedade em que parecia haver consciência, assimilavam tragicamente toda a paisagem àquela figura negra suspensa àquela corrente. A presença de um espectro no horizonte agrava a solidão.

Ele era um simulacro. Tendo sobre si os ventos que não se apaziguam, era implacável. O estremecer eterno tornava-o terrível. Ele parecia, nos espaços, um centro, o que é assustador de dizer, e alguma coisa imensa apoiava-se nele. Quem sabe? Talvez a equidade entrevista e desafiada que está para além de nossa justiça. Havia, na sua persistência fora da tumba, a vingança dos homens e sua própria vingança. Era, naquele crepúsculo e naquele deserto, como que um atestado. Era a prova da matéria inquietante, porque a matéria diante da qual estremecemos é a ruína da alma. Para que a matéria morta nos perturbe, é preciso que o espírito nela tenha vivido. Ele denunciava a lei terrena à lei do alto. Ali colocado pelo homem, ele esperava Deus. Acima dele flutuavam, com todas as torções indistintas das nuvens escuras e das águas, as enormes divagações da escuridão.

Por trás daquela visão, havia não sei que oclusão sinistra. O ilimitado, limitado por nada, nem por uma árvore, nem por um teto, nem por um passante, cercava aquele morto. Quando a imanência que paira sobre nós, céu, abismo, vida, tumba, eternidade, se mostra patente, é então que sentimos tudo inacessível, tudo proibido, tudo murado. Quando o infinito se abre, não há fechamento mais formidável.

VI

BATALHA ENTRE A MORTE E A NOITE

O menino estava diante daquela coisa, mudo, atônito, com os olhos fixos.

Para um homem, seria uma forca; para a criança, era uma aparição.

Onde o homem veria o cadáver, a criança via o fantasma.

E, depois, ele não entendia.

As atrações do abismo são de toda espécie; havia uma no alto daquela colina. O menino deu um passo, depois dois. Subiu, sentindo vontade de descer, e aproximou-se, sentido vontade de recuar.

Veio, bem perto, ousado e trêmulo, fazer um reconhecimento do fantasma.

Chegando ao pé da forca, levantou a cabeça e examinou.

O fantasma estava coberto de breu. Luzia aqui e ali. O menino distinguia o rosto. Estava recoberto de alcatrão, e aquela máscara que parecia viscosa e pegadiça se modelava nos reflexos da noite. O menino via a boca que era um buraco, o nariz que era um buraco, e os olhos que eram buracos. O corpo estava envolvido e como enfaixado em um grosso tecido de algodão embebido de nafta. O tecido tinha-se embolorado e rompido. Um joelho escapava para fora. Uma fenda deixava ver as costelas. Algumas partes eram cadáver, outras esqueleto. O rosto era cor de terra; algumas lesmas, que por ali haviam errado, haviam deixado rastros prateados. O tecido, colado aos ossos, oferecia relevos, como os trajes de uma estátua. O crânio, rachado e fendido, tinha o hiato de um fruto podre. Os dentes tinham permanecido humanos, tinham conservado o riso. Um resto de grito parecia rumorejar na boca aberta. Havia alguns pelos de barba nas bochechas. A cabeça, inclinada, parecia atenta.

Recentemente, haviam feito alguns consertos. O rosto fora recém-coberto de alcatrão, assim como o joelho que saía do tecido e as costelas. Embaixo, os pés passavam.

Bem abaixo, no capim, viam-se dois sapatos, deformados pela ação da neve e das chuvas. Aqueles sapatos tinham caído daquele morto.

O menino, de pés descalços, olhou aqueles sapatos.

O vento, cada vez mais inquietante, tinha dessas interrupções que fazem parte dos preparativos de uma tempestade; tinha cessado completamente há alguns instantes. O cadáver não se mexia mais. A corrente tinha a imobilidade de um fio de prumo.

Como todos os recém-chegados à vida, e considerando a pressão especial de seu destino, o menino tinha, sem dúvida nenhuma, em si, aquele despertar de ideias próprio aos primeiros anos, que trata de abrir o cérebro e que se assemelha às bicadas do pássaro na casca do ovo; mas tudo o que havia na sua pequena consciência naquele momento se resolvia em estupor. O excesso de sensação, como efeito do óleo em excesso, embota o pensamento. Um homem ter-se-ia feito perguntas, a criança não as fazia; olhava.

O breu dava àquele rosto um aspecto molhado. Gotas de alcatrão enrijecidas naquilo que haviam sido os olhos pareciam lágrimas. De resto, graças àquele alcatrão, a corrupção da morte tinha-se, senão anulado, visivelmente tornado mais lenta e se reduzido à menor degradação possível. O que o menino tinha diante de si era uma coisa de que cuidavam. Aquele homem era evidentemente precioso. Ninguém se esforçara para conservá-lo vivo, mas esforçavam-se para conservá-lo morto.

A forca era velha, carcomida, apesar de sólida, e servia há muitos anos.

Era um costume imemorial na Inglaterra cobrir de breu os contrabandistas. Enforcavam-nos à beira mar, lambuzavam-nos de piche e deixavam-nos pendurados; os exemplos exigem o ar livre, e os exemplos lambuzados de piche se conservam melhor. Aquele breu significava humanidade. Podia-se, dessa maneira, renovar, com menor frequência, os enforcados. Espalhavam-se patíbulos a certa distância uns dos outros ao longo da costa, como atualmente a iluminação nos postes nas ruas. O enforcado fazia às vezes de lampião. Iluminava, a seu modo, seus companheiros contrabandistas. Os contrabandistas, de longe, no mar, avistavam os patíbulos. Viam uma primeira forca, primeira advertência; depois uma outra, segunda advertência. Aquilo não impedia o contrabando; mas a ordem se compõe dessas coisas. Essa moda durou, na Inglaterra, até o início desse século. Em 1822, ainda se via, na frente do castelo de Douvres, três enforcados envernizados. De resto, o procedimento de conservação não se limitava aos contrabandistas. A Inglaterra tirava o mesmo partido dos ladrões, dos incendiários e dos assassinos. John Painter, que ateou fogo nas lojas marítimas de Portsmouth, foi enforcado e coberto de piche em 1776. O abade Coyer, que o apelidou de João, o Pintor, reviu-o em 1777. John Painter estava pendurado e acorrentado por sobre a ruína que fizera e era novamente lambuzado de tempos em tempos.

Esse cadáver durou, poderíamos quase dizer viveu, quatorze anos. Ainda prestava bons serviços em 1788. Em 1790, contudo, tiveram que substituí-lo. Os egípcios prezavam a múmia do rei; a múmia do povo, ao que parece, pode ser útil também.

O vento, batendo continuamente no montículo, varrera-lhe toda a neve. O capim reaparecia, com alguns cardos aqui e ali. A colina estava coberta daquela grama marinha cerrada e rasa, que faz com que o alto das falésias pareçam um lençol verde. Embaixo da forca, justamente no ponto sob o qual pendiam os pés do supliciado, havia um tufo alto e espesso, surpreendente naquele solo magro. Os cadáveres, ali esmigalhados há séculos, explicavam a beleza do capim. A terra se nutria do homem.

Uma fascinação lúgubre dominava o menino. Ele permanecia ali, boquiaberto. Só abaixou a fronte um momento, por uma urtiga que lhe picava as pernas e que lhe deu a sensação de um bicho. Depois se reergueu. Olhava acima dele aquele rosto que o olhava. Olhava-o ainda mais por não ter olhos. Era um olhar alargado, uma fixidez indizível em que havia brasa e trevas e que saía tanto do crânio e dos dentes como das arcadas ciliares vazias. Toda a cabeça do morto olha, e é aterrador. Pupilas não há, e não há quem não se sinta visto. Horror das larvas.

Pouco a pouco o menino tornava-se ele mesmo terrível. Não se mexia mais. O torpor o ganhava. Não percebia que estava perdendo a consciência. Entorpecia-se e anestesiava-se. O inverno entregava-o silenciosamente à noite; o inverno é traiçoeiro. O menino era quase estátua. A pedra do frio entrava em seus ossos; a sombra, esse réptil, esgueirava-se nele. A sonolência que vem da neve sobe no homem como uma maré obscura; o menino era, lentamente, invadido por uma imobilidade que se assemelhava à do cadáver. Ia adormecer.

Na mão do sono, há o dedo da morte. O menino sentia-se agarrado por essa mão. Estava a ponto de cair embaixo da forca. Já não sabia mais se estava em pé.

O fim sempre iminente, nenhuma transição entre ser e não ser mais, a volta ao cadinho originário, o escorregar possível a todo minuto, é esse precipício que é a criação.

Mais um instante, e o menino e o defunto, a vida em esboço e a vida em ruína, iam se confundir no mesmo apagamento.

O espectro pareceu entender e não querer. De repente, voltou a se mexer. Dir-se-ia que advertia o menino. Era uma nova rajada de vento que soprava.

Nada mais estranho que aquele morto em movimento.

O cadáver, na ponta da corrente, empurrado pelo sopro invisível, adotava uma atitude oblíqua, subia para a esquerda e voltava a cair, subia para a direta e voltava a cair, e voltava a subir com a lenta e fúnebre precisão de um batimento. Vaivém bruto. Era como se se avistasse nas trevas o pêndulo do relógio da eternidade.

Aquilo durou algum tempo assim. O menino, diante daquela agitação do morto, sentia um despertar e, através de seu enregelamento, estava, muito nitidamente, com medo. A corrente, a cada oscilação, rangia com uma regularidade medonha. Parecia recuperar o fôlego, depois recomeçava. Aquele ranger imitava um canto de cigarra.

A aproximação de uma borrasca produz súbitos recrudescimentos do vento. Bruscamente, o vento transformou-se em vendaval. A oscilação do cadáver acentou-se lugubremente. Não foi mais um balanço, foi um tranco. A corrente que gemia, gritou.

Pareceu que aquele grito era ouvido. Se era um apelo, foi obedecido. Do fundo do horizonte, um grande barulho acorreu.

Era um barulho de asas.

Um incidente acontecia, o tempestuoso incidente dos cemitérios e dos ermos, a chegada de um bando de corvos.

Manchas negras voadoras cortaram as nuvens, vararam a neblina, cresceram, aproximaram-se, adensaram-se, acorreram em direção à colina lançando gritos. Aqueles vermes alados das trevas abateram-se sobre a forca.

O menino, assombrado, recuou.

Os enxames obedecem a comandos. Os corvos tinham-se agrupado em cima da forca. Nenhum pousara no cadáver. Falavam entre si. O grasnar é pavoroso. Urrar, assobiar, rugir é vida; o grasnar é uma aceitação satisfeita da putrefação. É como ouvir o barulho do silêncio do sepulcro rompendo-se. O grasnar é uma voz na qual existe noite. O menino estava congelado.

Ainda mais pelo pavor do que pelo frio.

Os corvos se calaram. Um deles pulou no esqueleto. Foi um sinal. Todos se precipitaram, houve uma nuvem de asas, depois todas as plumas voltaram a se fechar, e o enforcado desapareceu sob um formigar de ampolas negras remexendo-se na escuridão. Nesse momento, o morto sacudiu-se.

Era ele? Era o vento? Deu um salto pavoroso. O furacão que se elevava ajudava-o. O fantasma entrou em convulsão. Eram as rajadas, já soprando a plenos pulmões, que se apoderavam dele, e o agitavam para todo lado. Tornou-se horrível. Começou a debater-se. Horripilante fantoche, tendo como cordão a corrente de uma forca. Algum truão da sombra pegara os seus fios e brincava com aquela múmia. Ela girou e pulou como prestes a se desmontar. Os pássaros, assustados, voaram. Foi como um jorrar de todos aqueles bichos infames. Depois voltaram. Então uma luta começou.

O morto pareceu tomado de uma vida monstruosa. Os ventos o levantavam como se fossem levá-lo embora; parecia que se debatia e se esforçava para fugir; a golilha o retinha. Os pássaros repercutiam todos os seus movimentos, recuando, depois se precipitando, espavoridos e encarniçados. De um lado, uma estranha fuga ensaiada; do outro, a perseguição de um acorrentado. O morto, impulsionado por todos os espasmos do vento, tinha sobressaltos, choques, acessos de cólera, ia, vinha, subia, caía, rechaçando o enxame disperso. O morto era clava, o enxame era poeira. A feroz revoada de assalto não esmorecia e se obstinava. O morto, como que enlouquecido sob aquela matilha de bicos, multiplicava no vazio suas pancadas cegas, semelhantes aos golpes de uma pedra ligada a uma funda. Por momentos, tinha sobre si todas as garras e todas as asas; depois, nada. Eram esmorecimentos da horda, imediatamente seguidos de retornos violentos. Pavoroso suplício que continuava depois da vida. Os pássaros pareciam frenéticos. Os respiradouros do inferno devem dar passagem a tais enxames. Unhadas, bicadas, grasnidos, arrancamento de fiapos que não eram mais carne, estalos da forca, crepitar do esqueleto, ressoar das ferragens, gritos da ventania, tumulto, não havia luta mais lúgubre. Um lêmure contra demônios. Espécie de combate espectro.

Às vezes, com a ventania redobrando, o enforcado girava sobre si mesmo, afrontava o enxame por todos os lados ao mesmo tempo, parecia querer correr atrás dos pássaros, e tinha-se a impressão que seus dentes tentavam morder. Tinha o vento por ele e a corrente contra ele, como se deuses negros nela encarnassem. O furacão participava da batalha. O morto se retorcia, o bando de pássaros girava em torno dele em espiral. Era um turbilhão no meio de um redemoinho.

Ouvia-se, embaixo, um rugir imenso, o mar.

O menino via esse sonho. Subitamente, pôs-se a tremer com todos os seus membros, um arrepio escorreu ao longo de seu corpo, ele cambaleou, estremeceu, quase caiu, voltou-se, apertou a fronte com as duas mãos, como se sua fronte fosse um ponto de apoio e, atordoado, com os cabelos ao vento, descendo a colina a grandes passos, de olhos fechados, quase, também ele, um fantasma, tratou de fugir, deixando atrás de si aquele tormento na noite.

VII

A PONTA NORTE DE PORTLAND

Correu até perder o fôlego, sem rumo, desesperado, na neve, na planície, no espaço. Aquela fuga reaqueceu-o. Como precisava. Sem aquela corrida e sem aquele terror, estaria morto.

Quando o ar faltou-lhe, parou. Mas não ousou olhar para trás. Parecia-lhe que os pássaros deviam estar perseguindo-o, que o morto devia ter desprendido sua corrente e estava provavelmente avançando no mesmo sentido que ele e que, bem possivelmente, a própria forca estava descendo a colina, correndo atrás do morto. Tinha medo de ver aquilo, quando se virasse.

Quando recuperou um pouco o fôlego, voltou a fugir.

Tomar consciência dos fatos não é algo que pertença às crianças. Ele percebia impressões pelo crescimento do terror, mas sem reuni-las em sua mente e sem concluir. Ia não se sabe onde nem como; corria com a angústia e a dificuldade do sonho. Após quase três horas que fora abandonado, sua marcha adiante, mesmo ainda vaga, mudara de objetivo; antes buscava, agora fugia. Não sentia mais fome, nem frio; sentia medo. Um instinto substituíra outro. Escapar era agora todo o seu pensamento. Escapar de quê? De tudo. A vida aparecia-lhe, por todos os lados ao seu redor, como uma muralha horrível. Se pudesse evadir-se das coisas, é isso que teria feito.

Mas as crianças não conhecem este rompimento da prisão chamado suicídio.

Ele corria.

Correu assim um tempo indeterminado. Mas como fôlego se esgota, o medo se esgota também.

De repente, como que tomado por um súbito acesso de energia e de inteligência, parou. Parecia que tinha vergonha de estar fugindo. Endireitou-se, bateu com o pé, levantou resolutamente a cabeça e virou-se para trás.

Não havia mais nem colina, nem forca, nem revoada de corvos.

A neblina voltara a apoderar-se do horizonte.

O menino seguiu seu caminho.

Agora não corria mais, caminhava. Dizer que aquele encontro com um morto fizera dele um homem, seria limitar a impressão múltipla e confusa que o subjugava. Havia, naquela impressão, muito mais e muito menos. Aquela forca, poderosa perturbação naquele rudimento de compreensão que era seu pensamento, permanecia para ele uma aparição. Contudo, um terror controlado revigorante, sentiu-se mais forte. Estivesse ele na idade de sondar, teria encontrado em si mil outros começos de meditação, mas a reflexão das crianças é informe, e sentem, no máximo, um gosto amargo desta coisa obscura para elas que o homem mais tarde chamará de indignação.

Acrescentemos que a criança tem o dom de aceitar muito rapidamente o fim de uma sensação. Os contornos longínquos e fugidios, que dão amplitude às coisas dolorosas, lhe escapam. A criança defende-se por seu limite, que é a fraqueza, contra as emoções demasiado complexas. Ela vê o fato, e pouca coisa ao lado. A dificuldade em se contentar com ideias parciais não existe para a criança. O processo da vida só é instruído mais tarde, quando a experiência chega com seus documentos. Então, confrontam-se os grupos de fatos encontrados, a inteligência informada e desenvolvida compara, as lembranças da juventude ressurgem sob as paixões como o palimpsesto sob as rasuras. Essas lembranças são pontos de apoio para a lógica, e o que era visão no cérebro da criança torna-se silogismo no cérebro do homem. De resto, a experiência é diversa e transforma-se, para o bem ou para o mal, conforme as naturezas. Os bons amadurecem. Os maus apodrecem.

O menino correra um bom quarto de légua e caminhara outro quarto. De repente, sentiu o estômago atormentá-lo. Um pensamento, que eclipsou imediatamente a medonha aparição da colina, veio-lhe violentamente: comer. Existe no homem um animal, felizmente; ele o traz de volta à realidade.

Mas comer o quê? Comer onde? Comer como?

Tateou os bolsos. Maquinalmente, pois sabia que estavam vazios.

Depois apressou o passo. Sem saber para onde ia, apressou o passo para o abrigo possível.

Essa fé no asilo faz parte das raízes da providência no homem.

Acreditar em um teto é acreditar em Deus.

De resto, naquela planície de neve, nada assemelhava-se a um teto.

O menino caminhava, a charneca continuava nua a perder de vista.

Nunca houvera, naquele planalto, uma habitação humana. Era ao pé da falésia, em buracos de rocha, que, antigamente, moravam, na falta de madeira para construir cabanas, os antigos habitantes primitivos, que tinham por arma uma funda; por aquecimento o estrume de boi seco; por religião o ídolo Heil, que se erguia em uma clareira em Dorchester; e por indústria a pesca deste falso coral cinza que os gauleses chamavam de *plin* e os gregos *isidis plocamos*.

O menino se orientava o melhor que podia. Todo destino é uma encruzilhada, a escolha das direções é temível, aquele pequeno ser tinha, muito cedo, a opção entre sortes obscuras. Avançava, contudo; mas, apesar de suas panturrilhas parecerem de aço, começava a se cansar. Não havia trilhas naquela planície; se houvesse, a neve as tinha apagado. Instintivamente, continuava a rumar para o leste. Pedras cortantes haviam-lhe esfolado os calcanhares. Se fosse dia, poder-se-iam ver, no rastro que deixava na neve, manchas rosas de seu sangue.

Não reconhecia nada. Atravessava o planalto de Portland do sul para o norte, e é provável que o bando com o qual tinha vindo, para evitar os encontros, tivesse-o atravessado do oeste para o leste. O bando partira, ao que tudo indica, em algum barco de pescador ou de contrabandista, de um ponto qualquer da costa de Uggescombe, como Sainte-Catherine Chap ou Swancry, para ir até Portland encontrar a urca que o esperava, e devia ter desembarcado em uma das enseadas de Weston para ir reembarcar em uma das angras de Eston. Essa direção era cortada em cruz por aquela que o menino seguia agora. Era impossível que ele reconhecesse o caminho.

O planalto de Portland tem, aqui e ali, altos montes arruinados bruscamente pela costa e cortados a prumo sobre o mar. O menino errante chegou a um desses pontos culminantes e estacou, esperando encontrar mais indicações em mais espaço, procurando ver. Tinha diante de si, como único horizonte, uma vasta opacidade lívida. Examinou-a com atenção, e, sob a fixidez de seu olhar, ela se tornou menos indistinta. No fundo de uma longínqua dobra de terreno, a leste, sob essa lividez opaca, espécie de escarpa movediça e pálida que se assemelhava a uma falésia da noite, arrastavam-se e flutuavam vagos farrapos negros, como um esgarçar difuso. Aquela opacidade desbotada era neblina; aqueles farrapos negros, eram fumaça. Onde há fumaça, há homens. O menino se dirigiu para esses lados.

Entrevia a alguma distância uma descida e, ao pé da descida, entre configurações informes de rochedos que a neblina esfumava, um aparente banco de areia ou língua de terra ligando provavelmente às planícies do horizonte o planalto que ele acabava de atravessar. Evidentemente, era preciso passar por ali.

Chegara, de fato, ao istmo de Portland, aluvião diluviano chamado de Chess-Hill.

Começou a descer a encosta do planalto.

O declive era difícil e rude. Era, com menos asperezas, contudo, o reverso da ascensão que havia feito para sair da angra. Toda subida é compensada por uma descida. Após ter escalado, ele degringolava.

Pulava de um rochedo a outro, arriscando-se a uma entorse, arriscando-se a desabar nas profundezas indistintas. Para se segurar no escorregadio da rocha e do gelo, agarrava-se a mãos inteiras nas longas ervas da charneca e nos tojos cheios de espinhos, e todas aquelas pontas lhe entravam nos dedos. Por instantes, encontrava um pouco de rampa suave e descia recuperando o fôlego; depois, a escarpa recomeçava, e para cada passo era necessário um expediente. Nas descidas dos precipícios cada movimento é a solução de um problema. É preciso ser hábil sob pena de morte. Esses problemas, o menino os resolvia com um instinto que um macaco teria notado e uma ciência que um saltimbanco teria admirado. A descida era abrupta e longa. Contudo, ele a ia vencendo.

Pouco a pouco, aproximava-se do instante em que aportaria no istmo entrevisto.

Por intervalos, pulando ou resvalando de rochedo em rochedo, aplicava o ouvido, erguendo a cabeça como um gamo atento. Escutava ao longe, à sua esquerda, um barulho vasto e débil, semelhante a um profundo canto de clarim. Havia efetivamente no ar uma agitação de sopros que precede o pavoroso vento boreal, que se ouve vir do polo como uma chegada de trombetas. Ao mesmo tempo, o menino sentia, por momentos, em sua testa, em seus olhos, em suas bochechas, algo que se assemelhava a palmas de mãos frias pousando em seu rosto. Eram largos flocos gelados, inicialmente semeados molemente no espaço, depois girando em turbilhões e anunciando a tempestade de neve. Cobriam o menino. A tempestade de neve que, já há mais de uma hora, estava sobre o mar, começava a ganhar a terra. Invadia lentamente as planícies. Entrava obliquamente pelo noroeste no planalto de Portland.

LIVRO SEGUNDO

A URCA
NO MAR

I

AS LEIS QUE ESTÃO FORA DO HOMEM

A tempestade de neve é uma das coisas desconhecidas do mar. É o mais obscuro dos meteoros; obscuro em todos os sentidos da palavra. É uma mistura de neblina e tormenta e, nos dias atuais, ainda não nos damos perfeitamente conta desse fenômeno. Daí muitos desastres.

Pretende-se explicar tudo pelo vento e pelas ondas. Ora, no ar existe uma força que não é o vento, e na água existe uma força que não são as ondas. Essa força, a mesma no ar e na água, é o eflúvio. O ar e a água são duas massas líquidas, quase idênticas, que penetram uma na outra por condensação e dilatação, a tal ponto que respirar significa beber; apenas o eflúvio é fluido. O vento e as ondas são impulsos; o eflúvio é uma corrente. O vento é visível pelas nuvens, as ondas são visíveis pela espuma; o eflúvio é invisível. De tempos em tempos, contudo, ele diz: "Estou aqui". Seu "Eu estou aqui" é uma trovoada.

A tempestade de neve oferece um problema análogo ao da névoa seca. Se a explicação da calina dos espanhóis e do gobar dos etíopes for possível, certamente ela se dará pela observação atenta do eflúvio magnético.

Sem o eflúvio, uma multiplicidade de fatos permanece enigmática. A rigor, as mudanças de velocidade do vento, modificando-se na tempestade de três pés por segundo a duzentos e vinte pés, motivariam as variações das ondas, de três polegadas, mar calmo, a trinta e seis pés, mar furioso; a rigor, a horizontalidade das rajadas, mesmo nas borrascas, explica como uma onda de trinta pés de altura pode ter mil e quinhentos pés de comprimento. Mas por que as vagas do Pacífico são quatro vezes mais altas perto da América que perto da Ásia, ou seja, mais altas à oeste que à leste? Por que acontece o contrário no Atlântico? Por que, abaixo do Equador, é o meio do mar que é o mais alto? De onde vêm esses deslocamentos do tumor do oceano? É isso que só o eflúvio magnético, combinado com a rotação terrestre e a atração sideral, pode explicar.

Pois não é necessário essa complicação misteriosa para dar conta de uma oscilação do vento que vai, por exemplo, pelo oeste, do sudeste ao nordeste, depois volta bruscamente pelo mesmo trajeto, do nordeste ao sudeste, de modo a fazer, em trinta e seis horas, um prodigioso circuito de quinhentos e sessenta graus, que foi o prenúncio da tempestade de neve de 17 de março de 1867?

As vagas de tempestade da Austrália atingem até oitenta pés de altura; isso se deve à proximidade do polo. A tormenta, nessas latitudes, resulta menos da agitação dos ventos que das contínuas descargas elétricas submarinas. No ano de 1866, o cabo transatlântico foi regularmente perturbado em suas funções duas horas por dia, de meio-dia a duas horas, por uma espécie de febre intermitente. Certas composições e decomposições de forças produzem os fenômenos e impõem-se aos cálculos do marinheiro ameaçado de naufrágio. O dia em que a navegação, que é uma rotina, tornar-se uma matemática; o dia em que procurarmos saber, por exemplo, por que, em nossas regiões, os ventos quentes vêm, às vezes, do norte e os ventos frios do sul; o dia em que entendermos que as baixas de temperatura são proporcionais às profundezas oceânicas; o dia em que tivermos presente no espírito que o globo é um grande ímã polarizado na imensidão, com dois eixos, um eixo de rotação e um eixo de eflúvio, entrecortando-se no centro da terra, e que os polos magnéticos giram em torno dos polos geográficos; quando aqueles que arriscam suas vidas quiserem arriscá-las cientificamente; quando navegarmos com a instabilidade estudada; quando o capitão for um metereologista; quando o piloto for um químico; então muitas catástrofes serão evitadas. O mar é tanto magnético quanto aquático; um oceano de forças flutua, desconhecido, no oceano das ondas; ao sabor das águas, poderíamos dizer. Ver, no mar, unicamente uma massa de água é não ver o mar; o mar é um vai-e-vem de fluído tanto como um fluxo e refluxo de líquido; as atrações o complicam ainda mais talvez que os furacões; a adesão molecular, manifestada, entre outros fenômenos, pela atração capilar, microscópica para nós, participa, no oceano, da grandeza das imensidões; e a onda dos eflúvios por vezes ajuda, por vezes contraria a onda dos ares e a onda das águas. Quem ignora a lei elétrica, ignora a lei hidráulica; pois uma penetra a outra. Nenhum estudo é mais árduo, é verdade, nem mais obscuro; avizinha-se do empirismo como a astronomia avizinha-se da astrologia. Sem esse estudo, contudo, nenhuma navegação é possível.

Isso posto, passemos.

Um dos componentes mais temíveis do mar é a tormenta de neve. A tormenta de neve é, sobretudo, magnética. O polo a produz como produz a aurora boreal; participa dessa névoa como participa dessas luzes; e, no floco de neve, como nas estrias de chamas, o eflúvio é visível.

As tormentas são crises de nervos e acessos de delírio do mar. O mar tem suas enxaquecas. Podemos assimilar as tempestades às doenças. Algumas são mortais, outras não. Desta, livramo-nos; daquela, não. A borrasca de neve é conhecida por ser, habitualmente, mortal. Jarabija, um dos pilotos de Magellan, a qualificava como "uma nuvem escura saída do lado mau do diabo".[7]

Surcouf dizia: "Sinto a bexiga negra nesta tempestade".

Os antigos navegadores espanhóis chamavam essa espécie de borrasca de *la nevada*, no momento dos flocos, e de *la helada*, no momento dos granizos. Segundo eles, caíam morcegos do céu junto com a neve.

As tempestades de neve são próprias das latitudes polares. Contudo, às vezes, elas deslizam, poderíamos quase dizer que desabam, até nossos climas, tanto a ruína mistura-se com as aventuras do ar.

A *Matutina*, como vimos, mergulhara resolutamente, ao deixar Portland, neste grande acaso noturno que a aproximação de uma tempestade agravava. Entrara em toda aquela ameaça com uma espécie de audácia trágica. Contudo, devemos insistir, não lhe haviam faltado avisos.

II

AS SILHUETAS DO COMEÇO DEFINIDAS

Enquanto a urca esteve no golfo de Portland, o mar estava calmo; era quase como um reponto de maré. Por mais sombrio que estivesse o oceano, o céu ainda estava claro. A brisa mordia pouco a embarcação. A urca costeava o máximo possível a falésia, que lhe era um bom para-vento.

Eram dez na pequena faluca biscainha, três homens da tripulação e sete passageiros, entre os quais duas mulheres. À luz do mar aberto — pois, no crepúsculo, o mar aberto ilumina-se —, todas as figuras eram, agora, visíveis e nítidas. Aliás, ninguém mais se escondia, ninguém mais se constrangia, cada qual retomava sua liberdade de modos, dava o seu grito, mostrava o seu rosto. A partida era uma libertação.

A disparidade do grupo era gritante. As mulheres eram sem idade; a vida errante faz velhices precoces e a indigência é uma ruga. Uma era uma basca dos Pirineus; a outra, a mulher com o grande rosário, era uma irlandesa. Tinham a expressão indiferente dos miseráveis. Ao entrar, tinham-se acocorado uma perto da outra em cima dos baús ao pé do mastro. Conversavam. O irlandês e o basco, como dissemos, são duas línguas parentes. A basca tinha os cabelos perfumados de cebola e manjericão. O dono da urca era basco guipuscoano; um marinheiro era basco da vertente norte dos Pireneus, o outro era basco da vertente sul, quer dizer, da mesma nação, apesar de o primeiro ser francês e o segundo espanhol. Os bascos não reconheciam a pátria oficial. *"Mi madre se llama montaña"* ("minha mãe se chama montanha"), dizia o arrieiro Zalareus. Dos cinco homens que acompanhavam as duas mulheres, um era francês languedocense; um era francês provençal; um era genovês; um, velho, aquele que usava o sombrero sem buraco para cachimbo, parecia alemão; o quinto, o chefe, era um basco landês de Biscarosse. Fora ele que, no momento em que o menino ia entrar na urca, havia, com um golpe de calcanhar, lançado a passarela ao mar. Aquele homem robusto, vivo, rápido, recoberto, todos se lembram, de passamanes, brocados, lantejoulas que tornavam seus farrapos flamejantes, não podia parar no lugar, debruçava-se, erguia-se, ia e vinha sem cessar de uma ponta à outra do navio, como inquieto com o que acabara de fazer e com o que ia acontecer.

O chefe da trupe, o dono da urca e os dois homens da tripulação, todos os quatro bascos, falavam ora basco, ora espanhol, ora francês, pois as três línguas estavam disseminadas nos dois lados dos Pireneus. De resto, fora as mulheres, todos falavam mais ou menos o francês, que era o fundo do jargão do bando. A língua francesa, desde essa época, começava a ser escolhida pelos povos como intermediária entre o excesso de consoantes do norte e o excesso de vogais do sul. Na Europa, o comércio falava francês; o roubo, também. Todos se lembram que Gibby, ladrão de Londres, entendia Cartouche.

A urca, fina velejadora, singrava bem; contudo, dez pessoas, mais as bagagens, era muita carga para tão pequeno gabarito.

Esse resgate de um bando por esse navio não implicava necessariamente a filiação da tripulação do navio ao bando. Bastava que o dono do navio fosse um *vascongado* e que o chefe do bando fosse outro. Ajudar-se mutuamente é, nessa raça, um dever, que não admite exceção. Um basco, como acabamos de dizer, não é nem espanhol, nem francês, é basco e, sempre e em todos os lugares, deve salvar um basco. Essa é a fraternidade pirenaica.

Todo o tempo em que a urca permaneceu no golfo, o céu, apesar da aparência sombria, não pareceu deteriorado o suficiente para preocupar os fugitivos. Fugia-se, escapava-se, estava-se brutalmente alegre. Um ria, outro cantava. Esse riso era seco, mas livre; esse canto era baixo, mas despreocupado.

O languedocense gritava: *"caoucagno!"*. "Cocanha!" é o cúmulo da satisfação narbonense. Era um semimarinheiro, um natural do vilarejo aquático de Gruissan, na vertente sul da Clappe, marítimo, mais que marinheiro, mas habituado a manobrar as canoas estreitas do lago de Bages e a puxar, nas areias salgadas de Sainte-Lucie, a rede cheia de peixes. Era daquela raça que usa gorro vermelho, faz sinais da cruz complicados à espanhola, bebe vinho de odres em pele de bode, mama no odre, limpa a garganta com o presunto, ajoelha-se para blasfemar e implora seu santo perdão com ameaças: "Grande santo, conceda-me o que te peço ou eu te acerto uma pedra na cabeça", "ou t'acerto uma".

Podia, em caso de necessidade, juntar-se utilmente à tripulação. O provençal, na cozinha, atiçava, sob um caldeirão de ferro, um fogo de turfa e fazia a sopa.

Essa sopa era uma espécie de *puchero* em que o peixe substituía a carne e o provençal jogava grão de bico, pedacinhos de toucinho cortados em quadrados e pimentas vermelhas, concessões do comedor de *bouillabaisse* aos comedores de *olla podrida*. Um dos sacos de provisões, desembalado, estava ao lado dele. Acendera, acima de sua cabeça, uma lanterna de ferro com vidros de talco, oscilando em um gancho do teto da cozinha. Ao lado, em outro gancho, balançava-se a alcíone cata-vento. Era, então, uma crença popular que uma alcíone morta, pendurada pelo bico, vira sempre o peito para o lado de onde vem o vento.

Enquanto fazia a sopa, o provençal enfiava, por vezes, na boca o gargalo de um cantil e tragava um gole de *aguardiente*. Era um daqueles cantis revestidos de vime, largos e achatados, com alças, que se costumava pendurar no corpo por uma correia e que eram, então, chamados de "cantis a tiracolo". Entre um gole e outro, engrolava a copla de uma dessas canções camponesas cujo assunto é um nada: uma azinhaga, uma sebe; na pradaria através dos arbustos vê-se a sombra alongada de uma charrete e de um cavalo ao sol poente, e, de tempos em tempos, por cima da sebe, aparece e desaparece a extremidade do garfo carregado de feno. Nada mais é preciso para uma canção.

Uma partida, conforme o que temos no coração ou no espírito, é um alívio ou uma angústia. Todos pareciam aliviados, exceto um, o velho da trupe, o homem do chapéu sem cachimbo.

Esse velho, que parecia mais alemão do que outra coisa, apesar de ter um desses rostos indefinidos, em que a nacionalidade se apaga, era calvo e tão grave que sua calvície parecia uma tonsura. Todas as vezes que passava diante da Santa Virgem da proa, levantava o chapéu, e podiam-se ver as veias inchadas e senis de seu crânio. Uma espécie de grande vestido gasto e esfarrapado, em sarja marrom de Dorchester, com o qual se envolvia, escondia apenas pela metade sua casaca longa apertada, estreita e abotoada até o pescoço como uma sotaina. Suas duas mãos tendiam a cruzar-se e tinham a junção maquinal da prece habitual. Tinha o que se podia chamar de fisionomia descorada; pois a fisionomia é, sobretudo, um reflexo, e é um erro acreditar que a ideia não tem cor. Essa fisionomia era, evidentemente, a superfície de um estranho estado interior, a resultante de um composto de contradições que iam se perder, umas no bem, outras no mal, e, para o observador, a revelação de um quase humano, podendo cair abaixo do tigre ou elevar-se acima do homem. Esses caos da alma existem. Havia algo de ilegível naquela figura. Nela, o segredo ia até o abstrato. Entendia-se que aquele homem conhecera o gosto que prenuncia o mal, que é o cálculo, e o gosto que o sucede, que é o zero. Em sua impassibilidade, talvez somente aparente, estavam impressas as duas petrificações, a petrificação do coração, própria ao carrasco, e a petrificação do espírito, própria ao mandarim. Podia-se afirmar, pois o monstruoso tem sua maneira de ser completo, que tudo lhe era possível, mesmo comover-se. Todo sábio é um pouco cadáver; aquele homem era um sábio. À sua simples visão, adivinhava-se aquela ciência impressa nos gestos de sua pessoa e nas pregas de seu vestido. Era uma face fóssil cuja seriedade era contrariada por aquela mobilidade enrugada do poliglota que chega à careta. De resto, severo. Nada tinha de hipócrita, nada de cínico. Um sonhador trágico. Era o homem que o crime deixou pensativo. Tinha o sobrecenho de um salteador modificado pelo olhar de um arcebispo. Seus raros cabelos grisalhos eram brancos sob as têmporas. Sentia-se nele o cristão, complicado de fatalismo turco. Nós de gota deformavam seus dedos dissecados pela magreza; seu alto talhe empertigado era ridículo; tinha a ginga do marinheiro. Caminhava lentamente na ponte sem olhar ninguém, com um ar convicto e sinistro. Suas pupilas estavam vagamente cheias da cintilação fixa de uma alma atenta às trevas e sujeita a reaparições de consciência.

De tempos em tempos, o chefe do bando, brusco e alerta, que ziguezagueava no navio, vinha falar-lhe aos ouvidos. O velho respondia com um sinal de cabeça. Parecia que o clarão consultava a noite.

III

OS HOMENS INQUIETOS NO MAR INQUIETO

Dois homens no navio estavam absortos, esse velho e o patrão da urca, que não devemos confundir com o chefe do bando. O patrão estava absorto pelo mar; o velho, pelo céu. Um não tirava os olhos da vaga, o outro concentrava sua vigilância nas nuvens. O comportamento da água era a preocupação do patrão; o velho parecia suspeitar do zênite. Ele espreitava os astros por entre as nuvens.

Era aquele momento em que ainda é dia e em que algumas estrelas começam a salpicar ligeiramente o clarão da noite.

O horizonte era singular. A bruma estava diferente.

Havia mais neblina na terra e mais nuvens no mar.

Antes mesmo de sair de Portland-Bay, o patrão, preocupado com as águas, procedeu minuciosamente a diversas manobras. Não esperou que dobrassem o cabo. Passou em revista as amarraduras e assegurou-se de que a arraigada dos ovéns estava em bom estado e apoiava bem as gambadonas do cesto da gávea, precaução de um homem que espera fazer temeridades de velocidade.

A urca, era este seu defeito, mergulhava de meia-vara a mais à frente do que atrás.

O patrão passava a todo instante do compasso de navegação ao compasso de variação, visando os objetos da costa pelas duas pínulas, a fim de reconhecer os ventos a que respondiam. Foi, inicialmente, uma brisa de bolina que se manifestou; ele não pareceu contrariado, apesar de ela se afastar cinco pés do vento de proa. Ele próprio segurava o máximo possível o leme, parecendo fiar-se apenas em si mesmo para não perder nenhuma força, já que o efeito do timão dependia da rapidez do deslocamento.

Como a diferença entre o vento verdadeiro e o vento aparente é tanto maior quanto maior é a velocidade do navio, a urca parecia ganhar a barlavento mais do que realmente ganhava. A urca não tinha aleta de vento nem chegava perto disso, mas só se conhece diretamente o vento verdadeiro quando se navega com o vento de popa. Quando se percebem, nas nuvens longas, faixas que desembocam no mesmo ponto do horizonte, esse ponto é a origem do vento; mas, naquela noite, havia vários ventos, e sua origem era obscura; assim, o patrão desconfiava das ilusões do navio.

Pilotava-o ao mesmo tempo tímida e ousadamente, sentia o vento, mantinha-se vigilante aos desvios súbitos e alerta às guinadas, não deixava que o navio arribasse, observava a deriva, atentava para os pequenos choques da cana do leme, cuidava de todas as circunstâncias do movimento, das desigualdades de velocidade do deslocamento, dos ventos desregrados, mantinha-se constantemente, com medo de alguma surpresa, há cerca de um quarto de vento da costa que acompanhava e, sobretudo, mantinha o ângulo do catavento com a quilha mais aberto que o ângulo do velame, o rumo do vento indicado pela bússola sendo sempre duvidoso, por causa da pequenez do compasso de navegação. Sua pupila, imperturbavelmente abaixada, examinava todas as formas que a água tomava.

Uma vez, contudo, levantou os olhos para o espaço e tentou distinguir as três estrelas do cinturão de Órion: essas estrelas são chamadas de os Três reis magos, e um velho provérbio dos antigos pilotos espanhóis diz: *Quem vê os três magos não está longe do salvador.* Esse relance de olhos do patrão para o céu coincidiu com este aparte murmurado na outra ponta do navio pelo velho:

– Não vemos nem mesmo a Estrela Polar, nem o astro Antares, por mais vermelho que seja. Não se distingue nenhuma estrela.

Nenhuma preocupação entre os outros fugitivos.

Contudo, passada a primeira hilaridade da fuga, tiveram que lembrar que estavam no mar no mês de janeiro e que o vento estava gelado. Impossível abrigar-se na cabine, estreita demais e, além disso, atulhada de bagagens e pacotes. As bagagens pertenciam aos passageiros, e os pacotes à tripulação, pois a urca não era um navio de recreio e fazia contrabando. Os passageiros tiveram que se acomodar na ponte; resignação fácil para esses nômades. Os hábitos do ar livre tornam fáceis para os errantes as acomodações da noite: a luz das estrelas é sua amiga; e o frio os ajuda a dormir, às vezes a morrer.

Naquela noite, aliás, como acabamos de ver, a luz das estrelas estava ausente.

O languedocense e o genovês, esperando a ceia, se acocoraram junto às mulheres, ao pé do mastro, sob os encerados que os marinheiros lhes jogaram.

O velho calvo permaneceu de pé na proa, imóvel e como insensível ao frio.

O patrão da urca, do leme em que estava, fez uma espécie de apelo gutural bastante semelhante à interjeição do pássaro que, nas Américas, é chamado de Exclamador; a esse grito o chefe do bando se aproximou, e o patrão dirigiu-lhe a seguinte apóstrofe: "*Etcheco jaüna!*. Essas duas palavras bascas, que significam "lavrador da montanha", são, entre esses antigos cantábrios, uma solene introdução à matéria e exigem atenção.

Depois o patrão apontou o velho para o chefe, e o diálogo continuou em espanhol, pouco correto, já que era o espanhol das montanhas. Eis as perguntas e as respostas:

– Etcheco jaüna, que es este ombre?

– Un hombre.

– Que lenguas habla?

– Todas.

– Que cosas sabe?

– Todas.

– Qual païs?

– Ningun, y todos.

– Qual Dios?

– Dios.

– Como le llamas?

– El Tonto.

– Como dices que le llamas?

– El Sábio.

– En vuestre tropa, que esta?

– Esta lo que esta.

– El gefe?

– No.

– Pues, que esta?

– La alma.[8]

O chefe e o patrão se separaram, cada um voltando aos seus pensamentos, e pouco depois a *Matutina* saiu do golfo.

As grandes oscilações do mar aberto começaram.

O mar, no desmanchar da espuma, tinha aparência viscosa; as ondas, vistas na claridade crepuscular e de perfil longitudinal, ganhavam aspectos de poças de fel. Aqui e ali, uma onda, flutuando horizontalmente, oferecia trincas e estrelas, como um vidro em que se lançaram pedras. No centro dessas estrelas, em um buraco girando em espiral, tremia uma fosforescência, bastante semelhante a essa reverberação felina da luz desaparecida, que vemos na pupila das corujas.

A *Matutina* atravessou altivamente e como brava nadadora o temível frêmito do recife de Chambours. O recife de Chambours, obstáculo latente na saída da enseada de Portland, não é uma barragem, é um anfiteatro. Um circo de areia debaixo d'água, com arquibancadas esculpidas pelos círculos das ondas, uma arena redonda e simétrica, alta como uma Yungfrau, mas tragada, um coliseu do oceano entrevisto pelo mergulhador na transparência visionária da submersão, isso é o recife de Chambours. Nele, as hidras se combatem, os leviatãs se encontram; existe ali, dizem as lendas, no fundo do gigantesco funil, cadáveres de navios apanhados e naufragados pelo imenso polvo Kraken, também chamado de peixe-montanha. Tal é a pavorosa sombra do mar.

Essas realidades espectrais ignoradas pelo homem se manifestam na superfície por um ligeiro estremecimento.

No século XIX, o recife de Chambours está em ruínas. Os quebra-mares recentemente construídos perturbaram e degradaram, à força de ressacas, essa alta arquitetura submarina, como o molhe construído em Croisic em 1760 alterou, em um quarto de hora, o curso das marés. A maré, contudo, é o eterno; mas a eternidade obedece ao homem mais do que se pensa.

IV

ENTRADA EM CENA DE UMA NUVEM DIFERENTE DAS OUTRAS

O velho homem, que o chefe da trupe qualificara inicialmente de o Louco, depois de o Sábio, não deixava mais a proa. Após a passagem do recife de Chambours, sua atenção se dividia entre o céu e o oceano. Abaixava os olhos, depois os reerguia; o que escrutava acima de tudo, era o nordeste.

O patrão confiou o leme a um marujo, trepou na gávea dos cabos, atravessou o convés e chegou ao castelo da proa.

Abordou o velho, mas não de frente. Manteve-se um pouco atrás, com os cotovelos colados aos quadris, as mãos espalmadas, a cabeça inclinada na direção dos ombros, os olhos abertos, as sobrancelhas altas, sorrindo com o canto dos lábios, a atitude da curiosidade, quando ela paira entre a ironia e o respeito.

O velho, seja porque tivesse o hábito de falar algumas vezes sozinho, seja porque sentir alguém atrás de si o excitasse a falar, pôs-se a monologar, considerando a imensidão.

– O meridiano, a partir do qual se conta a ascensão direita, é marcado, neste século, por quatro estrelas; a Polar; a dama da cadeira, Cassiopeia; a cabeça de Andrômeda; e a estrela Algenib, que está no Pégaso. Mas nenhuma está visível.

Essas palavras se sucediam automaticamente, confusas, quase não ditas, e de qualquer jeito, sem que ele se preocupasse em pronunciá-las. Flutuavam fora de sua boca e se dissipavam. O monólogo é a fumaça dos fogos interiores do espírito.

O patrão interrompeu:

– Senhor...

O velho, talvez um pouco surdo ao mesmo tempo muito pensativo, continuou:

– Poucas estrelas e muito vento. O vento sempre se desvia de sua rota para se lançar contra a costa. Lança-se contra ela abruptamente. Isso porque a terra está mais quente que o mar. Ali o ar é mais leve. O vento frio e pesado do mar se precipita sobre a terra para substituí-lo. É por isso que, no vasto céu, o vento sopra em direção à terra por todos os lados. Seria importante traçar rotas que se estenderiam entre o paralelo estimado e o paralelo presumido. Quando a latitude observada não difere da latitude presumida de mais de três minutos em dez léguas, e de quatro em vinte, a rota está certa.

O patrão saudou, mas o velho não o viu. Este homem, que usava uma quase samarra de universitário de Oxford ou de Goettingen, não abandonava sua postura altiva e arisca. Observava o mar enquanto conhecedor das águas e dos homens. Estudava as ondas, mas quase como se fosse, em meio ao tumulto, pedir-lhes a palavra e ensinar-lhes alguma coisa. Havia nele um misto de professor e de áugure. Tinha o aspecto do pedante do abismo.

Prosseguia seu solilóquio, talvez feito, no final das contas, para ser escutado.

– Poderíamos lutar, se tivéssemos uma roda de leme em vez de uma cana. Com uma velocidade de quatro léguas por hora, trinta libras de esforço sobre a roda podem produzir trezentas mil libras de efeito na direção. Ou mais ainda, pois há casos em que se pode dar mais duas voltas nos gualdropes.

O patrão saudou uma segunda vez e disse:

– Senhor...

O olho do velho fixou-se nele. A cabeça voltou-se sem que o corpo se movesse.

– Chame-me de doutor.

– Senhor doutor, sou eu que sou o patrão.

– Que seja — respondeu o "doutor".

O doutor — assim o chamaremos daqui por diante — pareceu consentir no diálogo:

– Patrão, tem um octante inglês?

– Não.

– Sem octante inglês não pode medir a altura nem pela popa, nem pela proa.

– Os bascos — replicou o patrão — mediam a altura antes mesmo de haver ingleses.

– Evite orçar.

– Orço quando é preciso.

– Mediu a velocidade do navio?

– Sim.

– Quando?

– Há pouco.

– Com o quê?

– Com a barquinha.

– Atentou bem para o carretel de madeira da barquinha?

– Sim.

– A ampulheta marcou exatamente os trinta segundos?

– Sim.

– Tem certeza que a areia não desgastou o buraco entre as duas âmbulas?

– Sim.

– Fez a contraprova da ampulheta pela vibração de uma bala de mosquete suspensa...

– A um fio achatado retirado do cabo de cânhamo curtido? Evidentemente.

– Encerou o fio para evitar que esticasse?

– Sim.

– Fez a contraprova da barquinha?

– Fiz a contraprova da ampulheta pela bala de mosquete e a contraprova da barquinha pela bala de canhão.

– Que diâmetro tem sua bala?

– Um pé.

– Bom peso.

– É uma antiga bala de nossa velha urca de guerra, *La Casse de Par-grand.*

– Que era da Invencível Armada?

– Sim.

– E que carregava seiscentos soldados, cinquenta marinheiros e vinte e cinco canhões?

– O naufrágio que o diga.

– Como pesou o choque da água contra a bala?

– Por meio de uma balança da Alemanha.

– Levou em conta o impulso das águas contra a corda que sustentava a bala?

– Sim.

– Qual é o resultado?

– O choque da água foi de cento e setenta libras.

– Então o navio está fazendo, por hora, quatro léguas da França.

– E três da Holanda.

– Mas é, sem dúvida, apenas o excedente da velocidade da embarcação sobre a velocidade do mar.

– Sem dúvida.

– Para onde nos dirigimos?

– Para uma enseada que conheço entre Loyola e São Sebastião.

– Coloque-se o quanto antes no paralelo do lugar de destino.

– Sim. O menor desvio possível.

– Desconfie dos ventos e das correntes. Os primeiros excitam as segundas.

– Traidores.

– Sem palavras injuriosas. O mar ouve. Nada insulte. Contente-se em observar.

– Observei e observo. A maré está, neste momento, contra o vento; mas, daqui a pouco, quando correr com o vento, é que veremos.

– Tem uma carta marítima?

– Não. Não para este mar.

– Então, navega às cegas?

– De modo algum. Tenho uma bússola.

– A bússola é um olho, a carta marítima é o outro.

– Um caolho enxerga.

– Como mede o ângulo formado pela rota do navio e pela quilha?

– Tenho um compasso de variação e, além disso, adivinho.

– Adivinhar é bom; saber é melhor.

– Cristovão[9] adivinhava.

– Quando há turbulência e quando a agulha gira de modo inquietante, não sabemos mais como avaliar o vento e acabamos por não ter mais nem ponto estimado, nem ponto corrigido. Um asno com sua carta marítima vale mais que um adivinho com seu oráculo.

– Ainda não há turbulência no vento, e não vejo motivo para alarme.

– Os navios são moscas na teia de aranha do mar.

– No momento, tudo parece bastante normal nas águas e no vento.

– Um tremeluzir de pontos negros nas ondas, assim são os homens no oceano.

– Não auguro nada de ruim para esta noite.

– Pode haver tal escuridão que talvez tenha dificuldades para se safar.

– Até o momento, tudo vai bem.

O olhar do doutor se fixou no nordeste.

O patrão continuou:

– Quando conseguirmos chegar ao golfo da Gasconha, respondo por tudo. Ah! Ali estou em casa. Domino-o muito bem, meu golfo da Gasconha. É uma bacia muitas vezes colérica, mas ali conheço todos os níveis de água e todas as qualidades de fundo; limo na altura de São Cipriano, conchas na altura de Cizarque, areia no cabo Peñas, seixos no Boucaut de Mimizan, e sei a cor de todos os seixos.

O patrão calou-se; o doutor não o escutava mais.

O doutor considerava o nordeste. Passava-se, naquele rosto glacial, algo de extraordinário. Toda a quantidade de pavor possível a uma máscara de pedra estampava-se nele. Sua boca deixou escapar estas palavras:

– Até que enfim!

Sua pupila, que se tornara de coruja e perfeitamente redonda, dilatara-se de estupor examinando um ponto do espaço.

Acrescentou:

– É justo. Quanto a mim, consinto.

O patrão o olhava.

O doutor retomou, falando consigo mesmo ou falando com alguém no abismo:

– Digo sim.

Calou-se, abriu cada vez mais os olhos, redobrando a atenção naquilo que via, e retomou:

– Isso vem de longe, mas sabe o que faz.

O segmento do espaço em que se concentravam o raio visual e o pensamento do doutor, opondo-se ao poente, era iluminado pela vasta reverberação crepuscular quase como pela luz do dia. Esse segmento, bastante circunscrito e rodeado de fiapos de vapor cinza, era simplesmente azul, mas de um azul que mais se avizinhava do chumbo que do lápis-lazúli.

O doutor, decididamente voltado para o lado do mar e sem mais olhar o patrão, apontou com o indicador aquele segmento aéreo e disse:

– Patrão, está vendo?

– O quê?

– Aquilo.

– Aquilo o quê?

– Ali.

– O azul. Sim.

– O que é?

– Um pedaço do céu.

– Para os que vão ao céu. — disse o doutor. — Para os que vão para outro lugar, é outra coisa.

E sublinhou essas palavras enigmáticas com um aterrador olhar perdido na sombra.

Fez-se um silêncio.

O patrão, pensando na dupla qualificação dada pelo chefe àquele homem, colocou a si mesmo a questão: Será um louco? Será um sábio?

O indicador ossudo e rígido do doutor permanecera apontado e como que imobilizado na direção do pedaço azul turvo do horizonte.

O patrão examinou aquele azul.

– De fato — resmungou ele —, não é céu, é nuvem.

– Nuvem azul pior que nuvem negra — disse o doutor.

E acrescentou:

– É a nuvem da neve.

– *La nube de la nieve* — disse o patrão, como se procurasse entender melhor traduzindo a sentença.

– Sabe o que é a nuvem da neve? — perguntou o doutor.

– Não.

– Saberá em breve.

O patrão voltou a considerar o horizonte.

Ao mesmo tempo que observava a nuvem, o patrão falava por entre dentes.

– Um mês de borrasca, um mês de chuva, janeiro que tosse e fevereiro que chora, esse é todo o inverno que nós, asturianos, conhecemos. Nossa chuva é quente. Só temos neve na montanha. Aí, atenção à avalanche! A avalanche não respeita nada; a avalanche é a besta.

– E a tromba marítima é o monstro — disse o doutor.

O doutor, depois de uma pausa, acrescentou:

– E ela está se preparando.

E continuou:

– Vários ventos se põem a soprar ao mesmo tempo. Um vento forte, do oeste, e um vento bem brando, do leste.

– Este último é um hipócrita — disse o patrão.

A nuvem azul aumentava.

– Se a neve — continuou o doutor — é temível quando desce da montanha, imagine o que é quando se precipita do polo.

Seu olho estava vidrado. A nuvem parecia espalhar-se em seu rosto ao mesmo tempo que no horizonte.

Ele continuou, com um tom de divagação:

– Todos os minutos levam à hora. A vontade do alto se entreabre.

O patrão, novamente, colocou em seu interior este ponto de interrogação: "Será um louco?"

– Patrão — retomou o doutor, sem desgrudar os olhos da nuvem —, já navegou muito na Mancha?

O patrão respondeu:

– Hoje é a primeira vez.

O doutor, que a nuvem azul absorvia e que, como a esponja que só tem certa capacidade de água, só tinha certa capacidade de ansiedade, não ficou, com essa resposta do patrão, perturbado para além de um leve dar de ombros.

– Como assim?

– Senhor doutor, só faço habitualmente a viagem à Irlanda. Vou de Fontarabia a Black-Harbour ou à ilha Akill, que são duas ilhas. Vou, por vezes, a Brachipult, que é uma ponta do país de Gales. Mas sempre governo para além das ilhas Sorlingas. Não conheço este mar aqui.

– É grave. Desgraçado daquele que soletra o oceano! A Mancha é um mar que se deve ler fluentemente. A Mancha é a esfinge. Desconfie do fundo.

– Temos aqui vinte e cinco braças.

– Devemos chegar às cinquenta e cinco braças do poente e evitar as vinte do levante.

– Durante o caminho, sondaremos.

– A Mancha não é um mar como outro qualquer. Aqui a maré sobe cinquenta pés na malina e vinte e cinco nas águas mortas. Aqui, o refluxo não é a baixa-mar, e a baixa-mar não é a jusante. Ah! Bem me parecia perplexo, de fato.

– Esta noite, sondaremos.

– Para sondar, é preciso parar, e não poderá.

– Por quê?

– Por causa do vento.

– Tentaremos.

– A borrasca é uma espada nas costas.

– Sondaremos, senhor doutor.

– Nem poderá se colocar de través.

– Fé em Deus.

– Prudência nas palavras. Não pronuncie levianamente o nome irritável.

– Sondarei, estou dizendo.

– Seja modesto. Daqui há pouco será esbofeteado pelo vento.

– Quero dizer que tentarei sondar.

– O choque da água impedirá o chumbo de descer, e a linha se quebrará. Ah! É a primeira vez que vem a essas paragens!

– É a primeira vez.

– Pois bem, nesse caso, escute, patrão.

O tom desta palavra, *escute*, era tão imperativo que o patrão aquiesceu.

– Senhor doutor, estou escutando.

– Amure a bombordo e bordeje a estibordo.

– Que quer dizer?

– Aproe a oeste.

– Caramba!

– Aproe a oeste.

– Impossível.

– Como quiser. O que digo é pelos outros. Eu, eu aceito.

– Mas, senhor doutor, aproar a oeste...

– Sim, patrão.

– É navegar contra o vento!

– Sim, patrão.

– Será uma arfagem diabólica!

– Escolha outras palavras. Sim, patrão.

– Será o navio sobre o cavalete!

– Sim, patrão.

– Será talvez o mastro partido!

– Talvez.

– Quer que eu governe a oeste!

– Sim.

– Não posso.

– Nesse caso, lute com o mar como quiser.

– Seria preciso que o vento mudasse.

– Não mudará durante toda a noite.

– Por quê?

– Este vento tem mil e duzentas léguas de extensão.

– Ir contra um vento como esse! Impossível.

– Aproe a oeste, escute-me!

– Tentarei. Mas, apesar de tudo, sairemos da rota.

– É este o perigo.

– A brisa nos empurra para o leste.

– Não vá a leste.

– Por quê?

– Patrão, acaso sabe qual é, hoje, para nós, o nome da morte?

– Não.

– A morte se chama Leste.

– Governarei a oeste.

O doutor, dessa vez, olhou o patrão, e o olhou com aquele olhar sustentado, como para enfiar-lhe um pensamento no cérebro.

Tinha-se voltado inteiramente para o patrão e pronunciou estas palavras lentamente, sílaba a sílaba:

– Se esta noite, quando estivermos no meio do mar, ouvirmos o som de um sino, o navio estará perdido.

O patrão o considerou, estupefato.

– Que quer dizer?

O doutor não respondeu. Seu olhar, que por um instante saíra, já recolhera-se. Seu olhar voltara a ser interior. Pareceu não perceber a pergunta espantada do patrão. Atentava apenas para o que ele próprio ouvia. Seus lábios articularam, como maquinalmente, estas poucas palavras, baixo como um murmúrio:

– É chegado o momento de as almas negras se lavarem.

O patrão fez aquela careta expressiva que aproxima do nariz toda a parte inferior do rosto.

– Está mais para louco que para sábio — murmurou.

E afastou-se.

Contudo, aproou a oeste.

Mas o vento e o mar se espessaram.

V

HARDQUANONNE

Todas as espécies de intumescências deformavam a névoa e cresciam ao mesmo tempo em todos os pontos do horizonte, como se bocas invisíveis estivessem ocupadas a inflar os aléns da tempestade. A configuração das nuvens tornava-se preocupante.

A nuvem azul espalhara-se sobre todo o fundo do céu. Estava, agora, tanto a oeste como a leste. Avançava contra a brisa. Essas contradições fazem parte do vento.

O mar que, momentos antes, tinha escamas, agora tinha uma pele. Assim é esse dragão. Já não era crocodilo, era boa. Aquela pele, plúmbea e suja, parecia espessa e enrugava-se pesadamente. Na superfície, bolhas de água, isoladas e parecendo pústulas, arredondavam-se, depois desapareciam. A espuma assemelhava-se a uma lepra.

Foi nesse instante que a urca, ainda avistada ao longe pelo menino abandonado, acendeu seu fanal.

Um quarto de hora escoou-se.

O patrão procurou com os olhos o doutor; ele não estava mais na ponte.

Assim que o patrão o deixara, o doutor curvara sob a coberta sua estatura pouco cômoda e entrara na cabine. Ali, sentara-se perto do forno em uma carlinga; tirara do bolso um tinteiro em pele de onagro e uma carteira de cordovão; tirara da pasta um pergaminho dobrado em quatro, velho, manchado e amarelo; desdobrara essa folha, apanhara uma pena na bainha de seu tinteiro, apoiara a pasta nos joelhos e o pergaminho na pasta e, no verso desse pergaminho, com os reflexos da lanterna que iluminava o cozinheiro, pôs-se a escrever. Os solavancos das ondas o atrapalhavam. O doutor escreveu longamente.

Enquanto escrevia, o doutor reparou no cantil de aguardente que o provençal degustava cada vez que acrescentava uma pimenta ao puchero, como se o consultasse sobre o tempero.

O doutor reparou nesse cantil, não porque fosse uma garrafa de destilado, mas por causa de um nome que estava trançado no vime, em junco vermelho no meio do junco branco. Estava suficientemente claro na cabine para que se pudesse ler o nome.

O doutor, interrompendo-se, soletrou-o a meia voz.

– Hardquanonne.

Depois, dirigiu-se ao cozinheiro:

– Ainda não tinha prestado atenção nesse cantil. Ele pertenceu mesmo a Hardquanonne?

– A nosso pobre camarada Hardquanonne? — disse o cozinheiro.

— Sim.

O doutor continuou:

– A Hardquanonne, o flamengo de Flandres?

– Sim.

– O que está na prisão?

– Sim.

– Na torre de Chatham?

– É seu cantil — respondeu o cozinheiro — e era meu amigo. Guardo-o para lembrar-me dele. Quando o reveremos? Sim, é seu cantil a tiracolo.

O doutor retomou a pena e recomeçou a traçar com dificuldade linhas um pouco tortuosas no pergaminho. Tinha a clara preocupação que aquilo fosse bem legível. Apesar do tremor do navio e do tremor da idade, conseguiu chegar ao fim do que queria escrever.

Bem a tempo; pois subitamente desabou a tempestade. Um afluxo impetuoso de ondas assaltou a urca, e sentiu-se despontar aquela dança aterradora com a qual os navios acolhem a tempestade.

O doutor se levantou, aproximou-se do fogão, opondo complicadas flexões de joelho à rudeza das vagas, secou, como pôde, ao fogo do caldeirão, as linhas que acabara de escrever, voltou a dobrar o pergaminho na pasta e voltou a colocar pasta e tinteiro no bolso.

O fogão não era a peça menos engenhosa do interior da urca; estava bem calçado. Contudo, o caldeirão oscilava. O provençal o vigiava.

– Sopa de peixe — disse ele.

– Para os peixes — respondeu o doutor.

Depois, voltou à ponte.

VI

ELES SE ACREDITAM JUNTOS

Em meio à sua preocupação crescente, o doutor passou uma espécie de revista à situação, e houvesse, então, alguém perto dele, teria escutado isto sair de seus lábios:

– Muito rolamento e pouca arfagem.

E o doutor, chamado pelo trabalho obscuro de sua mente, voltou a descer a seus pensamentos, como um mineiro em seu poço.

Essa meditação não excluía de modo algum a observação do mar. O mar observado é uma divagação.

O sombrio suplício das águas, eternamente atormentadas, ia começar. Um lamento saía de toda aquela onda. Preparativos, confusamente lúgubres, se faziam na imensidão. O doutor considerava o que tinha sob os olhos e não perdia nenhum detalhe. De resto, não havia em seu olhar nenhuma contemplação. Não se contempla o inferno.

Uma vasta comoção, ainda semilatente, mas já transparente no tumulto da imensidão, acentuava e agravava cada vez mais o vento, os vapores, as ondas. Nada é lógico e nada parece absurdo no oceano. Essa dispersão de si mesmo é inerente à sua soberania e é um dos elementos de sua amplidão. As águas são incessantemente a favor e contra. Elas se atam para se desatar. Uma de suas vertentes ataca, uma outra liberta. Não há visão como as ondas. Como pintar esses vácuos e esses relevos que se alternam, quase irreais, esses vales, essas convulsões, esses desmaios, esses esboços? Como exprimir esses matagais de espuma, misto de montanha e de sonho? O indescritível está ali, em toda parte, no dilacerar, no franzir, na inquietude, no desmentido perpétuo, no claro-escuro, nos pendentes da nuvem, nas abóbodas continuamente desfeitas, na desagregação sem lacunas e sem rupturas e no estrondo fúnebre que faz toda essa demência.

A brisa acabava de se declarar de pleno norte. Era tão favorável em sua violência, e tão útil para se afastarem da Inglaterra, que o patrão da *Matutina* tinha-se decidido a desfraldar todas as velas. A urca evadia-se na espuma, como a galope, todas as velas abertas, vento de popa, pulando de onda e onda, com raiva e alegria. Os fugitivos, encantados, riam. Batiam as mãos, aplaudiam as ondas, as águas, os ventos, as velas, a velocidade, a fuga, o futuro ignorado. O doutor parecia não vê-los e meditava.

Todos os vestígios do dia tinham desaparecido.

Este minuto era aquele em que o menino atento, em cima das falésias longínquas, perdeu a urca de vista. Até esse momento, seu olhar permanecera fixo e como que apoiado no navio. Que participação teve esse olhar no destino? Naquele instante, em que a distância apagou a urca e em que o menino não viu mais nada, o menino rumou para o norte, enquanto o navio rumava para o sul.

Ambos embrenhando-se na noite.

VII

HORROR SAGRADO

Por seu lado, mas com plenitude e alegria, aqueles que a urca conduzia olhavam recuar e diminuir, atrás de si, a terra hostil. Pouco a pouco, a circunferência obscura do oceano crescia, esmaecendo no crepúsculo Portland, Purbeck, Tineham, Kimmeridge, as duas Matravers, as longas faixas da falésia brumosa e a costa pontuada de faróis.

A Inglaterra apagou-se. Os fugitivos nada mais tiveram ao seu redor além do mar.

De repente, a noite foi terrível.

Não houve mais nem extensão nem espaço; o céu fizera-se negrume e fechou-se sobre o navio. A lenta descida da neve começou. Alguns flocos apareceram. Pareciam almas. Nada mais ficou visível no campo de corrida do vento. Todos se sentiram entregues. Todo o possível estava ali, armadilha.

É com essa escuridão de caverna que começa, em nossos climas, a tromba polar.

Uma grande nuvem turva, como a parte inferior de uma hidra, pesava sobre o oceano, e, em certos lugares, esse ventre lívido aderia às ondas. Algumas dessas aderências assemelhavam-se a bolsos furados, sugando o mar, esvaziando-se de vapor e enchendo-se de água. Essas sucções levantavam, aqui e ali, nas águas, cones de espuma.

A tormenta boreal precipitou-se sobre a urca, a urca correu para ela. O tufão e o navio se puseram frente a frente como que para um insulto.

Nessa brava primeira abordagem, nenhuma vela foi ferrada, nenhuma bujarrona caçada, nenhum pano rizado, tanto a evasão é um delírio. O mastro estalava e vergava para trás, como aterrorizado.

Os ciclones, em nosso hemisfério norte, giram da esquerda para a direita, como os ponteiros de um relógio, com um movimento de translação que atinge, algumas vezes, sessenta milhas por hora. Apesar de estar completamente à mercê desse violento empuxo giratório, a urca se comportava como se estivesse em vento manobrável, sem nenhuma outra precaução além de se manter de pé nas águas e de apresentar a proa ao vento anterior, recebendo o vento atual a estibordo, a fim de evitar os golpes na popa e de través. Essa semiprudência de nada serviria no caso de uma rajada de vento que a atravessasse de ponta a ponta.

Um profundo rumor soprava na região inacessível.

Nada se compara ao rugido do abismo. É a imensa voz bestial do mundo. O que chamamos de matéria, esse organismo insondável, esse amálgama de energias incomensuráveis, em que, às vezes, se distingue uma quantidade imperceptível de intenção que nos faz estremecer, esse cosmos cego e noturno, esse Pan incompreensível, tem um grito, grito estranho, prolongado, obstinado, contínuo, que é menos que a palavra e mais que o trovão. Esse grito é o furacão. As outras vozes, cantos, melodias, clamores, verbos, saem dos ninhos, dos chocares, dos acasalamentos, dos himeneus, das casas; esta tromba sai desse Nada que é Tudo. As outras vozes exprimem a alma do universo; esta exprime o seu monstro. É informe, urra. É o inarticulado falado pelo indefinido. Coisa patética e aterradora. Esses rumores dialogam acima e para além do homem. Elevam-se, abaixam-se, ondulam, determinam ondas de barulho, pregam todas as espécies de surpresas selvagens ao espírito, ora explodem ao pé de nossos ouvidos com uma impertinência de fanfarra, ora têm a rouquidão áspera do longínquo; bulha vertiginosa que se assemelha a uma linguagem e que é efetivamente uma linguagem; é o esforço que faz o mundo para falar, é o balbuciar do prodígio. Nesse vagido se manifesta confusamente tudo o que padece, pena, sofre, aceita e rejeita a enorme palpitação tenebrosa. Comumente, parece um delírio, um acesso de doença crônica, e é mais uma epilepsia generalizada que uma força empregada; é como se assistíssemos uma queda no infinito. Por momentos, entrevemos uma reivindicação do elemento, uma não sei que veleidade do caos de suplantar a criação. Por momentos, é uma queixa, o espaço se lamenta e se justifica, é como se a causa do mundo fosse defendida; acreditamos adivinhar que o universo é um processo; escutamos, tentamos entender as razões dadas, os prós e os temíveis contras; esse gemido da sombra tem a tenacidade de um silogismo. Vasta perturbação do pensamento. Essa é a razão de ser das mitologias e dos politeísmos. Ao pavor desses grandes murmúrios vêm somar-se perfis sobre-humanos que se esvanecem tão logo avistados, eumênides mais ou menos distintas, gargantas de fúrias desenhadas nas nuvens, quimeras plutonianas quase afirmadas. Nenhum horror se iguala a esses soluços, a esses risos, a essa volubilidade da tempestade, a essas perguntas e a essas respostas indecifráveis, a esses apelos a auxiliares desconhecidos. O homem não sabe como se portar em presença dessa pavorosa encantação. Verga-se sob o enigma dessas entonações draconianas. Que subentendidos trazem? Que significam? Quem ameaçam? A quem suplicam? Existe, ali, como um desencadeamento. Vociferações de precipício a precipício, do ar à água, do vento às ondas, da chuva ao rochedo, do zênite ao nadir, dos astros às espumas, a focinheira do abismo desatada, esse é o tumulto, complicado com alguma disputa misteriosa com as más consciências.

A loquacidade da noite não é menos lúgubre que seu silêncio. Nela, sentimos a cólera do ignorado.

A noite é uma presença. Presença de quem?

De resto, devemos distinguir a noite e as trevas. Na noite, há o absoluto; o múltiplo pertence às trevas. A gramática, essa lógica, não admite singular para as trevas. A noite é uma, as trevas são várias.

Essa bruma do mistério noturno é o esparso, o fugaz, o caduco, o funesto. Não sentimos mais a terra, sentimos a outra realidade.

Na sombra infinita e indefinida, há algo, ou alguém, de vivo; mas o que ali é vivo faz parte de nossa morte. Após nossa passagem terrestre, quando essa sombra será, para nós, a luz, a vida que está para além de nossa vida nos apanhará. Enquanto espera, parece que ela nos apalpa. A escuridão é uma pressão. A noite é uma espécie de mão posta sobre nossa alma. Em certas horas abomináveis e solenes, sentimos o que existe atrás das paredes do túmulo avançar sobre nós.

Em nenhuma outra situação essa proximidade do desconhecido é mais palpável que nas tempestades do mar. O horrível avulta-se, então, com o fantástico. O interruptor possível das ações humanas, o antigo Reunidor de Nuvens, tem ali, à sua disposição, para moldar o fenômeno como bem lhe aprouver, o elemento inconsistente, a incoerência ilimitada, a força difusa sem destino. Este mistério, a tempestade, aceita e executa, a cada instante, não sei que mudanças de vontade, aparentes ou reais.

Os poetas chamaram a isso, em todos os tempos, de capricho das águas.

Mas o capricho não existe.

As coisas desconcertantes que denominamos, na natureza, capricho e, no destino, acaso, são vislumbres de trechos de lei.

VIII

NIX ET NOX

O que caracteriza a tempestade de neve é sua cor: negra. O aspecto habitual da natureza na tormenta, terra ou mar escuros, céu lívido, inverte-se; o céu fica negro, o oceano branco. Embaixo, espuma; no alto, trevas. Um horizonte barrado pela fumaça, um zênite forrado de crepe. A tempestade assemelha-se ao interior de uma catedral recoberta de luto. Mas nenhuma luminária nessa catedral. Nenhum fogo de Santelmo no cume das ondas, nenhuma fagulha, nenhuma fosforescência; nada além de uma imensa sombra. O ciclone polar difere do ciclone tropical pelo fato de um acender todas as luzes e o outro apagá-las todas. O mundo torna-se, subitamente, a abóbada de um porão. Dessa noite cai uma poeira de manchas pálidas que hesitam entre o céu e o mar. Essas manchas, os flocos de neve, deslizam, erram e flutuam. É como se as lágrimas de um sudário se pusessem a viver e entrassem em movimento. A essa semeadura se mistura uma brisa implacável. Um negrume esfacelado em brancuras, o furioso no obscuro, todo o tumulto de que o sepulcro é capaz, um furacão sob um catafalco, assim é a tempestade de neve.

Por baixo, treme o oceano, que se recobre de formidáveis profundidades desconhecidas.

No vento polar, que é elétrico, os flocos se transformam imediatamente em granizo, e o ar se enche de projéteis. A água borbulha, metralhada.

Não se escutam trovões. Os relâmpagos das tormentas boreais são silenciosos. O que, por vezes, dizemos do gato, "ele se impõe", podemos dizer desse relâmpago. É uma ameaça de goela entreaberta, estranhamento inexorável. A tempestade de neve é a tempestade cega e muda. Depois que ela passa, muitas vezes, os navios se tornam também cegos, e os marinheiros mudos.

Sair de tal abismo é complicado.

Seria um engano acreditar, contudo, ser o naufrágio absolutamente inevitável. Os pescadores dinamarqueses de Disco e de Balesin, os caçadores de baleias-pretas, Hearn dirigindo-se ao estreito de Behring para reconhecer a embocadura do rio da mina de cobre, Hudson, Mackenzie, Vancouver, Ross, Dumont-d'Urville, enfrentaram, em pleno polo, as mais inclementes borrascas de neve e escaparam.

Foi nessa espécie de tempestade que a urca entrou, com todas as velas desfraldadas e em triunfo. Frenesi contra frenesi. Quando Montgomery, fugindo de Rouen, arrojou com a força de todos os remos sua galera na corrente que fechava o Sena na Bouille, teve a mesma audácia.

A *Matutina* corria. Por instantes, inclinava-se, com seu velame, formando com o mar um pavoroso ângulo de quinze graus, mas sua boa quilha arredondada aderia às águas como ao visgo. A quilha resistia à violência do furacão. O fanal iluminava a proa. A nuvem, cheia de rajadas, arrastando seu tumor pelo oceano, encolhia e roía cada vez mais o mar em torno da urca. Nenhuma gaivota. Nenhuma andorinha de falésia. Neve e apenas neve. O campo das ondas era pequeno e terrível. Só se viam três ou quatro, incomensuráveis.

De tempos em tempos, um vasto relâmpago cor de cobre vermelho aparecia por trás das superposições escuras do horizonte e do zênite. Essa vastidão rubra mostrava o horror das nuvens. O brusco esbraseamento das profundezas, sobre o qual, durante um segundo, se destacavam os primeiros planos das nuvens e o foco longínquo do caos celeste, colocava o abismo em perspectiva. Sobre esse fundo de fogo, os flocos de neve tornavam-se negros, pareciam borboletas escuras voando em uma fornalha. Depois, tudo se extinguia.

Passada a primeira explosão, a borrasca, perseguindo continuamente a urca, pôs-se a rugir em baixo contínuo. Era a fase do rosnado, temível diminuição do barulho. Nada mais inquietante que esse monólogo da tempestade. Esse recitativo manso assemelha-se a uma pausa das misteriosas forças combatentes, como uma maneira de espreitar o desconhecido.

A urca continuava, desesperadamente, sua corrida. Suas duas velas principais exibiam um espetáculo assustador. O céu e o mar eram negros, com jatos de baba que subiam mais alto que o mastro. A cada instante, vagalhões atravessavam a ponte como um dilúvio, e, a todas as inflexões do rolamento, os escovéns, ora de estibordo, ora de bombordo, tornavam-se outras tantas bocas abertas vomitando a espuma do mar. As mulheres tinham-se refugiado na cabine, mas os homens permaneciam na ponte. A neve, girando em turbilhões, cegava. O cuspir das vagas não fazia por menos. Tudo estava furioso.

Nesse momento, o chefe do bando, de pé na alheta, com uma mão agarrando-se aos ovéns, com a outra arrancando seu lenço de cabeça que sacudia na luz baça do fanal, arrogante, contente, com a fisionomia altiva, os cabelos revoltos, ébrio de toda aquela sombra, gritava:

– Estamos livres!

– Livres! Livres! Livres! — repetiam os fugitivos.

E todo o bando, agarrando os massames, subiu na ponte.

– Urra! — gritou o chefe.

E o bando urrou na tempestade:

– Urra!

No instante em que esse clamor extinguiu-se entre as rajadas, uma voz grave e alta elevou-se na outra extremidade do navio e disse:

– Silêncio!

Todas as cabeças se voltaram.

Tinham acabado de reconhecer a voz do doutor. A escuridão era espessa; o doutor estava encostado no mastro com o qual sua magreza se confundia, não o viam.

A voz continuou:

– Escutem!

Todos se calaram.

Então, ouviu-se distintamente nas trevas o badalar de um sino.

INQUIETUDE CONFIADA AO FURIOSO MAR

O patrão do barco, que segurava o leme, deu uma gargalhada:

– Um sino! Está bem. Estamos caçando a bombordo. O que prova esse sino? Que temos terra a estribordo.

A voz firme e lenta do doutor respondeu:

– Não tem terra a estibordo.

– Claro que sim! — gritou o patrão.

– Não.

– Mas este sino vem da terra.

– Este sino — disse o doutor — vem do mar.

Um arrepio atravessou aqueles homens intrépidos. Os rostos espavoridos das duas mulheres apareceram por uma abertura do teto da cabine, como duas larvas evocadas. O doutor deu um passo, e sua longa forma negra destacou-se do mastro. Ouvia-se o sino repicar no fundo da noite.

O doutor continuou:

– Existe, no meio do mar, a meio caminho entre Portland e o arquipélago da Mancha, uma boia, que ali está para advertir. Essa boia está amarrada com correntes nas profundezas e flutua na superfície da água. Nessa boia está fixado um cavalete de ferro, e na travessa desse cavalete há um sino pendurado. Com o mau tempo, o mar, agitado, agita a boia, e o sino soa. Esse sino, vocês o estão ouvindo.

O doutor deixou passar um redobrar do vento, esperou que o som do sino sobressaísse novamente e prosseguiu:

– Ouvir esse sino na tempestade, quando o noroeste está soprando, é estar perdido. Por quê? Pelo seguinte: se vocês estão ouvindo o barulho desse sino é porque o vento o está trazendo. Ora, o vento vem do oeste, e os recifes da ilha de Aurigny estão a leste. Vocês só podem ouvir o sino porque estão entre a boia e os recifes. É para esses recifes que o vento os está empurrando. Vocês estão do lado errado da boia. Se estivessem do lado certo, vocês estariam em alto-mar, em rota segura, e não ouviriam o sino. O vento não traria o barulho na sua direção. Vocês passariam perto da boia sem saber que está ali. Nós derivamos. Esse sino, é o naufrágio que está tocando a rebate. Agora, observem!

O sino, enquanto o doutor falava, apaziguado por uma baixa do vento, soava lentamente, uma pancada após a outra, e esse repicar intermitente parecia encarnar as palavras do velho. Parecia o dobre fúnebre do abismo.

Todos escutavam ofegantes, ora aquela voz, ora aquele sino.

X

A GRANDE SELVAGEM,
É A TEMPESTADE

Nesse meio tempo, o patrão apanhara seu porta-voz.

– *Cargate todo, hombres!* Cacem as escotas, puxem as carregadeiras, folguem as adriças e os amantilhos das velas latinas! Rumemos a oeste! Voltemos ao alto-mar! Aproemos para a boia! Aproemos para o sino! Rumemos para o largo. Nem tudo está perdido.

– Tentem — disse o doutor.

Digamos aqui, de passagem, que essa boia com sino, espécie de campanário do mar, foi suprimida em 1802. Velhos navegantes ainda se lembram de tê-la ouvido. Ela advertia, mas um pouco tarde.

A ordem do patrão foi obedecida. O languedocense fez-se terceiro marinheiro. Todos ajudaram. Fizeram melhor que recolher as velas, dobraram-na por completo ao longo e por cima de uma verga; ataram todo o cordame, amarraram e ataram as carregadeiras; engataram patarrases nos estropos que puderam, assim, servir de ovéns de ré; reforçaram o mastro; fecharam as portinholas dos canhões, o que é uma maneira de isolar o navio das águas. A manobra, apesar de executada em alvoroço, não deixou de ser menos correta. A urca foi reduzida à simplificação de desespero. Mas, à medida que a embarcação, fechando tudo, adelgaçava-se, o tumulto do ar e da água cresciam sobre ela. A altura das ondas atingia quase a dimensão polar.

O furacão, como um carrasco apressado, se pôs a esquartejar o navio. Foi, num piscar de olhos, um retalhamento pavoroso, as gáveas esfarrapadas, o costado revirado, as amuras arrancadas, os ovéns desmantelados, o mastro partido, toda a explosão do desastre voando em estilhaços. Os cabos grossos cederam, apesar de terem quatro braças de talingadura.

A tensão magnética própria das tempestades de neve contribuía para o rompimento do cordame. Rompiam-se tanto com o eflúvio como com o vento. Diversos cabos, tendo saído de suas polias, não laboravam mais. Na proa, as bochechas, na popa, as cadeiras, curvavam-se sob a pressão exagerada. Uma onda levou a bússola com a bitácula. Outra onda levou o escaler, pendurado por um gancho no gurupés, segundo o estranho costume asturiano. Outra onda levou a verga cevadeira. Outra onda levou a Nossa Senhora da proa e o fanal.

Só restava o leme.

Supriu-se a falta da lanterna de proa por meio de uma grande granada cheia de estopa ardente e de alcatrão aceso, que foi pendurada na roda de proa.

O mastro, partido em dois, todo eriçado de farrapos tremulantes, de cordas, de cadernais e de vergas, atravancava o convés. Ao cair, quebrara um pedaço da amurada de estibordo.

O patrão, que não largava o leme, gritou:

– Enquanto pudermos governar, nada está perdido. As obras vivas continuam aguentando. Machados! Machados! Lancem o mastro ao mar! Liberem o convés.

Tripulação e passageiros tinham a febre das batalhas supremas. Bastaram algumas machadadas. Jogaram o mastro por cima da borda e o convés ficou livre.

– Agora — continuou o patrão —, peguem uma adriça e amarrem-me ao leme.

Ataram-no ao timão.

Enquanto o amarravam, ele ria. Gritou ao mar.

– Pode urrar, meu velho! Pode urrar! Já vi coisa pior no cabo Machichaco.

E quando foi preso, empunhou o timão com as duas mãos com aquela alegria estranha que dá o perigo.

– Está tudo bem, camaradas! Viva Nossa Senhora de Buglose! Governemos a oeste!

Um vagalhão de través, colossal, veio e abateu-se sobre a popa. Existe sempre, nas tempestades, uma espécie de onda tigre, vaga feroz e definitiva, que chega sorrateiramente, rasteja algum tempo, como que de bruços sobre o mar, depois salta, ruge, ronca, precipita-se sobre o navio em desespero e o desmembra. Uma golfada de espuma cobriu toda a popa da *Matutina*. Ouviu-se, nessa mistura de água e noite, um deslocamento. Quando a espuma se dissipou, quando a popa reapareceu, não havia mais nem patrão, nem leme.

Tudo havia sido arrancado.

A cana e o homem, que haviam acabado de atar a ela, haviam sido tragados pela vaga na confusão da tempestade que relinchava.

O chefe do bando olhou fixamente para a sombra e gritou:

– *Te burlas de nosostros?*

A esse grito de revolta sucedeu outro grito:

– Lancemos a âncora! Salvemos o patrão.

Correu-se ao cabrestante. Molhou-se a âncora. As urcas tinham apenas uma. Perdê-la foi tudo o que conseguiram. O fundo era de rocha viva, as ondas furiosas. O cabo se rompeu como um fio de cabelo.

A âncora permaneceu no fundo do mar.

Do talha-mar, só restava o anjo olhando pela luneta.

A partir desse momento, a urca não foi mais do que uma carcaça. A *Matutina* estava irremediavelmente desamparada. Aquele navio, que há pouco parecia alado e quase terrível em seu curso, estava, agora, impotente. Nem uma só manobra que não fosse truncada e desarticulada. Ele obedecia, anquilosado e passivo, às fúrias estranhas da flutuação. Que em alguns minutos se tenha um paralítico em vez de uma águia, só é possível no mar.

O sopro do espaço era cada vez mais monstruoso. A tempestade é um pulmão medonho. Ela vem, incessantemente, somar lúgubres agravações ao que não tem nuanças, o negro. O sino do meio do mar soava desesperadamente, como que sacudido por uma mão selvagem.

A *Matutina* andava ao acaso das vagas; uma rolha de cortiça tem dessas ondulações. Ela não vogava mais, boiava; parecia, a cada instante, prestes a se virar de barriga para cima, à flor da água, como um peixe morto. O que a salvava dessa perdição era a boa conservação do casco, perfeitamente vedado. Nenhuma escoa cedera sob a linha de flutuação. Não havia nem fissuras, nem fendas, e nenhuma gota d'água entrava no porão. Felizmente, pois uma avaria na bomba a colocara fora de uso.

A urca dançava hediondamente na angústia das ondas. O convés tinha convulsões de um diafragma prestes a vomitar. Parecia que tentava expelir os náufragos. Eles, inertes, agarravam-se aos cabos fixos, ao costado, aos vaus, às boças da âncora, às gaxetas, às rachaduras das pranchas do convés, cujos pregos lhes dilaceravam as mãos, aos pródigos retorcidos, a todos os miseráveis relevos da devastação. De tempos em tempos, aguçavam os ouvidos. O barulho do sino ia enfraquecendo. Parecia que ele também agonizava. Seu dobrar não era mais do que um estertor intermitente. Depois, esse estertor se extinguiu. Onde estavam afinal? E a que distância da boia? O barulho do sino os assustara, seu silêncio os aterrorizava. O noroeste lhes fazia seguir um caminho talvez irreparável. Sentiam-se arrastados por uma frenética retomada de fôlego. A carcaça corria no negrume. Uma velocidade cega, nada mais pavoroso. Eles sentiam o precipício diante deles, abaixo deles, acima deles. Não era mais uma corrida, era uma queda.

Bruscamente, no enorme tumulto da névoa de neve, uma vermelhidão surgiu.

– Um farol! — gritaram os náufragos.

XI

AS CASQUETS

Era, de fato, a Light-House de Casquets.

Um farol do século XIX é um alto cilindro conoidal de alvenaria, encimado por uma máquina de iluminar totalmente científica. O farol de Casquets em particular é, hoje, uma tripla torre branca com três castelos de luz. Essas três casas de fogo evoluem e giram sobre engrenagens de relojoaria com tal precisão que o homem de vigia que as observa do alto-mar dá, invariavelmente, dez passos no convéns do navio durante a emissão de luz e vinte e cinco durante o intervalo escuro. Tudo é calculado no plano focal e na rotação do tambor octogonal, formado por oito amplas lentes simples escalonadas, tendo tanto acima como abaixo duas séries de anéis dióptricos; engrenagem algébrica protegida, contra os golpes de vento e os golpes de mar, por vidros espessos, às vezes quebrados, contudo, pelas águias do mar que se lançam sobre eles, grandes falenas dessas lanternas gigantes. O edifício que abriga, sustenta e enquadra esse mecanismo é, como ele, matemático. Tudo ali é sóbrio, exato, nu, preciso, correto. Um farol é um número.

No século XVII, um farol era uma espécie de penacho da terra à beira do mar. A arquitetura de uma torre de farol era magnífica e extravagante. Era pródiga em balcões, balaústres, torrinhas, camarazinhas, pavilhõezinhos, cata-ventinhos. Eram só mascarões, estátuas, ramagens, volutas, *ronde-bosse*, figuras e figurinhas, cartuchos com inscrições. *Pax in bello*, dizia o farol de Eddystone. Observemos, de passagem, que essa declaração de paz nem sempre desarmava o oceano. Winstanley repetiu-a em um farol que construiu às próprias expensas em um lugar selvagem, na frente de Plymouth. Terminada a torre do farol, meteu-se dentro para testá-la com a tempestade. A tempestade veio e levou o farol e Winstanley. Ademais, esses edifícios excessivos ofereciam-se de todos os lados à borrasca, como aqueles generais muito agaloados que, durante a batalha, atraem os tiros. Além das fantasias de pedra, havia as fantasias de ferro, de cobre, de madeira. As serralherias tinham relevos; os madeiramentos, saliências. Por todos os lados, no perfil do farol, irrompiam, pendurados na parede entre os arabescos, engenhos de toda a espécie, úteis e inúteis, molinetes, talhas, moitões, contrapesos, escadas, gruas de carregamento, arpéus de salvamento. No topo, em volta do foco, delicadas serralherias trabalhadas suportavam grandes candelabros de ferro, nos quais se enfiavam pedaços de cabo mergulhados em resina, mechas que queimavam teimosamente e que nenhum vento apagava. E, de alto à baixo, a torre era uma confusão de estandartes marítimos, bandeirolas, flâmulas, bandeiras, pendões, pavilhões, que subiam de haste em haste, de andar em andar, amalgamando todas as cores, todas as formas, todos os brasões, todos os sinais, todas as turbulências, até a lanterna do farol e faziam, na tempestade, um alegre motim de farrapos em volta desse flamejar. Essa impudência de luz à beira do abismo parecia um desafio e excitava a audácia dos náufragos. Mas o farol de Casquets não era absolutamente desse estilo.

Era, nessa época, um simples e velho farol bárbaro, tal como Henrique I o construíra após o naufrágio do *White Ship*, uma fogueira ardendo sob uma treliça de ferro no alto de um rochedo, uma brasa atrás de uma grade e uma cabeleira de chamas ao vento.

O único aperfeiçoamento que recebera esse farol desde o século XI era um fole de forja, movido por uma cremalheira com peso de pedra, ajustada à lanterna em 1610.

Nesses antigos faróis, a aventura dos pássaros do mar era mais trágica que nos faróis atuais. Os pássaros acorriam, atraídos pela claridade, precipitavam-se neles e caíam no braseiro, onde se os via pular, espécie de espíritos negros agonizando naquele inferno; e, às vezes, caíam no rochedo, fumegantes, mancos, cegos, como moscas semiqueimadas fora da chama de uma lamparina.

Para um navio governado, provido de todos os seus recursos de velame e cordagem, manejável pelo piloto, o farol de Casquets é útil. Ele grita: "Cuidado!". Adverte sobre os recifes. Para um navio desamparado, ele é pura e simplesmente terrível. O casco, paralisado e inerte, sem resistência contra o enrugar insensato das águas, sem defesa contra a pressão do vento, peixe sem nadadeiras, pássaros sem asas, só pode ir aonde o vento o leva. O farol lhe mostra o lugar supremo, assinala o ponto do desaparecimento, ilumina o sepultamento. É a candeia do sepulcro.

Iluminar a abertura inexorável, advertir acerca do inevitável, não há mais trágica ironia.

CORPO A CORPO COM O RECIFE

Aquele misterioso sarcasmo acrescido ao naufrágio, os miseráveis em desespero da *Matutina* o entenderam imediatamente. A aparição do farol primeiro os animou, depois os acabrunhou. Nada a fazer, nada a tentar. O que se disse dos reis, pode ser dito das águas. Somos seu povo; somos sua presa. Tudo o que deliram, padecemos. O noroeste jogava a urca contra as Casquets. E ela se deixava ir. Impossível recusar. Derivavam rapidamente para o recife. Sentiam subir o fundo; a sonda, se fosse possível molhar utilmente uma sonda, não teria dado mais de três ou quatro braças. Os náufragos escutavam as surdas voragens da vaga nos hiatos submarinos do profundo rochedo. Distinguiam, abaixo do farol, como que uma faixa escura, entre duas lâminas de granito, a passagem estreita do pavoroso ancoradouro selvagem que se adivinhava cheio de esqueletos de homens e carcaças de navios. Era a boca de um antro, mais do que uma entrada de porto. Ouviam o crepitar da fogueira em sua gaiola de ferro, púrpura exaltada iluminando a tempestade; o encontro da chama e do granizo turvava a neblina; a nuvem negra e a fumaça vermelha combatiam, serpente contra serpente; um arrebatamento de brasas voava ao vento; e os flocos de neve pareciam recuar diante desse brusco ataque de fagulhas. Os recifes, inicialmente esfumados, desenhavam-se agora nitidamente, num tumulto de rochas, com picos, cristas e vértebras. Os ângulos eram modelados por vivas linhas carmim, e os planos inclinados por sanguíneas riscas de claridade. À medida que se avançava, o relevo do recife crescia e se elevava, sinistro.

Uma das mulheres, a irlandesa, desfiava, desesperadamente, seu rosário.

Na falta do patrão, que era o piloto, restava o chefe, que era o capitão. Os bascos conhecem, sem exceção, a montanha e o mar. São ousados diante dos precipícios e inventivos nas catástrofes.

Estavam chegando, iam bater. Estavam, de repente, tão próximos da grande rocha ao norte das Casquets que, subitamente, ela eclipsou o farol. Não se viu nada além dela e um clarão atrás. Aquela rocha de pé, no meio da neblina, parecia uma grande mulher negra com uma cabeleira de fogo.

Essa famigerada rocha chama-se Biblet. Ela se defronta no setentrião com o escolho com o qual outro recife, o Étacq-aux--Guilmets, se defronta no meridião.

O chefe olhou para a Biblet e gritou:

– Um homem de boa vontade para levar um cabo calabroteado ao recife! Há alguém aqui que saiba nadar?

Não obteve resposta.

Ninguém a bordo sabia nadar, nem mesmo os marinheiros; ignorância, ademais, frequente nas pessoas do mar.

Braçolas mais ou menos soltas oscilavam no convés. O chefe agarrou uma delas com ambas as mãos e disse:

– Ajudem-me.

Arrancaram a braçola. Estava à sua disposição para a usarem como bem quisessem. De defensiva, tornou-se ofensiva.

Era uma viga bastante longa, de coração de carvalho, sadia e robusta, podendo servir como engenho de ataque e ponto de apoio; alavanca contra um fardo, aríete contra uma torre.

– Em guarda! — gritou o chefe.

Seis vieram segurá-la, escorando-se no esteio do mastro, mantendo a braçola horizontal por cima do bordo e reta como uma lança diante dos flancos do recife.

A manobra era perigosa. Dar uma estocada em uma montanha é uma audácia. Os seis homens podiam ser lançados na água no contragolpe.

São as diversidades da luta contra as tempestades. Após o vendaval, o recife; após o vento, o granito. Ficamos, frente a frente, ora ao inapreensível, ora ao inabalável.

Foi um daqueles minutos em que os cabelos branqueiam.

O recife e o navio iam se abordar.

Um rochedo é um paciente. O recife esperava.

Uma onda acorreu, desordenada. Pôs fim à espera. Apanhou o navio por baixo, levantou-o e balançou-o um momento, como a funda balança o projétil.

– Firmes! — gritou o chefe. — É apenas um rochedo, nós somos homens.

A viga estava em riste. Os seis homens formavam um só bloco com ela. As cavilhas pontiagudas da braçola machucavam-lhes os sovacos, mas eles mal sentiam.

A onda jogou a urca contra a rocha.

O choque aconteceu.

Aconteceu sob a informe nuvem de espuma que sempre esconde essas peripécias.

Quando essa nuvem caiu no mar, quando a distância voltou a se fazer entre a onda e o rochedo, os seis homens rolavam no convés; mas a *Matutina* corria ao lado do recife. A viga suportara o choque e determinara um desvio. Em alguns segundos, graças ao desenfreado correr das águas, as Casquets ficaram atrás da urca. A *Matutina*, estava, por hora, fora de perigo imediato.

Isso acontece. Foi um golpe certeiro de gurupés na falésia que salvou Wood de Largo na embocadura do Tay. Nas rudes paragens do cabo Winterton, e sob o comando do capitão Hamilton, foi por igual manobra de alavanca contra o temível rochedo Brannodu – um que soube escapar do naufrágio a *Royale-Marie*, apesar de ser apenas uma fragata ao modo da Escócia. A vaga é uma força que se decompõe tão subitamente que os desvios se tornam fáceis, pelo menos possíveis, mesmo nos choques mais violentos. Na tempestade, há algo de animal; o furacão é o touro, e podemos lhe dar o troco.

Todo o segredo de evitar o naufrágio consiste em tentar passar da secante à tangente.

Fora esse o serviço que a braçola prestara ao navio. Cumprira a função de remo; fizera as vezes de leme. Mas essa manobra liberadora era única; não se podia repeti-la. A viga estava no mar. A dureza do choque a fizera pular das mãos dos homens por sobre a borda, e ela perdera-se nas águas. Desprender outra prancha seria desconjuntar o cavername.

O furacão arrastou a *Matutina*. Logo, as Casquets pareceram no horizonte um obstáculo inútil. Nada parece mais desconcertado do que um recife em tais ocasiões. Existe na natureza, do lado do desconhecido, ali, onde o visível se confunde com o invisível, raivosos perfis imóveis que parecem indignados com a presa que lhes escapuliu.

Assim ficaram os Casquets enquanto a *Matutina* fugia.

O farol, recuando, empalideceu, esmaeceu, depois apagou-se.

Essa extinção foi tíbia. As espessuras da bruma se superpuseram àquele flamejar tornado difuso. O clarão se diluiu na imensidão molhada. A chama flutuou, lutou, afundou-se, perdeu a forma. Parecia um afogado. O braseiro tornou-se morrão, simples tremular mortiço e vago. Ao seu redor, ampliava-se um círculo de avermelhada luz extravazada. Era como um esmagar de luz no fundo da noite.

O sino, que era uma ameaça, calara-se; o farol, que era uma ameaça, desvanecera-se. Contudo, quando essas duas ameaças desapareceram, foi mais terrível. Uma era uma voz, outra era uma tocha. Tinham algo de humano. Quando se foram, restou o abismo.

FACE A FACE COM A NOITE

A urca se viu à deriva da sombra na escuridão incomensurável. A *Matutina*, escapada dos Casquets, resvalava de onda em onda. Trégua, mas no caos. Empurrada de través pelo vento, manipulada pelas mil trações das águas, ela repercutia todas as loucas oscilações das ondas. Quase não tinha mais arfagem, sinal temível da agonia de um navio. As carcaças só têm rolamento. A arfagem é a convulsão da luta. Apenas o leme pode apanhar o vento contrário.

Na tempestade, e sobretudo no meteoro de neve, mar e neve acabam por se fundir e se amalgamar e se transformar em pura fumaça. Neblina, turbilhão, vento, deslizamentos em todos os sentidos, nenhum ponto de apoio, nenhuma referência, nenhuma trégua, um perpétuo recomeço, uma fenda após a outra, nenhum horizonte visível, profundo recuo negro, a urca vogava ali dentro.

Afastar-se das Casquets, esquivar-se do recife, aquilo havia sido para os náufragos uma vitória. Mas, sobretudo, um estupor. Não haviam dado urras; no mar, não se comete duas vezes esse tipo de imprudência. Lançar a provocação onde não se lançaria a sonda é grave.

O recife repelido era o impossível consumado. Estavam petrificados. Pouco a pouco, contudo, voltavam a ter esperanças. Assim são as insubmergíveis miragens da alma. Não há desespero que, mesmo no instante mais crítico, não veja clarear em suas profundezas o inexprimível alvorecer da esperança. Aqueles infelizes não pediam nada mais do que admitir que estavam salvos. Tinham neles esse murmúrio.

Mas uma elevação formidável despontou, de repente, na noite. A bombordo surgiu, desenhou-se e recortou-se, sobre o fundo da neblina, uma grande massa opaca, vertical, de ângulos retos, uma torre quadrada do abismo.

Eles olhavam, pasmos.

O vendaval os empurrava para aquilo.

Ignoravam o que era. Era o rochedo Ortach.

XIV

ORTACH

Os recifes recomeçavam. Após as Casquets, Ortach. A tempestade não é uma artista, é brutal e onipotente, e não muda seus meios.

A escuridão não é esgotável. É infinitamente pródiga em armadilhas e perfídias. O homem, ao contrário, chega logo ao fim de seus recursos. O homem se consome, o abismo não.

Os náufragos se voltaram para o chefe, sua esperança. Ele só pôde dar de ombros; tíbio desdém da impotência.

Um grande paralelepípedo no meio do oceano, tal é o rochedo Ortach. O recife Ortach, inteiriço por sobre o choque contrariado das ondas, ergue-se reto a oitenta pés de altura. As ondas e os navios vêm nele quebrar-se. Cubo imutável, mergulha a prumo seus planos retilíneos nas incontáveis curvas serpenteantes do mar.

À noite, ele figura um enorme cepo colocado por sobre as dobras de um grande lençol negro. Na tempestade, espera o golpe do machado, o trovão.

Mas não há trovões na tromba de neve. O navio, é verdade, tem os olhos vendados; todas as trevas o envolvem. Está pronto como um supliciado. Quanto ao raio, fim rápido, não se pode esperá-lo.

A *Matutina*, não sendo mais do que uma ruína flutuante, foi na direção desse rochedo, como fora na direção do outro. Os infortunados, que, por um momento, tinham-se acreditado salvos, voltaram à angústia. O naufrágio, que haviam deixado atrás de si, reaparecia a sua frente. O recife ressurgia do fundo do mar. Não havia nada a fazer.

As Casquets assemelham-se a um favo com mil compartimentos, o Ortach é uma muralha. Naufragar nas Casquets é ser retalhado; naufragar no Ortach é ser triturado.

Havia uma chance contudo.

Nos paredões retos, e o Ortach é um paredão reto, a vaga, assim como a bala de canhão, não ricocheteia. Fica reduzida ao jogo simples. É o fluxo e o refluxo. Chega como vaga e volta como onda.

Nesses casos, a questão de vida e de morte se coloca assim: se a vaga levar o barco até o rochedo, ela se quebrará, ele estará perdido; se a onda voltar antes que o barco tenha tocado a rocha, ela o trará de volta, ele estará salvo.

Ansiedade pungente. Os náufragos vislumbravam na penumbra a grande vaga suprema vindo a eles. Até onde iria arrastá-los? Se a onda quebrasse no navio, seriam lançados contra a rocha e despedaçados. Se passasse sob o navio...

A vaga passou sob o navio.

Eles respiraram.

Mas que retorno teria? O que a ressaca faria deles?

A ressaca os levou consigo.

Alguns minutos depois, a *Matutina* estava fora das águas do recife. O Ortach se desvanecia como as Casquets se tinham desvanecido.

Era a segunda vitória. Pela segunda vez a urca tinha chegado à beira do naufrágio, e recuara a tempo.

XV

PORTENTOSUM MARE

Contudo, um adensamento de neblina abatera-se sobre os infelizes à deriva. Ignoravam onde estavam. Mal viam a alguns cabos de distância em torno da urca. Apesar de uma verdadeira lapidação de granizo que os forçava a abaixar a cabeça, as mulheres se tinham obstinado a não mais descer à cabine. Não há um só desesperado que não queira naufragar a céu aberto. Tão perto da morte, parece-lhes que um teto acima da cabeça é um começo de féretro.

A vaga, cada vez mais túmida, tornava-se curta. A turgescência das águas indica um estrangulamento; em meio à neblina, certos rolos de água assinalam um estreito. De fato, sem o saber, eles estavam costeando Aurigny. Entre Ortach e as Casquets no poente e Aurigny no nascente, o mar é apertado e acabrunhado, e esse estado de mal-estar do mar determina localmente o estado de tempestade. O mar sofre como as outras coisas; e quando sofre, se irrita. Aquela passagem é temível.

A *Matutina* estava naquela passagem.

Imaginemos debaixo d'água um casco de tartaruga grande como o Hyde-Park ou os Champs-Elysées, em que cada estria é um vale e cada saliência um recife. Assim é a costa oeste de Aurigny. O mar recobre e oculta esse aparelho de naufrágio. Sobre essa carapaça de recifes submarinos, as ondas, segmentadas, saltam e espumam. Durante a calmaria, marulhos; na tempestade, caos.

Os náufragos perceberam essa nova complicação sem poder explicá-la. Subitamente, entenderam. Uma débil luminosidade abriu-se no zênite, uma certa palidez espalhou-se no mar, essa lividez desmascarou a bombordo uma longa barragem de través à leste, rumo à qual corria o impulso do vento, levando o navio consigo. Aquela barragem era Aurigny.

O que era aquela barragem? Eles estremeceram. Teriam estremecido ainda mais se uma voz lhes tivesse respondido: Aurigny.

Não há ilha mais defendida contra a vinda do homem do que Aurigny. Ela tem, embaixo e fora da água, uma guarda feroz, cuja sentinela é Ortach. À oeste, Burhou, Sauteriaux, Anfroque, Niangle, Fond-du-Croc, Les Jumelles, La Grosse, La Clanque, Les Éguillons, Le Vrac, La Fosse-Malière; a leste, Sauquet, Hommeaux, Floreau, La Brinebetais, La Queslingue, Croquelihou, La Fourche, Le Saut, Noire Pute, Coupie, Orbue. Que são todos esses monstros? Hidras? Sim, da espécie dos recifes.

Um desses recifes chama-se Le But, O Fim, como para indicar que toda viagem termina ali.

Essa aglomeração de recifes, simplificada pela água e pela noite, aparecia aos náufragos sob a forma de uma simples faixa escura, espécie de rasura negra no horizonte.

O naufrágio é o ideal da impotência. Estar perto da terra e não poder atingi-la, flutuar e não poder vogar, ter o pé em algo que parece sólido e é frágil, estar cheio de vida e cheio de morte ao mesmo tempo, ser prisioneiro das imensidões, estar emparedado entre o céu e o oceano, ter sobre si o infinito como uma masmorra, ter em torno de si o imenso movimento dos ventos e das ondas e estar amarrado, manietado, paralisado, essa opressão espanta e indigna. Acredita-se, então, entrever o zombar do combatente inacessível. Aquilo que nos cerceia é exatamente aquilo que solta os pássaros e liberta os peixes. Isso parece nada e é tudo. Dependemos deste ar que perturbamos com nossa boca, dependemos desta água que pegamos na concha das mãos. Encher, com essa tempestade, um copo até a boca, não será mais que uma dose de amargura. Tragada, será náusea; onda, será exterminação. O grão de areia no deserto, o floco de espuma no oceano são manifestações vertiginosas. A onipotência não se dá ao trabalho de ocultar seu átomo: faz da fraqueza, força; enche com seu tudo o nada; e é com o infinitamente pequeno que o infinitamente grande nos esmaga. É com gotas que o oceano nos esmaga. Nos sentimos um joguete.

Joguete, que palavra terrível!

A *Matutina* estava um pouco acima de Aurigny, o que era favorável; mas derivava em direção à ponta norte, o que era fatal. O vento noroeste, como um arco tensionado lança uma flecha, lançava o navio na direção do cabo setentrional. Existe, nessa ponta, um pouco abaixo da baía de Corbelets, o que os marinheiros do arquipélago normando chamam de "um macaco".

O macaco — *swinge* — é uma corrente da espécie furiosa. Um rosário de redemoinhos nas profundezas produz, nas vagas, um rosário de turbilhões. Quando um nos larga, o outro nos apanha. Um navio, capturado pelo macaco, gira, assim, de espiral em espiral até que uma rocha pontiaguda lhe abra o casco. Então a embarcação rasgada para, a popa sai das águas, a proa mergulha, o abismo termina de girar sua roda, a popa afunda e tudo volta a se fechar. Uma poça de espuma se amplia e flutua e não se vê na superfície da água nada além de algumas bolhas aqui e ali, vindas das respirações asfixiadas sob a água.

Em toda a Mancha, os três macacos mais perigosos são o macaco próximo ao famoso banco de areia Girdler Sands, o macaco que fica em Jersey, entre o Pignonnet e a ponta de Noirmont, e o macaco de Aurigny.

Um piloto local, que estivesse a bordo da *Matutina*, teria advertido os náufragos desse novo perigo. Na falta de piloto, tinham o instinto; nas situações extremas, tem-se uma segunda visão. Altas torções de espuma voavam ao longo da costa, na pilhagem secreta do vento. Era o escarrar do macaco. Muitos barcos soçobraram nessa emboscada. Sem saber o que havia ali, aproximavam-se com horror.

Como dobrar aquele cabo? Impossível.

Assim como haviam visto surgir as Casquets e depois o Ortach, agora viam elevar-se a ponta de Aurigny, rocha inteiriçada. Eram como gigantes, uns após os outros. Série de pavorosos duelos.

Caríbdis e Cila são apenas dois; as Casquets, Ortach e Aurigny são três.

O fenômeno da invasão do horizonte pelos recifes se reproduzia com a monotonia grandiosa do abismo. As batalhas do oceano têm, como os combates de Homero, essa repetição sublime.

Cada vaga, à medida que se aproximavam, acrescentava vinte côvados ao cabo medonhamente ampliado na neblina. A diminuição do intervalo parecia cada vez mais irremediável. Tocavam na borda do macaco. A primeira ondulação que os apanhasse os engoliria. Mais uma onda, tudo estaria acabado.

De repente, a urca foi jogada para trás como pelo soco de um titã. A onda empinou-se sob o navio e inverteu-se, repelindo o barco em ruínas em sua crina de espuma. A *Matutina*, com esse grande impulso, afastou-se de Aurigny.

Viu-se em alto-mar.

De onde chegava aquele socorro? Do vento.

O sopro da tempestade acabara de se deslocar.

As águas haviam brincado com eles, agora era a vez do vento. Eles próprios haviam se safado das Casquets; mas, face a Ortach, a onda realizara a peripécia; face a Aurigny, o vento. Houvera, subitamente, um pulo do setentrião ao meridional.

O sudoeste substituíra o noroeste.

A corrente é o vento na água; o vento é a corrente no ar; essas duas forças acabavam de se contrariar, e o vento tivera o capricho de surrupiar a presa da corrente.

As brusquidões do oceano são obscuras. São o perpétuo talvez. Quando estamos à sua mercê, não podemos nem esperar nem desesperar. Elas fazem e depois desfazem. O oceano se diverte. Todas as nuanças da ferocidade selvagem estão nesse vasto e sorrateiro mar, que Jean Bart chamava de "o grande animal". São patadas de garras à mostra com intervalos calculados de patas de veludo. Algumas vezes, a tempestade apressa o naufrágio; outras vezes, prepara-o com cuidado; poderíamos quase dizer que o acaricia. O mar tem tempo. Os agonizantes sabem disso.

Por vezes, digamo-lo, esse suplício vagaroso anuncia a libertação. Esses casos são raros. De qualquer modo, os agonizantes logo acreditam na salvação, o menor apaziguamento nas ameaças de tempestade lhes basta, afirmam a si mesmos que estão fora de perigo, após terem-se acreditado sepultados, assumem sua ressurreição, aceitam febrilmente o que ainda não possuem, tudo o que a má sorte continha esgotou-se, é evidente, eles se declaram satisfeitos, estão salvos, estão quites com Deus. Não devemos nos apressar muito em passar recibos ao Desconhecido.

O sudoeste começou em turbilhão. Os náufragos só têm auxiliares ríspidos. A *Matutina* foi impetuosamente arrastada para o alto-mar por aquilo que lhe restava de aparelho, como uma morta pelos cabelos. Aquilo lembrava as libertações concedidas por Tibério, a preço de estupro. O vento brutalizava aqueles que salvava. Prestava-lhes serviço com furor. Foi um socorro sem piedade.

O casco, naquela rude libertação, acabou de se desconjuntar.

Granizos, que de enormes e duros serviriam para carregar um bacamarte, crivavam a embarcação. A cada balanço das ondas, os granizos rolavam pelo convés como bolas de gude. A urca, quase entre duas correntes, perdia toda a forma sob a varredura das vagas e sob o desmanchar das espumas. Cada um no navio pensava em si.

Agarrava-se quem podia. Após cada vagalhão, tinham a surpresa de voltarem, todos, a se reencontrar. Muitos tinham o rosto dilacerado pelos estilhaços de madeira.

Felizmente, o desespero tem punhos fortes. Uma mão de criança, em momentos de terror, tem a força de um gigante. A angústia transforma dedos de mulher em tenazes. Uma jovem com medo enfiaria suas unhas róseas no ferro. Eles se agarravam, se seguravam, se sustinham. Mas todas as ondas traziam-lhes o pavor de serem arrastados.

Repentinamente ficaram aliviados.

XVI

SÚBITA SUAVIDADE DO ENIGMA

O furacão acabara súbito de estacar.

Não houve mais no ar nem sudoeste nem noroeste. Os violentos clarins do espaço de calaram. A tromba retirou-se do céu, sem diminuição prévia, sem transição, como se ela própria tivesse despencado em um abismo. Não se soube mais onde estava. Os flocos substituíram os granizos. A neve recomeçou a cair lentamente.

Não havia mais ondas. O mar aplainou-se.

Essas súbitas cessações são próprias às borrascas de neve. Esgotado o eflúvio elétrico, tudo se tranquiliza, mesmo a vaga, que, nas tormentas comuns, conserva, muitas vezes, uma grande agitação. Aqui não. Nenhum prolongamento de cólera nas águas. Como um trabalhador após a faina, as águas adormeceram imediatamente, o que quase desmente as leis da estática, mas não espanta os velhos pilotos, pois eles sabem que todo o inesperado está no mar.

Esse fenômeno acontece até mesmo, mas muito raramente, nas tempestades comuns. Assim, em nossos dias, no memorável furacão de 27 de julho de 1867, em Jersey, o vento, após quatorze horas de fúria, voltou subitamente à calmaria.

Ao cabo de alguns minutos, a urca tinha unicamente diante dela uma água adormecida.

Ao mesmo tempo, pois a última fase assemelha-se à primeira, não se viu mais nada. Tudo o que se tornara visível nas convulsões das nuvens meteóricas voltou a turvar-se, as pálidas silhuetas se fundiram em borrões difusos, e o sombrio do infinito cercou o navio por todos os lados. Esse muro de noite, essa oclusão circular, essa escuridão cilíndrica cujo diâmetro diminuía de minuto em minuto, envolvia a *Matutina*, e, com a lentidão sinistra de uma banquisa que se fecha, estreitava-se formidavelmente. No zênite, nada, um teto de neblina, uma clausura. A urca estava como que no fundo do poço do abismo.

Nesse poço, uma lâmina de chumbo líquido, era o mar. A água não se movia mais. Imobilidade melancólica. O oceano nunca é mais arisco que o lago.

Tudo era silêncio, calmaria, cegueira.

O silêncio das coisas talvez seja a taciturnidade.

Os últimos marulhos deslizavam pela amurada. O convés estava horizontal com declives insensíveis. As partes desagregadas oscilavam debilmente. A cápsula de granada, que fazia as vezes de fanal e em que ardiam estopas embebidas em alcatrão, não se balançava mais no gurupês e não lançava mais gotas flamejantes no mar. O que restava de vento nas nuvens não fazia mais barulho. A neve caía espessa, mole, quase reta. Não se ouvia a espuma de nenhum recife. Paz de trevas.

Esse repouso, após aquelas exasperações e paroxismos, foi, para aqueles infelizes por tanto tempo lançados de um lado para o outro, um indizível bem-estar. Pareceu-lhes que haviam parado de torturá-los. Entreviam, acima deles e à sua volta, um consentimento em salvá-los. Recuperaram a confiança. Tudo o que fora fúria era agora tranquilidade. Aquilo lhes pareceu um acordo de paz. Seus peitos miseráveis se dilataram. Podiam largar o pedaço de corda ou de tábua que seguravam, se levantar, se erguer, ficar de pé, andar, se movimentar. Sentiam-se inexprimivelmente calmos. Há, nas profundezas obscuras desses efeitos de paraíso, uma preparação para outra coisa. Era claro que estavam decididamente fora do furacão, fora da espuma, fora dos ventos, fora dos turbilhões, livres.

Tinham, agora, todas as chances a seu favor. Em três ou quatro horas amanheceria, seriam vistos por algum navio que estivesse passando, seriam resgatados. O mais difícil estava feito. Voltavam à vida. O importante era poder ter-se sustentando na superfície das águas até o término da tempestade. Diziam a si mesmos: "Desta vez, acabou".

De repente, perceberam que, de fato, estava tudo acabado.

Um dos marinheiros, o basco do Norte, chamado Galdeazun, desceu para buscar cabos, no porão, depois voltou a subir e disse:

– O porão está cheio.

– De quê? — perguntou o chefe.

– De água — respondeu o marinheiro.

O chefe gritou:

– O que isso quer dizer?

– Isso quer dizer — retorquiu Galdeazun — que, em meia hora, iremos soçobrar.

XVII
O ÚLTIMO RECURSO

Havia um rombo na quilha. Uma fuga de água acontecera. Em que momento? Ninguém era capaz de dizer. Teria sido quando costeavam Casquets? Teria sido em Ortach? Teria sido nos marulhos das profundezas do oeste de Aurigny? O mais provável é que tivessem atingido o Macaco. Tinham recebido um obscuro e violento golpe. Não o haviam percebido em meio ao vendaval convulsivo que os sacudia. No tétano, não sentimos as picadas.

O outro marinheiro, o basco do sul, que se chamava Ave-Maria, empreendeu, por sua vez, a descida ao porão, voltou e disse:

– A água na quilha atingiu duas varas de altura.

Quase seis pés.

Ave-Maria acrescentou:

– Antes de quarenta minutos, afundaremos.

Onde estava aquela fuga de água? Não se podia vê-la. Estava submersa. O volume de água que enchia o porão ocultava a fissura. O navio tinha um buraco no ventre, em algum lugar, sob a linha de flutuação, na parte inferior da querena. Impossível vê-lo. Impossível tapá-lo. Tinham um ferimento e não podiam pensá-lo. A água, no entanto, não entrava muito depressa.

O chefe gritou:

– Precisamos bombear.

Galdeazun respondeu:

– Não temos mais bomba.

– Então — prosseguiu o chefe —, alcancemos a terra.

– Onde está a terra?

– Não sei.

– Nem eu.

– Mas está em algum lugar.

– De fato.

– Que alguém nos conduza a ela — continuou o chefe.

– Não temos piloto — disse Galdeazun.

– Tome você o leme.

– Não temos mais leme.

– Improvisemos um com a primeira viga que aparecer. Pregos. Martelo. Rápido, ferramentas!

– A selha de carpintaria está debaixo d'água. Não temos mais ferramentas.

– Governemos mesmo assim, para qualquer parte!

– Não temos mais timão.

– Onde está o escaler? Lancemo-nos nele. Rememos!

– Não temos mais escaler.

– Rememos no navio.

– Não temos mais remos.

– À vela, então!

– Não temos mais velas nem mais mastro.

– Fabriquemos um mastro com uma braçola, fabriquemos uma vela com um encerado. Partamos. Confiemo-nos ao vento.

– Não há mais vento.

O vento, de fato, havia-os abandonado. A tempestade havia-se retirado, e essa fuga, que tinham considerado como sua salvação, era sua perdição. O sudoeste, persistindo, tê-los-ia impelido freneticamente a alguma costa, teria ultrapassado, em velocidade, a fuga de água, tê-los-ia talvez conduzido a algum bom banco de areia propício e os encalhado antes que houvessem soçobrado. O rápido empuxo da tempestade poderia tê-los feito alcançar a terra. Ausência de vento, fim das esperanças. Morriam pela falta do furacão.

A situação suprema aparecia.

O vento, o granizo, a borrasca, o turbilhão são combatentes desordenados que se pode vencer. A tempestade pode ser atacada pelas juntas de sua armadura. Temos recursos contra a violência que se expõe sem cessar, se movimenta em falso e, muitas vezes, erra o alvo. Mas nada a fazer contra a calmaria. Não há um relevo ao qual agarrar-se.

Os ventos são um ataque de cossacos; se aguentarmos firme, eles se dispersarão. A calmaria é a tenaz do carrasco.

A água, sem pressa, mas sem interrupção, irresistível e pesada, subia no porão e, à medida que subia, o navio descia. Aquilo era muito lento.

Os náufragos da *Matutina* sentiam, pouco a pouco, entreabrir-se sob eles a mais desesperada das catástrofes, a catástrofe inerte. A certeza tranquila e sinistra do fato inconsciente os imobilizava. O ar não oscilava, o mar não se movia. O imóvel é inexorável. O sorvedouro os tragava em silêncio. Através da espessura da água muda, sem cólera, sem paixão, sem querer, sem saber, sem dar importância a isso, o fatal centro do globo os atraía. O horror, no repouso, amalgamáva-se a eles. Não era mais a garganta abismal das ondas, as duplas mandíbulas do vendaval e do maremoto brutalmente ameaçadoras, o ríctus da tromba, o apetite espumante do vagalhão; era, sob aqueles miseráveis, não sei quê bocejar negro do infinito. Sentiam-se entrar em uma profundeza pacífica que era a morte. A quantidade de costado que o navio tinha fora das águas se reduzia, eis tudo. Podia-se calcular em que minuto ela se desvaneceria. Era exatamente o contrário da submersão pela maré cheia. A água não subia em relação a eles, eram eles que desciam em relação a ela. Cavavam, eles mesmos, sua tumba. Seu peso era o coveiro.

Estavam sendo executados, não pela lei dos homens, mas pela lei das coisas.

A neve caía e, como a carcaça não se movia mais, aqueles farrapos brancos formavam no convés um lençol e cobriam o navio como uma mortalha.

O porão ia se tornando mais pesado. Impossível estancar a fuga de água. Não tinham nem mesmo um bartedouro, que, aliás, seria ilusório e cujo emprego seria impraticável, já que a urca tinha pavimentos. Iluminaram-se; acenderam três ou quatro tochas que enfiaram em buracos como puderam. Galdeazun trouxe alguns velhos baldes de couro; tentaram esvaziar o porão e enfileiraram-se; mas os baldes não prestavam mais, o couro de uns estava rasgado, o fundo dos outros furado, e os baldes se esvaziavam pelo caminho. A desigualdade entre aquilo que se recebia e aquilo que se devolvia era absurda. Um tonel de água entrava, um copo saía. Não conseguiram nada além disso. Era como um avaro tentando gastar, centavo a centavo, um milhão.

O chefe disse:

– Aliviemos o navio!

Durante a tempestade, tinham amarrado as poucas arcas que estavam no convés. Tinham permanecido atadas ao esteio do mastro. Desfizeram as amarras e lançaram as arcas à água por uma das brechas do costado. Uma daquelas malas pertencia à mulher basca que não pôde conter este suspiro:

– Oh! Minha capa nova forrada de escarlate! Oh! Minhas pobres meias de renda de casca de bétula. Oh! Meus pingentes de prata para ir à missa do mês de Maria!

Liberado o convés, restava a cabine. Estava extremamente atulhada. Continha, todos se lembram, bagagens que pertenciam aos passageiros e pacotes que pertenciam aos marinheiros.

Pegaram as bagagens, livraram-se de todo esse carregamento pela brecha do costado.

Retiraram os pacotes e os lançaram ao oceano.

Acabaram de esvaziar a cabine. A lanterna, o cepo, os barris, os sacos, as selhas e o embornal das carnes secas, o caldeirão com a sopa, tudo foi jogado às águas.

Desparafusaram as porcas do fogão de ferro apagado há tempos, despregaram-no, içaram-no até o convés, arrastaram-no até à brecha e precipitaram-no para fora do navio.

Lançaram às águas tudo o que puderam arrancar de vergas, pródigos, ovéns e do aparelho despedaçado.

De tempos em tempos, o chefe pegava uma tocha, iluminava as marcas de estiagem pintadas na proa do navio e olhava em que ponto estava o naufrágio.

XVIII

O RECURSO SUPREMO

O navio, aliviado, afundava um pouco menos, mas continuava a afundar.

O desespero da situação não tinha mais recurso nem paliativo. Haviam esgotado o último expediente.

– Há ainda algo para se jogar no mar? – gritou o chefe.

O doutor, em quem ninguém pensava mais, saiu de um canto da cobertura da cabine e disse:

– Sim.

– O quê? – perguntou o chefe.

O doutor respondeu:

– Nosso crime.

Houve um estremecer e todos gritaram:

– Amém.

O doutor, de pé e lívido, levantou um dedo para o céu e disse:

– De joelhos.

Cambalearam, o que é o início do ajoelhamento.

O doutor continuou:

– Lancemos ao mar nossos crimes. Eles pesam sobre nós. É isso que está afundando o navio. Não pensemos mais no salvamento, pensemos na salvação. Nosso último crime, sobretudo, aquele que cometemos ou, melhor dizendo, completamos há pouco, miseráveis que me ouvem, é ele que nos oprime. É uma insolência tentar o abismo quando se têm a intenção de um assassinato atrás de si. O que é feito contra uma criança é feito contra Deus. Era preciso embarcar, bem o sei, mas era a perdição certa. A tempestade, advertida pela sombra que nossa ação fora perpetrada, veio. Está certo. De resto, não nos lamentemos. Temos ali, não muito longe de nós, nessa escuridão, as areias de Vauville e o cabo da Hougue. É a França. Havia um único abrigo possível, a Espanha. A França não nos é menos perigosa que a Inglaterra. Nossa libertação do mar ter-nos-ia levado à forca. Ou enforcados, ou afogados; não tínhamos outra opção. Deus escolheu por nós. Rendamo-lhe graças. Ele nos concede a tumba que lava. Meus irmãos, o inevitável nos acompanhava. Pensemos que fomos nós que, há pouco, fizemos tudo o que podíamos para enviar alguém aos céus, aquele menino, e que, neste exato momento, no instante em que falo, talvez haja por sobre as nossas cabeças uma alma que nos acusa diante de um juiz que nos olha. Aproveitemos o *sursis* supremo. Esforcemo-nos, se isso for ainda possível, para reparar, em tudo o que depender de nós, o mal que fizemos. Se o menino sobreviver a nós, tratemos de ajudá-lo. Se morrer, tentemos obter seu perdão. Retiremos dos ombros nosso fardo. Descarreguemos nossa consciência desse peso. Esforcemo-nos para que nossas almas não sejam tragadas diante de Deus, pois esse é o naufrágio terrível. Os corpos vão para os peixes, as almas para os demônios. Tende piedade de nós. De joelhos, digo a vocês. O arrependimento é a barca que não submerge. Não tem bússola? Errado. Tem as preces.

Aqueles lobos se tornaram carneiros. Essas transformações se produzem na angústia. Acontece de tigres lamberem o crucifixo.

Quando a porta sombria se entreabre, acreditar é difícil, não acreditar é impossível. Por mais imperfeitos que sejam os diversos esboços de religião experimentados pelo homem, mesmo quando a crença é informe, mesmo quando o contorno do dogma não se adapta aos lineamentos da eternidade entrevista, há, no minuto supremo, um estremecer de alma. Algo começa após a vida. Essa pressão se faz presente na agonia.

A agonia é o termo último. Nesse segundo fatal, sentimos sobre nós a responsabilidade difusa. O que foi complica o que será. O passado volta e entra no futuro. O conhecido se torna abismo tanto como o desconhecido, e esses dois precipícios, um em que temos nossos erros, outro em que temos nossas expectativas, misturam suas reverberações. É essa confusão dos dois abismos que aterroriza o moribundo.

Haviam gasto suas últimas esperanças do lado da vida. Por isso, voltaram-se para o outro lado. As únicas chances que lhes restavam estavam naquela sombra. Eles entenderam. Foi um deslumbramento lúgubre, seguido de uma recaída no horror. O que entendemos na agonia assemelha-se ao que percebemos no relâmpago. Tudo, depois nada. Vemos, e não vemos mais. Após a morte, o olho se reabrirá, e o que foi um relâmpago se tornará o sol.

Gritaram ao doutor:

– Você! Você! Só resta você. Nós te obedeceremos. Que devemos fazer? Fale.

O doutor respondeu:

– Trata-se de passar por sobre o precipício desconhecido e atingir a outra margem da vida, que fica para além da tumba. Sendo aquele que mais sabe, sou, dentre todos vocês, aquele que em mais perigo está. Fazem bem em deixar a escolha da ponte àquele que carrega o fardo mais pesado.

Acrescentou:

– A ciência pesa sobre a consciência.

Depois retomou:

– Quanto tempo ainda nos resta?

Galdeazun olhou a linha de estiagem e respondeu:

– Pouco mais de um quarto de hora.

– Pois bem — respondeu o doutor.

O teto baixo da coberta em que se apoiava fazia uma espécie de mesa. O doutor pegou em seu bolso seu estojo, sua pluma e sua carteira, de que tirou um pergaminho, o mesmo sobre o verso do qual havia escrito, algumas horas atrás, cerca de vinte linhas tortuosas e apertadas.

– Luz — disse ele.

A neve, caindo como uma espuma de catarata, apagara as tochas umas após as outras. Restava apenas uma. Ave-Maria a pegou e veio se colocar em pé, segurando essa tocha, ao lado do doutor.

O doutor voltou a colocar a carteira no bolso, colocou sobre a coberta a pena e o tinteiro, desdobrou o pergaminho e disse:

– Escutem.

Então, no meio do mar, naquele pontão que ia minguando, espécie de assoalho titubeante do sepulcro, começou, gravemente feita pelo doutor, uma leitura que toda sombra parecia escutar. Todos aqueles condenados abaixavam a cabeça em torno dele. O flamejar da tocha acentuava a palidez de todos. O que lia o doutor estava escrito em inglês. Por vezes, quando um daqueles olhares lastimosos parecia desejar um esclarecimento, o doutor interrompia-se e repetia, ora em francês, ora em espanhol, ora em basco, ora em italiano, a passagem que acabara de ler. Ouviam-se soluços sufocados e pancadas surdas nos peitos. O navio continuava a afundar.

Acabada a leitura, o doutor estendeu o pergaminho na cobertura, apanhou a pena e, em uma margem branca deixada embaixo do que escrevera, assinou:

DOUTOR GERHARDUS GEESTEMUNDE.

Depois, voltando-se para os outros, disse:

– Venham e assinem.

A basca aproximou-se, pegou a pena, e assinou ASUNCION. Passou a pena à irlandesa que, não sabendo escrever, fez uma cruz.

O doutor, ao lado dessa cruz, escreveu: BARBARA FREMOY, *da ilha Tyrryf*, nas Eudes.

Depois, estendeu a pena ao chefe do bando.

O chefe assinou GAÏZDORRA, *captal.*

O genovês, abaixo do chefe, assinou GIANGIRATE.

O languedocense assinou JACQUES QUATOURZE, conhecido como O NARBONÊS.

O provençal assinou LUC-PIERRE CAPGAROUPE, *da galé de Mahon.*

Abaixo dessas assinaturas, o doutor escreveu a seguinte nota.

"Dos três homens da tripulação, com o patrão levado por um vagalhão, restam apenas dois, que assinaram."

Os dois marinheiros puseram seus nomes abaixo dessa nota. O basco do norte assinou GALDEAZUN. O basco do sul assinou AVE-MARIA, *ladrão.*

Depois o doutor disse:

– Capgaroupe.

– Presente — disse o provençal.

– Tem o cantil de Hardquanonne?

– Sim.

– Dê-me-o.

Capgaroupe bebeu o último gole de aguardente e estendeu o cantil ao doutor.

A enchente interior das águas se agravava. O navio mergulhava cada vez mais no mar.

As bordas do convés em plano inclinado estavam cobertas por uma fina lâmina corrosiva, que ia aumentando.

Todos estavam reunidos no tosado do navio.

O doutor secou a tinta das assinaturas ao fogo da tocha, dobrou o pergaminho fazendo-lhe pregas mais estreitas que o diâmetro do gargalo e introduziu-o no cantil. Gritou:

– A rolha.

– Não sei onde está, disse Capgaroupe.

– Aqui tem um pedaço de cabo — disse Jacques Quatourze. O doutor tapou o cantil com o cabo e disse:

– Alcatrão.

Galdeazun foi até a proa, colocou um abafador de estopa em cima da granada de brulote que já se estava apagando, desenganchou-a da roda de proa e trouxe-a ao doutor, cheia até a metade de alcatrão fervente.

O doutor mergulhou o gargalo do cantil no alcatrão e o retirou. O cantil, que continha o pergaminho assinado por todos, estava tapado e alcatroado.

– Está feito — disse o doutor.

E de todas aquelas bocas saiu, vagamente gaguejado em todas as línguas, o burburinho lúgubre das catacumbas.

– Assim seja!

– Mea culpa!

– Asi sea![10]

– Aro raï![11]

– Amen!

Parecia-se ouvir dispersar nas trevas, diante da aterradora recusa celeste de ouvi-las, as sombrias vozes de Babel.

O doutor virou as costas a seus companheiros de crime e de desespero e deu alguns passos na direção do costado. Chegando à beira do navio, olhou para o infinito e disse com um tom profundo:

– *Bist du bei mir?*[12]

Falava, provavelmente, com algum espectro.

O navio afundava-se.

Atrás do doutor, todos meditavam. A prece é uma força maior. Eles não se curvavam, dobravam-se. Havia algo de involuntário em sua contrição. Prostravam-se como se prostra uma vela a que falta o vento, e aquele grupo transtornado tomava, pouco a pouco, pela junção das mãos e pelo abatimento dos rostos, a atitude, diversa, mas acabrunhada, da confiança desesperada em Deus. Não sei que reflexo venerável, vindo do abismo, esboçava-se naquelas faces celeradas.

O doutor voltou para perto deles. Fosse qual fosse o seu passado, aquele velho era grande na presença do desfecho. A vasta reticência ao seu redor o preocupava sem desconcertá-lo. Era o homem que não é pego desprevenido. Havia, nele, um horror tranquilo. A majestade de Deus compreendida estava em seu rosto.

Esse bandido envelhecido e pensativo tinha, sem o saber, a postura pontifical.

Ele disse:

– Prestem atenção.

Considerou um momento a imensidão e acrescentou:

– Agora vamos morrer.

Depois pegou a tocha das mãos de Ave-Maria e a balançou.

Uma flama destacou-se e atravessou a noite.

E o doutor jogou a tocha no mar.

A tocha extingui-se. Toda claridade desvaneceu-se. Só permaneceu a imensa sombra desconhecida. Foi algo como a tumba se fechando.

Nesse eclipse, ouviu-se a voz do doutor, que dizia:

– Oremos.

Todos se ajoelharam.

Já não era mais na neve, era na água que se ajoelhavam.

Não tinham mais que alguns minutos.

Apenas o doutor permanecera de pé. Os flocos de neve, parando nele, estrelavam-no de lágrimas brancas e tornavam-no visível sobre aquele fundo de obscuridade. Parecia a estátua eloquente das trevas.

O doutor fez um sinal da cruz e elevou a voz enquanto, sob seus pés, começava aquela oscilação quase indistinta que anuncia o instante em que um navio vai mergulhar. Ele disse:

– *Pater noster qui es in coelis.*

O provençal repetiu em francês:

– Pai .

A irlandesa retomou em língua galesa, entendida pela mulher basca:

– *Ar nathair ata ar neamh.*

O doutor continuou:

– *Sanctificetur nomen tuum.*

– Santificado seja vosso nome. — disse o provençal.

– *Naomhthar hainm.* — disse a irlandesa.

– *Adveniat regnum tuum.* — prosseguiu o doutor.

– Venha a nós o vosso reino. — disse o provençal.

– *Tigeadh do rioghachd.* — disse a irlandesa.

Os ajoelhados tinham água até os ombros. O doutor retomou:

– *Fiat voluntas tua.*

– Seja feita a vossa vontade. — balbuciou o provençal.

E a irlandesa e a basca lançaram este grito:

– *Deuntar do thoil ar na Hhalàmb!*

– *Sicut in coelo, et in terra.* — disse o doutor.

Nenhuma voz respondeu-lhe.

Ele abaixou os olhos. Todas as cabeças estavam debaixo d'água. Nenhum erguera-se. Tinham-se deixado afogar de joelhos.

O doutor pegou com sua mão direita o cantil que havia deixado na coberta e ergueu-a acima da cabeça.

O navio naufragava.

Enquanto afundava, o doutor murmurava o resto da oração.

Seu busto permaneceu fora da água um momento, depois sua cabeça, depois apenas seu braço segurando o cantil, como se o mostrasse ao infinito.

O braço desapareceu. O mar profundo não oscilou mais que um tonel de óleo. A neve continuava a cair.

Alguma coisa flutuou e partiu sobre as ondas na sombra. Era o cantil alcatroado que o invólucro de vime sustentava.

LIVRO TERCEIRO

O MENINO NA SOMBRA

I

O CHESS-HILL

A tempestade não era menos intensa na terra do que no mar.

A mesma fúria selvagem se desencadeara em torno do menino abandonado. O fraco e o inocente fazem o que podem em meio ao surto de cólera inconsciente das forças cegas; a sombra não discerne; e as coisas não têm a clemência que lhes supomos.

Havia, em terra, pouquíssimo vento; o frio tinha não sei quê de imóvel. Nenhum granizo. A espessura da neve que caía era medonha.

Os granizos golpeiam, assediam, machucam, ensurdecem, esmagam; os flocos são piores. O floco inexorável e macio trabalha em silêncio. Se os tocamos, eles se fundem. É puro como o hipócrita é cândido. É por meio de brancuras lentamente superpostas que o floco chega à avalanche e o pérfido ao crime.

O menino continuara avançando na neblina. A neblina é um obstáculo mole, daí seus perigos; ela cede e persiste. A neblina, como a neve, é traiçoeira. O menino, estranho lutador em meio a todos esses riscos, conseguira atingir o ponto mais baixo da descida e embrenhara-se no Chess-Hill. Estava, sem sabê-lo, em um istmo, tendo, dos dois lados, o oceano. Não podia se enganar em meio a essa neblina, a essa neve e a essa noite, sem cair, à direita, nas águas profundas do golfo; à esquerda, na vaga violenta do alto-mar. Caminhava, ignorante, entre dois abismos.

O istmo de Portland era, nessa época, singularmente árido e rude. Não existe mais, hoje, nada de sua configuração de então. Desde que tiveram a ideia de explorar a pedra de Portland para cimento romano, toda a rocha sofreu um remanejamento que suprimiu o aspecto primitivo. Nela, ainda encontramos o calcário liássico, o xisto e o derrame de trapp, que saem dos bancos do conglomerado como o dente da gengiva; mas a picareta truncou e nivelou todos esses pilões eriçados e escabrosos em que vinham pousar hediondamente os xofrangos-brita-ossos. Não há mais cimos em que se possam encontrar os mandriões e as gaivotas-rapineiras que, como os invejosos, gostam de macular os cimos. Seria vão procurar o alto monólito chamado Godolphin, antiga palavra gaulesa que significa "águia branca". Ainda hoje se colhe, no verão, nesses campos furados e esburacados como uma esponja, alecrim; poejo; hissopo silvestre; funcho-do-mar que, em infusão, dá um excelente cordial; e aquela erva, cheia de nós, que sai da areia e com a qual se fazem esteiras. Mas não se apanha mais nem o âmbar-gris, nem estanho negro, nem aquela tripla espécie de ardósia, uma verde, a outra azul e a outra cor das folhas de sálvia. As raposas, os texugos, as lontras, as martas partiram. Havia, nessas escarpas de Portland, assim como na ponta da Cornualha, camurças; não há mais. Ainda se pescam, em certos poços, solhas e sardinhas, mas os salmões, assustados, não sobem mais o Wey entre o dia de São Miguel e o Natal para ali porem seus ovos. Não vemos mais, como nos tempos de Elizabeth, aqueles velhos pássaros desconhecidos, grandes como gaviões, que partiam uma maçã ao meio e só comiam as sementes. Não se veem mais aquelas gralhas-de-bico-amarelo, *cornish chough* em inglês, *pyrrocarax* em latim, que tinham a malícia de jogar nos tetos de palha sarmentos acesos. Não se vê mais o pássaro feiticeiro petrel, emigrado do arquipélago da Escócia, que punha, pelo bico, um óleo que os insulares queimavam em suas lanternas. Não se encontra mais, à noite, na vazão da jusante, a antiga e lendária *foca*, com pés de porco e grito de cervo. A maré não traz mais para essas areias o leão-marinho bigodudo, de pequenas orelhas, presas pontiagudas, arrastando-se sobre suas patas sem unhas. Nessa Portland, hoje irreconhecível, nunca houve rouxinóis, pela falta de florestas, e os falcões, os cisnes e os gansos do mar se foram. Os carneiros da Portland de hoje têm a carne gordurosa e a lã fina; as raras ovelhas que pastavam, há dois séculos, essa erva salgada eram pequenas e coriáceas e tinham o tosão basto, como convém a manadas celtas outrora conduzidas por pastores comedores de alho que viviam cem anos e que, há meia milha de distância, transpassavam couraças com suas flechas de uma vara de comprimento. Terra inculta produz lã rude. O Chess-Hill de hoje em nada se parece com o Chess-Hill de antigamente, tanto foi ele transtornado pelo homem e por esses furiosos ventos das Sorlingas que corroem até as pedras.

Hoje, essa língua de terra possui uma linha férrea que termina em um belo xadrez de casas novas, Chesilton, e há uma "Portland-Station". Os vagões correm onde as focas rastejavam.

O istmo de Portland, há duzentos anos, era um lombo de asno de areia com uma espinha vertebral de rochedo.

O perigo, para o menino, mudou de forma. O que tinha a temer na descida era rolar escarpa abaixo; no istmo, era cair nos buracos. Depois de enfrentar o precipício, teve que enfrentar o lodaçal. Tudo é armadilha na beira do mar. A rocha é escorregadia; a areia, movediça. Os pontos de apoio são ciladas. É como se caminhasse sobre um teto de vidro. Tudo pode, bruscamente, fender-se a nossos pés. Fenda através da qual desaparecemos. O oceano tem muitos porões, como um teatro bem equipado.

As longas arestas de granito nas quais se apoiam a dupla vertente de um istmo não se deixam abordar facilmente. É difícil ali encontrar o que se chama, em linguagem cenográfica, alguns praticáveis. O homem não deve esperar nenhuma hospitalidade do oceano, nem por parte do rochedo nem por parte das ondas; apenas os pássaros e os peixes estão previstos pelo mar. Os istmos, particularmente, são desnudos e eriçados. As águas, que os desgastam e os minam por ambos os lados, os reduzem à sua mais simples expressão. Em toda parte, relevos cortantes, cristas, lâminas, pavorosos farrapos de pedra dilacerada, frinchas dentadas como a mandíbula multicúspide de um tubarão, resvaladouros de musgo molhado, rápidos magmas rochosos chegando à espuma. Quem se aventura a atravessar um istmo encontra, a cada passo, blocos disformes, grandes como casas, figurando tíbias, omoplatas, fêmures, anatomia hedionda dos rochedos escalpelados. Não é à toa que essas estrias da beira do mar se chamam costas. O passante se vira como pode no meio desse amontoado de destroços. Caminhar através da ossatura de uma enorme carcaça, tal é, mais ou menos, esse labor.

Submeta uma criança a esse trabalho de Hércules.

O dia claro teria sido útil, era noite. Um guia teria sido necessário, ele estava sozinho. Todo o vigor de um homem não seria demasiado, ele só tinha a fraca força de uma criança. Na falta de guia, uma trilha o teria ajudado. Não havia trilha.

Instintivamente, ele evitava o topo agudo dos rochedos e acompanhava a praia o mais que podia. Era ali que encontrava atoleiros. Os atoleiros se multiplicavam à sua frente sob três formas, o atoleiro de água, o atoleiro de neve, o atoleiro de areia. O último é o mais temível. É a areia movediça.

Conhecer aquilo que enfrentamos é alarmante, mas ignorá-lo é terrível. O menino combatia o perigo desconhecido. Tateava alguma coisa que talvez fosse a tumba.

Nenhuma hesitação. Contornava os rochedos, evitava os precipícios, adivinhava as armadilhas, enfrentava os meandros do obstáculo, mas avançava. Não podendo seguir em linha reta, caminhava firmemente.

Recuava, se preciso, com energia. Sabia arrancar-se a tempo do visgo hediondo das areias movediças. Sacudia a neve de cima dele. Mais de uma vez, entrou na água até os joelhos. Assim que saía da água, seus andrajos molhados eram imediatamente gelados pelo frio profundo da noite. Caminhava rápido em suas roupas enrijecidas. Contudo, tivera a indústria de conservar seca e quente, sobre o peito, a sua bata de marinheiro. Continuava com muita fome.

As aventuras do abismo não são limitadas em nenhum sentido; tudo ali é possível, mesmo a salvação. A saída é invisível, mas pode ser encontrada. Como o menino, envolvido em uma sufocante espiral de neve, perdido naquela elevação estreita entre as duas gargantas do abismo, nada vendo, consegue atravessar o istmo, é o que ele próprio não poderia dizer. Tinha escorregado, subido, rolado, procurado, caminhado, perseverado, eis tudo. Segredo de todos os triunfos. Ao final de pouco menos de uma hora, sentiu que o chão subia, chegou na outra borda, saía do Chess-Hill, estava em terra firme.

A ponte que liga, hoje, Sandford-Cas a Smallmouth-Sand não existia naquela época. É provável que, em seu tatear inteligente, ele tivesse subido até diante de Wyke Regis, onde havia, então, uma língua de areia, verdadeira calçada natural que atravessa o East Fleet.

Salvara-se do istmo, mas encontrava-se face a face com a tempestade, com o inverno, com a noite.

Diante dele desenvolvia-se, de novo, o sombrio perder de vista das planícies.

Olhou a terra, procurando uma trilha.

De repente, abaixou-se.

Acabara de perceber na neve algo que lhe parecia um rastro.

Era, de fato, um rastro, a marca de um pé. A brancura da neve recortava nitidamente a pegada e a tornava bem visível. Considerou-a. Era um pé nu, menor do que o pé de um homem, maior do que o pé de uma criança.

Provavelmente o pé de uma mulher.

Adiante dessa pegada, havia uma outra; depois, mais outra. As marcas se sucediam, à distância de um passo, e enfronhavam-se na planície à direita. Ainda estavam frescas e cobertas de pouca neve. Uma mulher acabara de passar por ali.

Aquela mulher caminhara e partira rumo à mesma direção em que o menino vira fumaça.

O menino, com o olhar fixo nas pegadas, pôs-se a seguir aqueles passos.

II

EFEITO DE NEVE

Caminhou certo tempo por aquela pista. Desgraçadamente, os rastros estavam cada vez menos nítidos. A neve caía densa e terrível. Era o momento em que a urca agonizava sob essa mesma neve em alto-mar.

O menino, tão desesperado quanto o navio, mas de um modo diferente, não tendo no inextricável entrecruzamento de obscuridades que se erguiam diante dele outro recurso que aqueles pés marcados na neve, apegava-se àqueles passos como ao fio de dédalo.

Subitamente, fosse porque a neve tivesse acabado por nivelá-los, fosse por outra causa, as pegadas se apagaram. Tudo se tornou plano, uniforme, raso, sem uma mancha, sem um detalhe. Tudo o que restou foi um lençol branco na terra e um lençol negro no céu.

Era como se a passante tivesse se evaporado.

O menino, urrando, debruçou-se e procurou. Em vão.

Quando se levantava, teve a sensação de algo de indistinto que ouvia, mas que não tinha certeza de estar ouvindo. Parecia-se com uma voz, com um sopro, com uma sombra. Era mais humano que bestial, e mais sepulcral que vivo. Era ruído, mas era sonho.

Ele olhou e não viu nada.

A ampla solidão nua e lívida estava diante dele.

Escutou. O que acreditara ter ouvido tinha-se dissipado. Talvez não tivesse ouvido nada. Escutou de novo. Tudo era silêncio. Havia ilusão em toda aquela neblina. Voltou a caminhar.

Caminhava, agora, ao acaso, pois não tinha mais aqueles passos para guiá-lo.

Mal se tinha afastado quando o ruído recomeçou. Dessa vez, ele não podia duvidar. Era um gemido, quase um soluço.

Virou-se. Passeou os olhos pelo espaço noturno. Não viu nada. O ruído elevou-se novamente.

Se os limbos podem gritar, é assim que gritam.

Nada mais penetrante, pungente e débil que aquela voz. Pois era uma voz. Aquilo vinha de uma alma. Havia palpitação naquele murmúrio. Contudo, aquilo parecia quase inconsciente. Era algo como um sofrimento que chama, mas sem saber que é um sofrimento e que chama. Aquele grito, primeiro sopro talvez, talvez último suspiro, estava a igual distância do estertor que encerra a vida e do vagido que a abre. Aquilo respirava, asfixiava, chorava. Sombria súplica no invisível.

O menino fixou sua atenção em toda parte, longe, perto, no fundo, no alto, embaixo. Não havia ninguém. Não havia nada.

Aguçou o ouvido. A voz se fez ouvir novamente. Percebeu-a distintamente. Essa voz tinha um pouco do balido de um cordeiro.

Então, sentiu medo e pensou em fugir.

O gemido recomeçou. Era a quarta vez. Era estranhamente miserável e queixoso. Sentia-se que, após esse supremo esforço, mais maquinal que voluntário, aquele grito ia provavelmente extinguir-se. Era uma reclamação expirante, instintivamente feita à quantidade de socorro que estava suspensa na amplidão; era não sei quê balbucio de agonia dirigido a uma providência possível. O menino avançou para os lados de onde vinha a voz.

Continuava a não ver nada.

Avançou ainda, espiando.

O lamento continuava. De inarticulado e confuso que era, tornara-se claro e quase vibrante. O menino estava pertíssimo da voz. Mas onde é que ela estava?

Ele estava perto de um lamento. O estremecer de um lamento no espaço passava ao lado dele. Um gemido humano flutuando no invisível, eis o que ele acabara de encontrar. Tal era ao menos sua impressão, turva como a profunda névoa em que estava perdido.

Enquanto hesitava entre um instinto que o impelia a fugir e um instinto que lhe dizia para ficar, percebeu, na neve, a seus pés, a alguns passos à sua frente, uma espécie de ondulação da dimensão de um corpo humano, uma pequena proeminência baixa, longa e estreita, semelhante ao abaulado de uma fossa, a imagem de uma de sepultura em um cemitério que seria branco.

Ao mesmo tempo, a voz fez-se ouvir.

É dali debaixo que ela vinha.

O menino se abaixou, agachou-se diante da ondulação e, com as duas mãos, começou a escavá-la.

Viu modelar-se, sob a neve que afastava, uma forma e, de repente, sob suas mãos, no buraco que fizera, apareceu um rosto pálido.

Não era aquele rosto que chorava. Tinha os olhos fechados e a boca aberta, mas cheia de neve.

Estava imóvel. Não se movia sob a mão do menino. O menino, cujos dedos estavam enregelados, estremeceu ao tocar o frio daquele rosto. Era a cabeça de uma mulher. Os cabelos esparsos estavam misturados à neve. Aquela mulher estava morta.

O menino pôs-se, novamente, a afastar a neve. O pescoço da morta apareceu, depois o início do torso, cuja carne podia-se ver entre os andrajos.

De repente, sentiu sob seu tatear um movimento débil. Era algo de pequeno que estava enterrado e que se mexia. O menino tirou vivamente a neve e descobriu um miserável corpo de aborto, esquálido, lívido de frio, ainda vivo, nu sobre o seio nu da morta.

Era uma menina.

Estava embrulhada, mas com poucos farrapos, e, debatendo-se, saíra de seus trapos. Embaixo dela, seus pobres membros magros e, acima dela, seu hálito haviam feito a neve derreter-se. Uma ama lhe daria cinco ou seis meses, mas, talvez, tivesse um ano, pois o crescimento na miséria sofre pungentes reduções que, às vezes, chegam ao raquitismo. Quando seu rosto viu-se ao ar livre, deu um grito, continuação de seu soluço de desespero. Para que a mãe não tivesse ouvido aquele soluço, devia estar bem profundamente morta.

O menino pegou a pequena nos braços.

A rigidez da mãe era sinistra. Uma emanação espectral saía daquela figura. A boca aberta e sem sopro parecia começar, na língua indistinta da sombra, a resposta às questões feitas aos mortos no invisível. A reverberação baça das planícies geladas estava naquele rosto. Via-se a fronte, jovem, sob os cabelos castanhos, o franzir quase indignado das sobrancelhas, as narinas cerradas, as pálpebras fechadas, os cílios colados pelo gelo e, do canto dos olhos ao canto dos lábios, o sulco profundo das lágrimas. A neve iluminava a morte. O inverno e a tumba não incomodam um ao outro. O cadáver é o gelo do homem. A nudez dos seios era patética. Tinham servido; tinham o sublime estigma da vida dada pelo ser do qual a vida está ausente, e a majestade maternal nele substituía a pureza virginal. Na ponta de uma das mamas havia uma pérola branca. Era uma gota de leite, gelada.

Digamo-lo de uma vez, naquelas planícies, em que o menino abandonado ora passava, uma mendiga amamentando seu bebê e procurando, como ele, um abrigo, perdera-se há poucas horas. Transida de frio, caíra sob a tempestade e não pudera se levantar. A avalanche a cobrira. Cerrara, o quanto pudera, a filha contra si, e expirara.

A menina tentara mamar naquele mármore.

Sombria confiança imposta pela natureza, pois parece que o último aleitamento é possível a uma mãe, mesmo após o derradeiro suspiro.

Mas a boca da criança não pudera encontrar o peito, em que a gota de leite, roubada pela morte, congelara-se, e, sob a neve, o bebê, mais acostumado ao berço que à tumba, gritara.

O pequeno abandonado ouvira a pequena agonizante.

Desenterrara-a.

Pegara-a nos braços.

Quando a pequena se sentiu em seus braços, parou de gritar. Os dois rostos das duas crianças se tocaram, e os lábios violetas do bebê se aproximaram da bochecha do menino como de um seio.

A menina estava quase no momento em que o sangue coagulado para o coração. Sua mãe já lhe dera algo de sua morte; o cadáver se comunica, é um resfriamento que se ganha. A pequena tinha os pés, as mãos, os braços, os joelhos como que paralisados pelo gelo. O menino sentiu aquele frio terrível.

Estava vestido com uma roupa seca e quente, sua bata de marinheiro. Colocou o bebê no peito da morta, tirou a bata, envolveu a menina, pegou novamente a criança e, agora, quase nu sob as golfadas de neve que o vento soprava, levando a pequena nos braços, retomou seu caminho.

A pequena, tendo conseguido encontrar novamente a bochecha do menino, nela apoiou sua boca, e, aquecida, adormeceu. Primeiro beijo daquelas duas almas nas trevas.

A mãe permaneceu estendida, com as costas na neve, o rosto voltado para a noite. Mas, no momento em que o menino se despiu para vestir a menina, talvez, no fundo do infinito em que estava, a mãe o tenha visto.

TODA VIA DOLOROSA SE COMPLICA COM UM FARDO

Havia pouco mais de quatro horas que a urca afastara-se da enseada de Portland, deixando em suas margens aquele menino. Durante aquelas longas horas de abandonado, em que caminhava sempre adiante, encontrara, na sociedade humana na qual talvez entrasse, unicamente três pessoas: um homem, uma mulher e uma criança. Um homem, aquele homem no topo da colina; uma mulher, aquela mulher na neve; uma criança, aquela menina que tinha nos braços.

Estava extenuado de cansaço e fome. Avançava mais resolutamente do que nunca, com força de menos e fardo a mais.

Estava, agora, praticamente sem roupa. Os poucos andrajos que lhe restavam, endurecidos pela geada, eram cortantes como vidro e esfolavam-lhe a pele. Ele se resfriava, mas a outra criança se aquecia. O que ele perdia não era perdido, ela o recuperava. Ele constatava aquele calor que era, para a pobre pequena, um reviver. Ele continuava a avançar.

De tempos em tempos, sem deixar de segurá-la firmemente, abaixava-se e, com uma mão, pegava um punhado de neve que esfregava nos pés, para impedi-los de congelar.

Em outros momentos, tendo a garganta em fogo, enfiava na boca um pouco daquela neve e a chupava, o que enganava, por um minuto, sua sede, mas a transmutava em febre. Alívio que era uma agravação.

A tormenta se tornara informe à força de violência; os dilúvios de neve são possíveis; tratava-se de um. Esse paroxismo maltratava o litoral e, simultaneamente, transtornava o oceano. Era, provavelmente, o instante em que a urca, desesperada, se desmantelava na batalha dos recifes.

Atravessou, sob aquele vento, caminhando sempre para o leste, amplas superfícies de neve. Não sabia que horas eram. Há muito tempo não via mais nenhum traço de fumaça. Essas indicações, na noite, apagam-se rapidamente. Além disso, já passava, há muito, da hora em que os fogos costumam ser apagados. Enfim, talvez ele tivesse se enganado, e era possível que não houvesse nem cidade nem aldeias para os lados que ia.

Na dúvida, perseverava.

Duas ou três vezes, a pequena chorou. Então, ele imprimia a seu caminhar um movimento de embalo; ela se acalmava e calava-se. Acabou por adormecer profundamente, de um sono bom. Ele a sentia quente quando ele próprio tremia de frio.

Arrumava constantemente as dobras da bata em volta do pescoço da pequena, para que o granizo não se introduzisse ali por nenhuma abertura e para que nenhuma neve derretida se instalasse entre a roupa e a criança.

A planície tinha ondulações. Nos declives em que se abaixava, a neve, amontoada pelo vento nas pregas do terreno, era tão alta para ele, pequeno, que ele se afundava quase por inteiro e era preciso caminhar semienterrado. Ele caminhava empurrando a neve com os joelhos.

Transposta a ravina, alcançava planícies varridas pelo noroeste, em que a neve era delgada. Ali, encontrava finas lâminas de gelo.

O hálito morno da menina aflorava-lhe a bochecha, aquecia-o um momento e parava e congelava em seus cabelos, transformando-se em fragmentos de gelo.

Percebia uma complicação temível, não podia mais cair. Sentia que não se levantaria mais. Estava alquebrado de cansaço, e o chumbo da sombra o teria, como à mulher expirada, colado ao solo, e o gelo o teria soldado, vivo, à terra. Resvalara por declives de precipícios e se safara; caíra em buracos e conseguira sair; agora, uma simples queda era a morte. Um passo em falso abria a tumba. Não podia escorregar. Não teria mais forças para se pôr em pé.

Ora, tudo era escorregar em torno dele; tudo era gelo e neve endurecida.

A pequena que carregava tornava-lhe o caminhar extremamente difícil. Não apenas era um peso excessivo para seu cansaço e esgotamento, era também um estorvo. Ocupava-lhe os dois braços e, para quem caminha sobre lâminas de gelo, os braços são uma vara natural e necessária.

Tinha que abrir mão dessa vara.

E passava pelo gelo, e caminhava, não sabendo o que aconteceria com ele sob aquele fardo.

Aquela pequena era a gota que fazia transbordar a taça da angústia.

Ele avançava, oscilando a cada passo, como se caminhasse sobre uma corda bamba, realizando, para nenhum olhar, milagres de equilíbrio. Talvez, contudo, repitamo-lo, estivesse sendo acompanhado nessa via dolorosa por olhos abertos nos longínquos da sombra, o olho da mãe e o olho de Deus.

Cambaleava, tropeçava, aprumava-se, cuidava da menina, ajeitava-lhe a roupa, cobria-lhe a cabeça, tropeçava novamente, avançava sempre, escorregava, depois se reerguia. O vento tinha a covardia de empurrá-lo.

Caminhava, provavelmente, bem mais do que precisava. Estava, ao que tudo indica, nas planícies em que se estabelecera mais tarde a Bincleaves Farm, entre o que se chama atualmente Spring Gardens e Personage House. Hoje, fazendas à meia e casas de campo; antes, matagal. Muitas vezes, menos de um século separa uma estepe de uma cidade.

Subitamente, em uma pausa da borrasca glacial que o cegava, viu, há pouca distância à sua frente, um grupo de telhados e chaminés postos em relevo pela neve, o contrário de uma silhueta, uma cidade desenhada em branco no horizonte negro, alguma coisa como o que chamaríamos hoje de negativo.

Tetos, residências, uma casa! Estava, então, em algum lugar! Sentiu o inefável ânimo da esperança. O vigia de um navio à deriva gritando "Terra!" tem dessas emoções. Apressou o passo.

Aproximava-se, então, finalmente, de homens. Ia, então, chegar a seres vivos. Nada mais havia a temer. Tinha em si aquele calor súbito, a segurança. Aquilo de que saía acabara. A partir de agora, não haveria mais noite, nem inverno, nem tempestade. Parecia-lhe que tudo o que há de possível no mal estava, agora, atrás dele. A pequena não era mais um peso. Ele quase corria.

Seu olhar estava fixo naqueles tetos. A vida estava ali. Não tirava os olhos deles. Um morto olharia assim o que lhe apareceria por uma fresta da tampa de sua tumba. Eram as chaminés cuja fumaça havia avistado.

Nenhuma fumaça saía delas.

Apressou-se a atingir às habitações. Chegou a um subúrbio da cidade, que era uma rua aberta. Naquela época, o costume de fechar as ruas à noite estava caindo em desuso.

A rua começava por duas casas. Nessas duas casas, não se via nem uma candeia nem uma lanterna, assim como em toda a rua, e em toda a cidade, tão longe quanto a vista podia alcançar.

A casa da direita era mais um teto do que uma casa; nada mais precário. As paredes eram de adobe; e o teto, de palha. Havia mais palha do que paredes. Uma grande urtiga que nascera ao pé do muro tocava a beirada do teto. Aquele casebre tinha apenas uma porta, que parecia uma gateira, e uma janela, que parecia uma lucarna. Tudo estava fechado. Ao lado, um chiqueiro habitado indicava que o casebre também era habitado. A casa da esquerda era larga, alta, toda de pedra, com teto de ardósia. Fechada também. Era a Casa do Rico em frente à Casa do Pobre.

O menino não hesitou. Dirigiu-se à casa grande. A porta de duas folhas, maciça prancha de carvalho com grandes pregos, era daquelas por trás das quais se adivinha uma robusta armadura de barras e de fechaduras; uma aldrava de ferro estava pendurada nela.

Levantou a aldrava, com alguma dificuldade, pois suas mãos entorpecidas eram mais cotos do que mãos. Bateu uma vez.

Não responderam.

Bateu uma segunda vez, dando duas pancadas.

Nenhum movimento se fez no interior da casa.

Bateu uma terceira vez. Nada.

Julgou que dormiam ou que não queriam se dar ao trabalho de levantar.

Então voltou-se para a casa pobre. Pegou no chão, no meio da neve, um calhau e bateu na porta baixa.

Tampouco responderam.

Ergueu-se na ponta dos pés e bateu com sua pedrinha na lucarna, delicadamente o bastante para não quebrar o vidro, e forte o bastante para ser ouvido.

Nenhuma voz se elevou, nenhum passo se deu, nenhuma vela se acendeu.

Pensou que, também ali, ninguém queria acordar.

Havia, na mansão de pedra e no casebre de palha, a mesma surdez aos miseráveis.

O menino decidiu-se a ir mais longe e penetrou no estreito de casas que se estendia diante dele, tão escuro que parecia mais o caminho entre duas falésias do que a entrada de uma cidade.

IV

OUTRA FORMA DO DESERTO

Era em Weymouth que acabara de entrar.

A Weymouth de então não era a respeitável e magnífica Weymouth de hoje. Aquela antiga Weymouth não tinha, como a Weymouth atual, uma perfeita avenida retilínea com uma estátua e um albergue em honra de George III. O que se devia ao fato de George III ainda não ter nascido. Pela mesma razão ainda não havia, na escarpa da verde colina do leste, desenhado rente ao chão, com grama tosquiada e calcário descoberto, aquele cavalo branco que media quarenta braças de comprimento, o *White Horse*, que carregava um rei em seu dorso e voltava, sempre em honra a George III, sua cauda em direção à cidade. Essas honras, aliás, são merecidas; George III, tendo perdido na velhice o espírito que jamais tivera na juventude, não é responsável pelas calamidades de seu reino. Era um inocente. Por que não estátuas?

A Weymouth de cento e oitenta anos atrás era, por assim dizer, tão simétrica como um jogo de pega-varetas baralhado. O Astaroth das lendas vinha por vezes à terra carregando às costas um alforje em que havia de tudo, mesmo mulheres em suas casas. Uma miscelânea de casas caídas desse alforje do diabo daria uma ideia dessa Weymouth irregular. Além disso, no interior das casas, mulheres. Resta, como exemplo desses alojamentos, a casa dos Músicos. Uma confusão de tocas de madeira esculpidas e carcomidas, o que já é outra escultura; informes construções instáveis e pensas, algumas em palafitas, apoiando-se umas nas outras para não cair com o vento do mar e deixando entre si os espaços exíguos de uma viação tortuosa e desastrada; ruelas e encruzilhadas muitas vezes inundadas pelas marés de equinócio; um amontoado de velhas casas-avós, agrupadas em torno de uma igreja ancestral; isso era Weymouth. Weymouth era uma espécie de antigo vilarejo normando encalhado na costa da Inglaterra.

O viajante, se entrasse na taberna, hoje substituída por um hotel, em vez de pagar majestosamente, por um linguado frito e uma garrafa de vinho, vinte e cinco francos, passava pela humilhação de tomar, por dois centavos, uma sopa de peixe, muito boa, aliás. Era miserável.

O menino abandonado carregando a menina encontrada seguiu pela primeira rua, depois pela segunda, depois pela terceira. Erguia os olhos procurando, nos andares e nos tetos, uma vidraça iluminada, mas tudo estava fechado e apagado. De vez em quando, batia às portas. Ninguém respondia. Estar bem aquecido entre dois lençóis faz corações de pedra. Aquele barulho e aqueles solavancos tinham acabado por despertar a pequena. Ele percebia porque sentia que lhe mamavam a bochecha. Ela não chorava, pensando se tratar de uma mãe.

Corria, assim, talvez, o risco de ficar, durante muito tempo, rodando e dando voltas nas intersecções das ruelas de Scrambridge, onde havia, então, mais esculturas do que casas, mais sebes de espinho do que habitações. Acabou entrando em um corredor que existe até hoje perto de Trinity Schools. Esse corredor o levou a uma praia, um rudimento de cais com parapeito, e, à sua direita, ele avistou uma ponte.

Aquela ponte era a ponte do Wey, que liga Weymouth a Melcomb-Regis, e sob cujos arcos o Harbour se comunica com o Back Water.

Weymouth, aldeia, era então o subúrbio de Melcomb-Regis, cidade e porto; hoje, Melcomb-Regis é uma paróquia de Weymouth. O vilarejo absorveu a cidade. Foi através dessa ponte que o trabalho foi feito. As pontes são singulares aparelhos de sucção que aspiram a população e, por vezes, engordam um bairro ribeirinho às custas daquele que está à sua frente.

O menino foi até aquela ponte, que, naquela época, era uma passarela de madeira coberta. Atravessou aquela passarela.

Graças ao teto da ponte, não havia neve no tabuleiro. Seus pés nus tiveram um momento de bem-estar ao caminhar naquelas pranchas secas.

Atravessada a ponte, viu-se em Melcomb-Regis.

Havia ali menos casas de madeira do que casas de pedra. Não era mais o burgo, era a cidade. A ponte desembocava em uma rua bastante bonita, a Saint Thomas street. Entrou nela. A rua oferecia altas fachadas talhadas e, aqui e ali, vitrines de lojas. Voltou a bater às portas. Não lhe restava força o suficiente para chamar e gritar.

Em Melcomb-Regis, assim como em Weymouth, ninguém se mexia. Duas boas voltas haviam sido dadas nas fechaduras. As janelas estavam cobertas por suas cortinas, como os olhos pelas pálpebras. Todas as precauções haviam sido tomadas contra o despertar, sobressalto desagradável.

O pequeno errante sofria a pressão indefinível da cidade adormecida. Esses silêncios de formigueiro paralisado provocam vertigem. Todas essas letargias misturam seus pesadelos, esses sonos são uma multidão, e, desses corpos humanos em repouso, sai uma fumaça de sonhos. O sono tem sombrias vizinhanças fora da vida; o pensamento decomposto dos adormecidos flutua acima deles, vapor vivo e morto, e se combina com o possível que também pensa, provavelmente, no espaço. Daí certas sobreposições. O sonho, essa nuvem, superpõe suas densidades e suas transparências a esta estrela, o espírito. Acima dessas pálpebras fechadas, em que a visão substituiu a vista, uma desagregação sepulcral de silhuetas e de aspectos se dilata no impalpável. Uma dispersão de existências misteriosas se amalgama à nossa vida por essa franja da morte que é o sono. Esses entrelaçamentos de larvas e de almas estão no ar. Mesmo aquele que não dorme sente pesar sobre si esse meio repleto de uma vida sinistra. A quimera ambiente, realidade adivinhada, o incomoda. O homem desperto que caminha através dos fantasmas do sono dos outros repele confusamente formas que passam; tem, ou acredita ter, o vago horror dos contatos hostis do invisível; e sente, a cada instante, o ímpeto obscuro de um encontro inexprimível que se desvanece. Há efeitos de floresta nesse caminhar em meio à difusão noturna dos sonhos.

É o que chamamos de ter medo sem saber por quê.

O que um homem sente, uma criança sente ainda mais.

Esse mal-estar do pavor noturno, amplificado por aquelas casas espectros, acrescentava-se a todo aquele conjunto lúgubre sob o qual ele lutava.

Entrou na Conyear Lane e viu, no final daquela ruela, a Bach Water, que pensou ser o oceano; não sabia mais de que lado estava o mar. Retrocedeu, virou à esquerda na Maiden Street e voltou até a Saint-Albans row.

Ali, ao acaso, e sem escolher, nas primeiras casas que apareceram, bateu violentamente. Esses golpes, em que esgotava suas últimas energias, eram desordenados e abruptos, com intermitências e retomadas quase irritadas. Era o pulsar de sua febre batendo nas portas. Uma voz respondeu. A da hora.

Três horas da manhã soaram lentamente atrás dele no velho campanário de Saint-Nicolas.

Depois, tudo voltou a cair no silêncio.

Que nenhum habitante tenha sequer entreaberto uma lucarna pode parecer surpreendente. Contudo, em certa medida, esse silêncio se explica. Devemos esclarecer que janeiro de 1690 foi o período imediatamente posterior a uma peste bastante forte que atingira Londres e que o medo de receber andarilhos doentes produzia, em toda parte, certa diminuição de hospitalidade. Ninguém entreabria nem mesmo a janela, tal era o medo de respirar os seus miasmas.

O menino sentiu o frio dos homens mais terrível do que o frio da noite. É um frio intencionado. Sentiu, no coração, um aperto desalentado que não sentira nas solidões. Agora entrara na vida de todos e permanecia sozinho. Cúmulo de angústia. O deserto impiedoso, ele entendera; mas a cidade inexorável, era demasiado.

A hora, cujas pancadas acabara de ouvir, havia sido um acabrunhamento a mais. Nada nos congela mais, em certos casos, que a hora que soa. É uma declaração de indiferença. É a eternidade dizendo: que me importa!

Parou. E nada garante que, naquele minuto lamentável, ele não tenha se perguntado se não seria mais simples se deitar ali e morrer. Nesse meio tempo, a pequena pousou a cabeça em seu ombro e voltou a dormir. Aquela confiança obscura o colocou novamente a caminho.

Ele, que só tinha ruínas em torno de si, sentiu que era ponto de apoio. Profunda injunção do dever.

Nem aquelas ideias nem aquela situação eram de sua idade. É provável que não as entendesse. Agia por instinto. Fazia o que fazia.

Caminhou na direção de Johnstone row. Não caminhava mais, arrastava-se.

Deixou, à sua esquerda, Sainte-Mary street, ziguezagueou nas ruelas e, ao final de uma tripa sinuosa entre dois casebres, viu-se em um espaço livre bastante amplo. Era um terreno baldio não construído, provavelmente o lugar em que se encontra, hoje, Chesterfield place. As casas acabavam ali. Ele via, à sua direita, o mar e quase nada mais da cidade à sua esquerda.

Que fazer? O campo recomeçava. A leste, grandes planos inclinados de neve marcavam as largas vertentes de Radipole. Iria continuar aquela viagem? Iria avançar e entrar naqueles ermos? Iria recuar e voltar às ruas? Que fazer entre aqueles dois silêncios, a planície muda e a cidade surda? Qual dessas duas recusas escolher?

Existe a âncora da misericórdia, existe também o olhar da misericórdia. Foi esse olhar que o pobre menino desesperado lançou em torno de si.

De repente, ouviu uma ameaça.

V

A MISANTROPIA FAZ DAS SUAS

Não sei que rosnado estranho e alarmante chegou naquela sombra até ele.

Era de se recuar. Ele avançou.

Aos que o silêncio consterna, um rugido agrada.

Aquele ríctus feroz tranquilizou-o. Aquela ameaça era uma promessa. Havia ali um ser vivo e desperto, mesmo que fosse um animal selvagem. Caminhou para os lados de onde vinha o rosnado.

Contornou uma quina de muro e, atrás, na reverberação da neve e do mar, espécie de vasta iluminação sepulcral, viu alguma coisa que estava ali, como que escondida. Era uma carruagem, se não fosse uma cabana. Tinha rodas, era um carro; e tinha um teto, era uma habitação. Do teto saía uma chaminé, e da chaminé uma fumaça. Aquela fumaça era vermelha, o que parecia anunciar um fogo bastante bom no interior. Na parte de trás, gonzos salientes indicavam uma porta, e, no centro dessa porta, uma abertura quadrada deixava ver uma luz baça dentro da cabana. Aproximou-se.

O que havia rosnado sentiu-o aproximar. Quando chegou perto da cabana, a ameaça tornou-se furiosa. Não era mais um ranger de dentes que tinha diante de si, mas um urro. Ouviu um barulho seco, como de uma corrente violentamente puxada, e, bruscamente, por baixo da porta, por entre as rodas de trás, duas fileiras de dentes pontiagudos e brancos apareceram.

Ao mesmo tempo que uma goela entre as rodas, uma cabeça passou pela lucarna.

– Quieto! — disse a cabeça.

A goela calou-se.

A cabeça continuou:

– Tem alguém aí?

O menino respondeu:

– Tem.

– Quem?

– Eu.

– Você? Quem é você, de onde vem?

– Estou cansado. — disse o menino.

– Que horas são?

– Estou com frio.

– O que faz aqui?

– Estou com fome.

A cabeça replicou:

– Nem todo mundo pode ser feliz como um lorde. Vá embora.

A cabeça recolheu-se e a bandeira se fechou.

O menino curvou a fronte, apertou entre os braços a pequena adormecida e reuniu suas forças para continuar seu caminho. Deu alguns passos e começou a se afastar.

Entretanto, ao mesmo tempo que a lucarna se fechara, a porta se abrira. Um estribo fora abaixado. A voz que acabara de falar com o menino gritou do fundo da cabana com cólera:

– E, então, por que não entra de uma vez?

O menino virou para trás.

– Entre logo – continuou a voz. — De onde é que me saiu esse malandrinho que está com fome e sede e que não entra?

O menino, ao mesmo tempo repelido e atraído, permanecia imóvel.

A voz repetiu:

– Estamos pedindo para entrar, rapazinho!

Ele se decidiu e colocou um pé no primeiro degrau da escada. Mas rosnaram embaixo do carro.

Ele recuou. A goela aberta reapareceu.

– Quieto! — gritou a voz do homem.

A goela recolheu-se. O rosnado parou.

– Suba — prosseguiu o homem.

O menino escalou penosamente os três degraus. Atrapalhava-o a outra criança, tão profundamente adormecida, envolvida e enrolada na bata, que nada se via dela e que parecia apenas uma pequena massa informe.

Transpôs os três degraus e, chegando na soleira, parou.

Nenhuma vela queimava na cabana, por economia de miséria provavelmente. A casinhola era iluminada somente por um clarão vermelho vindo da grade de um fogão de ferro fundido em que crepitava um fogo de turfa. Em cima do fogão, fumegavam uma tigela e uma panela de barro, contendo, ao que tudo indicava, alguma coisa para comer. Sentia-se o cheiro bom. Aquela habitação tinha como mobília um baú, uma arca e uma lanterna, não acesa, pendurada no teto. Depois, nos tabiques, algumas prateleiras sustentadas por ripas e um mancebo no qual estavam penduradas coisas diversas. Nas prateleiras e nos pregos empilhavam-se a vidraria, os cobres, um alambique, um recipiente bastante semelhante àqueles vasos para granular a cera, chamados de granuladores, e uma confusão de objetos estranhos, que o menino não poderia entender e que era a bateria de cozinha de um químico. A cabana tinha uma forma oblonga, com o fogão no fundo. Não era nem mesmo um quartinho, mal era uma grande caixa. O lado de fora estava mais iluminado pela neve que esse interior pelo fogão. Tudo na casinhola era indistinto e turvo. Contudo, um reflexo do fogo no teto permitia ler a seguinte inscrição em letras enormes: "Ursus, filósofo".

O menino, de fato, adentrava à casa de Homo e de Ursus. Acabamos de ouvir um rosnar e o outro falar.

O menino, chegando à soleira, viu, perto do fogão, um homem longo, sem barba, magro e velho, vestido de cinza, que estava de pé e cujo crânio calvo tocava o teto. Aquele homem não poderia se por na ponta dos pés. A cabana era acanhada.

– Entre. — disse o homem, Ursus.

O menino entrou.

– Ponha seu pacote ali.

O menino colocou seu fardo em cima do baú, com cuidado, temendo assustá-lo e acordá-lo.

O homem continuou:

– Como manuseia isso aí com cuidado! Até parece que se trata de um relicário. Está com medo de machucar seus farrapos? Ah! Abominável malandro! Nas ruas a esta hora! Quem é você? Responda. Não, proíbo de responder. Vamos ao mais urgente; está com frio, venha se aquecer.

E empurrou-o pelos ombros para a frente do fogão.

– Está muito molhado! Muito gelado! Como é possível entrar assim em uma casa! Vamos, tire logo todas essas porcarias, malfeitor!

E, com uma mão, com uma rudeza febril, arrancou-lhe seus farrapos, que se rasgaram em tiras, enquanto, com a outra mão, despendurava de um prego uma camisa de homem e uma dessas blusas de tricô que até hoje são chamadas de *kiss-my-quick*.

– Tome, coloque essas roupas.

Pegou, no meio da pilha, um pano de lã e, com ele, esfregou, em frente ao fogo, os membros do menino fascinado e desfalecente, que, naquele minuto de nudez quente, acreditou ver e tocar o céu. Tendo esfregado os membros, o homem enxugou os pés.

– Vamos, carcaça, não tem nada congelado. Só um bobo como eu para ter ficado com medo que houvesse algo congelado, as patas traseiras ou dianteiras! Dessa vez não ficará aleijado. Vista-se.

O menino vestiu a camisa, e o homem meteu-lhe, por cima, a blusa de tricô.

– Agora...

O homem puxou o escabelo com o pé, nele sentou o menino, sempre empurrando-o pelos ombros, e lhe mostrou, com o indicador, a tigela que fumegava no fogão. O que o menino entrevia naquela tigela continuava sendo o céu, ou seja, uma batata e toucinho.

– Está com fome. Coma.

O homem pegou de cima de uma tábua um pedaço de pão duro e um garfo de ferro e apresentou-os ao menino. O menino hesitou.

– Quer que eu ponha a mesa? — disse o homem.

E colocou a tigela nos joelhos do menino.

– Meta os dentes aí!

A fome foi mais forte do que o assombro. O menino se pôs a comer. O pobre ser mais devorava do que comia. O barulho alegre do pão abocanhado enchia a cabana. O homem grunhia.

– Não tão rápido, horrível lambão! Ele é guloso, o pilantra! Esses pulhas que têm fome comem de um modo revoltante. Há que se ver cear um lorde. Vi, em minha vida, duques comerem. Eles não comem; isso que é nobre. Eles bebem, por exemplo. Vamos, javalizinho, encha a pança!

A ausência de orelhas que caracteriza a barriga esfomeada tornava o menino pouco sensível a essa violência de epítetos, temperada, aliás, pela caridade das ações, contrassenso que o beneficiava. No momento, estava absorvido por estas duas urgências e por estes dois êxtases, aquecer-se e comer.

Ursus prosseguia, entre dentes, sua imprecação em surdina.

– Vi o rei Jaime, em pessoa, cear na Banqueting House, onde se admira pinturas do famoso Rubens; sua majestade não tocava em nada. Este patife aqui pasta! Pastar é coisa de brutos. Que ideia fui eu ter de vir nessa Weymouth, sete vezes votada aos deuses infernais! Não vendi nada o dia inteiro, falei para a neve, toquei flauta para o furacão, não embolsei sequer um *farthing*, e, à noite, me chegam pobres! Horrível lugar. É sempre batalha, luta e concurso entre os passantes imbecis e eu. Eles fazem de tudo para só me darem vinténs, eu faço de tudo para só lhes dar drogas. Pois bem, hoje, nada! Nem um idiota nas ruas, nem um pêni na caixa! Coma, servo dos infernos! Meta a boca e coma! Estamos em uma época em que nada se iguala ao cinismo dos fila-boia. Engorde às minhas custas, parasita. Está pior que esfomeado, está enraivecido esse aí. Não é mais apetite, é ferocidade. Ele está atacado pelo vírus da raiva. Quem sabe? Talvez tenha a peste. Por acaso tem peste, bandido? E se ele a passasse a Homo! Ah, isso não! Morra, populaça, mas não quero que meu lobo morra. E essa agora, eu também estou com fome. Declaro que isso é um incidente desagradável. Trabalhei hoje até bem tarde, noite adentro. Há ocasiões na vida em que temos pressa. Essa noite eu tinha pressa de comer. Estou sozinho, acendo o fogo, tenho unicamente uma batata, um pedaço de pão, um bocado de toucinho e uma gota de leite, coloco tudo para cozinhar, digo-me: "Bom! Imagino que vou me refestelar". De repente, zás! Um crocodilo me aparece exatamente nesse momento. Instala-se, tranquilamente, entre minha comida e eu. Eis meu refeitório devastado. Coma, bagre, coma, tubarão, quantas fileiras de dentes tem em sua garganta? Lambuze-se, lobinho. Não! Retiro a palavra, mais respeito com os lobos. Engula meu pasto, cobra! Trabalhei hoje com o estômago vazio, a goela queixosa, o pâncreas batendo os pinos, as tripas em pandarecos até tarde da noite; minha recompensa é ver comer um outro. Não faz mal, dá para dois. Ele terá o pão, a batata e o toucinho, mas eu terei o leite.

Nesse momento, um choro doído e prolongado elevou-se na cabana. O homem levantou as orelhas.

– Agora chora, sicofanta! Por que está chorando?

O menino virou a cabeça. Era evidente que não estava chorando. Estava de boca cheia.

O choro não se interrompia. O homem foi até o baú.

– É, então, o pacote que grita! Vale de Josafá! Agora é o pacote que vocifera! Por que seu pacote está grasnando?

Desenrolou a bata. Uma cabeça de criança apareceu, com a boca aberta, gritando.

– Pois bem, quem está lá? — perguntou o homem. — O que é isso? Tem mais um. Isso não vai acabar mais? Quem está aí? Às armas! Caporal, chame a guarda! Segunda surpresa! O que traz aqui, bandido? Bem se vê que ela tem sede. Vamos, ela precisa beber. Aqui. Bom! Agora não terei nem mais o leite.

Pegou, num amontoado de coisas em uma prateleira, um rolo de gaze, uma esponja e um frasco, murmurando com frenesi:

– Maldito país!

Depois considerou a pequena.

– É uma menina. Dá para reconhecer pelo ganido. Ela também está ensopada.

Arrancou, como fizera com o menino, os farrapos com que ela estava mais enrolada do que vestida e envolveu-a em um farrapo indigente, mas limpo e seco, de pano grosso. Essa troca rápida e brusca exasperou a pequena.

– Ela mia inexoravelmente. — disse ele.

Cortou, com os dentes, um pedaço alongado da esponja, rasgou do rolo um quadrado de pano, puxou um fio, pegou no fogão o pote em que havia o leite, com esse leite encheu o frasco, introduziu pela metade a esponja no gargalo, cobriu a esponja com o pano, amarrou essa rolha com o fio, encostou o frasco contra a bochecha, para se assegurar de que não estava muito quente e acomodou no braço esquerdo o pacote desesperado que continuava a chorar.

– Vamos, ceie, criatura! Pegue esta teta.

E enfiou-lhe na boca o gargalo do frasco. A pequena bebeu avidamente.

Ele segurou o frasco na inclinação desejada, resmungando:

– Eles são todos iguais, os covardes! Quando têm o que querem, calam-se.

A pequena bebera tão energicamente e agarrara com tal arrebatamento aquele pedaço de seio oferecido por aquela providência rabugenta, que foi tomada por um acesso de tosse.

– Assim vai sufocar — ralhou Ursus. — Uma bela gulosa esta aqui também!

Retirou-lhe a esponja que ela sugava, deixou o acesso se acalmar e recolocou-lhe o frasco entre os lábios, dizendo:

– Mame, malandra!

Nesse meio tempo, o menino pousara o garfo. Ver a pequena beber fazia-o esquecer-se de comer. No momento anterior, quando comia, o que tinha no olhar era satisfação; agora era reconhecimento. Olhava a pequena reviver. Aquele arremate da ressurreição começada por ele enchia suas pupilas de uma reverberação inefável. Ursus continuava, entre suas gengivas, a mastigar palavras coléricas. O menino erguia para Ursus os olhos úmidos da emoção indefinível que experimentava, sem poder exprimi-la, o pobre ser maltratado e comovido.

Ursus apostrofou-o furiosamente.

– Então, coma de uma vez!

– E o senhor? — disse o menino tremendo, com uma lágrima quase a correr-lhe. — O senhor não comerá nada?

– Coma tudo de uma vez, biltre! Não há muito para você já que não havia o suficiente para mim.

O menino pegou novamente o garfo, mas não comeu.

– Coma. — vociferou Ursus — Acaso se trata de mim? Quem te falou de mim? Coroinha de pés descalços da paróquia dos Sem-Vintém, digo para comer tudo. Está aqui para comer, beber e dormir. Coma, senão ponho você no olho da rua, você e sua bela.

O menino, frente a essa ameaça, recomeçou a comer. Não havia muito o que fazer para despachar o que restava na tigela.

Ursus murmurou:

– Está mal vedado, esse edifício, o frio está entrando pelas vidraças.

Uma vidraça, de fato, havia sido quebrada na frente, por algum solavanco da carriola ou por alguma pedra de um travesso. Ursus aplicara sobre aquela avaria uma estrela de papel que se descolara. O vento entrava por ali.

Ele se sentara a meia sobre o baú. A pequena, ao mesmo tempo em seus braços e em seus joelhos, sugava voluptuosamente o frasco com aquela sonolência beata dos querubins diante de Deus e das crianças diante do seio.

– Ela está bêbada. — disse Ursus.

E continuou:

– E que se façam, depois, sermões sobre a temperança!

O vento arrancou da vidraça o emplastro de papel que voou pela cabana; mas isso não foi capaz de abalar as duas crianças, ocupadas em renascer.

Enquanto a menina bebia e o menino comia, Ursus resmungava.

– A bebedice começa no berço. E vá, então, se dar ao trabalho de ser o bispo Tillotson e vociferar contra os excessos da bebida. Odioso vento encanado! E, ainda por cima, meu fogão é velho. Ele solta baforadas capazes de nos dar triquíase. Temos o inconveniente do frio e o inconveniente do fogo. Não dá para enxergar muito bem. O ser que aqui está abusa de minha hospitalidade. Ora, ainda não pude distinguir o rosto desse pilantra. O confortável está ausente desse recinto. Por Júpiter, aprecio fortemente os festins requintados em quartos bem fechados. Perdi minha vocação, nasci para ser sensual. O maior dos sábios é Filoxenes, que desejou ter um pescoço de grou para desfrutar mais longamente os prazeres da mesa. Receita zero hoje! Nada vendido o dia inteiro! Calamidade. Habitantes, lacaios e burgueses, aqui está o médico, aqui está a medicina. Está perdendo seu tempo, meu velho. Volte a embalar sua farmácia. Todo o mundo aqui tem boa saúde. Eis uma cidade maldita onde ninguém está doente! Só o céu está com diarreia. Que neve! Anaxágoras dizia que a neve é negra. Ele tinha razão, pois frialdade é negrume. O gelo é a noite. Que borrasca! Imagino o prazer dos que estão no mar. O furacão é a passagem dos satãs, é a algazarra dos mortos-vivos galopando e rolando, de ponta-cabeça, acima de nossos crânios. Na nuvem da tromba, distingue-se uma forma em cada barulho: este tem rabo; aquele, chifres; aquele outro, uma chama por língua; outro tem garras nas asas; outro, pança de lorde chanceler; outro, carranca de acadêmico. A cada novo vento, um demônio diferente; a orelha escuta, o olho vê, o estrondo é uma figura. Por Deus, há pessoas no mar, é evidente. Meus amigos, virem-se com a tempestade, já faço o bastante de me virar com a vida. Ora bolas, será que eu tenho cara de hospedaria? Por que me chegam viajantes? A desgraça universal espirra na minha pobreza. Caem em minha cabana gotas medonhas da grande lama humana. Estou entregue à voracidade dos passantes. Tornei-me uma presa. A presa dos mortos de fome. No inverno, à noite, uma cabana de cartão, um infeliz amigo embaixo, e lá fora a tempestade, uma batata, um mísero punhado de fogo, parasitas, o vento penetrando por todas as frestas, nem um centavo e pacotes que se põem a uivar. Abrimo-los, encontramos miseráveis dentro. Se não parece mau-olhado! Acrescento que as leis são violadas. Ah! Vagabundo com sua vagabunda, malicioso batedor de carteiras, aborto mal intencionado. Ah! Circula nas ruas depois do toque de recolher! Se nosso bom rei o soubesse, ele mandaria jogá-lo alegremente no fundo de uma masmorra para ensiná-lo! O Senhor passeia à noite com a Senhorita! Aos quinze graus de frio, cabeça e pés descalços! Fique sabendo que é proibido. Há regras e ordenações, faccioso! Os vagabundos são punidos; as pessoas de bem, que têm casas, são guardadas e protegidas; os reis são os pais do povo. Eu sou domiciliado, bem o sou! Teria sido açoitado em praça pública se o tivessem encontrado, e teria sido bem feito. É preciso ordem em um estado policiado. Errei ao não denunciá-lo ao condestável. Mas eu sou assim, entendo o bem e faço o mal. Ah! O rufião! Me chegar nesse estado! Não percebi que estavam cobertos de neve quando entraram. A neve derreteu. E agora a casa inteira está molhada. Tenho uma inundação em casa. Terei que queimar um carvão impossível para secar a lagoa. Carvão a doze *farthings* a arroba! Como fazer para caber três nesta tapera? Agora acabou, entro para a maternidade, terei, em minha casa, para criar, o futuro da ralé da Inglaterra. Terei como emprego e função educar os fetos mal paridos da grande e desgraçada Miséria, aperfeiçoar a feiura da jovem carne de forca e dar aos jovens gatunos ares de filósofo! A língua dos ursos é o cinzel de Deus. E pensar que se eu não estivesse sendo, há mais de trinta anos, devorado por esse tipo de gente, eu estaria rico. Homo estaria gordo, eu teria um gabinete de medicina cheio de raridades, tantos instrumentos de cirurgia quanto o doutor Linacre, cirurgião do rei Henrique VIII, diversos animais de todos os gêneros, múmias do Egito e outras coisas semelhantes! Pertenceria ao colégio dos Doutores e teria o direito de me servir da biblioteca construída em 1652 pelo célebre Harvey e de ir trabalhar na lanterna do domo, de onde se avista toda a cidade de Londres! Poderia continuar meus cálculos sobre a ofuscação solar e provar que um vapor caliginoso sai do astro. Essa é a opinião de Johannes Kepler, que nasceu um ano antes da Noite de São Bartolomeu e que foi matemático do imperador. O sol é uma lareira que, às vezes, lança fumaça. Meu fogão também. Meu fogão não é melhor do que o sol. Sim, se eu tivesse feito fortuna, meu personagem seria outro, eu não seria trivial, não aviltaria a ciência pelas encruzilhadas. Pois o povo não é digno da doutrina, já que o povo não passa de uma multidão de insensatos, de uma mistura confusa de todas as espécies de idades, de gêneros, de humores e de condições, que os sábios de todos os tempos não hesitaram em desprezar; os mais moderados deles, em sua justiça, detestando-lhes a extravagância e o furor. Ah! Estou cansado do que existe. Depois disso, não se vive mais por muito tempo. É rápida, a vida humana. Ah, não, é longa. De quando em quando, para que não desanimemos, para que tenhamos a estupidez de consentir em ser e para que não aproveitemos das magníficas ocasiões de nos enforcar que nos oferecem todas as cordas e todos os pregos, a natureza parece tomar um pouco conta do homem. Mas não esta noite. Ela faz crescer o trigo, amadurecer a uva, faz cantar o rouxinol, a pérfida natureza. De tempos em tempos, um raio de aurora ou um copo de gim, é isso que chamamos de felicidade. Uma delgada fímbria de bem em torno do imenso sudário do mal. Nosso destino é um tecido feito pelo diabo e debruado por Deus. Nesse meio tempo, você comeu minha ceia, ladrão!

Entretanto, o bebê, que ele continuava segurando nos braços muito delicadamente enquanto esbravejava, fechava vagamente os olhos, sinal de plenitude. Ursus examinou o frasco e resmungou:

– Ela bebeu tudo, a sem vergonha!

Ergueu-se e, segurando a pequena com o braço esquerdo, levantou com a mão direita a tampa do baú e retirou do interior uma pele de urso, que ele denominava, como todos se lembram, sua "verdadeira pele".

Executando esse trabalho, ele ouvia a outra criança comer e a olhava de esguelha.

– Será uma labuta se eu precisar, de agora em diante, alimentar esse glutão em crescimento! Será uma solitária que terei no ventre de minha indústria.

Estendeu, sempre com um só braço, o melhor que pôde, a pele de urso no baú, com manobras de cotovelo e economia de movimentos para não espantar o começo de sono da pequena. Depois, deitou-a na pele, do lado mais próximo do fogo.

Feito isso, colocou o frasco vazio no fogão e exclamou:

– Agora sou eu que tenho sede!

Olhou no pote; restavam alguns goles de leite; aproximou o pote dos lábios. No momento em que ia beber, seus olhos caíram na pequena. Recolocou o pote no fogão, pegou o frasco, destampou-o, ali despejou o que restava de leite, que deu justo para enchê-lo, recolocou a esponja e reamarrou a gaze em cima da esponja, em torno do gargalo.

– Ainda tenho fome e sede. — continuou ele.

E acrescentou:

– Quando não se pode comer pão, bebe-se água. Entrevia-se, atrás do fogão, uma bilha sem gargalo. Pegou-a e apresentou-a ao menino:

– Quer beber?

O menino bebeu e voltou a comer.

Ursus apanhou novamente a bilha e levou-a à boca. A temperatura da água que ela continha fora desigualmente modificada pela vizinhança do fogão. Ele engoliu algumas goladas e fez uma careta.

– Água pretensamente pura, parece com os falsos amigos. Morna por cima e fria por baixo.

No entanto, o menino acabara de cear. A tigela estava mais do que vazia, estava limpa. Ele apanhava e comia, pensativo, algumas migalhas de pão esparsas nas dobras da blusa de lã, em seu colo.

Ursus voltou-se para ele.

– Ainda não acabamos. Agora, nós dois. A boca não foi feita só para comer, foi feita para falar. Agora que está aquecido e cevado, animal, atenção, vai responder às minhas perguntas. De onde você vem?

O menino respondeu:

– Não sei.

– Como assim não sabe?

– Fui abandonado esta noite à beira-mar.

– Ah! O malandro! Como você se chama? É um sujeitinho tão à toa que acaba de ser abandonado pelos pais.

– Não tenho pais.

– Trate de entender um pouco os meus gostos e preste atenção porque não gosto que me contem estórias da carochinha. Tem pais, já que tem uma irmã.

– Não é minha irmã.

– Não é sua irmã?

– Não.

– Quem é então?

– É uma menininha que encontrei.

– Encontrou?

– Sim.

– Como? Recolheu isso?

– Sim.

– Onde? Se estiver mentindo, mato você.

– De cima de uma mulher que estava morta na neve.

– Quando?

– Há uma hora.

– Onde?

– A uma légua daqui.

As arcadas frontais de Ursus franziram-se e tomaram aquela forma aguda que caracteriza a emoção do sobrecenho de um filósofo.

– Morta! Está aí uma que é feliz! Precisamos deixá-la ali, em sua neve. Ela está bem. De que lado?

– Do lado do mar.

—Você atravessou a ponte?

– Sim.

Ursus abriu a lucarna de trás e examinou o exterior. O tempo não melhorara. A neve caía espessa e lúgubre.

Voltou a fechar a bandeira.

Foi até o vidro quebrado, cobriu o buraco com um pano, colocou turfa no fogão, estendeu o mais amplamente que pôde a pele de urso em cima do baú, pegou um grande livro que tinha em um canto, colocou-o na cabeceira para servir de travesseiro e colocou, sobre esse travesseiro, a cabeça da pequena adormecida.

Voltou-se para o menino.

– Deite aqui.

O menino obedeceu e estendeu-se inteiro com a menina.

Ursus enrolou a pele de urso em volta das duas crianças e prendeu-a sob os pés deles.

Apanhou, em cima de uma prateleira, e amarrou, em torno do corpo, uma cinta de algodão com um grande bolso, que, provavelmente, continha um estojo de cirurgião e frascos de elixires.

Depois, despendurou a lanterna do teto e acendeu-a. Era uma lanterna surda. Iluminando-se, deixava as crianças no escuro.

Ursus entreabriu a porta e disse:

– Vou sair. Não tenham medo. Vou voltar. Durmam.

E, abaixando o estribo, gritou:

– Homo!

Um rosnado carinhoso respondeu-lhe.

Ursus, com a lanterna na mão, desceu; o estribo voltou a recolher-se; a porta se fechou. As crianças ficaram sozinhas. Do lado de fora, uma voz, a voz de Ursus, perguntou:

– Servo que acabou de comer minha ceia! Diga-me, ainda não está dormindo?

– Não. — respondeu o menino.

– Pois bem! Se ela começar a bramir, dê-lhe o resto do leite.

Ouviu-se um clique de corrente aberta e o barulho de passos de homem, acompanhados por passos de animal, que se afastava.

Alguns instantes depois, as duas crianças dormiam profundamente.

Era uma não sei que inefável mistura de alentos; mais que a castidade, a ignorância; uma noite de núpcias antes do sexo. O menino e a menina, nus e lado a lado, tiveram, durante aquelas horas silenciosas, a promiscuidade seráfica da sombra; a quantidade de sonho possível nessa idade flutuava de um a outro; havia, provavelmente, sob suas pálpebras fechadas, uma luz de estrela; se a palavra casamento não for aqui um despropósito, eram marido e mulher do modo como se é anjo. Tais inocências em tais trevas, uma tal pureza em tal abraço, essas antecipações do céu só são possíveis na infância, e nenhuma imensidão aproxima-se dessa grandeza das crianças. De todos os abismos, este é o mais profundo. A perpetuidade formidável de um morto acorrentado fora da vida, o enorme encarniçamento do oceano sobre um naufrágio, a vasta brancura da neve recobrindo formas soterradas, não igualam, em patético, duas bocas de crianças que se tocam divinamente no sono e cujo encontro não é nem mesmo um beijo. Noivado talvez; talvez catástrofe. O ignorado pesa sobre essa justaposição. Isso é encantador; quem sabe se não é assustador? Sentimos o coração apertado. A inocência é mais suprema do que a virtude. A inocência é feita de escuridão sagrada. Eles dormiam. Estavam pacíficos. Estavam aquecidos. A nudez dos corpos entrelaçados amalgamava a virgindade das almas. Estavam ali como no ninho do abismo.

VI

O DESPERTAR

O dia começou de modo sinistro. Uma brancura triste entrou na cabana. Era a aurora glacial. Essa lividez, que esboça em realidade fúnebre o relevo das coisas marcadas com aparência espectral pela noite, não despertou as crianças, estreitamente adormecidas. A cabana estava quente. Ouviam-se suas duas respirações se alternarem como duas ondas tranquilas. Não havia mais furacão lá fora. A claridade do crepúsculo tomava lentamente posse do horizonte. As constelações se apagavam como candeias sopradas umas após as outras. Apenas algumas grandes estrelas resistiam. O profundo canto do infinito saía do mar.

O fogão não estava completamente apagado. O romper da manhã dava, pouco a pouco, lugar à claridade aberta do dia. O menino dormia menos do que a menina. Havia nele algo de quem vela e de quem guarda. A um raio mais vivo que os outros que atravessou o vidro, ele abriu os olhos. O sono da infância se perfaz em esquecimento. Permaneceu em um meio que entorpecimento, sem saber onde estava nem o que havia perto dele, sem fazer esforço para se lembrar, olhando o teto e compondo um vago trabalho de divagação com as letras da inscrição "Ursus, filósofo", que examinou sem decifrar, pois não sabia ler.

Um barulho de fechadura remexida por uma chave fê-lo erguer o pescoço.

A porta se abriu, o estribo desceu. Ursus voltava. Subiu os três degraus, com sua lanterna apagada na mão.

Ao mesmo tempo, passadas de quatro patas escalaram lentamente o estribo. Era Homo, que seguia Ursus, e, ele também, entrava em casa.

O menino, acordado, teve um certo sobressalto.

O lobo, provavelmente com o apetite desperto, tinha um ríctus matinal que mostrava todos os seus dentes, muito brancos.

Parou no meio da subida e colocou suas duas patas da frente na cabana, com os dois cotovelos na soleira, como um pregador na beirada do púlpito. Farejou, a distância, o baú, que não estava acostumado a ver habitado desse modo. Seu busto de lobo, enquadrado pela porta, desenhava-se em negro sobre a claridade da manhã. Decidiu-se e fez sua entrada.

O menino, vendo o lobo na cabana, saiu da pele de urso, levantou-se e colocou-se de pé na frente da menina, mais adormecida do que nunca.

Ursus acabara de pendurar novamente a lanterna no prego do teto. Desafivelou, silenciosamente e com um vagar maquinal, seu cinto com o estojo e recolocou-o em cima de uma prateleira. Não olhava nada e parecia nada ver. Suas pupilas estavam vítreas. Algo de profundo revolvia-se em seu espírito. Seu pensamento finalmente revelou-se, como de hábito, por uma viva enfiada de palavras. Exclamou:

– Decididamente feliz! Morta, bem morta.

Agachou-se e recolocou uma pá de escórias no fogão e, remexendo a turfa, murmurou:

– Foi difícil encontrá-la. A malícia desconhecida a havia soterrado sob dois pés de neve. Sem Homo, que vê tão claro com seu nariz como Cristovão Colombo com o espírito, eu ainda estaria ali, a patinhar na avalanche e a brincar de esconde-esconde com a morte. Diógenes pegava sua lanterna e procurava um homem, eu peguei minha lanterna e procurei uma mulher; ele encontrou o sarcasmo, eu encontrei o luto. Como ela estava fria! Toquei-lhe a mão, uma pedra. Que silêncio nos olhos! Como se pode ser estúpido o suficiente para morrer deixando um filho para trás! Agora não vai ser cômodo caber os três neste casebre. Que maçada! Eis que agora tenho família! Menina e menino.

Enquanto Ursus falava, Homo esgueirara-se para perto do fogão. A mão da pequena adormecida pendia entre o fogão e o baú. O lobo se pôs a lamber aquela mão.

Lambia-se tão suavemente que a pequena não despertou. Ursus voltou-se para ele.

– Bom, Homo. Eu serei o pai e você será o tio.

Depois, retomou sua labuta de filósofo de manter o fogo, sem interromper seu *aparte*.

– Adoção. Está decidido. Aliás, Homo também quer.

Voltou a se erguer.

– Gostaria de saber quem é o responsável por aquela morte. São os homens ou...?

Seus olhos olharam para o ar, mas para além do teto, e sua boca murmurou:

– Foi você?

Depois sua fronte se abaixou como sob um peso, e ele continuou:

– A noite encarregou-se de matar aquela mulher.

Seu olhar, erguendo-se, encontrou o rosto do menino acordado que o escutava, e Ursus o interpelou bruscamente:

– De que está rindo?

O menino respondeu:

– Não estou rindo.

Ursus teve uma espécie de tremor, examinou-o fixamente e, em silêncio, durante alguns instante, disse:

– Então é terrível.

O interior da cabana de noite era tão mal iluminado que Ursus ainda não havia visto o rosto do menino. O dia claro o mostrava.

Colocou as palmas de suas mãos nos ombros da criança, considerou ainda com uma atenção cada vez mais pungente seu rosto e gritou-lhe:

– Pare, pois, de rir!

– Não estou rindo. — disse a criança.

Ursus estremeceu da cabeça aos pés.

– Está rindo, estou dizendo.

Depois, sacudindo o menino com uma força que seria furor se não fosse piedade, perguntou-lhe violentamente:

– Quem é que fez isso com você?

O menino respondeu:

– Não sei o que o senhor quer dizer.

Ursus redarguiu:

– Desde quando tem esse riso?

– Sempre fui assim — disse o menino.

Ursus voltou-se para o baú, dizendo a meia-voz:

– Pensei que já não se fizesse esse trabalho.

Pegou na cabeceira, muito suavemente para não despertá-la, o livro que pusera como travesseiro embaixo da cabeça da pequena.

– Vejamos Conquest — murmurou.

Era um in-folio, encadernado em pergaminho mole. Folheou-o com o polegar, parou em uma página, abriu inteiramente o livro em cima do fogão e leu:

– ... *De Denasatis*. É aqui.

E continuou:

– *Bucca fissa usque ad aures, genzivis denudatis, nasoque murdridato, masca eris, et ridebis semper.* É exatamente isso.

E voltou a colocar o livro em uma das prateleiras, murmurando:

– Aventura cujo aprofundamento seria malsão. Permaneçamos na superfície. Ria, meu rapaz.

A menina acordou. Seu bom dia foi um grito.

– Vamos, ama, dê o peito — disse Ursus.

A pequena sentara-se. Ursus pegou o frasco no fogão e deu a ela para que mamasse.

Naquele momento, o sol se levantava. Estava à flor do horizonte. Seus raios vermelhos entravam pelo vidro e atingiam, de frente, o rosto da menina, voltado para ele. As pupilas da criança fixadas no sol refletiam como dois espelhos aquele círculo púrpura. As pupilas permaneciam imóveis, as pálpebras também.

– Ora pois — disse Ursus —, ela é cega.

SEGUNDA
PARTE

POR
ORDEM
DO REI

LIVRO PRIMEIRO

ETERNA PRESENÇA DO PASSADO: OS HOMENS REFLETEM O HOMEM

I

LORDE CLANCHARLIE

I

Havia, naqueles tempos, uma velha lembrança.

Aquela lembrança era lorde Linnaeus Clancharlie.

O barão Linnaeus Clancharlie, contemporâneo de Cromwell, era um dos pares de Inglaterra, um dos poucos, devemos logo dizê-lo, que haviam aceitado a república. Essa aceitação podia ter sua razão de ser e se explica a rigor, já que a república havia momentaneamente triunfado. Era conveniente que lorde Clancharlie permanecesse do partido da república enquanto a república prevalecera. Mas, após o fim da revolução e da queda do governo parlamentar, lorde Clancharlie persistira. Teria sido fácil ao nobre patrício voltar à câmara alta reconstituída, pois os arrependimentos sempre são bem recebidos pelas restaurações e Carlos II era um bom príncipe para aqueles que voltavam a ele; mas lorde Clancharlie não entendera o que devemos aos acontecimentos. Enquanto a nação cobria de aclamações o rei que voltava a tomar posse da Inglaterra, enquanto a unanimidade pronunciava seu veredito, enquanto o povo saudava a monarquia, enquanto a dinastia se revelava em meio a uma palinódia gloriosa e triunfal, no instante em que o passado se tornava o futuro e em que o futuro se tornava o passado, esse lorde permanecera refratário. Desviara o rosto de toda aquela alegria; exilara-se voluntariamente; podendo ser par, preferira ser proscrito; e os anos se tinham transcorrido assim; envelhecera nessa fidelidade à república morta. Assim, cobrira-se do ridículo que se liga naturalmente a esse tipo de infantilidade.

Retirara-se na Suíça. Morava em uma espécie de elevado pardieiro à beira do lago de Genebra. Escolhera essa morada no mais rude recanto do lago, entre Chillon, onde está a masmorra de Bonnivard, e Vevey, onde está a tumba de Ludlow. Os Alpes severos, cheios de crepúsculos, de ventos e de nuvens, o envolviam; e ele vivia ali, perdido nessas grandes trevas que caem das montanhas. Era raro que um passante o encontrasse. Aquele homem estava fora de seu país, quase fora de seu século. Naquele momento, para aqueles que estavam a par e que conheciam a política de seu tempo, nenhuma resistência às conjunturas era justificável. A Inglaterra estava feliz; uma restauração é uma reconciliação de casal; príncipe e nação deixaram de dormir em camas separadas; nada de mais gracioso e de mais risonho. A Grã-Bretanha estava radiante; ter um rei é muito; mais além, tinha-se um rei encantador. Carlos II era amável, homem de prazer e de governo, e grande, da mesma linhagem de Luís XIV; era um *gentleman* e um gentil-homem. Carlos II era admirado por seus súditos; fizera a guerra de Hanôver, certamente sabendo o porquê, mas sabendo-o sozinho; vendera Dunquerque à França, operação de alta política; os pares democratas, entre os quais Chamberlayne com sua famosa frase: "A maldita república infectou com seu hálito fétido muitas pessoas da alta nobreza", haviam tido o bom senso de se render à evidência, de pertencer à sua época e de recuperar seu assento na nobre câmara; para isso bastara-lhes prestar ao rei o juramento de fidelidade. Quando se pensava em todas essas realidades, nesse belo reino, nesse excelente rei, nesses augustos príncipes restituídos pela misericórdia divina ao amor dos povos; quando todos se diziam que personagens consideráveis como Monk, e mais tarde Jeffreys, tinham-se aliado ao trono, que haviam sido justamente recompensados por sua lealdade e por seu zelo com os mais magníficos cargos e pelas funções mais lucrativas; que lorde Clancharlie não podia ignorar isso; que só dependeria dele estar gloriosamente sentado ao lado deles nas honras; que a Inglaterra voltara a elevar-se, graças a seu rei, ao ápice da prosperidade; que Londres era só festas e carrosséis; que todo mundo estava opulento e entusiasmado; que a corte era galante, alegre e magnífica; se, por acaso, longe desses esplendores, em não sei quê meia-claridade lúgubre, semelhante ao cair da noite, via-se aquele velhinho vestido com as mesmas roupas do povo, pálido, distraído, curvado, provavelmente em direção à tumba, de pé à beira do lago, pouco atento à tempestade e ao inverno, caminhando como que sem rumo, com o olhar fixo, os cabelos brancos sacudidos pelo vento da sombra, silencioso, solitário, pensativo, era difícil não sorrir.

Espécie de silhueta de um louco.

Pensando em lorde Clancharlie, ao que ele poderia ter sido e ao que ele era, o sorriso era de indulgência. Alguns riam alto e em bom som. Outros indignavam-se.

Entende-se que os homens sérios ficassem chocados com tal insolência de isolamento.

Circunstância atenuante: lorde Clancharlie nunca fora espirituoso. Todos concordavam.

II

É desagradável ver as pessoas praticarem a obstinação. Poucos apreciam esses modos de Régulo, que provocam, na opinião pública, alguma ironia.

Essas caturrices parecem reprovações e tem-se razão de rir delas.

E depois, em suma, essas teimosias, essas severidades, são acaso virtudes? Não há nessas manifestações ostensivas de abnegação e de honra muita ostentação? É mais vanglória que qualquer outra coisa. Por que esses exageros de solidão e de exílio? Não exceder nenhuma medida é a máxima do sábio. Faça oposição, seja; exprobe, se quiser, mas decentemente, e gritando viva o rei! A verdadeira virtude é ser razoável. O que caiu é porque tinha de cair; o que venceu é porque tinha de vencer. A providência tem seus motivos; ela coroa quem merece. Tem a pretensão de saber mais do que ela? Quando as circunstâncias se pronunciaram, quando um regime substituiu o outro, quando a distinção entre o verdadeiro e o falso se fez pelo sucesso, aqui catástrofe, lá o triunfo, nenhuma dúvida é mais possível, o homem de bem se alia ao que prevaleceu e, apesar disso ser útil à sua fortuna e à sua família, sem se deixar influenciar por essa consideração, pensando unicamente na coisa pública, ele empresta mão forte ao vencedor.

O que aconteceria com o estado se ninguém consentisse em servi-lo? Tudo pararia, então? Cabe ao bom cidadão conservar o seu lugar. Saiba sacrificar suas preferências secretas. Os empregos devem ser mantidos. É preciso que alguém se sacrifique. Ser fiel às funções públicas é uma fidelidade. A retirada dos funcionários seria a paralisia do estado. Banir a si mesmo é lamentável. Seria isso um exemplo? Que vaidade! Seria um desafio? Que audácia! Que personagem acredita, pois, ser? Fique sabendo que não nos é superior. Mas, ao contrário de você, nós não desertamos. Se quiséssemos, nós também seríamos intratáveis e indomáveis, e faríamos coisas piores do que você. Mas preferimos ser pessoas inteligentes. Porque sou Trimalcião, não me julga capaz de ser Catão! Ora, por favor!

III

Jamais uma situação foi mais nítida e mais decisiva que a de 1660. Jamais a conduta a seguir havia sido mais claramente indicada aos bons espíritos.

A Inglaterra estava fora de Cromwell. Durante a república, muitos fatos irregulares tinham acontecido. Criara-se a supremacia britânica: havia-se, com o concurso da Guerra de Trinta Anos, dominado a Alemanha; com o concurso da Fronda, rebaixado a França; com o concurso do duque de Bragança, debilitado a Espanha. Cromwell domesticara Mazarino; nos tratados, o Protetor da Inglaterra assinava acima do rei da França; havia-se taxado as Províncias Unidas em oito milhões, molestado Alger e Tunis, conquistado a Jamaica, humilhado Lisboa, suscitado em Barcelona a rivalidade francesa e, em Nápoles, Masaniello; havia-se amarrado Portugal à Inglaterra; havia-se, de Gibraltar a Cândia, varrido os barbarescos; fundara-se a dominação marítima sob estas duas formas: a vitória e o comércio; em 10 de agosto de 1653, o homem das trinta e três batalhas ganhas, o velho almirante que se autointitulava *Avô dos marinheiros*, Martin Happertz Tromp, que batera a frota espanhola, fora destruído pela frota inglesa; retiraram o Atlântico da marinha espanhola, o Pacífico da marinha holandesa, o Mediterrâneo da marinha veneziana e, por ato de navegação, tomaram posse do litoral universal; pelo oceano dominava-se o mundo; o pavilhão holandês saudava humildemente no mar o pavilhão britânico; a França, na pessoa do embaixador Mancini, fazia genuflexões a Oliver Cromwell; este Cromwell brincava com Calais e com Dunquerque como duas bolinhas em uma raquete; haviam feito tremer o continente, ditado a paz, decretado a guerra, colocado em todos os montes a bandeira inglesa; sozinha, a cavalaria do Protetor, os "Ironsides", impunha o terror na Europa tanto quanto um exército; Cromwell dizia: "Quero que se respeite a república inglesa como se respeitou a república romana"; não havia mais nada de sagrado; a palavra era livre, a imprensa era livre; dizia-se em plena rua o que se queria; imprimia-se sem controle nem censura o que se queria; o equilíbrio dos tronos fora rompido; toda a ordem monárquica europeia, da qual os Stuart faziam parte, fora abalada... Finalmente, saíra-se desse odioso regime, e a Inglaterra tinha o seu perdão.

Carlos II, indulgente, lançara a Declaração de Breda. Outorgara à Inglaterra o esquecimento dessa época em que o filho de um cervejeiro de Huntingdon colocava o pé na cabeça de Luís XIV. A Inglaterra fazia seu mea-culpa e respirava. O júbilo dos corações, como acabamos de dizer, era completo; os cadafalsos dos regicidas somavam-se à alegria universal. Uma restauração é um sorriso; mas um pouco de força também assenta bem, e é preciso satisfazer a consciência pública. O espírito de indisciplina se tinha dissipado, a lealdade se reconstituía. Ser um bom súdito tornara-se a única ambição. Todos renunciavam às loucuras da política; malhava-se a revolução, criticava-se a república e aqueles tempos singulares em que se tinham sempre palavras poderosas na boca, "Direito", "Liberdade", "Progresso"; ria-se dessa grandiloquência. A volta ao bom senso era admirável; a Inglaterra havia sonhado. Que felicidade estar livre desses devaneios! Haveria algo de mais insensato? Onde estaríamos se um primeiro tivesse direitos? Podemos imaginar todo mundo governando? Pode-se imaginar a cidade governada por seus cidadãos? Os cidadãos são uma carruagem atrelada, e a carruagem não é o cocheiro. Tomar decisões por votos é lançá-las aos ventos. Quer que os estados flutuem como as nuvens? A desordem não constrói a ordem. Se o Caos for o arquiteto, o edifício será Babel.

E, depois, que tirania esta pretensa liberdade! Pois, eu quero me divertir, e não governar. Votar me aborrece; quero dançar. Que providencial um príncipe se encarregar de tudo! Evidentemente, esse príncipe é generoso de se dar a esse trabalho por nós! E, depois, ele foi educado nisso, ele sabe o que é. É de sua alçada. A paz, a guerra, a legislação, as finanças, acaso isso diz respeito ao povo? Sem dúvida o povo deve pagar, sem dúvida o povo deve servir, mas isso deve bastar-lhe. Uma parte lhe é concedida na política; é dele que vêm as duas forças do estado, o exército e o orçamento. Ser contribuinte e ser soldado não é, acaso, suficiente? Por que ele precisaria de mais alguma coisa? Ele é o braço militar, ele é o braço financeiro. Papel magnífico. Reinam por ele. É evidente que ele deve retribuir esse serviço. Imposto e alistamento civil são salários pagos pelo povo e recebidos pelos príncipes. O povo dá seu sangue e seu dinheiro e, em troca, conduzem-no. Querer conduzir a si próprio, que ideia bizarra! Um guia lhe é necessário. O povo, ignorante, é cego. Acaso o cego não tem um cachorro? A única diferença, no caso do povo, é que um leão, o rei, consente em ser o cachorro. Quanta bondade! Mas por que o povo é ignorante? Porque é preciso que o seja. A ignorância é guardiã da virtude. Onde não há perspectivas, não há ambições; o ignorante está mergulhado em uma noite útil que, suprimindo o olhar, suprime a cupidez. Daí a inocência. Quem lê, pensa; quem pensa, raciocina. Não raciocinar, este é o dever; esta é também a felicidade. Essas verdades são incontestáveis. A sociedade está assentada sobre elas.

Assim tinham-se restabelecido as sadias doutrinas sociais na Inglaterra. Assim a nação tinha-se reabilitado. Ao mesmo tempo, voltava-se à bela literatura. Desdenhava-se Shakespeare e admirava-se Dryden. "Dryden é o maior poeta da Inglaterra e do século", dizia Atterbury, tradutor de *Achitophel*. Era a época em que

M. Huet, bispo de Avranches, escrevia a Saumaise, que fizera ao autor do *Paraíso perdido* a honra de refutá-lo e injuriá-lo: "Como o senhor pode se ocupar de algo tão insignificante quanto este Milton?" Tudo renascia, tudo voltava ao seu lugar. Dryden em alta, Shakespeare em baixa, Carlos II no trono, Cromwell na forca. A Inglaterra se refazia das vergonhas e das extravagâncias do passado. É uma grande felicidade para as nações serem reconduzidas pela monarquia à boa ordem no estado e ao bom gosto nas letras.

É difícil de acreditar que tais dádivas possam ser ignoradas. Voltar as costas a Carlos II, pagar com ingratidão a magnanimidade que ele tivera de voltar ao trono, não era abominável? Lorde Linnaeus Clancharlie dera esse desgosto às pessoas de bem. Não acatar a felicidade de sua pátria, que aberração!

Sabe-se que em 1650 o parlamento decretara esta redação: "Prometo permanecer fiel à república, sem rei, sem soberano, sem senhor." Com o pretexto de ter prestado esse juramento monstruoso, lorde Clancharlie vivia fora do reino, e, frente à felicidade geral, julgava-se no direito de ser triste. Tinha a estima sombria por aquilo que não existe mais; o estranho apego pelas coisas desvanecidas.

Desculpá-lo era impossível; até os mais benevolentes o abandonavam. Seus amigos tinham, durante muito tempo, feito-lhe a honra de acreditar que ele só entrara nas fileiras republicanas para ver de mais perto as falhas na couraça da república, para golpeá-la mais certeiramente, quando chegasse o dia, em benefício da causa sagrada do rei. Aguardar a boa hora para matar o inimigo pelas costas também faz parte da lealdade. Era isso que haviam esperado de lorde Clancharlie, tal era a tendência de julgá-lo favoravelmente. Mas, frente à sua estranha persistência republicana, fora preciso renunciar a essa boa opinião. Evidentemente, lorde Clancharlie estava convicto, ou seja, era idiota.

A explicação dos indulgentes flutuava entre a obstinação pueril e a teimosia senil.

Os severos, os justos, iam mais longe. Atacavam aquele sacrílego. A imbecilidade tem direitos, mas tem limites. Pode-se ser um bruto, mas não se pode ser um rebelde. E, depois, que era, no final das contas, lorde Clancharlie? Um trânsfuga. Deixara seu campo, a aristocracia, para ir ao campo oposto, o povo. Aquele fiel era um traidor. É verdade que ele era um "traidor" do mais forte e fiel ao mais fraco; é verdade que o campo repudiado por ele era o campo vencedor e que o campo adotado por ele era o campo vencido; é verdade que com essa "traição" ele perdia tudo, seu privilégio político e seu foco doméstico, seu pariato e sua pátria; ganhava apenas o ridículo; tinha como único benefício o exílio. Mas o que isso prova? Que era um tolo. E ponto final.

Traidor e ingênuo ao mesmo tempo, acontece.

Pode-se ser néscio o quanto se queira, com a condição de não dar o mau exemplo. A única coisa que se pede aos néscios é serem honestos, qualidade que lhes permite pretender constituir as bases da monarquia. A estreiteza de espírito desse Clancharlie era inimaginável. Permanecera no deslumbramento da fantasmagoria revolucionária. Deixara-se envolver por dentro e por fora pela república. Afrontava o seu país. Sua atitude era pura felonia! Estar ausente era injurioso. Ele parecia manter-se apartado da felicidade pública como da peste. Em seu banimento voluntário, havia não sei que de refúgio contra a satisfação nacional. Tratava a realeza como uma doença contagiosa. Na vasta alegria monárquica, denunciada por ele como lazareto, ele era a bandeira preta. Como! Elevar por sobre a ordem reconstituída, a nação restabelecida, a religião restaurada, essa figura sinistra! Sobre essa serenidade projetar tal sombra! Ver com maus olhos a Inglaterra contente! Ser o ponto escuro nesse grande céu azul! Parecer uma ameaça! Protestar contra o desejo da nação! Recusar seu sim ao consentimento universal! Seria odioso se não fosse cômico. Esse Clancharlie não se dera conta de que podemos nos perder com Cromwell, mas de que devemos voltar à ordem com Monk.Vejamos Monk. Ele comanda os exércitos da república. Carlos II no exílio, informado de sua probidade, escreve-lhe. Monk, que concilia virtude e ardis, primeiro dissimula, depois, de repente, à frente das tropas, desfaz o parlamento faccioso e restabelece o rei, e Monk torna-se duque de Albemarle, tem a honra de ter salvado a sociedade, torna-se riquíssimo, ilustra como ninguém sua época e é sagrado cavaleiro da Jarreteira com a perspectiva de um enterro em Westminster. Tal é a glória de um inglês fiel. Lorde Clancharlie não pudera se elevar até à inteligência do dever assim praticado. Tinha a fatuidade e a imobilidade do exílio. Satisfazia-se com palavras ocas. Aquele homem estava cristalizado pelo orgulho. As palavras consciência, dignidade, etc. não passam de palavras, no final das contas. É preciso ver o fundo.

Esse fundo, Clancharlie não o vira. Era uma consciência míope, que queria, antes de executar uma ação, olhá-la bem de perto para sentir-lhe o cheiro. Disso resultavam repugnâncias absurdas. Não se é homem de estado com essas delicadezas. O excesso de consciência degenera em enfermidade. O escrúpulo é maneta frente ao cetro a agarrar e eunuco frente à fortuna a esposar. Desconfie dos escrúpulos. Eles levam longe. A fidelidade insensata se desce como à escada de uma adega. Um degrau, depois outro, depois mais outro, e, de repente, estamos no escuro. Os hábeis tornam a subir, os ingênuos ficam. Não devemos deixar levianamente nossa consciência comprometer-se com a intransigência. De transição em transição, chegamos às nuanças escuras do pudor político. Então estamos perdidos. Tal era a aventura de lorde Clancharlie.

Os princípios acabam por ser um abismo.

Ele caminhava, com as mãos atrás das costas, ao longo do lago de Genebra; a bela avança!

Falava-se, por vezes, deste ausente em Londres. Era, diante da opinião pública, quase como um acusado. Teciam-se discursos de defesa e de acusação. Ouvida a causa, a atenuante da estupidez lhe era concedida.

Muitos dos antigos defensores da ex-república haviam aderido aos Stuarts. Pelo que se deve louvá-los. Naturalmente eles o caluniavam um pouco. Os obstinados são inoportunos aos complacentes. Pessoas de espírito, bem-vistos e bem situados na corte, e aborrecidos com sua atitude desagradável, diziam espontaneamente: "Se ele não se aliou é porque não lhe pagaram o suficiente", etc. "Ele queria o lugar de chanceler, que o rei deu a lorde Hyde", etc. Um de seus "antigos amigos" chegava mesmo a cochichar: "Ele mesmo me disse". Algumas vezes, por mais solitário que estivesse Linnaeus Clancharlie, por alguns proscritos que encontrava, por velhos regicidas tais como Andrew Broughton, que morava em Lausanne, chegavam-lhe algumas dessas afirmações. Clancharlie limitava-se a um imperceptível erguer de ombros, sinal de profundo embrutecimento.

Uma vez, completou esse alçar de ombros com estas poucas palavras murmuradas a meia-voz: "Lastimo os que acreditam nisso."

IV

Carlos II, homem bom, desdenhou-o. A felicidade da Inglaterra sob Carlos II era mais do que felicidade, era encanto. Uma restauração é um antigo quadro deixado em um canto escuro de que se troca o verniz; o passado reaparece. Os bons e velhos costumes voltavam à cena, as belas mulheres reinavam e governavam. Evelyn anotou isso; pode-se ler em seu diário: "Luxúria, profanação, desprezo de Deus. Vi, um domingo à noite, o rei com suas preferidas, a Portsmouth, a Cleveland, a Mazarin e duas ou três outras; todas seminuas na galeria dos jogos". Sente-se exalar um certo humor nessa pintura; mas Evelyn era um puritano rabugento, contaminado por divagações republicanas. Não apreciava o profícuo exemplo que dão os reis com essas grandes alegrias babilônicas que, em definitivo, alimentam o luxo. Não entendia a utilidade dos vícios. Regra: não deve extirpar os vícios, se quiser ter mulheres encantadoras. Caso contrário, será como os imbecis que destroem os casulos quando adoram as borboletas.

Carlos II, como acabamos de dizer, mal se deu conta de que existia um refratário chamado Clancharlie, mas Jaime II foi mais atento. Carlos II governava molemente, era sua maneira; digamos que não governava pior em razão disso. Por vezes, um marinheiro dá em um cabo destinado a dominar o vento um nó frouxo para que o vento o aperte. Essa é a tolice do furação e do povo.

Esse nó frouxo, que logo se tornou nó estreito, foi o governo de Carlos II.

Sob Jaime II, o estrangulamento começou. Estrangulamento necessário do que restava da revolução. Jaime II teve a ambição louvável de ser um rei eficaz. O reino de Carlos II era, a seus olhos, apenas um esboço de restauração; Jaime II quis um retorno à ordem ainda mais completo. Deplorara que, em 1660, se houvessem limitado ao enforcamento de dez regicidas. Foi um reconstrutor mais real da autoridade. Deu vigor aos princípios sérios; fez reinar esta justiça que é a verdadeira, que se põe acima das declamações sentimentais e que se preocupa antes de tudo com os interesses da sociedade. A essas severidades protetoras, reconhece-se o pai do estado. Ele confiou a mão da justiça a Jeffreys, e a espada a Kirke. Kirke multiplicava os exemplos. Esse coronel útil fez, um dia, com que se suspendesse à forca e se baixasse da forca três vezes em seguida o mesmo homem, um republicano, perguntando-lhe a cada vez: "Abjura a república?". O celerado tendo reiteradamente dito não, foi executado. "Enforquei-o quatro vezes", disse Kirke satisfeito. Os suplícios reiterados são um grande sinal de força no poder. Lady Lyle, que, contudo, enviara seu filho à guerra contra Monmouth, mas que escondera em sua casa dois rebeldes, foi condenada à morte. Outro rebelde, que teve a honestidade de declarar que uma mulher anabatista lhe dera asilo, obteve a graça, e a mulher foi queimada viva. Kirke, um outro dia, fez com que uma cidade entendesse que ele a sabia republicana enforcando dezenove burgueses. Represália perfeitamente legítima, decerto, quando se pensa que sob Cromwell cortavam o nariz e as orelhas dos santos de pedra nas igrejas. Jaime II, que soubera escolher Jeffreys e Kirke, era um príncipe imbuído de verdadeira religião, mortificava-se por meio da feiura de suas amantes, escutava o padre Colombière, predicador que era quase tão untuoso quanto o pai Cheminais, mas com mais fogo, e que teve a glória de ser, na primeira metade de sua vida, o conselheiro de Jaime II e, na segunda, o inspirador de Marie Alacoque. Foi graças a esse forte alimento espiritual que, mais tarde, Jaime II pôde suportar dignamente o exílio e dar, em seu retiro de Saint-Germain, o espetáculo de um rei superior à adversidade, tocando com calma as escrófulas e conversando com jesuítas.

Entende-se que um tal rei tenha, em certa medida, se preocupado com um rebelde chamado lorde Linnaeus Clancharlie. Como os pariatos eram hereditariamente transmissíveis e continham uma certa quantidade de futuro, era evidente que, se houvesse alguma precaução a tomar do lado desse lorde, Jaime II não hesitaria.

II

LORDE DAVID DIRRY-MOIR

I

Lorde Linnaeus Clancharlie nem sempre fora velho e proscrito. Tivera sua fase de juventude e de paixão. Sabemos, por Harrison e Pride, que o jovem Cromwell amara as mulheres e o prazer, o que, por vezes (outro aspecto da questão mulher), anuncia um sedicioso. Desconfie do cinto mal afivelado. *Male praecinctum juvenem cavete.*

Lorde Clancharlie tivera, como Cromwell, suas incorreções e suas irregularidades. Sabia-se que tinha um filho natural, um menino. Esse filho, vindo ao mundo no instante em que a república caíra, nascera na Inglaterra enquanto seu pai partia para o exílio. Por isso ele jamais vira esse pai que tinha. Esse bastardo de lorde Clancharlie crescera como pagem na corte de Carlos II. Chamavam-no de lorde David Dirry-Moir; era lorde por cortesia, pois sua mãe era mulher de qualidade. Esta mãe, enquanto lorde Clancharlie tornava-se velho e solitário na Suíça, tomou o partido, sendo bela, de protestar menos e conseguiu que lhe perdoassem esse primeiro amante selvagem por meio de um segundo, este incontestavelmente domesticado, e mesmo realista, pois se tratava do rei. Tornou-se um pouco amante de Carlos II, o suficiente para que sua majestade, encantado por ter tomado aquela linda mulher à república, desse ao pequeno lorde

David, filho de sua conquista, um cargo de guardião da dinastia. O que transformou esse bastardo em oficial, com direito a sentar-se à mesa do rei e, consequentemente, stuartista fervoroso. Lorde David foi, durante algum tempo, como guarda de honra, um dos cento e setenta que carregavam o espadão; depois, entrou no bando dos pensionistas e foi um dos quarenta a portar a partasana dourada. Teve, além disso, por pertencer a essa tropa nobre instituída por Henrique VIII para guardar seu corpo, o privilégio de colocar os pratos na mesa do rei. Foi assim que, enquanto seu pai encanecia no exílio, lorde David prosperou sob Carlos II.

Após o que prosperou sob Jaime II.

O rei está morto, viva o rei, é o *non deficit alter, aureus.*

Foi com a ascensão do duque de York que obteve a permissão de se chamar lorde David Dirry-Moir, de uma senhoria que sua mãe, que acabara de morrer, legara-lhe nessa grande floresta da Escócia em que encontramos o pássaro Krag, que cava seu ninho com o bico no tronco dos carvalhos.

II

Jaime II era rei, e tinha a pretensão de ser general. Gostava de se rodear de jovens oficiais. Gostava de mostrar-se em público a cavalo com elmo e couraça, e uma vasta e vultuosa peruca, que lhe saía de sob o elmo para estender-se sobre a couraça; espécie de estátua equestre da guerra imbecil. Tomou-se de amizade pela boa graça do jovem lorde David. Ficou conhecido por este realista por ser ele filho de um republicano; um pai renegado não prejudica uma fortuna de corte que principia. O rei tornou lorde David fidalgo do quarto do leito, com mil libras de renda.

Era um belo privilégio. Um fidalgo do leito deita-se todas as noites perto do rei em uma cama ali preparada. São doze fidalgos, que se revezam.

Lorde David, nesse posto, tornou-se chefe das aveias do rei, aquele que dá aveia aos cavalos e que recebe duzentas e sessenta libras de honorários. Teve abaixo de si os cinco cocheiros do rei, os cinco postilhões do rei, os cinco cavalariços do rei, os doze lacaios do rei e os quatro carregadores de cadeira do rei. Teve o governo dos seis cavalos de corrida que o rei mantém em Haymarket e que custam seiscentas libras por ano à sua majestade. Fez gato e sapato do guarda-roupa do rei, que fornece os trajes de cerimônia aos cavaleiros da Jarreteira. Foi saudado pelo fidalgo do Bastão Negro, que pertence ao rei, com uma reverência que tocou o chão. Esse fidalgo, sob Jaime II, era o cavaleiro Duppa. Lorde David foi saudado pelo senhor Baker, que era escrivão da coroa, e pelo senhor Brown, que era escrivão do parlamento. A corte da Inglaterra, magnífica, é um modelo de hospitalidade. Lorde David presidiu, como um dos doze, às mesas e recepções. Teve a glória de permanecer de pé atrás do rei nos dias de oferenda, quando o rei dá à igreja o besante de ouro, *byzantium*, nos dias de colar, quando o rei usa o colar de sua ordem, e nos dias de comunhão, quando ninguém comunga, fora o rei e os príncipes. Foi ele que, na quinta-feira santa, introduziu junto à sua majestade as doze pobres às quais o rei dá tantos centavos de prata quantos anos de vida tem e tantos *shellings* quanto anos de reinado tem. Teve a função, quando o rei estava doente, de chamar, para assistir sua majestade, os dois *grooms* da capelania que são padres, e de impedir os médicos de se aproximar sem permissão do conselho de estado. Além disso, foi tenente-coronel do regimento escocês da guarda real, que tem a função de rufar os tambores na Escócia. Nessa qualidade fez várias campanhas e muito gloriosamente, pois era valente homem de guerra. Era um senhor bravo, bem feito, belo, generoso, bastante expressivo de rosto e de maneiras. Sua pessoa assemelhava-se à sua qualidade. Tinha elevada estatura e elevado nascimento.

Esteve, em um momento, a ponto de ser nomeado *groom of the stole*, o que lhe teria dado o privilégio de vestir a camisa no rei; mas, para isso, é preciso ser príncipe ou par.

Criar um par já é muito. Criar um pariato é querer produzir invejosos. É um favor; um favor dá ao rei um amigo e cem inimigos, sem contar que o amigo torna-se ingrato. Jaime II, por política, dificilmente criava pariatos, mas comumente os transferia. Um pariato transferido não provoca comoção. É simplesmente um nome que continua. A *lordship* pouco se abala com isso.

A boa vontade real não repugnava introduzir lorde David Dirry-Moir na câmara alta, contanto que fosse pela porta de um pariato substituído. Sua majestade não tinha outro desejo além de ter uma ocasião para transformar David Dirry-Moir de lorde de cortesia a lorde de direito.

III

Esta ocasião se apresentou.

Um dia, ficou-se sabendo que aconteceram ao velho ausente, lorde Linnaeus Clancharlie, diversas coisas, a principal delas era que ele havia expirado. A morte tem isso de bom para as pessoas, ela faz falar um pouco delas. Contou-se o que se sabia ou o que se acreditava saber dos últimos anos de lorde Linnaeus. Conjecturas e lendas provavelmente. A acreditar nessas narrativas, sem dúvida muito aleatórias, no final de sua vida, lorde Clancharlie teria tido uma tal recrudescência republicana que teria chegado ao ponto, afirmava-se, de desposar, estranha obstinação do exílio, a filha de um regicida, Ann Bradshaw — precisava-se o nome —, que também morrera, mas, diziam, ao dar à luz uma criança, um menino, que, se todos os detalhes fossem exatos, seria o filho legítimo e o herdeiro legal de lorde Clancharlie. Esses comentários, bastante vagos, mais pareciam rumores do que fatos. O que acontecia na Suíça era para a Inglaterra de então tão longínquo como o que acontece na China para a Inglaterra de hoje. Lorde Clancharlie teria cinquenta e nove anos na época de seu casamento e sessenta quando do nascimento de seu filho, e teria morrido pouco tempo depois, deixando essa criança órfã de pai e de mãe. Possibilidades, sem dúvida, mas inverossimilhanças. Acrescentava-se que aquela criança era "bela como o dia", como se lê em todos os contos de fadas. O rei Jaime pôs fim a esses rumores, evidentemente sem nenhum fundamento, declarando, em uma bela manhã, lorde David Dirry-Moir único e definitivo herdeiro, *na falta de filho legítimo* e pela vontade real, de Lorde Linnaeus Clancharlie, seu pai natural, *não tendo sido constatada nenhuma outra filiação e descendência;* com isso, as patentes foram registradas na câmara dos lordes. Por essas patentes, o rei transferia a lorde David Dirry-Moir os títulos, direitos e prerrogativas do falecido lorde Linnaeus Clancharlie, com a única condição que lorde David esposaria, quando ela fosse núbil, uma menina, naquele momento ainda bastante pequena, de apenas alguns meses, que o rei nomeara ainda no berço duquesa, não se sabia exatamente por quê. Leia-se, na verdade, que todos sabiam exatamente por quê. Essa pequena era chamada de duquesa *Josiane.*

Estavam, então, na moda, na Inglaterra, os nomes espanhóis. Um dos bastardos de Carlos II chamava-se Carlos, conde de Plymouth. É provável que Josiane fosse a contração de Josefa e

Ana. Entretanto, talvez houvesse Josiane como havia Josias. Um dos fidalgos de Henrique III denominava-se Josias du Passage.

Foi a essa pequena duquesa que o rei deu o pariato de Clancharlie. Ela era uma dama par esperando que houvesse um senhor par. O par seria seu marido. Esse pariato repousava em uma dupla castelania, a baronia de Clancharlie e a baronia de Hunkerville; além disso, os lordes Clancharlie eram, como recompensa de um antigo feito de armas e por permissão real, marqueses de Corleone na Sicília. Os pares da Inglaterra não podem ostentar títulos estrangeiros; existiram, contudo, exceções; assim Henry Arundel, barão Arundel de Wardour, era, assim como lorde Clifford, conde do Santo Império, cujo príncipe era lorde Cowper; o duque de Hamilton é na França duque de Chatellerault; Basil Feilding, conde de Denbigh, é na Alemanha conde de Hapsbourg, de Lauffenbourg e de Rheinfelden. O duque de Malborough era príncipe de Mindelheim na Suávia, assim como o duque de Wellington era príncipe de Waterloo na Bélgica. O mesmo lorde Wellington era duque espanhol de Ciudad-Rodrigo e conde português de Vimeira.

Existiam, então, na Inglaterra, e existem ainda, terras nobres e terras comuns. As terras dos lordes Clancharlie eram todas nobres. Essas terras, castelos, burgos, bailios, feudos, arrendamentos, alódios e domínios aderentes ao pariato Clancharlie-Hunkerville pertenciam provisoriamente a lady Josiane, e o rei declarava que uma vez Josiane casada, lorde David Dirry-Moir seria barão Clancharlie.

Além da herança Clancharlie, lady Josiane tinha sua fortuna pessoal. Possuía grandes bens, muitos dos quais provinham das doações de *Madame sem mais* ao duque de York. Madame sem mais, isso quer dizer Madame pura e simplesmente. Assim era chamada Henriqueta da Inglaterra, duquesa de Orléans, a primeira mulher da França depois da rainha.

IV

Após prosperar sob Carlos e Jaime, lorde David prosperou sob Guilherme. Seu jacobismo não ia ao ponto de seguir Jaime II no exílio. Continuando a amar seu rei legítimo, teve o bom senso de servir ao usurpador. Era, aliás, apesar de um pouco indisciplinado, excelente oficial; passou do exército de terra para o exército de mar e distinguiu-se na esquadra branca. Tornou-se o que se chamava então de "capitão de fragata ligeira". Tudo isso acabou por forjar um homem essencialmente galante, que levava ao extremo a elegância dos vícios, um pouco poeta, como todo o mundo, bom servidor do Estado, bom criado do príncipe, assíduo nas festas, nos bailes de gala, no despertar do rei, nas cerimônias, nas batalhas, servil como se espera, muito altivo, mantendo o olhar baixo ou penetrante segundo o objeto a ser olhado, espontaneamente probo, obsequioso e arrogante na hora certa, naturalmente franco e sincero, mas pronto para se mascarar, muito observador do bom e do mau humor real, sempre imperturbável diante de uma ponta de espada, sempre pronto a arriscar sua vida a um sinal de sua majestade com heroísmo e sobriedade, capaz de todas as extravagâncias e de nenhuma impolidez, homem de cortesia e de etiqueta, orgulhando-se por ajoelhar-se nas grandes ocasiões monárquicas, de uma valentia alegre, cortesão por fora, paladino por dentro, perfeitamente jovem aos quarenta e cinco anos.

Lorde David cantava canções francesas, alegria elegante que agradara a Carlos II.

Amava a eloquência e a bela linguagem. Admirava muito essas arengas célebres conhecidas como Orações fúnebres de Bossuet.

Pelo lado de sua mãe, mal tinha o suficiente com o que viver, cerca de dez mil libras esterlinas de renda, quer dizer, duzentos e cinquenta mil francos de renda. Arranjava-se fazendo dívidas. Em magnificência, extravagância e novidade, era incomparável. Assim que alguém o copiava, mudava sua moda. A cavalo, usava botas finas, de couro revirado, com esporas. Tinha chapéus que ninguém tinha, rendas inauditas e peitilhos exclusivamente seus.

III

A DUQUESA JOSIANE

I

Em meados de 1705, apesar de lady Josiane ter vinte e três anos e lorde David quarenta e quatro, o casamento ainda não se realizara, e isso pelas melhores razões do mundo. Acaso odiavam-se? Longe disso. Mas aquilo que irei contar não é nada excitante. Josiane queria permanecer livre; David queria permanecer jovem. Estabelecer laços o mais tarde possível, isso lhe parecia um prolongamento dos belos anos. Os jovens retardatários abundavam naquelas épocas galantes; tornavam-se grisalhos sem deixar de ser cortejadores; a peruca era cúmplice, mais tarde o pó tornou-se auxiliar. Aos cinquenta e cinco anos, lorde Charles Gerrard, barão Gerrard des Gerrards de Bromley, enchia Londres com seus casos amorosos. A bela e jovem duquesa de Buckingham, condessa de Coventry, fazia loucuras de amor para os sessenta e sete anos do belo Thomas Bellasyse, visconde de Falcomberg. Citavam-se os famosos versos do Corneille septuagenário para uma mulher de vinte anos: *"Marquise si mon visage"*. Também as mulheres tinham sucessos de outono, como mostram Ninon e Marion. Esses eram os modelos.

Josiane e David cortejavam-se com uma nuança particular. Não se amavam, mas gostavam um do outro. Serem próximos lhes bastava. Por que se apressar em consumar os fatos? Os romances de então levavam os namorados e noivos a essa espécie de estágio que estava em plena moda. Josiane, além disso, sabendo-se bastarda, sentia-se princesa e considerava com altivez todos os tipos de arranjos. Sentia-se inclinada por lorde David. Lorde David era belo, mas isso não era tão importante. Ela o achava elegante. Ser elegante é tudo. Caliban, elegante e magnífico, supera Ariel, pobre. Lorde David era belo, tanto melhor; o problema de ser belo é ser insípido; ele não o era. Jogava, boxeava, endividava-se. Josiane estimava seus cavalos, seus cachorros, suas perdas no jogo, suas amantes. Lorde David, por sua vez, deixava-se envolver pelo fascínio da duquesa Josiane, moça sem mácula e sem problemas de consciência, altiva, inacessível e ousada. Escrevia-lhe sonetos que Josiane lia às vezes. Nesses sonetos, ele afirmava que possuir Josiane seria subir até os astros, o que não o impedia de continuar a adiar essa ascensão para o próximo ano. Permanecia na antecâmara da porta do coração de Josiane, e isso lhes convinha a ambos. Na corte, admirava-se o supremo bom gosto desse adiamento. Lady Josiane dizia: "É incômodo que eu seja forçada a esposar lorde David, eu que não pediria mais do que estar apaixonada por ele!"

Josiane era a carne. Nada mais magnífico. Era muito alta, demasiadamente alta. Seus cabelos eram dessa nuança que poderíamos chamar de louro púrpura. Era opulenta, fresca, robusta, corada, com enorme audácia e espírito. Tinha os olhos por demais inteligíveis. Amantes, não tinha; castidade, também não. Murava-se no orgulho. Os homens, nem pensar! Um deus, quem sabe, fosse digno dela; ou um monstro. Se virtude é ser arredio, Josiane era toda a virtude possível, sem nenhuma inocência. Ela não tinha aventuras, por desdém; mas não ficaria contrariada se lhe supusessem algumas, contanto que fossem estranhas e proporcionais a uma pessoa como ela. Considerava pouco a sua reputação e muito a sua glória. Parecer fácil e ser impossível, eis a a obra-prima. Josiane se sentia majestade e matéria. Era uma beleza incômoda. Invadia mais do que seduzia. Pisoteava os corações. Era terrestre. Se lhe mostrassem uma alma em seu peito teria ficado tão surpresa quanto se lhe mostrassem asas em suas costas. Dissertava sobre Locke. Era culta. Suspeitava-se de que ela sabia árabe.

Ser a carne e ser a mulher são duas coisas. Onde a mulher é vulnerável, do lado da piedade, por exemplo, que se torna tão facilmente em amor, Josiane não o era. Não que fosse insensível. A antiga comparação da carne com o mármore é totalmente falsa. A beleza da carne é não ser mármore; é palpitar; é tremer, é enrubescer, é sangrar; é ter firmeza sem ter dureza; é ser branca sem ser fria; é ter seus tremores e suas enfermidades; é ser vida, e o mármore é a morte. A carne, em um certo grau de beleza, tem quase o direito à nudez; cobre-se de deslumbramento como de um véu; quem visse Josiane nua teria percebido esse modelado através de uma dilatação luminosa. Ela se teria mostrado espontaneamente a um sátiro ou a um eunuco. Tinha o aprumo mitológico. Fazer de sua nudez um suplício, esquivar-se de um Tântalo a teria divertido. O rei a fizera duquesa; e Júpiter, nereida. Dupla irradiação que compunha a claridade estranha dessa criatura. Ao admirá-la, todos sentiam tornar-se pagãos e lacaios. Sua origem era a bastardia e o oceano. Parecia sair de uma espuma. A deriva fora o primeiro impulso de seu destino, mas no grande ambiente real. Tinha em seu interior algo das ondas, do acaso, do senhorio e da tempestade. Era letrada e sábia. Jamais uma paixão tinha-se aproximado dela, e ela sondara todas elas. Tinha o desgosto, e o gosto, pelas realização. Se ela se tivesse apunhalado, teria sido, como Lucrécio, apenas depois. Todas as corrupções, em estado visionário, estavam naquela virgem. Era uma Astarteia possível em uma Diana real. Era, por insolência de alto nascimento, provocante e inabordável. Contudo, podia achar divertido arranjar para si mesma uma queda. Habitava a glória em um nimbo com a veleidade de dali descer e talvez com a curiosidade de dali cair. Era um pouco pesada para uma nuvem. Sucumbir agrada. A desenvoltura principesca dá o privilégio de experimentar, e uma pessoa ducal se divertiria onde uma burguesa se perderia. Josiane era em tudo, pelo nascimento, pela beleza, pela ironia, pelas luzes, quase rainha. Tivera um momento de entusiasmo por Louis de Boufflers, que dobrava uma ferradura de cavalo com os dedos. Lamentava que Hércules tivesse morrido. Vivia em não sei que expectativa de um ideal lascivo e supremo.

No moral, Josiane fazia pensar no verso da Epístola aos Pisões: *Desinit in piscem.*[13]

Um belo torso de mulher em hidra se termina.

Era um peito nobre, um seio esplêndido harmoniosamente elevado por um coração real, um claro e vivo olhar, uma figura pura e altiva, e... quem sabe? Sob as águas, na transparência entrevista e turva, um prolongamento ondulante, sobrenatural, talvez draconiano e disforme. Virtude soberba que se terminaria em vícios na profundidade dos sonhos.

II

E, além disso, preciosa.
Era a moda.
Basta lembrarmos de Elisabeth.
Elisabeth é um tipo que, na Inglaterra, dominou três séculos, o dezesseis, o dezessete e o dezoito. Elisabeth é mais que uma

inglesa, é uma anglicana. Daí o respeito profundo da igreja episcopal por essa rainha; respeito sentido na igreja católica, que o misturava com um pouco de excomunhão. Na boca de Sixto V, que anatematizava Elisabeth, a maldição se tornava madrigal. *"Un gran cervello di principessa"*, diz ele. Maria Stuart, menos preocupada com a questão igreja e mais preocupada com a questão mulher, era pouco respeitosa para com sua irmã Elisabeth e escrevia-lhe de rainha para rainha e de coquete para pudica: "Seu distanciamento do casamento provém de não querer perder a liberdade de fazer amor com quem quiser". Maria Stuart manejava o leque e Elisabeth o machado. Divisão desigual. De resto, ambas rivalizavam em literatura. Maria Stuart fazia versos franceses; Elisabeth traduzia Horácio. Elisabeth, feia, decretava-se bela; amava as quadras e os acrósticos; fazia com que as chaves das cidades lhe fossem entregues por belos jovens; mordia os lábios à italiana e revirava os olhos à espanhola; tinha em seu guarda-roupa três mil roupas e toaletes, entre os quais vários trajes de Minerva e Anfitrite; estimava os irlandeses pela largura de seus ombros; cobria suas anquinhas de lantejoulas e passamanes; adorava as rosas; praguejava; vociferava; batia o pé; sapateava; dava socos em suas damas de honra; enviava aos diabos Dudley; batia no chanceler Burleigh, que chorava, o velho animal; cuspia em Mathew; pegava Hatton pelos colarinhos; esbofeteava Essex; mostrava as coxas a Bassompierre; era virgem.

O que fizera para Bassompierre, a rainha de Sabá fizera para Salomão.[14] Portanto, era correto, as sagradas escrituras tinham criado o precedente. O que é bíblico pode ser anglicano. O precedente bíblico chega mesmo a conceber uma criança que se chama Ebnehaquem ou Melilechet, quer dizer, *o Filho do Sábio.*

Por que não adotar esses costumes? O cinismo equivale à hipocrisia.

Hoje a Inglaterra, que tem um Loyola chamado Wesley, abaixa um pouco os olhos diante do passado. Fica contrariada, mas orgulhosa.

Em meio a esses costumes, o gosto pelo disforme existia, particularmente entre as mulheres, e singularmente entre as belas. Para que ser bela, se não se tem um bofe? De que serve ser rainha se não somos tratadas intimamente por esse bofe? Maria Stuart tivera "bondades" para com um aleijado, Rizzio. Maria-Tereza da Espanha fora "um pouco íntima" de um negro. Daí a *abadessa negra*. Nas alcovas do grande século, a corcunda era benquista, como o prova o marechal de Luxemburgo.

E, antes de Luxemburgo, Condé, "esse homenzinho tão bonitinho".

As próprias belas podiam, sem inconveniente, ser malfeitas. Era aceito. Ana Bolena tinha um seio maior do que o outro, seis dedos em uma mão e um dente encavalado. La Vallière era manca. Isso não impediu que Henrique VIII fosse louco por ela e Luís XIV, perdidamente apaixonado.

No moral, mesmos desvios. Quase nenhuma mulher das altas esferas que não fosse um caso teratológico. Agnes continha Melusina. Era-se mulher de dia e vampira à noite. Ia-se à Praça de Grève transar em cima da guilhotina, em que cabeças tinham sido recentemente cortadas. Margarida de Valois, uma ancestral das preciosas, carregara na cintura, sob cadeados, em caixas de ferro branco cosidas às suas saias, todos os corações de seus amantes mortos. Henrique IV se escondera sob essa anquinha.

No século XVIII, a duquesa de Berry, filha do regente, resumiu todas essas criaturas em um tipo obsceno e real.

Além disso, as belas damas sabiam latim. Era, desde o século XVI, uma graça feminina. Jane Grey levara a elegância ao ponto de saber hebreu.

A duquesa Josiane latinizava. Além disso, outra bela maneira, ela era católica. Em segredo, devemos dizê-lo, e mais como seu tio Carlos II do que como seu pai Jaime II. Jaime, com o seu catolicismo, perdera seu reino, e Josiane não queria arriscar seu pariato. É por isso que, católica na intimidade e entre os refinados e as refinadas, era protestante exteriormente. Para a canalha.

Esse modo de entender a religião é conveniente; goza-se de todos os bens ligados à igreja oficial episcopal e, mais tarde, morre-se, como Grotius, nas graças do catolicismo e tem-se a glória de receber uma missa rezada pelo padre Petau.

Apesar de opulenta e sadia, Josiane era, insistamos, uma perfeita preciosa.

Por momentos, seu modo lânguido e voluptuoso de arrastar o final das frases imitava os alongamentos de patas de uma tigresa caminhando na jângal.

A utilidade de ser preciosa é se desclassificar do gênero humano. Não se lhe concede mais a honra de pertencer a ele.

Antes de mais nada, colocar a espécie humana à distância é o que importa. Quando não se tem Olimpo, recorre-se ao palácio de Rambouillet.

Juno resolve-se em Araminta. Uma pretensão de divindade não admitida cria uma pretensiosa. Na falta de trovões, tem-se a impertinência. O templo estreita-se e vira toucador. Não se podendo ser deusa, é-se ídolo.

Há, além disso, no precioso um certo pedantismo que agrada às mulheres.

A coquete e o pedante são dois vizinhos. Sua proximidade é visível na fatuidade.

O sutil deriva do sensual. A gulodice afeta a delicadeza. Uma careta de desdém assenta bem à concupiscência.

E, depois, o lado fraco da mulher se sente protegido da galanteria por toda essa casuística que, para as preciosas, toma o lugar dos escrúpulos. É um entrincheiramento com fosso. Toda preciosa tem uma expressão de repugnância. Isso protege.

Acabar-se-á consentindo, mas despreza-se. No meio-tempo.

Josiane tinha um foro íntimo inquietante. Sentia uma tal inclinação ao impudor que a transformava em pudibunda. Os recuos de orgulho no sentido inverso de nossos vícios nos levam aos vícios contrários. O excesso de esforço para ser casta a tornava austera. Ficar muito na defensiva indica um secreto desejo de ataque. Quem é selvagem não é severo.

Ela se enclausurava na exceção arrogante de sua estirpe e de seu nascimento, premeditando, talvez, como dissemos, alguma brusca saída.

Estava-se na aurora do século XVIII. A Inglaterra esboçava o que foi na França a regência. Walpole e Dubois se equivalem. Marlborough lutava contra seu ex-rei Jaime II, ao qual havia vendido, diziam, sua irmã Churchill. Via-se brilhar Bolingbroke e despontar Richelieu. A galanteria achava cômodo uma certa mistura das castas; a igualdade se fazia pelos vícios. Devia-se fazer mais tarde pelas ideias. O canalhismo, prelúdio aristocrático, começava o que a revolução devia concluir. Não se estava muito longe de Jélyotte publicamente sentado em pleno dia na cama da marquesa de Épinay. É verdade que, pois os costumes se propagam, o século XVI vira o barrete de noite de Smeton no travesseiro de Ana Bolena.

Se mulher significa culpa, como não sei mais que concílio afirmou, jamais a mulher foi mais mulher que naqueles tempos. Jamais, cobrindo sua fragilidade com o seus encantos e sua fraqueza com sua onipotência, ela se fez mais imperiosamente absolver.

Fazer do fruto proibido o fruto permitido foi a queda de Eva; mas fazer do fruto permitido o fruto proibido é seu triunfo. É seu apogeu. No século XVIII, a mulher fecha as portas ao marido. Encerra-se no Éden com Satã. Adão fica de fora.

III

Todos os instintos de Josiane estavam mais inclinados a se dar galantemente do que a se dar legalmente. Dar-se por galanteria implica a literatura, lembra Menalco e Amarílis, e é quase uma ação douta.

A senhorita de Scudéry, se excluirmos a atração da feiura pela feiura, não tivera outro motivo para ceder a Pélisson.

A filha soberana e a mulher sujeita, tais são os velhos costumes ingleses. Josiane diferia o mais que podia a hora da sujeição. Que o casamento com lorde David se realizasse, já que o desígnio real assim o exigia, era uma necessidade, sem dúvida. Mas que lástima! Josiane aceitava e recusava lorde David. Havia entre eles acordo tácito para não concluir e para não romper. Eles se esquivavam. Esse modo de se amar, com um passo adiante e dois para atrás, é exprimido pelas danças do tempo, o minueto e a gavota. Ser casado não dá viço à expressão do rosto, faz murchar as fitas que se usa, envelhece. Os esponsais, solução desoladora de claridade. A entrega de uma mulher por um tabelião, que vileza! A brutalidade do casamento cria situações definitivas; suprime a vontade; mata a escolha; tem uma sintaxe como a gramática; substitui a inspiração pela ortografia; faz do amor uma imposição; expulsa o misterioso da vida; inflige a transparência às funções periódicas e fatais; faz com que a mulher imaginada vire uma mulher de camisola; dá direitos aviltantes para quem os exerce e para quem os sofre; destrói, como uma balança que penderia para um só lado, o encantador equilíbrio entre o sexo robusto e o sexo poderoso, entre a força e a beleza; e cria aqui um senhor e ali uma criada, enquanto, fora do casamento, há um escravo e uma rainha. Prosaicizar o leito a ponto de torná-lo decente, pode-se conceber algo mais grosseiro? Que não haja mais nenhum mal em se amar, haveria coisa mais estúpida?

Lorde David amadurecia. Quarenta anos é uma hora que soa. Ele não percebia. E, de fato, ele conservava a aparência de seus trinta anos. Achava mais divertido desejar Josiane do que a possuir. Possuía outras; tinha mulheres. Josiane, por sua vez, tinha sonhos.

Os sonhos eram piores.

A duquesa Josiane tinha uma particularidade, aliás menos rara do que se pensa: um de seus olhos era azul e o outro negro. Suas pupilas eram feitas de amor e de ódio, de felicidade e de infelicidade. O dia e a noite estavam misturados em seu olhar.

Sua ambição era a seguinte: se mostrar capaz do impossível. Um dia, ela dissera a Swift:

– Imaginem, todos vocês, que seu desprezo existe.

"Todos vocês" era a raça humana.

Era papista à flor da pele. Seu catolicismo não ultrapassava a quantidade necessária para a elegância. Era o equivalente do puseísmo hoje. Usava pesados vestidos de veludo, ou de cetim, ou de chamalote, alguns com quinze ou dezesseis varas de roda, com rendas de ouro e prata, e, em volta de sua cintura, muitos cintos de pérolas alternados com cintos de pedrarias. Abusava dos galões. Colocava, às vezes, um traje de tecido passamanado como um bacharel. Andava a cavalo em uma sela de homem, apesar da invenção das selas de mulher introduzidas na Inglaterra no século XIV por Ana, mulher de Ricardo II. Lavava o rosto, os braços, os ombros e o pescoço com açúcar-cândi diluído em clara de ovo à moda castelhana. Tinha, se falassem espirituosamente ao seu lado, um riso de reflexão de uma graça singular.

De resto, nenhuma maldade. Era precipuamente boa.

IV

MAGISTER ELEGANTIARUM

Josiane, evidentemente, se aborrecia.

Lorde David Dirry-Moir tinha uma situação magistral na alegre vida de Londres. *Nobility* e *gentry* o veneravam.

Registremos uma glória de lorde David: ele ousava exibir os próprios cabelos. A reação contra a peruca começava. Assim como em 1821 Eugène Devéria foi o primeiro a ousar deixar crescer a barba, em 1702 Price Devereux foi o primeiro a aventurar-se em público, dissimulando-a com um encaracolado bem estudado, com sua cabeleira natural. Arriscar sua cabeleira era quase arriscar sua cabeça. A indignação foi universal; contudo, Price Devereux era visconde Hereford e par da Inglaterra. Foi insultado, e o fato é que a coisa valia a pena. No momento em que as vaias atingiam o ponto culminante, lorde David surgiu, de repente, ele também, com seus cabelos e sem peruca. Esse tipo de coisa anuncia o fim das sociedades. Lorde David foi ainda mais censurado que o visconde Hereford. Permaneceu firme. Price Devereux fora o primeiro, David Dirry-Moir foi o segundo. É, às vezes, mais difícil de ser o segundo do que o primeiro. É necessário menos engenhosidade, mas mais coragem. O primeiro, embriagado pela inovação, pode ignorar o perigo; o segundo vê o abismo e nele se precipita. E foi no abismo de não mais usar peruca que David Dirry-Moir se jogou. Mais tarde foram imitados. Muitos tiveram, depois desses dois revolucionários, a audácia de fazer penteados com os próprios cabelos, e o pó de arroz veio como circunstância atenuante.

Para fixar de passagem esse importante ponto da história, digamos que a verdadeira prioridade na guerra à peruca pertenceria a uma rainha, Cristina da Suécia, que colocava roupas de homem e mostrara-se, em 1680, com seus cabelos castanhos naturais, empoados e eriçados, sem penteado algum, pois começavam a despontar-lhe da cabeça. Tinha, além disso, "alguns fios de barba", diz Misson.

O papa, por sua vez, em sua bula de março de 1691, diminuíra um pouco a consideração da peruca, retirando-a da cabeça dos bispos e dos padres e ordenando às pessoas da igreja que deixassem crescer os cabelos.

Lorde David, portanto, não usava peruca e calçava botas de couro de vaca.

Essas grandes coisas o designavam à admiração pública. Não havia um clube de que não fosse o líder; uma luta de boxe em que não o quisessem como *referee*. O *referee* é o juiz.

Redigira as cartas de vários círculos da *high life*; criara fundações de elegância entre as quais uma, a Lady *Guinea*, existia ainda em Pall Mall em 1772. Lady *Guinea* era um círculo no qual pululava toda a jovem *lordship*. Era uma casa de jogos. A aposta mínima era um rolo de cinquenta guinéus, e nunca havia menos de vinte mil guinéus na mesa. Perto de cada jogador erguia-se um aparador para apoiar a taça de chá e a pequena travessa de madeira dourada em que se colocavam os rolos de guinéus. Os jogadores usavam, como os criados quando afiam suas facas, mangas de couro, que protegiam as suas rendas, plastrões de couro, que garantiam seus peitilhos e, na cabeça, para abrigar seus olhos por causa da grande claridade das lâmpadas e manter em ordem sua frisagem, amplos chapéus de palha recobertos de flores. Usavam máscaras, para que não vissem sua emoção, sobretudo no jogo de quinze. Todos usavam as roupas ao contrário, a fim de atrair a sorte.

Lorde David era do Beefsteak Club, do Surly Club e do Split-farthing Club, do Clube dos Rabugentos e do Clube dos Rapa-Vinténs, do Nó Selado, Sealed Knot, clube dos realistas e do Martinus Scribblerus, fundado por Swift para substituir o Rota, fundado por Milton.

Apesar de belo, era do Clube dos Feios. Esse clube era dedicado à deformidade. Ali, assumia-se o compromisso de se bater, não por uma bela mulher, mas por um homem feio. A sala do clube tinha como ornamento retratos horrendos, Térsites, Triboulet, Duns, Hudibras, Scarron; em cima da lareira estava Esopo entre dois caolhos, Cocles e Camões; Cocles, caolho do olho esquerdo, e Camões, do olho direito, cada um fora esculpido de seu lado caolho; e esses dois perfis sem olhos estavam frente a frente. No dia em que a bela senhora Visart teve varíola, o Clube dos Feios brindou a ela. Esse clube ainda florescia no início do século XIX; enviara um diploma de membro honorário a Mirabeau.

Desde a restauração de Carlos II, os clubes revolucionários estavam abolidos. Havia-se demolido, na pequena rua próxima a Moorfields, a taberna onde ficava o Calf's Head Club, clube da Cabeça de Vitela, assim chamado porque, em 30 de janeiro de 1649, dia em que escorreu do cadafalso o sangue de Carlos I, ali haviam bebido no crânio de uma vitela vinho tinto à saúde de Cromwell.

Os clubes republicanos foram sucedidos pelos clubes monárquicos. Ali todos se divertiam decentemente.

Havia o She romps Club. Pegavam na rua uma passante, uma burguesa, o menos velha e o menos feia quanto possível, arrastavam-na para o clube, à força, e a faziam caminhar sobre as mãos, com os pés para cima, com o rosto velado por suas saias que despencavam. Se ela o fizesse de má vontade, açoitavam um pouco com o rebenque aquilo que não estava mais velado. Era culpa dela. Os cavaleiros desse tipo de manobra chamavam-se de "os salteadores".

Havia o Clube dos Relâmpagos de calor, metaforicamente Merry-dances. Ali faziam com que negras e brancas dançassem as danças dos picantes e dos timtirimbas do Peru, particularmente a Mozamala, "moça má", dança que culmina com a dançarina sentando-se em um monte de farelo no qual ela deixa, ao se levantar, uma marca calipígia. Davam-se como espetáculo um verso de Lucrécio,

Tunc Venus in sylvis jungebat corpora amantum

Havia o Hellfire Club, "Clube das Chamas", onde se brincava de ser ímpio. Era a justa dos sacrílegos. O inferno era dado como prêmio ao maior blasfemo.

Havia o Club das Cabeçadas, assim chamado porque ali se davam cabeçadas nas pessoas. Procuravam algum descarregador de peito largo e com ar imbecil. Ofereciam-lhe, e caso necessário obrigavam-no a aceitar, um caneco de Porter para que deixasse que lhe dessem quatro cabeçadas no peito. E apostavam. Uma vez, um homem, um grandalhão gaulês chamado Gogangerdd, expirou na terceira cabeçada. Aquilo pareceu grave. Houve uma investigação, e o júri de acusação deu o seguinte veredito: "Morto de um inchaço do coração causado por excesso de bebida". Gogangerdd, de fato, bebera o caneco de Porter.

Havia o Fun Club. *Fun* é, como *cant*, como *humour*, uma palavra especial intraduzível. O *fun* está para o pregar uma peça como a pimenta para o sal. Entrar em uma casa, quebrar um vaso precioso, cortar os retratos de família, envenenar o cachorro, colocar o gato no viveiro das aves, isso se chama "aprontar um *fun*". Dar uma má notícia falsa, que faz as pessoas enlutarem-se sem razão, isso é *fun*. Foi o *fun* que fez um buraco quadrado em um Holbein em Hampton-Court. O *fun* ficaria orgulhoso se fosse ele quem tivesse quebrado o braço da Vênus de Milo. Sob Jaime II, um jovem lorde milionário que pusera fogo, à noite, em uma choupana fez Londres rir às gargalhadas e foi proclamado o rei do *fun*. Os pobres diabos da choupana fugiram com a roupa do corpo. Os membros do Fun Club, todos da mais alta aristocracia, corriam Londres na hora em que os burgueses dormiam, arrancavam os gonzos das venezianas, cortavam os tubos das bombas, arrebentavam as cisternas, despenduravam as placas das lojas, saqueavam as culturas, apagavam os lampiões da rua, cerravam as vigas que escoravam as casas, quebravam os vidros das janelas, principalmente nos bairros indigentes. Eram os ricos que faziam isso aos miseráveis. Por isso nenhuma queixa possível. Além disso, era uma comédia. Esses costumes não desapareceram totalmente. Em diversos pontos da Inglaterra ou das possessões inglesas, em Guernesey, por exemplo, de tempos em tempos, devastam-nos a casa à noite, quebram-nos uma cerca ou arrancam-nos a aldraba de nossa porta, etc. Se fossem os pobres, seriam enviados às galés; mas são amáveis rapazes.

O mais distinto dos clubes era presidido por um imperador que trazia um quarto crescente à testa e que se chamava "o grande Mohock". O mohock superava o *fun*. Fazer o mal pelo mal, tal era o programa. O Mohock Club tinha o grandioso objetivo de prejudicar. Para cumprir essa função, todos os meios eram bons.

Tornando-se mohock, prestava-se o juramento de ser prejudicial. Prejudicar a qualquer preço, aonde fosse, quando fosse, quem fosse e como fosse era o dever. Todo membro do Mohock Club devia ter um talento. Um era "mestre de dança", ou seja, fazia pular os jecas espetando-lhes as pernas com a espada. Outros sabiam "fazer suar", ou seja, improvisam em volta de um coitado qualquer uma roda de seis ou oito fidalgos com espadagões em punho. Rodeado por todos os lados, era impossível que o coitado não voltasse as costas para alguém. O fidalgo a quem o homem mostrava as costas castigava-o com uma espetada, que o fazia girar; uma nova espetada nos rins advertia o fulano que alguém nobre estava atrás dele; e assim por diante, cada um espetando-o alternadamente. Quando o homem, preso no círculo de espadas, todo ensanguentado, tinha girado e dançado, mandavam lacaios surrá-lo para refrescar-lhe as ideias. Outros "caçavam o leão", ou seja, rindo, paravam um passante, esmagavam-lhe o nariz com um soco e enfiavam-lhe os dois dedos nos olhos. Se os olhos fossem furados, pagavam-nos.

Eram esses, no começo do século XVII, os passatempos dos opulentos ociosos de Londres. Os ociosos de Paris tinham outros. O senhor de Charolais deitava seu tiro de fuzil em um burguês na soleira de sua porta. Em todos os tempos, a juventude se divertiu.

Lorde David Dirry-Moir trazia a essas diversas instituições de prazer seu espírito magnífico e liberal. Como todos os outros, queimava alegremente uma cabana de palha e de madeira e chamuscava um pouco os que estavam dentro, mas construía-lhes, em troca, uma casa de pedra. Aconteceu-lhe de fazer dançar, de ponta-cabeça, duas mulheres no She romps Club. Uma era donzela, ele a dotou; a outra era casada, ele fez com que o marido fosse nomeado capelão.

As brigas de galo devem-lhe louváveis aperfeiçoamentos. Era maravilhoso ver lorde David vestir um galo para o combate. Os galos se pegam pelas penas como os homens pelos cabelos. Assim, lorde David deixava o seu galo o mais careca possível. Cortava-lhe, com tesoura, todas as penas do rabo e, da cabeça até os ombros, todas as penas do pescoço. "Menos para o bico do inimigo", dizia ele. Depois, estendia as asas de seu galo e cortava em ponta cada pena, uma por uma; isso criava asas guarnecidas de dardos. "Eis para os olhos do inimigo", dizia ele. Em seguida, raspava-lhe as patas com um canivete, afiava-lhe as unhas, encaixava-lhe no esporão mestre um esporão de aço afiado e cortante, cuspia-lhe na cabeça, cuspia-lhe no pescoço, untava-o de saliva como se induzia de óleo os atletas e o largava, terrível, exclamando: "Eis como de um galo se faz uma águia e como um animal de quintal se torna um animal de montanha!"

Lorde David assistia às lutas de boxe e era sua regra viva. Nos grandes torneios, era ele que acompanhava a colocação das estacas e das cordas e que fixava o número de toesas que devia ter o ringue de combate. Se era treinador, acompanhava de perto seu boxeador. Com uma garrafa em uma mão, uma esponja na outra, gritava-lhe: *Strike fair*. Sugeria-lhe ardis, aconselhava-o durante o combate, enxugava-o quando sangrava, recolhia-o quando caía, colocava-o sobre os joelhos, metia-lhe o gargalo entre os dentes, e com sua própria boca cheia de água soprava-lhe uma chuva fina nos olhos e nas orelhas, o que reanima o moribundo. Se era árbitro, controlava a lealdade dos golpes, proibia quem quer que fosse, fora os treinadores, de prestar assistência aos combatentes, declarava vencido o campeão que não se colocava bem em frente do adversário, cuidava para que os *rounds* não ultrapassassem nem meio minuto, desautorizava cabeçadas, não aprovava quem batia com a cabeça, impedia que se batesse no homem caído no chão. Toda essa ciência não o tornava pedante e não prejudicava em nada seu desembaraço na sociedade.

Não era quando ele era *referee* de uma luta que os partidários fortões, beberrões ou peludos deste ou daquele se teriam permitido, para ajudar os seus boxeadores desfalecentes e para inverter a balança das apostas, trepar nas cordas, invadir o tablado, quebrar as cordas, arrancar as estacas e intervir violentamente no combate. Lorde David estava entre o pequeno número de árbitros que ninguém ousava espancar.

Ninguém treinava como ele. O boxeador de que ele consentia em ser *trainer* podia estar certo de que venceria. Lorde David escolhia um Hércules, maciço como uma rocha, alto como uma torre, e adotava-o como um filho. Fazer passar do estado defensivo ao estado ofensivo aquele escolho humano, esse era o problema. Ele era insuperável na tarefa. Uma vez o ciclope adotado, ele não o deixava mais. Tornava-se ama seca. Media-lhe o vinho, pesava-lhe a carne, contava-lhe o sono. Foi ele que inventou este admirável regime de atleta, depois adotado por Moreley: de manhã um ovo cru e um cálice de *sherry*; ao meio-dia, pernil de carneiro mal-passado e chá; às quatro horas, torradas e chá; à noite, cerveja clara e torradas. Após o que ele despia o homem, massageava-o e deitava-o. Na rua, não o perdia de vista, dele afastando todos os perigos, os cavalos soltos, as rodas dos carros, os soldados bêbados, as belas jovens. Zelava por sua virtude. Essa solicitude maternal sempre trazia algum novo aperfeiçoamento à educação do pupilo. Ensinava-lhe o soco que quebra os dentes e a dedada que fura os olhos. Nada mais tocante.

Preparava-se, assim, à vida política, à qual mais tarde devia ser chamado. Não é fácil tornar-se um fidalgo digno desse nome.

Lorde David Dirry-Moir tinha verdadeira paixão pelas exibições de rua, pelos teatros mambembes, pelos circos com animais curiosos, pelas tendas dos saltimbancos, pelos palhaços, pelos tártaros, pelos pasquins, pelas farsas ao ar livre e pelos prodígios de feira. O verdadeiro senhor é aquele que tem gosto pelo homem do povo; é por isso que lorde David era assíduo das tabernas e dos pátios dos milagres de Londres e dos Cinco-Portos. A fim de poder, conforme o caso, sem comprometer seu posto na esquadra branca, se juntar a um gajeiro ou a um calafate, vestia, quando ia a esse baixo mundo, uma jaqueta de marinheiro. Para essas transformações, não usar peruca lhe era cômodo, pois, mesmo sob Luís XIV, o povo conservou os cabelos, como o leão, sua juba. Desse modo, ele era livre. Os homens do povo, que lorde David encontrava no meio dessa balbúrdia e com os quais se misturava, o tinham em alta estima, e não sabiam que era lorde. Chamavam-no de Tom-Jim-Jack. Sob esse nome, era popular e bastante ilustre naquela crápula. Tornava-se canalha magistralmente. Nessas ocasiões, metia-se em brigas. Esse lado de sua vida era conhecido e muito apreciado por lady Josiane.

V

A RAINHA ANA

I

Acima desse casal, havia Ana, rainha da Inglaterra.

A rainha Ana era uma mulher como outra qualquer. Era alegre, benevolente, augusta, quase. Nenhuma de suas qualidades chegava à virtude, nenhuma de suas imperfeições atingia o mal. Seu talhe era corpulento, sua malícia era muita, sua bondade era tola. Era tenaz e mole. Esposa, era infiel e fiel; tinha favoritos aos quais entregava o coração e um consorte para o qual guardava o leito. Cristã, ela era herética e beata. Tinha uma beleza, o pescoço robusto de uma Niobe. O resto de sua pessoa era canhestro. Era desajeitada e honestamente coquete. Sua pele era branca e fina, ela a mostrava muito. Era dela que vinha a moda do colar de grandes pérolas estreitado ao pescoço. Tinha a testa estreita, os lábios sensuais, as bochechas carnudas, os olhos grandes, a vista baixa. Sua miopia se estendia a seu espírito. Salvo um ou outro relance de jovialidade aqui e ali, quase tão pesada como sua cólera, ela vivia em uma espécie de rabugice taciturna e de silêncio ranheta. Escapavam-lhe palavras que era preciso adivinhar. Era uma mistura de mulher boa e diaba má. Gostava do inesperado, o que é profundamente feminino. Ana era uma amostra quase em estado bruto da Eva universal. A esse esboço fora dado este acaso, o trono. Ela bebia. Seu marido era um dinamarquês, de raça.

Tory, ela governava pelos *whighs*. Como mulher, como louca. Tinha crises de cólera. Era briguenta. Ninguém mais inabilidoso para manejar as coisas do estado. Deixava os acontecimentos cair por terra. Toda sua política era insensata. Era especialista em provocar grandes catástrofes com pequenas causas. Quando uma fantasia de poder a dominava, assim denominava: "dar uma cartada de pôquer".

Dizia, com uma expressão de profunda meditação, palavras como estas: "Nenhum par pode cobrir-se diante do rei, exceto Courcy, barão Kinsale, par da Irlanda." Dizia: "Seria uma injustiça se meu marido não fosse lorde-almirante, já que meu pai o era." E alçava Jorge da Dinamarca a alto-almirante da Inglaterra, *"and of all Her Majesty's Plantations"*. Estava em pérpetua transpiração de mau humor; não exprimia seu pensamento; exsudava-o. Havia algo de esfinge naquela gansa. Ela não odiava o *fun*, as farsas grosseiras e hostis. Se pudesse fazer de Apolo um corcunda, teria sido sua alegria. Mas o teria deixado deus. Boa, tinha como ideal não desesperar ninguém e aborrecer todo mundo. Sempre tinha na boca palavras cruas e, um pouco mais, teria xingado, como Elisabeth. De tempos em tempos, pegava, em um bolso de homem que tinha em sua saia, uma latinha redonda de prata lavrada, com seu retrato de perfil estampado entre as duas letras Q. A.[15], abria essa latinha e dela tirava com a ponta do dedo um pouco de pomada com a qual encarnava os lábios. Então, tendo arrumado sua boca, ela ria. Era grande apreciadora dos pães de especiarias chatos da Zelândia. Tinha orgulho de ser gorda.

Puritana mais do que qualquer outra coisa, teria contudo espontaneamente investido nos espetáculos. Teve uma veleidade de academia de música, copiada da França. Em 1700, um francês chamado Fortcroche quis construir em Paris um "Circo Real" que custaria quatrocentas mil libras, ao que Argenson se opôs; esse Fortcroche foi até a Inglaterra e propôs à rainha Ana, que, por um momento, ficou seduzida pela ideia de erigir em Londres um teatro com máquinas, mais belo que o do rei da França e com *um quarto porão*. Como Luís XIV, ela gostava que sua carruagem galopasse. Suas parelhas e seus cavalos de muda faziam algumas vezes em menos de cinco quartos de hora o trajeto de Windsor a Londres.

No tempo de Ana, nenhuma reunião sem autorização de dois juízes de paz. Doze pessoas reunidas, fosse para comer ostras e beber Porter, estavam em felonia.

Sob esse reino, contudo relativamente bonachão, o recrutamento forçado para a marinha se fez com extrema violência; prova sombria de que o inglês é mais súdito do que cidadão. Havia séculos que o rei da Inglaterra tinha a esse respeito um procedimento de tirano, que desmentia todas as velhas cartas de franquia, procedimento em que particularmente a França triunfava e lhe provocava indignação. O que diminuía um pouco esse triunfo é que, como contrapartida do recrutamento forçado de marinheiros na Inglaterra, havia, na França, o recrutamento forçado de soldados. Em todas as grandes cidades da França, todo homem válido que caminhasse pelas ruas em seus afazeres estava exposto a ser empurrado por aliciadores para uma casa chamada *forno*. Lá, era trancafiado com muitos outros, triava-se aqueles que estavam em condições de servir, e os recrutadores vendiam esses passantes aos oficiais. Em 1695, havia, em Paris, trinta fornos.

As leis contra a Irlanda, emanadas da rainha Ana, foram atrozes.

Ana nascera em 1664, dois anos antes do incêndio de Londres, o que fez com que os astrólogos — eles ainda existiam, como testemunha Luís XIV, que nasceu assistido por um astrólogo e foi embrulhado em um horóscopo — predissessem que, como era "a filha primogênita do fogo", ela seria rainha. E ela o foi, graças à astrologia e à revolução de 1688. Sentia-se humilhada por ter como padrinho Gilbert, um mero arcebispo de Canterbury. Ser afilhada do papa não era mais possível na Inglaterra. Um simples prelado é um padrinho medíocre. Ana teve que se contentar com isso. Era culpa dela. Por que ela era protestante?

A Dinamarca pagara sua virgindade, *virginitas empta*, como dizem as velhas cartas, com um dote de seis mil duzentas e cinquenta libras esterlinas de renda, tomadas do bailio de Wardinbourg e da ilha de Fehmarn.

Ana seguia, por convicção e por rotina, as tradições de Guilherme. Os ingleses, sob essa realeza nascida de uma revolução, tinham tudo o que se pode ter de liberdade entre a Torre de Londres, onde se metia o orador, e o pelourinho, em que se metia o escritor. Ana falava um pouco de dinamarquês, para suas conversas íntimas com o marido, e um pouco de francês, para suas conversas íntimas com Bolinbroke. Pura algaravia; mas era, sobretudo na corte, a grande moda inglesa de se falar francês. Só havia a palavra certa em francês. Ana preocupava-se com as moedas, sobretudo com as moedas de cobre, que são as baixas e populares; queria ali mostrar-se como uma grande figura. Seis *farthings* foram cunhados em seu reino. No verso dos três primeiros, ela quis que se colocasse simplesmente um trono; no verso do quarto, quis um carro de triunfo; e, no verso do sexto, uma deusa segurando em uma mão uma espada e na outra o ramo de oliveira com a epígrafe: *Bello et pace*. Filha de Jaime II, ingênuo e feroz, ela era brutal.

E, ao mesmo tempo, no fundo era doce. Contradição apenas aparente. Uma cólera a metamorfoseava. Esquente o açúcar, ele ferverá.

Ana era popular. A Inglaterra ama as mulheres reinantes. Por quê? A França as exclui. Já é uma razão. Talvez não haja mesmo outra. Para os historiadores ingleses, Elisabeth é a grandeza, Ana é a bondade. Como se quiser. Seja. Mas nada de delicado nesses reinos femininos. As linhas são pesadas. Trata-se de uma grandeza áspera e de uma bondade áspera. Quanto à sua virtude imaculada, a Inglaterra faz questão disso, nós não nos opomos. Elisabeth era uma virgem temperada por Essex, e Ana era uma esposa complicada por Bolingbroke.

III

Um hábito idiota dos povos é atribuir ao rei o que fazem. Eles lutam. De quem é a glória? Do rei. Eles pagam. Quem é magnífico? O rei. E o povo o ama por ele ser assim tão rico. O rei recebe dos pobres um escudo e devolve aos pobres um vintém. Como é generoso! O colosso pedestal contempla o pigmeu fardo. Como Mirmidão é grande! Ele está nas minhas costas. Um anão tem um excelente meio de ser mais alto do que um gigante, basta subir-lhe nos ombros. Mas que o gigante deixe, é isso que é singular; e que ele admire a grandeza do anão, é isso que é estúpido. Ingenuidade humana.

A estátua equestre, reservada exclusivamente aos reis, figura muito bem a realeza; o cavalo é o povo. Contudo, esse cavalo se transfigura lentamente. Inicialmente, é um asno; no final, um leão. Então, ela lança seu cavaleiro por terra e assistimos a 1642, na Inglaterra, e a 1789, na França, e, às vezes, ele o devora, e assistimos a 1649, na Inglaterra, e a 1793, na França.

É de se espantar que o leão possa voltar a ser burro, mas acontece. Era o que se via na Inglaterra. Retomara-se o selim da idolatria realista. A *Queen* Ann, como acabamos de dizer, era popular. Que fazia ela para isso? Nada. Nada, é simplesmente isso que se pede ao rei da Inglaterra. Recebe por esse nada cerca de trinta milhões por ano. Em 1705, a Inglaterra, que tinha apenas treze vasos de guerra sob Elisabeth e trinta e seis sob Jaime I, possuía agora cento e cinquenta. Os ingleses tinham três exércitos, cinco mil homens na Catalunha, dez mil em Portugal, cinquenta mil em Flandres e, além disso, eles pagavam quarenta milhões por ano à Europa monárquica e diplomática, espécie de mulher pública que o povo inglês sempre manteve. Todos haviam se apressado em subscrever ao parlamento, pois votara um empréstimo patriótico de trinta e quatro milhões de rendas vitalícias. A Inglaterra enviava uma esquadra às Índias Orientais e uma esquadra às costas da Espanha com o almirante Leake, sem contar o recurso especial de quatrocentas velas sob o almirante Showell. A Inglaterra acabara de anexar a Escócia. Estava-se entre Hochstett e Ramillies, e uma dessas vitórias fazia entrever a outra. A Inglaterra, com o golpe de mestre de Hochstett, fizera prisioneiros vinte e sete batalhões e quatro regimentos de dragões, e retirara cem léguas de país à França, que recuou desesperada do Danúbio ao Reno. A Inglaterra estendia a mão em direção à Sardenha e às Baleares. Trazia triunfalmente a seus portos dez vasos de linha espanhóis e muitos galeões carregados de ouro. A baía e o estreito de Hudson já estavam meio abandonados por Luís XIV; sentia-se que ia abandonar também a Acádia, São Cristovão e Terra-Nova e que ficaria muito feliz se a Inglaterra tolerasse no cabo Bretão o rei da França, para pescar bacalhau. A Inglaterra ia impor-lhe a vergonha de fazê-lo destruir as fortificações de Dunquerque. Enquanto isso, tomara Gibraltar e tomava Barcelona.

Que grandes feitos realizados! Como não admirar a rainha Ana que se dava ao trabalho de viver durante esse tempo?

De certo ponto de vista, o reino de Ana parece uma reverberação do reino de Luís XIV. Ana, um momento paralela a esse rei neste encontro chamado de história, tem com ele uma vaga semelhança de reflexo. Como ele, ela brinca de grande reino; tem seus monumentos, suas artes, suas vitórias, seus capitães, suas pessoas de letras, sua caixa concedendo pensões aos renomados, sua galeria de obras de arte marginal à de sua majestade. Também sua corte faz cortejo e tem um aspecto triunfal, uma ordem e um andamento. É uma redução em menor escala de todos os homens de Versalhes, já não muito grandes. O *trompe l'oeil* estava instalado; que se acrescente o *God save the Queen*, que poderia então ser atribuído a Lulli, e o conjunto iludia. Não falta nenhum personagem. Christophe Wren é um Mansard bastante razoável; Somers vale Lamoignon. Ana tem um Racine, Dryden; um Boileau, Pope; um Colbert, Godolphin; um Louvois, Pembroke; e um Turenne, Marlborough. Aumente as perucas, entretanto, e diminua as testas. O conjunto é solene e pomposo, e Windsor, nesse instante, quase teria um falso ar de Marly. Contudo, tudo é feminino, e o padre Tellier de Ana chama-se Sarah Jennings. De resto, um começo de ironia, que cinquenta anos mais tarde será a filosofia, esboça-se na literatura, e o Tartufo protestante é desmascarado por Swift, assim como o Tartufo católico foi denunciado por Molière. Apesar de, nessa época, a Inglaterra lutar e vencer a França, imita-a e esclarece-se com ela; e o que aparece na fachada da Inglaterra é a luz francesa. Pena que o reino de Ana tenha durado apenas doze anos, sem o que os ingleses não teriam hesitado muito dizer o século de Ana, como nós dizemos o século de Luís XIV. Ana aparece em 1702, quando Luís XIV declina. É uma das curiosidades da história que o alvorecer desse astro pálido coincida com o pôr-do-sol do astro púrpura e que, no instante em que a França tinha o rei Sol, a Inglaterra tivesse a rainha Lua.

Detalhe que se deve notar. Luís XIV, apesar de se estar em guerra com ele, era muito admirado na Inglaterra. "É o rei de que a França precisa", diziam os ingleses. O amor dos ingleses por sua liberdade se complica de uma certa aceitação da servidão do outro. Essa benevolência pelas cadeias que prendem o vizinho chega, às vezes, ao entusiasmo pelo déspota ao lado.

Em suma, Ana tornou seu povo "feliz", como o repete três vezes e com graciosa insistência, nas páginas 6 e 9 de sua dedicatória, e página 3 de seu prefácio, o tradutor francês do livro de Beeverel.

IV

A rainha Ana guardava um certo ressentimento da duquesa Josiane, por duas razões.

Primeiro, porque achava a duquesa Josiane bonita.

Segundo, porque achava bonito o noivo da duquesa Josiane.

Duas razões para sentir ciúmes bastam a uma mulher; uma única basta a uma rainha.

Acrescentemos mais isso. Ela se ressentia por ela ser sua irmã.

Ana não gostava que as mulheres fossem bonitas. Achava isso contrário aos costumes.

Quanto a ela, ela era feia. Não por escolha, contudo.

Uma parte de sua religião vinha dessa feiura.

Josiane, bela e filósofa, importunava a rainha.

Para uma rainha feia, uma duquesa bonita não é uma irmã agradável.

Havia outro porém, o nascimento inconveniente de Josiane.

Ana era filha de Ana Hyde, simples lady, legitimamente, mas importunamente desposada por Jaime II, quando ele era duque de York. Ana, tendo esse sangue inferior nas veias, sentia-se real apenas pela metade. E Josiane, vinda ao mundo de modo totalmente irregular, realçava a incorreção, menor, mas real, do nascimento da rainha. A filha da aliança desigual via sem prazer, não muito longe dela, a filha da bastardia. Havia ali uma semelhança incômoda. Josiane tinha o direito de dizer a Ana: "minha mãe bem vale a sua". Na corte, ninguém o dizia, mas evidentemente todos o pensavam. Era desagradável para a majestade real. Por que essa Josiane? Que ideia tivera ela de nascer? Para que uma Josiane? Certos parentescos aviltam.

Contudo, Ana fazia boa cara a Josiane.

Talvez a tivesse amado, se ela não fosse sua irmã.

VI

BARKILPHEDRO

É útil conhecer as ações das pessoas, e alguma vigilância é prudente.

Josiane fazia com que lorde David fosse um pouco espionado por um homem dela, em quem tinha confiança, e que se chamava Barkilphedro.

Lorde David fazia com que Josiane fosse discretamente observada por um homem dele, com quem podia contar, e que se chamava Barkilphedro.

A rainha Ana, por sua vez, punha-se a par dos fatos e gestos da duquesa Josiane, sua irmã bastarda, e de Lorde David, seu futuro cunhado oblíquo, por um homem dela, com o qual contava plenamente, e que se chamava Barkilphedro.

Esse Barkilphedro tinha nas mãos estas peças: Josiane, lorde David e a rainha. Um homem entre duas mulheres. Quantas modulações possíveis! Que amálgama de almas!

Barkilphedro nunca vivera essa situação magnífica de falar baixo a três orelhas.

Era um antigo criado do duque de York. Tentara ser homem de igreja, mas fracassara. O duque de York, príncipe inglês e romano, composto de papismo real e anglicismo legal, tinha sua casa católica e sua casa protestante e poderia ter inserido Barkilphedro em uma ou outra hierarquia, mas não o julgou bastante católico para torná-lo vigário nem bastante protestante para torná-lo capelão. De modo que Barkilphedro se encontrou entre duas religiões, e a alma por terra.

Não é uma postura de todo ruim para certas almas répteis.

Certos caminhos só podem ser trilhados rastejando-se.

Pertencer a uma criadagem obscura, mas nutritiva, foi, durante muito tempo, a existência de Barkilphedro. Pertencer à criadagem já é alguma coisa, mas ele queria, além disso, o poder. Estava, talvez, conseguindo-o quando Jaime II caiu. Foi preciso recomeçar. Nada a fazer sob Guilherme III, maçante, que tinha em seu modo de reinar um puritanismo que ele acreditava ser probidade. Barkilphedro, destronado seu protetor Jaime, não se viu imediatamente em andrajos. Um não sei quê que sobrevive aos príncipes caídos alimenta e sustenta algum tempo seus parasitas. O resto de seiva faz com que vivam dois ou três dias na ponta dos ramos as folhas da árvore desenraizada; depois, de repente, a folha amarela e seca, e o cortesão também.

Graças ao embalsamamento a que se chama legitimidade, o príncipe, ele, apesar de caído e jogado ao longe, persiste e se conserva; não acontece o mesmo com o cortesão, bem mais morto que o rei. O rei lá longe é múmia, o cortesão aqui é fantasma. Ser a sombra de uma sombra, eis a magreza extrema. Assim Barkilphedro tornou-se famélico. Então assumiu a qualidade de homem de letras.

Mas repeliam-no até mesmo nas cozinhas. Algumas vezes, não sabia onde dormir. "Quem irá me tirar dessa enrascada?", perguntava-se ele. E lutava. Tudo o que a paciência no desespero tem de interessante, ele tinha. Tinha, além disso, o talento do cupim, saber fazer um buraco de baixo para cima. Graças ao nome de Jaime II, das lembranças, da fidelidade, da ternura, etc., furou até a duquesa Josiane.

Josiane estimou esse homem que tinha miséria e espírito, duas coisas que comovem. Apresentou-o a lorde David Dirry-Moir, deu-lhe um teto entre sua gente, considerou-o da casa, foi boa para ele e, algumas vezes, dirigiu-lhe até mesmo a palavra. Barkilphedro não sentiu nem mais fome, nem mais frio. Josiane o tutelava. Era moda entre as grandes damas tutelar as pessoas de letras, que consentiam. A marquesa de Mailly recebia, deitada, Roy, que ela nunca vira, e lhe dizia: "Foi você que fez o *Ano galante*? Bom dia." Mais tarde, as pessoas de letras devolveram essa tutela. Veio o dia em que Fabre d'Églantine disse à duquesa de Rohan: "A senhora não é a Chabot?"

Para Barkilphedro, ser tutelado era um acontecimento. Ficou encantado. Ambicionara essa familiaridade de cima para baixo.

"Lady Josiane me tutela!", dizia a si mesmo. E esfregava as mãos.

Aproveitou essa tutela para ganhar terreno. Tornou-se uma espécie de íntimo dos apartamentos de Josiane, não incomodava, passava despercebido; a duquesa quase trocaria de camisa diante dele. Tudo isso, contudo, era precário. Barkilphedro visava a uma situação. Uma duquesa era apenas o meio do caminho. Uma galeria subterrânea que não chegava à rainha era obra malograda.

Um dia Barkilphedro disse a Josiane:

– Vossa Graça quereria fazer a minha felicidade?

– Que quer? — perguntou Josiane.

– Um emprego.

– Um emprego! Você?

– Sim, senhora.

– Que ideia é essa de pedir um emprego? Não sabe fazer nada.

– É justamente por isso.

Josiane se pôs a rir.

– Entre as funções para as quais não é adequado, qual deseja?

– A de desarrolhador das garrafas do oceano.

O riso de Josiane redobrou.

– Que é isso? Está zombando.

– Não, senhora.

– Vou me divertir respondendo-lhe seriamente. — disse a duquesa. — Que quer ser? Repita.

– Desarrolhador das garrafas do oceano.

– Tudo é possível na corte. Acaso existe um emprego como esse?

– Sim, senhora.

– Isso, para mim, é novidade. Continue.

– É um emprego que existe.

– Jura-me pela alma que não tem.

– Juro-o.

– Não acredito em você.

– Obrigado, senhora.

– Então você quer...? Recomece.

– Desarrolhar as garrafas do mar.

– Eis uma função que não deve causar grande fadiga. É como pentear o cavalo de bronze.

– Quase.

– Não fazer nada. É de fato o lugar que convém a você. É bom nisso.

– Percebe que sou bom para alguma coisa.

– Ah não! Está brincando. Essa função existe mesmo?

Barkilphedro tomou a atitude da gravidade deferente.

– Senhora, tem um pai augusto, Jaime II, rei, e um cunhado ilustre, Jorge da Dinamarca, duque de Cumberland. Seu pai foi e seu cunhado é lorde-almirante da Inglaterra.

– É isso que vem me contar de novo? Sei disso melhor que você.

– Mas eis o que Vossa Graça não sabe. Existem no mar três espécies de coisas: as que estão no fundo da água, *Lagon*; as que flutuam na água, *Flotson*; e as que a água impele à terra, *Jetson*.

– E...?

– Essas três coisas, Lagon, Flotson, Jetson, pertencem ao lorde sumo-almirante.

– E...?

– Vossa Graça entende?

– Não.

– Tudo o que está no mar, o que é engolido, o que flutua e o que é lançado a terra, tudo pertence ao almirante da Inglaterra.

– Tudo. Seja. E...?

– Com exceção do esturjão, que pertence ao rei.

– Eu pensava — disse Josiane — que tudo isso pertencia a Netuno.

– Netuno é um imbecil. Ele abandonou tudo. Deixou os ingleses se apoderarem de tudo.

– Conclua.

– As presas do mar; é o nome que se dá a esses achados.

– Seja.

– São inesgotáveis. Há sempre algo que flutua, algo que chega à terra. É a contribuição do mar. O mar paga imposto à Inglaterra.

– Concordo. Mas conclua.

– Vossa Graça entende que desse modo o oceano cria um escritório.

– Onde?

– No almirantado.

– Que escritório?

– O escritório das presas do mar.

– Então?

– O escritório se subdivide em três ofícios, Lagon, Flotson, Jetson; e, para cada seção, há um oficial.

– E...?

– Um navio, em pleno mar, quer avisar a alguém na terra que navega em tal latitude, que encontrou um monstro marinho, que está perto uma costa, que está à deriva, que vai afundar, que está perdido, etc., o patrão pega uma garrafa, coloca dentro um pedaço de papel em que escreveu a coisa, sela o gargalo e joga a garrafa ao mar. Se a garrafa desce ao fundo, é da alçada do oficial Lagon; se flutua, do oficial Flotson; se é trazida à terra pelas ondas, do oficial Jetson.

– E gostaria de ser o oficial Jetson?

– Precisamente.

– E é a isso que se dá o nome de desarrolhador das garrafas do oceano?

– Pois que a função existe.

– Por que deseja este último posto e não os dois outros?

– Porque está vacante neste momento.

– Em que consiste o emprego?

– Senhora, em 1598, uma garrafa alcatroada encontrada por um pescador de congro nas areias à beira-mar de Epidium Promontorium foi levada à rainha Elisabeth, e um pergaminho tirado dessa garrafa fez saber à Inglaterra que a Holanda tomara, sem nada dizer, um país desconhecido, a nova Zembla, *Nova Zemla*, que essa tomada se dera em junho de 1596, que nesse país se era comido pelos ursos, que a maneira de ali passar o inverno estava indicada em um papel guardado no estojo de um mosquete pendurado em cima da lareira da casa de madeira construída na ilha e abandonada pelos holandeses, que haviam morrido todos, e que essa lareira era feita de um tonel sem fundo encaixado no teto.

– Entendo pouco todo este seu palavreado.

– Seja. Elisabeth entendeu. Um país a mais para a Holanda era um país de menos para a Inglaterra. A garrafa que dera o aviso foi considerada coisa importante. E, a partir desse dia, a ordem foi intimar quem quer que encontrasse uma garrafa selada à beira-mar a entregá-la ao almirante da Inglaterra, sob pena de forca. O almirante designa, para abrir essas garrafas, um oficial, que informa do conteúdo à sua majestade, se for o caso.

– Chegam muitas dessas garrafas ao almirantado?

– Raramente. Mas não importa. O posto existe. Há, para a função, quarto e pensão no almirantado.

– E a essa maneira de não fazer nada, quanto pagam?

– Cem guinéus por ano.

– E vem me incomodar por isso?

– É para viver.

– Miseravelmente.

– Como assenta às pessoas de minha sorte.

– Cem guinéus é nada.

– O que faz a senhora viver um minuto, nos faz viver um ano. É a vantagem que têm os pobres.

– Terá o seu posto.

Oito dias depois, graças à boa vontade de Josiane, graças ao crédito de lorde David Dirry-Moir, Barkilphedro, agora salvo, livre do provisório, com os pés em um terreno sólido, alojado, financiado, dotado de cem guinéus de renda, estava instalado no almirantado.

VII

BARKILPHEDRO CONTINUA FURANDO

Há uma coisa que sempre urge; essa coisa é a ingratidão.

Barkilphedro não fugiu à regra.

Tendo recebido tantos benfeitos de Josiane, naturalmente teve um único pensamento, vingar-se.

Acrescentemos que Josiane era bela, alta, jovem, rica, poderosa, ilustre e que Barkilphedro era feio, pequeno, velho, pobre, protegido, obscuro. Era, pois, preciso que se vingasse disso também.

Quando se é pura noite, como perdoar tanta irradiação?

Barkilphedro era um irlandês que renegara a Irlanda; má espécie.

Barkilphedro tinha uma única coisa em seu favor: é que ele tinha uma enorme barriga.

Uma grande barriga passa como sinal de bondade. Mas essa barriga se somava à hipocrisia de Barkilphedro. Pois aquele homem era extremamente mau.

Que idade tinha Barkilphedro? Nenhuma. A idade necessária para o seu projeto do momento. Era velho pelas rugas e cabelos grisalhos, e jovem pela agilidade de espírito. Era lesto e pesado;

espécie de hipopótamo macaco. Realista, decerto; republicano, quem sabe? Católico, talvez; protestante, sem dúvida. A favor de Stuart, provavelmente; a favor de Brunswick, evidentemente. Ser A Favor só é uma força com a condição de ser ao mesmo tempo Contra. Barkilphedro praticava essa sabedoria.

O posto de "desarrolhador das garrafas do oceano" não era tão risível como se mostrara no dizer de Barkilphedro. As reclamações, que hoje qualificaríamos de declamações, de Garcie-Ferrande, em seu *Roteiro do mar,* contra a espoliação dos destroços, chamada de *direito de naufrágio,* e contra a pilhagem dos navios naufragados pelas gentes das costas, haviam feito sensação na Inglaterra e, para os náufragos, significara o progresso de seus bens, pertences e propriedades: em vez de serem roubados pelos camponeses, eram confiscados pelo lorde-almirante.

Todos os destroços do mar lançados na costa inglesa, mercadorias, carcaças de navios, fardos, caixas, etc. pertenciam ao lorde-almirante; mas, e aqui se revelava a importância do posto solicitado por Barkilphedro, os recipientes flutuantes contendo mensagens e informações despertavam particularmente a atenção do almirantado. Os naufrágios são uma das graves preocupações da Inglaterra. A navegação é sua vida, o naufrágio é sua inquietação. A Inglaterra tem a perpétua inquietude do mar. O pequeno frasco de vidro que um navio prestes a naufragar lança às ondas contém uma informação suprema, preciosa de todos os pontos de vista. Informação sobre a embarcação, informação sobre a tripulação, informação sobre o lugar, a época e o modo do naufrágio, informação sobre os ventos que partiram o navio, informação sobre as correntes que trouxeram o frasco flutuante até a costa. A função que Barkilphedro ocupava foi suprimida há mais de um século, mas tinha uma verdadeira utilidade. O último titular foi William Hussey, de Doddington, no Lincoln. O homem que exercia esse ofício era uma espécie de relator das coisas do mar. Todos os vasos fechados e selados, garrafas, frascos, jarros, etc., arrojados no litoral inglês pelo fluxo, lhe eram entregues; tinha o direito exclusivo de abri-los; era o primeiro no segredo de seu conteúdo; ele os classificava e catalogava em seu livro de registros; a expressão "inscrever um papel no livro de registros" ainda usada nas ilhas da Mancha vem daí. Na verdade, uma precaução fora tomada. Nenhum desses recipientes podia ser deslacrado e destampado senão na presença de dois jurados do almirantado que haviam prestado juramento de segredo e que assinavam, com o titular do ofício Jetson, o relatório de abertura. Mas, como esses jurados estavam votados ao silêncio, Barkilphedro gozava, por isso, de certa latitude discricionária; dele dependia, até certo ponto, que se suprimisse um fato ou que se o destacasse.

Esses frágeis destroços estavam longe de ser, como Barkilphedro havia dito a Josiane, raros e insignificantes. Ora alcançavam a terra bastante rápido; ora após anos. Isso dependia dos ventos e das correntes. Essa moda das garrafas lançadas ao sabor das águas passou um pouco, como a dos ex-votos; mas, naqueles tempos religiosos, os que iam morrer enviavam frequentemente dessa maneira seu último pensamento a Deus e aos homens, e, às vezes, essas missivas do mar abundavam no almirantado. Um pergaminho conservado no castelo de Audlyene (ortografia antiga) e anotado pelo conde de Suffolk, grande tesoureiro da Inglaterra sob Jaime I, constata que apenas no ano de 1615 cinquenta e dois cantis, ampolas e frascos alcatroados, contendo menções de navios à beira do naufrágio, foram trazidos e registrados no livro do lorde-almirante.

Os empregos de corte são uma gota de óleo: tendem a espalhar-se. É assim que o porteiro torna-se chanceler e o palafreneiro torna-se condestável. O oficial especial encarregado da função desejada e obtida por Barkilphedro era habitualmente um homem de confiança. Elisabeth assim o quisera. Na corte, quem diz confiança diz intriga, e quem diz intriga diz crescimento. Esse funcionário acabara por se tornar um pouco uma personagem. Era coroinha e, hierarquicamente, vinha logo após os dois *grooms* da esmolaria. Tinha suas entradas no palácio, se bem que, devemos dizê-lo, se tratava da "entrada humilde", *humilis introïtus*, e até nos aposentos do leito. Pois a função era que ele informasse a pessoa real, quando a ocasião valesse a pena, de seus achados, frequentemente muito curiosos, testamentos dos desesperados, adeuses lançados à pátria, revelações de ludíbrios do capitão e de crimes do mar, legados à coroa, etc.; que mantivesse seu livro de registros em comunicação com a corte; e que relatasse de vez em quando à sua majestade como andava a abertura de garrafas sinistras. Era o gabinete negro do oceano.

Elisabeth, que apreciava falar em latim, perguntava a Tamfeld de Coley de Berkshire, o oficial Jetson de seu tempo, quando ele lhe trazia alguns desses papéis vindos do mar: "*Quid mihi scribit Neptunus?*" O que Netuno me escreve?

O buraco estava feito. O cupim tinha conseguido. Barkilphedro aproximava-se da rainha.

Era tudo o que ele queria.

Para fazer sua fortuna?

Não.

Para desfazer a dos outros.

Felicidade maior.

Prejudicar é gozar.

Ter em si um desejo de prejudicar, vago mas implacável, e jamais perdê-lo de vista não é privilégio de todos. Barkilphedro tinha essa ideia fixa.

A trava de mordida que tem o buldogue, também o tinha seu pensamento.

Sentir-se inexorável lhe dava um fundo de satisfação sombria. Contanto que tivesse uma presa entre os dentes ou na alma a certeza de fazer mal, nada lhe faltava.

Tremia contente na esperança do frio do outro.

Ser mau é uma opulência. Tal homem, que todos acreditavam pobre e que de fato o é, tem toda sua riqueza em malícia, e prefere assim. Tudo se resume ao contentamento que sentimos. Fazer uma má ação, que é a mesma coisa que fazer uma boa ação, vale mais do que dinheiro. Má para quem a sofre, boa para quem a faz. Kastesby,o colaborador de Guy Fawkes na conspiração papista da pólvora, dizia: "Ver o parlamento voar pelos ares, eu não trocaria isso nem por um milhão de libras esterlinas."

O que era Barkilphedro? O que há de menor e o que há de mais terrível. Um invejoso.

A inveja é algo que sempre encontra um lugar na corte.

A corte abunda em impertinentes, em desocupados, em ricos ociosos ávidos de fofocas, em procuradores de agulha em palheiro, em fazedores de misérias, em tosquiadores tosquiados, em faltos de espírito, que necessitam da conversa de um invejoso.

Que refrescante é o mal que nos dizem dos outros!

A inveja é um bom material para se fazer um espião.

Há uma profunda analogia entre essa paixão natural, a inveja, e essa função social, a espionagem. O espião caça em proveito dos outros, como o cachorro; o invejoso caça para seu próprio proveito, como o gato.

Um eu feroz, nisso se resume todo o invejoso.

Outras qualidades: Barkilphedro era discreto, secreto, concreto. Guardava tudo e tornava-se por seu ódio. Uma enorme baixeza implica uma enorme vaidade. Era amado por aqueles a quem divertia e odiado pelos outros; mas sentia-se desdenhado por aqueles que odiava e desprezado pelos que o amavam. Continha-se. Todas as suas mágoas fervilhavam sem barulho em sua resignação hostil. Indignava-se, como se os patifes tivessem esse direito. Debatia-se silenciosamente com as fúrias. Tudo engolir, era seu talento. Tinha surdas cóleras interiores, frenesis de raiva subterrânea, chamas chocadas e negras, de que ninguém se apercebia; era um colérico fumívoro. A superfície sorria. Era obsequioso, solícito, fácil, amável, complacente. Saudava qualquer um, em qualquer lugar. Com qualquer sopro de vento, inclinava-se até o chão. Ter um junco na coluna vertebral, que fonte de fortuna!

Esses seres escondidos e venenosos não são tão raros como acreditamos. Vivemos rodeados de rastejares sinistros. Por que esses malévolos? Questão pungente. O divagador a repete sem cessar, e o pensador jamais a resolve. Essa é a origem do olhar triste dos filósofos, sempre fixado nessa montanha de trevas que é o destino, do alto da qual o colossal espectro do mal lança à terra punhados de serpentes.

Barkilphedro tinha o corpo obeso e o rosto magro. Torso gordo e face ossuda. Tinha unhas caneladas e curtas, dedos nodosos, polegares chatos, cabelos grossos, grande distância entre uma têmpora e outra e testa de assassino, larga e baixa. Os olhos puxados escondiam a pequenez de seu olhar sob um emaranhado de sobrancelhas. O nariz, longo, pontudo, encurvado e mole, quase caía sobre a boca. Barkilphedro, convenientemente vestido de imperador, lembraria um pouco Domiciano. Seu rosto de um amarelo rançoso era como que modelado em uma massa viscosa; suas bochechas imóveis pareciam de betume; tinha toda a espécie de feias rugas refratárias, o ângulo do maxilar massudo, o queixo pesado, a orelha vil. Em repouso, de perfil, seu lábio superior elevado em ângulo agudo deixava ver dois dentes. Esses dentes pareciam nos olhar. Os dentes olham, assim como o olho morde.

Paciência, temperança, continência, reserva, contenção, amenidade, deferência, gentileza, polidez, sobriedade, castidade, completavam e finalizavam Barkilphedro. Tendo essas virtudes, caluniava-as.

Em pouco tempo, Barkilphedro firmou os pés na corte.

VIII

INFERI

Podemos, na corte, firmar os pés de dois modos: nas nuvens, e somos augustos; na lama, e somos poderosos.

No primeiro caso, pertence-se ao Olimpo. No segundo caso, pertence-se à retrete.

Quem é do Olimpo tem unicamente os relâmpagos; quem é da retrete tem a polícia.

A retrete contém todos os instrumentos do reinado e, às vezes, pois ela é traidora, o castigo. Heliogábalo nela morreu. Nesse caso ela é chamada de latrina.

Em geral, ela é menos trágica. É ali que Alberoni admira Vendôme. A retrete é, muitas vezes, o lugar de audiência das pessoas reais. Exerce função de trono. Luís XIV ali recebe a duquesa de Bourgogne; Felipe V ali se encontra lado a lado com a rainha. O padre ali penetra. A retrete é, por vezes, uma sucursal do confessionário.

É por isso que existem na corte as fortunas que vem de baixo. E não são as menores.

Se quiser, sob Luís XI, ser grande, seja Pierre de Rohan, marechal de França; se quiser ser influente, seja Olivier le Daim, barbeiro. Se quiser, sob Maria de Médicis, ser glorioso, seja Sillery, chanceler; se quiser ser considerável, seja La Hannon, camareira. Se quiser, sob Luís XV, ser ilustre, seja Choiseul, ministro; se quiser ser temível, seja Lebel, criado. Nos tempos de Luís XIV, Bontemps que lhe prepara a cama é mais poderoso do que Louvois, que lhe prepara os exércitos, e do que Turenne, que lhe prepara as vitórias. De Richelieu, retire o padre Joseph, e terá um Richelieu quase vazio. Ele tem o mistério de menos. A eminência vermelha é soberba, a eminência parda é terrível. Ser um verme, que força! Todos os Narvaez somados com todos os O'Donnell dão menos trabalho do que uma irmã Patrocínio.

Por exemplo, a condição desse poder é a pequenez. Se quiser permanecer forte, permaneça franzino. Seja o nada. A serpente em repouso, enrolada, figura ao mesmo tempo o infinito e o zero.

Uma dessas fortunas viperinas estava destinada a Barkilphedro.

Havia insinuado o que queria.

Os vermes entram em todo lugar. Luís XIV tinha percevejos em seu leito e jesuítas em sua política.

Incompatibilidade, nenhuma.

Nesse mundo, tudo é pendular. Gravitar é oscilar. Um polo quer o outro. Francisco I quer Triboulet; Luís XV quer Lebel. Existe uma afinidade profunda entre essa extrema altura e esse extremo rebaixamento.

É o rebaixamento que dirige. Nada mais fácil de se entender. Quem está por baixo segura os fios.

Não há posição mais cômoda.

É-se o olho e tem-se a orelha.

É-se o olho do governo.

Tem-se a orelha do rei.

Ter a orelha do rei é por e tirar ao bel-prazer o ferrolho da consciência real e enfiar nessa consciência o que se quiser. O espírito do rei é seu armário. Se é trapeiro, é sua alcofa. A orelha dos reis não é dos reis; é o que faz com que, em suma, esses pobres diabos não sejam responsáveis. Quem não possui seu pensamento não possui sua ação. Um rei obedece.

A quê?

A uma alma má qualquer que, de fora, zune-lhe na orelha. Mosca sombria do abismo.

Esse zunir comanda. Um reino é um ditado.

A voz alta é o soberano; a voz baixa é a soberania.

Aqueles que, em um reino, sabem distinguir essa voz baixa e ouvir o que ela sussurra à voz alta, são os verdadeiros historiadores.

ODIAR É TÃO FORTE QUANTO AMAR

A rainha Ana tinha à sua volta várias dessas vozes baixas. Barkilphedro era uma.

Além da rainha, ele trabalhava, influenciava e manejava surdamente lady Josiane e lorde David. Já o dissemos, ele falava baixo a três orelhas. Uma orelha a mais do que Dangeau. Dangeau só falava baixo a duas, na época em que, passando sua cabeça entre Luís XIV, enamorado de Henriqueta, sua cunhada, e Henriqueta, enamorada de Luís XIV, seu cunhado, secretário de Luís sem que Henriqueta o soubesse e de Henriqueta sem que Luís o soubesse, situado exatamente no meio do amor das duas marionetes, ele fazia os pedidos e as respostas.

Barkilphedro era tão risonho, tão compassivo, tão incapaz de tomar a defesa de quem quer que fosse, tão pouco devotado no fundo, tão feio, tão mau, que era natural que uma pessoa real não pudesse mais ficar sem ele. Quando Ana provou de Barkilphedro, não quis outro adulador. Adulava-a como adulava-se Luís, o Grande, espetando os outros.

– Se o rei é ignorante — disse a senhora de Montchevreuil —, somos obrigados a ridicularizar os sábios.

Envenenar, de tempos em tempos, a espada com que se espeta é o cúmulo da arte. Nero gosta de ver Locusto espetado.

Os palácios reais são extremamente penetráveis; essas madréporas têm galerias interiores logo adivinhadas, percorridas, exploradas e, caso necessário, cavadas, por esse roedor que se chama cortesão. Um pretexto para entrar basta. Barkilphedro, tendo esse pretexto, seu posto, tornou-se, em pouquíssimo tempo, nos aposentos da rainha, o que era nos aposentos de Josiane, o animal doméstico indispensável. Uma palavra que um dia aventurou logo o fez cair nas graças da rainha; soube ecoar a bondade de sua majestade. A rainha gostava muito de seu lorde *steward*, William Cavendish, duque de Devonshire, que era completamente imbecil. Esse lorde, que tinha todos os títulos de Oxford e não sabia ortografia, fez, uma bela manhã, a bobagem de morrer. Morrer é muito imprudente na corte, pois ninguém se acanha mais em falar sobre o morto. A rainha, na presença de Barkilphedro, lamentou-se e acabou por exclamar, suspirando: "Pena que tantas virtudes pertencessem e servissem a tão pobre inteligência!"

– *Dieu veuille avoir son âne!*[16] — murmurou Barkilphedro, a meia-voz em francês.

A rainha sorriu. Barkilphedro registrou esse sorriso.

E concluiu: ser mordente agrada.

Sua malícia está liberta.

A partir desse dia, enfiou sua curiosidade em todos os cantos, sua malignidade também. Deixavam-no fazer, tanto o temiam. Quem faz rir o rei, faz tremer o resto.

Era um poderoso engraçado.

A cada dia, dava alguns passos à frente sob a terra. Precisava-se de Barkilphedro. Muitos grandes o honravam com a sua confiança a ponto de encarregá-lo, em algumas ocasiões, de alguma mensagem vergonhosa.

A corte é uma engrenagem. Barkilphedro tornou-se um motor. Acaso já havia reparado, em certos mecanismos, a pequenez da roda motriz?

Josiane, que utilizava, em particular, como indicamos, o talento de espião de Barkilphedro, tinha nele uma tal confiança que não hesitara em entregar-lhe uma das chaves secretas de seu apartamento, por meio da qual ele podia entrar em seus aposentos a toda hora. Essa excessiva entrega da vida íntima era uma moda no século XVII. Isso se chamava: dar a chave. Josiane dera duas de suas chaves de confiança; Lorde David tinha uma, Barkilphedro tinha a outra.

Aliás, ter entrada livre nos quartos de dormir era, nos velhos costumes, coisa nem um pouco surpreendente. Daí os incidentes. La Ferté, ao puxar bruscamente as cortinas do leito da senhorita Lafont, ali encontrava Sainson, mosqueteiro negro, etc., etc.

Barkilphedro era mestre em fazer dessas descobertas sorrateiras que subordinam e submetem os grandes aos pequenos. Seu caminho pela sombra era tortuoso, suave e estudado. Como todo espião perfeito, era composto de uma inclemência de carrasco e de uma paciência de micrógrafo. Era cortesão nato. Todo cortesão é um noctâmbulo. O cortesão ronda por essa noite a que chamamos onipotência. Tem nas mãos uma lanterna surda. Ilumina o ponto que quer, e permanece nas trevas. O que procura com essa lanterna não é um homem; é um animal. O que encontra é o rei.

Os reis não gostam de que alguém pretenda ser grande em volta deles. A ironia dirigida a outros que eles os encanta. O talento de Barkilphedro consistia em uma diminuição perpétua dos lordes e dos príncipes em proveito de sua majestade real, proporcionalmente aumentada.

A chave íntima que tinha Barkilphedro fora feita em dois jogos, um para cada extremidade, de modo a abrir os pequenos apartamentos nas duas residências favoritas de Josiane, Hunkerville-house, em Londres e Corleone-lodge, em Windson. Esses dois palácios faziam parte da herança Clancharlie. Hunkerville-house encontrava-se na fronteira de Oldgate. Oldagate, em Londres, era uma porta para quem vinha de Harwick e onde se via uma estátua de Carlos II, que tinha, sobre a cabeça, um anjo pintado e, sob seus pés, um leão e um licorne esculpidos. De Hunkerville-house, pelo vento leste, ouvia-se o carrilhão de Sainte-Maryle-bone. Corleone-lodge era um palácio florentino em tijolo e em pedra com colunas de mármore, construído sobre piloti em Windsor, no final da ponte de madeira, com um dos mais soberbos pátios de honra da Inglaterra.

Neste último palácio, contíguo ao castelo de Windsor, Josiane estava ao alcance da rainha. Josiane gostava, contudo, do lugar.

Quase nada exteriormente, tudo nas raízes, essa era a influência de Barkilphedro sobre a rainha. Nada mais difícil de se arrancar do que essas ervas daninhas de corte; mergulham muito profundamente e não oferecem nenhuma superfície exterior por onde se possa pegá-las. Arrancar Roquelaure, Triboulet ou Brummel é quase impossível.

A cada dia e cada vez mais, a rainha Ana agradava-se de Barkilphedro.

Sarah Jennings é célebre; Barkilphedro é desconhecido; seu favor permaneceu obscuro. Este nome, Barkilphedro, não chegou até a história. Nem todas as toupeiras são pegas pelos caça-toupeiras.

Barkilphedro, antigo candidato a *clergyman*, tinha estudado um pouco de tudo; tudo aflorado dá nada como resultado. Podemos ser vítimas do *omnis res scibilis*. Ter sob o crânio o tonel das danaides é a desgraça de toda uma raça de sábios que podemos chamar de os estéreis. O que Barkilphedro pusera em seu cérebro o deixara vazio.

O espírito, como a natureza, tem horror do vazio. No vazio, a natureza coloca amor; o espírito, na maioria das vezes, coloca o ódio. O ódio ocupa.

O ódio pelo ódio existe. A arte pela arte está mais na natureza do que se acredita.

Odiamos. Afinal, devemos ter alguma ocupação.

O ódio gratuito, palavra formidável. Isso quer dizer, o ódio que é, para si mesmo, seu próprio pagamento.

O urso vive de lamber as próprias garras.

Indefinidamente, não. Essas garras, é preciso regenerá-las. É preciso colocar algo entre elas.

Odiar indistintamente é doce e basta durante algum tempo; mas ao final acabamos por precisar de algum objeto. Uma animosidade difusa contra a criação esgota-se, como todo gozo solitário. O ódio sem objeto assemelha-se ao tiro sem alvo. O que traz interesse ao jogo é um coração a ser traspassado.

Não se pode odiar unicamente pela honra. É preciso algum tempero, um homem, uma mulher, alguém para se destruir.

Esse serviço de trazer interesse ao jogo, de oferecer um objetivo, de tornar apaixonada a raiva fixando-a, de aguçar o caçador pela visão da presa viva, de animar o espreitador com a esperança do borbulhar morno e fumegante do sangue que vai correr, de encantar o passarinheiro com a credulidade inutilmente alada da andorinha, de ser, sem sabê-lo, um animal acuado, a ser assassinado por um espírito, esse serviço especial e horrível, de que não tem consciência aquele que o presta, Josiane o prestou a Barkilphedro.

O pensamento é um projétil. Barkilphedro, desde o primeiro dia, se pusera a visar Josiane com as más intenções que tinha no espírito. Uma intenção é uma escopeta, elas se assemelham. Barkilphedro se mantinha em suspenso, dirigindo contra a duquesa toda a sua maldade secreta. Isso o espanta? Que lhe fez o pássaro em que dá um tiro de fuzil? "É para o comer", diz. Barkilphedro também.

Josiane não podia ser golpeada no coração; o lugar em que reside um enigma é dificilmente vulnerável; mas podia ser atingida na cabeça, ou seja, no orgulho.

Era ali que ela se acreditava forte e era ali que era fraca.

Barkilphedro percebera.

Se Josiane pudesse ter visto claro na noite de Barkilphedro, se pudesse ter distinguido o que estava emboscado por trás daquele sorriso, essa pessoa orgulhosa, tão bem colocada, teria provavelmente estremecido. Felizmente, para a tranquilidade de seus sonos, ela ignorava absolutamente o que havia naquele homem.

O inesperado jorra não se sabe de onde. Os profundos subterrâneos da vida são temíveis. Não existe ódio pequeno. O ódio é sempre enorme. Conserva sua estatura no menor ser e permanece monstro. Um ódio é todo o ódio. Um elefante odiado por uma formiga está em perigo.

Mesmo antes de golpear, Barkilphedro sentia com alegria um início de sabor da ação má que queria cometer. Ainda não sabia o que faria contra Josiane. Mas estava decidido a fazer alguma coisa. Tal decisão já era muito.

Aniquilar Josiane seria um sucesso absoluto. Ele não esperava tanto. Mas humilhá-la, diminuí-la, magoá-la, tornar vermelhos de lágrimas de raiva aqueles olhos soberbos já seria um sucesso.

Ele contava com isso. Tenaz, aplicado, fiel ao tormento do outro, inarrancável, a natureza não o fizera assim para nada. Pretendia encontrar o defeito da armadura de ouro de Josiane e fazer correr o sangue dessa olímpica. Que benefício, insistamos, haveria nisso para ele? Um benefício enorme. Fazer o mal a quem nos faz o bem. O que é um invejoso? Um ingrato. Detesta a luz que o ilumina e o aquece. Zoilo odeia este benefício, Homero.

Fazer com que Josiane sofresse o que chamaríamos hoje de uma vivisseção, tê-la em convulsões em uma mesa de anatomia, dissecá-la viva a seu bel-prazer, em uma cirurgia qualquer, retalhá-la virtuosisticamente enquanto ela urraria, esse sonho encantava Barkilphedro.

Para chegar a esse resultado, se ele também tivesse que sofrer um pouco, ele teria achado bom. A tenaz que usamos pode nos beliscar. A faca manejada pode nos cortar os dedos. Que importa! Participar um pouco da tortura de Josiane não o teria afetado. O carrasco que manipula o ferro ardente também recebe sua porção de queimaduras e não se dá conta. Porque o outro sofre mais, não sentimos nada. Ver o supliciado se contorcer elimina nossa própria dor.

Faze o mal que deve fazer, suceda o que suceder.

A construção do mal do outro complica-se de uma aceitação de responsabilidade obscura. Arriscamos a nós mesmos no perigo que fazemos o outro correr, pois o encadeamento de tudo pode provocar desabamentos inesperados. Isso não detém o verdadeiro mau. Ele sente em alegria o que o paciente experimenta em angústia. Sente os comichões desse dilaceramento; o homem mau só se realiza de modo medonho. O suplício nele reverbera em forma de bem-estar. O duque de Alba aquecia as mãos nas fogueiras. Braseiro, dor; reflexo, prazer. A possibilidade de tais transposições nos faz estremecer. Nosso lado obscuro é insondável. *Supplice exquis*[17], a expressão está em Bodin e tem, talvez, este triplo sentido terrível: busca do tormento, sofrimento do atormentado, volúpia do atormentador. Ambição, apetite, todas essas palavras significam alguém sacrificado a alguém satisfeito. É triste que a esperança possa ser perversa. Ter raiva de uma criatura é desejar-lhe o mal. Por que não o bem? Acaso a principal vertente de nossa vontade seria do lado do mal? Um dos mais rudes labores do justo consiste em extrair continuamente da alma uma malignidade dificilmente esgotável. Quase todas as nossas ambições, examinadas, contêm algo de inconfessável. Para o mau completo — e essa perfeição hedionda existe —, "tanto pior" para os outros significa "tanto melhor" para mim. Sombra do homem. Cavernas.

Josiane tinha aquela plenitude de segurança que dá o orgulho ignorante, feito do desprezo de tudo. A faculdade feminina de desdenhar é extraordinária. Um desdém consciente, involuntário e confiante, isso era Josiane. Barkilphedro era para ela quase uma coisa. Teria ficado espantada se lhe dissessem, de Barkilphedro, que ele existia.

Ela ia, vinha e ria diante daquele homem que a contemplava obliquamente.

Ele, pensativo, espiava uma ocasião.

À medida que esperava, sua determinação de jogar na vida dessa mulher um desespero qualquer aumentava.

Tocaia inexorável.

Além disso, ele dava a si mesmo excelentes razões. Não devemos crer que os canalhas não se avaliam. Eles prestam contas a si mesmos em monólogos altivos e consideram a todos com arrogância. Como! Aquela Josiane tinha-lhe dado uma esmola! Esmigalhara sobre ele, como sobre um mendigo, alguns vinténs de sua colossal riqueza! Havia-o lançado e fixado em uma função inepta! Se ele,

Barkilphedro, quase homem de igreja, de capacidades variadas e profundas, personagem douto, com o estofo de um reverendo, tinha como função registrar cacos que serviriam para purgar as pústulas de Jó, se passava a sua vida em um escritoriozinho no sótão a desarrolhar gravemente estúpidas garrafas incrustadas de todas as porcarias do mar e a decifrar pergaminhos mofados, patacoadas desconexas, testamentos imbecis e não sei que mais bobajadas ilegíveis, era culpa dessa Josiane! Como! Aquela criatura o tutelava!

E ele não se vingaria!

E ele não puniria essa espécie!

Ah, não era possível! Não haveria, pois, mais justiça na terra!

CINTILAÇÕES QUE VERÍAMOS SE O HOMEM FOSSE TRANSPARENTE

Que! Essa mulher, essa extravagante, essa sonhadora lúbrica, virgem até o momento, esse pedaço de carne que ainda não se havia entregado, essa impertinência em coroa principesca, essa Diana por orgulho, ainda não apanhada por um qualquer — seja, talvez, como dizem, admito, por falta de um acaso —, essa bastarda de um canalha de rei que não tivera o espírito de permanecer em seu lugar, essa duquesa de araque, que, grande dama, posava de deusa e que, pobre, teria sido mulher pública, essa lady por acaso, essa ladra dos bens de um proscrito, essa altiva vagabunda, porque um dia ele, Barkilphedro, não tinha de que jantar e porque estava sem asilo, tivera a impudência de sentá-lo em sua casa a uma ponta da mesa e de alojá-lo em um buraco qualquer de seu insuportável palácio. Onde? Em qualquer lugar. Talvez no celeiro, talvez na adega. Que importa? Um pouco melhor que os criados, um pouco pior que os cavalos! Ela abusara de sua miséria, da miséria dele, Barkilphedro, para se apressar em prestar-lhe traiçoeiramente serviço, o que fazem os ricos a fim de humilhar os pobres e de amarrá-los a eles, como bassês levados pela coleira! O que, aliás, custava-lhe esse serviço? Um serviço vale o que custa. Ela tinha quartos demais em sua casa. Ajudar a Barkilphedro!

Que belo esforço ela fizera! Acaso comera uma colherada a menos de sopa de tartaruga? Acaso privara-se de algo no odioso excesso de seu supérfluo? Não. Acrescentara a esse supérfluo uma vaidade, um objeto de luxo, uma boa ação como um anel no dedo, um homem de espírito socorrido, um *clergyman* patrocinado! Podia dar-se ares, dizer "prodigalizo benesses, cuido das pessoas de letras", bancar a protetora! "Ele não teve sorte de me encontrar, esse miserável? Que amiga das artes sou!" E tudo isso por ter arrumado um catre em um canto miserável no sótão! Quanto ao seu lugar no almirantado, Barkilphedro o conseguira através de Josiane, deus do céu! Que bela função! Josiane tinha feito de Barkilphedro o que ele era. Havia-o criado. Que seja. Sim, criado nada. Menos do que nada. Pois ele se sentia, naquele cargo ridículo, pequeno, paralisado e contrafeito. Que devia a Josiane? O reconhecimento do corcunda pela mãe que o fizera disforme. Eis esses privilegiados, essas pessoas plenas, esses felizes, esses preferidos da medonha madrasta fortuna! E o homem de talentos, e Barkilphedro, era obrigado a se espremer nas escadas, a saudar os lacaios, a subir à noite um monte de andares e a ser cortês, obsequioso, gracioso, deferente, agradável e a ter sempre no focinho uma careta respeitosa! Se não tinha motivos para se torcer de raiva! E, enquanto isso, ela botava pérolas no pescoço e tomava ares de apaixonada com seu imbecil lorde David Dirry-Moir, a engraçadinha!

Não deixe jamais que lhe prestem serviço. Abusarão disso. Não se deixe jamais apanhar em flagrante delito de inanição. Podem socorrê-lo. Porque ele estava sem pão, aquela mulher encontrara o pretexto suficiente para lhe dar de comer! Desde então ele era o seu criado! Uma falha no estômago e está acorrentado por toda a vida! Ser reconhecido é ser explorado. Os felizes, os poderosos aproveitam do momento em que estende a mão para meter-lhe ali um vintém e do minuto em que fraqueja para transformá-lo em escravo, e escravo da pior espécie, escravo de caridade, escravo forçado a amar! Que infâmia! Que indelicadeza! Que surpresa ao nosso orgulho! E acabou, ei-lo condenado, à perpetuidade, a achar bom este homem, a achar bela esta mulher, a permanecer no segundo plano do subalterno, a aprovar, a aplaudir, a admirar, a incensar, a prosternar-se, a criar calos em suas rótulas de tanto ajoelhar-se, a edulcorar suas palavras, quando está roído pela cólera, quando mastiga gritos de furor e quando tem em si mais sublevações selvagens e mais espuma amarga do que o oceano!

É assim que os ricos fazem prisioneiro o pobre.

Esse visgo da boa ação feita sobre você, lambuza-o e enlameia-o para sempre.

Uma esmola é irremediável. Reconhecimento é paralisia. A boa ação tem uma aderência viscosa e repugnante que o priva de seus livres movimentos. Os odiosos seres opulentos e cevados cuja piedade grassou sobre você o sabem. Está dito. É a coisa deles. Eles compraram-no. Por quanto? Um osso, que eles tiraram de seu cachorro para lhe oferecer. Lançaram-lhe esse osso à cabeça. Foi tanto lapidado como socorrido. Tanto faz. Roeu o osso, sim ou não? Teve também sua parte no canil. Então, agradeça. Agradeça para sempre. Adore seus mestres. Genuflexão indefinida. A boa ação implica um subentendido de inferioridade aceito por você. Exigem que se sinta pobre diabo e que os sinta deuses. Sua diminuição os aumenta. Sua curvatura os eleva. Há no som de suas vozes uma suave ponta de impertinência. Seus acontecimentos de família, casamentos, batismos, a fêmea prenha, as crianças que parem, tudo isso lhe diz respeito. Nasceu-lhes um lobozinho, pois bem, comporá um soneto. É poeta por ser banal. Se não é motivo para fazer os astros despencarem! Um pouco mais, eles lhe fariam usar seus velhos sapatos!

"Que tem, então, aqui em sua casa, minha cara? Como ele é feio! O que é esse homem?" "Não sei, é um escritorzinho que alimento." Assim dialogam essas peruas. Sem nem mesmo abaixar a voz. Ouve e permanece mecanicamente amável. De resto, se fica doente, seus mestres enviam-no o médico. Não o deles. Nessa ocasião, eles se informam. Como não sendo da mesma espécie que você, e o inacessível do lado deles, são afáveis. Seu declive os torna abordáveis. Eles sabem que a planície é impossível. À força de desprezo, são polidos. À mesa, dirigem-lhe um pequeno sinal de cabeça. Algumas vezes, sabem a ortografia de seu nome. Fazem-no sentir que são seus protetores pisando ingenuamente em tudo o que você tem de suscetível e de delicado. Tratam-no com bondade!

Não é abominável?

Era decerto urgente castigar essa Josiane. Era preciso ensinar-lhe com quem ela estava lidando! Ah! senhores ricos, porque não podem consumir tudo, porque a opulência desembocaria na indigestão, dada a pequenez de seus estômagos iguais aos nossos, afinal de contas, porque é melhor distribuir os restos do que perdê-los, erigem essa ração lançada aos pobres em magnificência! Ah! dão-nos pão, dão-nos um asilo, dão-nos roupas, dão-nos um emprego e levam a audácia, a loucura, a crueldade, a inépcia e o absurdo a ponto de acreditar que devemos ser-lhes submissos! Esse pão é um pão de servidão, esse asilo é um quarto de criado, essas roupas são uma libré, esse emprego é uma zombaria, pago, reconhecemos, mas embrutecedor! Ah! Julga-se no direito de nos dobrar com abrigo e comida, imagina que somos seus devedores e conta com nosso reconhecimento! Pois bem, nós comeríamos seu fígado! Pois bem, nós a estriparíamos, bela senhora, e a devoraríamos viva, e romperíamos seus laços do coração com os dentes!

Essa Josiane! Não era monstruoso? Que mérito tinha ela? Tinha feito a obra-prima de vir ao mundo como testemunho da imbecilidade de seu pai e da vergonha de sua mãe, fazia-nos a graça de existir, e a complacência que tinha de ser um escândalo público lhe era paga com milhões, ela tinha terras e castelos, matas de coelhos selvagens e de caça, lagos, florestas, e não sei mais o quê. E com tudo isso ela se fazia de sonsa! E dirigiam-lhe versos! E ele, Barkilphedro, que estudara e trabalhara, que se esforçara, que enfiara livros colossais nos olhos e na cabeça, que mofara nos livros e na ciência, que era enormemente espirituoso, que comandaria muito bem exércitos inteiros, que escreveria tragédias como Otway e Dryden, se quisesse, ele que fora feito para ser imperador, tinha sido reduzido a permitir que aquela nulidade o impedisse de morrer de fome! A usurpação desses ricos, execráveis eleitos do acaso, poderia ir mais longe?! Fingir que são generosos conosco e que nos protegem , e nos sorrir a nós, que beberíamos seu sangue e lamberíamos os lábios! Que essas mulherzinhas de corte tenham o odioso poder de serem benfeitoras e que o homem superior possa ser condenado a recolher tais migalhas lançadas por tal mão, haveria mais horrenda iniquidade? E que sociedade é essa que tem por base a desproporção e a injustiça a esse ponto? Não seria o caso de pegar tudo pelas quatro pontas e de lançar ao teto a toalha e o festim e a orgia, e a embriaguez e a bebedeira, e os convivas, e aqueles que estão com os dois cotovelos em cima da mesa, e aqueles que estão de quatro embaixo dela, e os insolentes que dão e os idiotas que aceitam, e de cuspir tudo na cara de Deus, e de lançar aos céus a terra inteira! Enquanto isso, enfiemos nossas garras em Josiane.

Assim pensava Barkilphedro. Eram esses os rugidos que tinha na alma. O invejoso costuma se absolver amalgamando o mal público às suas mágoas pessoais. Todas as formas selvagens das paixões odientas iam e vinham naquela inteligência feroz. No canto dos velhos mapas-múndi do século XV, encontramos um amplo espaço vago sem forma e sem nome em que estão escritas essas três palavras: *Hic sunt leones*. Esse canto sombrio existe também no homem. As paixões rondam e rugem em alguma parte de nós e pode-se dizer o mesmo de um lado obscuro de nossa alma: aqui existem leões.

Esse arcabouço de argumentos selvagens seria absolutamente absurdo? Nada teria de judicioso? É preciso reconhecer que não.

É aterrador pensar que essa coisa que temos em nós, o juízo, não é a justiça. O juízo é o relativo. A justiça é o absoluto. Reflita sobre a diferença entre um juiz e um justo.

Os maus manejam a consciência com autoridade. Há uma ginástica do falso. Um sofista é um falsário, e, se necessário, esse falsário brutaliza o bom senso. Certa lógica extremamente flexível, extremamente implacável e extremamente ágil está a serviço do mal e é mestre em ferir a verdade nas trevas. Socos sinistros de Satã em Deus.

Tal sofista, admirado pelos tolos, tem como única glória ter feito "roxos" na consciência humana.

O aflitivo era que Barkilphedro pressentia um fracasso. Empreendia um vasto trabalho e, em suma, era o que ele temia, para pouca destruição. Ser um homem corrosivo, ter em si uma vontade de ferro, um ódio de diamante, uma curiosidade ardente de catástrofe, e nada queimar, nada decapitar, nada exterminar! Ser o que ele era, uma força de devastação, uma animosidade voraz, um corrosivo da felicidade dos outros, ter sido criado — pois há um criador, o diabo ou Deus, qualquer um! —, ter sido criado integralmente Barkilphedro para realizar, talvez, apenas um peteleco, seria possível?! Barkilphedro fracassaria! Ser uma mola capaz de lançar rochedos e empregar toda a sua força para fazer um galo na testa de uma pretensiosa ridícula! Uma catapulta provocando o dano de um piparote! Fazer um trabalho de Sísifo para um resultado de formiga! Suar todo o ódio por quase nada! Não é isso profundamente humilhante quando se é um mecanismo de hostilidade próprio a triturar o mundo? Colocar em movimento todas as suas engrenagens, fazer na sombra o estrondo de uma *"machine de Marly"*, para talvez conseguir beliscar a pontinha de um pequeno dedo róseo! Ia virar e revirar pedreiras para chegar, quem sabe, a enrugar um pouco a superfície lisa da corte! Deus tem a mania de despender grandemente suas forças. O movimento de uma montanha para deslocar um ninho de toupeiras.

Além disso, considerando a corte, terreno estranho, nada é mais perigoso que visar um inimigo e não acertá-lo. Primeiro, isso nos desmascara em face do nosso inimigo e o irrita; segundo, e principalmente, isso desagrada ao mestre. Os reis não estimam os inábeis. Nada de contusões; nada de socos de menina. Degole todo o mundo, mas não faça correr sangue do nariz de ninguém. Quem mata é hábil, quem fere é inapto. Os reis não gostam que lhes rachem seus criados. Tornam-se rancorosos se trincamos uma porcelana de sua lareira ou um cortesão de seu cortejo. A corte deve ficar limpa. Quebre e substitua; está perfeito.

Aliás, isso se concilia perfeitamente com o gosto pelas maledicências que têm os príncipes. Fale mal, mas não faça mal. Ou, se o fizer, que seja em grande estilo.

Apunhale, mas não arranhe. A menos que o alfinete esteja envenenado. Circunstância atenuante. Era esse, lembremo-nos, o caso de Barkilphedro.

Todo pigmeu rancoroso é o frasco em que está preso o dragão de Salomão. Frasco microscópico, dragão desmesurado. Condensação formidável esperando a hora gigantesca da dilatação. Tédio consolado pela premeditação da explosão. O conteúdo é maior que o continente. Um gigante latente, que coisa estranha! Um ácaro no qual existe uma hidra! Ser essa horrível caixinha de surpresas, ter em si o Leviatã é para o anão uma tortura e uma volúpia.

Assim nada faria com que Barkilphedro largasse sua presa. Ele esperava a sua hora. Viria ela de fato? Que importa? Ele esperava. Quando se é essencialmente ruim, o amor-próprio se mistura a isso. Esburacar e sapar uma fortuna da corte, mais elevada do que nós, miná-la, correndo todos os riscos, por mais subterrâneos e mais ocultos que estejamos, isso é, devemos insistir, interessante. Apaixonamo-nos por tal jogo. Entusiasmamo-nos por ele como por um poema épico que estivéssemos escrevendo. Ser infinitamente pequeno e investir contra alguém infinitamente grande é uma ação magnífica. É belo ser a pulga de um leão.

O altivo animal sente-se picado e despende sua enorme cólera rugindo contra o átomo. Um tigre que encontrasse o incomodaria menos. E eis que os papéis se invertem. O leão humilhado tem em sua carne o dardo de um inseto, e a pulga pode dizer: pelo em mim sangue de leão.

Contudo, isso era para o orgulho de Barkilphedro apenas meio apaziguamento. Consolos. Paliativos. Importunar é uma coisa, torturar seria melhor. Barkilphedro, pensamento desagradável que lhe voltava sem cessar, teria como único feito macular debilmente a epiderme de Josiane. Que podia esperar mais, ele tão ínfimo contra ela tão radiosa? Um arranhão é pouco para quem desejaria toda a púrpura de esfolá-la viva e os rugidos da mulher mais que nua, que não tem nem mais esta camisa, a pele! Com tais ganas, como é triste ser impotente! Infelizmente, nada é perfeito.

Em suma, resignava-se. Como não podia mais, sonhava apenas a metade de seu sonho. Pregar-lhe uma peça negra era um objetivo, afinal de contas.

Aquele que se vinga de uma boa ação, que homem! Barkilphedro era esse colosso. Em geral, a ingratidão é esquecimento; nesse privilegiado do mal, era furor. O ingrato vulgar está cheio de cinzas. De que Barkilphedro estava cheio? De uma fornalha. Fornalha murada de ódio, de cólera, de silêncio, de rancor e que esperava Josiane como combustível. Nunca um homem odiara a esse ponto uma mulher sem razão. Que coisa terrível! Ela era sua insônia, sua preocupação, seu rancor, sua raiva.

Talvez estivesse um pouco apaixonado por ela.

XI

Barkilphedro de emboscada

Encontrar o lugar sensível de Josiane e ali atingi-la. Essa era, por todas as causas que acabamos de dizer, a vontade imperturbável de Barkilphedro.

Querer não basta, é preciso poder.

Como fazer?

Esse era o problema.

Os canalhas vulgares traçam cuidadosamente o roteiro da canalhice que querem cometer. Não se sentem fortes o bastante para apanhar o incidente de passagem, para apossarem-se dele por bem ou por mal e para obrigá-lo a servi-los. Por isso as combinações preliminares que os maus profundos desdenham. Os maus profundos têm por único a priori sua própria malvadeza; limitam-se a se armar até os dentes, preparam vários estratagemas variados e, como Barkilphedro, espiam pura e simplesmente a ocasião. Sabem que um plano bolado com antecedência corre o risco de se adaptar mal no acontecimento que se apresentará. Assim, não se pode tornar-se senhor do possível nem dominá-lo como se gostaria. Não se pode negociar previamente com o destino. Amanhã não nos obedece. O acaso tem certa indisciplina.

Assim eles o espreitam para pedir-lhe sem preâmbulos, com premência e imediatamente, sua colaboração. Sem planos, sem épura, sem maquete, nenhum sapato pronto que calçaria mal no inesperado. Eles mergulham a prumo na negritude. O aproveitamento imediato e rápido do fato eventual que pode ajudar é a habilidade que distingue o mau eficaz e que eleva o canalha à dignidade de demônio. Ser duro com a sorte é genial.

O verdadeiro celerado atinge-o como uma funda, com o primeiro pedregulho que aparecer.

Os malfeitores capazes contam com o imprevisto, esse auxiliar estupefato de tantos crimes.

Empunhar o incidente, saltar em cima dele, não há outra Arte Poética para esse gênero de talento.

E, enquanto isso, saber com quem se está lidando. Sondar o terreno.

Para Barkilphedro o terreno era a rainha Ana.

Barkilphedro se aproximava da rainha.

Chegava tão perto que, às vezes, imaginava ouvir os monólogos de sua majestade.

Algumas vezes, ele assistia, sem intenção, às conversas entre as duas irmãs. Não lhe proibiam esgueirar uma palavra. Ele aproveitava para se tornar invisível. Modo de inspirar confiança.

Foi assim que, um dia, em Hampton-Court, no jardim, estando atrás da duquesa, que estava atrás da rainha, ele ouviu Ana, que assim se adequava pesadamente à moda, emitir sentenças.

– Os animais são felizes — dizia a rainha —, eles não correm o risco de ir para o inferno.

– Eles já estão nele. — respondeu Josiane.

Essa resposta, que substituía bruscamente a religião pela filosofia, desagradou. Se, por acaso, era profundo, Ana se sentia chocada.

– Minha cara — disse ela a Josiane —, falamos do inferno como duas tolas. Perguntemos a Barkilphedro a esse respeito. Ele deve saber dessas coisas.

– Como diabo? — perguntou Josiane.

– Como animal. — respondeu Barkilphedro.

E cumprimentou.

– Senhora — disse a rainha a Josiane —, ele tem mais espírito que nós.

Para um homem como Barkilphedro, aproximar-se da rainha significava dominá-la. Ele podia dizer: "Ela é minha." Agora precisava de uma maneira de usá-la.

Tinha um pé na corte. Ter um posto é magnífico. Nenhuma ocasião podia escapar-lhe. Mais de uma vez, fizera a rainha sorrir malignamente. Era ter uma licença de caça.

Mas acaso não havia caças proibidas? Essa licença de caça iria até quebrar a asa ou a pata de qualquer um, como da própria irmã de sua majestade?

Primeiro ponto a ser esclarecido. A rainha amava a irmã?

Um falso passo podia pôr tudo a perder. Barkilphedro observava.

Antes de iniciar a partida, o jogador olha suas cartas. Que trunfos tinha? Barkilphedro começou por examinar a idade das duas mulheres: Josiane, vinte e três anos; Ana, quarenta e um anos. Estava bom. Tinha jogo.

O momento em que a mulher cessa de contar por primaveras e começa a contar por invernos é irritante. Surdo rancor contra o tempo que guardamos em nós. As jovens belas e radiantes, perfume para os outros, são, para nós, espinhos. E de todas essas rosas sentimos o espetar. Parece-nos que todo esse frescor é tomado de nós, e que a beleza só diminui em nós porque aumenta nos outros.

Explorar esse mau humor secreto, aprofundar as rugas de uma mulher de quarenta anos que é rainha, isso era indicado a Barkilphedro.

A inveja é mestre em excitar o ciúme, como o rato faz emergir o crocodilo.

Barkilphedro fixava em Ana seu olhar magistral.

Via na rainha como se vê em águas estagnadas. O pântano tem sua transparência. Em águas sujas, vemos vícios; em águas turvas, vemos inépcias. Ana não passava de uma água turva.

Embriões de sentimentos e larvas de ideias se moviam naquele cérebro massudo.

Era pouco distinto. Mal se viam os contornos. Tratavam-se, contudo, de realidades, mas informes. A rainha pensava isso. A rainha desejava aquilo. Precisar o quê era difícil. As transformações confusas que se operam na água parada são árduas de estudar.

A rainha, habitualmente obscura, tinha por instantes rompantes selvagens e bruscos. Era aquilo que era necessário captar. Era preciso pegá-la no pulo.

O que a rainha Ana, em seu foro íntimo, queria à duquesa Josiane? Bem ou mal?

Problema. Barkilphedro meditava.

Resolvido esse problema, poder-se-ia ir mais longe.

Diversos acasos foram favoráveis a Barkilphedro. E sobretudo sua tenacidade na espreita.

Ana era, pelo lado de seu marido, um pouco parente da nova rainha da Prússia, mulher do rei dos cem camareiros, da qual tinha um retrato pintado em esmalte, segundo o processo de Turquet de Mayerne. Essa rainha da Prússia também tinha uma irmã caçula ilegítima, a baronesa Drika.

Um dia, na presença de Barkilphedro, Ana fez ao embaixador da Prússia algumas perguntas sobre Drika.

– Consideram-na rica?

– Muito rica — respondeu o embaixador.

– Tem palácios?

– Mais magníficos que os da rainha sua irmã.

– Quem vai esposar?

– Um grande senhor, o conde Gormo.

– Bonito?

– Encantador.

– Ela é jovem?

– Muito jovem.

– Tão bela quanto a rainha?

O embaixador abaixou a voz e respondeu:

– Mais bela.

– O que é insolente — murmurou Barkilphedro.

A rainha ficou em silêncio por um instante, depois exclamou:

– Essas bastardas!

Barkilphedro notou aquele plural.

Uma outra vez, por ocasião de uma saída de capela em que Barkilphedro se encontrava bastante próximo da rainha atrás dos dois *grooms* da esmolaria, lorde David Dirry-Moir, atravessando várias fileiras de mulheres, provocou sensação com seu belo garbo. À sua passagem irrompia-se um burburinho de exclamações femininas: "Como é elegante!" "Como é galante!" "Como é galhardo!" "Como é belo!"

– Que coisa desagradável! — resmungou a rainha.

Barkilphedro ouviu.

Teve certeza.

Podia-se prejudicar a duquesa sem desagradar à rainha.

O primeiro problema estava resolvido.

Agora, o segundo se apresentava.

Como fazer para prejudicar a duquesa?

Que recurso poderia oferecer-lhe, para objetivo tão árduo, seu miserável emprego?

Nenhum, evidentemente.

XII

ESCÓCIA, IRLANDA E INGLATERRA

Indiquemos um detalhe: Josiane "tinha a roda".

Entenderemos isso se pensarmos que ela era, se bem que de modo atravessado, irmã da rainha, ou seja, pessoa principesca.

"Ter a roda", que era isso?

O visconde de Saint-John — pronuncie-se Bolingbroke — escrevia a Thomas Lennard, conde de Sussex: "Duas coisas fazem com que sejamos grandes. Na Inglaterra, ter a roda; na França, ter o para".

O *para*, na França, era o seguinte: quando o rei estava viajando com a corte, o furriel-mor, chegada a noite, nas paradas de repouso, designava as acomodações das pessoas conforme sua majestade. Entre esses senhores, alguns tinham um privilégio imenso: "Têm o *para*, diz o Jornal Histórico do ano 1694, página 6, ou seja, o furriel que marca os quartos escreve *Para* antes de seus nomes — como *Para o senhor príncipe de Soubise* — ao passo que, quando marca o quarto de uma pessoa que não é príncipe, não escreve o *Para*, mas simplesmente seu nome — por exemplo, *duque de Gesvres*, duque Mazarino etc." Esse *Para* em uma porta indicava um príncipe ou um favorito. Favorito, é pior que príncipe. O rei concedia o *para* como a fita azul da ordem do Espírito Santo ou como o pariato.

"Ter a roda" na Inglaterra excitava menos a vaidade, mas era mais real. Era um sinal de verdadeira proximidade com a pessoa reinante. Alguém que estivesse, por nascimento ou favor, em posição de receber comunicações diretas de sua majestade tinha na parede de seu quarto de dormir uma roda na qual estava ajustada uma sineta. A sineta soava, a roda se abria, uma missiva real aparecia em um pires de ouro ou em uma almofada de veludo, depois a roda tornava a se fechar. Era íntimo e solene. O misterioso no familiar. A roda não tinha nenhum outro uso. O seu tilintar anunciava uma mensagem real. Não se via quem a trazia. Era, aliás, simplesmente um pajem da rainha ou do rei. Leicester tinha a roda sob Elisabeth; e Buckingham, sob Jaime I. Josiane a tinha sob Ana, apesar de pouco favorita. Quem tinha a roda era como alguém que estivesse em relação direta com o pequeno correio do céu e para quem Deus mandava, de tempos em tempos, o seu carteiro levar uma carta. Não havia exceção mais cobiçada. Esse privilégio provocava mais servilismo. Era-se, com isso, um pouco mais criado. Na corte, o que eleva abaixa. *Avoir le tour*, ter a roda, era dito em francês. Esse detalhe de etiqueta inglesa era, provavelmente, uma antiga futilidade francesa.

Lady Josiane, virgem par da Inglaterra, como Elisabeth fora virgem rainha da Inglaterra, levava, fosse na cidade, fosse no campo, segundo a estação, uma existência quase principesca e mantinha quase uma corte, da qual lorde David era cortesão, com muitos outros. Não sendo ainda casados, lorde David e lady Josiane podiam, sem ridículo, mostrar-se juntos em público, o que faziam muitas vezes. Iam frequentemente aos espetáculos e às corridas na mesma carruagem e na mesma tribuna. O casamento, que lhes era permitido, e mesmo imposto, esfriava-os; mas, em suma, a atração entre eles consistia em se ver. As intimidades permitidas aos *engaged* têm fronteiras fáceis de romper. Abstinham-se de atravessá-las, o que seria fácil ao mau gosto.

As mais belas lutas de boxe de então aconteciam em Lambeth, paróquia em que o lorde arcebispo de Canterbury tem um palácio, apesar de o ar ser ali malsão, e uma rica biblioteca aberta a certas horas às pessoas de bem. Uma vez, era inverno, houve ali, em uma pradaria fechada à chave, um assalto de dois homens a que assistiu Josiane, conduzida por David. Ela perguntara: "As mulheres são admitidas?" e David respondera: "*Sunt foeminae magnates*". Tradução livre: "Não as burguesas". Tradução literal: "As grandes damas existem". Uma duquesa entra em toda parte. Foi por isso que lady Josiane assistiu ao boxe.

Lady Josiane fez somente a concessão de se vestir de cavaleiro, algo bastante usual então. As mulheres não viajavam de outro modo. Entre as seis pessoas que continha o coche de Windsor, era raro que não houvesse uma ou duas mulheres vestidas como homens. Era sinal de *gentry*.

Lorde David, como estava em companhia de uma mulher, não podia figurar na partida e devia permanecer simples assistente.

Lady Josiane só traía sua qualidade pelo fato de olhar através de binóculos, o que era ato de fidalgo.

O "nobre encontro" era presidido por lorde Germaine, bisavô ou tio-avô daquele lorde Germaine que, no final do século XVIII, foi coronel, recuou em uma batalha, depois foi ministro da guerra, e só escapou aos biscainhos do inimigo para cair sob os sarcasmos de Sheridan, metralhadora pior! Muitos fidalgos apostavam: Harry Bellew de Carleton, que tinha pretensões ao extinto pariato de Bella-Aqua, contra Henry, lorde Hyde, membro do parlamento pelo burgo de Dunhivid, também chamado de Launceston; o honorável Peregrine Bertie, membro pelo burgo de Truro, contra o senhor Thomas Colepeper, membro por Maidstone; o *laird* de Lamyrbau, que é da região fronteiriça do Lothian, contra Samuel

Trefusis, do burgo de Penryn; o senhor Bartholomew Grace-dieu, do burgo Saint-Yves, contra o mui honorável Charles Bodville, que se chama lorde Robartes e que é Custos Rotulorum do condado de Cornualha. E ainda outros.

Os dois boxeadores eram um irlandês de Tipperary, conhecido pelo nome de sua montanha natal, Phelem-ghe-madone, e um escocês chamado Helmsgail. Isso colocava dois orgulhos nacionais frente a frente. Irlanda e Escócia iam se bater; Erin ia dar socos em Gajothel. Assim, as apostas ultrapassavam quarenta mil guinéus, sem contar os jogos fechados.

Os dois campeões estavam nus, com um calção bem curto afivelado nos quadris e coturnos de solado com pregos amarrados nos tornozelos.

Helmsgail, o escocês, era um jovem de apenas dezenove anos, mas já tinha a testa costurada; é por isso que se apostava nele dois e um terço. No mês precedente, afundara uma costela e furara os dois olhos do boxeador Sixmileswater: o que explicava o entusiasmo. Os seus apostadores haviam ganhado doze mil libras esterlinas. Além da testa costurada, Helmsgail tinha o maxilar lascado. Era lesto e alerta. Era alto como uma mulher baixinha, troncudo, atarracado, de uma estatura baixa e ameaçadora, e nada fora perdido da massa de que fora feito; nem um músculo que não fosse direcionado ao objetivo, o pugilato. Havia concisão em seu torso firme, luzidio e moreno como o bronze. Sorria, e três dentes que tinha de menos somavam-se ao seu sorriso.

Seu adversário era vasto e largo, ou seja, fraco.

Era um homem de quarenta anos. Tinha seis pés de altura, um peitoral de hipopótamo e expressão suave. Seu soco fendia o convés de um navio, mas ele não sabia dá-lo. O irlandês Phelem-ghe-madone era principalmente uma superfície e parecia estar no boxe mais para levar do que para bater. Contudo, sentia-se que duraria bastante tempo. Espécie de filé malcozido, difícil de morder e impossível de comer. Era o que se chamava, em gíria local, de carne crua, *raw flesh*. Era vesgo. Parecia resignado.

Esses dois homens haviam passado a noite precedente lado a lado na mesma cama, dormido juntos. Haviam bebido cada um no mesmo copo três dedos de vinho do Porto.

Tinham, um e outro, seu grupo de torcedores, homens mal-encarados, que ameaçavam, se fosse preciso, os árbitros. No grupo pró-Helmsgail, destacava-se John Gromane, famoso por carregar um boi nas costas, e um tal de John Bray, que um dia carregara nos ombros dez sacas de farinha de quinze galões cada e mais o moleiro e andara com essa carga mais de duzentos passos adiante. Do lado de Phelem-ghe-madone, lorde Hyde trouxera de Launceston um certo Kilter, que residia no Castelo-Verde e que lançava, por cima dos ombros, uma pedra de vinte libras mais alto do que a mais alta torre do castelo. Esses três homens, Kilter, Bray e Gromane eram da Cornualha, o que honra o condado.

Outros torcedores eram malandros rudes, de rins sólidos, pernas arqueadas, grandes patas nodosas, de expressão inepta, esfarrapados, que nada temiam, quase todos condenados pela justiça.

Muitos eram especialistas em embebedar os homens de polícia. Cada profissão deve ter seus talentos.

O prado escolhido ficava ainda depois do Jardim dos Ursos, em que se faziam antigamente lutar os ursos, os touros e os cães, para além das últimas casas em construção, ao lado dos restos do priorado de Santa Maria Over Ry, arruinado por Henrique VIII. Vento norte e geada era o tempo; caía uma chuva fina, logo transformada em gelo. Reconhecia-se entre os *gentlemen* presentes os que eram pais de família, porque haviam aberto seus guarda-chuvas.

Do lado de Phelem-ghe-madone, o coronel Moncreif, árbitro, e Kilter, para recebê-los nos joelhos.

Os dois boxeadores permaneceram alguns instantes imóveis no ringue enquanto regulavam os relógios. Depois caminharam um na direção do outro e se deram a mão.

Phelem-ghe-madone disse a Helmsgail: "Eu gostaria de voltar para casa."

Helmsgail respondeu com honestidade: "A galera não pode ter-se deslocado por nada."

Nus como estavam, sentiam frio. Phelem-ghe-madone tremia. Seus queixos batiam.

O doutor Eleanor Sharp, sobrinho do arcebispo de York, gritou-lhes: "Vamos, meus marotos, comecem a encher-se de porradas. Isso vai aquecê-los."

Essas palavras amenas os descongelaram.

Atacaram-se.

Mas nem um nem outro estavam encolerizados. Passaram-se três *rounds* moles. O reverendo doutor Gumdraith, um dos quarenta associados de All Soules College[18], gritou: "Vamos dar-lhes gim!".

Mas os dois *referees* e os dois padrinhos, todos os quatro juízes, mantiveram a regra. Contudo, fazia muito frio.

Ouviu-se o grito: *"First blood!"* O primeiro sangue era reclamado. Os dois foram reposicionados bem em frente um do outro.

Eles se olharam, se aproximaram, esticaram os braços, se tocaram os punhos, depois recuaram. De repente, Helmsgail, o baixinho, arremessou-se.

O verdadeiro combate começou.

Phelem-ghe-madone foi atingido em plena testa entre as duas sobrancelhas. Todo o seu rosto pingava sangue. A multidão gritou: "Helmsgail fez correr o *bordeaux*![19]" Aplaudiram.

Phelem-ghe-madone, girando os braços como um moinho gira suas pás, pôs-se a agitar os dois punhos ao acaso.

O honorável Peregrine Bertie disse: "Cegado. Mas ainda não cego."

Então, Helmsgail ouviu explodir de todos os lados este encorajamento: "*Bung his peepers!*"[20]

Em suma, os dois campeões tinham sido realmente bem escolhidos e, apesar de o tempo ser pouco favorável, todos entenderam que a luta seria boa. O quase-gigante Phelem-ghe-madone tinha os inconvenientes de suas vantagens; movimentava-se pesadamente. Seus braços eram maças, mas seu corpo era massa. O baixinho corria, golpeava, saltava, rugia, redobrava de vigor pela velocidade, sabia estratagemas. De um lado, o soco primitivo, selvagem, inculto, no estado de ignorância; de outro, o soco da civilização. *Helmsgail* combatia tanto com seus nervos como com seus músculos e tanto com sua maldade como com sua força; Phelem-ghe-madone era uma espécie de matador inerte, um pouco morto por antecedência. Era a arte contra a natureza. Era o feroz contra o bárbaro.

Era evidente que o bárbaro seria derrotado. Mas não muito depressa. Daí o interesse.

Um pequeno contra um grande. A sorte tende para o pequeno. Um gato consegue bater um dogue. Os Golias sempre são vencidos pelos Davis.

Uma chuva de apóstrofes caiu sobre os combatentes: "Bravo, Helmsgail!", "Good!", "*Well done, highlander!*", "*Now Phelem!*".[21]

E os amigos de Helmsgail lhe repetiam com benevolência a exortação: "Fura os olhos dele!".

Helmsgail fez melhor. Bruscamente abaixou-se, tornou a se levantar com uma ondulação de réptil e golpeou Phelem-ghe-madone no externo. O colosso cambaleou.

– Golpe baixo! — gritou o visconde Barnard.

Phelem-ghe-madone desmontou no colo de Kilter dizendo: "Estou começando a esquentar."

Lorde Desertum consultou os *referees* e disse: "Haverá cinco minutos de *rond*"[22].

Phelem-ghe-madone desfalecia. Kilter enxugou-lhe o sangue dos olhos e o suor do corpo com uma flanela e enfiou-lhe um gargalo na boca. Estava-se no décimo-primeiro assalto. Phelem-ghe-madone, além de sua chaga na testa, tinha os peitorais deformados de pancadas, a barriga intumescida e o sincipúcio contundido. Helmsgail não tinha nada.

Um certo tumulto elevava-se entre os *gentlemen*.

Lorde Barnard repetia:

– Golpe baixo.

– Apostas anuladas — disse o *laird* de Lamyrbau.

– Quero meu dinheiro de volta — ecoou o senhor Thomas Colepeper.

E o honorável membro pelo burgo Saint-Yves, o senhor Bartholomew Gracedieu, acrescentou:

– Que me devolvam meus quinhentos guinéus. Vou embora.

– Interrompam a luta — gritou a assistência.

Mas Phelem-ghe-madone levantou-se quase tão cambaleante como um homem embriagado e disse:

– Continuemos a luta, mas com uma condição. Terei, eu também, o direito de aplicar um golpe baixo.

Gritaram de todos os lados:

– Concedido.

Helmsgail deu de ombros.

Passados os cinco minutos, começou o novo assalto.

O combate, que era uma agonia para Phelem-ghe-madone, era uma brincadeira para Helmsgail.

O que não faz a ciência! O pequeno homem deu um jeito de colocar o grande em *chancery*. Quer dizer que, de repente, Helmsgail enlaçou, com seu braço esquerdo curvado como um crescente de aço, a cabeçorra de Phelem-ghe-madone e o manteve ali sob seu sovaco, com o pescoço dobrado e a nuca baixa, enquanto com seu punho direito, golpeando repetidas vezes como um martelo em um prego, mas de baixo para cima e por baixo, esmagava-lhe tranquilamente o rosto. Quando Phelem-ghe-madone, finalmente, largado, levantou a cabeça, não tinha mais rosto.

O que fora um nariz, olhos e uma boca não era mais que uma espécie de esponja negra ensopada de sangue. Cuspiu. Viu-se no chão quatro dentes.

Depois ele caiu. Kilter recebeu-o nos joelhos.

Helmsgail mal fora atingido. Tinha alguns roxos insignificantes e um arranhão na clavícula.

Ninguém mais sentia frio. Apostava-se dezesseis e um quarto para Helmsgail contra Phelem-ghe-madone.

Harry de Carleton gritou:

– Não existe mais Phelem-ghe-madone. Aposto em Helmsgail meu pariato de Bella-Aqua e meu título de lorde Bellew contra uma velha peruca do arcebispo de Canterbury.

– Dê aqui o seu focinho — disse Kilter a Phelem-ghe-madone e, mergulhando sua flanela ensanguentada na garrafa, limpou-o com gim. Reviu-se a boca, e Phelem-ghe-madone abriu uma pálpebra. As têmporas estavam fendidas.

– Mais um assalto, amigo. — disse Kilter.

E acrescentou:

– Pela honra da cidade baixa.

Os gauleses e os irlandeses se entendem; mas Phelem-ghe-madone não fez nenhum sinal que indicasse que ainda tivesse algo no espírito.

Phelem-ghe-madone levantou-se. Kilter sustentava-o. Era o vigésimo quinto assalto. Pelo modo como aquele ciclope, pois tinha unicamente um olho, se reposicionou, todos entenderam que era o fim, e ninguém duvidou de que ele estivesse perdido. Levantou a guarda acima do queixo, inabilidade de moribundo. Helmsgail, que mal estava suado, gritou:

– Aposto em mim mesmo. Mil contra um.

Helmsgail, levantando o braço, golpeou, e — foi estranho — todos os dois caíram. Ouviu-se um gemido alegre.

Era Phelem-ghe-madone que estava contente.

Aproveitara do golpe terrível que Helmsgail lhe dera no crânio para lhe aplicar um, baixo, abaixo da cintura.

Helmsgail jazia, estertorava.

A assistência olhou Helmsgail no chão e disse:

– Levou o dele.

Todo o mundo bateu palmas, mesmo os perdedores.

Phelem-ghe-madone pagara um golpe baixo com outro golpe baixo e agiu no seu direito.

Levaram Helmsgail em uma padiola. A opinião era que ele não voltaria. Lorde Robartes exclamou:

– Ganhei mil e duzentos guinéus.

Phelem-ghe-madone estava evidentemente estropiado para sempre.

Ao sair, Josiane tomou o braço de lorde David, o que era tolerado entre *engaged*. Disse-lhe:

– Foi muito bonito. Mas...

– Mas o quê?

– Acreditei que isso acabaria com meu tédio. Mas, não.

Lorde David estacou, olhou Josiane, fechou a boca e inflou as bochechas balançando a cabeça, o que significa "atenção!" e disse à duquesa:

– Contra o tédio só há um remédio.
– Qual?
– Gwynplaine.
A duquesa perguntou:
– O que é Gwynplaine?

LIVRO SEGUNDO

GWYNPLAINE E DEA

I

EM QUE VEREMOS O ROSTO DAQUELE DE QUE ATÉ AGORA SÓ VIMOS AS AÇÕES

A natureza fora pródiga de benesses para com Gwynplaine. Dera-lhe uma boca que se abria até as orelhas, orelhas que se dobravam até os olhos, um nariz informe próprio para a oscilação dos óculos do truão e um rosto que não se podia olhar sem rir.

Como acabamos de dizer, a natureza cumulara Gwynplaine de dádivas. Mas teria sido a natureza?

Não a teriam ajudado?

Dois olhos iguais a dias de sofrimento, um hiato por boca, uma protuberância esborrachada com dois buracos que eram as narinas, um achatamento por rosto, e tudo isso tendo como resultado o riso. É evidente que a natureza não produz sozinha tais obras-primas.

Entretanto, o riso é acaso sinônimo de alegria?

Se, na presença desse saltimbanco — pois se tratava de um saltimbanco —, deixássemos dissipar-se a primeira impressão de hilaridade e se observássemos esse homem com atenção, nele reconheceríamos a mão da arte. Tal rosto não é fortuito, mas planejado. Ser a tal ponto completo não é algo que pertença à natureza. O homem nada pode sobre sua beleza, mas tudo pode sobre sua feiura. De um perfil hotentote não se faz um perfil romano, mas de um nariz grego é possível fazer um nariz calmuco. Basta obliterar a base do nariz e alargar as narinas. Não foi à toa que o baixo latim da Idade Média criou o verbo *denasare*. Gwynplaine criança fora tão digno de atenção para terem se ocupado dele a ponto de lhe modificarem o rosto? Por que não? Quanto mais não fosse com o objetivo de exibição e especulação. Ao que tudo indica, industriosos manipuladores de crianças haviam trabalhado naquele rosto. Parecia evidente que uma ciência misteriosa, provavelmente oculta, que era para a cirurgia o que a alquimia é para a química, havia cinzelado aquela carne, certamente na primeira infância, e criado, com premeditação, aquele rosto. Essa ciência, hábil nas secções, nas obtusões e nas ligaduras, fendera a boca, desbridara os lábios, desnudara as gengivas, distendera as orelhas, deslocara as cartilagens, desordenara as sobrancelhas e as bochechas, alargara o músculo zigomático, disfarçara as costuras e as cicatrizes, cobrira as lesões com a pele, conservando, ao mesmo tempo, o rosto rasgado, e dessa escultura potente e profunda saíra esta máscara, Gwynplaine.

Não se nasce assim.

De qualquer modo, Gwynplaine era admiravelmente notável. Gwynplaine era uma dádiva feita pela providência à tristeza dos homens. Por que providência? Haveria uma providência Demônio como há uma providência Deus? Colocamos a questão sem resolvê-la.

Gwynplaine era saltimbanco. Exibia-se em público. Nenhum efeito era comparável ao seu. Bastava mostrar-se para curar hipocondrias. Não era indicado para pessoas de luto, constrangidas e forçadas, pois, ao vê-lo, punham-se a rir indecentemente. Um dia veio o carrasco, e Gwynplaine o fez rir. Via-se Gwynplaine, segurava-se a barriga; se ele falava, rolava-se no chão. Era o polo oposto da tristeza. Spleen ficava num extremo e Gwynplaine, no outro.

Assim conquistara rapidamente, nas feiras e nas praças, um bastante satisfatório renome de homem horrível.

Era rindo que Gwynplaine fazia rir. E, contudo, ele não ria. Seu rosto ria, seu pensamento não. O tipo de rosto inaudito que o acaso ou uma indústria bizarramente especial moldara para ele ria sozinho. Gwynplaine nada fazia. O externo não dependia do interno. O riso que ele não pusera em sua fronte, em suas bochechas, em suas sobrancelhas, em sua boca, ele não podia eliminá-lo. Haviam-lhe aplicado para sempre o riso no rosto. Era um riso automático e ainda mais irresistível porque era petrificado. Ninguém se esquivava daquele ricto. Duas convulsões da boca são comunicativas, o riso e o bocejo. Pela virtude da misteriosa operação provavelmente sofrida por Gwynplaine criança, todas as partes de seu rosto contribuíam para aquele ricto, toda a sua fisionomia nele desembocava, como uma roda se concentra em seu cubo; todas as suas emoções, quaisquer que fossem, aumentavam essa estranha figura de alegria, ou melhor dizendo, agravavam-na. Um espanto que tivesse tido, um sofrimento que tivesse sentido, uma cólera que o tivesse atravessado, uma piedade que tivesse experimentado, só teriam aumentado essa hilaridade dos músculos; se chorasse, teria rido; e fizesse Gwynplaine o que fizesse, quisesse o que quisesse, pensasse o que pensasse, assim que levantava a cabeça a multidão, se houvesse multidão, tinha, diante dos olhos esta aparição, a gargalhada fulminante.

Imagine uma cabeça de Medusa alegre.

Tudo o que se tinha na mente era perturbado por aquele inesperado, e era preciso rir.

A arte antiga outrora aplicava no frontão dos teatros da Grécia uma face de bronze alegre. Essa face chamava-se a Comédia. Esse bronze parecia rir e fazia rir e era pensativo. Toda a paródia, que desemboca na demência, toda a ironia, que desemboca na sabedoria, se condensavam e se amalgamavam nessa figura; a soma das preocupações, das desilusões, dos desgostos e das tristezas se concentrava naquela fronte impassível e dava este total lúgubre, a alegria; um canto da boca elevava-se, pelo lado do gênero humano, pela zombaria, e o outro canto, pelo lado dos deuses, pela blasfêmia; os homens vinham confrontar a esse modelo do sarcasmo ideal o exemplar de ironia que cada um tem em si; e a multidão, constantemente renovada em torno desse riso fixo, pasmava-se de contentamento diante da imobilidade sepulcral da chacota. Essa sombria máscara morta da comédia antiga ajustada a um homem vivo poderíamos quase dizer que era Gwynplaine. Essa cabeça infernal da hilaridade implacável, ele a tinha sobre o pescoço. Que fardo para os ombros de um homem, o riso eterno!

Riso eterno. Entendamo-nos e expliquemo-nos. A acreditar-se nos maniqueus, o absoluto verga por momentos, e o próprio Deus tem intermitências. Entendamo-nos também sobre a vontade. Não podemos admitir que ela possa ser eternamente impotente. Toda existência assemelha-se a uma carta que o *postscriptum* modifica. Para Gwynplaine, o *postscriptum* era o seguinte: à força de vontade, e contanto que nenhuma emoção viesse distraí-lo e relaxar a fixidez de seu esforço, podia conseguir suspender o eterno ricto de sua face e nela lançar uma espécie de véu trágico, e então não se ria mais diante dele, estremecia-se.

Esse esforço, Gwynplaine, devemos dizê-lo, não o fazia quase nunca, pois era uma fadiga dolorosa e uma tensão insuportável. Bastava, além disso, a menor distração e a menor emoção para que, afastado por um momento, aquele riso, irresistível como um refluxo, reaparecesse em sua face, tanto mais intenso quanto a emoção, qualquer que fosse ela, e se mostrasse mais forte.

Considerando-se essa única restrição, o riso de Gwynplaine era eterno.

Via-se Gwynplaine e ria-se. Quando se havia rido, virava-se a cabeça. As mulheres sobretudo lhe tinham horror. Aquele homem era pavoroso. A convulsão histriônica era como um tributo pago; era aceito alegremente, mas quase mecanicamente. Após o que, esfriado o riso, Gwynplaine, para uma mulher, era insuportável de ver e impossível de olhar.

De resto, era alto, benfeito, ágil, nem um pouco disforme, a não ser de rosto. Essa era uma indicação a mais entre as presunções que deixavam entrever em Gwynplaine mais uma criação da arte do que uma obra da natureza. Gwynplaine, belo de corpo, fora provavelmente belo de rosto. Ao nascer, devia ter sido uma criança como outra qualquer. Haviam conservado o corpo intacto e retocado apenas o rosto. Gwynplaine fora feito de propósito.

Era, ao menos, o que tudo indicava.

Haviam-lhe deixado os dentes. Os dentes são necessários ao riso. A caveira os conserva.

A operação feita nele devia ter sido pavorosa. Ele não se lembrava dela, o que não provava que não a tivesse sofrido. Essa escultura cirúrgica só poderia ter dado certo em uma criança bem pequena, e, consequentemente, de pouca consciência do que lhe acontecia, que pudesse facilmente considerar uma ferida como uma doença. Além disso, já naqueles tempos, como todos se lembram, os meios de adormecer o paciente e de suprimir o sofrimento eram conhecidos. A única diferença é que, naquela época, isso era chamado de magia. Hoje é chamado de anestesia.

Além desse rosto, aqueles que o haviam educado lhe haviam dado recursos de ginasta e de atleta; suas articulações, utilmente deslocadas e apropriadas para flexões em sentido inverso, haviam recebido uma educação de palhaço e podiam, como os gonzos de uma porta, se mover em todos os sentidos. Na sua adequação ao ofício de saltimbanco nada fora negligenciado.

Seus cabelos haviam sido pintados em ocre de uma vez por todas; segredo que foi redescoberto em nossos dias. As belas mulheres o usam; o que outrora enfeava é hoje julgado bom para embelezar. Gwynplaine tinha os cabelos amarelos. Essa pintura dos cabelos, aparentemente corrosiva, deixara-os lanosos e ásperos ao tato. Esse eriçamento selvagem, mais crina que cabeleira, recobria e ocultava um profundo crânio feito para conter pensamento. A operação qualquer que tenha sido, que retirara a harmonia do rosto e desordenara toda aquela carne, não atingira a caixa óssea. O ângulo facial de Gwynplaine era potente e surpreendente. Por trás daquele riso havia uma alma, que, como a de todos nós, devaneava.

De resto, aquele riso era para Gwynplaine um talento. Nada podia contra ele e dele tirava partido. Por meio desse riso, ganhava a vida.

Gwynplaine — certamente já o reconheceu — era aquele menino abandonado, numa noite de inverno nas costas de Portland, e acolhido em uma pobre cabana móvel em Weymouth.

II

DEA

O menino era então um homem. Quinze anos tinham-se escoado. Estava-se em 1705. Gwynplaine chegava aos seus vinte e cinco anos.

Ursus conservara com ele as duas crianças. Aquilo formara um grupo nômade.

Ursus e Homo haviam envelhecido. Ursus tornara-se completamente calvo. O lobo estava ficando grisalho. A idade dos lobos não é semelhante à idade dos cães. Segundo Molin, existem lobos que vivem oitenta anos, entre outros o pequeno Koupara, *caviae vorus*, e o lobo das planícies, o *canis nubilus* de Say.

A menina encontrada em cima da mulher morta era agora uma grande criatura de dezesseis anos, pálida e de cabelos castanhos, delgada, frágil, quase trêmula de tanta delicadeza, que chegava a dar medo de quebrá-la, admiravelmente bela, com olhos plenos de luz, cega.

A fatal noite de inverno que derrubara a mendiga e sua filha na neve aplicara um golpe duplo. Matara a mãe e cegara a filha.

A gota-serena paralisara para sempre as pupilas da menina, que, por sua vez, se tornara mulher. Em seu rosto, através do qual a luz não passava, os cantos dos lábios tristemente abaixados exprimiam esse desapontamento amargo. Seus olhos, grandes e claros, tinham a estranheza de, apagados para ela, brilharem para os outros. Misteriosas chamas acesas iluminando apenas o exterior. Ela dava luz, ela que não a tinha. Aqueles olhos extintos resplandeciam. Aquela cativa das trevas branquejava o meio sombrio em que estava. Do fundo de sua obscuridade incurável, de trás desse muro negro chamado de cegueira, ela irradiava. Ela não via fora dela o sol e nela se via sua alma.

Seu olhar morto tinha não sei quê fixidez celeste.

Ela era a noite, e, dessa sombra irremediável amalgamada a ela mesma, ela saía astro.

Ursus, maníaco por nomes latinos, batizara-a Dea. Consultara um pouco seu lobo; dissera-lhe: "Você representa o homem, eu represento o animal; estamos no mundo terreno; essa pequena representará o mundo celeste. Tanta fraqueza é a onipotência. Dessa maneira, o universo completo, humanidade, bestialidade, divindade, estará na nossa cabana". O lobo não fizera objeções.

E foi assim que a criança encontrada chamou-se Dea.

Quanto a Gwynplaine, Ursus não tivera o trabalho de inventar-lhe um nome. Na própria manhã do dia em que constatara o desfiguramento do menino e a cegueira da menina, perguntara: "Menino, como se chama?" E o menino respondera: "Chamam-me Gwynplaine."

"Que continue Gwynplaine", dissera Ursus.

Dea assistia Gwynplaine em suas tarefas.

Se a miséria humana pudesse ser resumida, ela o seria por Gwynplaine e Dea. Ambos pareciam ter nascido em um compartimento do sepulcro; Gwynplaine no horrível, Dea no negro. Suas existências eram feitas com trevas de espécies diferentes, emprestadas dos dois lados formidáveis da noite. Essas trevas, Dea as tinha em si e Gwynplaine as tinha sobre si. Havia algo de fantasma em Dea e de espectro em Gwynplaine. Dea estava no lúgubre, e Gwynplaine no pior. Havia para Gwynplaine, que enxergava, uma possibilidade pungente que não existia para Dea, que era cega: comparar-se com outros homens. Ora, em uma situação como a de Gwynplaine, admitindo que ele procurasse se dar conta disso, comparar-se era não compreender-se mais. Ter, como Dea, um olhar vazio, de onde o mundo estava ausente, é a angústia suprema, menos, contudo, do que esta: ser seu próprio enigma; sentir ainda algo de ausente que somos nós mesmos; ver o universo e não se ver. Dea tinha um véu, a noite, e Gwynplaine tinha uma máscara, seu rosto. Coisa inexprimível. Era com sua própria carne que Gwynplaine estava mascarado. Qual era o seu rosto, ele ignorava. Sua figura estava no desvanecimento. Haviam posto sobre ele um falso ele mesmo. Tinha como rosto um desaparecimento. Sua cabeça vivia, e seu rosto era morto. Não se lembrava de tê-lo visto. O gênero humano, tanto para Dea como para Gwynplaine, era um fato exterior; estavam longe dele; ela estava sozinha, ele estava sozinho; o isolamento de Dea era fúnebre, ela não via nada; o isolamento de Gwynplaine era sinistro, ele via tudo. Para Dea, a criação não ultrapassava a audição e o tato; o real era restrito, limitado, curto, logo perdido; ela não tinha outro infinito além da sombra. Para Gwynplaine, viver era ter para sempre a multidão diante de si e fora de si. Dea era a proscrita da luz; Gwynplaine era o banido da vida. Evidentemente, tratava-se de dois desesperados. O fundo da calamidade possível fora tocado. Nele estavam tanto ele quanto ela. Um observador que os visse teria sentido seu devaneio desembocar em uma incomensurável piedade. O que não deviam sofrer? Um decreto de infelicidade pesava visivelmente sobre aquelas duas criaturas humanas, e jamais a fatalidade, em torno de dois seres que nada haviam feito, havia mais perfeitamente moldado o destino em tortura e a vida em inferno.

Estavam em um paraíso.

Amavam-se.

Gwynplaine adorava Dea. Dea idolatrava Gwynplaine.

"Você é tão lindo!", dizia-lhe ela.

OCULOS NON HABET, ET VIDET

Uma única mulher na terra via Gwynplaine. Era aquela cega.

O que Gwynplaine fora para ela, ela sabia por Ursus, a quem Gwynplaine contara sua rude caminhada de Portland a Weymouth e as agonias mescladas a seu abandono. Sabia que, ainda muito pequena, expirante sobre a mãe expirada, mamando em um cadáver, um ser um pouco menos pequeno do que ela a havia recolhido; que aquele ser, eliminado e como sepultado sob a sombria recusa universal, ouvira seu grito; que, todos estando surdos para ele, ele não fora surdo para ela; que aquela criança, isolada, fraca, rejeitada, sem nenhum apoio nesta terra, arrastando-se no deserto, esgotada de cansaço, alquebrada, aceitara das mãos da noite este fardo, uma outra criança; que ele, que não tinha nenhum quinhão a esperar nesta distribuição obscura que se chama de sorte, encarregara-se de um destino; que desprovimento, angústia e aflição fizera-se providência; que, quando o céu se fechara, ele abrira o coração; que, perdido, salvara; que, não tendo teto nem abrigo, fora asilo; que se fizera mãe e ama; que ele, que estava sozinho no mundo, respondera ao abandono por uma adoção; que, nas trevas, ele dera este exemplo; que, não se achando suficientemente oprimido, aceitara, de lambuja, a miséria de um outro; que, nesta terra em que parecia não haver nada para ele, descobrira o dever; que, onde todos teriam hesitado, ele avançara; que, onde todos teriam recuado, ele consentira; que enfiara sua mão na abertura do sepulcro e que dali a tirara, a ela, Dea; que, seminu, dera-lhe seus farrapos, porque ela sentia frio; que, esfomeado, pensara em fazê-la comer e beber; que, por aquela menina, aquele menino combatera a morte; que a combatera sob todas as formas, sob a forma de inverno e de neve, sob a forma de solidão, sob a forma de terror, sob a forma de frio, de fome e de sede, sob a forma de furacão; que por ela, Dea, aquele titã de dez anos travara batalha contra a imensidão noturna. Sabia que ele fizera aquilo menino e que agora, homem, era a força dela, débil, a riqueza dela, indigente, a cura dela, doente, o olhar dela, cega. Através das espessuras desconhecidas pelas quais ela se sentia mantida à distância, distinguia nitidamente aquela devoção, aquela abnegação, aquela coragem. O heroísmo, na região imaterial, tem um contorno. Ela captava aquele contorno sublime. Na inexprimível abstração em que vive um pensamento que o sol não ilumina, ela percebia o misterioso delineamento da virtude. Naquele universo de coisas obscuras postas em movimento que era a única impressão que lhe causava a realidade, naquela estagnação inquieta da criatura passiva sempre à espreita do perigo possível, naquela sensação de estar ali sem defesa que é toda a vida do cego, ela constatava acima dela Gwynplaine. Gwynplaine nunca esmorecido, nunca ausente, nunca ofuscado, Gwynplaine terno, prestativo e doce. Dea estremecia de certeza e de reconhecimento, sua ansiedade acalmada tornava-se êxtase, e, de seus olhos cheios de trevas, ela contemplava no zênite de seu abismo aquela bondade, luz profunda.

No ideal, a bondade é o sol; e Gwynplaine deslumbrava Dea.

Para a multidão, que tinha cabeças demais para ter um pensamento e olhos demais para ter um olhar, para a multidão que, superfície de si mesma, para nas superfícies, Gwynplaine era um palhaço, um truão, um saltimbanco, um grotesco, um pouco mais e um pouco menos do que um animal. A multidão conhecia somente o rosto.

Para Dea, Gwynplaine era o salvador que a havia recolhido na tumba e levado para fora, o consolador que lhe tornava a vida possível, o libertador cuja mão ela sentia na sua neste labirinto que é a cegueira; Gwynplaine era o irmão, o amigo, o guia, o amparo, o semelhante divino, o esposo alado e radiante, e onde a turba via o monstro, ela via o arcanjo.

É que Dea, cega, enxergava a alma.

IV

OS NAMORADOS PERFEITOS

Ursus, filósofo, compreendia. Aprovava a fascinação de Dea. Dizia: "O cego vê o invisível". Dizia: "A consciência é visão". Olhava Gwynplaine e murmurava: "Semimonstro, mas semideus".

Gwynplaine, por sua vez, estava ébrio de Dea. Há o olho invisível, o espírito, e o olho visível, a pupila. Ele a via com o olho visível. Dea tinha o deslumbramento ideal, Gwynplaine tinha o deslumbramento real. Gwynplaine não era feio, era apavorante; tinha diante de si o seu contraste. O que tinha de terrível, Dea tinha de suave. Ele era o horror, ela era a graça. Havia algo de sonho em Dea. Ela parecia um sonho que tomara um pouco corpo. Havia, em toda a sua pessoa, em sua estrutura eólica, em seu fino e flexível talhe inquieto como o junco, em suas espáduas talvez invisivelmente aladas, nas curvas discretas de seu contorno indicando o sexo, mas mais para a alma do que para os sentidos, em sua brancura quase transparente, na augusta oclusão serena de seu olhar divinamente fechado à terra, na inocência sagrada de seu sorriso, um parentesco sutil com os anjos, e ela nem chegava ainda a ser completamente mulher.

Gwynplaine, como dissemos, se comparava e comparava Dea.

Sua existência, tal como ela, era o resultado de uma dupla escolha inusitada. Era o ponto de intersecção dos dois raios terrestre e celeste, do raio negro e do raio branco. A mesma migalha pode ser bicada ao mesmo tempo por ambos os bicos do bem e do mal, um dando a mordida, o outro o beijo. Gwynplaine era essa migalha, átomo torturado e acariciado. Gwynplaine era o produto de uma fatalidade, complicada de uma providência. A infelicidade pusera o dedo sobre ele, a felicidade também. Dois destinos extremos compunham sua sorte estranha. Havia sobre ele um anátema e uma benção. Era o maldito eleito. Quem era ele? Ele não sabia. Quando se olhava, via um desconhecido. Mas esse desconhecido era monstruoso. Gwynplaine vivia em uma espécie de decapitação, tendo um rosto que não era ele. Aquele rosto era aterrorizante, tão aterrorizante que divertia. Dava tanto medo que fazia rir. Era infernalmente bufão. Era o naufrágio da figura humana em um mascarão bestial. Jamais se vira um eclipse mais total do homem no rosto humano, jamais paródia fora tão completa, jamais esboço mais terrível escarnecera em um pesadelo, jamais tudo o que pode repugnar uma mulher fora mais hediondamente amalgamado em um homem; o infortunado coração, mascarado e caluniado por aquele rosto, parecia condenado para sempre à solidão sob aquele rosto como sob uma laje de tumba. Mas, não! Onde a maldade desconhecida tinha-se esfalfado, a bondade invisível também se prodigalizava. Naquele pobre decaído, de repente elevado, ao lado de tudo o que repugna, ela colocava o que atrai; no escolho, colocava um imã; fazia com que acorresse voando para aquele abandonado uma alma; encarregava a pomba de consolar o fulminado; e fazia a deformidade ser adorada pela beleza.

Para que isso fosse possível, era necessário que a bela não visse o desfigurado. Para essa felicidade, era necessária essa infelicidade. A providência fizera Dea cega.

Gwynplaine se sentia vagamente o objeto de uma redenção. Por que a perseguição? Ignorava-o. Porque o resgate? Ignorava-o. Uma auréola tinha vindo pousar em sua ignomínia; era tudo o que sabia. Ursus, quando Gwynplaine atingira a idade de compreender, havia-lhe lido e explicado o texto do doutor Conquest *de Denasatis*, e em outro in-fólio, *Hugo Plagon*[23], a passagem *nares habens mutilas* ; mas Ursus abstivera-se prudentemente "de hipóteses" e tomara o cuidado de não concluir o que quer que fosse. Suposições eram possíveis, a probabilidade de vias de fato sobre a infância de Gwynplaine podia ser entrevista; mas, para Gwynplaine, havia uma única evidência, o resultado. Seu destino era viver sob um estigma. Por que esse estigma? Não havia resposta. Silêncio e solidão em torno de Gwynplaine. Tudo era fugidio nas conjeturas que se podiam ajustar a essa realidade trágica e, excetuado o fato terrível, nada era certo. Nesse desalento, Dea intervinha; espécie de interposição celeste entre Gwynplaine e o desespero. Ele percebia, emocionado e como que reanimado, a suavidade daquela menina delicada voltada para o seu horror; o espanto paradisíaco enternecia seu rosto draconiano; feito para o pavor, tinha aquela exceção prodigiosa de ser admirado e adorado no ideal pela luz, e, monstro, sentia sobre si a contemplação de uma estrela.

Gwynplaine e Dea eram um casal, e aqueles dois corações patéticos adoravam-se. Um ninho e dois pássaros; era essa sua história. Haviam feito sua entrada na lei universal de se gostar, de se procurar e de se achar.

De modo que o ódio se enganara. Os perseguidores de Gwynplaine, fossem quem fossem, o enigmático encarniçamento, de onde quer que viesse, haviam fracassado. Haviam querido fazer um desesperado, haviam feito um encantado. Haviam-no de antemão casado com uma chaga que o curaria. Haviam-no predestinado a ser consolado por uma aflição. As tenazes do carrasco tinham-se suavemente transformado em mãos de mulher. Gwynplaine era horrível, artificialmente horrível, horrível pela mão dos homens. Haviam pretendido isolá-lo para sempre: primeiro, da família, se ele tivesse uma família; depois, da humanidade. Criança, haviam feito dele uma ruína; mas, essa ruína, a natureza a retomara como retoma todas as ruínas; essa solidão, a natureza a consolara como consola todas as solidões; a natureza vem socorrer todos os abandonos; ali, onde tudo falta, ela se dá novamente por inteiro; ela refloresce e reverdeja em cima de todos os desabamentos; tem a hera para as pedras e o amor para os homens.

Generosidade profunda da sombra.

V

O AZUL NO NEGRO

Assim viviam um pelo outro esses infortunados: Dea, apoiada; Gwynplaine, aceito.

Aquela órfã tinha aquele órfão. Aquela inválida tinha aquele disforme.

Aquelas viuvezes casavam-se.

Uma inefável ação de graças emergia daquelas duas misérias. Elas agradeciam.

A quem?

À imensidão obscura.

Agradecer perante si é o bastante. A ação de graças tem asas e vai aonde tem de ir. Nossas preces sabem mais do que nós.

Quantos homens acreditaram orar a Júpiter e oraram a Jeová! Quantos daqueles que acreditam em amuletos são escutados pelo infinito? Quantos ateus não percebem que, pelo simples fato de serem bons e tristes, estão orando a Deus?

Gwynplaine e Dea eram reconhecidos.

A deformidade é a expulsão. A cegueira é o precipício. A expulsão fora adotada; o precipício era habitável.

Gwynplaine via descer para ele em plena luz, num arranjo do destino que se assemelhava à perspectiva de um sonho, uma branca nuvem de beleza na forma de uma mulher, uma visão radiosa na qual havia um coração, e essa aparição, quase nuvem e contudo mulher, abraçava-o, e aquela visão beijava-o, e aquele coração lhe queria bem. Gwynplaine não era mais disforme, pois era amado; uma rosa pedia a lagarta em casamento, sentindo naquela lagarta a borboleta divina; Gwynplaine, o rejeitado, era escolhido.

Tudo se resume a ter o seu necessário. Gwynplaine tinha o dele. Dea tinha o dela.

A abjeção do desfigurado, aliviada e sublimada, dilatava-se em embriaguez, em encantamento, em crença; e uma mão guiava a sombria hesitação do cego na noite.

Era a penetração de duas misérias no ideal, esta absorvendo aquela. Duas exclusões aceitavam-se. Duas lacunas se combinavam para se completar. Mantinham-se juntos através daquilo que lhes faltava. Onde um era pobre, o outro era rico. A desgraça de um fazia o tesouro do outro. Se Dea não fosse cega, teria escolhido Gwynplaine? Se Gwynplaine não fosse desfigurado, teria preferido Dea? Provavelmente ela não teria querido o disforme tanto quanto ele não teria querido a inválida. Que felicidade para Dea que Gwynplaine fosse horrendo! Que sorte para Gwynplaine que Dea fosse cega! Fora de seu aparelhamento providencial, eles eram impossíveis. Uma prodigiosa necessidade um do outro estava no fundo de seu amor. Gwynplaine salvava Dea, Dea salvava Gwynplaine. Encontro de misérias produzindo aderência. Beijo de tragados no abismo. Nada mais estreito, nada mais desesperado, nada mais delicioso.

Gwynplaine tinha um pensamento: "Que seria eu sem ela?"

Dea tinha um pensamento: "Que seria eu sem ele?"

Aqueles dois exílios desembocavam em uma pátria; aquelas duas fatalidades incuráveis, o estigma de Gwynplaine e a cegueira de Dea, operavam sua junção no contentamento. Bastavam-se, não imaginavam nada para além deles mesmos; falar-se era um deleite, aproximar-se uma beatitude; à força de intuição recíproca, haviam chegado à unidade do sonho; pensavam, a dois, o mesmo pensamento. Quando Gwynplaine andava, Dea acreditava escutar um passo de apoteose. Estreitavam-se um contra o outro em uma espécie de claro-escuro sideral repleto de perfumes, de cintilações, de músicas, de arquiteturas luminosas, de sonhos; pertenciam-se; sabiam-se juntos para sempre na mesma alegria e no mesmo êxtase; e nada era tão estranho como essa construção de um éden por aqueles dois danados.

Eram inexprimivelmente felizes.

Com seu inferno, haviam feito o céu; tal é seu poder, amor!

Dea ouvia Gwynplaine rir. E Gwynplaine via Dea sorrir.

Assim a felicidade ideal estava efetivada, a alegria perfeita da vida estava realizada, o misterioso problema da bem-aventurança estava resolvido. E por quem? Por dois miseráveis.

Para Gwynplaine, Dea era o esplendor. Para Dea, Gwynplaine era a presença.

A presença, profundo mistério que diviniza o invisível e de onde resulta este outro mistério, a confiança. Essa é, nas religiões, a única coisa irredutível. Mas este irredutível basta. O imenso ser necessário não pode ser visto; mas pode ser sentido.

Gwynplaine era a religião de Dea.

Às vezes, perdida de amor, punha-se de joelhos diante dele, espécie de bela sacerdotisa adorando um gnomo de pagode radiante.

Imagine o abismo, e no meio do abismo um oásis de claridade, e nesse oásis esses dois seres fora da vida, deslumbrando-se.

Nenhuma pureza comparável a esses amores. Dea ignorava o que era um beijo, ainda que talvez o desejasse; pois a cegueira, principalmente de uma mulher, tem seus sonhos, e, apesar de trêmula frente às abordagens do desconhecido, não as teme integralmente. Quanto a Gwynplaine, a juventude fremente o tornava pensativo; quanto mais se sentia ébrio, mais se tornava tímido; poderia ter ousado tudo com essa companheira de sua primeira infância, com essa ignorante tanto do pecado como da luz, com essa cega que via uma coisa, que ela o adorava. Mas julgaria roubar o que ela lhe desse; resignava-se, com uma melancolia satisfeita, a amar angelicamente, e o sentimento de sua deformidade se resolvia em um pudor augusto.

Aqueles bem-aventurados habitavam o ideal. Ali eram esposos à distância, como as esferas. Trocavam no azul o eflúvio profundo que no infinito é a atração e na terra o sexo. Davam-se beijos de alma.

Sempre haviam vivido a vida em comum. Não se conheciam senão juntos. A infância de Dea coincidira com a adolescência de Gwynplaine. Haviam crescido lado a lado. Haviam, durante muito tempo, dormido na mesma cama, visto que a cabana não era um vasto quarto de dormir. Eles em cima do baú, Ursus no chão; era esse o arranjo. Depois, um belo dia, com Dea ainda pequena, Gwynplaine se vira grande, e foi do lado do homem que começou a vergonha. Dissera a Ursus: "Também eu quero dormir no chão." E, chegada a noite, estendera-se perto do velho, sobre a pele de urso. Então Dea chorara. Reclamara seu camarada de leito. Mas Gwynplaine, agora inquieto, pois começava a amar, resistiu. A partir desse momento, pôs-se a dormir no chão com Ursus. No verão, nas belas noites, dormia ao ar livre, com Homo. Dea, mesmo aos treze anos, ainda não se resignara. Muitas vezes, à noite, ela dizia: "Gwynplaine, vem para perto de mim; isso me fará dormir."

Um homem ao lado dela era uma necessidade do sono da inocente.

Nudez é ver-se nu: assim, ela ignorava a nudez. Ingenuidade da Arcádia ou do Taiti. Dea selvagem tornava Gwynplaine arisco. Acontecia, às vezes, a Dea, já quase moça, de pentear seus longos cabelos, sentada em sua cama, com a camisola desfeita e escorregando-lhe pelo corpo, deixando ver a estátua feminina esboçada e um vago começo de Eva, e de chamar Gwynplaine. Gwynplaine corava, abaixava os olhos, não sabia o que fazer diante daquela carne ingênua, balbuciava, desviava a cabeça, ficava com medo, e ia-se embora, e esse Dáfnis das trevas se punha em fuga diante daquela Cloé da sombra.

Tal era o idílio que eclodira no meio de uma tragédia.

Ursus lhes dizia: "Pequenos selvagens, amem-se."

VI

URSUS PROFESSOR E URSUS TUTOR

Ursus acrescentava: "Um desses dias, eu lhes pregarei uma peça. Irei casá-los."

Ursus fazia à Gwynplaine a teoria do amor. Dizia-lhe: "Você sabe como o Bom Deus acende o fogo do amor? Coloca a mulher embaixo, o diabo entre os dois; o homem em cima do diabo. Um fósforo, quer dizer um olhar, e tudo se põe a flambar."

"Um olhar não é necessário", respondia Gwynplaine, pensando em Dea.

E Ursus replicava: "Bocó! Acaso as almas, para se olhar, têm necessidade de olhos?"

Às vezes Ursus era bom diabo. Gwynplaine, por momentos, ébrio de Dea a ponto de tornar-se sombrio, fugia de Ursus como de uma testemunha. Um dia Ursus lhe disse:

– Bah! Não fique acanhado. No amor o galo se mostra.

– Mas a águia se esconde — respondeu Gwynplaine.

Em outros instantes, Ursus dizia a si mesmo, em aparte: "É prudente travar um pouco as rodas do carro de Vênus. Amam-se demais. Isso pode ter inconvenientes. Previnamos o incêndio. Moderemos esses corações."

E Ursus recorria a advertências deste gênero, falando a Gwynplaine quando Dea dormia, e a Dea quando Gwynplaine virava as costas:

"Dea, você não deve se apegar demais a Gwynplaine. Viver no outro é perigoso. O egoísmo é uma boa raiz da felicidade. Os homens escapam às mulheres. E depois, Gwynplaine pode acabar enfatuando-se. Ele faz tanto sucesso! Não imagina o sucesso que faz!"

"Gwynplaine, as desproporções não prestam. Muita feiura de um lado, muita beleza de outro, deve ser motivo de reflexão. Tempere seu ardor. Não se entusiasme demais por Dea. Julga-se seriamente feito para ela? Mas considere então sua deformidade e a perfeição dela. Veja a distância entre você e ela. Ela tem tudo, essa Dea! Que pele branca, que cabelos, lábios que parecem morangos, e seus pés! E o que dizer de sua mão! Seus ombros têm curvas deliciosas; o rosto é sublime; quando caminha, dela emana luz; e aquele falar grave com aquele encantador tom de voz! E com tudo isso imaginar que é mulher! Não é tão tola para ser somente um anjo. É a beleza absoluta. Diga tudo isso a si mesmo para se acalmar."

Com isso, o amor de Dea e Gwynplaine só fazia redobrar, e Ursus espantava-se de seu insucesso, um pouco como alguém que dissesse: "É singular, apesar de eu lançar óleo no fogo, não consigo apagá-lo."

Apagá-los, ou menos ainda, arrefecê-los, era o que ele queria? Decerto que não. Teria ficado completamente atônito se houvesse conseguido. No fundo, aquele amor, chama para eles, calor para ele, encantava-o.

Mas devemos cutucar um pouco aquilo que nos encanta. A esse cutucar é o que os homens chamam sabedoria.

Ursus fora para Gwynplaine e Dea como pai e mãe. Resmungando, ele os criara; ralhando, alimentara-os. Como a adoção tornara a cabana móvel mais pesada, tivera que atrelar-se mais frequentemente com Homo para puxá-la.

Digamos que, passados os primeiros anos, quando Gwynplaine já estava quase grande e Ursus já inteiramente velho, coubera a Gwynplaine puxar, por sua vez, Ursus.

Ursus, vendo Gwynplaine crescer, lera o horóscopo de sua deformidade. "Fizeram a sua fortuna", dissera a ele.

Essa família de um velho, duas crianças e um lobo formara, conforme iam rodando, um grupo cada vez mais estreito.

A vida errante não impedira a educação. Errar é crescer, dizia Ursus. Como Gwynplaine fora evidentemente feito para ser "mostrado nas feiras", Ursus cultivara nele o saltimbanco, e nesse saltimbanco incrustara o melhor que pudera a ciência e a sabedoria. Ursus, observando a máscara medonha de Gwynplaine, murmurava: "Ele foi bem começado." Por isso o completara com todos os ornamentos da filosofia e do saber.

Repetia, sem cessar, a Gwynplaine: "Seja um filósofo. Ser sábio é ser invulnerável. Tal como me vê, nunca chorei. Força de minha sabedoria. Não acha que, se eu quisesse chorar, não teria tido mais de uma ocasião?"

Ursus, em seus monólogos ouvidos pelo lobo, dizia: "Ensinei a Gwynplaine Tudo, inclusive o latim, e a Dea Nada, inclusive a música." Ensinara ambos a cantar. Ele próprio tinha um belo talento para a museta, uma pequena flauta daquele tempo. Tocava-a agradavelmente, assim como a chifonia, espécie de viela de roda de mendigo, que a crônica de Bertrand Duguesclin qualifica como "instrumento truão" e que é o ponto de partida da sinfonia. Essas músicas atraíam gente. Ursus mostrava à multidão sua chifonia e dizia: "Em latim, *organistrum*."

Ensinara a Dea e a Gwynplaine o canto segundo o método de Orfeu e de Égide Binchois. Acontecera-lhe mais de uma vez de cortar as lições com este grito de entusiasmo: "Orfeu, músico da Grécia! Binchois, músico da Picardia!"

Essas complicações de educação esmerada não haviam ocupado as duas crianças a ponto de impedi-las de se adorar. Haviam crescido misturando seus corações, como dois arbustos plantados juntos que, ao se tornarem árvores, confundem seus galhos.

"Seja como for, eu os casarei", murmurava Ursus.

E grunhia em aparte: "Aborrecem-me com o seu amor."

O passado, pelo menos o pouco que tinham, não existia para Gwynplaine e Dea. Desse passado sabiam o que Ursus lhes havia dito. Chamavam Ursus de "Pai".

Gwynplaine não tinha lembrança de sua infância senão como de uma passagem de demônios sobre seu berço. Tinha como que a impressão de haver sido espezinhado na obscuridade por pés disformes. Teria sido de propósito ou sem querer? Ignorava-o. O que lembrava nitidamente, e nos mínimos detalhes, era a trágica aventura de seu abandono. O encontro de Dea fazia para ele dessa noite lúgubre uma data radiosa.

A memória de Dea estava, ainda mais do que a de Gwynplaine, nas nuvens. Tão pequena, tudo havia se dissipado. Lembrava-se da mãe como uma coisa fria. Teria visto o sol? Talvez. Esforçava-se para mergulhar seu espírito nesse desvanecimento que estava atrás dela. O sol? Que era isso? Lembrava-se de não sei quê de luminoso e quente que Gwynplaine substituíra.

Diziam-se coisas em voz baixa. Arrulhar é certamente o que há de mais importante na face da terra. Dea dizia a Gwynplaine: "A luz é sua fala."

Uma vez, não aguentando mais, Gwynplaine, vislumbrando através de uma manga de musselina o braço de Dea, aflorou com os lábios aquela transparência. Boca disforme, beijo ideal. Dea sentiu um arrebatamento profundo. Ficou toda cor-de-rosa. Aquele beijo de um monstro fizera nascer a aurora naquele belo rosto repleto de noite. Entretanto, Gwynplaine suspirava com uma espécie de terror e, como a gola de Dea estivesse entreaberta, não podia impedir-se de olhar brancuras invisíveis por aquela abertura de paraíso.

Dea suspendeu a manga e estendeu a Gwynplaine o braço nu dizendo: "De novo!" Gwynplaine resolveu o caso fugindo.

No dia seguinte, aquele jogo recomeçava, com variantes. Deslizar celeste nesse doce abismo que é o amor.

Coisas a que o bom Deus, em sua qualidade de filósofo, sorri.

VII

A CEGUEIRA DÁ LIÇÕES DE CLARIVIDÊNCIA

Às vezes Gwynplaine se repreendia. Fazia de sua felicidade um caso de consciência. Imaginava que se deixar amar por aquela mulher que não podia vê-lo era enganá-la. Que diria ela se seus olhos de repente se abrissem? Como aquilo que a atraía a repeliria! Como recuaria diante de seu horrível ímã! Que grito! Que mãos a lhe velarem o rosto! Que fuga! Um doloroso escrúpulo agoniava-o. Dizia-se que, monstro, não tinha direito ao amor. Hidra idolatrada pelo astro, era seu dever esclarecer aquela estrela cega.

Uma vez disse a Dea:

– Você sabe que sou extremamente feio.

– Sei que é sublime — respondeu ela.

Ele continuou:

– Quando ouve todos rirem, é de mim que riem, porque sou horrível.

– Amo você — disse-lhe Dea.

Após um silêncio, acrescentou:

– Eu estava na morte; você me trouxe de volta à vida. Você, ao meu lado, é o céu. Dê-me sua mão e eu toco em Deus!

Suas mãos se procuraram e se estreitaram, e eles não disseram mais nem uma palavra, silenciosos pela plenitude de se amar.

Ursus, resmungão, os ouvira. No dia seguinte, quando estavam todos os três juntos, ele disse:

– De mais a mais, Dea também é feia.

A frase não surtiu efeito. Dea e Gwynplaine não o ouviam. Absorvidos um no outro, raramente escutavam os epifonemas de Ursus. Ursus era profundo absolutamente à toa.

Dessa vez, contudo, a precaução de Ursus "Dea também é feia" indicava naquele homem douto uma certa ciência da mulher. É evidente que Gwynplaine cometera, lealmente, uma imprudência. Dita a qualquer outra mulher e a qualquer outra cega que não fosse Dea, a frase "Eu sou feio" poderia ser perigosa. Ser cego e apaixonado é ser duas vezes cego. Nessa situação, sonhamos; a ilusão é o pão do sonho; tirar a ilusão do amor é tirar-lhe o alimento. Todos os entusiasmos entram utilmente em sua formação; tanto a admiração física quanto a admiração moral. Aliás, jamais se deve dizer a uma mulher uma palavra difícil de entender. Ela se põe a divagar em cima dessa palavra. E muitas vezes divaga mal. Um enigma em meio a uma divagação faz estragos. A percussão de uma palavra que se deixou escapar desagrega aquilo que aderia. Acontece, às vezes, que, sem que se saiba como, porque ele recebeu o choque obscuro de uma palavra no ar, um coração se esvazie insensivelmente. O ser que ama nota uma baixa em sua felicidade. Nada é mais temível que essa lenta exsudação do vaso trincado.

Felizmente Dea não era dessa argila. O barro com que se fazem todas as mulheres não fora nela usado. Dea era de uma natureza rara. O corpo era frágil, o coração não. O fundo de seu ser consistia em uma divina perseverança de amor.

Todas as pesquisas a que foi levada pela frase de Gwynplaine tiveram como único resultado fazê-la, um dia, dizer o seguinte: "Ser feio, o que é? É fazer o mal. Gwynplaine só faz o bem. É belo." Depois, sempre nessa forma interrogativa comum às crianças e aos cegos, continuou: — Ver? O que entendem por ver, todos vocês? Eu, eu não vejo, eu sei. Parece que ver oculta.

– Que quer dizer? — perguntou Gwynplaine.

Dea respondeu:

– Ver é uma coisa que oculta o verdadeiro.

– Não — disse Gwynplaine.

– Claro que sim! — replicou Dea — Já que você diz que é feio!

Refletiu um momento e acrescentou:

– Mentiroso!

E Gwynplaine sentia a alegria de ter confessado e não ter sido acreditado. Sua consciência estava em repouso, seu amor também.

Haviam chegado assim ela aos dezesseis anos e ele quase aos vinte e cinco.

Não estavam, como se diria hoje, "mais avançados" do que no primeiro dia. Menos; já que, como se lembram, haviam tido sua noite de núpcias, ela aos nove meses, ele aos dez anos. Uma espécie de infância sagrada continuava em seu amor; e assim acontece que, às vezes, o rouxinol tardio prolongue seu canto noturno até a aurora.

Suas carícias quase não iam além das mãos apertadas e, às vezes, do braço nu aflorado. Uma volúpia docemente balbuciante lhes bastava.

Vinte e quatro anos, dezesseis anos. Isso fez com que, em uma manhã, Ursus, não perdendo de vista sua "peça", lhes dissesse:

– Um dia desses, devem escolher uma religião.

– Para quê? — perguntou Gwynplaine.

– Para que se casem.

– Mas já o somos — respondeu Dea.

Dea não entendia que se pudesse ser marido e mulher mais do que o eram.

No fundo, esse contentamento quimérico e virginal, esse ingênuo saciar da alma pela alma, esse celibato tomado como casamento, não desagradava a Ursus. O que ele dizia era porque era necessário falar. Mas o médico que tinha em si considerava Dea, senão demasiadamente jovem, pelo menos demasiadamente delicada e frágil para o que ele chamava de "o himeneu de carne e osso".

Aquilo viria sempre cedo demais.

Aliás, casados, já não o eram? Se o indissolúvel existia em algum lugar, não era naquela coesão, Gwynplaine e Dea? Coisa admirável, estavam adoravelmente lançados nos braços um do outro pela desgraça. E como se não bastasse esse primeiro laço, por sobre essa desgraça viera atar-se, enrolar-se e estreitar-se o amor. Que força pode algum dia romper a corrente de ferro consolidada pelo nó de flores?

Evidentemente, os inseparáveis estavam ali.

Dea tinha a beleza; Gwynplaine tinha a luz. Cada um trazia o seu dote; e formavam mais do que um casal, formavam um par; separados unicamente pela inocência, interposição sagrada.

Contudo, por mais que Gwynplaine sonhasse e se absorvesse o mais que podia na contemplação de Dea e no foro interior de seu amor, era homem. As leis fatais não podem ser eludidas. Padecia, como toda a imensa natureza, das fermentações obscuras queridas pelo criador. Às vezes isso o fazia, quando aparecia em público, olhar as mulheres que estavam na multidão; mas desviava imediatamente esse olhar em contravenção e apressava-se de entrar, arrependido, em sua alma.

Acrescentemos que faltava encorajamento. No rosto de todas as mulheres que olhava, via a aversão, a antipatia, a repugnância, a rejeição. Estava claro que nenhuma outra além de Dea era possível para ele. Aquilo ajudava-o a se arrepender.

VIII

NÃO APENAS A FELICIDADE, MAS A PROSPERIDADE

Quantas coisas verdadeiras nos contos! A queimadura do diabo invisível que nos toca é o remorso de um mau pensamento.

Em Gwynplaine, o mau pensamento nem chegava a eclodir, e jamais havia remorsos. Mas, por vezes, havia pesar.

Vagas brumas da consciência.

O que era aquilo? Nada.

Sua felicidade era completa. Tão completa que não eram nem mesmo mais pobres.

De 1689 a 1704 uma transfiguração efetuara-se.

Acontecia às vezes, naquele ano de 1704, que, ao cair da noite, nesta ou naquela cidadezinha do litoral, adentrasse um vasto e pesado furgão, puxado por dois cavalos robustos. Parecia-se com o casco de navio colocado de ponta-cabeça, com a quilha servindo de teto, o convés de assoalho, assentado sobre quatro rodas. Todas as quatro rodas eram iguais e altas como rodas de carroça. Rodas, timão e furgão, tudo estava recoberto de verde, com uma gradação rítmica de nuanças que ia do verde garrafa para as rodas ao verde maçã para o teto. Aquela cor verde acabara por fazer distinguir aquele carro, e ele era conhecido nas feiras; chamavam-na de

Green-Box, o que quer dizer Caixa Verde. Essa Green-Box só tinha duas janelas, uma em cada extremidade, e atrás uma porta com estribo. Acima do teto, de uma chaminé pintada de verde como o resto, saía uma fumaça. Aquela casa ambulante estava sempre recém-envernizada e lavada. Na frente, em um assento-dobradiço fixado ao furgão que tinha como porta a janela, acima do lombo dos cavalos, ao lado de um velho que segurava as rédeas e dirigia a parelha, duas mulheres estéreis, ou seja, boêmias, vestidas como deusas, tocavam trombeta. O pasmo dos burgueses contemplava e comentava aquela máquina, que avançava orgulhosamente aos solavancos.

Era o antigo estabelecimento de Ursus, ampliado pelo sucesso e promovido de tablado a teatro.

Uma espécie de ser entre cachorro e lobo estava preso sob o furgão. Era Homo.

O velho cocheiro que conduzia os cavalos hackneys era a própria pessoa do filósofo.

De onde vinha esse desenvolvimento da cabana miserável em sege olímpica?

Disto: Gwynplaine era célebre.

Fora com um verdadeiro faro pelo que é o sucesso entre os homens que Ursus dissera a Gwynplaine: "Fizeram a sua fortuna."

Ursus, como deve se lembrar, fizera de Gwynplaine seu aluno. Desconhecidos haviam-lhe trabalhado o rosto. Quanto a ele, trabalhara-lhe a inteligência e, por trás daquela máscara tão perfeitamente acabada, colocara o quanto pudera de pensamento. Assim que o menino crescido lhe parecera digno disto, apresentara-o no palco, quer dizer, na frente da cabana. O efeito daquela aparição fora extraordinário. Os passantes haviam-no imediatamente admirado. Ninguém jamais vira nada de comparável àquela surpreendente mímica do riso. Ignoravam como aquele milagre de hilaridade comunicável era obtido: uns o julgavam natural, outros o declaravam artificial. E, com as conjeturas somando-se à realidade, em toda parte, nas encruzilhadas, nos mercados, em todas as estações de feira e de festa, a multidão acorria para ver Gwynplaine. Graças a esta *great attraction*, houvera, na pobre bolsa do grupo nômade, primeiro, chuva de tostões; depois, de moedas maiores; e, finalmente, de xelins. Esgotado um lugar de curiosidade, passava-se a outro. Rolar não enriquece uma pedra, mas enriquece uma cabana; e, de ano em ano, de cidade em cidade, com o crescimento da altura e da feiura de Gwynplaine, a fortuna predita por Ursus viera.

"Que serviço prestaram a você, meu rapaz!", dizia Ursus.

Essa "fortuna" havia permitido que Ursus, administrador do sucesso de Gwynplaine, construísse a carruagem de seus sonhos, ou seja, um furgão grande o suficiente para comportar um teatro e semear a ciência e a arte nas encruzilhadas. Além disso, Ursus pudera agregar ao grupo composto por ele próprio, Homo, Gwynplaine e Dea dois cavalos e duas mulheres, que eram, na trupe, deusas, como acabamos de dizer, e criadas. Um frontispício mitológico era então útil a uma cabana de saltimbancos. "Somos um templo errante", dizia Ursus.

As duas boêmias, recolhidas pelo filósofo no burburinho nômade dos burgos e dos subúrbios, eram feias e jovens e se chamavam, por vontade de Ursus, uma Febe e a outra Vênus. Leia-se: *Fibi* e *Vinos*, visto que é conveniente conformar-se com a pronúncia inglesa.

Febe cozinhava e Vênus incumbia-se do templo.

Além disso, nos dias de espetáculo, vestiam Dea.

Fora do que é, tanto para os saltimbancos como para os príncipes, "a vida pública", Dea, assim como Fibi e Vinos, vestia uma saia florentina de chita florida e uma sobrecapa de mulher que, sem mangas, deixava os braços livres. Ursus e Gwynplaine usavam sobrecapas de homens e, como os marujos de guerra, perneiras à marinha. Gwynplaine tinha além disso, para os trabalhos e os exercícios de força, em volta do pescoço e nos ombros uma esclavina de couro. Cuidava dos cavalos. Ursus e Homo cuidavam um do outro.

Dea, à força de estar habituada à Green-Box, ia e vinha no interior da casa móvel quase com agilidade, como se enxergasse.

O olhar que pudesse penetrar na estrutura íntima e no arranjo daquele edifício ambulante teria percebido em um canto, amarrada às paredes e imóvel sobre suas quatro rodas, a antiga cabana de Ursus aposentada, permitida a enferrujar-se e, agora, dispensada de rodar como Homo de puxar.

Aquela cabana, enfiada na parte traseira, à direita da porta, servia de quarto e de vestiário a Ursus e a Gwynplaine. Continha agora duas camas. No canto em frente estava a cozinha.

A disposição de um navio não é mais concisa e mais precisa do que era a apropriação interior da Green-Box. Tudo ali era projetado, arrumado, planejado, desejado.

A sege era dividida por tabiques em três compartimentos. Os compartimentos se comunicavam por aberturas livres e sem portas. Uma peça de tecido pendurada fechava-os mais ou menos. O compartimento traseiro era o aposento dos homens; o compartimento dianteiro, o aposento das mulheres; o compartimento do meio, separando os dois sexos, era o teatro. Os instrumentos de orquestra e as máquinas estavam na cozinha. Um sótão sob o teto bojudo guardava os cenários, e, abrindo-se um alçapão para esse sótão, desmascaravam-se as lâmpadas que produziam magias de iluminação.

Ursus era o poeta dessas magias. Era ele que fazia as peças.

Tinha talentos diversos, operava prestidigitações muito particulares. Além das vozes que fazia ouvir, produzia todas as espécies de coisas inesperadas, choques de luzes e de obscuridade, formações espontâneas de números ou palavras a seu bel-prazer em um painel, claros-escuros mesclados com esvanecimentos de figuras, muitas bizarrices em meio às quais, sem prestar atenção à multidão que se maravilhava, ele parecia meditar.

Um dia Gwynplaine lhe dissera:

– Pai, o senhor parece um feiticeiro.

E Ursus respondera:

– Talvez porque eu efetivamente o seja.

A Green-Box, fabricada a partir da bem projetada épura de Ursus, oferecia o seguinte refinamento engenhoso: entre as duas rodas dianteiras e traseiras, o painel central da fachada da esquerda, armado sobre uma dobradiça, abria-se graças a um jogo de correntes e polias e abaixava-se quando se queria como uma ponte levadiça. Abaixando-se, ele liberava três suportes articulados com gonzos que, conservando a vertical enquanto o painel ia descendo, vinham se colocar retos no chão, como os pés de uma mesa, e sustinham acima da rua, formando uma plataforma, o painel transformado em palco. Ao mesmo tempo o teatro aparecia, ampliado pelo palco que lhe servia de proscênio. Aquela abertura assemelhava-se absolutamente a uma boca do inferno, no dizer dos pregadores puritanos ao ar livre que lhe viravam as costas com horror. Foi provavelmente por uma invenção ímpia desse gênero que Sólon deu bastonadas em Téspis.

Téspis, aliás, durou mais tempo do que se julga. A carroça-teatro ainda existe. Foi em teatros ambulantes desse gênero que, nos séculos XVI e XVII, foram apresentados, na Inglaterra, os balés e as baladas de Amner e de Pilkington; na França, as pastorais de Gilbert Colin; em Flandres, nas quermesses, os duplos coros de Clément, chamado de Non Papa; na Alemanha, o Adão e Eva de Theiles; e, na Itália, as paradas venezianas de Animuccia e de Ca-Fossis, as silvas de Gesualdo, príncipe de Venúsia, *O sátiro* de Laura Guidiccioni, *O desespero de Filene, A morte de Ugolino* de Vicente Galileu, pai do astrônomo, no qual o próprio Vicente Galileu cantava sua música tocando viola de gamba, e todas as primeiras tentativas de ópera italiana que, desde 1580, substituíram pela inspiração livre o gênero madrigalesco.

O carro cor de esperança que carregava Ursus, Gwynplaine e sua fortuna, na frente do qual Fibi e Vinos trombeteavam como duas famosas, fazia parte de todo aquele grande conjunto boêmio e literário. Téspis não teria desautorizado Ursus assim como Congrio não teria desautorizado Gwynplaine.

Na chegada às praças dos vilarejos e das cidades, nos intervalos da fanfarra de Fibi e de Vinos, Ursus comentava as trombetas com revelações instrutivas.

"Esta sinfonia é gregoriana", exclamava ele. "Cidadãos burgueses, o sacramentário gregoriano, esse grande progresso, chocou-se na Itália contra o rito ambrosiano e na Espanha contra o rito moçárabico, e foi com grande dificuldade que triunfou sobre eles."

Após o que, a Green-Box parava em um lugar qualquer escolhido por Ursus, e, chegada a noite, o painel do proscênio abaixava-se, o teatro se abria e o espetáculo começava.

O teatro da Green-Box representava uma paisagem pintada por Ursus, que não sabia pintar, o que fazia que, em caso de necessidade, a paisagem pudesse representar um subterrâneo.

A cortina, a que chamamos pano, era de uma seda arlequínea com losangos contrastados.

O público ficava do lado de fora, na rua, na praça, formando um semicírculo diante do espetáculo, debaixo de sol, debaixo de chuva, disposição que tornava a chuva menos desejável para os teatros daqueles tempos do que para os teatros atuais. Quando possível, as representações eram feitas no pátio de um albergue, o que fazia com que se tivessem tantas filas de camarotes como andares de janelas. Dessa maneira, com o teatro mais fechado, o público era mais pagante.

Ursus participava de tudo, da peça, da trupe, da cozinha, da orquestra. Vinos tocava o xilofone, cujas baquetas manejava maravilhosamente, e Fibi dedilhava a mourisca, que é uma espécie de guitarra. O lobo fora promovido a ator. Fazia decididamente parte da "companhia" e representava, de vez em quando, pequenos papéis. Muitas vezes, quando eles apareciam lado a lado no palco, Ursus e Homo, Ursus em sua pele de urso bem assentada, Homo em sua pele de lobo ainda mais bem ajustada, não se sabia qual dos dois era o animal; o que lisonjeava Ursus.

IX

EXTRAVAGÂNCIAS QUE AS PESSOAS SEM GOSTO CHAMAM DE POESIA

As peças de Ursus eram interlúdios, gênero um pouco passado de moda hoje. Uma dessas peças, que não chegou até nós, intitulava-se *Ursus Rursus*. É provável que ele representasse o papel principal. Uma falsa saída seguida de uma volta era verossimilmente o seu assunto, sóbrio e louvável.

Os títulos dos interlúdios de Ursus estavam algumas vezes em latim, como vemos, e a poesia algumas vezes em espanhol. Os versos espanhóis de Ursus eram rimados como quase todos os sonetos castelhanos daqueles tempos. Aquilo não incomodava o povo. O espanhol era então uma língua corrente, e os marinheiros ingleses falavam castelhano como os soldados romanos falavam cartaginês. Veja Plauto. Aliás, tanto no espetáculo como na missa, a língua latina ou outra que o auditório não compreendia, não constrangia ninguém. Remediavam a isso acompanhando-a alegremente com letras conhecidas. Nossa velha França gaulesa tinha particularmente essa maneira de ser devota. Na igreja, junto com um *Immolatus*, os fiéis cantavam *Liesse prendrai*, "Vou embriagar-me de alegria", e junto com um *Sanctus*, *Baise-moi, ma mie*, "Beije-me amiga minha". Foi preciso o Concílio de Trento para pôr fim a essas familiaridades.

Ursus fizera especialmente para Gwynplaine um interlúdio, que muito o agradava. Era sua obra capital. Dedicara-se de corpo e alma a ela. Apresentar sua essência em seu produto é o triunfo de qualquer criador. A sapa que faz um sapo faz uma obra-prima. Duvida? Tente fazer a mesma coisa.

Ursus mimara bastante aquele interlúdio. Aquele urso filhote intitulava-se: *Caos vencido.*

Eis o que era:

Um efeito de noite. No momento em que a cortina arlequínea se abria, a multidão aglomerada na frente da Green-Box só via a escuridão. Nessa escuridão se moviam, como répteis, três formas confusas, um lobo, um urso e um homem. O lobo era o lobo, Ursus era o urso, Gwynplaine era o homem. O lobo e o urso representavam as forças ferozes da natureza, as fomes inconscientes, a escuridão selvagem, e todos os dois lançavam-se sobre Gwynplaine, e era o caos combatendo o homem. Não se podia ver o rosto de nenhum deles. Gwynplaine se debatia coberto por uma mortalha, e seu rosto estava oculto por seus espessos cabelos que caíam sobre ele. Além disso, tudo era trevas. O urso rosnava, o lobo rugia, o homem gritava. O homem estava sendo derrotado, os dois animais o esmagavam; ele pedia ajuda e socorro, lançava ao desconhecido um profundo apelo. Arquejava. Assistia-se à agonia daquele esboço de homem, ainda mal distinto dos brutos; era lúgubre, a multidão assistia ofegante; mais um minuto, as bestas triunfariam, e o caos engolfaria o homem. Luta, gritos, uivos e, de repente, silêncio. Um canto na sombra. Uma brisa passara, ouvia-se uma voz. Músicas misteriosas pairavam, acompanhando aquele canto do invisível, e, subitamente, sem que se soubesse de onde nem como, uma brancura surgia. Aquela brancura era uma luz, aquela luz era uma mulher, aquela mulher era o espírito. Dea, calma, cândida, bela, formidável de serenidade e de doçura, aparecia no centro de um nimbo. Silhueta de claridade em meio à aurora. A voz era ela. Voz suave, profunda, inefável. Tornando-se de invisível, visível, em meio àquela aurora, ela cantava. Julgava-se ouvir uma canção angelical ou um hino de pássaro. A essa aparição, o homem, erguendo-se num sobressalto de deslumbramento, abatia seus dois punhos nas duas feras lançadas ao chão.

Então a visão, levada por um deslizar difícil de entender e por isso ainda mais admirado, cantava estes versos, de uma pureza espanhola suficiente para os marujos ingleses que escutavam:

> *Ora! llora!*
> *De palabra*
> *Nace razon,*
> *Da luz el son*[24].

Depois ela abaixava os olhos voltando-os para baixo, como se estivesse vendo um abismo, e continuava:

> *Noche quita te de alli*
> *El alba canta hallali*[25].

À medida que ela cantava, o homem erguia-se cada vez mais e, de prostrado que estava, mostrava-se agora ajoelhado, com as mãos elevadas para a visão, com os dois joelhos postos sobre os dois animais imóveis e como que fulminados. Ela continuava, voltada para ele:

> *Es menester a cielos ir,*
> *Y tu que llorabas reir*[26].

E, aproximando-se, com uma majestade de astro, ela acrescentava:

> *Gebra barzon!*
> *Dexa, monstro,*
> *A tu negro*
> *Caparazon*[27].

Então outra voz se elevava, mais profunda e consequentemente ainda mais doce, voz consternada e maravilhada, de uma gravidade terna e selvagem, e era o canto humano respondendo ao canto sideral. Gwynplaine, ainda ajoelhado na escuridão em cima do urso e do lobo derrotados, com a cabeça sob a mão de Dea, cantava:

> *O ven! ama!*
> *Eres alma,*
> *Soy corazon*[28].

E bruscamente, naquela sombra, um jato de luz atingia Gwynplaine em pleno rosto.

Via-se nas trevas o monstro deslumbrado.

Dizer a comoção da multidão é impossível. Um sol de riso nascente, tal era o efeito. O riso nasce do inesperado, e nada de mais inesperado do que aquele desfecho. Nenhum impacto comparável àquele golpe de luz sobre aquela máscara bufona e terrível. Ria-se em torno daquele riso; em toda parte, no alto, embaixo, na frente, no fundo, os homens, as mulheres, as velhas faces calvas, as róseas figuras de crianças, os bons, os ruins, as pessoas alegres, as pessoas tristes, todo o mundo; e mesmo na rua, os passantes, os que não viam, ouvindo rir, riam. E esse riso acabava em um exaltado bater de mãos e pés. Fechada a cortina, todos se lembravam de Gwynplaine com frenesi. Daí o enorme sucesso. Já viu *Caos vencido*? Acorria-se a Gwynplaine. Os sossegos vinham rir, as melancolias vinham rir, as más consciências vinham rir. Riso tão irresistível que por momentos podia parecer doentio. Mas, se existe uma peste da qual o homem não foge, é o contágio da alegria. O sucesso, ademais, não ia além da populaça. Multidão significa povinho. Assistia-se a *Caos vencido* por um pêni. A grande sociedade não vai aonde se vai por um vintém.

Ursus não detestava aquela obra, longamente trabalhada por ele. "No gênero de um certo Shakespeare", dizia ele com modéstia.

A justaposição de Dea dilatava o inexprimível efeito de Gwynplaine. Aquela branca figura ao lado daquele gnomo, representava o que se poderia chamar de espanto divino. O povo olhava Dea com uma espécie de ansiedade misteriosa. Ela tinha aquele não sei quê de supremo da virgem e da sacerdotisa, que ignora o homem e conhece Deus. Via-se que era cega e sentia-se que era vidente. Ela parecia erguer-se no limiar do sobrenatural. Parecia estar meio em nossa luz e meio na outra claridade. Vinha trabalhar na terra, e trabalhar ao modo como trabalha o céu, com a aurora. Encontrava uma hidra e fazia uma alma. Tinha a expressão do poder criador, satisfeita e estupefata com sua criação; julgava-se ver em seu rosto adoravelmente pasmo a vontade da causa e a surpresa do resultado. Sentia-se que amava seu monstro. Sabia-o monstro? Sim, já que o tocava. Não, já que o aceitava. Toda aquela noite e todo aquele dia mesclados se resolviam no espírito do espectador em um claro-escuro em que apareciam perspectivas infinitas. Como a divindade adere ao esboço? De que modo se efetiva a penetração da alma na matéria? Como o raio solar é um cordão umbilical? Como o desfigurado se transfigura?

Como o informe torna-se paradisíaco? Todos esses mistérios deslumbrados complicavam de uma emoção quase cósmica a convulsão de hilaridade provocada por Gwynplaine. Sem ir ao fundo, pois o espectador não gosta do cansaço do aprofundamento, compreendia-se algo para além do que se via, e aquele espetáculo estranho tinha uma transparência de avatar.

Quanto a Dea, o que ela experimentava escapa à palavra humana. Sentia-se em meio a uma multidão, e não sabia o que era uma multidão. Ouvia um rumor, e era tudo. Para ela, uma multidão era uma respiração; e no fundo não é outra coisa. As gerações são alentos que passam. O homem respira, aspira e expira. Naquela multidão, Dea sentia-se sozinha e experimentava o calafrio de estar suspensa à beira de um precipício. De repente, naquela perturbação do inocente em desespero prestes a acusar o desconhecido, naquela inquietude da queda possível, Dea, contudo serena e superior à vaga angústia do perigo, mas interiormente trêmula com o seu isolamento, voltava a encontrar sua certeza e seu apoio; encontrava seu fio de salvação no universo das trevas; colocava sua mão na poderosa cabeça de Gwynplaine. Alegria inaudita! Apoiava seus dedos róseos naquela floresta de cabelos crespos. A lã tocada suscita a ideia de suavidade. Dea tocava um carneiro que sabia ser um leão. Todo o seu coração se fundia em um inefável amor. Sentia-se fora de perigo, encontrava seu salvador. O público julgava ver o contrário. Para os espectadores, o ser salvo era Gwynplaine e o ser salvador era Dea. "Que importa para quem o coração de Dea era visível!", pensava Ursus. E Dea, apaziguada, consolada, maravilhada, adorava o anjo, enquanto o povo contemplava o monstro e experimentava, igualmente fascinado, mas no sentido inverso, aquele imenso riso prometeico.

O amor verdadeiro não se desgasta. Sendo apenas alma, não pode arrefecer. Uma brasa recobre-se de cinza, uma estrela não.

Essas impressões delicadas se renovavam todas as noites para Dea, e ela estava prestes a chorar de ternura enquanto todos se torciam de rir. Em volta dela, todos estavam apenas alegres; ela, contudo, estava feliz.

De resto, o efeito de alegria provocado pelo ricto imprevisto e estupeficante de Gwynplaine não era evidentemente desejado por Ursus. Ele teria preferido mais sorrisos e menos risos, e uma admiração mais literária. Mas o triunfo consola. Ele se reconciliava todas as noites com seu sucesso excessivo, contando quantos xelins faziam as pilhas de tostões e quantas libras faziam as pilhas de xelins. E, depois, dizia a si mesmo que, no final das contas, passado aquele riso, *Caos vencido* permanecia no fundo das mentes e que dele ficava-lhes alguma coisa. Talvez não se enganasse completamente; uma obra deposita-se no público. A verdade é que a populaça, atenta àquele lobo, àquele urso, àquele homem, depois àquela música, àqueles uivos domados pela harmonia, àquela noite dissipada pela aurora, àquele canto que emanava luz, aceitava com uma simpatia confusa e profunda, e mesmo com um certo respeito enternecido, aquele drama-poema que era *Caos vencido*, aquela vitória do espírito sobre a matéria, desembocando na alegria do homem.

Tais eram os prazeres grosseiros do povo.

Bastavam-lhe. O povo não tinha como ir aos "*nobles matches*" da *gentry* e não podia, como os senhores e os fidalgos, apostar mil guinéus em Helmsgail contra Phelem-ghe-madone.

X

ESPIADA DAQUELE QUE ESTÁ FORA DE TUDO SOBRE AS COISAS E SOBRE OS HOMENS

O homem tem um pensamento, vingar-se do prazer que lhe dão. Daí o desprezo pelo ator.

Este ser me enfeitiça, me diverte, me ensina, me encanta, me consola, me proporciona o ideal, é-me agradável e útil. Que mal posso fazer-lhe? A humilhação. O desdém é a bofetada à distância. Esbofeteemo-lo. Ele me agrada, então é vil. Serve-me, portanto, odeio-o. Onde há uma pedra que eu possa lançar-lhe? Padre, passe-me a sua. Filósofo, passe-me a sua. Bossuet, excomungue-o. Rousseau, insulte-o. Orador, cuspa-lhe os pedregulhos de sua boca. Urso, lance-lhe seu paralelepípedo. Lapidemos a árvore, esmaguemos o fruto e comamo-lo. Bravo! E abaixo! Dizer os versos dos poetas é ter peste. Histrião, pois bem! Vamos acorrentá-lo em meio a seu sucesso. Finalizemos seu triunfo com vaias. Que ele reúna as multidões e crie a solidão. E foi assim que as classes ricas, as chamadas classes altas, inventaram para o ator esta forma de isolamento, o aplauso.

A populaça é menos feroz. Ela não odiava Gwynplaine. Também não o desprezava. Contudo, o último calafate da última tripulação da última carraca atracada no último dos portos da Inglaterra se considerava como incomensuravelmente superior a esse divertidor da "canalha", e estimava-se que um calafate estivesse acima de um saltimbanco como um lorde acima de um calafate.

Gwynplaine era então, como todos os atores, aplaudido e isolado. De resto, aqui nesta terra todo sucesso é crime e expia-se. Quem tem a medalha tem também seu reverso.

Para Gwynplaine não havia reverso. No sentido que os dois lados de seu sucesso lhe agradavam. Estava satisfeito com os aplausos e contente com o isolamento. Com os aplausos, era rico. Com o isolamento, era feliz.

Ser rico, naquela ralé, é não ser mais miserável. É não ter mais buracos nas roupas, nem mais frio no átrio, nem mais vazio no estômago. É comer e beber o quanto se desejar. É ter todo o necessário, inclusive um vintém para dar a um pobre. Essa riqueza indigente, suficiente para a liberdade, Gwynplaine a tinha.

Do lado da alma, era opulento. Tinha o amor. Que podia acaso desejar?

Não desejava nada.

A deformidade de menos, parece que poderia ser uma oferta a fazer-lhe. Como a teria repelido! Deixar aquela máscara e recuperar seu rosto, voltar a ser o que talvez fora, belo e encantador, decerto ele não teria querido! E com o que nutriria Dea? O que aconteceria com a pobre e doce cega que o amava? Sem aquele ricto que o tornava um *clown* único, não seria mais do que um saltimbanco entre outros, um equilibrista qualquer, um catador de tostões entre as fendas dos paralelepípedos, e talvez Dea não tivesse pão todos os dias! Sentia-se, com um profundo orgulho de ternura, o protetor daquela enferma celeste. Noite, Solidão, Carestia, Impotência, Ignorância, Fome e Sede, as sete goelas escancaradas da miséria se erguiam ao redor dela, e ele era o são Jorge combatendo aquele dragão. E triunfava sobre a miséria. Como? Por meio de sua deformidade. Por meio de sua deformidade ele era útil, caritativo, vitorioso, grande. Bastava-lhe exibir-se, e o dinheiro vinha. Era o senhor das multidões; constatava ser o soberano das populaças. Podia tudo para Dea. Suas necessidades, ele as provia; seus desejos, suas vontades, suas fantasias, na esfera limitada dos desejos possíveis a um cego, ele os contentava. Gwynplaine e Dea eram, como já mostramos, a providência um do outro. Ele se sentia transportado em suas asas, ela se sentia carregada em seus braços. Proteger a quem nos ama, dar o necessário a quem nos dá as estrelas, não há nada mais doce. Gwynplaine tinha essa felicidade suprema. E devia-a à sua deformidade. Essa deformidade o fazia superior a tudo. Com ela ganhava a própria vida, e a vida dos outros; com ela tinha independência, liberdade, celebridade, satisfação íntima, orgulho. Naquela deformidade, era inacessível. As fatalidades nada podiam contra ele para além daquele golpe em que se tinham esgotado e que se transformara para ele em triunfo. Aquele fundo de desgraça tornara-se um apogeu elísio. Gwynplaine estava aprisionado em sua deformidade, mas com Dea. Era, como dissemos, estar nas masmorras do paraíso. Havia entre eles e o mundo dos vivos uma muralha. Melhor assim. Aquela muralha os detinha, mas os defendia. Que se podia contra Dea, que se podia contra Gwynplaine, com tal clausura da vida em torno deles? Tirar-lhe o sucesso? Impossível. Seria preciso retirar-lhe o rosto. Tirar-lhe o amor? Impossível. Dea não o via. A cegueira de Dea era divinamente incurável. Que inconveniente tinha para Gwynplaine sua deformidade? Nenhum. Que vantagem tinha? Todas. Era amado apesar desse horror, e talvez por causa dele. Enfermidade e deformidade tinham-se instintivamente aproximado e reunido. Ser amado acaso não é tudo? Gwynplaine só pensava em seu desfiguramento com reconhecimento. Era abençoado naquele estigma. Sentia-o com alegria permanente e eterna. Que sorte que aquele dom era irremediável! Enquanto houvesse encruzilhadas, feiras, estradas por onde avançar, povo embaixo, céu em cima, teriam certeza de viver, a Dea não faltaria nada, teriam amor! Gwynplaine não teria trocado de rosto com Apolo. Ser monstro era para ele uma forma da felicidade.

Assim, dizíamos no começo que o destino o havia privilegiado. Aquele renegado era um eleito.

Era tão feliz que acontecia-lhe de lamentar os homens em torno de si. Tinha, além de tudo, piedade. Olhava instintivamente um pouco ao seu redor, pois nenhum homem é feito de uma só peça e uma natureza não é uma abstração; estava deslumbrado por estar entre quatro muros, mas, de tempos em tempos, levantava a cabeça por cima do muro. E voltava com ainda mais alegria para o seu isolamento perto de Dea, após ter comparado.

Que via ao seu redor? Quem eram aqueles viventes de que sua existência nômade lhe mostrava todas as espécies, a cada dia substituídas por outras? Sempre novas turbas, e sempre a mesma multidão. Sempre novos rostos, e sempre os mesmos infortúnios. Uma promiscuidade de ruínas. Toda noite todas as fatalidades sociais vinham fazer uma roda em torno de sua felicidade.

A Green-Box era popular.

O preço baixo atrai a classe baixa. O que vinha a ele eram os fracos, os pobres, os pequenos. Ia-se a Gwynplaine como se vai ao gim. Vinha-se comprar o esquecimento por dois vinténs. Do alto de seu tablado, Gwynplaine passava em revista o povo sombrio. Seu espírito enchia-se com todas aquelas aparições sucessivas da imensa miséria. A fisionomia humana é feita pela consciência e pela vida, e é a resultante de múltiplas e misteriosas escavaduras. Nenhum sofrimento, nenhuma cólera, nenhuma ignomínia, nenhum desespero de que Gwynplaine não visse a ruga. Aquelas bocas de crianças não haviam comido. Aquele homem era um pai, aquela mulher era uma mãe, e, por trás deles, adivinhavam-se famílias desamparadas. Tal rosto saía do vício e entrava no crime; e entendia-se o por quê: ignorância e indigência. Tal outro oferecia uma marca de bondade primitiva, riscada pela opressão social e tornada ódio. Naquela face de velha, via-se a fome; naquela face de moça, via-se a prostituição. O mesmo fato, que na jovem mostrava o seu recurso, lá era mais lúgubre. Naquela turba, havia braços, mas não ferramentas; aqueles trabalhadores nada pediam além disso, mas trabalho não havia. Às vezes, perto de um operário, vinha sentar-se um soldado, às vezes um inválido, e Gwynplaine deslumbrava aquele espectro, a guerra. Aqui Gwynplaine lia o desemprego, ali a exploração, acolá a servidão. Em certos rostos, constatava não sei que regressão à animalidade, e aquele lento retorno do homem à besta era produzido embaixo pela pressão dos gravames obscuros da felicidade de cima. Naquelas trevas, havia para Gwynplaine um suspiro. Tinham, ele e Dea, felicidade em meio a um dia de sofrimento. Todo o resto era danação. Gwynplaine sentia acima dele o espezinhar inconsciente dos poderosos, dos opulentos, dos magníficos, dos grandes, dos eleitos do acaso; abaixo, distinguia as incontáveis faces pálidas dos deserdados; via-se, a si e a Dea, com sua pequena felicidade, tão imensa, entre dois mundos; no alto o mundo que ia e vinha, livre, alegre, que dança e espezinha; no alto, o mundo que caminha; embaixo, o mundo sobre quem se caminha. Coisa fatal, que indica um profundo mal social, a luz esmaga a sombra! Gwynplaine constatava aquele luto. Como! Um destino tão réptil! O homem arrastando-se assim! Uma tal aderência à poeira e à lama, um tal desgosto, uma tal abdicação e uma tal abjeção que se tem vontade de pisar-lhe em cima! De que borboleta essa vida terrestre seria a lagarta? Como! Em meio a essa multidão que tem fome e que ignora, em toda parte, diante de todos, o ponto de interrogação do crime e da vergonha! A inflexibilidade das leis produzindo o amolecimento das consciências! Nenhuma criança que cresça para não ser esmagada! Nenhuma virgem que cresça para não ser desonrada! Nenhuma rosa que nasça para não ser aviltada! Seus olhos, às vezes curiosos de uma curiosidade comovida, procurava ver até o fundo dessa obscuridade em que agonizavam tantos esforços inúteis e em que lutavam tantas lassidões, famílias devoradas pela sociedade, costumes torturados pelas leis, chagas transformadas em gangrenas pela penalidade, indigências corroídas pelo imposto, inteligências à deriva em abismos de ignorância, jangadas em desespero repletas de esfomeadas, guerras, fomes, estertores, gritos, desaparecimentos; e ele sentia a vaga opressão daquela pungente angústia universal. Tinha a visão de toda aquela espuma da desgraça no sombrio burburinho humano. Quanto à ele, estava no porto, e olhava em torno de si aquele naufrágio. Por momentos, segurava nas mãos o rosto desfigurado, e devaneava.

Que loucura ser feliz! Como sonhamos! Vinham-lhe ideias. O absurdo atravessava-lhe o cérebro. Porque outrora socorrera uma criança, sentia veleidades de socorrer o mundo. Brumas de devaneio obscureciam-lhe às vezes sua própria realidade; perdia o sentimento da proporção até se dizer: "Que se poderia fazer por esse pobre povo?" Às vezes absorvia-se a tal ponto que dizia aquilo em voz alta. Então Ursus dava de ombros e olhava-o fixamente. E Gwynplaine continuava a sonhar: "Oh! Se eu fosse poderoso, como viria em socorro dos infelizes! Mas quem sou eu? Um átomo. Que posso? Nada."

Enganava-se. Podia muito para os infelizes. Fazia-os rir.

E, já o dissemos, fazer rir é fazer esquecer. Que maior benfeitor sobre a terra que um distribuidor de esquecimento!

XI

GWYNPLAINE ESTÁ NO JUSTO, URSUS NO VERDADEIRO

Um filósofo é um espião. Ursus, espreitador de sonhos, estudava seu aluno. Nossos monólogos projetam em nosso semblante uma vaga reverberação, perceptível ao olhar do fisionomista. Por isso o que se passava em Gwynplaine não escapava a Ursus. Um dia em que Gwynplaine meditava, Ursus, puxando-o pela sobrecapa, exclamou:

– Está me parecendo um observador, imbecil! Tome cuidado, nada tem a ver com isso. Tem uma única coisa a fazer, amar Dea. É feliz de duas felicidades: a primeira, que a multidão veja o seu focinho; a segunda, que Dea não o veja. E essa felicidade, você não tem direito a ela. Nenhuma mulher que visse sua boca aceitaria seu beijo. E essa boca que faz sua fortuna e esse rosto que faz sua riqueza não pertencem a você. Não nasceu com esse rosto. Tomou-o da careta que está no fundo do infinito. Roubou a máscara do diabo. É horrendo, contente-se com esse prêmio. Há, neste mundo, que é uma coisa muito benfeita, os felizes de direito e os felizes de contrabando. Você é um feliz de contrabando. Está em um porão onde está presa uma estrela. A pobre estrela pertence a você. Não tente sair de seu porão e conserve seu astro, aranha! Tem em sua teia a resplandecente Vênus. Faça-me o favor de ficar satisfeito.

Vejo-o divagar, é idiota. Escute, vou-lhe falar a linguagem da verdadeira poesia: se Dea comer carne de boi e costeletas de carneiro, em seis meses estará forte como uma turca; case-se com ela imediatamente e faça-lhe um filho, dois filhos, três filhos, uma penca de filhos. É a isso que chamo filosofar. Além disso, somos felizes, o que não é bobo. Ter filhos será o céu. Faça alguns pimpolhos e depois trate de limpá-los, de assoá-los, de pô-los para dormir, de lambuzá-los e de limpá-los, que tudo fervilhe à sua volta; se rirem, será bom; se chorarem, será melhor; chorar é viver; olhe-os mamar aos seis meses, rastejar com um ano, caminhar com dois anos, crescer aos quinze anos, amar aos vinte anos. Quem tem essas alegrias tem tudo. Eu perdi tudo isso, e por isso sou um bruto. O bom Deus, criador de belos poemas, que foi o primeiro dos homens de letras, ditou a seu colaborador Moisés: "Multiplicai-vos!" Esse é o texto. Multiplique, animal. Quanto ao mundo, ele é o que é; não precisa de você para ir mal. Não cuide dele. Não se preocupe com o que está lá fora. Deixe o horizonte tranquilo. Um ator é feito para ser olhado, não para olhar. Sabe o que há lá fora? Os felizes de direito. Você, repito, é o feliz do acaso. É o escamoteador da felicidade de que eles são os proprietários. Eles são os legítimos, você é o intruso, vive em concubinato com a sorte. Que quer a mais do que tem? Que Shibbollet me proteja! Esse malandrinho é um tapado. Contudo, multiplicar-se através de Dea é agradável. Tal felicidade aparenta-se à espoliação. Os que têm a felicidade nesta terra por privilégio do céu não gostam de tanta alegria abaixo deles. Se te perguntassem: "Com que direito é feliz?" Não saberia o que responder. Não tem patente, e eles a tem. Júpiter, Alá, Vishnou, Sabaoth, pouco importa, deu-lhes o visto para serem felizes. Tema-os. Não te meta com eles, para que eles não se metam contigo. Sabe o que é, miserável, o feliz por direito? É um ser terrível, é o lorde. Ah! O lorde, esse é um que deve ter intrigado no desconhecido do diabo antes de vir ao mundo, para entrar na vida por semelhante porta! Como deve ter-lhe sido difícil nascer! Deu-se apenas a esse trabalho, mas, justos céus! Que trabalho! Obter do destino, esse asno cego, que ele lhe faça já no berço senhor dos homens! Corromper esse vendedor de entradas para que ele lhe dê o melhor lugar no espetáculo! Leia o memento que está na cabana que aposentei, leia o breviário de minha sabedoria e verá o que é o lorde. Um lorde é aquele que têm tudo e que é tudo. Um lorde é aquele que existe acima de sua própria natureza; um lorde é aquele que tem, jovem, os direitos do velho; velho, as boas fortunas do jovem; vicioso, o respeito das pessoas de bem; poltrão, o comando das pessoas de coragem; vagabundo, o fruto do trabalho; ignorante, o diploma de Cambridge e de Oxford; burro, a admiração dos poetas; feio, o sorriso das mulheres; Térsite, o capacete de Aquiles; lebre, a pele do leão. Não abuse de minhas palavras, não digo que um lorde seja necessariamente ignorante, poltrão, feio, burro e velho; só digo que pode ser tudo isso sem que isso o prejudique. Ao contrário. Os lordes são os príncipes. O rei da Inglaterra não passa de um lorde, o primeiro senhor da senhoria; é só isso, e é muito. Os reis antigamente se chamavam lordes; o lorde da Dinamarca, o lorde da Irlanda, o lorde das ilhas. O lorde da Noruega só adotou a denominação de rei há trezentos anos. Lucius, o mais antigo rei da Inglaterra, era chamado por São Telésforo de milorde Lucius. Os lordes são pares, ou seja, iguais. A quem? Ao rei. Não cometo o erro de confundir os lordes com o parlamento. A assembleia do povo, que os saxões, antes da conquista, intitulavam *wittenagemot*, os normandos, depois da conquista, intitularam *parliamentum*. Pouco a pouco enxotaram o povo. As cartas seladas do rei convocando as comunas traziam a inscrição *ad consilium impendendum*, hoje trazem *ad consentiendum*.

As comunas têm o direito de consentimento. Dizer sim é sua liberdade. Os pares podem dizer não. Prova disso é que o disseram. Os pares podem cortar a cabeça do rei, o povo não. O golpe de machado em Carlos I é uma agressão não ao rei, mas aos pares, e bem fizeram de espetar a cabeça de Cromwell em uma estaca. Por que os lordes têm poder? Porque têm a riqueza. Quem folheou o Doomsday-book? É a prova de que os lordes possuem a Inglaterra, é o registro dos bens dos súditos erigido sob Guilherme, o Conquistador, e está sob a guarda do chanceler do tesouro. Para copiar alguma coisa, paga-se quatro vinténs por linha. É um livro majestoso. Sabe que fui médico doméstico na residência de um lorde que se chamava Marmaduke e que tinha novecentos mil francos franceses de renda por ano? Deixe, pois, disso, seu grande cretino. Sabe que unicamente com os coelhos dos campos de caça do conde Lindsey poder-se-ia alimentar toda a canalha dos Cinco Portos? Mas ouse tocá-los. Logo impõe-se a boa ordem. Todo caçador clandestino é enforcado. Por duas longas orelhas peludas que lhe saíam da algibeira, vi pendurarem na forca um pai de seis filhos. Isso é a senhoria. O coelho de um lorde é mais que um homem do bom Deus. Os senhores existem, entende, espertinho? E nós devemos achar bom. E, depois, se acharmos ruim, que lhes importa? O povo fazendo objeções! Nem mesmo Plauto imaginaria algo tão cômico. Um filósofo seria burlesco se aconselhasse a essa pobre diaba que é a turba a gritar contra o tamanho e o peso dos lordes. Seria o mesmo que fazer a lagarta se opor à pata de um elefante. Vi, um dia, um hipopótamo caminhar em cima de uma toca de toupeiras; ele esmagava tudo; era inocente. Aquele grande e bonachão mastodonte não sabia nem mesmo que ali haviam toupeiras. Meu caro, as toupeiras que esmagam é o gênero humano. O esmagamento é uma lei. E acha que a toupeira, por sua vez, não esmaga nada? Ela é o mastodonte do carrapato, que é o mastodonte do volvox. Mas não tergiversemos. As carroças existem, meu rapaz. O lorde está dentro, o povo está embaixo da roda, o sábio desvia-se. Saia do caminho e deixe-a passar. Quanto a mim, amo os lordes e evito-os. Vivi em casa de um deles. Isso basta para a beleza de minhas lembranças. Lembro-me de seu castelo, como de uma glória em uma nuvem. Os meus sonhos estão no passado. Nada mais admirável que Marmaduke-Lodge pela grandiosidade, a bela simetria, os ricos aparatos, os ornamentos e os edifícios secundários. De resto, as casas, palacetes e palácios dos lordes oferecem uma coleção do que há de maior e mais magnífico neste reino florescente. Amo nossos senhores. Agradeço-os por serem opulentos, poderosos e prósperos. Eu, que me visto de trevas, vejo com interesse e prazer essa amostra de azul-celeste a que chamam lorde. Entrava-se em Marmaduke-Lodge por um pátio extremamente espaçoso que formava um longo quadrado dividido em oito losangos, fechados com balaustradas, deixando de todos os lados um amplo caminho aberto, com uma magnífica fonte hexagonal de duas bacias no meio, coberta por um domo vazado delicadamente trabalhado, suspenso sobre seis colunas. Foi ali que conheci um douto francês, o senhor abade Du Cros, que era do convento dos jacobinos da rua Saint-Jacques. Havia em Marmaduke-Lodge a metade da biblioteca de Erpenius; a outra metade está no auditório de teologia de Cambridge. Ali eu lia livros, sentado sob o pórtico ornamentado. Essas coisas só são normalmente vistas por um pequeno número de viajantes curiosos. Acaso sabe, ridículo servo, que monsenhor William North, que é lorde Gray de Rolleston e que ocupa o décimo-quarto assento no banco dos barões, tem mais árvores de alto talhe em sua montanha que você cabelos em sua horrível cabeça? Sabe que lorde Norreys de Rycott, que é a mesma coisa que o conde de Abingdon, tem uma torre de duzentos pés de altura onde está inscrita a divisa *Virtus ariete fortior*, que parece querer dizer que "a virtude é mais forte que um aríete", mas que quer dizer, imbecil, que "a coragem é mais forte que uma máquina de guerra"? Sim, honro, aceito, respeito e reverencio nossos senhores. São os lordes que, com a majestade real, trabalham para proporcionar e para conservar os privilégios da nação. Sua sabedoria consumada se manifesta nas conjunturas espinhosas. Sua preeminência sobre todos, eu bem que gostaria que não a tivessem. Eles a têm. O que se chama na Alemanha principado e na Espanha grandeza, chama-se pariato na Inglaterra e na França. Como muitos achavam, com razão, este mundo bastante miserável, Deus sentiu onde lhe apertava o sapato, quis provar que sabia fazer pessoas felizes e criou os lordes para satisfazer aos filósofos. Essa criação corrige a outra e salva a pele do bom Deus. É para ele uma saída decente de uma posição embaraçosa. Os grandes são grandes. Um par falando de si mesmo diz "nós". Um par é um plural. O rei qualifica os pares de *consanguinei nostri*. Os pares fizeram uma série de leis sábias, entre outras a que condena à morte o homem que cortar um álamo de três anos. Sua supremacia é tal que têm uma língua própria. Em estilo heráldico, o preto, que se chama *areia* para o povo dos nobres, chama-se *saturno* para os príncipes e *diamante* para os pares. Poeira de diamante, noite estrelada, é o preto dos felizes. E mesmo entre si, esses grandes senhores têm nuanças. Um barão não pode se bater com um visconde sem sua permissão. Essas são coisas excelentes e conservam as nações. Como é belo para um povo ter vinte e cinco duques, cinco marqueses, setenta e seis condes, nove viscondes e sessenta e um barões, que somam cento e setenta e seis pares, uns Graça e os outros Senhoria! Assim, mesmo que haja alguns farrapos aqui e ali! Nem tudo pode ser de ouro. Farrapos, seja; mas acaso não há também púrpura? Um resgata o outro. É preciso que alguma coisa seja construída com alguma coisa. Pois bem, sim, existem indigentes, grande coisa! Eles estofam a felicidade dos opulentos. Deus do céu! Nossos lordes são nossa glória. A matilha de Charles Mohun, barão Mohun, custa, sozinha, tanto quanto o hospital dos leprosos de Mooregate e tanto quanto o hospital de Christ, fundado para as crianças em 1553 por Eduardo VI. Thomas Osborne, duque de Leeds, gasta, por ano, somente com as suas librés, cinco mil guinéus de ouro. Os grandes da Espanha têm um guardião nomeado pelo rei que os impede de se arruinar. É uma poltronice. Nossos lordes, ao contrário, são extravagantes e magníficos. Estimo isso. Não vociferemos como invejosos. Sou grato a uma bela visão que passa. Não tenho a luz, mas tenho o reflexo. Reflexo em minha úlcera, dirá. Vá para os diabos. Sou um Jó feliz por contemplar Trimalcião. Oh! O belo planeta radiante lá encima! Já é alguma coisa ter o luar. Suprimir os lordes é uma opinião que Orestes não ousaria sustentar, por mais insensato que fosse. Dizer que os lordes são perniciosos ou inúteis, isso significa dizer que é preciso abalar os estados e que os homens não foram feitos para viver como gado, pastando mato e mordidos por cachorros. O prado é tosquiado pelo carneiro, o carneiro é tosquiado pelo pastor. Que pode haver de mais justo? Para tosquiador, tosquiador e meio. Eu mesmo não ligo para nada disso; sou um filósofo e apego-me à vida tanto quanto uma mosca. A vida não passa de um estágio. Quando penso que Henry Bowes Howard, conde de Berkshire, tem em seus estábulos vinte e quatro carruagens de gala, uma com arreios de prata e outra com arreios de ouro! Deus do Céu, bem sei que nem todos têm vinte e quatro carruagens de gala, mas isso não é motivo para se declamar. Só porque sentiu frio uma noite, não é razão! Não é só você! Outros também sentem frio e fome. Sabe que sem esse frio Dea não seria cega e que, se Dea não fosse cega, ela não te amaria! Raciocine, bronco! E, depois, se toda a gente que está por aí se queixasse, seria uma bela assuada. Silêncio, eis a regra. Estou convencido de que o bom Deus ordena aos danados que se calem, sem o que seria Deus que ficaria danado, ouvindo esse grito eterno. A felicidade do Olimpo se faz às custas do silêncio do Cócito. Assim sendo, povo, calem-se. Eu, eu faço melhor, aprovo e admiro. Agora há pouco eu enumerava os lordes, mas devo acrescentar dois arcebispos e vinte e quatro bispos! Na verdade, enterneço-me quando penso nisso. Lembro-me de ter visto, em casa do dizimeiro do reverendo decano de Raphoe, decano que fazia parte da senhoria e da igreja, um vasto silo do mais belo trigo tomado dos camponeses das redondezas que o decano não se dera ao trabalho de cultivar. Isso lhe deixava tempo para orar a Deus. Sabe que lorde Marmaduke, meu amo, era lorde grão-tesoureiro da Irlanda e alto senescal da soberania de Knaresburg no condado de York! Sabe que o lorde camareiro-mor, que é um ofício hereditário na família dos duques de Ancaster, veste o rei no dia da coroação e recebe, por essa labuta, quarenta varas de veludo carmesim, mais a cama em que dormiu o rei; e que o fidalgo do Bastão Negro é seu deputado! Bem queria ver como se oporia ao fato de Sir Robert Brent ser o mais antigo visconde da Inglaterra, tornado visconde por Henri V. Todos os títulos dos lordes indicam a soberania sobre determinada terra, com exceção do conde Rivers, que tem como título seu nome de família. Como é admirável o direito que têm de taxar os outros e de recolher, por exemplo, como neste momento, quatro xelins por cada libra esterlina de renda, o que acontece há já um ano, e todos estes belos impostos sobre os espíritos destilados, os impostos indiretos sobre o vinho e a cerveja, os impostos de tonelagem e de poundagem, sobre a cidra, o espumante de pêra, o malte e a cevada preparada, e sobre o carvão mineral e cem outras coisas semelhantes!

Veneremos o que é. O próprio clero é vassalo dos lordes. O bispo de Man é súdito do conde de Derby. Os lordes têm animais ferozes que lhes são próprios e que eles colocam em suas armários. Como Deus não os fez em quantidade suficiente, eles os inventam. Criaram o javali heráldico que está acima do javali como o javali está acima do porco, e como o senhor está acima do padre. Criaram o grifo, que é águia para os leões e leão para as águias e que assusta os leões com suas asas e as águias com sua juba. Têm a serpe, o unicónio, a serpente, a salamandra, a tarasca, o demônio, o dragão, o hipogrifo. Tudo isso, terror para nós, lhes é ornamento e enfeite. Têm um zoológico que se chama brasão, em que rugem monstros desconhecidos. Não há floresta que se compare, pelo inesperado de seus prodígios, ao orgulho deles. Sua vaidade está cheia de fantasmas que ali passeiam como em uma noite sublime, com armas, elmos, couraças, esporas, com o bastão do império na mão, dizendo com voz grave: "Somos os ancestrais!". Os escaravelhos comem as raízes, e as panóplias comem o povo. Por que não? Acaso iremos mudar as leis? A senhoria faz parte da ordem. Acaso sabe que há um duque na Escócia que galopa trinta léguas sem sair de sua propriedade? Acaso sabe que o lorde arcebispo de Canterbury tem um milhão da França de renda? Acaso sabe que sua majestade tem por ano setecentas mil libras esterlinas de lista civil, sem contar os castelos, florestas, domínios, feudos, possessões, alódios, prebendas, dízimos e tributos, confiscações e multas que ultrapassam um milhão de libras esterlinas? Os que não estão contentes são difíceis.

– É verdade — murmurou Gwynplaine pensativo —, é do inferno dos pobres que é feito o paraíso dos ricos.

O URSUS POETA VENCE O URSUS FILÓSOFO

Depois, Dea entrou; ele a olhou, e não viu mais nada além dela. O amor é assim; podemos ser invadidos momentaneamente por uma obsessão de pensamentos diversos; a mulher que amamos chega e faz com que bruscamente se desvaneça tudo o que não é a sua presença, sem imaginar que talvez apague, em nós, um mundo.

Digamos aqui um detalhe. Em *Caos vencido*, uma palavra, "monstro", dirigida a Gwynplaine, não agradava a Dea. Algumas vezes, com o pouco de espanhol que todos sabiam naqueles tempos, ela cometia o pequeno desatino de substituí-lo por *"quiero"*, que significa "desejo-o". Ursus tolerava, não sem alguma impaciência, essas alterações do texto. Teria dito de bom grado a Dea, como em nossos dias, Moëssard a Vissot: "Está desrespeitando o repertório."

"O homem que ri". Essa era a forma que tomara a celebridade de Gwynplaine. Seu nome, Gwynplaine, quase totalmente ignorado, desaparecera sob esse apelido, como seu rosto sob o riso. Sua popularidade era como seu rosto, uma máscara.

No entanto, seu nome se inscrevia em um grande cartaz afixado na frente da Green-Box, que oferecia à multidão esta redação de Ursus: "Aqui vemos Gwynplaine, abandonado com a idade de dez anos, na noite de 29 de janeiro de 1690, por celerados comprachicos, à beira do mar em Portland, que de pequeno se tornou grande e que hoje é chamado de 'O homem que ri'".

A existência desses saltimbancos era uma existência de leprosos em um lazareto e de bem-aventurados em uma atlântida. Era, a cada dia, uma brusca passagem da mais estrepitosa exibição pública à mais completa abstração. Todas as noites, eles retiravam-se deste mundo. Eram como mortos que partiam, prontos para renascer no dia seguinte. O ator é como um farol intermitente, aparecimento, depois desaparecimento, e só existe para o público como fantasma e fosforescência nesta vida de lâmpadas giratórias.

Às praças públicas sucedia o claustro. Assim que o espetáculo acabava, enquanto o auditório se desagregava e o burburinho de satisfação da turba se dissipava na dispersão das ruas, a Green-Box recolhia seu painel como uma fortaleza recolhe sua ponte levadiça, e a comunicação com o gênero humano era cortada. De um lado, o universo; do outro, aquela casa. E, naquela casa, havia liberdade, boa consciência, coragem, devotamento, inocência, felicidade, amor, todas as constelações.

A cegueira vidente e a deformidade amada sentavam-se lado a lado, mão apertando mão, rosto tocando rosto e, embriagados, falavam-se baixinho.

O compartimento do meio servia a dois fins: para o público, teatro; para os atores, sala de jantar.

Ursus, que não perdia a oportunidade de fazer uma comparação, aproveitava essa diversidade de destinos para assimilar o compartimento central da Green-Box ao *arradash* de uma cabana abissínia.

Ursus contava a receita, depois ceavam. Para o amor, tudo se absorve no ideal, e beber e comer juntos quando se ama admite todas as espécies de doces promiscuidades furtivas que fazem com que um bocado se transforme em um beijo. Bebe-se a ale ou o vinho no mesmo copo, como se beberia o orvalho no mesmo lírio. Duas almas, no ágape, têm a graça de dois pássaros. Gwynplaine servia Dea, cortava-lhe bocados, deitava-lhe de que beber, achegava-se a ela.

"Hum!", dizia Ursus, e esquivava seu grunhido que, sem querer, acabava-se em sorriso.

O lobo, embaixo da mesa, ceava, desatento a tudo que não fosse o seu osso.

Vinos e Fibi partilhavam a refeição, mas pouco incomodavam. Aquelas duas errantes, semisselvagens e ainda ariscas, falavam boêmio entre si.

Em seguida, Dea entrava no gineceu com Fibi e Vinos. Ursus ia prender Homo embaixo da Green-Box, e Gwynplaine cuidava dos cavalos, e, de amante, virava palafreneiro, como se fosse um herói de Homero ou um paladino de Carlos Magno. À meia-noite, tudo dormia, exceto o lobo, que, de tempos em tempos, penetrado de sua responsabilidade, abria um olho.

No dia seguinte, ao despertar, todos se encontravam; almoçavam juntos, habitualmente presunto e chá; o chá, na Inglaterra, data de 1678. Depois Dea, à moda espanhola, e a conselho de Ursus que a achava delicada, dormia algumas horas, enquanto Gwynplaine e Ursus faziam todos os pequenos trabalhos externos e internos que a vida nômade exige.

Era raro que Gwynplaine circulasse fora da Green-Box, exceto nas estradas desertas e nos lugares solitários. Nas cidades, só saia à noite, escondido sob um largo chapéu de abas caídas, a fim de não gastar seu rosto na rua.

Só era visto com o rosto descoberto no teatro.

De resto, a Green-Box pouco frequentara as cidades. Gwynplaine, aos vinte e quatro anos, mal vira burgos maiores que os Cinco Portos. Seu renome, contudo, crescia. Começava a extrapolar o populacho e subia mais alto. Entre os amantes de bizarrices de feira e os fanáticos de curiosidades e prodígios, sabia-se que existia em algum lugar, no estado de vida errante, ora aqui, ora ali, uma máscara extraordinária. Falavam, procuravam, perguntavam: Onde estaria ele? O Homem que ri tornava-se definitivamente famoso. *Caos vencido* começava a gozar de certo prestígio.

A tal ponto que um dia Ursus, ambicioso, disse:

– Temos que ir a Londres.

LIVRO TERCEIRO

INÍCIO
DA RUPTURA

I

A HOSPEDARIA TADCASTER

Naquela época, Londres só tinha uma ponte, a Ponte de Londres, com casas sobre ela. Essa ponte ligava Londres a Southwark, arrabalde pavimentado com pedregulhos do Tâmisa, com ruas estreitas e vielas, espaços muito apertados e, como na cidade, muitas casas grandes, habitações e cabanas de madeira, um amontoado facilmente combustível, sujeito a incêndio. Isso fora provado em 1666.

Southwark, então, pronunciava-se *Sudric*; hoje, pronuncia-se mais ou menos *Sousouorc*. Aliás, uma excelente maneira de se pronunciarem os nomes ingleses é não pronunciá-los. Assim, para Southampton, digam *Stpntn*.

Era o tempo em que *Chatam* se pronunciava *Je t'aime*.

O Southwark daquele tempo é semelhante ao Southwark de hoje assim como Vaugirard é semelhante a Marselha. Era um burgo e uma cidade. Mesmo assim, havia lá um grande movimento de navegação. Em um vetusto muro ciclópico erguido sobre o Tâmisa, foram chumbadas argolas para que se amarrassem as embarcações. Esse muro era denominado muro de Effroc ou Effroc-Stone. Quando era anglo-saxã, York se chamava Effroc. Dizia a lenda que um certo duque de Effroc afogara-se ao pé desse muro. De fato, as águas ali eram bastante profundas para um duque. Na maré baixa, ainda media seis boas braças. A excelência daquele pequeno porto atraía os navios marítimos, e o velho veleiro da Hollanda, dito *Vograat*, vinha amarrar-se no Effroc-Stone. O *Vograat* fazia diretamente, uma vez por semana, a travessia de Londres a Rotterdam e de Rotterdam a Londres. Outros barcos partiam duas vezes ao dia, tanto para Deptfort, como para Greenwich ou para Gravesend, descendo por uma maré e subindo pela outra. O trajeto até Gravesend, embora fosse de vinte milhas, era feito em seis horas.

O *Vograat* era de um modelo que, hoje em dia, só se vê nos museus de marinha. Aquele veleiro era mais ou menos um junco. Naquele tempo, enquanto a França imitava a Grécia, a Holanda imitava a China. O *Vograat*, pesado casco de dois mastros, era fechado perpendicularmente por tabiques e protegido da água, com uma câmara bem funda no meio do navio e dois conveses, um na frente e outro atrás, com pontes rasas, como os navios de ferro com torres de hoje, o que tinha a vantagem de diminuir o avanço da onda nas tempestades e o inconveniente de expor a equipagem às batidas do mar devido à falta de parapeito. Nada segurava a bordo quem ia cair. Daí, as frequentes quedas e perdas de homens que levaram ao abandono daquele modelo. A *Vograat* ia direto à Holanda e não fazia escala nem mesmo em Gravesend.

Ao longo do pé do Effroc-Stone, uma antiga cornija de pedra, tanto de rocha como de alvenaria, praticável em qualquer maré, facilitava o acesso aos barcos amarrados ao muro. De distância em distância, o muro era cortado por escadas. Ele sinalizava a extremidade sul de Southwark. Um aterro permitia que os passantes se apoiassem com os cotovelos no alto do Effroc-Stone, como se fosse o parapeito de um cais. Dali, via-se o Tâmisa. Do outro lado da água, Londres acabava. Só restavam campos.

A montante do Effroc-Stone, na curva do Tâmisa, quase defronte ao palácio de Saint-James, atrás da Lambeth-House, não longe do passeio então denominado Foxhall (*vaux-hall* provavelmente), havia, entre uma cerâmica onde se fazia porcelana e uma vidraria onde se faziam garrafas pintadas, um daqueles vastos terrenos baldios onde cresce o capim, outrora chamados, na França, de culturas e *mails* e, na Inglaterra, *bowling-greens*. De *bowling-green*, tapete verde para rolar uma bola, fizemos *boulingrin*. Hoje, temos aquele prado em nossa casa; só que o colocamos sobre uma mesa, e usamos tecido em vez de grama, e o chamamos de bilhar.

Aliás, não se vê por que, havendo *boulevard* (bola verde), que é o mesmo que *bowling-green*, tenhamos adotado *boulingrin*. Surpreende que uma personagem séria como o dicionário tenha tais luxos inúteis.

O *bowling-green* de Southwark era chamado de Tarrinzeau-field, pelo fato de ter pertencido aos barões Hastings, que são barões Tarrinzeau e Mauchline. Dos lordes Hastings, o Tarrinzeau-field passara aos lordes Tadcaster, que o exploraram como lugar público, da mesma forma que, mais tarde, o duque de Orleans explorou o Palais-Royal. Depois, o Tarrinzeau-field se tornara insignificante pastagem e propriedade paroquial.

O Tarrinzeau-field era uma espécie de campo de feira permanente, cheio de ilusionistas, de equilibristas, de saltimbancos e de músicos em estrados, e sempre cheio de imbecis que "vêm assistir ao diabo", como dizia o arcebispo Sharp. Assistir ao diabo era ir ao espetáculo.

Naquele lugar de feriado o ano todo, abriam-se e prosperavam diversas hospedarias, que recebiam e enviavam público àqueles teatros itinerantes. Essas hospedarias eram simples barracos, ocupados somente durante o dia. À noite, o taverneiro punha a chave da taverna no bolso e ia embora. Apenas uma dessas hospedarias era uma casa. Não havia outra moradia em todo o *bowling-green*, e as barracas do campo de feira podiam desaparecer de um momento a outro, em razão da ausência de vínculos e da errância de todos aqueles saltimbancos. Eles têm uma vida sem raízes.

Essa hospedaria, denominada hospedaria Tadcaster, do nome de seus antigos senhores, mais albergue do que taverna e mais hotelaria do que albergue, tinha uma porta-cocheira e um pátio bastante grande.

A porta-cocheira, que se abria do pátio para a praça, era a porta principal do albergue Tadcaster e tinha, ao seu lado, uma porta secundária por onde se entrava. Por secundária entenda-se preferida. Essa porta baixa era a única por onde se podia passar. Ela se abria para o cabaré propriamente dito, que era uma grande mansarda enfumaçada, mobiliada com mesas e com teto baixo. Tinha uma janela no primeiro andar, em cujo fecho estava pendurada a placa da hospedaria. A porta grande permanecia sempre fechada com tranca e ferrolho.

Para ir ao pátio, era preciso atravessar o cabaré.

Na hospedaria Tadcaster havia um chefe e um servo. O chefe se chamava mestre Nicless. O servo se chamava Govicum. Mestre Nicless — provavelmente Nicolas, que, pela pronúncia inglesa, fica sendo Nicless —, era um avarento e trêmulo viúvo respeitador das leis. Tinha também as sobrancelhas e as mãos peludas. Quanto ao rapaz de quatorze anos, que enchia os copos e respondia pelo nome de Govicum, tinha cara grande e alegre e usava um avental. Tinha a cabeça raspada, sinal de servidão.

Dormia no andar de baixo, num cubículo onde outrora tinham instalado um cão. A janela desse cubículo era uma lucarna que se abria sobre o *bowling-green*.

II

ELOQUÊNCIA EM PLENA VENTANIA

Numa noite muito fria e de vento forte, quando havia razão para se ter pressa na rua, um homem que caminhava no Tarrinzeau-field, sob a parede do albergue Tadcaster, parou bruscamente.

Eram os últimos meses do inverno de 1704 a 1705. Aquele homem, cujas roupas revelavam um marinheiro, tinha boa aparência e um belo físico, o que era prescrito às pessoas da corte, mas não era proibido às pessoas do povo. Por que parara ele? Para escutar. O que ele estava escutando? Uma voz que falava provavelmente num pátio, do outro lado da parede, uma voz um tanto senil, mas, mesmo assim, tão alta que chegava até os passantes na rua. Ao mesmo tempo, ouvia-se, no recinto em que a voz perorava, um barulho de povo. A voz dizia:

– Homens e mulheres de Londres, aqui estou eu. Felicito-os cordialmente por serem ingleses. São um grande povo. Digo mais, são um grande populacho. Os seus murros são ainda mais belos do que as suas cutiladas. Vocês têm apetite. São a nação que come as outras. Magnífica função. Essa sucção do mundo coloca a Inglaterra numa categoria especial. Como política e filosofia, e, agora, colônias, populações e indústrias, e como vontade de fazer aos outros o mal que é o bem para si, são particulares e surpreendentes. Está chegando o momento em que haverá sobre a terra dois letreiros; num deles ler-se-á "Lado dos homens"; no outro, "Lado dos ingleses". Eu percebo isso para a sua glória, eu que não sou nem inglês nem homem, que tenho a honra de ser um doutor. Tudo ao mesmo tempo. *Gentlemen*, eu ensino. O quê? Duas espécies de coisas, as que sei e as que ignoro. Vendo remédios e dou ideias. Aproximem-se e escutem. A ciência os incita a isso. Abram os ouvidos. Se eles forem pequenos, reterão pouca verdade; se forem grandes, muita idiotice entrará por eles. Portanto, atenção. Dou aulas de Pseudodoxia Epidêmica. Tenho um colega que faz rir, mas eu faço pensar. Moramos na mesma cabana; e o rir é de tão boa estirpe como o saber. Quando perguntavam a Demócrito: "Como vos tornastes sábio?", ele respondia: "Eu rio." E, eu, se me perguntarem: "Por que ri?" Eu responderei: "Porque sou sábio." Aliás, eu não rio. Sou o retificador dos erros populares. Tento limpar as suas inteligências. Elas estão sujas. Deus permite que o povo se engane e seja enganado. Não se deve ter pudores idiotas; confesso francamente que creio em Deus, mesmo quando ele está errado. Contudo, quando vejo sujeiras — os erros são sujeiras —, eu as varro. Como sei eu que sou sábio? Isso só diz respeito a mim. Cada qual assume a sua ciência como pode. Lactâncio fazia perguntas a uma cabeça de Virgílio esculpida em bronze que lhe respondia. Silvestre II dialogava com os pássaros. Os pássaros falavam? O passerídeo gorjeava? Perguntas. O filho falecido do rabino Eleazar conversava com Santo Agostinho. Aqui entre nós, eu duvido de todos esses fatos, exceto do último. O menino morto falava. Pois bem; mas ele tinha sob a língua uma lâmina de ouro na qual estavam gravadas diferentes constelações. Então ele trapaceava. Está explicado. Percebem a minha moderação. Eu separo o verdadeiro do falso. Vejam, esses são outros erros que certamente vocês compartilham e dos quais desejo livrá-los, pobre gente do povo. Dioscórides acreditava que havia um deus no hioscíamo; Crisipo, no cinopasto; Josefo, na raiz baueráces; Homero, na planta móli. Todos se enganavam. Aquilo que está nas ervas não é um deus, é um demônio. Eu verifiquei. Não é verdade que a serpente que tentou Eva tivesse, como Cadmo, uma face humana. Garcias de Horto, Cadamosto e Jean Hugo, arcebispo de Trèves, negam que basta serrar uma árvore para prender um elefante. Concordo com eles. Cidadãos, os trabalhos de Lúcifer são a causa das falsas opiniões. Sob o reinado de tal príncipe, devem aparecer meteoros de erro e de perdição. Povo, Cláudio Pulcro não morreu porque os frangos se recusaram a sair do galinheiro; a verdade é que Lúcifer, ao prever a morte de Cláudio Pulcro, teve o cuidado de impedir aqueles animais de comer. Que Belzebu tenha dado ao imperador Vespasiano o poder de reerguer os coxos e de devolver a visão aos cegos ao tocá-los era uma ação louvável em si, mas cujo motivo era condenável. *Gentlemen*, desconfiem dos falsos sábios que exploram a raiz da briônia e a vide-branca e que fazem colírios com mel e sangue de galo. Aprendam a enxergar claramente nas mentiras. Não é certo que Órion tenha nascido de uma necessidade natural de Júpiter; a verdade é que Mercúrio assim produziu o astro. Não é verdade que Adão tivesse umbigo. Quando São Jorge matou um dragão, ele não tinha por perto a filha de um santo. São Jerônimo, em seu escritório, não tinha relógio sobre sua lareira; primeiro, porque, como era uma caverna, ele não tinha escritório; em segundo lugar, porque ele não tinha lareira; em terceiro lugar, porque os relógios não existiam. Retifiquemos. Gentis que me escutam, quando disserem a vocês que ao cheirar a erva valeriana, nasce-lhe um lagarto no cérebro; que, ao putrefazer-se, o boi se transforma em abelhas e o cavalo em vespões; que o homem pesa mais depois de morto do que em vida; que o sangue de bode dissolve a esmeralda; que uma lagarta, uma mosca e uma aranha, vistas na mesma árvore, anunciam a miséria, a guerra e a peste; que se cura a epilepsia com um verme que se encontra na cabeça do cabrito-montês, não acreditem, são asneiras. Mas estas são verdades: a pele de foca protege da tempestade; o sapo se alimenta de terra, o que lhe causa uma pedra na cabeça; a rosa-de-jericó floresce na véspera do Natal; as serpentes não podem suportar a sombra do freixo; o elefante não tem juntas e é obrigado a dormir em pé, encostado numa árvore; façam um sapo chocar um ovo de galo e tereis um escorpião que se transformará numa salamandra; um cego recobra a visão ao pôr uma das mãos no lado esquerdo do altar e a outra nos olhos; a virgindade não exclui a maternidade. Brava gente, nutram-se dessas evidências. Assim, poderão acreditar em Deus de duas maneiras: ou como a sede acredita na laranja ou como o asno acredita no chicote. Agora, vou lhes apresentar o meu pessoal.

Nesse ínterim, um forte golpe de vento sacudiu as portas da hospedaria, que era uma casa isolada, produzindo uma espécie de longo murmúrio celeste. O orador esperou um momento, depois se recompôs.

– Interrupção. Bem. Fale, aquilão! *Gentlemen*, eu não me aborreço. O vento é loquaz, como todos os solitários. Ninguém lhe faz companhia lá no alto. Então, ele fala. Retomo o meu fio. Vocês contemplam aqui artistas associados. Somos quatro. *A lupo principium*. Começo pelo meu amigo, que é um lobo. Ele não se esconde. Vejam-no. Ele é instruído, grave e sagaz. Provavelmente, a providência teve, por um momento, a ideia de torná-lo um doutor de universidade; mas, para isso, é preciso ser um pouco idiota, e ele não o é. Acrescento que ele não tem preconceitos nem é aristocrata. Ele se interessa, no momento por uma cadela, ele que teria direito a uma loba. Seus filhotes, se os tiver, talvez misturem graciosamente o ganido da mãe com o uivo do pai. É preciso uivar com os homens. Ele também ladra por condescendência para com a civilização. Magnânimo abrandamento. Homo é um cão aperfeiçoado. Veneremos o cão. O cão — que animal engraçado! — sua pela língua e sorri pela cauda. *Gentlemen,* Homo se iguala em sabedoria ao lobo sem pelo do México, o admirável xoloitzeniski, e o supera em cordialidade. Digo também que ele é humilde. Tem a modéstia de um lobo útil aos seres humanos. É silenciosamente prestativo e caritativo. Sua pata esquerda ignora a boa ação que a direita fez. São esses os seus méritos. Deste outro, meu segundo amigo, direi somente uma palavra: é um monstro. Admirá-lo-ão. Ele foi, há muito tempo, abandonado por piratas nas margens do bravio oceano. Esta aqui é uma cega. Seria uma exceção? Não. Todos nós somos cegos. O avarento é um cego; vê o ouro e não vê a riqueza. O pródigo é um cego; enxerga o começo e não enxerga o fim. A coquete é uma cega, não enxerga suas rugas. O sapiente é um cego; não enxerga a sua ignorância. O homem de bem é um cego; não enxerga o espertalhão. O espertalhão é um cego; não enxerga Deus. Deus é um cego; no dia em que criou o mundo, não viu que o diabo se metia dentro dele. Eu sou um cego; falo e não vejo que vocês são surdos. Esta cega que nos acompanha é uma sacerdotisa misteriosa. Vesta ter-lhe-ia confiado o seu lume. Tem, no caráter, obscuridades suaves como os hiatos que se abrem na lã de carneiro. Acredito-a filha de rei sem afirmá-lo. Uma louvável desconfiança é atributo do sábio. Quanto a mim, eu raciocino e medico. Eu penso e cuido. *Chirurgus sum.* Curo as febres, os miasmas e as pestes. Quase todas as nossas flegmasias e nossos sofrimentos são exutórios e, bem cuidados, nos livram gentilmente de outros males que seriam piores. Entretanto, não os aconselho a ter um antraz, também dito carbúnculo. É uma doença idiota que não serve para nada. Morre-se dela, mas só isso. Não sou inculto nem rústico. Honro a eloquência e a poesia e vivo com estas deusas numa inocente intimidade. E termino por um conselho. Cavalheiros e damas, em vocês, do lado de onde vem a luz, cultivem a virtude, a modéstia, a probidade, a justiça e o amor. Assim, cada um aqui pode ter seu vasinho de flores na janela. Senhoras e senhores, tenho dito. O espetáculo vai começar.

O homem, provavelmente marinheiro, que escutava de fora, entrou na sala baixa da hospedaria, atravessou-a, pagou algum dinheiro que lhe pediram, entrou num pátio cheio de público, avistou, no fundo do pátio, uma barraca com rodas, totalmente aberta, e viu, sobre aquele palco, um homem velho vestido com uma pele de urso, um moço que parecia uma máscara, uma menina cega e um lobo.

– Viva! — exclamou. — Que pessoas admiráveis.

III

ONDE O PASSANTE REAPARECE

A Green-Box, acabamos de reconhecê-la, chegara a Londres e se estabelecera em Southwark. Ursus fora atraído pelo *bowling-green*, que era um lugar excelente porque ali a feira nunca deixava de funcionar, nem mesmo no inverno.

Avistar o domo de Saint-Paul foi prazeroso a Ursus.

Londres, afinal, é uma cidade que tem suas vantagens. Dedicar uma catedral a São Paulo é uma audácia. O verdadeiro santo catedral é São Pedro. São Paulo é suspeito de imaginação, e, em matéria eclesiástica, imaginação significa heresia. São Paulo só é santo com circunstâncias atenuantes. Só entrou no céu pela porta dos artistas.

Uma catedral é uma insígnia. São Pedro indica Roma, a cidade do dogma; São Paulo indica Londres, a cidade do cisma.

Ursus, cuja filosofia tinha braços tão grandes que continha tudo, era homem de apreciar tais nuanças, e sua atração por Londres vinha, talvez, de certo gosto por São Paulo.

O grande pátio da hospedaria Tadcaster fora o local escolhido por Ursus. A Green-Box parecia ter sido prevista para aquele pátio; era um teatro já construído. Era um pátio quadrado construído de três lados, com uma parede frente a frente com os andares no qual encostaram a Green-Box, introduzida ali graças à grande abertura da porta-cocheira. Um grande balcão de madeira, coberto por anteparo e apoiado em barrotes, que se comunicava com os quartos do primeiro andar, estava colocado nas três paredes da fachada interior do pátio, com dois ângulos retos. As janelas do andar térreo serviram como frisas, o pavimento do pátio serviu de plateia, e o balcão serviu como balcão. A Green-Box, encostada na parede, tinha diante dela a sala de espetáculos. Parecia muito com o Globe, onde foram representados *Otelo*, *Rei Lear* e *A tempestade*.

Num recanto, atrás da Green-Box, havia uma estrebaria.

Ursus alugara tais acomodações com o taverneiro, mestre Nicless, que, por respeito às leis, só admitiu o lobo por preço mais alto. O letreiro "Gwynplaine — O homem que ri", tirado da Green-Box, fora pendurado perto da insígnia da hospedaria. A sala-cabaré, como se sabe, tinha uma porta interna que dava para o pátio. Ao lado dessa porta, foi improvisado, com um tonel aberto, uma portaria para "a bilheteira", que ora era Fibi, ora Vinos. Era mais ou menos como hoje em dia. Quem entra paga. Debaixo do letreiro "O homem que ri" foi pendurada, com dois pregos, uma tábua pintada de branco, trazendo, em preto e letras grandes, o título da grande peça de Ursus, *Caos vencido*.

No centro do balcão, exatamente em frente à Green-Box, um compartimento, cuja entrada principal era uma porta-janela, fora reservado, entre dois tabiques, "para a nobreza".

Era bastante largo para conter, em duas fileiras, dez espectadores.

"Estamos em Londres", dissera Ursus. Temos que contar com alguns nobres.

Ele mandara mobiliar aquele "camarote" com as melhores cadeiras da hospedaria e colocar, no centro, uma grande poltrona de veludo de Utrecht com desenhos de cereja para o caso em que viesse alguma mulher de *alderman*.

As representações tinham começado.

De imediato, a multidão chegou.

Mas o compartimento da nobreza permaneceu vazio.

Excetuado isso, o sucesso foi tão grande que, ao que se lembra em termos de saltimbanco, nunca se vira igual. Southwark em peso acorreu para admirar "O homem que ri".

Os saltimbancos e os malabaristas de Tarrinzeau-field ficaram apavorados com Gwynplaine. Seu efeito foi como o de um gavião que precipita sobre uma gaiola de pintassilgos e vai devorando tudo em seu comedouro. Gwynplaine devorou-lhes o público.

Além do povo miúdo de engolidores de espadas e de pantomimeiros, havia verdadeiros espetáculos no *bowling-green*. Havia um circo de mulheres ressoando, de manhã à noite, com um magnífico toque de todos os tipos de instrumentos, saltérios, tambores, rabecas, micamons, timbres, charamelas, dulcaynes, gingues, cornamusas, cornetas da Alemanha, eschiquier de Inglaterra, gaitas de fole, fístulas, flajolé e pífaros. Sob uma grande tenda redonda, havia saltadores que não seriam igualados por nossos atuais corredores dos Pireneus, Dulma, Bordenave e Meylonga, que, do pico de Pierrefitte descem ao planalto do Limaçon, o que é quase a mesma coisa que cair. Havia uma exposição ambulante de animais, em que se via um tigre cômico, que, fustigado por um domador, tentava abocanhar-lhe o chicote e engolir a mecha. Até mesmo esse cômico de bocarra e garras foi eclipsado.

Curiosidade, aplausos, dinheiro entrando, multidão, "O homem que ri" arrebatou tudo. E tudo num piscar de olhos. Não houve nada além da Green-Box.

"*Caos vencido* é Caos vencedor", dizia Ursus, inserindo-se no sucesso de Gwynplaine e puxando a toalha para si, como se diz em linguagem cabotina.

Foi prodigioso o sucesso de Gwynplaine. No entanto, permaneceu local. É difícil uma fama transpor a água. O nome de Shakespeare levou cento e trinta anos para chegar da Inglaterra à França; a água é uma muralha e, se Voltaire, o que ele lamentou mais tarde, não tivesse dado uma ajuda, Shakespeare talvez ainda estivesse do outro lado do muro, na Inglaterra, cativo de uma glória insular.

A glória de Gwynplaine não transpôs a ponte de Londres. Não ganhou as dimensões de um eco de grande cidade. Pelo menos, nos primeiros tempos. Mas Southwark pode bastar para a ambição de um palhaço. Ursus dizia: "A sacola de dinheiro, como uma moça que pecou, engorda a olhos vistos."

Apresentavam *Ursus Rursus* e, em seguida, *Caos vencido*.

Durante os entreatos, Ursus justificava a sua qualidade de engastrimitista e fazia a ventriloquia transcendente; imitava toda voz que se oferecia na assistência, um canto, um grito, ambos de espantar pela semelhança com o cantor ou com o gritador. Por vezes, ele imitava o vozerio do público e soprava como se sozinho fosse um monte de gente. Notáveis talentos.

Além disso, como vimos, ele arengava como Cícero, vendia remédios, cuidava de doenças e até curava os doentes.

Southwark estava cativada.

Ursus estava satisfeito, mas não surpreso com os aplausos.

"São os antigos *trinobantes*", dizia. E acrescentava: "Que eu não confundo, pela delicadeza do gosto, com os *atrébates* que povoaram Berks, os belgas que habitaram o Somerset e os parisienses que fundaram York."

A cada representação, o pátio da hospedaria, transformado em plateia, lotava-se de um público maltrapilho e entusiasta. Eram barqueiros, liteireiros, carpinteiros de bordo, condutores de barcos do rio, marinheiros recém-desembarcados, que gastavam o salário em rega-bofes e com moças. Havia servos armados, rufiões, guardas negros, que são soldados condenados, por alguma falta disciplinar, a usar sua veste vermelha virada do lado do forro preto, e, por essa razão, são chamados de *blackquards*, de que formamos *blagueurs*. Toda essa gente afluía da rua para o teatro e refluía do teatro para a sala das bebidas. Os canecos bebidos não atrapalhavam o sucesso.

Entre tais pessoas, que decidimos chamar de "a borra", havia um mais alto do que os outros, maior, mais forte, menos pobre, mais espadaúdo, vestido como o povo, mas não rasgado, admirador entusiasta, abrindo caminho aos murros, usando uma peruca desgrenhada, blasfemando, gritando, zombeteando, não sujo e, se necessário, esmurrando alguém e pagando uma bebida.

Esse *habitué* era o passante cujo grito de entusiasmo foi há pouco ouvido.

Conhecedor das artes, imediatamente fascinado, adotara o "homem que ri". Não vinha a todas as representações. Mas, quando vinha, era o *traîner* do público; os aplausos se transformavam em aclamações, o sucesso ia, não às frisas, pois não havia, mas às nuvens, pois estas, sim, havia. (Mas essas nuvens, pela falta de teto, algumas vezes faziam chover sobre a obra-prima de Ursus.)

De maneira que Ursus notou aquele homem e que Gwynplaine o olhou. Era um orgulhoso amigo desconhecido que tinham ali!

Ursus e Gwynplaine desejaram conhecê-lo ou, pelo menos, saber quem era.

Uma noite, quando estava na coxia, que era a porta da cozinha da Green-Box, com mestre Nicless, o hospedeiro, por acaso perto dele, Ursus mostrou-lhe o homem misturado à multidão e perguntou-lhe:

– O senhor conhece aquele homem?

– Claro.

– Quem é?

– Um marinheiro.

– Como ele se chama? — interveio Gwynplaine.

– Tom-Jim-Jack — respondeu o hoteleiro.

Depois, enquanto desciam o degrau de trás da Green-Box para voltar à hospedaria, mestre Nicless soltou esta reflexão profunda a perder de vista:

– Que pena não ser ele lorde! Seria um famoso canalha.

Aliás, embora instalado numa hospedaria, o grupo da Green-Box não havia modificado nada de seus costumes e, agora, de seu isolamento. Exceto por algumas palavras trocadas aqui e ali com o taverneiro, eles não se misturavam com os habitantes, permanentes ou transitórios do albergue, e continuavam a viver entre eles.

Desde que chegaram em Southwark, Gwynplaine habituara-se, depois do espetáculo, após a ceia das pessoas e a alimentação dos cavalos, a ir, enquanto Ursus e Dea dormiam, cada um do seu lado, respirar um pouco o ar livre no *bowling-green* entre onze horas e meia-noite. Uma certa melancolia impele as pessoas às caminhadas noturnas e a vaguear sob as estrelas; a juventude é uma espera misteriosa; é por isso que se caminha habitualmente à noite sem destino. Naquela hora, não havia mais ninguém no campo da feira, no máximo alguns cambaleios de bêbados mostrando silhuetas oscilantes nos cantos escuros; as tavernas vazias se fechavam, a sala baixa do albergue Tadcaster se apagava, mal tendo em algum canto uma vela a iluminar um último bebedor, uma luz indistinta saía por entre as portas da hospedaria entreaberta, e Gwynplaine, pensativo, contente, sonhando, feliz com uma divina felicidade vaga, ia e vinha diante daquela porta entreaberta. Em que pensava? Em Dea, em nada, em tudo, nas profundezas. Ele se afastava pouco do albergue, preso, como por um fio, perto de Dea. Bastava-lhe dar alguns passos fora.

Depois, entrava, encontrava toda a Green-Box adormecida e adormecia.

IV

OS ADVERSÁRIOS CONFRATERNIZAM NO ÓDIO

O sucesso não é querido, principalmente por aqueles a quem causa a queda. É raro que os comidos adorem os comedores. Decididamente, "O homem que ri" era um acontecimento. Os acrobatas das cercanias estavam indignados. Um sucesso de teatro é como um sifão, bombeia a multidão e produz o vazio em seu redor. O comércio em frente estava transtornado. De imediato, a alta da receita da Green-Box correspondera, já o dissemos, a uma baixa nas receitas do entorno. Bruscamente, os espetáculos até então festejados, esvaziaram-se. Foi como uma estiagem em sentido inverso, mas com uma perfeita concordância: a cheia aqui, a baixa ali. Todos os teatros conhecem esses efeitos de maré; ela só é alta na casa de um com a condição de ser baixa na casa do outro. O formigueiro dos espetáculos de feira, que exibia seus talentos e fanfarras nos tablados circunvizinhos, vendo-se arruinado pelo "Homem que ri", entrou em desespero, apesar de fascinado. Todos os imitadores de velhos, todos os palhaços, todos os acrobatas invejavam Gwynplaine. Eis que um deles está feliz por ter beiços de animal feroz! Mães bailarinas e funâmbulas, que tinham belos filhos, olhavam-nos com raiva mostrando Gwynplaine e dizendo:

"Que pena que você não tem um rosto como esse aí." Algumas batiam em seus pequenos no delírio de achá-los bonitos. Mais de uma, se soubesse o segredo, teria arrumado o filho "à Gwynplaine". Um rosto angelical que não dá lucro não vale o mesmo que uma cara de diabo lucrativa. Um dia, ouviu-se a mãe de uma criança, que era um querubim de delicadeza e que representava os cupidos, gritar: "Falharam com nossos filhos. Somente esse Gwynplaine saiu bem." E, mostrando o punho ao filho, acrescentou: "Se eu soubesse quem é o seu pai, eu lhe diria uns desaforos!"

Gwynplaine era uma galinha dos ovos de ouro. Que maravilhoso fenômeno! Era um só brado em todas as barracas. Os saltimbancos, entusiasmados e exasperados, contemplavam Gwynplaine rangendo os dentes. A raiva admira. É o que se chama inveja. Então, ela urra. Tentaram desestabilizar *Caos vencido*, fizeram cabala, assobiaram, rosnaram, vaiaram. Para Ursus, foi um motivo de arengas homéricas ao populacho, e, para o amigo Tom-Jim-Jack, uma ocasião de dar alguns daqueles murros que restabelecem a ordem. Os murros de Tom-Jim-Jack acabaram por fazê-lo ser notado por Gwynplaine e estimado por Ursus. Aliás, de longe; porque o grupo da Green-Box se bastava a si mesmo e se mantinha à distância de tudo. Quanto a Tom-Jim-Jack, esse líder da canalha parecia uma espécie de supremo valentão, sem vínculos, sem intimidade, provocador, líder de homens, aparecendo, desaparecendo, colega de todos e companheiro de ninguém.

Aquela explosão de inveja contra Gwynplaine não se deu por vencida por alguns bofetões de Tom-Jim-Jack. Uma vez que as vaias abortaram, os saltimbancos do Tarrinzeau-field redigiram uma petição. Dirigiram-se à autoridade. É o procedimento normal. Contra um sucesso que nos incomoda, primeiro subleva-se o povo; depois, recorre-se ao magistrado.

Aos saltimbancos, juntaram-se os reverendos. "O homem que ri" atingira as prédicas. Não só as barracas, mas também as igrejas ficaram vazias. As capelas das cinco paróquias de Southwark não tinham mais auditório. Abandonava-se o sermão para ir ver Gwynplaine. *Caos vencido*, a Green-Box, "O Homem que ri", todas aquelas abominações de Baal prevaleceram sobre a eloquência do púlpito. A voz que clama no deserto, *vox clamantis in deserto*, não está contente e, de bom grado, vai recorrer ao governo. Os pastores das cinco paróquias queixaram-se ao bispo de Londres, que, por sua vez, queixou-se a Sua Majestade.

A queixa dos saltimbancos se fundamentava na religião. Declararam-na ultrajada. Denunciavam Gwynplaine como bruxo e Ursus como ímpio.

Já os reverendos invocavam a ordem social. Deixando de lado a ortodoxia, saíram em defesa dos atos do parlamento violados. Era mais astucioso. Porque era a época de M. Locke, morto havia seis meses, em 28 outubro de 1704, e tinha início o ceticismo, que Bolingbroke iria insuflar a Voltaire. Wesley deveria, mais tarde, vir restaurar a bíblia como Loyola restaurou o papismo.

Dessa maneira, a Green-Box estava sendo atacada pelos dois lados, pelos saltimbancos, em nome do pentateuco, e pelos capelães, em nome dos regulamentos de polícia. De um lado, o céu, do outro lado, as ruas, com os reverendos tomando o partido das ruas, e os saltimbancos, o do céu. A Green-Box era denunciada pelos padres por atravancar as ruas e pelos bufões por constituir um sacrilégio.

Existia pretexto? Ela dava ensejo? Sim. Qual era o seu crime? Era este: ela tinha um lobo. Na Inglaterra, um lobo é um proscrito. O dogue, vá lá; o lobo, não. A Inglaterra admite o cão que ladra e não o cão que uiva; nuança entre o galinheiro e a floresta. Os reitores e os vigários das cinco paróquias de Southwark evocavam, em suas petições, os numerosos estatutos reais e parlamentares que punham o lobo fora da lei. Concluíam em algo como a prisão de Gwynplaine e o confisco do lobo ou, pelo menos, a expulsão. Questão de interesse público, de risco para os passantes. E, a esse respeito, recorriam ao corpo médico. Citavam o veredito do Colégio dos Oitenta médicos de Londres, corpo douto que data de Henrique VIII, que, a exemplo do Estado, tem uma chancela, que eleva os enfermos à dignidade de justiçáveis, que tem o direito de encarcerar os que infringem as suas leis e contravêm às suas prescrições e que, entre outras constatações úteis à saúde dos cidadãos, não deixou dúvida sobre este fato obtido da ciência: "Se um lobo vê um homem primeiro, o homem se torna rouco pelo resto da vida." Ademais, ele pode nos morder.

Portanto, Homo era o pretexto.

Ursus soubera dessas maquinações pelo hoteleiro. Ele estava preocupado. Temia estas duas garras, polícia e justiça. Para ter medo da magistratura, basta ter medo; não é necessário ser culpado. Pouco desejava Ursus o contato dos xerifes, dos prebostes, bailios e oficiais de polícia. Não tinha a mínima pressa de contemplar de perto essas caras oficiais. A curiosidade que tinha de ver magistrados era a mesma que a lebre tem de ver cães de caça.

Começava a arrepender-se de ter vindo a Londres.

"O melhor é inimigo do bom. Eu achava que esse provérbio perdera a credibilidade, enganei-me. As verdades tolas são as verdades verdadeiras", murmurava ele baixinho.

Contra tantas potências coalizadas, saltimbancos assumindo a causa da religião, capelães indignando-se em nome da medicina, a pobre Green-Box, suspeita de bruxaria em Gwynplaine e de hidrofobia em Homo, só tinha a seu favor uma coisa, mas que é uma grande força na Inglaterra, a inércia municipal. Foi do não intervencionismo local que se originou a liberdade inglesa. A liberdade, na Inglaterra, se comporta como o mar em torno da Inglaterra. É uma maré. Pouco a pouco, os costumes se sobrepõem às leis. Uma temerosa legislação sufocada, o uso preponderando, um código feroz ainda visível sob a transparência da imensa liberdade, essa é a Inglaterra.

"O homem que ri", *Caos vencido*, Homo, podiam ter contra si os saltimbancos, os predicantes, os bispos, a câmara dos comuns, a câmara dos lordes, Sua Majestade, e Londres, e toda a Inglaterra e permanecer tranquilos enquanto Southwark estivesse em seu favor. A Green-Box era a diversão preferida do arrabalde, e a autoridade local parecia indiferente. Na Inglaterra, indiferença é proteção. Enquanto o xerife do condado de Surrey, do qual Southwark fazia parte, não se movesse, Ursus poderia respirar, e Homo poderia dormir sobre suas duas orelhas de lobo.

Com a condição de não terminar em morte, tais ódios serviam ao sucesso. A Green-Box, no momento, não ia mal. Ao contrário. Era visível ao público que havia intrigas. "O homem que ri" ia se tornando mais popular. O povo tem a intuição das coisas denunciadas e as toma pelo lado bom. Ser suspeito é uma recomendação. O povo adota instintivamente o que é ameaçado pelo índex. A coisa denunciada é um começo de fruto proibido; há pressa em mordê-lo. E, depois, um aplauso que incomoda alguém, principalmente quando esse alguém é a autoridade, é doce. É fascinante fazer, ao passar uma noite agradável, um ato de adesão ao oprimido e de oposição ao opressor. Protegemos ao mesmo tempo que nos divertimos. Há que acrescentar que as barracas de teatro do *bowling-green* continuavam a gritar e a cabalar contra "O homem que ri". Nada melhor para o sucesso. Os inimigos fazem um barulho eficaz que aguça e aviva o triunfo. Um amigo se cansa mais depressa de elogiar do que um inimigo de injuriar. Injuriar não é prejudicar. É isso que os inimigos ignoram. Eles não podem deixar de insultar, e é essa a sua utilidade. Têm uma impossibilidade de calar-se que mantém o público desperto. A multidão aumentava em *Caos vencido.*

Ursus guardava para si o que lhe dizia mestre Nicless das intrigas e das queixas às autoridades e não falava delas a Gwynplaine a fim de não perturbar, com preocupações, a serenidade das representações. Se ocorresse uma infelicidade, sempre se saberia bem logo.

V

O WAPENTAKE

Uma vez, contudo, ele pensou dever derrogar a essa prudência, por prudência mesmo, e julgou útil procurar inquietar Gwynplaine. É verdade que, no pensar de Ursus, tratava-se de algo muito mais grave ainda do que as cabalas de feira e de igreja. Gwynplaine, ao pegar do chão um *farthing* que caíra quando contavam o dinheiro arrecadado, pusera-se a examiná-lo e, na presença do hoteleiro, emitira, sobre o contraste entre o *farthing*, que representava a miséria do povo, e a efígie, que representava, na figura de Anne, a magnificência parasita do trono, um comentário desairoso. Esse comentário, repetido por mestre Nicless, andara por tantas bocas, que acabara chegando até Ursus por Fibi e Vinos. Ursus exaltou-se. Palavras sediciosas. Lesa-majestade. Admoestou Gwynplaine rudemente.

– Cuidado com o que diz a sua abominável boca. Existe uma regra para os grandes, não fazer nada; e uma regra para os pequenos, não dizer nada. O pobre tem apenas um amigo, o silêncio. Só deve pronunciar um monossílabo: sim. Confessar e consentir é todo o seu direito. Sim, ao juiz. Sim, ao rei. Os grandes, se bem lhes parecer, dão-nos bordoadas. Eu as recebi. É a prerrogativa deles, nada perdem de sua grandeza ao quebrar-nos os ossos. O petrel-gigante é uma espécie de águia. Veneremos o cetro, que é o primeiro dos bastões. Respeito é prudência, e platitude é egoísmo. Quem ultraja seu rei se arrisca da mesma forma que uma moça que vai cortar temerariamente a juba de um leão. Fui informado de que matraqueou a propósito do *farthing*, que é a mesma coisa que o *liard*, e que aviltou aquela medalha augusta por meio da qual nos entregam, no mercado, meio quarto de um arenque salgado. Tome cuidado. Torne-se sério. Saiba que existem punições. Impregne-se das verdades legislativas. Está num país onde aquele que corta uma arvorezinha de três anos é tranquilamente levado a cadafalso. Os blasfemadores, esses têm os pés agrilhoados. O beberrão contumaz é encerrado num barril sem fundo, permitindo-o andar, com um buraco no alto por onde passa a sua cabeça e dois buracos dos lados por onde passam as mãos, de maneira que ele não pode deitar-se. Quem bate em alguém na sala de Westminster é condenado a prisão perpétua e seus bens são confiscados. Quem bate em alguém no palácio real tem a mão direita cortada. Um piparote num nariz que o faça sangrar, e lá se foi a tua mão. Aquele que professa uma heresia em tribunal do bispado é queimado vivo. Não foi por motivo grave que Cuthbert Simpson foi esquartejado no torniquete. Há três anos, em 1702, não faz muito tempo, como vê, foi posto no pelourinho um criminoso chamado Daniel de Foë, que tivera a audácia de imprimir os nomes dos membros dos comuns que, na véspera, haviam falado no parlamento. O que é infiel a sua majestade é desventrado vivo, tem arrancado o coração com o qual lhe esbofeteiam as faces. Inculque-se dessas noções de direito e de justiça. Não se permitir jamais uma palavra e, à menor inquietude, ir-se embora; essa é a bravura que eu pratico e que aconselho. Em matéria de temeridade, imite os pássaros e, em matéria de tagarelice, imite os peixes. De resto, o que a Inglaterra tem de admirável é que a sua legislação é muito branda.

Feita a sua admonição, Ursus ficou preocupado durante algum tempo; Gwynplaine não. A intrepidez da juventude se compõe de falta de experiência. Todavia, pareceu que Gwynplaine teria razão de ficar tranquilo, pois as semanas passaram pacificamente, não pareceu que o comentário a respeito da rainha teria consequências.

Ursus, sabe-se, não tinha apatia e, como o cabrito-montês à espreita, estava atento de todos os lados.

Um dia, pouco tempo após a sua admoestação a Gwynplaine, ao olhar pela lucarna da parede que dava vista para fora, Ursus empalideceu.

– Gwynplaine?

– O quê?

– Olhe.

– Onde?

– Na praça.

– E daí?

– Está vendo aquele que está passando?

– Aquele homem de preto?

– Sim.

– Que tem uma espécie de maça no punho?

– Sim.

– E então?

– Então, Gwynplaine, aquele homem é o *wapentake*.

– O que é *wapentake*?

– É o bailio dos cem.

– O que é o bailio dos cem?

– É o *praepositus hundredi*.

– O que é o *praepositus hundredi*?

– É um oficial terrível.

– O que ele tem na mão?

– É o *iron-weapon.*

– O que é o *iron-weapon?*

– É um objeto de ferro.

– O que ele faz com isso?

– Primeiro, ele jura sobre o objeto. E é por isso que é chamado de *wapentake.*

– Depois?

– Depois ele nos toca.

– Com o quê?

– Com o *iron-weapon.*

– O *wapentake* nos toca com o *iron-weapon?*

– Sim.

– O que significa isso?

– Significa "acompanhe-me".

– E é preciso acompanhá-lo?

– Sim.

– Aonde?

– E eu lá sei?

– Mas ele nos diz aonde vai nos levar?

– Não.

– Mas podemos perguntar a ele?

– Não.

– Como?

– Ele não nos diz nada, e nós não lhe dizemos nada.

– Mas...

– Ele nos toca com o *iron-weapon,* tudo está dito. Temos de ir andando.

– Mas para onde?

– Atrás dele.

– Mas para onde?

– Aonde bem lhe parecer, Gwynplaine.

– E se resistirmos?

– Estamos perdidos.

Ursus tornou a pôr a cabeça na lucarna, respirou longamente e disse:

– Graças a Deus, ele já passou! Não é aqui que ele está vindo.

Ursus estava assustado, provavelmente mais do que por causa de possíveis indiscrições e relatos a respeito das palavras inconsequentes de Gwynplaine.

Mestre Nicless, que as ouvira, não tinha interesse algum em comprometer a pobre gente da Green-Box. De "O homem que ri", ele obtinha, indiretamente, uma boa pequena fortuna. *Caos vencido* tinha dois êxitos; ao mesmo tempo em que fazia triunfar a arte na Green-Box, fazia prosperar a bebedeira na taverna.

VI

O RATO INTERROGADO PELOS GATOS

Ursus teve mais outro alarme, bem terrível. Dessa vez, era dele que se tratava. Foi mandado a Bishopsgate perante uma comissão composta de três rostos desagradáveis. Esses três rostos eram três doutores qualificados como prepostos; um deles era doutor em teologia, delegado do deão de Westminster, o outro era doutor em medicina, delegado do Colégio dos Oitenta, o outro era doutor em história e direito civil, delegado do Colégio de Gresham. Esses três especialistas *in onmi re scibili* tinham o policiamento das palavras pronunciadas em público em todo o território das cento e trinta paróquias de Londres, das setenta e três de Middlesex e, por extensão, das cinco de Southwark. Essas jurisdições teologais ainda subsistem na Inglaterra e vigoram com utilidade. No dia 23 de dezembro de 1868, por sentença da corte dos Arcos, confirmada por acórdão dos lordes do conselho privado, o reverendo Mackonochie foi condenado à pena de admoestação e às custas do processo por ter acendido velas sobre uma mesa. A liturgia não está para brincadeiras.

Então, um dia, Ursus recebeu dos doutores delegados uma intimação a comparecer, que, felizmente, foi-lhe entregue em suas próprias mãos e ele pode mantê-la em segredo. Calado, dirigiu-se ao local, tremendo ao pensamento de que pudesse dar azo à suspeita de ser considerado, em certa medida, temerário. Ele, que tanto recomendava aos outros o silêncio, tinha ali uma rude lição. *Garrule, sana te ipsum.*

Os três doutores prepostos e delegados encontravam-se, em Bishopsgate, no fundo de uma sala do andar térreo, em três cadeiras com braços de couro preto, com os três bustos, de Minos, de Éaco e de Radamanto na parede, acima de suas cabeças e tinham, diante de si, uma mesa e, aos pés, um tamborete.

Ursus, introduzido por um guarda tranquilo e sério, entrou, avistou-os e imediatamente deu a cada um deles, no pensamento, o nome do juiz do inferno que a personagem tinha acima da cabeça.

Minos, o primeiro dos três, o preposto da teologia, fez-lhe sinal para sentar-se no tamborete.

Ursus cumprimentou corretamente, isto é, inclinando-se até o chão, e sabendo que os ursos se encantam com mel, e os doutores, com o latim, disse, permanecendo meio curvado por respeito:

– *Tres faciunt capitulum.*

E, de cabeça baixa, a modéstia desarma, foi sentar-se no tamborete.

Cada um dos três doutores folheava um bloco de notas que tinha diante de si, sobre a mesa.

Minos começou:

– O senhor fala em público.

– Sim — respondeu Ursus.

– Com que direito?

– Sou filósofo.

– Isso não é um direito.

– Também sou saltimbanco — disse Ursus.

– É diferente.

Ursus respirou, mas humildemente. Minos recomeçou:

– Como saltimbanco, o senhor pode falar, mas, como filósofo, tem de calar-se.

– Tentarei — disse Ursus.

E pensou consigo mesmo: "Posso falar, mas devo calar-me. Complicação."

Ele estava muito amedrontado.

O preposto de Deus continuou:

– O senhor diz coisas inconvenientes. Ultraja a religião. Nega as verdades mais evidentes. Propaga enganos revoltantes. Por exemplo, o senhor disse que a virgindade excluía a maternidade.

Ursus ergueu os olhos lentamente.

– Eu não disse isso. Eu disse que a maternidade excluía a virgindade.

Minos ficou pensativo e murmurou:

– De fato, é o contrário.

Era a mesma coisa. Mas Ursus desviara o primeiro golpe.

Diante da resposta de Ursus, Minos mergulhou na profundeza de sua imbecilidade e, com isso, fez-se um silêncio.

O preposto da história, aquele que, para Ursus, era Radamanto, disfarçou a derrota de Minos com esta interpelação:

– Acusado, as suas ousadias e os seus equívocos são de todos os tipos. O senhor negou que a batalha de Farsalos fosse perdida porque Bruto e Cássio tinham encontrado um negro.

– Eu disse — murmurou Ursus — que isso se devia também ao fato de que César era melhor capitão.

O homem da história passou sem transição à mitologia.

– O senhor desculpou as infâmias de Acteon.

– Penso — insinuou Ursus — que um homem não se torna vil por ter visto uma mulher nua.

– E o senhor não tem razão — disse o juiz severamente.

Radamanto voltou à história.

– A respeito dos acidentes ocorridos com a cavalaria de Mitrídates, o senhor contestou as virtudes das ervas e das plantas. O senhor negou que uma erva, como a securidaca, pudesse derrubar as ferraduras dos cavalos.

– Perdão — respondeu Ursus —, eu disse que isso era possível somente para a erva esferra-cavalo. Não nego a virtude de nenhuma erva.

E acrescentou a meia-voz:

– Nem de mulher alguma.

Por esse adendo à sua resposta, Ursus provava a si mesmo que, por preocupado que estivesse, não estava desnorteado. Ursus estava composto de terror e de presença de espírito.

– Insisto — redarguiu Radamanto —, o senhor declarou que foi uma ingenuidade de Cipião, quando pretendia abrir as portas de Cartago, pegar, em vez da chave, a erva aethiopis, porque a erva aethiopis não tem a propriedade de romper as fechaduras.

– Eu disse apenas que ele teria feito melhor se tivesse usado a erva lunaria.

– É uma opinião — murmurou Radamanto impressionado também.

E o homem da história calou-se.

Tendo voltado a si, o homem da teologia, Minos, interrogou novamente Ursus. Tivera tempo de consultar o caderno de notas.

– O senhor classificou o ouro-pigmento entre os produtos arsenicais e disse que seria possível envenenar com ouro-pigmento. A Bíblia o nega.

– A Bíblia o nega — suspirou Ursus —, mas o arsênico afirma-o.

A personagem em quem Ursus via Éaco, que era o preposto da medicina e ainda não tinha falado, interveio e, com os olhos orgulhosamente entreabertos, apoiou Ursus de muito alto. Disse ele:

– A resposta não é absurda.

Ursus agradeceu com o seu mais humilde sorriso. Minos fez uma temerosa carranca.

– Eu continuo — repetiu Minos. — Responda. O senhor disse ser falso que o basilisco é o rei das serpentes sob o nome de Cocatrix.

– Reverendíssimo — disse Ursus —, foi tão pouco o mal que eu quis causar ao basilisco que eu disse ser certo que ele tinha cabeça de homem.

– Pois que seja — replicou severamente Minos —, mas o senhor acrescentou que Périus vira um basilisco com cabeça de falcão. Poderia prová-lo?

– Dificilmente — disse Ursus.

Nesse momento, ele perdeu um pouco de terreno.

Minos, recuperando a vantagem, lançou.

– O senhor disse que um judeu que se torna cristão não cheira bem.

– Mas acrescentei que um cristão que se torna judeu cheira mal.

Minos lançou um olhar sobre o dossiê da denúncia.

– O senhor afirma e propaga coisas inverossímeis. O senhor disse que Elien vira um elefante escrever sentenças.

– Não, reverendíssimo. Eu disse simplesmente que Oppien ouvira um hipopótamo discutir um problema filosófico.

– O senhor declarou que não é verdade que um prato da madeira faia se enche por si mesmo de todas as comidas que se possam querer.

– Eu disse que, para que tivesse tal virtude, é preciso que ele lhe tenha sido dado pelo diabo.

– Dado a mim!

– Não, a mim, reverendo! Não! A ninguém! A toda gente!

E, consigo mesmo, Ursus pensou: "Não sei mais o que dizer." Mas a sua confusão exterior, embora extrema, não era muito visível. Ursus estava lutando.

– Tudo isto — redarguiu Minos — implica certa fé no diabo.

Ursus resistiu.

– Reverendíssimo, não sou descrente do diabo. A fé no diabo é o inverso da fé em Deus. Uma prova a outra. Quem não crê um pouco no diabo não crê muito em Deus. Quem acredita na luz deve acreditar na sombra. O diabo é a noite de Deus. O que é a noite? É a prova do dia.

Nesse momento, Ursus estava improvisando uma insondável combinação de filosofia e religião. Minos voltou a ficar pensativo e mergulhou novamente no silêncio.

Ursus respirou de novo.

Bruscamente, desencadeou-se um ataque. Éaco, o delegado da medicina, que acabara de proteger desdenhosamente Ursus contra o preposto da teologia, subitamente tornou-se auxiliar no ataque. Pousou o punho fechado sobre o seu espesso e carregado bloco de acusação. Ursus recebeu dele, diretamente no peito, esta apóstrofe:

– Está provado que o cristal é gelo sublimado e que o diamante é cristal sublimado; é certo que o gelo se torna cristal em mil anos e que o cristal se transforma em diamante em mil séculos. O senhor negou isso.

– Não — replicou melancolicamente Ursus. — Eu disse apenas que, em mil anos, o gelo tinha tempo de derreter e que mil séculos era difícil de contar.

O interrogatório continuou, com as perguntas e as respostas fazendo como um tilintar de espadas.

– O senhor negou que as plantas podiam falar.

– De maneira alguma. Mas, para isso, é preciso que elas estejam sob um cadafalso.

– O senhor confessa que a mandrágora grita?

– Não, mas ela canta.

– O senhor negou que o quarto dedo da mão esquerda teria uma virtude cordial.

– Eu só disse que espirrar à esquerda era sinal de má sorte.

– O senhor falou temerária e injuriosamente da fênix.

– Douto juiz, eu disse simplesmente que, quando escreveu que o cérebro da fênix era uma parte delicada, mas que causava dores de cabeça, Plutarco foi muito ousado, uma vez que a fênix jamais existiu.

– Detestável fala. O cinamalco, que constrói seu ninho com gravetos de canela, o *rhintace* que Parisatis usava em seus envenenamentos, a *manucodiata*, que é a ave do paraíso, e a *semenda*, cujo bico tem três tubos, passaram erroneamente por fênix; mas a fênix existiu.

– Não nego.

– O senhor é um cabeçudo.

– Concordo.

– O senhor confessou que o sabugueiro curava a angina, mas acrescentou que não era porque ele tinha na raiz uma excrescência fada.

– Eu disse que era porque Judas se enforcara num sabugueiro.

– Opinião plausível — rosnou o teólogo Minos, satisfeito por devolver a alfinetada ao médico Éaco.

A arrogância logo se torna ira. Éaco enfureceu-se.

– Homem nômade, o seu espírito vagueia tanto quanto os seus pés. O senhor tem tendências suspeitas e surpreendentes. O senhor resvala na bruxaria. Relaciona-se com animais desconhecidos. Fala ao populacho de coisas que existem unicamente para o senhor e que são de natureza ignorada, tais como *hoemorrhoüs*.

– O *hoemorrhoüs* é uma víbora que Tremelio viu.

Essa resposta produziu certa perplexidade na ciência irritada do doutor Éaco.

Ursus disse mais:

– O *hoemorrhoüs* é tão real como a hiena odorífera e como a civeta descrita por Castellus.

Éaco se saiu com uma carta na manga.

– Estas são palavras textuais suas, muito diabólicas. Escute.

De olho no dossiê, Éaco leu:

– "Duas plantas, a thalagssigle e a aglafotis são luminosas à noite. Flores durante o dia, estrelas à noite."

E, olhando fixamente para, Ursus:

– O que tem o senhor a dizer?

Ursus respondeu:

– Toda planta é luminosa. O perfume é luz.

Éaco folheou outras páginas.

– O senhor negou que as vesículas de lontra fossem equivalentes ao castóreo.

– Limitei-me a dizer que talvez fosse preciso desconfiar de Aécio a esse respeito.

Éaco enfureceu-se.

– O senhor exerce a medicina?

—Exercito-me na medicina — suspirou timidamente Ursus.

– Nos vivos?

– Mais do que nos mortos — disse Ursus.

Ursus respondia solidamente, mas com platitude; admirável mescla em que dominava suavidade. Falava com tanta doçura que o doutor Éaco teve necessidade de insultá-lo.

– O que o senhor está arrulhando aí? — disse rudemente.

Ursus ficou aturdido e limitou-se a responder:

– O arrulho é para os jovens e o gemido, para os velhos. Oh! Eu gemo.

Éaco replicou:

– Fique o senhor advertido do seguinte: se um doente for tratado pelo senhor e morrer, a sua penalidade será de morte.

Ursus arriscou uma pergunta.

– E se ele sarar?

– Nesse caso — respondeu o doutor, suavizando a voz —, o senhor será punido de morte.

– Quase não variou — disse Ursus.

O doutor retrucou:

– Quando há morte, punimos a asneira. Quando há cura, punimos a arrogância. Em ambos os casos, a forca.

– Eu ignorava esse detalhe, murmurou Ursus. Agradeço-o por me ter informado. Não conhecemos todas as belezas da legislação.

– Fique o senhor atento.

– Religiosamente — disse Ursus.

– Sabemos o que o senhor faz.

"Eu nem sempre o sei", pensou Ursus.

– Podemos mandar encarcerá-lo.

– Eu pressinto isso, senhores.

– O senhor não pode negar as suas contravenções e as suas usurpações.

– Minha filosofia pede perdão.

– Atribuem-lhe audácias.

– Estão amplamente enganados.

– Dizem que o senhor cura os doentes.

– Sou vítima de calúnias.

O tríplice par de horríficas sobrancelhas apontado para Ursus se franziu; as três sapientes faces se aproximaram e cochicharam. Ursus teve a visão de um vago chapéu de burro se esboçando acima daquelas três cabeças autorizadas; o resmungar íntimo e competente daquela trindade durou alguns minutos, durante os quais Ursus sentiu todo o gelo e todo o ardor da angústia; enfim Minos, que era o *proeses*, voltou-se para ele e lhe disse, mostrando-se enfurecido:

– Pode ir-se.

Ursus teve mais ou menos a sensação de Jonas ao sair do ventre da baleia.

Minos continuou:

– Nós o libertamos.

Ursus disse de si para si:

– Se me prenderam de novo... Adeus, medicina!

E acrescentou em seu foro interior:

– Doravante, deixarei cuidadosamente que as pessoas explodam.

Dobrando-se ao meio, ele saudou tudo, os doutores, os bustos, a mesa e as paredes, e dirigiu-se para a porta recuando e desaparecendo quase como uma sombra que se dissipa.

Saiu lentamente da sala, como um inocente, e da rua, rapidamente, como um culpado. As pessoas da justiça são de um tratamento tão singular e tão obscuro que, mesmo absolvidas, as pessoas fogem.

Enquanto se afastava, ele ia murmurando.

– Escapei por um triz. Sou o sapiente selvagem, eles são os sapientes domésticos. Os doutores atormentam os doutos. A falsa ciência é o excremento da verdadeira; e é usada para a perda dos filósofos. Os filósofos, ao produzir os sofistas, produzem a sua própria desgraça. Do excremento do tordo nasce o visco com o qual se faz o grude, com o qual se apanha o tordo. *Turdus sibi malum cacat.*

Não apresentamos Ursus como delicado. Ele tinha o descaramento de usar as palavras que expressavam o seu pensamento. Não tinha mais gosto do que Voltaire.

Ursus voltou para a Green-Box, contou a mestre Nicless que se atrasara indo atrás de uma mulher bonita e não disse uma palavra de sua aventura.

Somente à noite, disse baixinho a Homo: "Fique sabendo de uma coisa: venci as três cabeças de Cérbero."

VII

QUAIS MOTIVOS PODE TER UMA PEÇA DE OURO PARA IMISCUIR-SE ENTRE AS MOEDAS COMUNS?

Ocorreu uma digressão.

A hospedaria Tadcaster se tornava, cada vez mais, um braseiro de alegria e riso. Não havia tumulto mais alegre. O hoteleiro e seu servo já não bastavam para servir a cerveja clara e as mais escuras. À noite, a sala baixa, com todas as vidraças iluminadas, não tinha nenhuma mesa vazia. Os frequentadores cantavam, gritavam; a velha lareira com grade de ferro e cheia de hulha ardia. Era como uma casa de fogo e de ruído.

No pátio, ou seja, no teatro, mais gente ainda.

Todo o público de periferia que Southwark poderia produzir fervilhava nas apresentações de *Caos vencido* que, logo que a cortina era erguida, isto é, logo que o painel da Green-Box baixava, era impossível encontrar um lugar. As janelas regurgitavam espectadores; o balcão ficava invadido. Não se enxergava mais o chão do pátio, só se viam rostos.

Somente o compartimento para a nobreza permanecia sempre vazio.

Nesse lugar, que era o centro do balcão, produzia-se um buraco negro, o que se chama, em metáfora de gíria, "um forno". Ninguém. Gente por toda parte, exceto ali.

Numa noite, apareceu alguém.

Era um sábado, dia em que os ingleses têm pressa em divertir-se, tendo o domingo para se entediar. A sala estava cheia.

Chamamos de sala. Shakespeare também, durante muito tempo, só teve como teatro uma sala de hospedaria, e ele a chamava de sala. *Hall.*

No instante em que se abriu a cortina sobre o prólogo de *Caos vencido*, com Ursus, Homo e Gwynplaine em cena, Ursus, como de costume, lançou um olhar para a plateia e teve um sobressalto.

O compartimento "para a nobreza" estava ocupado.

Havia uma mulher sentada, sozinha, no meio do camarote, na poltrona de veludo de Utrecht.

Estava sozinha, e enchia o camarote.

De alguns seres, temos clarividência. Aquela mulher, à semelhança de Dea, tinha seu brilho próprio, mas diferente. Dea era pálida, aquela mulher era corada. Dea era o alvorecer, aquela mulher era a aurora. Dea era bela, aquela mulher era soberba. Dea era a inocência, a candura, a brancura, o alabastro; aquela mulher era a púrpura, e sentia-se que ela não temia o rubor. Sua irradiação transpunha os limites do camarote, e ela estava sentada no centro, imóvel, numa ignota plenitude de ídolo.

No meio daquela turba sórdida, ela tinha o brilho superior do rubi, inundava aquele povo de tanta luz que o afogava de sombra, e todos aqueles rostos obscuros sofriam o seu eclipse. O seu esplendor apagava tudo.

Todos os olhos a fitavam.

Tom-Jim-Jack estava misturado ao povaréu. Ele desaparecia, como os outros, no nimbo daquela pessoa resplendente.

No início, aquela mulher absorveu a atenção do público, fez concorrência ao espetáculo e ofuscou um pouco os primeiros efeitos de *Caos vencido*.

Por mais que parecesse um sonho, para os que estavam perto, ela era real. Era mesmo uma mulher. Era, talvez, mulher demais. Era alta e forte e se mostrava magnificamente o mais desnuda que podia. Usava grandes brincos de pérolas em que se mesclavam aquelas joias bizarras, ditas *clefs d'Angleterre*. Seu vestido era de musselina de Sião bordado em ouro, muito luxuoso, pois um desses vestidos valia então seiscentos escudos. Um grande broche de diamantes fechava a sua camisa, de onde se via à flor dos seios, moda lasciva do tempo. E era daquele tecido de Frise que Ana da Áustria tinha lençóis tão finos que passavam por um anel. Aquela mulher tinha como que uma couraça de rubis, alguns cabochões e pedrarias costuradas por toda a sua saia. Mais, as sobrancelhas pintadas com tinta da China, e os braços, os cotovelos, as espáduas, o queixo, abaixo das narinas, acima das pálpebras, as orelhas, a palma das mãos, as pontas dos dedos, com um toque de maquilagem e com algo corado e provocante. E, sobre tudo isso, uma vontade implacável de ser bela. E era bela a ponto de ser fera. Era a pantera, quando podia ser gata acariciada. Um dos olhos era azul; o outro, negro.

Gwynplaine, a exemplo de Ursus, observava aquela mulher.

A Green-Box era, de certo modo, um espetáculo fantasmagórico. *Caos vencido* era mais um sonho do que uma peça, eles estavam acostumados a produzir, sobre o público, um efeito de visão; daquela vez, o efeito de visão voltava para eles, a sala devolvia ao teatro a surpresa, e era a vez deles de estar deslumbrados. Eles recebiam ricochete da fascinação.

Aquela mulher os mirava, e eles a miravam.

Para eles, na distância em que se encontravam e na bruma luminosa que a penumbra teatral ocasiona, os detalhes se apagavam; e era como uma alucinação. Era, sem dúvida, uma mulher, mas não seria também uma quimera? Aquela entrada de uma luz na sua obscuridade aturdia-os. Era como a chegada de um planeta desconhecido. Vinha do mundo dos venturosos. A irradiação amplificava aquela face. Aquela mulher tinha sobre ela cintilações noturnas, como uma Via Láctea. Aquelas pedrarias pareciam estrelas. Aquele broche de diamantes era quiçá uma constelação. O esplêndido relevo de seu seio parecia sobrenatural. Ao ver aquela criatura astral, sentia-se a chegada momentânea e glacial das regiões de beatitude. Era das profundezas de um paraíso aquela face de inexorável serenidade que se inclinava sobre a insignificante Green-Box e sobre o seu miserável público. Curiosidade suprema que se satisfazia e que, ao mesmo tempo, alimentava a curiosidade popular. O Excelso permitia que o Ínfimo o contemplasse.

Ursus, Gwynplaine, Vinos, Fibi, o povo, todos sentiam o abalo daquele deslumbramento, menos Dea, que tudo ignorava na sua noite.

Havia, naquela presença, algo de aparição, mas nenhuma das ideias que normalmente este termo evoca era concretizada por aquela figura; ela não tinha nada de diáfano, nada de indeciso, nada de flutuante; nenhum vapor; era uma aparição rósea e fresca, saudável. E, no entanto, nas condições ópticas de onde se encontravam Ursus e Gwynplaine, era visionário. Os fantasmas gordos, a que chamamos vampiros, existem. Aquela bela rainha que, também ela, é, para o povo, uma visão e que anualmente come trinta milhões do povo dos pobres, tem aquela saúde.

Atrás daquela mulher, na penumbra, percebia-se o seu criado, *el mozo*, um homúnculo infantil, branco e bonito, com ar sério. Naqueles tempos, estava na moda um lacaio muito jovem e muito sério. A roupa, os calçados e o chapéu daquele criado eram de veludo cor de fogo, e ele tinha sobre o seu barrete agaloado de ouro um buquê de plumas de tecelão, o que é sinal de grande domesticidade e indica ser criado de uma grande dama.

O lacaio faz parte do senhor, e era impossível não notar, na sombra daquela mulher, aquele pajem caudatário. Muitas vezes, a memória toma notas à nossa revelia, e, sem que Gwynplaine desconfiasse, a face redonda, a expressão séria, o barrete agaloado e o buquê de plumas do criado da dama marcaram de alguma forma o seu espírito. Aliás, aquele lacaio não fazia nada para se fazer olhar; atrair a atenção é faltar ao respeito; ele se mantinha em pé e passivo no fundo do camarote e tão afastado quanto o permitia a porta fechada.

Embora o seu *muchacho* caudatário estivesse ali, aquela mulher não deixava de estar só no compartimento, uma vez que um criado não conta.

Por mais poderosa que fosse a mudança produzida por aquela pessoa que tinha o efeito de personagem, o desfecho de *Caos vencido* foi mais poderoso ainda. Como sempre, a impressão foi irresistível. Talvez tenha até ocorrido na sala um acréscimo de eletricidade por causa da radiosa espectadora, pois, algumas vezes, o espectador se adiciona ao espetáculo. O contágio do riso de Gwynplaine foi mais triunfante do que nunca. Toda a assistência se extasiou num indescritível frenesi de hilaridade, em que se distinguia o ricto sonoro e magistral de Tom-Jim-Jack.

Sozinha, a mulher desconhecida que assistia àquele espetáculo numa imobilidade de estátua e com olhos de fantasma, não riu.

Espectro, sim, mas solar.

Findada a representação, erguido o painel, restabelecida a intimidade na Green-Box, Ursus abriu e esvaziou, sobre a mesa da ceia, a sacola da receita. Era uma confusão de moedas entre as quais deslizou subitamente uma onça de ouro da Espanha.

– Ela! — exclamou Ursus.

Aquela onça de ouro no meio daquelas moedas azinhavradas era, na verdade, aquela mulher no meio daquele povo.

– Ela pagou um quádruplo pelo seu lugar! — repetiu Ursus entusiasmado.

Naquele momento, o hoteleiro entrou na Green-Box, passou o braço pela janela de trás, abriu, na parede em que a Green-Box estava encostada, um postigo, sobre o qual falamos, que permitia ver a praça e que ficava na altura daquela janela, depois, fez silenciosamente um sinal a Ursus para que olhasse para fora. Uma carruagem com lacaios com plumas carregando tochas e puxada por magníficos cavalos, afastava-se em trote rápido.

Ursus tomou respeitosamente o quádruplo entre o polegar e o indicador, mostrou-o a mestre Nicless e disse:

– É uma deusa.

Depois, seus olhos caíram sobre a carruagem prestes a virar a esquina da praça e sobre o teto de onde as tochas dos criados iluminavam uma coroa de ouro de oito florões.

E ele exclamou:

– É mais. É uma duquesa.

A carruagem desapareceu. O ruído das rodas extinguiu-se.

Ursus permaneceu alguns instantes extático, fazendo, entre os dois dedos transformados em ostensório, a elevação do quádruplo como se fosse a elevação da hóstia.

Depois, pô-lo sobre a mesa e, enquanto o contemplava, começou a falar de "a senhora". O hoteleiro lhe dava a réplica. Era uma duquesa. Sim, isso era sabido. Sabia-se qual era o título. Mas o nome? Esse era ignorado. Mestre Nicless vira de perto a carruagem, toda armoriada, e os lacaios agaloados. O cocheiro tinha uma peruca a denotar um lorde chanceler. A carruagem era daquela forma rara denominada na Espanha *coche-tumbonu*, variedade esplêndida que tem uma cobertura de tumba, o que é um magnífico suporte para uma coroa. O criado era uma amostra de homem, tão miúdo que podia ficar sentado no estribo da carruagem fora da porta. Empregam-se aqueles belos seres para carregar as caudas das damas; eles levam também os recados delas. E tinham reparado no buquê de plumas de tecelão daquele criado? É grande. Paga-se multa quando se usam aquelas plumas sem ter direito. Mestre Nicless olhara a dama de perto. Uma espécie de rainha. Tanta riqueza produz beleza. A pele é mais branca, o olho é mais orgulhoso, o andar é mais nobre, a graça é mais insolente. Nada se iguala à elegância impertinente das mãos que não trabalham. Mestre Nicless contava aquela magnificência da carne branca com veias azuis, daquele pescoço, daqueles ombros, daqueles braços, daquela pintura por toda parte, daqueles pendentes de pérolas, daquele penteado com pó de ouro, daquelas profusões de pedrarias, daqueles rubis, daqueles diamantes.

– Menos brilhantes que os olhos — murmurou Ursus.

Gwynplaine ficava calado.

Dea escutava.

– E sabem — disse o taverneiro —, o que é mais espantoso?

– O quê? — perguntou Ursus.

– É que eu a vi subir na carruagem.

– E depois?

– Ela não subiu sozinha.

– Bah!

– Alguém subiu com ela.

– Quem?

– Adivinhe.

– O rei? — disse Ursus.

– Primeiro — disse mestre Nicless — não há rei no momento. Nós não estamos sob um rei. Adivinhe quem subiu na carruagem daquela duquesa.

– Júpiter — disse Ursus.

O hoteleiro respondeu:

– Tom-Jim-Jack.

Gwynplaine, que não articulara uma palavra, rompeu o silêncio.

– Tom-Jim-Jack! — exclamou ele.

Houve uma pausa de admiração durante a qual foi possível ouvir Dea dizer em voz baixa:

– Não seria possível impedir aquela mulher de vir aqui?

VIII

SINTOMAS DE ENVENENAMENTO

"A aparição" não voltou.

Não voltou à sala, mas voltou à mente de Gwynplaine.

Gwynplaine ficou, em certa medida, perturbado.

Pareceu a ele que, pela primeira vez na vida, acabara de ver uma mulher.

De imediato, ele teve aquela meia-queda de pensar de maneira estranha. Há que tomar cuidado com o devaneio que se impõe. O devaneio tem o mistério e a sutileza de um aroma. Ele é, para o pensamento, o que o perfume é para a tuberosa. É, algumas vezes, a expansão de uma ideia venenosa e tem a penetração de uma fumaça. Podemos nos envenenar com devaneios como nos envenenamos com flores. Suicídio inebriante, delicioso e sinistro.

O suicídio da alma é pensar mal. É aí que está o envenenamento. O devaneio atrai, seduz, engoda, enlaça, depois faz de nós o seu cúmplice. Ele nos põe de metade nas trapaças que faz à consciência. Ele nos encanta. Depois, nos corrompe. Pode-se dizer sobre o devaneio o que dizemos sobre o jogo. Começa-se por ser tolo e acaba-se virando trapaceiro.

Gwynplaine sonhou.

Ele nunca tinha visto a Mulher.

Vira a sombra dela em todas as mulheres do povo, vira a alma dela em Dea.

Ele acabara de ver a realidade.

Uma pele cálida e viva, sob a qual sentia-se correr um sangue apaixonado, contornos com a precisão do mármore e a ondulação da vaga, um rosto altaneiro e impassível, que mesclava a recusa à atração e que se resumia num resplendor, cabelos coloridos como um reflexo de incêndio, uma delicada elegância no vestir, que tinha e dava o arrepio das volúpias, a nudez esboçada a trair o desejo desdenhoso de ser possuída à distância pelo povo, uma coqueteria inexpugnável, o impenetrável com encanto, a tentação temperada de perdição vislumbrada, uma promessa aos sentidos e uma ameaça ao espírito, dupla ansiedade, uma que é desejo, outra que é temor. Ele acabava de ver isso. Ele acabava de ver uma mulher.

Ele acabava de ver mais e menos que uma mulher, uma fêmea.

E, ao mesmo tempo, uma deusa do Olimpo.

Uma fêmea de deus.

Aquele mistério, o sexo, acabava de aparecer a ele.

E onde? No inacessível.

A uma distância infinita.

Destino irônico, a alma, essa coisa celeste, ele a tinha, tinha-a em sua mão, era Dea; o sexo, essa coisa terrestre, ele a percebia no mais profundo do céu, era aquela mulher.

Uma duquesa.

"Mais do que uma deusa", dissera Ursus.

Que escalada íngreme!

O próprio sonho iria afastar-se diante de tamanha escalada.

Iria ele fazer a loucura de sonhar com aquela desconhecida? Ele se debatia.

Lembrava-se de tudo o que lhe dissera Ursus sobre essas altas existências quase de reis; as divagações do filósofo, que lhe haviam parecido inúteis, tornavam-se, para ele, referências de meditação; na memória, muitas vezes só temos uma finíssima camada de esquecimento, que, em certos casos, deixa repentinamente ver o que tem debaixo; ele imaginava aquele mundo augusto, a nobreza, a qual pertencia aquela mulher, inexoravelmente superposta ao mundo ínfimo, o povo, a que ele pertencia. E mesmo ao povo, pertenceria ele? Não era ele um saltimbanco, abaixo de tudo aquilo que está abaixo? Pela primeira vez, desde que atingira a idade da reflexão, ele teve vagamente o coração apertado por sua baixeza, que hoje chamaríamos de rebaixamento. As pinturas e as enumerações de Ursus, seus inventários líricos, seus ditirambos de castelos, de parques, de jatos de água e de colunatas, suas ostentações da riqueza e do poder reviviam no pensamento de Gwynplaine com o relevo de uma realidade mesclada às nuvens. Ele tinha a obsessão daquele zênite. A ele parecia um quimérico poder um homem ser lorde. No entanto, era assim. Coisa incrível! Os lordes existiam! Mas seriam de carne e osso como nós? Era obscuro. Ele se sentia numa profundeza escura com a muralha à sua volta e, como se estivesse no fundo de um poço, percebia, pela abertura dele, a uma distância suprema, aquele deslumbramento, misto de azul, de rostos e de raios que é o olimpo. No meio dessa glória, resplandecia a duquesa.

Daquela mulher, ele sentia uma indescritível necessidade bizarra agravada pelo impossível.

E, a contragosto, aquela insensatez pungente voltava continuamente ao seu espírito: ver perto dele, ao seu alcance, na realidade estrita e tangível, a alma e, no inatingível, no fundo do ideal, a carne.

Nenhum desses pensamentos chegava a ele com precisão. Em seu íntimo havia bruma. E, a cada instante, mudava de forma e flutuava. Mas era uma profunda escuridão.

Aliás, a ideia que ele tivesse algo de abordável não roçou por um instante sequer em seu espírito. Nem mesmo em sonho ele esboçou uma ascensão até a duquesa. Ainda bem.

Uma vez que tenhamos posto os pés nessas escadas, o tremor delas pode permanecer para sempre em nosso cérebro; julgamos subir ao olimpo, e chegamos em Bedlam. Uma cobiça diferente que se tivesse formado nele, aterrorizou-o. Ele nunca sentira nada igual.

Acaso sonharia ele com aquela mulher? Provavelmente não. Enamorar-se de uma luz que passa no horizonte, a demência não chega a tal ponto. Lançar olhares lânguidos a uma estrela, afinal, é compreensível, pode-se revê-la, ela torna a aparecer, é fixa. Mas seria possível vir a amar um raio?

Assaltava-o um vaivém de sonhos. O ídolo no fundo do camarote, majestosa e galante, desvanecia-se luminosamente na difusão de suas ideias, depois, apagava-se. Ele pensava, não pensava, ocupava-se com outra coisa, voltava a pensar. Sentia um embalo, nada mais.

Por diversas noites não pôde dormir. A insônia é tão cheia de sonhos como o sono.

É quase impossível exprimir, em seus limites exatos, as evoluções abstrusas que se produzem no cérebro. O inconveniente das palavras é ter mais contorno do que as ideias. Todas as ideias se mesclam pelas bordas; as palavras, não. Um certo lado difuso da alma sempre lhes escapa. A expressão tem fronteiras, o pensamento não as tem.

Tamanha é a nossa sombria imensidade interior que aquilo que se passava em Gwynplaine mal tocava, em sua mente, a

Dea. Dea estava no centro do seu espírito, sagrada. Nada podia aproximar-se dela.

E, no entanto, tais contradições são toda a alma humana, havia nele um conflito. Teria ele consciência disso? No máximo.

Sentia, em seu foro íntimo, no lugar das fissuras possíveis — todos nós temos esse lugar —, um choque de veleidades. Para Ursus, estaria claro; para Gwynplaine, era confuso.

Dentro dele, lutavam dois obscuros: um, o ideal; o outro, o sexo. Há dessas lutas entre o anjo branco e o anjo negro na ponte do abismo.

Enfim o anjo negro foi precipitado.

Um dia, de repente, Gwynplaine não pensou mais na mulher desconhecida.

O combate entre os dois princípios, o duelo entre o seu lado terrestre e o seu lado celeste, ocorrera no mais obscuro dele e a tais profundezas que ele só o percebeu muito confusamente.

O que é certo é que ele não deixara nem sequer um minuto de adorar Dea.

Existira nele, muito antes, uma desordem, seu sangue tivera uma febre, mas acabara. Só Dea permanecia.

Se alguém tivesse dito a Gwynplaine que Dea teria corrido perigo por um momento, ele ficaria estupefato.

Em uma semana ou duas, apagou-se o fantasma que parecera ameaçar aquelas almas.

Dentro de Gwynplaine, nada mais houve além do coração, brasa, e do amor, chama.

Aliás, dissemos, "a duquesa" não voltara.

O que Ursus achou muito simples. "A dama do quádruplo" é um fenômeno. Entra, paga e se desvanece. Seria belo demais se voltasse.

Quanto a Dea, ela nem mesmo fez alusão àquela mulher que passara. Provavelmente escutava e era suficientemente informada por suspiros de Ursus e, vez ou outra, por alguma exclamação significativa como: "Não é todo dia que temos onças de ouro!" Não falou mais da "mulher". Esse é um instinto profundo. A alma toma suas precauções obscuras, em cujo segredo ela nem sempre é ela mesma. Calar-se a respeito de alguém parece afastá-lo. Ao nos informarmos, tememos chamar. Ou põe o silêncio do seu lado como se fechássemos uma porta.

O incidente foi esquecido.

Era realmente alguma coisa? Tinha existido? Poder-se-ia dizer que uma sombra tinha flutuado entre Gwynplaine e Dea? Dea não o sabia, e Gwynplaine deixara de saber. Não. Nada tinha havido. A própria duquesa se esvaiu na perspectiva longínqua como uma ilusão. Foi apenas um minuto de sonho atravessado por Gwynplaine e do qual ele estava fora. Uma dissipação de devaneio, como uma dissipação de bruma, não deixa rastro, e, passada a nuvem, o amor não diminui mais no coração do que o sol no céu.

IX

ABYSSUS ABYSSUM VOCAT

Outra figura que desapareceu foi Tom-Jim-Jack. Repentinamente, ele deixou de ir à hospedaria Tadcaster.

As pessoas situadas de maneira a ver as duas vertentes da vida elegante dos grandes senhores de Londres puderam talvez notar que, na mesma época, a *Gazeta da Semana*, entre dois excertos de registros de paróquias, anunciou a "partida do lorde David Dirry-Moir, por ordem de sua majestade, para reassumir o comando de sua fragata, na esquadra branca em cruzeiro nas costas da Holanda".

Ursus se deu conta de que Tom-Jim-Jack não vinha mais; isso o preocupou muito. Tom-Jim-Jack não voltara desde o dia em que partira na mesma carruagem que a dama do quádruplo. Certamente era um enigma aquele Tom-Jim-Jack que raptava duquesas com o estender do braço! Que aprofundamento interessante tinha de fazer! Quantas perguntas a fazer! Quantas coisas a dizer! Foi por isso que Ursus não disse uma palavra.

Ursus, que era vivido, sabia o quanto as curiosidades temerárias queimam. A curiosidade sempre deve ser proporcionada aos curiosos. Ao escutar, arrisca-se o ouvido; ao espreitar, arrisca-se o olho. Nada ver e nada ouvir é prudente. Tom-Jim-Jack subira naquela carruagem principesca, o dono da hospedaria fora testemunha daquela ascensão. Aquele marujo, ao sentar-se ao lado daquela lady, tinha um aspecto de prodígio que tornava Ursus circunspecto. Os caprichos da vida das alturas devem ser sagrados para as pessoas inferiores. Todos aqueles répteis que chamamos de pobres não têm nada melhor a fazer do que enfurnar-se em seu buraco quando percebem algo de extraordinário. Manter-se calado é uma força. Se não tem a ventura de ser cego, feche os vossos olhos; se não tem a sorte de ser surdos, tape os ouvidos; paralise a sua língua se não tem a perfeição de ser mudo. Os grandes são o que querem ser, os pequenos são o que podem, deixemos passar o desconhecido. Não importunemos a mitologia; não aborreçamos as aparências; tenhamos profundo respeito pelos simulacros. Não dirijamos nossas comadrices aos rebaixamentos ou aos engrandecimentos que se operam nas regiões superiores por motivos que ignoramos. Para nós, miseráveis, são quase sempre ilusões de óptica. As metamorfoses são questões dos deuses; as transformações e as desagregações das grandes personagens eventuais que flutuam acima de nós são nuvens impossíveis de compreender e perigosas para estudar. Atenção em demasia impacienta os olimpianos em suas evoluções de divertimento e de fantasia, e uma trovoada poderia mesmo nos informar que aquele touro examinado com demasiada curiosidade por nós é Júpiter. Não esquadrinhemos as pregas do manto cor de muralha dos terríveis poderosos. Indiferença é inteligência. Não se mexam, é salubre. Finjam-se de mortos e não os matarão. Essa é a sabedoria do inseto. Ursus a praticava.

O hospedeiro, por sua vez intrigado, interpelou um dia Ursus.

– O senhor sabe que não vemos mais Tom-Jim-Jack?

– Olhe — disse Ursus —, eu não tinha reparado.

Mestre Nicless emitiu a meia-voz uma reflexão, decerto sobre a promiscuidade da carruagem ducal com Tom-Jim-Jack, observação provavelmente irreverente e perigosa, que Ursus teve o cuidado de não escutar.

Entretanto Ursus era demasiado artista para não sentir a falta de Tom-Jim-Jack. Ele se sentiu um tanto desapontado. Transmitiu a sua impressão apenas a Homo, o único confidente de cuja discrição tinha certeza. Disse baixinho no ouvido do lobo:

– Desde que Tom-Jim-Jack deixou de vir, sinto um vazio como homem e um frio como poeta.

Aquele desabafo ao coração de um amigo aliviou Ursus.

Permaneceu calado perante Gwynplaine que, por sua vez, não fez alusão alguma a Tom-Jim-Jack.

Na verdade, Tom-Jim-Jack, presente ou ausente, pouco importava a Gwynplaine, absorto em Dea.

O esquecimento se fizera cada vez mais em Gwynplaine. E quanto a Dea, ela nem desconfiava que tivesse ocorrido um vago abalo. Ao mesmo tempo, já não se ouvia falar de cabalas e de queixas contra "O homem que ri". Os ânimos pareciam ter-se acalmado. Tudo se acalmara na Green-Box e em torno da Green-Box. Não havia mais cabotinagem, nem cabotinos, nem padres. Não havia mais rumores externos. Eles tinham o sucesso sem a ameaça. O destino tem dessas serenidades súbitas. A esplêndida felicidade de Gwynplaine e de Dea era, no momento, absolutamente sem sombra. Ela subira pouco a pouco até o ponto onde nada pode aumentar. Há uma palavra que expressa tais situações, o apogeu. A felicidade, a exemplo do mar, chega à sua culminância. O que é preocupante para os perfeitamente felizes é que o mar volta a baixar.

Existem duas maneiras de ser inacessível: ser muito alto e ser muito baixo. Pelo menos, talvez a segunda seja tão desejável como a primeira. É mais certo que o infusório escape ao esmagamento do que a águia à flecha. Se alguém, sobre a terra, tivesse essa segurança da pequenez, já o dissemos, seriam dois seres, Gwynplaine e Dea; mas jamais ela fora tão completa. Eles viviam, cada vez mais, um para o outro, extaticamente. O coração se satura de amor como de um sal divino que o conserva; daí a incorruptível aderência daqueles que se amaram desde o alvorecer da vida, e o frescor dos velhos amores prolongados. Existe uma embalsamação de amor. Foi de Dáfnis e Cloé que se fizeram Filemon e Báucis. Evidentemente, aquela velhice, a exemplo da noite e da aurora, estava reservada a Gwynplaine e a Dea. E, por enquanto, eles eram jovens.

Ursus olhava aquele amor como um médico que exerce a sua clínica. Aliás, ele tinha aquilo a que, naquele tempo, chamavam "o olhar hipocrático". Ele fixava em Dea, frágil e pálida o seu olhar sagaz e murmurava: "É bom que ela seja feliz!" Outras vezes, dizia: "Ela é feliz para a sua saúde."

Meneava a cabeça e, por vezes, lia atentamente Avicena, traduzido por Vopiscus Fortunatus, Louvain, 1650, um livro que tinha, na parte dos "distúrbios cardíacos".

Dea se cansava facilmente, tinha suores e adormecimentos e, lembramo-nos, fazia a sesta durante o dia. Uma vez, quando estava ela assim adormecida, deitada na pele de urso, e Gwynplaine não estava lá, Ursus inclinou-se suavemente e encostou o ouvido no peito de Dea, do lado do coração. Parece ter auscultado alguns instantes e, ao levantar, murmurou: "Ela não pode ter um abalo. A fissura cresceria bem depressa."

O povo continuava a afluir às representações de *Caos vencido*. O sucesso de "O homem que ri" parecia inesgotável. Toda gente acorria; não era Southwark somente, era já um pouco Londres. O público começava até a se misturar; já não eram simples marinheiros e cocheiros; na opinião de mestre Nicless, conhecedor em matéria de canalha, agora havia naquele povaréu fidalgos e baronetes disfarçados em pessoas do povo. O disfarce é uma das alegrias do orgulho e era, então, a grande moda. Aquela aristocracia misturada à populaça era bom sinal e indicava uma extensão de sucesso que ganhava Londres. Decididamente, a glória de Gwynplaine fizera sua entrada no grande público. E o fato era real. Em Londres, só se falava no "homem que ri". Falavam dele até no Mohock-Club, frequentado por lordes.

Na Green-Box ninguém o supunha; eles se contentavam em ser felizes. O que inebriava Dea era tocar todas as noites os cabelos crespos e fulvos de Gwynplaine. Em amor, nada é comparável a um hábito. Toda a vida se concentra nele. A nova passagem de um astro é um hábito do universo. A criação não é mais do que uma apaixonada, e o sol é um amante.

A luz é uma cariátide fulgurante que carrega o mundo. Todos os dias, durante um minuto sublime, a terra, coberta pela noite, apoia-se no sol nascente. Dea, cega, sentia em si o mesmo retornar de calor e de esperança no momento que pousava a mão na cabeça de Gwynplaine.

Serem dois melancólicos que se adoram, amar-se na plenitude do silêncio, eles se acomodariam em passar uma eternidade assim.

Uma noite, Gwynplaine, sentindo essa sobrecarga de felicidade que, tal como a embriaguez dos perfumes, causa uma sorte de divina ansiedade, vagueava pelo prado, como de costume, depois de findo o espetáculo, não longe da Green-Box. Temos aquelas horas de dilatação em que extravasamos os excedentes de nosso coração. A noite estava escura e transparente; havia a claridade das estrelas. Todo o campo de feira estava deserto e havia somente sono e esquecimento nas barracas esparsas em torno do Tarrinzeau-field.

Uma única luz não estava apagada; era a lanterna da hospedaria Tadcaster, entreaberta e à espera da volta de Gwynplaine.

Acabava de soar meia-noite nas cinco paróquias de Southwark com as intermitências e as diferenças de voz de um campanário a outro.

Gwynplaine pensava em Dea. Em que pensaria ele? Mas, naquela noite, singularmente confuso, cheio de um encantamento pontilhado de angústia, ele pensava em Dea da maneira como um homem pensa numa mulher. Ele se recriminava por isso. Era um rebaixamento. Começava nele o surdo ataque do esposo. Doce e imperiosa impaciência. Ele estava transpondo a fronteira invisível; do lado de cá, existe a virgem, do outro lado, existe a mulher. Ele se questionava com ansiedade; sentia aquilo que podemos chamar de rubor interno. O Gwynplaine dos primeiros anos se transformara pouco a pouco na inconsciência de um crescimento misterioso. O adolescente pudico de outrora sentia tornar-se sombrio e inquietante. Temos o ouvido de luz, em que fala o espírito, e o ouvido de obscuridade, em que fala o instinto. Nesse ouvido amplificador das vozes desconhecidas, lhe faziam ofertas. Por puro que seja o moço que sonha com o amor, um certo espessamento de carne sempre acaba por interpor-se entre o seu sonho e ele. As intenções perdem a transparência. O inconfessável desejado pela natureza acaba entrando na consciência. Gwynplaine sentia aquele desconhecido apetite daquela matéria em que estão todas as tentações e que quase faltava a Dea. Em sua febre, que lhe parecia doentia, ele transfigurava Dea, do lado perigoso talvez, e tentava exagerar aquela forma seráfica à forma feminina. É de você, mulher, que precisamos.

Paraíso em demasia, o amor acaba por não desejar tanto. Ele precisa da pele febril, da vida emocionada, do beijo eletrizante e irreparável, dos cabelos soltos, do abraço que tenha um objetivo. O sideral incomoda. O etéreo pesa. No amor, o excesso de céu é o excesso de combustível no fogo, a chama bruxuleia. Dea capturável e capturada, o vertiginoso contato que mescla em dois seres o incógnito da criação, Gwynplaine, desatinado, tinha esse delicioso pesadelo. Uma mulher! Ele ouvia em si mesmo aquele profundo brado da natureza. Como um Pigmalião do sonho a modelar uma Galatea do azul, ele traçava, temerariamente, no fundo da alma, retoques no casto contorno de Dea; contorno celestial demais e não bastante edênico; porque o éden é Eva; e Eva era uma fêmea, uma mãe carnal, uma ama terrestre, o ventre sagrado das gerações, a mama do leite inesgotável, o acalanto do mundo recém-nascido; e o seio exclui as asas. A virgindade é apenas a esperança da maternidade. No entanto, até então, nas miragens de Gwynplaine, Dea estivera acima da carne. Naquele momento, desatinado, ele tentava, em seu pensamento, fazê-la descer, e puxava aquele fio, o sexo, que mantém toda jovem ligada à terra. Nem uma só dessas aves é covarde. Dea, como qualquer outra, não estava fora da lei, e Gwynplaine, mesmo confessando-o só pela metade, tinha uma vaga vontade de que ela aceitasse a ideia. Essa vontade, ele a tinha a contragosto, e numa contínua recaída. Imaginava Dea humana. Estava a conceber uma ideia inaudita: Dea, criatura, não mais só de êxtase, mas de volúpia; Dea, a cabeça no travesseiro. Envergonhava-se dessa invasão visionária; era como um trabalho de profanação; ele resistia àquela obsessão; afastava-se dela, depois a ideia voltava; parecia-lhe estar cometendo um atentado ao pudor. Para ele, Dea era uma nuvem. Fremindo, afastava aquela nuvem como se levantasse uma camisa. Era o mês de abril.

A coluna vertebral tem seus devaneios.

Caminhava a esmo com a oscilação distraída que se tem na solidão. Não ter ninguém por perto ajuda a divagar. Para onde ia o seu pensamento? Ele não ousaria dizê-lo nem a si mesmo. Para o céu? Não. Para um leito. Observaram-nos, os astros.

Por que dizemos "um apaixonado"? Deveríamos dizer "um possuído". Estar possuído pelo diabo é exceção; estar possuído pela mulher é a regra. Todo homem sofre essa alienação de si mesmo. Que feiticeira é uma bela mulher! O verdadeiro nome do amor é cativeiro.

Fazemo-nos prisioneiro pela alma de uma mulher. Pela sua carne também. Às vezes, mais ainda pela carne do que pela alma. A alma é a apaixonada; a carne é a amante.

Caluniamos o demônio. Não foi ele que tentou Eva. Foi Eva que o tentou. A mulher começou.

Lúcifer passava tranquilo. Ele divisou a mulher. Tornou-se Satã.

A carne é o que está acima do incógnito. Coisa estranha, ela provoca pelo pudor. Não há nada mais perturbador. Ela tem vergonha, essa descarada.

Naquele instante, o que agitava Gwynplaine e o que o segurava era o assustador amor de superfície. Momento terrível é aquele em que desejamos a nudez. Torna-se possível um deslize para o pecado. Quantas trevas naquela brancura de Vênus!

Alguma coisa em Gwynplaine chamava Dea em altos brados, Dea moça, Dea metade de um homem, Dea carne e chama, Dea seios nus. Ele quase expulsava o anjo. Crise misteriosa que todo amor atravessa e em que o ideal corre perigo. Isso é a premeditação da criação.

Momento de celeste corrupção.

O amor de Gwynplaine por Dea tornava-se nupcial. O amor virginal é somente uma transição. Chegara o momento. Gwynplaine precisava daquela mulher.

Ele precisava de uma mulher.

Declive de que só vemos o primeiro plano.

O chamado indistinto da natureza é inexorável.

Toda a mulher, que abismo!

Afortunadamente, para Gwynplaine, não havia outra mulher senão Dea. A única que ele poderia querer. A única que poderia querê-lo.

Gwynplaine sentia aquele grande *frisson* vago que é o clamor vital do infinito.

Acrescente-se o agravamento da primavera. Ele aspirava os eflúvios inominados da obscuridade sideral. Acontecia diante dele, deliciosamente desvairado. Os perfumes errantes da seiva a trabalhar, as irradiações capitosas que flutuam na sombra, o abrir longínquo das flores noturnas, a cumplicidade dos pequenos ninhos escondidos, os rumores das águas e das folhas, os suspiros que saíam das coisas, o frescor, a tepidez, todo aquele misterioso despertar de abril e de maio, é o imenso sexo esparso propondo, em voz baixa, a volúpia, provocação vertiginosa que faz a alma balbuciar. O ideal já não sabe o que diz.

Quem visse Gwynplaine caminhar pensaria: "Olhe! Um bêbado!"

De fato, ele quase cambaleava sob o peso de seu coração, da primavera e da noite.

No *bowling-green*, a solidão era tão pacífica que, por instantes, ele falava alto.

Sentir que ninguém está escutando faz-nos falar.

Ele ia passeando a passos lentos, a cabeça baixa, as mãos atrás das costas, com a esquerda na direita, os dedos abertos.

De repente, sentiu como que o deslizar de alguma coisa na abertura inerte dos dedos.

Voltou-se depressa.

Tinha nas mãos um papel e à sua frente, um homem.

Era aquele homem que viera até ele por trás com a precaução de um gato que lhe pusera o papel entre os dedos

O papel era uma carta.

O homem, suficientemente iluminado pela penumbra estelar, era baixo, bochechudo, jovem, sério e usava uma libré cor de fogo, visível de alto a baixo pela abertura vertical de um longo sobretudo cinza a que chamavam, então, *capenoche*, palavra espanhola contraída que significa capa de noite. Tinha na cabeça um gorro carmesim, igual a uma calota de cardeal, em que a domesticidade seria acentuada por um galão. Sobre essa calota, percebia-se um buquê de penas de tecelão.

Estava imóvel diante de Gwynplaine. Poder-se-ia dizer que era uma silhueta de sonho. Gwynplaine reconheceu o grumete da duquesa.

Antes que Gwynplaine pudesse dar um grito de surpresa, ele ouviu a voz fina, ao mesmo tempo infantil e feminina, do criado que lhe dizia:

– Esteja amanhã, a tal hora, na entrada da Ponte de Londres. Eu estarei lá. Eu o conduzirei.

– Aonde? — perguntou Gwynplaine.

– Onde o esperam.

Gwynplaine baixou os olhos para a carta, que segurava maquinalmente na mão.

Quando os ergueu, o criado já não estava lá.

Na profundeza do campo de feira, distinguia-se uma vaga forma escura que ia diminuindo rapidamente. Era o pequeno lacaio indo embora. Ele virou a esquina, e não houve mais ninguém.

Gwynplaine olhou o criado desaparecer, depois, olhou para a carta. Há momentos na vida em que o que nos acontece não nos acontece; a estupefação nos mantém durante algum tempo a certa distância do fato. Gwynplaine aproximou a carta dos olhos como alguém que quer ler; então, percebeu que não podia lê-la por dois motivos: primeiro, porque não a tinha aberto; segundo, porque era noite. Passaram-se vários minutos antes de que se desse conta de que havia uma lanterna na hospedaria. Deu alguns passos, mas de lado, como se não soubesse aonde ir. Um sonâmbulo a quem um fantasma entregou uma carta caminha dessa maneira.

Enfim, decidiu-se, correu em vez de andar para a hospedaria, postou-se no raio da porta entreaberta e considerou mais uma vez, naquela claridade, a carta fechada. Não se via nada impresso no lacre, e no envelope havia: "A Gwynplaine". Rompeu o lacre, rasgou o envelope, desdobrou a carta, pô-la inteira sob a luz e leu: "Você é horrível, e eu sou bela. Você é histrião, e eu sou duquesa. Eu sou a primeira, e você é o último. Eu te quero. Eu te amo. Venha."

LIVRO QUARTO

O SUBTERRÂNEO PENAL

I

A TENTAÇÃO DE SÃO GWYNPLAINE

Certo jato de chama faz só um furo nas trevas, outro, põe fogo num vulcão.

Ha enormes faíscas.

Gwynplaine leu a carta, depois, releu-a. Havia mesmo estas palavras: "Eu te amo."

Os sustos sucederam-se em sua mente.

O primeiro foi acreditar-se louco.

Estava louco. Era certo. O que ele acabara de ver não existia. Os simulacros crepusculares brincavam com ele, miserável. O homenzinho escarlate era uma luz de visão. Algumas vezes, à noite, o nada condensado em chama vem rir de nós. Depois de ter caçoado, o ser ilusório desaparecera deixando para trás Gwynplaine louco. A sombra faz dessas coisas.

O segundo susto foi constatar que estava em pleno uso da razão.

Uma visão? Mas não. Pois bem, e aquela carta? Não tinha ele uma carta entre as mãos? Não está aí um envelope, um lacre, papel e uma escrita? Não sabe ele de quem vem? Não há nada de obscuro nessa aventura. Pegaram uma pena e tinta e escreveram. Acenderam uma vela e lacraram-na com cera. Não está o seu nome escrito na carta? "A Gwynplaine". O papel cheira bem. Tudo está claro. O homenzinho, Gwynplaine o conhece. Aquele anão é um criado. Aquela luz é uma libré. Aquele criado marcou um encontro com Gwynplaine para o dia seguinte na mesma hora, na entrada da ponte de Londres. Seria uma ilusão a ponte de Londres? Não, tudo aquilo tem fundamento. Não há nenhum delírio. Tudo é realidade. Gwynplaine está perfeitamente lúcido. Não se trata de uma fantasmagoria imediatamente decomposta acima de sua cabeça e dissipada em desvanecimento; é uma coisa que acontece a ele. Não, Gwynplaine não está louco. Gwynplaine não está sonhando. E ele relia a carta.

Pois bem, sim. Mas então?

Então, é formidável.

Há uma mulher que o quer.

Uma mulher o quer! Nesse caso, que ninguém profira jamais esta palavra: incrível. Uma mulher o quer! Uma mulher que viu o seu rosto! Uma mulher que não é cega! E quem é essa mulher? Uma feia? Não. Uma bela. Uma cigana? Não. Uma duquesa.

O que havia nisso e o que significava? Que perigo é esse triunfo! Mas como não se lançar nele de cabeça?

Qual! Aquela mulher! A sereia, a aparição, a lady, a espectadora do camarote visionário, a tenebrosa resplendente! Pois era ela. Era ela mesmo!

O crepitar do incêndio que se iniciava estourava nele por todas as partes. Era aquela estranha desconhecida! A mesma que tanto o perturbara! E seus primeiros pensamentos tumultuosos sobre aquela mulher ressurgiam, como que aquecidos em todo aquele fogo sombrio. O esquecimento não é nada mais do que um palimpsesto. Quando ocorre um acidente, tudo o que estava apagado revive nas entrelinhas da memória atônita. Gwynplaine pensava ter banido aquela imagem da mente, e ele ali a encontrava, ela estava impressa e tinha deixado sua marca naquele cérebro inconsciente, culpado de um sonho. Sem que soubesse, a profunda gravura do devaneio ferira bem antes. Agora estava feito um certo mal. E, doravante, todo aquele devaneio pode ser irreparável, ele o recomeçava arrebatadamente.

O quê! Alguém o queria! O quê! A princesa descia do trono; o ídolo, do altar; a estátua, do pedestal; o fantasma, de sua nuvem! O quê! Do fundo do impossível, chegava a quimera! O quê! Aquela deidade do teto, o quê! Aquela irradiação, o quê! Aquela nereide toda salpicada de pedrarias, o quê! Aquela beleza inabordável e suprema, do alto de sua escarpa de raios, ela se inclinava para Gwynplaine! O quê! Sua carruagem de aurora, puxada ao mesmo tempo por rolinhas e dragões, ela a detinha sobre Gwynplaine e dizia a Gwynplaine: "Venha!" O quê! Ele, Gwynplaine, tinha aquela glória terrificante de ser objeto de semelhante descida do empíreo! Aquela mulher, se podemos dar esse nome a uma forma sideral e soberana, aquela mulher se oferecia, se doava, se entregava! Vertigem! O olimpo se prostituía! A quem? A ele, Gwynplaine! Braços de cortesã se abriam num nimbo para apertá-lo contra um seio de deusa! E sem mácula. Tais majestades não se mancham. A luz lava os deuses. E aquela deusa que vinha até ele sabia o que estava fazendo. Ela não ignorava o horror encarnado em Gwynplaine. Ela vira aquela máscara que era o rosto de Gwynplaine! E essa máscara não lhe era repelente. Gwynplaine era amado apesar dela!

Coisa que ultrapassava todos os sonhos, ele era amado enfim! Longe de ser repelente à deusa, essa máscara a atraía! Gwynplaine era mais do que amado, era desejado. Era melhor do que aceito, era escolhido. Ele, escolhido!

O quê! Lá onde estava aquela mulher, naquele meio real do resplendor irresponsável e da potência em pleno livre-arbítrio, havia príncipes, ela podia escolher um príncipe; havia lordes, ela podia escolher um lorde; havia homens bonitos, encantadores, soberbos, ela podia escolher Adônis. E quem ela escolhia? Gnafron! Ela podia escolher, no meio dos meteoros e dos raios, o grande serafim de seis asas, e escolhia a larva que sobe no vaso. De um lado, as altezas e as senhorias, toda a grandeza, toda a opulência, toda a glória; do outro, um saltimbanco. O saltimbanco prevalecia! Que balança havia, pois, no coração daquela mulher? Com que pesos pesava ela o seu amor? Aquela mulher tirava da fronte o chapéu ducal e o jogava no tablado do palhaço! Aquela mulher tirava da cabeça a auréola olímpica e a pousava no crânio eriçado do gnomo! Não se sabe que reviravolta do mundo, o formigamento de insetos no alto, as constelações em baixo, engolia Gwynplaine, desatinado sob um desmoronamento de luz, e lhe fazia uma auréola na cloaca. Uma todo-poderosa, revoltada contra a beleza e o esplendor, se dava ao condenado da noite, preferia Gwynplaine a Antínoo, entrava em acesso de curiosidade diante das trevas e descia, e daquela abdicação da deusa saía, coroada e prodigiosa, a realeza do miserável. "É horrível. Eu te amo." Essas palavras atingiam Gwynplaine no lugar horrendo do orgulho. O orgulho é o calcanhar em que todos os heróis são vulneráveis. Gwynplaine estava lisonjeado em sua vaidade de monstro. Era como ente disforme que ele era amado. Ele também, tanto ou, talvez, mais do que os Júpiteres e os Apolos, era a exceção. Sentia-se sobre-humano, e tão monstro, que era deus. Deslumbramento assustador.

Agora, o que era aquela mulher? O que sabia ele sobre ela? Tudo e nada. Era uma duquesa, sabia-o; sabia que era bela, que era rica, que tinha librés, lacaios, pajens, e corredores com archotes em torno de sua carruagem com coroa. Sabia que estava apaixonada por ele, ou, pelo menos, ela lho dizia. O resto, ele ignorava. Sabia qual era o seu título, e não sabia o seu nome. Conhecia o seu pensamento, mas não a sua vida. Era casada, viúva, solteira? Era livre? Estava sujeita a quaisquer deveres? A que família pertencia? Havia armadilhas, embustes, obstáculos em torno dela? O que é a galanteria nas altas regiões ociosas, que houvesse nesses picos antros onde sonham encantadoras ferozes, que têm misturadas em torno de si ossadas de amores já devorados, a que tentativas tragicamente cínicas pode chegar o tédio de uma mulher que se acha acima do homem, Gwynplaine nada suspeitava disso; nem mesmo tinha ele em mente do que forjar uma conjetura, pois no subsolo social em que vivia, as pessoas são mal informadas; entretanto, ele via da sombra. Ele se dava conta de que toda aquela claridade era escura. Ele compreendia? Não. Adivinhava? Menos ainda. O que havia por trás dessa carta? Uma abertura com dois batentes e, ao mesmo tempo, um fecho inquietante. De um lado, a confissão. Do outro, o enigma.

A confissão e o enigma, essas duas bocas, uma provocadora, a outra, ameaçadora proferindo a mesma palavra. "Ouse!"

Jamais a perfídia do acaso tomara melhor as suas medidas nem fizera chegar mais oportunamente uma tentação. Gwynplaine, tocado pela primavera e pela subida da seiva universal, estava sonhando com a carne. O velho homem insubmersível, sobre quem nenhum de nós triunfa, despertava naquele efebo tardio, que permanecera adolescente aos vinte e quatro anos. Foi naquele momento, no minuto mais conturbado daquela crise, que a oferta lhe fora feita e que se erguia diante dele, deslumbrante, o seio nu da esfinge. A juventude é um plano inclinado. Gwynplaine se inclinava, empurravam-no. Quem? A estação. Quem? A noite. Quem? Aquela mulher. Se não existisse o mês de abril, seríamos bem mais virtuosos. Os arbustos em flor, montes de cúmplices! O amor é o ladrão, a primavera é o receptador.

Gwynplaine estava transtornado.

Há certa fumaça do mal que precede o delito e que não é respirável na consciência. A honestidade tentada tem a náusea obscura do inferno. Aquilo que se entreabre produz uma exalação que adverte os fortes e atordoa os fracos. Gwynplaine sentia aquela misteriosa angústia.

Diante dele, flutuavam dilemas ao mesmo tempo fugazes e persistentes. O delito, obstinado em se oferecer, tomava forma. No dia seguinte, à meia-noite, na ponte de Londres, o pajem! Iria? "Sim!", gritava a carne. "Não!", gritava a alma.

Porém, digamos, por singular que pareça à primeira vista, esta questão "Ele iria?" ele não a fez distintamente a si mesmo nem uma só vez. As ações condenáveis têm lugares reservados. Como as aguardentes fortes demais, não as bebemos num só trago. Deixamos o copo na mesa para mais tarde, a primeira gota já é bem insólita.

O certo é que ele se sentia empurrado por trás rumo ao desconhecido.

E fremia. E entrevia uma borda de desmoronamento. E voltava para trás tomado de todos os lados pelo pavor. Fechava os olhos. Esforçava-se para negar a si mesmo tal aventura e para voltar a duvidar de sua razão. Evidentemente era o melhor. O que havia de mais ponderado a fazer seria acreditar-se louco.

Febre fatal. Todo homem surpreendido pelo imprevisto teve, em sua vida, essas pulsações trágicas. O observador escuta sempre com ansiedade o ressoar das sombrias pancadas de aríete do destino contra uma consciência.

Oh! Gwynplaine se interrogava. Ali, onde o dever está claro, fazer-se perguntas já é a derrota.

Aliás, um detalhe a observar, a desfaçatez da aventura, que, talvez chocasse um homem corrupto, não era enxergada por ele. Ele ignorava o que é o cinismo. A ideia de prostituição, denunciada mais acima, não o tocava. Não era do seu feitio concebê-la. Era puro demais para admitir as hipóteses complicadas. Daquela mulher, ele só via a grandeza. Oh! Estava lisonjeado. Sua vaidade não reconhecia senão a sua vitória. Para conjeturar que fosse mais objeto de um impudor do que de um amor, ser-lhe-ia necessário muito mais espírito do que a inocência o tem. Perto de "Eu te amo", ele não percebia aquele corretivo apavorante: "Eu te quero."

Escapava a ele o lado bestial da deusa.

O espírito pode sofrer invasões. A alma tem seus vândalos, os maus pensamentos, que vêm devastar nossa virtude. Mil ideias em sentido inverso se precipitavam sobre Gwynplaine uma após outra, algumas vezes, todas juntas. Depois, nele se faziam silêncios. Então, tomava a cabeça entre as mãos, numa sorte de atenção lúgubre, igual à contemplação de uma paisagem noturna.

De repente, se deu conta de uma coisa, ele não pensava mais. Seu devaneio chegara àquele momento negro em que tudo desaparece.

Percebeu também que não tinha voltado. Seriam duas horas da manhã.

Pôs a carta trazida pelo pajem no bolso do lado, mas notando que ela estava sobre o seu coração, tirou-a dali e a enfiou, toda amarrotada, no primeiro bolso de seu calção, depois dirigiu-se para a hospedaria, entrou silenciosamente, não acordou o pequeno Govicum, que o estava esperando, caído de sono sobre uma das mesas com os dois braços servindo de travesseiro, fechou a porta, acendeu uma vela e a lanterna do albergue, puxou os ferrolhos, deu uma volta na chave na fechadura, tomou maquinalmente as precauções de um homem que volta tarde, subiu a escada da Green-Box, escorregou para dentro da antiga cabana que lhe servia de quarto, olhou para Ursus que dormia, soprou sua vela e não se deitou.

Passou-se assim uma hora. Enfim, cansado, imaginando que a cama é o sono, pousou a cabeça no travesseiro, sem se desvestir, e fez ao escuro a concessão de fechar os olhos; mas a tormenta de emoções que o assaltava não se interrompera nem um instante. A insônia é uma sevícia da noite sobre o homem. Gwynplaine estava sofrendo muito. Pela primeira vez na vida, não estava contente consigo. Íntima dor misturada à sua vaidade satisfeita. O que fazer? Amanheceu. Ouviu Ursus levantar-se e não abriu os olhos. Nenhuma trégua, porém. Pensava naquela carta. Todas as palavras voltavam a ele numa espécie de caos. Sob certos sopros violentos vindo do íntimo da alma, o pensamento é um líquido. Entra em convulsões, ergue-se, e dele sai algo semelhante ao rugir surdo de uma vaga. Fluxo, refluxo, abalos, redemoinhos, hesitações da onda diante do escolho, granizos e chuvas, nuvens com aberturas de onde saem os clarões, puxadas miseráveis de uma espuma inútil, loucas subidas logo desmoronadas, imensos esforços perdidos, aparição do naufrágio por todas as partes, sombra e dispersão, tudo aquilo que está no abismo está dentro do homem. Gwynplaine estava à mercê dessa tormenta.

No auge dessa angústia, os olhos sempre fechados, ele ouviu uma voz maviosa que dizia: "Está dormindo, Gwynplaine?" Sobressaltado, abriu os olhos e sentou-se, a porta da cabana-vestiário estava entreaberta, Dea aparecia pela abertura. Tinha nos olhos e nos lábios o seu inefável sorriso. Erguia-se encantadora na serenidade inconsciente de seu esplendor. Houve uma espécie de minuto sagrado. Gwynplaine contemplou-a, estremecendo, deslumbrado, desperto. Desperto de quê? Do sono? Não, da insônia. Era ela, era Dea. E, de súbito, ele sentiu, no mais profundo do seu ser, o indefinível desvanecimento da tempestade e a sublime descida do bem sobre o mal; operou-se o prodígio do olhar acima, a terna cega luminosa, sem outro esforço além da sua presença, dissipou nele toda sombra, a cortina de nuvem se afastou daquele espírito como se fosse puxada por uma mão invisível, e Gwynplaine, encantamento celeste, teve na consciência um retorno de céu. Voltou subitamente a ser, pela virtude daquele anjo, o grande e bom Gwynplaine inocente. A alma, assim como a criação, tem dessas confrontações misteriosas; ambos se calavam: ela, a claridade; ele, o abismo; ela, divina; ele, tranquilizado. E acima do coração tempestuoso de Gwynplaine, Dea resplendia com não se sabe que inexprimível efeito de estrela-do-mar.

DO AGRADÁVEL AO SEVERO

Como é fácil um milagre! Na Green-Box, era hora do desjejum, e Dea vinha simplesmente saber por que Gwynplaine não vinha para a refeição da manhã.

– Você! — exclamou Gwynplaine, e tudo foi dito. Ele teve somente o horizonte e a visão daquele céu onde se encontrava Dea.

Quem não viu o sorriso imediato do mar depois do furacão, não pode compreender essas pacificações. Nada se acalma mais depressa do que os abismos. A causa disso é a sua facilidade de dissipação. Assim é o coração humano. Porém nem sempre.

Dea só precisava aparecer, toda a luz que havia em Gwynplaine saía e ia para ela, e, atrás de Gwynplaine fascinado, só havia uma fuga de fantasmas. Quão pacificadora é a adoração!

Alguns instantes após, estavam ambos sentados um diante do outro, Ursus entre eles, Homo a seus pés. Sobre a mesa, estava o chá aquecido por um pequeno lume. Fibi e Vinos estavam fora e tratavam dos deveres.

O desjejum e a ceia eram servidos no compartimento central. Da maneira como a mesa muito estreita estava colocada, Dea voltava as costas para a abertura do tabique que correspondia à porta de entrada da Green-Box.

Seus joelhos se tocavam. Gwynplaine servia o chá para Dea.

Dea soprava graciosamente sobre a xícara. De repente, ela espirrou. Naquele momento, sobre a chama da lamparina, havia uma fumaça que se dissipava e alguma coisa como papel que caía em cinza. Aquela fumaça fez Dea espirrar.

– O que é isso? — perguntou ela.

– Nada — respondeu Gwynplaine.

E ele sorriu.

Acabara de queimar a carta da duquesa.

O anjo da guarda da mulher amada é a consciência do homem que a ama.

A ausência daquela carta sobre ele aliviou-o admiravelmente, e Gwynplaine sentiu a sua honestidade como a águia sente as asas.

Pareceu-lhe que, com aquela fumaça, a tentação ia embora e que, ao mesmo tempo que o papel, a duquesa se esvaía em cinza.

Enquanto misturavam as xícaras e bebiam, um após o outro na mesma xícara, eles falavam. Conversas de enamorados, taramelagem de pardais. Criancices dignas de Mamãe Gansa e de Homero. Dois corações que se amam, não vá procurar mais longe a poesia; e dois beijos que dialogam, não vá procurar mais longe a música.

– Sabe de uma coisa?

– Não.

– Gwynplaine, sonhei que éramos animais e que tínhamos asas.

– Asas, isso quer dizer aves — murmurou Gwynplaine.

– Animais, isso quer dizer anjos — murmurou Ursus.

A tagarelice continuava.

– Se você não existisse, Gwynplaine...

– E daí?

– É que não haveria o bom Deus.

– O chá está quente demais. Vai se queimar, Dea.

– Sopre a minha xícara.

– Como está bela esta manhã!

– Imagina que há todo tipo de coisas que quero dizer a você.

– Diga.

– Eu te amo!

– Eu te adoro!

E Ursus aparteava:

– Pelo céu, são pessoas de bem.

Quando dois seres se amam, o que encanta são os silêncios. É como se fossem amontoados de amor que depois explodem docemente.

Fez-se uma pausa ao fim da qual Dea exclamou:

– Se você soubesse! À noite, quando representamos a peça, no momento em que minha mão toca a tua fronte... Oh! tem uma bela cabeça, Gwynplaine! ... no momento em que sinto teus cabelos sob os meus dedos, é um frêmito, tenho uma alegria celestial e digo a mim mesma: "Em todo este mundo de escuridão que me envolve, neste universo de solidão, neste imenso desmoronado escuro em que me encontro, neste pavoroso tremor de mim e de tudo, tenho um ponto de apoio, é este. É ele." É você!

– Oh! você me ama — disse Gwynplaine. — Eu também só tenho a você na terra. É tudo para mim. Dea, que quer que eu faça? Deseja alguma coisa? De que precisa?

Dea respondeu:

– Não sei. Eu sou feliz.

– Oh! — repetiu Gwynplaine —, nós somos felizes!

Ursus elevou a voz severamente:

– Ah! Vocês são felizes. É uma contravenção. Já os adverti. Ah! São felizes! Então, esforcem-se para que não os vejam.

Mostrem-se o mínimo possível. Ela deve ficar enfiada nos buracos, a felicidade. Façam-se menores ainda do que já são, se puderem. Deus mede a grandeza da felicidade pela pequenez dos felizes. As pessoas contentes devem esconder-se como malfeitores. Ah! Vocês brilham, malvados vermes luzidio que são, arre, pisarão em vocês e farão bem. O que são todos esses carinhos? Eu não sou uma aia, que tem de ficar olhando os enamorados se bicarem. Vocês me cansam, por fim! Vão para o diabo!

E, ao sentir que o seu tom áspero amolecia até o enternecimento, afogou aquela emoção num forte sopro de resmungo.

– Pai — disse Dea —, como engrossou a voz!

– É porque não gosto que sejam demasiado felizes — respondeu Ursus.

Nesse momento, Homo fez eco a Ursus. Ouviu-se um rosnado sob os pés dos enamorados.

Ursus inclinou-se e pôs a mão na cabeça de Homo.

– É isso, você também, você também está de mau humor. Está rosnando. Eriça o pelo na tua cabeça de lobo. Não gosta dos namoricos. É porque é sábio. Está bem, cala-se. Falou, deu o seu parecer, está bem; agora, silêncio.

O lobo rosnou de novo.

Ursus olhou para ele sob a mesa.

– Paz, então, Homo! Vamos, não insista, filósofo!

Mas o lobo se ergueu e mostrou os dentes para o lado da porta.

– O que você tem, então? — perguntou Ursus.

E agarrou Homo pela pele do pescoço.

Dea, desatenta aos rosnados do lobo, toda em seu pensamento e saboreando consigo mesma o som da voz de Gwynplaine, calava-se naquela sorte de êxtase própria dos cegos, que parece, às vezes, dar-lhes interiormente um canto a escutar e substituir-lhes, por não se sabe que música ideal, a luz que lhes falta. A cegueira é um subterrâneo de onde se ouve a profunda harmonia eterna.

Enquanto Ursus, ao apostrofar Homo, baixava a cabeça, Gwynplaine levantara os olhos.

Ia tomar uma xícara de chá e não a tomou; pousou-a sobre a mesa com a lentidão de uma mola que se distende, os dedos permaneceram abertos e ele ficou imóvel, com o olhar fixo, deixando de respirar.

Um homem estava em pé atrás de Dea, no enquadramento da porta.

Aquele homem estava vestido de preto com uma capa de agente da justiça. Usava uma peruca até as sobrancelhas e segurava um bastão de ferro esculpido em coroa nas duas pontas.

O bastão era curto e maciço.

Imaginemos Medusa passando a cabeça entre dois galhos do paraíso.

Ursus, que sentira a comoção de um recém-chegado e que levantara a cabeça sem largar Homo, reconheceu aquela temível personagem.

Sentiu um tremor da cabeça aos pés.

Disse baixinho no ouvido de Gwynplaine:

– É o *wapentake.*

Gwynplaine se lembrou.

Ia escapar-lhe uma expressão de surpresa. Ele a reteve.

O bastão de ferro terminado em coroa nas duas extremidades era a *iron-weapon.*

Era a *iron-weapon,* sobre a qual os oficiais de justiça urbana prestavam juramento ao assumir o cargo, que antigos *wapentakes* da polícia inglesa obtinham a qualificação.

Atrás do homem com a peruca, na penumbra, entrevia-se o hoteleiro consternado.

O homem, sem dizer uma palavra, e personificando aquela *muta Themis* das velhas cartas, baixou o braço direto por cima de Dea resplandecente e tocou, com o bastão de ferro, o ombro de Gwynplaine, enquanto mostrava atrás dele, com o polegar esquerdo, a porta da Green-Box. Aquele duplo gesto, tanto mais imperioso do que silencioso, queria dizer: Acompanhe-me.

"*Pro signo exeundi, sursum trahe*", diz o cartulário normando.

O indivíduo sobre o qual pousara a *iron-weapon* não tinha outro direito senão o de obedecer. Nenhuma réplica àquela ordem muda. As rudes penalidades inglesas ameaçavam o refratário.

Sob aquele rígido toque da lei, Gwynplaine teve um abalo, depois, ficou como que petrificado.

Se, em vez de ser simplesmente roçado pelo bastão de ferro no ombro, fosse violentamente batido na cabeça, ele não estaria mais aturdido. Via-se intimado a acompanhar o agente de polícia. Mas por quê? Ele não compreendia.

Ursus, por sua vez também lançado numa pungente inquietude, entrevia algo de bem distinto. Pensava nos saltimbancos e nos pregadores, seus concorrentes, na Green-Box denunciada, no lobo, aquele delinquente, em seu próprio conflito com as três inquisições de Bishopsgate; e quem sabe? Talvez, mas isto era mais apavorante, nas tagarelices inoportunas e facciosas de Gwynplaine a respeito da autoridade real. Tremia profundamente.

Dea sorria.

Nem Gwynplaine, nem Ursus proferiram uma palavra. Ambos tiveram o mesmo pensamento: não preocupar Dea. O lobo o teve também, talvez, pois parou de rosnar. É verdade que Ursus não o soltava.

Aliás, Homo, na ocasião, tinha suas precauções. Quem não observou certas ansiedades inteligentes dos animais?

Talvez, na medida em que um lobo pode compreender homens, ele se sentisse proscrito.

Gwynplaine levantou-se.

Gwynplaine sabia que nenhuma resistência era possível, ele se lembrava das palavras de Ursus, e que nenhuma pergunta deveria ser feita.

Permaneceu em pé diante do *wapentake*.

O *wapentake* tirou-lhe o bastão do ombro e o levou a si mantendo-o reto na postura do comando, atitude de policial compreendida, então, por todo o povo e que emitia a seguinte ordem: "Que este homem me acompanhe e ninguém mais. Fiquem todos onde estão. Silêncio."

Sem curiosos. A polícia teve, desde sempre, o gosto daqueles encerramentos.

Aquele tipo de prisão era qualificado como "sequestro da pessoa".

O *wapentake*, com um único movimento e como uma peça mecânica que gira sobre si mesma, voltou as costas e se dirigiu, com um passo magistral e grave, para a saída da Green-Box.

Gwynplaine olhou para Ursus.

Ursus fez um gesto composto de um levantar de ombros, os dois cotovelos no quadril com as mãos afastadas e sobrancelhas franzidas em ângulo, o que significa: submissão ao desconhecido.

Gwynplaine olhou para Dea. Ela estava sonhando. Continuava a sorrir.

Ele levou a ponta dos dedos aos lábios e lhe enviou um inexprimível beijo.

Ursus, aliviado de certa dose de terror pelas costas viradas do *wapentake*, aproveitou aquele momento para soprar no ouvido de Gwynplaine este sussurro:

– Pela sua vida, não fale antes que te interroguem!

Gwynplaine, com o mesmo cuidado que se tem no quarto de um doente para não fazer barulho, pegou na parede o chapéu e o sobretudo, enrolou-se no sobretudo até os olhos, pôs o chapéu baixado na testa; como ainda não fora deitar-se, estava com a roupa de trabalho e com a esclavina de couro no pescoço; olhou mais uma vez para Dea; o *wapentake*, tendo chegado à porta externa da Green-Box, ergueu o bastão e começou a descer a escada de saída; então, Gwynplaine começou a andar como se aquele homem o puxasse por uma corrente invisível; Ursus ficou olhando Gwynplaine sair da Green-Box; o lobo, naquele momento, esboçou um rosnado queixoso, mas Ursus o conteve e lhe disse baixinho: "Ele vai voltar."

No pátio, mestre Nicless, com um gesto servil e imperioso, abafava os gritos de pavor nas bocas de Vinos e de Fibi, que observavam aflitas Gwynplaine sendo levado e as roupas cor de luto e bastão de ferro do *wapentake*.

Aquelas duas moças eram duas petrificações. Tinham atitudes de estalactites.

Govicum, estupefato, escancarava o rosto numa janela entreaberta.

O *wapentake* precedia Gwynplaine de alguns passos sem se voltar e sem olhar para ele, com aquela tranquilidade glacial que a certeza de ser a lei confere.

Ambos, num silêncio sepulcral, transpuseram o pátio, atravessaram a sala escura do cabaré e saíram na praça. Ali havia alguns passantes agrupados diante da porta do albergue, e o justiceiro-quórum à frente de uma esquadra de polícia. Aqueles curiosos, estupefatos e sem proferir uma palavra, afastaram-se e se alinharam com a disciplina inglesa diante do bastão do oficial; o *wapentake* tomou a direção das pequenas ruas, chamadas, então, de

Little Strand, que se situavam ao longo do Tâmisa; e Gwynplaine, tendo à direita e à esquerda o pessoal do justiceiro-quórum alinhados em fila dupla, pálido, sem um gesto sequer, sem outro movimento além dos passos que dava, coberto com o sobretudo como de um sudário, distanciou-se lentamente da hospedaria, caminhando mudo atrás do homem taciturno, como uma estátua que acompanha um espectro.

III

LEX, REX, FEX

A prisão sem explicação, que causaria enorme espanto a um inglês de hoje, era um procedimento de polícia bastante usado então na Grã-Bretanha. Recorreu-se a ela particularmente para as coisas delicadas que proviam, na França, as ordens régias e a despeito do *habeas corpus*, até no reinado de Georges II, e uma das acusações de que Walpole teve de se defender, foi ter mandado ou deixado prender Neuhoff daquela maneira. A acusação tinha, provavelmente, pouco fundamento, pois Neuhoff, rei da Córsega, foi encarcerado por seus credores.

As prisões silenciosas, que a Sainte-Voehme na Alemanha usara muito, eram admitidas pelo costume germânico que regeu metade das velhas leis inglesas e recomendadas, em certo caso, pelo costume normando que regeu a outra metade. O chefe de polícia do palácio de Justiniano era chamado "o silenciador imperial", *silentiarius imperialis*. Os magistrados ingleses que praticavam esse tipo de prisão fundamentavam-se em numerosos textos normandos: "*Canes latrant, sergentes silent*", "*Sergenter agere, ici est tacere*". Eles citavam Lundulphus Sagax, parágrafo 16: "*Facit imperator silentium*". Citavam a carta do rei Filippe, de 1307: "*Multos tenebimus bastonerios qui, obmutescentes, sergentare valeant."* Citavam os estatutos de Henrique Iº da Inglaterra, capítulo LIII: *"Surge signa jussus. Taciturnior esto. Hoc est esse in captione regis."* Prevaleciam-se especialmente dessa prescrição considerada com parte das antigas franquias feudais da Inglaterra: "Sob os viscondes estão os senhores da espada, que devem justiçar virtuosamente com a espada todos aqueles que andam em más companhias, pessoas apontadas por algum crime, fugitivos e banidos... e devem prendê-los tão vigorosamente e tão discretamente que as pessoas boas, que são do bem, continuem do bem e que os malfeitores fossem espantados." Ser preso dessa maneira era ser pego *"ô o glaive de l'espee"* (*Vetus Consuetudo Normanniae*, MS. I. part. Sect. I, cap. II). Os jurisconsultos invocavam, além disso, in *Charta Ludovici Hutini pro normannis*, o capítulo *servientes spathae*. Os *servientes spathae*, na chegada gradual da baixa latinidade até os nossos idiomas, tornaram-se *sergentes spadae*.

As prisões silenciosas eram o contrário da voz de prisão e indicavam que era melhor calar-se até que certas obscuridades fossem esclarecidas.

Elas significavam: Questões reservadas.

Na operação de polícia, indicavam certa quantidade de razões de Estado.

O termo de direito *private*, que quer dizer "à porta fechada", era aplicável a esse tipo de prisão.

Foi dessa maneira que, segundo alguns analistas, Eduardo III mandara prender Mortimer na cama de sua mãe Isabel de França. Nesse caso também é possível duvidar, pois Mortimer manteve um cerco na sua cidade antes de ser preso.

Warwick, o "Fazedor de reis", praticava esse modo de "de atrair as pessoas".

Cromwell o empregava, principalmente no Connaugh; e foi com essa precaução do silêncio que Trailie-Arcklo, parente do conde de Ormond, foi preso em Kilmacaugh.

Essas prisões, pelo simples gesto de justiça, representavam mais a intimação de comparecimento do que o mandato de prisão. Algumas vezes, elas eram somente um procedimento de informação, e até implicavam, pelo silêncio imposto a todos, certa deferência para com a pessoa presa.

Para o povo, pouco informado dessas nuanças, elas eram particularmente aterrorizantes.

Há que lembrar que, em 1705 e até bem mais tarde, a Inglaterra não era o que ela é atualmente. A totalidade era muito confusa e, por vezes, muito opressiva; Daniel de Foë, que experimentara o pelourinho, caracteriza, em algum de seus escritos, a ordem social inglesa pelas palavras "as mãos de ferro da lei". Não havia apenas a lei, havia a arbitrariedade. Lembrem-se de Steele expulso do parlamento; Locke alijado da sua cátedra; Hobbes e Gibbon, forçados a fugir; Charles Curchill, Hume e Priestley perseguidos; John Wilkes encerrado na Torre. Se enumerarmos as vítimas do estatuto *seditious libel*, a lista será longa. A inquisição se difundira um pouco em toda a Europa; suas práticas de polícia faziam escola. Na Inglaterra, era possível haver um atentado monstruoso a todos os direitos; lembremo-nos do *Gazetier cuirassé*. Em pleno século XVIII, Luís XV mandava retirar para Piccadilly os escritores que lhe desagradavam. É verdade que Jorge III entusiasmava, na França, o pretendente ao belo meio da sala do Ópera. Eram dois braços muito longos; o do rei da França ia até Londres e o do rei da Inglaterra, até Paris. Eram essas as liberdades.

Acrescentemos que, habitualmente, executavam as pessoas no interior das prisões; escamoteio aliado ao suplício; expediente hediondo, ao qual a Inglaterra está retornando atualmente; dando assim, ao mundo, o singular espetáculo de um grande povo que, desejando melhorar, escolheu o pior e que, tendo diante de si, de um lado, o passado, do outro o progresso, se engana de rosto e toma a noite pelo dia.

IV

URSUS ESPIONA A POLÍCIA

Como já foi dito, segundo as rigidíssimas leis da polícia de então, a intimação de acompanhar o *wapentake*, quando dirigida a um indivíduo, implicava, para todas as outras pessoas presentes, a ordem de não sair do lugar.

Assim mesmo, alguns curiosos se obstinaram e acompanharam de longe o cortejo que conduzia Gwynplaine.

Ursus estava entre eles.

Ursus ficara petrificado tanto quanto se tem o direito. Mas Ursus, tantas vezes assaltado pelas surpresas da vida errante e pelas crueldades do inesperado, tinha, a exemplo de um navio de guerra, o seus dispositivos de combate que convoca ao posto de batalha toda a equipagem, isto é, toda a inteligência.

Apressou-se em deixar de estar petrificado e se pôs a refletir. O importante não era ficar emocionado, mas enfrentar.

Enfrentar o incidente é o dever de quem não é imbecil.

Não procurar compreender, mas agir. Imediatamente, Ursus se interrogou: "O que havia a fazer?"

Depois que Gwynplaine partiu, Ursus se encontrava colocado entre dois temores: o temor por Gwynplaine, que lhe pedia para prosseguir; o temor por si mesmo, que lhe pedia para ficar.

Ursus tinha a intrepidez de uma mosca e a impassibilidade de uma sensitiva. Seu tremor foi indescritível. Entretanto, tomou heroicamente seu partido e se decidiu a desafiar a lei e a seguir o *wapentake*, de tanto que estava preocupado com o que poderia acontecer a Gwynplaine.

Era preciso ter muito medo para ter tanta coragem.

A que atos de bravura o pavor pode impelir uma lebre!

A camurça perdida salta os precipícios. Ficar apavorado até a imprudência é uma das formas do pavor.

Gwynplaine fora mais raptado do que preso. A operação de polícia fora tão rapidamente executada que o campo de feira, aliás pouco frequentado àquela hora da manhã, ficara pouco perturbado. Quase ninguém nas barracas do Tarrinzeau-field desconfiava que o *wapentake* viera buscar o "homem que ri". Por isso, havia pouca gente.

Gwynplaine, graças ao sobretudo e ao chapéu que quase se encontravam sobre o seu rosto, não podia ser reconhecido pelos passantes.

Antes de sair atrás de Gwynplaine, Ursus tomou uma precaução. Chamou à parte mestre Nicless, o servo Govicum, Fibi e Vinos e lhes recomendou o mais absoluto silêncio diante de Dea, que tudo ignorava; que cuidassem de não dizer uma palavra que a fizesse suspeitar do que se passara; que lhe explicassem a ausência de Gwynplaine e de Ursus por causas ligadas a assuntos da Green-Box; que, por outro lado, logo seria a hora de sua sesta e que, antes que Dea acordasse, ele estaria de volta, ele, Ursus, com Gwynplaine; que tudo não passava de um mal-entendido, de um *mistake*, como se diz na Inglaterra; que seria bem fácil a Gwynplaine e a ele esclarecer os magistrados e a polícia; que fariam ver claramente o erro e que logo ambos voltariam.

Principalmente, que ninguém dissesse nada a Dea. Feitas essas recomendações, ele saiu.

Ursus conseguiu seguir Gwynplaine sem ser notado. Embora se mantivesse à maior distância possível, fez de modo a não perdê-lo de vista. A ousadia na espreita é a bravura dos tímidos.

No fim das contas, por mais solene que fosse o aparato, talvez Gwynplaine tenha sido intimado a comparecer diante do magistrado de simples polícia por alguma infração sem gravidade.

Ursus dizia a si mesmo que aquela questão seria muito logo resolvida.

O esclarecimento seria feito, sob seus próprios olhos, pela direção que tomava a esquadra que levava Gwynplaine, no momento em que, chegando aos limites do Tarrinzeau-field, ele chegasse à entrada das ruelas do Little Strand.

Se ele virasse à esquerda, estaria conduzindo Gwynplaine à prefeitura de Southwark. Então, pouca coisa a temer; algum delito municipal de menor importância, uma admonição do magistrado, dois ou três *shellings* de multa, depois Gwynplaine seria solto e a representação de *Caos vencido* aconteceria naquela noite mesmo, como de costume. Ninguém teria percebido nada.

Se a esquadra virasse à direita, seria grave. Daquele lado havia lugares severos.

No instante em que o *wapentake*, conduzindo duas filas de esbirros entre as quais caminhava Gwynplaine, chegou nas ruelas, Ursus, ofegante, olhou. Existem momentos em que o homem é todo olhos.

Para que lado iriam virar?

Viraram à direita.

Ursus, cambaleando de pavor, encostou-se na parede para não cair.

Nada há de tão hipócrita como estas palavras que se dizem a si mesmo: "Quero saber o que posso fazer". No fundo, não queremos nada disso. Temos um profundo medo. A angústia se complica por um obscuro esforço para não chegar a nenhuma conclusão. Não confessamos, mas recuaríamos de bom grado, e quando avançamos, reprovamo-no-lo. Foi o que se deu com Ursus. Pensou com um calafrio: "Está indo mal. Eu sempre soube disso bem cedo. O que estou fazendo aqui a seguir Gwynplaine?"

Feita essa reflexão, como o homem é só contradição, acelerou o passo e, dominando a ansiedade, apressou-se a fim de aproximar-se da esquadra e não deixar que o fio entre Gwynplaine e ele, Ursus, se rompesse no labirinto das ruas de Southwark.

O cortejo de polícia não podia andar depressa por causa da sua solenidade. O *wapentake* o abria.

O justiceiro-quórum o fechava.

Essa ordem implicava certa lentidão.

Toda a majestade possível ao assistente judiciário resplendia no justiceiro-quórum. Seu traje se situava entre a esplêndida vestimenta do doutor em música de Oxford e o vestuário sóbrio e negro do doutor em divindade de Cambridge. Tinha roupas de fidalgo sob um longo *godebert*, que é um manto forrado de pele de lebre da Noruega. Estava a meio-termo entre o gótico e o moderno, pois usava uma peruca como Lamoignon e mangas *mahoîtres* como Tristão, o Eremita. Seu enorme olho redondo checava Gwynplaine com fixidez de coruja. Caminhava com passo cadenciado. Impossível ver um tipo mais feroz.

Ursus, por um momento desnorteado no emaranhado das ruelas, conseguiu alcançar, perto de Sainte-Marie Over-Ry, o cortejo que, afortunadamente, ficara atrasado no adro da igreja por um tumulto de crianças e cães, incidente habitual das ruas de

Londres, *dogs and boys*, dizem os velhos registros de polícia, os quais colocam os cães antes das crianças.

Uma vez que um homem conduzido ao magistrado por pessoas da polícia era, afinal, um acontecimento muito comum, e como cada um tinha os seus afazeres, os curiosos se haviam dispersado. Somente Ursus permanecera na pista de Gwynplaine.

Passaram pela frente de duas capelas, que ficavam uma em frente à outra, das Recreative Religionists e da Liga Halleluiah, duas seitas de então, que subsistem até hoje.

Depois, o cortejo serpenteou de ruela em ruela, escolhendo, de preferência, as *roads* ainda não pavimentadas, os *rows* onde crescia o capim e as *lanes* desertas, e fez muitos zigue-zagues.

Por fim, parou.

Estavam numa ruazinha estreita. Não havia casas, a não ser dois ou três casebres na entrada. Essa ruazinha era composta de dois muros, um à esquerda, baixo, outro à direita, alto. A muralha alta era preta e de alvenaria, estilo saxão, com ameias, escorpiões e grossas grades quadradas sobre respiradouros estreitos. Nenhuma janela. Aqui e ali, somente fendas, que outrora eram aberturas para pedreiros e azagaias. Ao pé desse grande muro, como um buraco sob uma ratoeira, via-se um pequenino postigo, muito baixo.

Aquele postigo, encaixado num pesado arco de pedra, tinha uma abertura com grade, uma aldrava maciça, uma fechadura larga, grandes gonzos nodosos e robustos, um labirinto de passagens, uma couraça de placas e de pinturas, e era mais de ferro do que de madeira.

Não havia vivalma na ruela. Nem lojas, nem passantes. Mas ouvia-se, bem perto, um ruído contínuo, como se a ruazinha fosse paralela a uma torrente. Era uma zoeira de vozes e de veículos. Era provável que houvesse, do ouro lado do edifício negro, uma grande rua, decerto a rua principal de Southwark, a qual se ligava, de uma extremidade, à estrada de Canterbury e, da outra, à ponte de Londres.

Se alguém estivesse à espreita ao longo de toda a ruela, só teria visto, fora do cortejo que cercava Gwynplaine, o lívido perfil de Ursus, realçando-se na penumbra de uma esquina, olhando e tendo medo de ver. Postara-se ele num recanto produzido por um zigue-zague da rua.

A esquadra parou diante da portinhola.

Gwynplaine estava no centro, mas atrás dele estava o *wapentake* com seu bastão de ferro.

O justiceiro-quórum levantou o martelo e bateu três vezes.

O postigo se abriu.

O justiceiro-quórum disse:

– Em nome de sua majestade.

A pesada porta de carvalho girou sobre seus gonzos, e apareceu uma abertura pálida e fria semelhante a uma boca de antro. Uma horrível abóbada se prolongava na sombra.

Ursus viu Gwynplaine desaparecer sob ela.

V

MAU LUGAR

O *wapentake* entrou atrás de Gwynplaine.

Depois, o justiceiro-quórum.

Depois, toda a esquadra.

A porta tornou a fechar-se.

A pesada porta voltou a encostar-se hermeticamente sobre as ombreiras de pedra sem que se visse que a abrira e tornara a fechar. Parecia que os ferrolhos se encaixavam por si mesmos nas cavidades. Ainda existem, nas prisões muito velhas, alguns desses mecanismos inventados pela antiga intimidação. Porta cujo porteiro não se via. Era fazer comparar o limiar da prisão ao limiar do túmulo.

Aquela portinhola era a porta baixa do cárcere de Southwark.

Nada naquele edifício carcomido e rude desmentia o aspecto grosseiro próprio de uma prisão.

Um templo pagão, construído pelos velhos *cattieuchlans* para os Moguns, antigas divindades inglesas, transformado em palácio para Ethelulfe e fortaleza para Santo Eduardo, depois elevado à dignidade de prisão em 1199 por João Sem Terra, era o cárcere de Southwark. O cárcere, anteriormente atravessado por uma rua, como Chenonceaux é atravessado por um rio, fora, durante um século ou dois, um *gate*, isto é, uma porta de subúrbio; depois, a passagem foi fechada com muro. Ainda restam, na Inglaterra, algumas prisões desse gênero; por exemplo, em Londres, Newgate; em Canterbury, Westgate; a Edimburgo, Canongate. Na França, a Bastilha foi originalmente uma porta.

Quase todos os cárceres ingleses tinham o mesmo aspecto, um grande muro externo e, dentro, uma colmeia de celas. Nada é tão fúnebre como aquelas prisões góticas, onde a aranha e a justiça estendiam suas teias e onde John Howard, aquele raio de luz, ainda não penetrara. Todas, a exemplo da antiga geena de Bruxelas, poderiam ser chamadas de Treurenberg, "casa das lágrimas".

Na presença daquelas construções inclementes e selvagens, sentia-se a mesma angústia que os navegadores antigos sentiam diante dos infernos de escravos de que fala Plauto, ilhas ferricrepitantes, *ferricrepiditae insulae*, quando passavam suficientemente perto para ouvir o ruído das correntes.

O cárcere de Southwark, antigo lugar de exorcismos e de tormentos, tivera, inicialmente, como especialidade, os bruxos, como indicavam estes dois versos gravados numa pedra gasta acima da portinhola:

Sunt arreptitii vexati daemone multo.
Est energumenus quem daemon possidet unus.[29]

Versos que estabelecem a delicada nuança entre o demoníaco e o energúmeno.

Acima daquela inscrição estava pregada, horizontalmente na parede, como sinal de alta justiça, uma escada de pedra, que outrora fora de madeira, mas que se transformou em pedra por ter sido enterrada na terra petrificante de um lugar denominado Aspley-Gowis, perto da abadia de Woburn.

A prisão de Southwark, hoje demolida, dava sobre duas ruas às quais, como *gate*, servira outrora de comunicação e tinha duas portas; na rua maior, a porta solene, destinada às autoridades e, na ruela, a porta do sofrimento, destinada ao resto dos viventes. E também aos falecidos, pois, quando morria um prisioneiro no cárcere, era por ali que o cadáver saía. Uma libertação como uma outra.

A morte é a extensão no infinito.

Foi pela entrada do sofrimento que Gwynplaine acabara de ser introduzido na prisão.

A ruela, já foi dito, não era senão um pequeno caminho pedregulhento, apertado entre dois muros que ficavam um frente ao outro. Há desse tipo em Bruxelas, a passagem dita "Rua de uma pessoa". Os dois muros eram desiguais; o muro alto era o da prisão, o muro baixo era o do cemitério. Esse muro, fechamento da câmara mortuária do cárcere, não ultrapassava a estatura de um homem. Ele tinha uma porta bem defronte à portinhola da prisão. Os mortos tinham somente o trabalho de atravessar a rua. Bastava andar uns vinte passos ao longo do muro para entrar no cemitério. No muro alto estava encostada uma escada patibular; em frente, no muro baixo, estava esculpida uma cabeça de morto. Nenhum desses muros alegrava o outro.

VI

QUE MAGISTRATURAS HAVIA
SOB AS PERUCAS DE OUTRORA

Quem, naquele momento, olhasse para o outro lado da prisão, do lado da fachada, teria visto a rua larga de Southwark e poderia ter notado, parado diante da porta monumental e oficial do cárcere, um veículo de viagem, reconhecível por seu "lugar de carruagem" que hoje seria denominado cabriolé. Aquele veículo estava rodeado por um círculo de curiosos. Tinha brasão, e viram descer dele uma personagem que entrara na prisão; provavelmente um magistrado, conjeturava o povo; uma vez que, na Inglaterra, não raro os magistrados são nobres e têm quase sempre o "direito de usar brasão". Na França, brasão e toga quase se excluíam; diz o duque de Saint-Simon, ao falar dos magistrados: "A gente daquele estado". Na Inglaterra, ser juiz não era desonra para um fidalgo.

Na Inglaterra existe o magistrado ambulante; ele é chamado "juiz de circuito" e era muito comum ver, nessa carruagem, o veículo de um magistrado em viagem de trabalho. O que não era tão comum era que a personagem, supostamente um magistrado, tivesse descido, não do veículo, mas do lugar da frente, lugar que não é, habitualmente, o do dono. Outra particularidade: naquela época, na Inglaterra, viajava-se de duas maneiras, em "diligência", pelo preço de um *shelling* a cada cinco milhas, e em posta a toda brida mediante três soldos por milha e quatro soldos ao postilhão depois de cada posta; um veículo de patrão, que fazia viagens por paradas, pagava por cavalo e por milha, tantos *shellings* quantos o cavaleiro que corria a posta pagava em soldos; ora, o veículo parado na frente do cárcere de Southwark estava atrelado com quatro cavalos e tinha dois postilhões, luxo de príncipe. Enfim, o que acabava de excitar e de desconcertar as conjeturas, aquele veículo estava cuidadosamente fechado. Todas as aberturas por onde o olhar pudesse penetrar estavam mascaradas; de fora, não era possível ver nada no interior, e é provável que de dentro não se pudesse ver fora. Aliás, não parecia que houvesse alguém dentro daquele carro.

Uma vez que Southwark ficava no Surrey, era do xerife do condado de Surrey que dependia a prisão de Southwark. Tais jurisdições distintas eram muito frequentes na Inglaterra. Assim, por exemplo, não se considerava que a Torre de Londres estivesse situada em algum condado; isso significa que, legalmente, ela estava de algum modo no ar. A Torre não reconhecia outra autoridade jurídica senão o seu guarda, qualificado de *custos turris*. A Torre tinha a sua jurisdição, a sua igreja, o seu tribunal de justiça e o seu governo à parte. A autoridade do *custos*, ou guarda, estendia-se para fora de Londres sobre vinte e um *hamlets*, entenda-se povoados. Como na Grã-Bretanha as singularidades legais se inserem umas sobre outras, o ofício de mestre canhoneiro da Inglaterra dependia da Torre de Londres.

Outros costumes legais parecem mais bizarros ainda. Por exemplo, o tribunal do almirantado inglês consulta e aplica as leis de Rodes e de Oleron (ilha francesa que foi inglesa).

O xerife de uma província era muito importante. Era sempre escudeiro e, por vezes, cavalheiro. Era qualificado *spectabilis* nas velhas cartas; "homem de olhar". Título intermediário entre *illustris* e *clarissimus*, menos que o primeiro, mais que o segundo. Os xerifes dos condados eram, outrora, escolhidos pelo povo; mas como Eduardo II e, depois dele, Henrique VI atribuíram essa denominação para a coroa, os xerifes se tornaram uma emanação real. Todos recebiam a sua comissão de sua majestade, exceto o xerife do Westmoreland, que era hereditário, e os xerifes de Londres e de Middlesex, que eram eleitos pela *livery* no Commonhall. Os xerifes de Gales e de Chester contavam com certas prerrogativas fiscais. Todos esses cargos ainda subsistem na Inglaterra, mas, desgastados pouco a pouco pelo atrito dos costumes e das ideias, já não têm a mesma fisionomia de outrora. O xerife do condado tinha a função de escoltar e de proteger os "juízes itinerantes", da mesma maneira que temos dois braços, ele tinha dois oficiais, o seu braço direito, o subxerife, e o seu braço esquerdo, o justiceiro-quórum. O justiceiro-quórum, assistido pelo bailio dos cem, qualificado *wapentake*, apreendia, interrogava e, sob a responsabilidade do xerife, encarcerava para serem julgados pelos juízes de circuito os ladrões, assassinos, sediciosos, vagabundos e todas as pessoas de felonia. A nuança entre o subxerife e o justiceiro-quórum, no seu serviço hierárquico perante o xerife, é que o subxerife acompanhava e o justiceiro-quórum assistia. O xerife dirigia dois tribunais, um tribunal fixo e central, o *County-court*, e um tribunal itinerante, o *Sheriff-turn*. Dessa forma, ele representava a unidade e a ubiquidade. Podia, como juiz, fazer-se auxiliar e informar nas questões litigiosas, por um sargento da coifa, dito *sergens coifae*, que é um sargento de direito e que usa, sob o gorro preto, uma coifa de tecido branco de Cambrai. O xerife desobstruía as casas de justiça; quando chegava numa cidade da sua província, tinha o direito de expedir sumariamente os prisioneiros, o que resultava em sua libertação ou no seu enforcamento e o que se chamava "liberar o cárcere", *goal delivery*. O xerife apresentava o *bill* de acusação aos vinte e quatro jurados de acusação; quando estes o aprovavam, escreviam em cima: *billa vera*; quando o desaprovavam, escreviam: *ignoramus*; então, a acusação era anulada e o xerife tinha o privilégio de rasgar o *bill*. Quando, durante a deliberação, um jurado morria, o que, por direito absolvia o acusado e inocentava-o, o xerife que tivera o privilégio de prender o acusado tinha o privilégio de pô-lo em liberdade. O que, singularmente levava a estimar e a temer o xerife é que ele tinha o encargo de executar *todas as ordens de sua majestade*; temível poder de ação. A arbitrariedade se aloja nessas redações. Os oficiais qualificados *verdeors* e os *coroners* faziam o cortejo do xerife, e os letrados do mercado o ajudavam, e ele tinha um belíssimo séquito de pessoas a cavalo e de librés. O xerife, diz Chamberlayne, é "a vida da Justiça, da Lei e do Condado".

Na Inglaterra, uma demolição imperceptível pulveriza e desagrega perpetuamente as leis e os costumes. Atualmente, há que insistir nisso, nem o xerife, nem o *wapentake*, nem o justiceiro-quórum exerceriam seus cargos como eles os exerciam naquele tempo. Na Inglaterra antiga havia certa confusão de poderes, e as atribuições mal definidas se resolviam em usurpações que seriam impossíveis hoje em dia. A promiscuidade da polícia e da justiça teve fim. Os nomes permaneceram, as funções se modificaram. Até acreditamos que a palavra *wapentake* tenha outro sentido. Ela significava uma magistratura, agora, significa uma divisão territorial; especificava o centurião, agora, especifica o cantão (*centum*).

De resto, naquela época, o xerife de condado combinava, com alguma coisa a mais e alguma coisa a menos, e condensava, em sua autoridade, ao mesmo tempo real e municipal, os dois magistrados a que chamavam outrora, na França, lugar-tenente civil de Paris e lugar-tenente de polícia. O lugar-tenente civil de Paris é suficientemente bem qualificado por esta velha nota de polícia: "O sr. lugar-tenente civil não odeia as querelas domésticas porque a pilhagem fica sempre a seu favor" (22 de julho de 1704). Quanto ao lugar-tenente de polícia, personagem inquietante, múltiplo e vago, resume-se em um de seus melhores tipos, René de Argenson, que, nas palavras de Saint-Simon, tinha mesclados no rosto os três juízes do inferno.

Esses três juízes do inferno estavam, como vimos, na Bishopsgate de Londres.

VII

FRÊMITO

Gwynplaine tremeu quando ouviu a porta fechar-se, rangendo por todos os ferrolhos. Teve a impressão de que aquela porta, que acabava de se fechar, era a porta de comunicação da luz com as trevas, que se abria, de um lado, sobre o formigamento terrestre e, do outro, sobre o mundo morto, e que, agora, todas as coisas que o sol ilumina estavam atrás dele, que ele transpusera a fronteira do que é a vida e que ele estava fora. Foi um profundo aperto no coração. O que iam fazer com ele? O que significava tudo aquilo?

Onde é que ele estava?

Não via nada a seu redor, encontrava-se no escuro. A porta, ao se fechar, cegara-o momentaneamente. O postigo estava fechado como a porta. Não havia respiradouro, não havia lanterna. Era uma precaução dos velhos tempos. Era proibido iluminar o acesso interior dos cárceres a fim de que os recém-chegados não pudessem nada ver.

Gwynplaine estendeu as mãos e tocou a parede à direita e à esquerda; ele estava num corredor. Pouco a pouco, aquela claridade de adega que infiltra não se sabe onde e que flutua nos lugares escuros e à qual se ajusta a dilatação das pupilas levou-o a distinguir, aqui e ali, um alinhamento, e o corredor se esboçou vagamente diante dele.

Gwynplaine, que jamais entrevira a rigidez das leis, a não ser pelos exageros de Ursus, sentia-se arrebatado por uma espécie de mão enorme e escura. Ser manejado pelo desconhecido da lei é assustador. Somos corajosos na presença de tudo, mas nos desconcertamos na presença da justiça. Por quê? É porque a justiça do homem é apenas crepuscular e porque o juiz se movimenta nela tateando. Gwynplaine se lembrava do que lhe dissera Ursus sobre a necessidade do silêncio; desejava rever Dea; havia em sua situação um não sei que de discricionário que ele não queria irritar. Por vezes, querer esclarecer é piorar. No entanto, por outro lado, a pressão daquela aventura era tão forte que ele acabou por ceder e por não conseguir conter uma pergunta.

– Senhores, para onde estão a me levar? — perguntou.

Não obteve resposta.

Era a lei das prisões silenciosas, e o texto normando é formal: *A silentiariis ostio proepositis introducti sunt.*

Aquele silêncio gelou Gwynplaine. Até ali ele se julgara forte; ele bastava a si mesmo; bastar-se é ser poderoso. Vivera isolado, imaginando que estar isolado é ser inexpugnável. E eis que, de repente, ele se sentia sob a pressão da hedionda força coletiva. De que maneira debater-se com aquele horrível anônimo, a lei? Ele fraquejava sob o enigma. Um tipo de medo que ele desconhecia encontrara a falha da sua armadura. E, além disso, não dormira, não comera; malmente molhara os lábios numa xícara de chá. Tivera, durante a noite toda, uma sorte de delírio, e dele restava a febre. Estava com sede e, talvez, com fome. O estômago insatisfeito desordena tudo. Desde a véspera, ele estava atormentado por incidentes. As emoções que o atormentavam ajudavam-no a sustentar-se; sem o vento forte, a vela ficaria amarfanhada. Mas aquela profunda fraqueza do farrapo que o vento infla até que se rompa era o que ele sentia. Sentia chegar o acabrunhamento. Iria cair inconsciente ao chão? Desmaiar é o recurso da mulher e a humilhação do homem. Tentava recompor-se, mas tremia.

Tinha a sensação de quem está perdendo o pé.

VIII

GEMIDO

Começaram a andar.

Continuaram a adentrar no corredor.

Nenhum registro prévio. Nenhum escritório com registros. As prisões daquele tempo não eram burocratizadas. Contentavam-se em fechar-se sobre nós, muitas vezes sem saber o porquê. Bastava-lhes serem prisão e ter prisioneiros.

O cortejo tivera de alongar-se e tomar a forma do corredor. Iam caminhando quase um a um; na frente, ia o *wapentake*, depois, Gwynplaine, depois, o justiceiro-quórum; depois, os policiais, avançando em bloco e fechando o corredor atrás de Gwynplaine como um tampão. O corredor ia se estreitando; agora Gwynplaine tocava a parede com os dois cotovelos; a abóbada de pedregulho coberto de cimento tinha, de intervalo em intervalo, sancas de granito salientes que produziam estrangulamento; era preciso baixar a cabeça para passar; era impossível correr naquele corredor; a fuga seria forçada a andar lentamente; aquela tripa dava voltas; todas as entranhas são tortuosas, as de uma prisão são como as de um homem; aqui e ali, ora à direita, ora à esquerda, aberturas na parede, quadradas e fechadas com grossas grades, deixavam ver as escadas, umas subindo e outras descendo. Depois, chegaram diante de uma porta fechada, esta se abriu, o cortejo passou e ela voltou a se fechar. Depois, encontraram uma segunda porta que deu passagem, depois uma terceira que também girou sobre os seus gonzos. Tais portas se abriam e se fechavam como por si mesmas. Não se via ninguém. Ao mesmo tempo que o corredor se estreitava, a abóbada baixava, e só era possível caminhar com a cabeça curvada. A parede transudava; da abóbada, pingavam grandes gotas de água; a laje do piso do corredor tinha a viscosidade de um intestino. A espécie de palidez difusa que servia como claridade tornava-se cada vez mais opaca; faltava o ar. O que havia de singularmente lúgubre é que era uma descida.

Era necessário prestar atenção para perceber que estavam descendo. Nas trevas, um declive suave é sinistro. Nada é tão temível como as coisas escuras às quais se chega por declives insensíveis.

Descer é entrar no terrível ignoto.

Quanto tempo caminharam assim? Gwynplaine não poderia dizer.

Depois de passar por aquele laminador, a angústia, os minutos crescem desmesuradamente.

Subitamente, fizeram uma pausa.

A escuridão era espessa.

O corredor estava um pouco mais largo.

Gwynplaine ouviu, muito perto dele, um barulho parecido com o de um gongo chinês; algo como uma pancada no diafragma do abismo.

Era o *wapentake* que batera como seu bastão numa lâmina de ferro.

A lâmina era uma porta.

Não era uma porta que gira, mas uma porta basculante. Mais ou menos como um portão de fortaleza.

Houve um atrito estridente numa ranhura, e Gwynplaine teve de súbito diante dos olhos um retalho quadrado de dia claro.

Era a lâmina que se erguera numa fenda da abóbada como se levanta o tampo de uma ratoeira.

Fez-se uma abertura.

Aquela claridade não era a luz; era um clarão. Mas, para a pupila dilatada de Gwynplaine, aquela claridade pálida e brusca foi, a princípio, como o choque de um raio.

Passou-se algum tempo até que conseguisse enxergar. É tão difícil distinguir no ofuscamento como na escuridão

Depois, gradativamente, a sua pupila se adaptou à luz da mesma forma que se adaptara à obscuridade; enfim, ele distinguiu; a claridade, que de início apareceu demasiadamente viva, acalmou-se em sua pupila e voltou a ficar lívida; ele arriscou-se a olhar pela fresta aberta que tinha à sua frente e o que viu era assustador.

A seus pés, cerca de vinte degraus altos, estreitos, desgastados, quase a pique, sem corrimão à direita e à esquerda, sorte de crista de pedra igual a um pedaço de muro chanfrado em escada, entravam e se entranhavam numa cavidade funda. Iam até embaixo.

Aquele subterrâneo era redondo, com abóbada ogivada em arco rampante em razão de um desnível nas impostas, deslocamento próprio aos subterrâneos sobre os quais são empilhados pesados edifícios.

A espécie de abertura que servia de porta que a lâmina de ferro mostrara e na qual terminava a escada era entalhada na abóbada, de forma que, daquela altura, o olho mergulhava no subterrâneo como num poço.

O subterrâneo era amplo e, se fosse o fundo de um poço, seria o fundo de um poço ciclópico. A ideia suscitada pela palavra "masmorra" só poderia ser aplicada àquele subterrâneo na condição de representar um fosso para leões ou tigres.

O subterrâneo não era pavimentado. Seu solo era a terra molhada e fria dos lugares profundos.

No meio do subterrâneo, quatro colunas baixas e disformes sustentavam um pórtico pesadamente ogival, cujas quatro nervuras, ao se juntarem no interior do pórtico, desenhavam aproximadamente a parte interna de uma mitra. O pórtico, igual aos pináculos sob os quais outrora se punham sarcófagos, subia até a abóbada e formava, no subterrâneo, uma espécie de câmara central, se é que se pode chamar de câmara um compartimento aberto de todos os lados e que tem, em vez de quatro paredes, quatro pilares.

Na pedra angular do pórtico estava pendurada uma lanterna de cobre redonda, gradeada como uma janela de prisão. Ela lançava, ao seu redor, nos pilares, nas abóbadas e na parede circular, que se enxergava vagamente atrás dos pilares, uma claridade pálida, cortada por barras de sombra.

Era essa a claridade que ofuscara inicialmente Gwynplaine. Agora, era para ele um rubor quase confuso.

Nenhuma outra claridade havia naquele subterrâneo. Nem janela, nem porta, nem respiradouro.

Entre os quatro pilares, precisamente abaixo da lanterna, no ponto onde havia mais luz, estava estendida no chão uma silhueta branca e terrífica.

Estava deitada de costas. Via-se uma cabeça com os olhos fechados, um corpo cujo torso desaparecia sob um monte informe, quatro membros presos ao torso em cruz de Santo André e puxados para os quatro pilares por quatro correntes presas nos pés e nas mãos. As correntes terminavam num aro de ferro no pé de cada coluna. Aquela forma, imobilizada na atroz posição do esquartejamento, tinha a gélida lividez de um cadáver. Estava nu; era um homem.

Gwynplaine, petrificado, em pé no alto da escada, estava olhando.

De repente, ele ouviu um estertor.

Aquele cadáver estava vivo.

Bem perto daquele espectro, numa das ogivas do pórtico, dos dois lados de uma grande poltrona elevada por uma larga pedra plana, mantinham-se eretos dois homens vestidos de longos sudários pretos e, na poltrona, sentado, um ancião envolvido numa veste vermelha, pálido, imóvel, sinistro, segurando um ramalhete de rosas.

Aquele ramalhete de rosas teria informado alguém menos ignorante que Gwynplaine. O direito de julgar segurando um tufo de flores caracterizava o magistrado real e municipal ao mesmo tempo. O lorde-prefeito de Londres ainda julga assim. Ajudar os juízes a julgarem era a função das primeiras rosas da estação.

O ancião sentado na poltrona era o xerife do condado de Surrey. Ele tinha majestosa rigidez de um romano revestido do augusto.

A poltrona era o único assento que havia no subterrâneo.

Ao lado da poltrona, via-se uma mesa coberta de papéis e de livros e sobre a qual estava colocado o longo bastão branco do xerife.

Os homens em pé à esquerda e à direita do xerife eram dois doutores, um em medicina, o outro em leis; este, reconhecível pela coifa de oficial judiciário sobre a peruca. Ambos usavam vestes negras, um, de juiz, o outro, de médico. Essas duas classes de homens usam o luto pelos mortos de que são autores.

Atrás do xerife, na borda do degrau formado pela pedra plana, estava acocorado um escrivão com peruca redonda, com materiais de escrita perto, sobre a pedra, com uma pasta de papel nos joelhos e uma folha de pergaminho sobre a pasta, com uma pena na mão, na atitude de quem está pronto para escrever.

Aquele escrivão era da classe chamada escrivão guarda-bolsas, o que indicava a sacola que estava diante dele, a seus pés. Essas sacolas, outrora usadas nos processos, eram qualificadas de "bolsas de justiça".

Encostado num dos pilares, de braços cruzados, estava um homem todo vestido de roupas de couro. Era um assistente de carrasco.

Aqueles homens pareciam encantados na sua postura fúnebre em torno do homem acorrentado. Nenhum deles se mexia ou falava.

Uma monstruosa calma pairava sobre tudo aquilo.

O que Gwynplaine estava vendo era um subterrâneo penal. Na Inglaterra existiam desses subterrâneos em abundância. A cripta da Beauchamp Tower foi usada muito tempo para esse fim, assim como o subterrâneo da Lollard's Prison. Havia, e ainda é possível ver, em Londres, nesse gênero, o recesso dito "les vault de Lady Place". Na última câmara, há uma lareira para, se necessário, aquecer os ferros.

Todas as prisões do tempo de King-John, e o cárcere de Southwark era uma delas, tinham o seu subterrâneo penal.

O que vem a seguir era então praticado com frequência na Inglaterra e, a rigor, em procedimento criminal poderia executar-se mesmo atualmente, pois todas aquelas leis ainda existem. A Inglaterra oferece esse curioso espetáculo de um código bárbaro convivendo em harmonia com a liberdade. O convívio, digamos, é excelente.

Entretanto, alguma desconfiança não estaria fora de propósito. Se sobreviesse uma crise, não seria impossível um revivescência penal. A legislação inglesa é um tigre domesticado. Mostra pata de veludo, mas continua tendo as garras.

O sábio é cortar as unhas da lei.

A lei chega quase a ignorar o direito. De um lado, existe a penalidade, do outro, a humanidade. Os filósofos protestam; mas ainda passará muito tempo até que a justiça dos homens faça a sua união com a justiça.

Respeito da lei; é a palavra de ordem inglesa. Na Inglaterra, as leis são tão veneradas que jamais são revogadas. Pode-se escapar dessa veneração deixando de executá-las. Uma velha lei cai em desuso como uma mulher velha; mas não se mata nem uma nem a outra. Deixa-se de praticá-las, isso é tudo. Elas são livres para se acharem sempre belas e jovens. Deixa-se que sonhem que existem. Essa polidez se chama respeito.

O costume normando está bem enrugado; isso tampouco impede que um juíz inglês lance olhares amorosos em sua direção. Uma velharia atroz, quando é normanda, é conservada carinhosamente. O que há de mais feroz do que a forca? Em 1867 condenaram um homem[30] a ser cortado em quatro quartos que seriam oferecidos a uma mulher, a rainha.

Aliás, nunca existiu tortura na Inglaterra. É a história que diz. Bela é a arrogância da história.

Mateus de Westminster faz constar que "a lei saxã, muito clemente e bondosa", não infligia pena de morte aos criminosos e acrescenta: "Limitavam-se a cortar-lhes o nariz, a cavar-lhes os olhos, a arrancar-lhes as partes distintivas do sexo." Só isso!

Transtornado, no alto da escada, Gwynplaine começava a tremer por todos os membros. Tinha todos os tipos de tremores.

Procurava lembrar que crime poderia ter cometido. Ao silêncio do *wapentake* acabava de suceder-se a visão de um suplício. Era um passo à frente, mas um passo trágico. Ele via tornar-se cada vez mais obscuro o sombrio enigma legal sob o qual se sentia preso.

A forma humana deitada no chão teve um segundo estertor.

Gwynplaine teve a impressão de que lhe empurravam suavemente o ombro.

Era o *wapentake*.

Gwynplaine compreendeu que devia descer.

Obedeceu.

Foi avançando de degrau em degrau pela escada. O plano de apoio dos degraus era muito estreito e os degraus tinham oito ou nove polegadas de altura. E sem corrimão, além disso. Só era possível descer com cuidado. Atrás de Gwynplaine, ia descendo, à distância de dois degraus, o *wapentake*, segurando erguido o *iron-weapon* e, atrás do *wapentake*, descia, à mesma distância, o justiceiro-quórum.

Enquanto descia a escada, Gwynplaine sentia a esperança desparecer. Era uma sorte de morte passo a passo. A cada degrau transposto extinguia-se nele um raio de luz. Chegou, cada vez mais pálido, ao pé da escada.

A espécie de larva prostrada e acorrentada aos quatro pilares continuava a estertorar.

Uma voz que saía da penumbra disse:

– Aproxime-se.

Era o xerife que se dirigia a Gwynplaine.

Gwynplaine deu um passo.

– Mais perto — disse a voz.

Gwynplaine deu mais um passo.

– Bem perto — repetiu o xerife.

O justiceiro-quórum murmurou no ouvido de Gwynplaine, tão gravemente quanto aquele cochichar tornou-se solene:

– O senhor está diante do xerife do condado de Surrey.

Gwynplaine adiantou-se até o supliciado que via estendido no centro do subterrâneo. O *wapentake* e o justiceiro-quórum permaneceram onde estavam e deixaram que Gwynplaine seguisse só.

Quando Gwynplaine, tendo chegado até debaixo do pórtico, viu de perto aquela coisa miserável que só vira de longe, e que era um homem ainda vivo, o seu medo transformou-se em terror.

O homem amarrado no solo estava absolutamente nu, se não fosse por aquele andrajo, hediondamente pudico, que poderia denominar-se a folha de videira do suplício e que era o *succingulum* dos romanos e o *christipannus* dos góticos, do qual o nosso velho jargão gaulês formou o *cripagne*. Jesus, nu sobre a cruz, só tinha aquele farrapo.

O assustador paciente que Gwynplaine olhava parecia um homem de cinquenta a sessenta anos. Era calvo. Pelos brancos de barba eriçavam-lhe do queixo. Estava de olhos fechados e de boca aberta. Viam-se todos os seus dentes. A face magra e ossuda aparentava uma caveira. Os braços e as pernas, acorrentados aos quatro pilares de pedra, formavam um X. Tinha, sobre o peito e o ventre, uma placa de ferro e, sobre esta, estavam amontoadas cinco ou seis pedras grandes. Seu arquejar era ora um sopro, ora um rugido.

O xerife, sem largar o buquê de rosas, pegou, de sobre a mesa, com a mão que estava livre, sua vareta branca e a ergueu dizendo:

– Obediência a sua majestade.

Depois, tornou a pôr a vareta sobre a mesa.

Em seguida, com a lentidão de um badalo, sem esboçar um gesto, tão imóvel quanto o supliciado, o xerife elevou a voz.

Então disse:

– Homem que está aqui acorrentado, escute pela última vez a voz da justiça. Foi tirado do seu calabouço e trazido a este cárcere. Devidamente interpelado e nas formas desejadas, *formaliis verbis pressus*, sem considerar as leituras e comunicações que lhe foram dirigidas e que lhe serão renovadas, levado por um espírito de má e perversa tenacidade, ficou fechado no silêncio e se recusou a responder ao juiz. Sua atitude é uma detestável libertinagem e constitui, entre os fatos passíveis de punição do *cashlit*, o crime e delito de *oversenesse*.

O sargento da coifa, em pé à direita do xerife, interrompeu e disse com uma indiferença que tinha algo de fúnebre:

– *Overhernessa*, Leis de Alfred e de Godrun. Capítulo seis.

O xerife redarguiu:

– A lei é venerada por todos, exceto pelos ladrões que infestam os bosques onde as cervas têm os seus filhotes.

Como um sino após outro, o sargento disse:

– *Qui faciunt vastum in foresta ubi damae solent founinare.*

– Aquele que se recusa a responder ao magistrado — disse o xerife — é suspeito de todos os vícios. É reputado capaz de todo mal.

O sargento interveio:

– *Prodigus, devorator, profusus, salax, ruffianus, ebriosus, luxuriosus, simulator, consumptor patrimonii, eluo, ambro, e gluto.*

– Todos os vícios — disse o xerife — supõem todos os crimes. Quem não confessa nada, confessa tudo. Aquele que se cala diante das perguntas do juiz é realmente mentiroso e parricida.

– *Mendax et parricida* — disse o sargento.

O xerife disse:

– Homem, não é permitido fazer-se ausente pelo silêncio. O falso contumaz produz uma chaga na lei. É semelhante a Diomedes que feriu uma deusa. A taciturnidade perante a justiça é uma forma da rebeldia. Lesa-justiça é lesa-majestade. Nada há de mais detestável e de mais temerário. Quem se subtrai ao interrogatório, rouba a verdade. A lei assim dispôs. Para casos semelhantes, os ingleses sempre gozaram do direito de masmorra, de forca e de correntes.

– *Anglica charta*, ano de 1088 — disse o sargento.

E, sempre com a mesma gravidade mecânica, o sargento acrescentou:

– *Ferrum, e fossam, e furcas, cum aliis libertalibus.*

O xerife continuou:

– Por isso, homem, uma vez que não quis renunciar ao silêncio, embora de mente sã e perfeitamente informado do que ao senhor requer justiça, uma vez que é diabolicamente refratário, teve de sofrer a geena e foi, nos termos dos estatutos criminais, submetido à prova da tortura dita "a pena forte e dura". Eis o que foi feito ao senhor. A lei exige que eu informe-o autenticamente. Foi trazido a este subterrâneo, foi despojado de suas vestes, foi deitado nu e de costas no chão, seus quatro membros estendidos e atados às quatro colunas da lei, foi posta sobre o seu ventre uma placa de ferro, foram postas sobre o seu corpo tantas pedras quantas pode suportar. "E mais", diz a lei.

– *Plusque* — afirmou o sargento.

O xerife prosseguiu:

– Nesta situação, e antes de prolongar a prova, foi feita ao senhor, por mim, xerife do condado de Surrey, intimação iterativa a responder e a falar, e o senhor perseverou satanicamente no silêncio, mesmo estando sob o poder da tortura, das correntes, cepos, entraves e ferragens.

– *At achiamenta legalia* — disse o sargento.

– Em razão de sua recusa e de seu endurecimento — disse o xerife —, sendo de justiça que a obstinação quanto à lei é igual à obstinação quanto ao crime, a pena continuou, tal como prescrevem os editos e os textos. No primeiro dia, não lhe deram água nem comida.

– *Hoc est superjejunare* — disse o sargento.

Fez-se um silêncio. Ouvia-se a horrível respiração sibilante do homem sob o amontoado de pedras.

O sargento judiciário completou a sua intervenção:

– *Adde augmentum abstinentiae ciborum diminuçãoe. Consuetudo brt annica*, artigo quinhentos e quatro.

Os dois homens, o xerife e o sargento alternavam-se; nada mais soturno do que aquela monotonia imperturbável; a voz lúgubre respondia à voz sinistra; poder-se-ia dizer que eram o padre e o diácono do suplício celebrando a feroz missa da lei.

O xerife recomeçou:

– No primeiro dia, não lhe deram água nem comida. No segundo dia, deram-lhe comida, mas não lhe deram água; puseram-lhe entre os dentes três bocados de pão de cevada. No terceiro dia, deram-lhe água, mas não comida. Deitaram em sua boca, em três vezes e em três copos, uma pinta de água colhida no regato do esgoto da prisão. Chegou o quarto dia. É hoje. Agora, se continuar a não responder, será deixado aí até morrer. Assim o quer a justiça.

O sargento, sempre em sua réplica, aprovou:

– *Mors rei homagium est bonae legi.*

– E, enquanto se sentir morrendo miseravelmente — recomeçou o xerife —, ninguém virá assisti-lo, mesmo que o sangue lhe saia pela boca, pela barba e pelas axilas e por todos os orifícios do corpo, desde a boca até os quadris.

– *A throtebola* — disse o sargento — *e pabus e subhircis, e a grugno usque ad crup onum.*

O xerife continuou:

– Homem, preste atenção. Pois as sequências contemplam-no. Se renunciar a seu execrável silêncio e se confessar, será somente enforcado e terá direito ao *meldefeoh*, que é uma quantia de dinheiro.

– *Damnum confitens* — disse o sergento —, *habeat o meldefeoh. Leges Inae*, capítulo vinte.

– Essa quantia — insistiu o xerife —, vos será paga em *doitkins*, *suskins* e *galihalpens*, único caso em que essa moeda possa ser empregada, nos termos do estatuto de abolição, no terceiro ano de Henrique V, e terá o direito e o gozo de *scortum ante mortem*, e será depois estrangulado no patíbulo. São essas as vantagens da confissão. Deseja responder à justiça ?

O xerife calou-se e esperou. O padecente continuou imóvel.

O xerife continuou:

– Homem, o silêncio é um refúgio onde existe mais risco do que salvação. A obstinação é condenável e celerada. Quem se cala perante a justiça é infiel à coroa. Não persista nessa desobediência filial. Pense em sua majestade. Não resista à nossa graciosa rainha. Quando eu lhe falo, responda. Seja súdito leal.

O padecente estertorou.

O xerife recomeçou:

– Então, depois das primeiras setenta e duas horas de tormento, eis que estamos no quarto dia. Homem, este é o dia decisivo. É no quarto dia que a lei fixa a confrontação.

– *Quarta die, frontem ad frontem adduce*, rosnou o sargento.

– A sabedoria da lei — continuou o xerife — escolheu esta hora extrema, a fim de ter aquilo que nossos antepassados chamavam "o julgamento pelo frio mortal", uma vez que é o momento em que os homens são julgados pelo seu sim e pelo seu não.

O sargento judiciário repetiu:

– *Judicium pro frodmortel, quod homines credensi sint per suum ya e per suum na.* Carta do rei Adelstan. Tomo primeiro, página cento e setenta e três.

Seguiu-se um instante de espera, depois o xerife inclinou para o paciente com a face severa.

– Homem que está deitado aí no chão...

E fez uma pausa.

– Homem — gritou ele —, está a me ouvir?

O homem não se moveu.

– Em nome da lei — disse o xerife —, abra os olhos.

As pálpebras do homem continuaram fechadas.

O xerife voltou-se para o médico em pé à sua esquerda.

– Doutor, dê-me o seu diagnóstico.

– *Probe, da diagnosticum* — disse o sargento.

O médico desceu da laje com rigidez magistral, aproximou-se do homem, inclinou-se, pôs o ouvido perto da boca do padecente, tomou-lhe a pulsação no punho, na axila e na coxa e levantou-se.

– E então? — disse o xerife.

– Ainda está ouvindo — disse o médico.

– Está enxergando? — perguntou o xerife.

O médico respondeu:

– Pode enxergar.

A um sinal do xerife, o justiceiro-quórum e o *wapentake* adiantaram-se. O *wapentake* postou-se perto da cabeça do padecente; o justiceiro-quórum parou atrás de Gwynplaine.

O médico recuou um passo entre os pilares.

Então o xerife, erguendo o buquê de rosas como um padre ergue o seu hissope, interpelou o paciente em voz alta e tornou-se assustador:

– Ó miserável, fale! A lei lhe suplica antes de exterminá-lo. Quer fazer-se de mudo, pense no túmulo, que é mudo, quer parecer surdo, pense na danação, que é surda. Pense na morte, que é pior do que você. Reflita, será abandonado neste calabouço. Escute, meu semelhante, pois eu sou um homem! Escute, meu irmão, pois eu sou um cristão! Escute, meu filho, pois eu sou um ancião! Tome cuidado comigo, pois eu sou o senhor do seu sofrimento e eu vou, muito logo, tornar-me horrível. O horror da lei faz a majestade do juiz. Pense que eu mesmo tremo diante de mim. Meu próprio poder me consterna. Não me obrigue a chegar ao extremo. Sinto-me cheio da santa maldade do castigo. Tenha, pois, ó infeliz, o salutar e honesto temor da justiça e obedeça-me. Chegou a hora da confrontação e você deve responder. Não se obstine na resistência. Não entre no irrevogável. Pense que a conclusão é meu direito. Cadáver em formação, escute! A menos que não queira expirar aqui durante horas, dias e semanas, e agonizar por muito tempo numa pavorosa agonia de fome e fezes, sob o peso dessas pedras, só neste subterrâneo, abandonado, esquecido, aniquilado, servindo de comida aos ratos e às doninhas, mordido pelos bichos das trevas, enquanto iremos e viremos, e compraremos e venderemos, e os veículos rolarão na rua acima da tua cabeça; a menos que não lhe convenha arquejar sem remissão no fundo desse desespero, rangendo, chorando, blasfemando, sem um médico para aplacar suas chagas, sem um padre para oferecer o divino cálice de água à sua alma; oh! A menos que não queira sentir eclodir em seus lábios a espuma horrenda do sepulcro, oh! Eu adjuro-lo e conjuro-lo, ouça-me! Eu lhe chamo em teu próprio socorro, tenha piedade de si mesmo, faça o que lhe é solicitado, ceda à justiça, obedeça, volte a cabeça, abra os olhos e diga se reconhece este homem!

O paciente não voltou a cabeça e não abriu os olhos.

O xerife olhou alternadamente para o justiceiro-quórum e para o *wapentake*.

O justiceiro-quórum tirou o chapéu e o manto de Gwynplaine, pegou-o pelos ombros e fê-lo virar o rosto para a luz do lado do homem acorrentado. O rosto de Gwynplaine se destacou em toda aquela sobra, com o seu relevo estranho plenamente iluminado.

Ao mesmo tempo, o *wapentake* se curvou, tomou, entre as mãos, pelas têmporas, a cabeça do paciente, voltou aquela face inerte para Gwynplaine e, com os polegares e os indicadores, afastou as pálpebras fechadas. Os olhos selvagens do homem apareceram.

O paciente viu Gwynplaine.

Então, erguendo por si mesmo a cabeça e arregalando os olhos, mirou-o.

Ele tremeu tanto quanto é possível quando se tem uma montanha sobre o peito e gritou:

– É ele! Sim! É ele!

E, trágico, começou a gargalhar.

– É ele! — repetiu.

Depois, deixou cair novamente cabeça no chão e fechou os olhos.

– Escrivão, anote — disse o xerife.

Gwynplaine, embora apavorado, conseguira conter-se até aquele momento. O grito do paciente "É ele!" transtornou-o. Aquele "Escrivão, tome nota", gelou-o. Pareceu-lhe compreender que um criminoso o arrastava para o seu destino sem que ele, Gwynplaine, pudesse adivinhar por que, e que a ininteligível confissão daquele homem se fechava sobre ele como a dobradiça de uma gonilha. Imaginou-se unido àquele homem no mesmo pelourinho, a dois pilares gêmeos. Gwynplaine perdeu o pé naquele pavor e começou a debater-se. Pôs-se a balbuciar gaguejos incoerentes com o profundo distúrbio da inocência e, tremendo, apavorado, perdido, lançou ao acaso os primeiros brados que lhe vieram e todas aquelas palavras de angústia que parecem projéteis insensatos.

– Não é verdade. Não sou eu. Não conheço esse homem. Ele não pode me conhecer, já que eu não o conheço. Tenho a minha apresentação esta noite que está à minha espera. O que querem de mim? Peço a minha liberdade. Não é nada disso. Por que me trouxeram a este subterrâneo? Então, não há mais leis. Senhor juiz, repito que não fui eu. Sou inocente de tudo o que puderem dizer. Eu o sei muito bem. Quero ir-me embora. Não é justo. Não há nada entre esse homem e mim. Podem informar-se. Minha vida não é uma coisa oculta. Fui preso como um ladrão. Por que viemos assim? E eu sei quem é esse homem? Eu sou um rapaz ambulante que representa farsas nas feiras e nos mercados. Eu sou o "homem que ri". Há bastante gente que foi me ver. Estamos no Tarrinzeau-field. São quinze anos que me apresento honestamente. Tenho vinte e cinco anos. Estou hospedado na Tadcaster. Eu me chamo Gwynplaine. Fazei-me a graça de mandar me pôr fora daqui, senhor juiz. Não se deve abusar da pequenez dos infelizes. Tenha compaixão de um homem que não fez nada, desprotegido e indefeso. Tem diante de si um pobre saltimbanco.

– Tenho diante de mim — disse o xerife — lorde Fermain Clancharlie, barão Clancharlie e Hunkervile, marquês de Corleone na Sicília, par da Inglaterra.

E, levantando-se e mostrando sua poltrona a Gwynplaine, o xerife acrescentou:

– Milorde, que vossa senhoria se digne a sentar-se.

LIVRO QUINTO

O MAR E A SORTE SE MOVIMENTAM SOB O MESMO SOPRO

I

SOLIDEZ DAS COISAS FRÁGEIS

Algumas vezes, o destino nos dá, para beber, um cálice de loucura. Uma mão sai da nuvem e nos oferece bruscamente a obscura taça em que se encontra a embriaguez desconhecida.

Gwynplaine não compreendeu.

Olhou para trás para ver de quem estavam falando.

O som demasiadamente agudo não é mais perceptível ao ouvido; a emoção demasiadamente aguda não é mais perceptível à inteligência. Há um limite tanto para compreender como para ouvir.

O *wapentake* e o justiceiro-quórum se aproximaram de Gwynplaine e o pegaram pelo braço, e ele sentiu que o estavam sentando na poltrona de onde o xerife se levantara.

Ele se deixou levar sem se explicar como aquilo era possível.

Quando Gwynplaine foi sentado, o justiceiro-quórum e o *wapentake* recuaram alguns passos e se mantiveram eretos e imóveis atrás da poltrona.

Então, o xerife pousou o seu buquê de rosas na laje, pôs os óculos que lhe apresentou o escrivão, tirou de sob os papéis que estavam sobre a laje uma folha de pergaminho manchada, amarelecida, esverdeada, roída e rasgada em alguns lugares, que parecia ter sido dobrada muitas vezes e com um dos lados cobertos de escrita, e, em pé, sob a luz da lanterna, aproximando dos olhos aquela folha, leu, com a mais solene voz, o seguinte:

"Em nome do Pai, do Filho e do Espírito Santo.

Neste dia vinte e nove de janeiro de mil seiscentos e noventa de Nosso Senhor.

Foi cruelmente abandonado na costa deserta de Portland, na intenção de lá deixá-lo perecer de fome, de frio e de solidão, um menino de dez anos de idade.

Esse menino foi vendido com a idade de dois anos por ordem de sua graciosíssima majestade, o rei Jaime II.

Esse menino é o lorde Fermain Clancharlie, filho legítimo único de lorde Linnaeus Clancharlie, barão Clancharlie e Hunkervile, marquês de Corleone na Itália, par do reino da Inglaterra, falecido, e de Ann Bradshaw, sua esposa, falecida.

Esse menino é herdeiro dos bens e títulos de seu pai. Eis por que foi vendido, mutilado, desfigurado e escondido pela vontade de sua graciosíssima majestade.

Esse menino foi criado e treinado para ser saltimbanco nos mercados e feiras.

Foi vendido aos dois anos de idade após a morte do senhor seu pai e foram dadas dez libras esterlinas ao rei pela compra desse criança, assim como por diversas concessões, tolerâncias e imunidades.

Lorde Fermain Clancharlie, com dois anos de idade, foi comprado por mim, abaixo assinado, que escrevo estas linhas, e mutilado e desfigurado por um flamengo de Flandres, de nome Hardquanonne, que é o único que detém os segredos e processos do doutor Conquest.

O menino estava destinado por nós a ser uma máscara de rir. *Masca ridens.*

Nessa intenção, Hardquanonne praticou nele a operação *Bucca fissa usque ad aures*, que põe na face um riso eterno.

O menino, por um processo conhecido unicamente por Hardquanonne, por ter sido adormecido e insensibilizado durante aquele trabalho, ignora a operação a que foi submetido.

Ele ignora que é lorde Clancharlie.

Responde pelo nome de Gwynplaine.

Isso se deve ao fato de ter pouca idade e pouca memória quando foi vendido e comprado, uma vez que tinha somente dois anos.

Hardquanonne é o único que sabe fazer a operação *Bucca fissa*, e esse menino é o ente vivo em que ela foi efetuada.

Essa operação é única e singular a tal ponto que, mesmo após longos anos, mesmo que se tivesse tornado um ancião e que seus cabelos negros tivessem embranquecido, seria imediatamente reconhecido por Hardquanonne.

No momento que escrevemos isto, Hardquanonne, que conhece pertinentemente todos estes fatos e deles participou como autor principal, está detido nas prisões de sua alteza o príncipe de Orange, vulgarmente chamado de rei Guilherme III. Hardquanonne foi capturado e preso como membro dos denominados Comprachicos ou Cheylas. Está encarcerado no torreão de Chatham.

Foi na Suíça, perto do lago de Genebra, entre Lausanne e Vevey, na própria casa onde seu pai e sua mãe foram mortos, que o menino nos foi vendido conforme ordens do rei, vendido e entregue pelo último doméstico do falecido lorde Linnaeus, doméstico esse que foi morto pouco depois, como os seus amos, de maneira que esse caso delicado e secreto não é conhecido por mais ninguém, a não ser Hardquanonne, que está no cárcere de Chatham, e por nós, que vamos morrer.

Nós, abaixo assinados, criamos e guardamos, por oito anos, o pequeno senhor por nós comprado ao rei, para dele usufruir em nossa indústria.

No dia de hoje, ao fugir da Inglaterra para não partilhar a desventura de Hardquanonne, por pusilanimidade e temor das inibições e fulminações penais promulgadas no parlamento, abandonamos, ao cair da noite, na costa de Portland, o dito menino Gwynplaine, que é o lorde Fermain Clancharlie.

Pois bem, juramos guardar segredo ao rei, mas não a Deus.

Esta noite, no mar, à mercê de uma grave tempestade pela vontade da providência, em pleno desespero e perdição, ajoelhados diante daquele que pode salvar nossas vidas, e que talvez queira salvar as nossas almas, não tendo mais nada a esperar dos homens e tudo a temer de Deus, tendo por âncora e recurso o arrependimento de nossas más ações, resignados a morrer, e contentes se a justiça do alto estiver satisfeita, humildes e penitentes e batendo no peito, fazemos esta declaração e a confiamos e entregamos ao mar enfurecido para que a use segundo o bem em obediência a Deus. E que a Santíssima Virgem nos ajude. Amém. E assinamos."

O xerife, interrompendo, disse:

– Aqui estão as assinaturas. Todas em caligrafias diferentes.

E recomeçou a ler:

– "Doctor Gernardus Geestemunde. Asuncion. Uma cruz e, ao lado: Barbara Fermoy, da ilha Tyrryf, nas Ebudes. Gaïzdorra, capitão. Giangirate. Jacques Quatourze, dito o Narbonês. Luc-Pierre Capgaroupe, do presídio de Mahon."

O xerife, parando novamente, disse:

– Nota escrita pela mesma mão do texto da primeira assinatura.

E leu:

"De três homens da equipagem, tendo o comandante sido arrebatado por uma onda, só restam dois. E assinamos. Galdeazun. Ave-Maria, ladrão."

O xerife, alternando a leitura e as interrupções, continuou:

– No final da folha, está escrito: "No mar, a bordo da *Matutina*, urca de Biscaia, do golfo de Pasages."

– Esta folha — acrescentou o xerife — é um pergaminho chancelaria que traz a filigrana do rei Jaime II. Na margem da declaração, e com a mesma caligrafia, encontra-se esta nota:

– "A presente declaração está escrita por nós no verso da ordem real que nos foi entregue para nosso desencargo de ter comprado o menino. Virando a folha, ver-se-á a ordem."

O xerife virou o pergaminho e o ergueu na mão direita, expondo-o à luz. Viu-se uma página branca, se é que se possa chamar de branca aquele mofo, e, no meio da página, três palavras escritas, duas latinas, *jussu regis*, e uma assinatura, Jeffreys.

– "*Jussu regis. Jeffreys*" — disse o xerife, passando da voz grave à voz alta.

Um homem em cuja cabeça acaba de cair uma telha do palácio dos sonhos, esse era Gwynplaine.

Ele começou a falar, como se fala num estado de inconsciência:

– Gernardus, sim, o doutor. Um homem velho e triste. Eu tinha medo dele. Gaïzdorra, capitão, quer dizer, o chefe. Havia mulheres, Asuncion e a outra. E depois, o provençal. Era Capgaroupe. Ele bebia numa garrafa chata na qual havia um nome escrito em vermelho.

– É esta — disse o xerife.

E pôs sobre a mesa uma coisa que o escrivão tirara da bolsa de justiça.

Era um cantil com alças, revestido de vime. Era visível que aquela garrafa tivera aventuras. Devia ter ficado bastante tempo na água. Nela estavam aderidas conchas e algas. Estava incrustada e adamascada com todas as ferrugens do oceano. O gargalo tinha um colar de piche que indicava ter sido ela hermeticamente fechada. Estava deslacrada e aberta. Entretanto, haviam posto novamente no gargalo um tipo de tampão feito de cordão que fora a rolha.

– Nesta garrafa — disse o xerife — é que fora fechada, pelas pessoas que iam morrer, a declaração da qual foi feita a leitura. Esta mensagem, dirigida à justiça, foi fielmente entregue a ela pelo mar.

O xerife aumentou a majestade da sua entoação e continuou:

– Da mesma forma que a montanha Harrow é excelente para o trigo e fornece a fina flor da farinha de que se faz o pão para a mesa real, o mar presta à Inglaterra todos os serviços que pode, e, quando um lorde se perde, ele o encontra e o traz de volta.

Depois, recomeçou:

– Neste cantil, há realmente um nome escrito em vermelho.

E, elevando a voz, voltou-se para o paciente imóvel:

– O seu próprio nome, malfeitor que aqui está. Pois essas são as vias obscuras por onde a verdade, submersa no abismo das ações humanas, chega do fundo à superfície.

O xerife pegou a garrafa e voltou para a luz um dos lados do destroço que fora limpo, provavelmente por exigência da justiça. Via-se enrolado no entrelaçado do vime, uma fina faixa de junco vermelho, enegrecida em algumas partes por obra da água e do tempo. Aquela faixa, apesar de algumas rupturas, traçava distintamente no vime estas doze letras: Hardquanonne.

Então, o xerife, retomando aquele tom de voz particular, que não tem igual e que poderia ser qualificado de tom de justiça, voltou-se para o paciente:

– Hardquanonne! Quando este frasco, no qual está o seu nome, lhe foi mostrado, exibido e apresentado pela primeira vez por nós, xerife, a princípio, de boa vontade o senhor reconheceu-o como tendo pertencido ao senhor; depois, tendo sido feita para o senhor, em seu teor, a leitura do pergaminho que estava ali dobrado e encerrado, não quis dizer mais nada, na esperança de que talvez o menino perdido não fosse encontrado e de que escapasse do castigo, e recusou a responder. Depois de algumas recusas, foi submetido à pena forte e dura e foi feita para o senhor uma segunda leitura do citado pergaminho, no qual está consignada a declaração e a confissão de seus cúmplices. Inutilmente. Hoje é o quarto e legalmente desejado dia da confrontação, tendo sido posto na presença daquele que foi abandonado em Portland em vinte e nove de janeiro de mil e seiscentos e noventa, a diabólica esperança desvaneceu-se no senhor e rompeu com o silêncio e reconheceu a sua vítima...

O paciente abriu os olhos, ergueu a cabeça e, com uma voz em que havia a estranha sonoridade da agonia, com algo de calma mesclada ao seu arquejar, pronunciando, tragicamente sob aquele amontoado de pedras, palavras, que, para cada uma, ele tinha de levantar a espécie de cobertura de túmulo posta sobre ele, começou a falar:

– Jurei manter o segredo e guardei-o o máximo que pude. Os homens soturnos são os homens fiéis, e existe uma honestidade no inferno. Hoje o silêncio se tornou inútil. Pois seja. É por isso que vou falar. Pois bem, sim. É ele. Nós o fizemos a dois, o rei e eu; o rei, por sua vontade; eu, por minha arte.

E, olhando para Gwynplaine, acrescentou:

– Agora, ri para sempre.

E pôs-se a rir.

Aquela segunda risada, mais feroz ainda que a primeira, poderia ser tida por um soluço.

O riso cessou, e o homem tornou a deitar-se. Suas pálpebras se fecharam novamente.

O xerife, que deixara a palavra ao supliciado, prosseguiu:

– Que se lavre ata de tudo.

Deu ao escrivão o tempo de escrever, depois disse:

– Hardquanonne, nos termos da lei, após confrontação seguida de efeito depois da terceira leitura da declaração de seus cúmplices, doravante confirmada por seu reconhecimento e por sua confissão, após sua confissão iterativa, será liberado desses entraves e entregue ao bel-prazer de sua majestade para ser enforcado como plagiário.

– Plagiário — disse o sergento da coifa — significa comprador e vendedor de crianças. Lei visigótica, livro sete, título três, parágrafo *Usurpaverit*; e Lei sálica, título quarenta e um, parágrafo dois; e Lei dos frísios, título vinte e um, *De Plagio*. E Alexandre Nequam diz: "*Qui pueros vendis, plagiarius est tibi nomen.*"[31]

O xerife pousou o pergaminho sobre a mesa, tirou os óculos, pegou novamente as flores e disse:

– Final da pena forte e dura. Hardquanonne, agradeça a sua majestade. Com um sinal, o justiceiro-quórum chamou o homem vestido com roupa de couro.

Aquele homem, que era um assistente de carrasco, "*groom* do patíbulo", dizem as velhas cartas, foi até o paciente, tirou, uma a uma, as pedras que estavam sobre o seu ventre, removeu a placa de ferro e deixou à mostra as costelas deformadas do miserável; depois, soltou dos punhos e dos tornozelos as quatro argolas que o atavam aos pilares.

O paciente, descarregado das pedras e liberto das correntes, permaneceu deitado no chão, de olhos fechados, com os braços e as pernas afastados, como um crucificado despregado.

– Hardquanonne — disse o xerife —, levante-se.

O paciente não se moveu.

O *groom* do patíbulo tomou-lhe uma das mãos e a largou; a mão caiu.

A outra mão, que fora erguida, também caiu. O assistente do carrasco pegou um pé, depois o outro; os calcanhares voltaram a bater no chão. Os dedos ficaram inertes e os artelhos, imóveis. Os pés descalços de um corpo inerte têm algo de hirto.

O médico aproximou-se, tirou de um bolso de sua roupa um espelhinho de aço e o pôs diante da boca aberta de Hardquanonne; depois, com o dedo, abriu-lhe as pálpebras. Estas não baixaram. As pupilas vítreas continuaram fixas.

O médico se levantou e disse:

– Está morto.

E acrescentou:

– Ele riu, isso o matou.

– Pouco importa — disse o xerife. Depois da confissão, viver ou morrer é mera formalidade.

Depois, mostrando Hardquanonne com um gesto de seu buquê de rosas, o xerife deu esta ordem ao *wapentake*:

– Carcaça a ser levada daqui esta noite.

O *wapentake* assentiu meneando a cabeça.

E o xerife disse ainda:

– O cemitério da prisão fica em frente.

O *wapentake* fez novo gesto de assentimento.

O escrivão anotava.

O xerife, segurando na mão esquerda o buquê, tomou com direita sua vareta branca, postou-se em pé diante de Gwynplaine ainda sentado, fez-lhe uma profunda reverência, depois, com outra atitude de solenidade, jogou a cabeça para trás e, olhando Gwynplaine de frente, disse a ele:

–Ao senhor que está aqui presente, nós, Philippe Deuzil Parsons, cavalheiro, xerife do condado de Surrey, assistido por Aubrie Docminique, escudeiro, nosso notário e escrivão, e por nossos oficiais ordinários, devidamente provido de ordens diretas e especiais de sua majestade, em virtude de nossa comissão, e dos direitos e deveres do nosso cargo, e com licença do lorde chanceler da Inglaterra, lavradas as atas e tomadas as notas, em vista das peças comunicadas pelo almirantado, após a verificação das atestações e assinaturas, após declarações lidas e ouvidas, após confrontação efetuada, estando completas, esgotadas e levadas a bom e justo fim todas as constatações e informações legais, nós lhe significamos e declaramos, a fim de que disso advenha o que lhe é de direito, que o senhor é Fermain Clancharlie, barão Clancharlie e Hunkervile, marquês de Corleone na Sicília, par de Inglaterra, e que Deus guarde sua senhoria.

E saudou.

O oficial de justiça, o médico, o justiceiro-quórum, o *wapentake*, o escrivão, todos os assistentes, exceto o carrasco, repetiram a saudação mais profundamente ainda e se inclinaram até o chão diante de Gwynplaine.

– Essa agora — gritou Gwynplaine —, acordem-me!

E ficou em pé, muito pálido.

– Acabo de acordá-lo de verdade — disse uma voz que ainda não fora ouvida.

Um homem saiu de trás de um dos pilares. Como ninguém havia entrado no subterrâneo desde que a lâmina de ferro dera passagem na chegada do cortejo da polícia, era evidente que aquele homem estava naquela sombra antes da entrada de Gwynplaine, que ele tinha um papel regular de observação e que ele tinha missão e função de manter-se ali. Aquele homem era gordo e rotundo, usava peruca de tribunal e manto de viagem, mais velho do que jovem, e era muito correto.

Saudou Gwynplaine respeitosamente e com desenvoltura, com a elegância de um *gentleman* do palácio e sem a gravidade de um magistrado.

– Sim — disse —, acabo de acordá-lo. O senhor está adormecido há vinte e cinco anos. Está sonhando, e é preciso sair disso. O senhor acredita ser Gwynplaine, mas é Clancharlie. O senhor acredita ser do povo, mas é senhorial. O senhor acredita ser da última classe, mas é da primeira. O senhor acredita ser histrião, mas é senador. O senhor acredita ser pobre, mas é opulento. O senhor acredita ser pequeno, mas é grande. Desperte, milorde!

Gwynplaine, com uma voz muito baixa, na qual havia certo terror, murmurou:

– O que quer dizer tudo isso?

– Quer dizer, milorde — respondeu o homem gordo — que eu me chamo Barkilphedro, que sou oficial do almirantado, que esse destroço, o cantil de Hardquanonne, foi encontrado na beira do mar, que me foi entregue para ser deslacrado por mim, como é a sujeição e a prerrogativa do meu cargo, que eu o abri na preseça de dois oficiais juramentados do escritório Jetson, que ambos são membros do parlamento, Wiliam Blathwaith, pela cidade de Bath, e Thomas Jervoise, por Southampton, que os dois jurados descreveram e certificaram o conteúdo do cantil e assinaram a ata de abertura, junto comigo, que fiz meu relatório a sua majestade, que, por ordem da rainha, todas as formalidades legais necessárias foram cumpridas com a discrição que exige uma tão delicada matéria, e que a última, a confrontação, acaba de ocorrer; isso quer dizer que o senhor tem um milhão de rendas; isso quer dizer que o senhor é lorde do Reino Unido da Grã-Bretanha, legislador e juiz, juiz supremo, legislador soberano, vestido da púrpura e do arminho, igual aos príncipes, semelhante aos imperadores, que tem a cabeça coroada de par e que vai desposar uma duquesa, filha de um rei.

Debaixo de tal transfiguração que se abatia sobre ele como raios, Gwynplaine desmaiou.

II

O QUE ERRA NÃO SE ENGANA

Toda aquela aventura viera de um soldado que encontrara uma garrafa na praia.

Contemos o caso.

A todo fato, liga-se uma engrenagem.

Um dia, um dos quatro canhoneiros que compunham a guarnição do castelo de Calshor pegara na areia, na maré baixa, um cantil de vime ali trazido pela onda. Aquele cantil, todo embolorado, estava tampado com uma rolha coberta de piche. O soldado levara o destroço ao coronel do castelo, e este o entregara ao almirante da Inglaterra. O almirante era o almirantado; pelos destroços, o almirantado era Barkilphedro. Barkilphedro abrira o cantil e o lavara à rainha. A rainha tomara imediatamente as providências. Dois conselheiros consideráveis foram informados e consultados: o lorde-chanceler, que é, por força da lei, "guardião da consciência do rei da Inglaterra", e o lorde-marechal, que é "juiz das armas e da descendência da nobreza". Thomas Howard, duque de Norfolk, par católico, que era hereditariamente alto-marechal da Inglaterra, mandara dizer, por seu deputado-conde-marechal Henri Howard, conde de Bindon, que ele seria do parecer do lorde-chanceler.

Quanto ao lorde-chanceler, era William Cowper. Não se deve confundir esse chanceler com o seu homônimo e contemporâneo William Cowper, o anatomista comentarista de Bidloo, que publicou na Inglaterra o *Tratado dos músculos* quase no momento em que Étienne Abeille publicava, na França, a *História dos ossos*; um cirurgião é distinto de um lorde. Lorde William Cowper era célebre porque, a respeito do caso de Talbot Yelverton, visconde de Longueville, emitira esta sentença: "que, no que diz respeito à constituição da Inglaterra, a restauração de um par importava mais do que a restauração de um rei". O cantil encontrado em Calshor despertara a sua atenção no mais alto ponto. O autor de uma máxima ama as ocasiões de aplicá-la. Era o caso de restauração de um par. Haviam sido feitas pesquisas. Gwynplaine, por ter cartaz na rua, era fácil de encontrar. Hardquanonne também. Ele não morrera. A prisão apodrece o homem, mas conserva-o, guardar é conservar. As pessoas confiadas às bastilhas raramente eram incomodadas. Trocava de prisão como se muda de caixão. Hardquanonne ainda estava no torreão de Chatham. Só tiveram de por as mãos sobre ele. Transferiram-no de Chatham a Londres. Ao mesmo tempo, informavam-se na Suíça. Os fatos foram reconhecidos exatos. Levantaram-se, nos cartórios locais, em Vevey, em Lausanne, os registros de casamento de lorde Linnaeus no exílio, o registro de nascimento do menino, os registros de óbito do pai e da mãe e obtiveram, "para servir em caso de necessidade" duas cópias devidamente certificadas. Tudo foi executado no mais rigoroso segredo, com aquilo que então se chamava *la promptitude royale* e com o "silêncio de toupeira" recomendado e praticado por Bacon e, mais tarde, transformado em lei por Blackstone, para os assuntos de chancelaria e de Estado e para as coisas qualificadas de senatoriais.

O *jussu regis* e a assinatura *Jeffreys* foram verificados. Para quem estudou patologicamente os casos de capricho ditos "bel-prazer", esse *jussu regis* é muito simples. Por que Jaime II, que aparentemente teria de ocultar tais registros, deixou, mesmo correndo o risco de comprometer seu sucesso, rastros? Cinismo. Indiferença altaneira. Ah! Pensa que somente as moças são impudicas! A razão de estado também o é. *Et se cupit ante videri.* Cometer um crime e se vangloriar dele, essa é toda a história. O rei se tatua como o forçado. Interessa-nos escapar do gendarme e da história, e isso desagradaria, porque queremos ser conhecidos e reconhecidos. Vejam o meu braço, observem este desenho, um templo do amor e um coração inflamado transpassado por uma flecha, sou eu que sou Lacenaire. *Jussu regis.* Sou Jaime II. Pratica-se uma má ação e coloca-se a própria marca por cima. Completar-se pela desfaçatez denuncia a si mesmo, tornar imperdível o seu delito é a bravata insolente do malfeitor. Christina captura Monaldeschi, fá-lo confessar e assassinar e diz: "Sou rainha da Suécia junto ao rei da França." Há o tirano que se esconde, como Tibério, e o tirano que se vangloria, como Filipe II. Um é mais escorpião, o outro é mais leopardo. Jaime II era desta variedade. É sabido que ele tinha o rosto aberto e alegre, neste aspecto, diferente de Filipe II. Filipe era lúgubre, Jaime era jovial. Ainda assim, feroz. Jaime II era o tigre bonachão. Tinha, como Filipe II, a tranquilidade quanto aos seus delitos. Era monstro pela graça de Deus. Portanto, ele não tinha nada a dissimular e a atenuar, e seus assassinatos eram de direito divino. Também ele teria deixado, de bom grado, atrás de si, seus arquivos de Simancas com todos os seus atentados numerados, datados, classificados, rotulados e postos e ordem, cada qual em seu compartimento, como os venenos no laboratório de um farmacêutico. Assinar seus crime é próprio de reis.

Toda ação cometida é uma letra de câmbio emitida por um grande pagador ignorado. Esta acabava de chegar ao termo com o sinistro endosso *Jussu regis.*

A rainha Ana, que por um lado não era mulher por saber guardar muito bem um segredo, pedira ao lorde-chanceler, sobre este grave caso, um relatório confidencial do gênero qualificado como "relatório ao ouvido real". Os relatórios desse tipo sempre foram usados nas monarquias. Em Viena, existia o conselheiro do ouvido, personagem áulica. Era uma antiga dignidade carolíngia, o *auricularius* das velhas cartas palatinas. Aquele que fala baixo ao imperador.

William, barão Cowper, chanceler da Inglaterra, em quem a rainha acreditava por ser ele míope como ela e mais do que ela, redigira um texto que começava assim: "Duas aves estavam à disposição de Salomão, uma poupa, a *hudbud*, que falava todas as línguas, e uma águia, a *simourganka*, que, com as asas, fazia sombra a uma caravana de vinte mil homens. Assim faz também, mas sob outra forma, a providência", etc. O lorde-chanceler constatava o fato de um herdeiro de pariato raptado e mutilado, depois encontrado. Ele não condenava Jaime II, que, afinal, era o pai da rainha. Até dava razões. Primeiramente, há as velhas máximas monárquicas. *E senioratu eripimus. In roturagio cadat.* Em segundo lugar, o direito real de mutilação existe. Chamberlayne constatou-o. *"Corpora et bona nostrorum subjectorum nostra sunt[32]"*, disse Jaime I, de gloriosa e douta memória. Foram furados olhos de duques de sangue real pelo bem do reino. Alguns príncipes, próximos demais do trono, foram utilmente sufocados entre dois colchões, e essas mortes foram atribuídas à apoplexia. Ora, sufocar é mais grave do que mutilar. O rei da Tunísia arrancou os olhos de seu pai, Muley-Assem, e seus embaixadores também foram recebidos pelo imperador. Portanto, o rei pode ordenar uma supressão de membro como uma supressão de estado, etc., é legal, etc. Mas uma legalidade não destrói a outra. "Quando o afogado volta à tona da água e não morre, é Deus que está retocando a ação do rei. Quando o herdeiro é encontrado, que lhe seja devolvida a coroa. Assim foi feito para lorde Alla, rei de Northumbre, que também fora saltimbanco. Assim deve ser feito para Gwynplaine, que também é rei, isto é, lorde. A humildade do ofício, atravessada e sofrida por força maior, não tira o brilho do brasão; prova-o Abdolonyme, que era rei e foi jardineiro; prova-o José, que era santo e foi carpinteiro; prova-o Apolo, que era deus e foi pastor." Em resumo, o sapiente chanceler concluía pela reintegração de todos os seus bens e dignidades a Fermain, lorde Clancharlie, falsamente denominado Gwynplaine, "unicamente com a condição de que seja confrontado com o delinquente Hardquanonne e por ele reconhecido." E, a esse respeito, o chanceler, guardião constitucional da consciência real, tranquilizava essa consciência.

O lorde-chanceler lembrava, em *post-scriptum*, que, no caso de Hardquanonne se recusar a responder, ele deveria ser submetido à "pena forte e dura", caso esse em que, para chegar ao período dito *frodmortell* exigido pela carta do rei Adelstan, a confrontação deveria ocorrer no quarto dia; isso tem o seguinte inconveniente: se o paciente morrer no segundo ou terceiro dia, a confrontação se tornará difícil; mas a lei deve ser executada. O inconveniente da lei faz parte da lei.

Aliás, na mente do lorde-chanceler, o reconhecimento de Gwynplaine por Hardquanonne não deixava a menor dúvida.

Ana, suficientemente informada da deformidade de Gwynplaine, não querendo prejudicar a sua irmã, a quem foram concedidos os bens de Clancharlie, decidiu habilmente que a duquesa Josiane seria desposada pelo novo lorde, ou seja, por Gwynplaine.

A reintegração de lorde Fermain Clancharlie era, além disso, um caso muito simples, por ser ele o herdeiro legítimo e direto. Para as filiações duvidosas ou para os pariatos *in abeyance* reivindicados por colaterais, a câmara dos lordes tem de ser consultada. Assim, sem ir mais além, ela foi, em 1782, reclamada por Elisabeth Perry para a baronia de Sidney; em 1798, para a baronia de Beaumont, reclamada por Thomas Stapleton; em 1803, para a baronia de Chandos, reclamada pelo reverendo Tymewell Brydges; em 1813, para o pariato-condado de Banbury, reclamada pelo tenente geral Knollys, etc.; mas, no presente caso, nada havia igual. Nenhum litígio; uma legitimidade evidente; um direito claro e certo; não havia motivo para recorrer à câmara, e bastava a rainha, assistida pelo lorde-chanceler, para reconhecer e admitir o novo lorde.

Barkilphedro conduziu tudo.

Graças a ele, o caso permaneceu oculto, o segredo foi tão hermeticamente guardado que nem Josiane, nem o lorde David tiveram conhecimento do prodigioso fato que cavava debaixo deles. Josiane, muito altiva, era de difícil acesso e isso a tornava fácil de bloquear. Isolava-se por si mesma. Quanto a lorde David, foi enviado para o mar, nas costas de Flandres. Ia perder o seu título e nem desconfiava disso. Há que observar aqui um detalhe. Deu-se o fato de que, a dez léguas do ancoradouro da estação naval comandada por lorde David, um capitão de nome Halyburton forçou a frota francesa. O conde de Pembroke, presidente do conselho, apoiou uma proposta de promoção desse capitão Halyburton a contra-almirante. Ana riscou o nome de Halyburton e pôs lorde David Dirry-Moir no seu lugar a fim de que lorde David tivesse pelo menos o consolo de ser contra-almirante quando fosse informado de que não era mais par.

Ana se sentiu feliz. Um marido horrível para a sua irmã, um belo grau a lorde David. Maldade e bondade.

Sua majestade ia dar-se a comédia. Além disso, ela dizia a si mesma estar reparando um abuso de poder de seu augusto pai, que estava restituindo um membro ao pariato, que agia como grande rainha, que estava protegendo a inocência em conformidade com a vontade de Deus, que a providência, em seus santos e impenetráveis caminhos, etc. É realmente doce praticar uma ação justa que desagrada alguém de quem não se gosta.

Aliás, fora o bastante à rainha saber que o futuro marido de sua irmã era deformado. De que maneira aquele Gwynplaine era deformado, de que tipo de fealdade era? Barkilphedro não fizera questão de informar a rainha, e Ana não se dignara a interrogar. Profundo desdém real. Que importância tinha, além disso? A câmara dos lordes só poderia agradecer. O lorde-chanceler, o oráculo, falara. Restaurar um par é restaurar todo o pariato. A realeza, naquela ocasião, se mostrava boa e respeitosa guardiã do pariato. Qualquer que fosse o rosto do novo lorde, um rosto não serve de objeção contra um direito. Ana pensava mais ou menos tudo isso e foi simplesmente ao seu objetivo, àquele grande objetivo feminino e real, satisfazer-se.

Na ocasião, a rainha estava em Windsor, e isso a deixava a certa distância entre as intrigas palacianas e o público.

Unicamente as pessoas de absoluta necessidade estiveram a par do segredo do que ia se passar.

Barkilphedro, por sua vez, alegrou-se, e isso deu ao seu rosto uma expressão lúgubre.

Neste mundo, a coisa que pode ser mais hedionda é a alegria.

Ele teve aquela volúpia de ser o primeiro a degustar o cantil de Hardquanonne. Pareceu estar pouco surpreso, porque o espanto é coisa de um espírito limitado. E não é mesmo? Ele merecia aquilo, ele, que, há muito ficara à espreita na porta do acaso. Uma vez que esperava, era preciso que acontecesse alguma coisa.

Aquele *nil mirari* fazia parte do seu comedimento. No fundo, digamos, ele ficara maravilhado. Quem pudesse tirar a máscara que ele punha em sua consciência diante do próprio Deus acharia isto: precisamente, naquele instante, Barkilphedro começava a convencer-se de que seria decididamente impossível, a ele, inimigo íntimo e ínfimo, causar um dano àquela alta existência da duquesa Josiane. Daí, um acesso frenético de animosidade latente. Ele chegara até aquele paroxismo a que chamamos desalento. Quanto mais desesperava, mais se enfurecia. Tomar o freio nos dentes, expressão trágica e verdadeira! Um perverso mastigando a impotência. Barkilphedro estaria talvez no momento de renunciar, não a querer o mal de Josiane, mas a fazer-lho; não à ira, mas à mordida. Entretanto, que queda seria desistir! Guardar doravante o seu ódio na bainha, como um punhal de museu! Rude humilhação.

De repente, a hora exata — a imensa aventura universal se compraz em tais coincidências —, o cantil de Hardquanonne vem, de vaga em vaga, chegar entre as suas mãos. No desconhecido há algo de domado que parece estar às ordens do mal. Barkilphedro, assistido por duas testemunhas quaisquer, juradas indiferentes do almirantado, abre o frasco, encontra o pergaminho, desdobra-o, lê... Imaginemos aquele monstruoso regozijo!

É estranho pensar que o mar, o vento, os espaços, os fluxos e refluxos, as tormentas, as calmarias, os sopros podem ter tanto trabalho para conseguir fazer a felicidade de um malvado. Uma cumplicidade que durara quinze anos. Obra misteriosa. Durante aqueles quinze anos, o oceano não estivera um minuto sem trabalhar nela. As ondas haviam transmitido uma a outra a garrafa flutuante, os escolhos haviam evitado o choque do vidro, nenhuma rachadura trincara o cantil, nenhum atrito desgastara a rolha, as algas não haviam apodrecido o vime, as conchas não haviam roído a palavra "Hardquanonne", a água não penetrara no objeto, o bolor não dissolvera o pergaminho, a umidade não apagara a escrita, quantos cuidados o abismo não tivera! Assim, aquilo que Gernardus jogara na sombra, a sombra entregara a Barkilphedro, e a mensagem enviada a Deus chegara ao demônio. Houvera abuso de confiança na imensidão, e a obscura ironia que se une às coisas se arranjara de tal maneira que complicara aquele triunfo legal. Gwynplaine, o menino perdido, ao voltar a ser lorde Clancharlie, com uma vitória venenosa, cumpria maldosamente uma boa ação e punha a justiça a serviço da iniquidade. Retirar de Jaime II a sua vítima era dar uma presa a Barkilphedro. Elevar Gwynplaine era deixar Josiane. Barkilphedro vencera; e era por isso que, durante anos, as ondas, os vagalhões, as borrascas haviam agitado, sacudido, empurrado, jogado, atormentado e respeitado aquela bolha de vidro em que havia tantas existências mescladas! Por isso também, houvera entendimento cordial entre os ventos, as marés e as tempestades! A vasta agitação do prodígio complacente por um miserável! O infinito colaborador de uma minhoca! O destino tem suas vontades obscuras.

Barkilphedro teve um lampejo de orgulho titânico. Disse a si mesmo que tudo aquilo fora executado em sua intenção. Sentiu-se centro e alvo.

Estava enganado. Reabilitemos o acaso. Não era esse o fato notável de que se aproveitava o ódio de Barkilphedro. O oceano que se fez pai e mãe de um órfão, mandando a tormenta aos seus algozes, destruindo o barco que rechaçou o menino, engolindo as mãos unidas dos náufragos, recusando todas as suas súplicas e deles aceitando apenas o arrependimento, a tempestade recebendo um depósito das mãos da morte, o robusto navio em que estava o crime substituído pelo frágil frasco onde está a reparação, o mar, mudando de papel como uma pantera que se transformasse em nutriz e pondo-se a embalar, não a criança, mas o seu destino enquanto ele crescia ignorando tudo o que o abismo fazia por ele, as vagas a que foi lançado o cantil cuidando daquele passado no qual há um futuro, o furacão soprando com bondade, as correntes conduzindo o frágil destroço pelo insondável itinerário da água, os desvelos das algas, dos marulhos, dos rochedos, toda a vasta espuma do abismo tomando sob a sua proteção um inocente, a onda imperturbável como uma consciência, o caos restabelecendo a ordem, o mundo das trevas desembocando numa claridade, toda a sombra empregada naquela saída de um astro, a verdade; o proscrito consolado em sua tumba, o herdeiro devolvido à herança, o crime do rei rompido, a premeditação divina obedecida, o pequeno, o fraco, o abandonado que tinha o infinito por tutor, era o que Barkilphedro poderia ter visto no acontecimento em que triunfara; foi o que ele não viu. Não disse a si mesmo que tudo acontecera em favor de Gwynplaine; disse que tudo fora feito para Barkilphedro; e que valia a pena. Assim são os satanases.

De resto, seria preciso conhecer muito pouco a profunda doçura do oceano para se espantar com o fato de um frágil objeto perdido no mar pudesse nadar quinze anos sem ficar avariado. Quinze anos, isso não é nada. No dia 4 de outubro de 1867, no Morbihan, entre a ilha de Groix, a ponta da península de Gavres e o rochedo dos Errantes, pescadores de Port-Louis encontraram uma ânfora romana do século IV, coberta de arabescos pelas incrustações do mar. Aquela ânfora flutuara durante mil e quinhentos anos.

Qualquer que fosse a aparência de fleugma que Barkilphedro quisesse conservar, sua estupefação se igualara à sua alegria.

Tudo se oferecia; tudo estava como se fosse preparado. Os fragmentos da aventura que ia satisfazer o seu ódio estavam previamente espalhados ao seu alcance. Só restava reuni-los e fazer as soldaduras. Ajustagem divertida para executar. Cinzelagem.

Gwynplaine! Ele conhecia aquele nome. *Masca ridens!* Como todos, ele fora ver "O homem que ri". Lera a placa pendurada na hospedaria Tadcaster assim como se lê um cartaz de espetáculo que atrai a multidão; ele a observara; lembrou-se dela imediatamente nos mínimos detalhes, com a possibilidade de verificar depois; aquele cartaz, na evocação elétrica que se produziu nele, reapareceu diante de seus olhos profundos e veio colocar-se ao lado do pergaminho dos náufragos, como a resposta ao lado da pergunta, como a palavra ao lado do enigma, e estas linhas "Aqui, vemos Gwynplaine abandonado aos dez anos de idade na noite de 29 de janeiro de 1690, na beira do mar em Portland" ganharam bruscamente sob o seu olhar resplendor de apocalipse. Ele teve aquela visão, o chamejar de *Mane Thecel Pharès* sobre um anúncio da feira. Aquele amontoado de coisas feito de tudo era a existência de Josiane. Súbito desmoronamento. O menino perdido estava recuperado. Havia um lorde Clancharlie. David Dirry-Moir estava sem nada. O pariato, a riqueza, o poder, a posição, tudo isso saía de lorde David e entrava em Gwynplaine. Tudo, castelos, caçadas, florestas, mansões, palácios, domínios, inclusive Josiane, era de Gwynplaine. E Josiane, que solução! Quem agora tinha ela diante de si? Ilustre e altaneira, um histrião; bela e preciosa, um monstro. Acaso alguém esperara isso? A verdade é que Barkilphedro estava entusiasmado. Todas as combinações mais odiosas podem ser superadas pela munificência infernal do imprevisto. Quando a realidade quer, ela faz obras-primas. Barkilphedro achava que todos os seus sonhos eram tolices. Ele tinha coisa melhor.

A mudança que ia se operar para ele, mesmo que lhe fosse contrária, ele não deixaria de desejá-la. Existem insetos ferozes desinteressados que picam sabendo que vão morrer da picada. Barkilphedro era desse tipo de verme.

Mas, desta vez, ele não tinha o mérito do desinteresse. Lorde David Dirry-Moir não lhe devia nada, e lorde Fermain Clancharlie ia dever-lhe tudo. De protegido, Barkilphedro ia tornar-se protetor. E protetor de quem? De um par da Inglaterra. Teria um lorde seu! Um lorde que seria criatura sua! A primeira dobra, Barkilphedro esperava dar-lhe. E aquele lorde seria o cunhado morganático da rainha! Sendo tão feio, ele seria do agrado da rainha na mesma proporção em que desagradaria a Josiane. Impulsionado por esse favor e usando trajes sérios e modestos, Barkilphedro poderia tornar-se uma pessoa importante. Ele sempre se destinara à igreja. Tinha um vago desejo de ser bispo.

De qualquer maneira, ele estava feliz.

Que belo sucesso! E como todo aquele trabalho do acaso era bem preparado! Sua vingança — pois ele chamava isso de vingança — lhe fora trazida a ele pela onda. Ele não espreitara em vão.

Era ele o escolho. O cantil que sobrara do naufrágio era Josiane. Josiane vinha encalhar em Barkilphedro! Profundo êxtase criminoso.

Ele era exímio naquela arte a que chamamos sugestão, que consiste em fazer na mente dos outros uma pequena incisão na qual introduzimos uma ideia nossa; mesmo mantendo-se à distância e sem que parecesse estar envolvido, ele fez com que Josiane fosse à barraca Green-Box e visse Gwynplaine. Aquilo não poderia ser nocivo. O saltimbanco visto na sua pequenez, um bom ingrediente na combinação. Mais tarde, o tempero agiria.

Tudo fora silenciosamente preparado de antemão. Queria que fosse repentino. O trabalho que executara só poderia ser expresso por estas palavras bizarras: construir algo de fulminante.

Terminadas as preliminares, ele cuidara para que todas as formalidades desejadas fossem cumpridas na forma da lei. O segredo não fora atingido, uma vez que o silêncio fazia parte da lei.

A confrontação entre Hardquanonne e Gwynplaine fora efetuada; Barkilphedro a tudo assistira. Acabamos de ver o resultado.

No mesmo dia, uma carruagem de correio da rainha chegou de repente para, em nome de sua majestade, buscar lady Josiane em Londres a fim de conduzi-la a Windsor onde Ana, naquela ocasião, passava a temporada. Josiane, por alguma razão que tinha em mente, desejaria desobedecer ou, pelo menos, postergar por um dia a sua obediência e deixá-la para o dia seguinte, mas a vida de corte não admite tais resistências. Teve de pôr-se imediatamente a caminho e deixar a sua residência de Londres, a Hunkerville-house, pela de Windsor, a Corleone-lodge.

A duquesa Josiane partira de Londres no momento em que o *wapentake* comparecia à hospedaria Tadcaster para prender Gwynplaine e conduzi-lo ao subterrâneo penal de Southwark.

Quando ela chegou em Windsor, o porteiro do bastão preto, que guarda a porta da câmara de presença, informou-a de que sua majestade estava a portas fechadas com o lorde chanceler e só poderia recebê-la no dia seguinte; que, à vista disso, ela deveria permanecer na Corleone-lodge à disposição de sua majestade; e que sua majestade lhe mandaria diretamente suas ordens no dia seguinte pela manhã ao acordar. Josiane voltou para a casa muito contrariada, jantou de mau humor, teve dor de cabeça, despediu todos, exceto o seu grumete, depois, despediu-o também e foi deitar-se quando ainda era dia claro.

Ao chegar, ficou sabendo que, no mesmo dia seguinte, o lorde David Dirry-Moir, tendo recebido no mar a instrução de vir imediatamente receber as ordens da rainha, estava sendo esperado em Windsor.

NENHUM HOMEM PASSARIA BRUSCAMENTE DA SIBÉRIA AO SENEGAL SEM PERDER A CONSCIÊNCIA
(HUMBOLDT)

Não é surpreendente que um homem, mesmo o mais firme e mais enérgico, venha a desmaiar sob brusco impacto da reviravolta em sua vida. Mata-se um homem pelo imprevisto da mesma forma que um boi pelo merlim. Francisco de Albescola, aquele que arrancava as correntes de ferro dos portos turcos, quando foi eleito papa, permaneceu um dia inteiro inconsciente. Ora, de cardeal a papa, o passo é bem menor do que de saltimbanco a par da Inglaterra.

Nada é tão violento como as rupturas do equilíbrio.

Quando Gwynplaine voltou a si e abriu os olhos, era noite. Gwynplaine estava numa poltrona no meio de uma ampla sala toda coberta de veludo púrpura, paredes, teto e assoalho. Caminhava-se sobre veludo. Perto dele estava em pé, com cabeça descoberta, o homem barrigudo e com capote de viagem que saíra de trás de um pilar no subterrâneo de Southwark. Gwynplaine estava a sós naquela sala com aquele homem. Da sua poltrona, estendendo o braço, ele podia tocar duas mesas, que tinha, cada uma delas, uma girândola de seis velas de cera acesas. Numa das mesas, havia papéis e um estojo; na outra, uma refeição, carne fria de ave, vinho, *brandy*, servidos numa bandeja de *vermeil*.

Pela vidraça de uma longa janela que ia do chão ao teto, um claro céu noturno de abril deixava entrever, do lado de fora, um semicírculo de colunas em torno de uma corte de honra formada de um portal com três portas, uma bem larga e duas baixas; a porta-cocheira, muito grande, no meio; à direita, a porta para os cavaleiros, menor; à esquerda, a porta para os pedestres, pequena. Eram fechadas com grades cujas pontas brilhavam; uma escultura alta coroava a porta central. As colunas eram provavelmente de mármore branco, assim como o pavimento do pátio, que produzia um efeito de neve e que, com sua camada de placas planas, enquadrava um mosaico mal distinto na sombra; aquele mosaico, se visto na claridade, certamente mostraria, com todos os seus esmaltes e todas as suas cores, um gigantesco brasão em estilo florentino. Balaústres em zigue-zague subiam e desciam indicando escadas e terraços. Acima do pátio, erguia-se imensa arquitetura brumosa e vaga por causa da noite. Intervalos de céu, cheios de estrelas, recortavam uma silhueta de palácio.

Descortinavam-se um teto imenso, empenas com volutas, mansardas com viseiras como capacetes, chaminés iguais a torres, entablamentos cobertos de deuses e deusas imóveis. Através da colunata, jorrava, na penumbra, uma daquelas fontes feéricas, com seu doce rumor, que se derramam de concha em concha, mesclam a chuva à cascata, semelhantes a uma dispersão de escrínio, e formam, ao vento, uma louca distribuição de seus diamantes e de suas pérolas como para distrair as estátuas que as circundam. Longas fileiras de janelas se perfilavam, separadas por panóplias alto-relevo e por bustos sobre pedestais. Sobre os acrotérios, troféus e morriões com penachos de pedra alternavam-se aos deuses.

No aposento onde estava Gwynplaine, no fundo, defronte à janela, via-se, de um lado, uma chaminé tão alta quanto a muralha, e do outro, sob um dossel, uma daquelas espaçosas camas feudais nas quais se sobe por escadas e se pode deitar na transversal. O escabelo da cama ficava ao lado. Uma fileira de poltronas ao longo das paredes e uma de cadeiras na frente das poltronas completavam o mobiliário. O teto era em forma de abóbada; ardia na lareira um grande fogo de lenha à francesa; pela riqueza das chamas e por suas estrias rosa e verdes, um especialista constataria que se tratava de fogo de madeira de freixo, um enorme luxo; o quarto era tão grande que as duas girândolas o deixavam na obscuridade. Aqui e ali, portas baixas e basculantes indicavam comunicações com outros quartos. Aquele conjunto tinha o aspecto quadrangular e maciço do tempo de Jaime I, moda antiga e suntuosa. A exemplo do tapete e da forração do quarto, o dossel, baldaquino, a cama, o escabelo, as cortinas, a lareira, as cobertas das mesas, as poltronas, as cadeiras, tudo era de veludo carmesim. Ouro, havia apenas no teto. Ali, aplicado a igual distância dos quatro cantos, luzia um enorme escudo redondo de metal diferido, onde brilhava um ofuscante relevo de armarias; nas armarias, sobre dois brasões encostados, distinguia-se um cordão de barão e uma coroa de marquês; era de cobre dourado? De *vermeil*? Não se sabia. Parecia ouro. E, no centro daquele teto senhorial, magnífico céu escuro, aquele flamejante escudo tinha o melancólico resplendor de um sol na noite.

Um homem inculto no qual está amalgamado um homem livre fica quase tão inquieto num palácio como numa prisão. Aquele lugar suntuoso era perturbador. Toda magnificência emana o pavor. Qual poderia ser o habitante daquela augusta moradia? A que colosso pertencia toda aquela grandeza? De qual leão aquele palácio era o antro? Gwynplaine, ainda mal desperto, tinha o coração apertado.

– Onde é que estou? — disse.

O homem que estava em pé diante dele respondeu:

– O senhor está em sua casa, milorde.

IV

FASCINAÇÃO

É necessário tempo para voltar à superfície.
Gwynplaine fora arremessado ao fundo da estupefação.
É difícil e moroso tomar pé no desconhecido.
Há debandadas de ideias da mesma forma que há debandada de exércitos; a recomposição não se faz imediatamente.
Sentimo-nos um tanto dispersos. Assistimos a uma bizarra dissipação de nós mesmos.
Deus é o braço, o acaso é a funda, o homem é a pedra. Há, pois, que resistir, quando lançados.
Gwynplaine, para usar o termo, ricocheteava de um espanto a outro. Depois da carta de amor da duquesa, a revelação do subterrâneo de Southwark.
Num destino, quando se inicia o inesperado, é preciso preparar-se para um choque atrás de outro. Uma vez aberta a feroz porta, as surpresas se precipitam. Feita a brecha em nossa parede, prorrompe a miscelânea de eventos. O extraordinário não ocorre uma única vez.
O extraordinário é uma obscuridade. Aquela obscuridade estava sobre Gwynplaine. Parecia ininteligível o que estava acontecendo.

Ele percebia tudo através da névoa que uma comoção profunda deixa na inteligência, como a poeira de um desabamento. O abalo viera sacudindo de alto a baixo. Nada de claro se lhe oferecia. Mas sempre a transparência se restabelece aos poucos. A poeira assenta. A cada instante, a densidade do espanto diminui. O estado de Gwynplaine era como o de alguém que tivesse os olhos abertos e fixos num sonho e tentasse ver o que há dentro dele. Desfazia aquela nuvem, depois, tornava a compô-la. Tinha intermitências de desvario. Sofria aquela oscilação da mente no imprevisto, que ora nos empurra para o lado em que compreendemos, depois nos traz de volta para o lado em que não compreendemos. Quem nunca teve um balanço assim no cérebro?

Gradativamente, seu pensamento se dilatava nas trevas do incidentes assim como suas pupilas se dilataram nas trevas do subterrâneo de Southwark. O difícil era colocar algum espaçamento entre tantas sensações acumuladas. Para que possa operar-se aquela combustão das ideias túrbidas, dita compreensão, é preciso que haja ar entre as emoções. Ali, faltava o ar. O acontecimento, por assim dizer, não era respirável. Ao entrar no aterrorizante subterrâneo de Southwark, Gwynplaine esperara a gonilha do forçado; puseram-lhe na cabeça uma coroa de par. Como era possível? Não havia bastante espaço entre o que Gwynplaine temera e o que lhe acontecia, tudo se sucedera depressa demais, seu pavor se transformava em outra coisa demasiado bruscamente para que fosse claro. Os dois contrastes estavam muito apertados um contra o outro. Gwynplaine lutava para tirar da mente aquele tornilho.

Ficava calado. É o instinto das grandes estupefações que têm na defensiva mais do que pensamos. Quem nada diz enfrenta tudo. Uma palavra que nos escapa, apanhada na engrenagem desconhecida, pode nos arrastar inteiro sob não se sabe que rodas.

Ser esmagado é o medo dos pequenos. O povo sempre teme ser pisoteado. E Gwynplaine fora do povo durante muito tempo.

Um estado singular da inquietude humana se traduz pela expressão "ver chegar". Gwynplaine estava nesse estado. Quando surge uma situação, o equilíbrio falta. Fica-se a observar algo que deve ter uma sequência. Ficamos vagamente atentos. Vemos acontecer. O quê? Não se sabe. Quem? Fica-se a olhar.

O homem de ventre volumoso repetiu:

– Está em sua casa, milorde.

Gwynplaine tateou-se. Quando há surpresas, ficamos olhando para nos certificarmos de que as coisas existem, pois, tateamo-nos para estarmos certos de que nós mesmos existimos. Era com ele mesmo que estavam falando; mas ele mesmo era outro. Ele não estava mais com o seu colete e sua esclavina de couro. Usava um colete de tecido prateado e uma veste de cetim, que, ao tocar, percebeu-a bordada. Notou também um grande bolsa cheia no bolso do colete. Um largo calção de veludo recobria sua apertada calça colante de palhaço; estava com sapatos de salto alto vermelhos. Assim como o haviam transportado para aquele palácio, haviam trocado as suas roupas.

O homem continuou:

– Que vossa senhoria se digne a lembrar-se disto: sou eu que me chamo Barkilphedro. Sou alto funcionário do almirantado. Fui eu que abri o cantil de Hardquanonne e extraí dele o seu destino. Dessa maneira, nos contos árabes, um pescador faz sair um gigante de uma garrafa.

Gwynplaine fixou os olhos no semblante sorridente que lhe falava.

Barkilphedro continuou:

– Além deste palácio, milorde, tem a Hunkerville-house, que é maior. Tem o Clancharlie-castle, onde está sediado seu pariato, e que é uma fortaleza do tempo de Eduardo, o Velho. Tem dezenove bailios seus, com suas aldeias e seus camponeses. Essas coisas colocam sob seu estandarte de lorde e de fidalgo cerca de oitenta mil vassalos e fiscais. Em Clancharlie, o senhor é juiz, juiz de tudo, dos bens e das pessoas, e tem sua corte de barão. O rei tem, tanto quanto o senhor, o direito de cunhar moeda. O rei, que a lei normanda qualifica de chief-signor, tem justiça, corte e coin. Coin é a moeda. Tirante isso, o senhor é rei em seu senhorio como ele no seu reino. Como barão, tem direito a um patíbulo de quatro pilares na Inglaterra e, como marquês, a uma forca de sete postes na Sicília; a justiça do simples senhor tem dois pilares, a do castelão, três e a do duque, oito. É qualificado de príncipe nas antigas cartas de Northumbre. É ligado aos viscondes Valentia na Irlanda, que são Power, e aos condes de Umfraville na Escócia, que são Angus. É chefe de clã como Campbell, Ardmannach, e Mac-Callummore. Tem oito castelanias, Reculver, Buxton, Hell-Kerters, Homble, Moricambe, Gumdraith, Trenwardraith e outras. Tem um direito sobre as turfeiras de Pillinmore e sobre as minas de alabastro de Trent; ademais, tem toda a região de Penneth-chase e tem uma montanha com antiga cidade sobre ela. A cidade é denominada Vinecaunton; a montanha tem o nome de Moil-enlli. Tudo isso lhe dá uma renda de quarenta mil libras esterlinas, ou seja, quarenta vezes os vinte e cinco mil francos de renda com os quais se contenta um francês.

Enquanto Barkilphedro falava, Gwynplaine, num crescendo de estupefação, começava a se lembrar. A lembrança é uma submersão que uma palavra pode movimentar até o fundo. Todos aqueles nomes pronunciados por Barkilphedro, Gwynplaine os conhecia. Estavam escritos nas últimas linhas daqueles dois cartazes que forravam a barraca onde ele passara a infância; de tanto ter deixado lá errarem maquinalmente os seus olhos, sabia-os de cor. Ao chegar, órfão abandonado, na barraca rolante de Weymouth, ali encontrara inventariada a sua herança que o esperava e, de manhã, quando o pobre menino acordava, a primeira coisa que o seu olhar descuidado e distraído soletrava era o seu senhorio e o seu pariato. Detalhe estranho que se acrescentava a todas as suas surpresas, durante quinze anos, rodando de encruzilhada em encruzilhada, palhaço de um tablado nômade, ganhando o seu pão de cada dia, juntando vinténs e vivendo de migalhas, ele viajara com a sua fortuna afixada sobre a sua miséria.

Barkilphedro tocou com o dedo indicador o estojo que estava sobre a mesa:

– Milorde, este estojo contém dois mil guinéus que sua graciosa majestade a rainha lhe envia para as suas primeiras necessidades.

Gwynplaine fez um movimento.

– Serão para o meu pai Ursus — disse.

– Está bem, milorde — disse Barkilphedro. — Ursus, na hospedaria Tadcaster. O sargento da coifa, que nos acompanhou até aqui e que vai voltar logo mais, levá-los-á para ele. Talvez eu vá a Londres. Nesse caso, serei eu. Encarrego-me disso.

– Eu mesmo os levarei — respondeu Gwynplaine.

Barkilphedro parou de sorrir e disse:

– Impossível.

Há uma inflexão de voz que sublinha. Barkilphedro teve esse tom. Deteve-se como para pôr um ponto após a palavra que acabara de dizer. Depois, continuou com aquele tom respeitoso e particular do criado que se sente o patrão:

– Milorde, está aqui a vinte e três milhas de Londres, na Corleone-lodge, em sua residência de corte, contígua ao castelo real de Windsor. Está aqui sem que ninguém saiba. Foi transportado num veículo fechado que o esperava na porta do cárcere de Southwark. As pessoas que o trouxeram para este palácio ignoram quem é, mas me conhecem, e isso basta. Pôde ser trazido a este apartamento por meio de uma chave secreta que está comigo. Há pessoas dormindo na casa, e não é hora de acordá-las. É por isso que temos tempo de uma explicação, que, aliás será curta. E vou dá-la. Tenho a incumbência de sua majestade.

Enquanto falava, Barkilphedro pôs-se a folhear um maço de documentos que estava perto do estojo.

– Milord, esta é a sua patente de par. Este é o seu registro de marquesado siciliano. Aqui estão os pergaminhos e diplomas de suas oito baronias com os selos de onze reis, desde Baldret, rei de Kent, a Jaime VI e I, reis da Inglaterra e da Escócia. Aqui estão suas cartas de precedência. Estes são seus contratos de rendimentos e os títulos e descrições de seus feudos, alódios, dependências e domínios. O que tem acima de sua cabeça, nesse brasão que está no teto, são suas duas coroas, o cordão de pérolas de barão e o círculo de florões de marquês. Aqui, ao lado, em seu vestiário, está sua veste de par, de veludo vermelho com faixas de arminho. Hoje mesmo, há algumas horas, o lorde-chanceler e o deputado-conde-marechal da Inglaterra, informados do resultado de sua confrontação com o comprachico Hardquanonne, receberam as ordens de sua majestade. Sua majestade assinou, a seu bel-prazer, que é a mesma coisa que a lei. Todas as formalidades foram satisfeitas. Amanhã mesmo, não mais tarde que amanhã, será admitido na câmara dos lordes, onde estão deliberando, há alguns dias, sobre um projeto apresentado pela coroa cujo objetivo é aumentar em cem libras esterlinas, que são dois milhões e quinhentas mil libras francesas, a dotação anual do duque de Cumberland, marido da rainha; poderá tomar parte na discussão.

Barkilphedro interrompeu-se, respirou lentamente e recomeçou:

– Entretanto, nada está feito ainda. Não se é par da Inglaterra a contragosto. Tudo pode anular-se e desaparecer, a menos que compreenda. Em política é comum que um dado acontecimento se dissipe antes de acontecer. Milorde, nesta hora, ainda está envolto no silêncio. A câmara dos lordes só será informada amanhã. O segredo de todo o seu caso foi guardado por razão de estado, a qual tem uma consequência tão considerável que as pessoas importantes, as únicas agora informadas de sua existência e de seus direitos, irão esquecê-los imediatamente se a razão de estado assim determinar. O que está ocorrendo na noite pode ficar na noite. É fácil apagá-lo. Isso se torna tão mais fácil porque tem um irmão, filho natural de seu pai e de uma mulher que, depois, durante o exílio do seu pai, foi amante do rei Carlos II. Assim sendo, o seu irmão é bem visto na corte. Então, é a esse irmão que, embora bastardo, caberia o vosso pariato. Quer isso? Eu acho que não. Pois bem, tudo depende do senhor. É preciso obedecer a rainha. O senhor só deixará esta residência amanhã, numa carruagem de sua majestade, e para ir à câmara dos lordes. Milorde, quer ou não ser par da Inglaterra? A rainha tem projetos para o senhor. Ela vos destina a uma aliança quase real. Lorde Fermain Clancharlie, a hora da decisão é agora. O destino não abre uma porta sem fechar outra. Depois de alguns passos para a frente, já não é possível dar um passo atrás. Quem entra na transfiguração deixa atrás de si um vazio. Milorde, Gwynplaine morreu. Compreende?

Gwynplaine tremeu da cabeça aos pés, depois, se recompôs.

– Sim — disse.

Barkilphedro sorriu, saudou, pôs o estojo sob a capa e saiu.

V

ACREDITA-SE LEMBRAR, E SE ESQUECE

O que são essas estranhas mudanças que se operam na alma humana?

Gwynplaine fora, ao mesmo tempo, alçado a um pico e, ao mesmo tempo, precipitado num abismo.

Tinha a vertigem.

A dupla vertigem.

A vertigem da ascensão e a vertigem da queda.

Associação fatal.

Sentira elevar-se e não sentira cair.

É assustador enxergar um novo horizonte.

Uma perspectiva produz conselhos. Nem sempre bons.

Sentira diante de si a feérica brecha de uma nuvem que se esgarça, um engodo talvez, e revela o azul profundo.

Tão profundo que é obscuro.

Estava sobre a montanha de onde se avistam os reinos da terra.

Montanha tão mais terrível por não existir. Os que estão sobre o seu cume estão num sonho.

Ali, a tentação é abismo, e tão possante que o inferno naquele pico espera corromper o paraíso e que o diabo espera levar Deus para lá.

Fascinar a eternidade, que estranha esperança!

Ali, onde Satanás tenta Jesus, como um homem lutaria?

Palácios, castelos, o poder, a opulência, todas as felicidades humanas a perder de vista ao seu redor, um mapa-múndi dos gozos expostos no horizonte, uma sorte de geografia radiosa da qual se é o centro; perigosa miragem.

E imagine-se o distúrbio de semelhante visão não dirigida, sem escalas previamente transpostas, sem precaução, sem transição.

Um homem que adormeceu num buraco de toupeira e que desperta na ponta do campanário de Estrasburgo, esse era Gwynplaine.

A vertigem é uma espécie de lucidez assustadora. Principalmente aquela que, levando-nos ao mesmo tempo para o dia e para a noite, compõe-se de redemoinhos em sentido inverso.

Vê-se demais, e não o bastante.

Vê-se tudo e nada.

Somos o que o autor deste livro chama, em alguma parte, de "cego ofuscado".

Ficando só, Gwynplaine pôs-se a andar a passos largos. Uma efervescência precede a explosão.

Através daquela agitação, naquela impossibilidade de ficar no lugar, ele meditava. Aquela efervescência era uma liquidação. Ele recorria a suas lembranças. É surpreendente que tenhamos sempre estado atentos a aquilo que pensávamos ter somente ouvido! A declaração dos náufragos lida pelo xerife no subterrâneo de Southwark chegava a ele perfeitamente clara e inteligível; ele se lembrava de cada palavra; revia por debaixo dela toda a sua infância.

Parou bruscamente, com as mãos atrás das costas, olhando para o teto, o céu, pouco importa, para tudo o que está no alto.

– Revanche! — disse.

Foi como alguém que põe a cabeça fora da água. Pareceu-lhe ver tudo, o passado, o futuro, o presente, no arrebatamento de uma súbita clareza.

– Ah! — gritou, porque há gritos na profundeza do pensamento.

— Ah! Então era isso! Eu era lorde. Tudo está revelado. Ah! Fui roubado, traído, perdido, deserdado, abandonado, assassinado! O cadáver do meu destino flutuou quinze anos no mar e, de repente, chegou à terra, pôs-se em pé e vivo! Estou renascendo. Estou nascendo! Eu sentia mesmo palpitar, debaixo de meus andrajos, algo mais que um miserável e, quando me voltava para o lado dos homens, eu sentia que eles eram o rebanho e que eu não era o cão, mas o pastor! Pastores do povo, condutores de homens, guias e senhores, é isso que eram meus pais; e o que eles eram, eu sou! Sou fidalgo e tenho uma espada; sou barão e tenho um elmo; sou marquês e tenho um penacho; sou par e tenho uma coroa. Ah! Tinham tirado tudo isso de mim! Eu era habitante da luz e fizeram de mim um habitante das trevas. Os que haviam proscrito o pai venderam o filho. Quando o meu pai foi morto, tiraram de sob a sua cabeça a pedra de exílio que lhe servia de travesseiro e ma puseram no pescoço e me jogaram no esgoto. Oh! Aqueles bandidos que torturaram a minha infância, sim, eles se movem e se levantam no mais profundo da minha memória, sim, eu os revejo. Fui o pedaço de carne bicado sobre um túmulo por um bando de corvos. Sangrei e gritei debaixo de todas aquelas horríveis silhuetas. Ah! Então foi lá que me atiraram, esmagado por aqueles que vão e vêm, pisoteado por todos, abaixo do último dos últimos seres humanos, abaixo do servo, abaixo do criado, abaixo do maltrapilho, abaixo do escravo, no lugar onde o caos se torna cloaca, no fundo do desaparecimento! E é dali que eu saio! É dali que eu subo! É dali que eu ressuscito! Eis-me aqui. Revanche!

Sentou-se, tornou a se levantar, tomou a cabeça entre as mãos, e começou a andar novamente, e o tempestuoso monólogo continuou nele:

– Onde estou? No ápice! Onde venho cair? No cimo! Esta cumeeira, a grandeza, esta cúpula do mundo, a onipotência, é a minha casa. Este templo no ar, sou um dos seus deuses! O inacessível é onde moro. Esta altura que eu olhava de baixo e de onde caíam tantos raios que me faziam fechar os olhos, este senhorio inexpugnável, esta fortaleza inconquistável dos venturosos, entro nela. Estou nela. Faço parte dela. Ah! Giro definitivo da roda! Eu estava embaixo, estou no alto. Para sempre no alto! Eis que sou lorde, terei um manto escarlate, terei florões na cabeça, assistirei a coroação dos reis, eles prestarão juramento entre as minhas mãos, julgarei os ministros e os príncipes, eu existirei. Das profundezas em que me haviam lançado, ressurjo até o zênite. Tenho palácios de cidade e de campo, mansões, jardins, caças, florestas, carruagens, milhões, darei festas, farei leis, coleções de venturas e de alegrias, e o vagabundo Gwynplaine, que não tinha direito a pegar uma flor no campo, poderá colher astros no céu!

Fúnebre volta da sombra numa alma. Assim se operava, naquele Gwynplaine que fora um herói e que, digamos, talvez nunca deixara de ser, a substituição da grandeza moral pela grandeza material. Lúgubre transição. Efração de uma virtude por obra de um bando de demônios que passa. Surpresa feita ao lado fraco do homem. Todas as coisas inferiores a que chamamos superiores, as ambições, as vontades suspeitas do instinto, as paixões, as ganâncias, afastadas para longe de Gwynplaine pela purificação da desgraça, voltavam tumultuosamente a apossar-se daquele coração generoso. E a que se devia isso? Ao achado de um pergaminho num destroço de naufrágio transportado pelo mar. É comum ver-se violação de uma consciência por um acaso.

Gwynplaine bebia a grandes haustos o que lhe tornava obscura a alma. Assim é aquele vinho trágico.

Aquele atordoamento o invadia; ele fazia mais do que consenti-lo, saboreava-o. Efeito de uma longa sede. Somos cúmplices da taça em que perdemos a razão? Ele sempre desejara vagamente aquilo. Olhava continuamente para o lado dos grandes; olhar é desejar. Não é impunemente que o filhote da águia nasce nas alturas.

Ser lorde. Agora, em certos momentos, ele achava aquilo muito simples.

Poucas horas se haviam passado, e como o passado de ontem já estava longe!

Gwynplaine caíra na emboscada do melhor, inimigo do bem.

Infeliz é aquele de quem se diz: "Ele é feliz!"

É mais fácil resistir à adversidade do que á prosperidade. Escapa-se da má sorte mais inteiro do que da boa. Caribde é a miséria, mas Cila é a riqueza. Aqueles que se erguiam sob o raio caem ofuscados. Você, que não se assustava com o precipício, teme ser levado para as legiões de asas da nuvem e do sonho. A ascensão irá elevá-lo e diminuí-lo. A apoteose tem um sinistro poder de abate.

Conhecer-se na felicidade não é fácil. O acaso não é senão um disfarce. Nada engana como aquele rosto. É ele a Providência? É a Fatalidade?

Uma claridade pode não ser uma claridade. Porque a luz é verdade, e um brilho pode ser uma perfídia. Acredita que ele ilumina, mas não, ele incendeia.

É noite; uma mão acende uma vela, vil sebo que se tornou estrela, na beira de uma abertura nas trevas. A falena se aproxima.

Até que ponto ela é responsável?

O olhar do fogo fascina a falena assim como o olhar da serpente fascina o pássaro.

É possível para a falena e para a ave não se aproximarem? Pode a folha recusar-se a obedecer a vento? Pode a pedra resistir a obedecer à gravitação?

Questões materiais que são também questões morais.

Depois da carta da duquesa, Gwynplaine se reerguera. Havia nele profundas amarras que tinham resistido. Mas as borrascas, depois de esgotarem o vento de um lado do horizonte, recomeçam do outro, e o destino, como a natureza, tem suas obstinações. O primeiro golpe abala, o segundo arranca pela raiz.

Ah! Como caem os carvalhos?

Assim, aquele que, aos dez anos, sozinho na falésia de Portland, prestes a travar batalha, olhava fixamente os combatentes que teria de enfrentar, a borrasca que arrastava o navio em que esperava embarcar, o abismo que lhe tirava aquela tábua de salvação, o vazio aberto cuja ameaça faz recuar, a terra que lhe recusava um abrigo, o zênite que lhe recusava uma estrela, a solidão impiedosa, a obscuridade sem olhos, o oceano, o céu, todas as violências num infinito e todos os enigmas no outro; aquele que não tremera nem desfalecera perante a enormidade hostil do desconhecido; aquele que, pequenino, enfrentara a noite como o antigo Hércules enfrentara a morte; aquele que, no imensurável conflito, desafiara todas as chances contrárias a ele adotando uma criança, ele, que era uma criança, e sobrecarregando-se com um fardo, ele, cansado e frágil, facilitando assim as mordidas à sua fraqueza, e tirando ele próprio as mordaças dos monstros da sombra emboscados ao seu redor; aquele que, precocemente beluário, desde os primeiros passos fora do berço, havia enfrentado um corpo a corpo com o destino; aquele que lutara apesar de sua desproporção com a luta; aquele que, ao ver operar-se em torno dele uma pavorosa ocultação do gênero humano, aceitara aquele eclipse e continuara intrepidamente a sua caminhada; aquele que soubera valentemente sentir frio, sede, fome; aquele que, pigmeu pela estatura, fora gigante pela alma; aquele Gwynplaine que vencera o imenso vento do abismo em sua dupla forma, tempestade e miséria, titubeava sob aquele sopro de vaidade!

Assim, depois de esgotar as aflições, as misérias, as tempestades, os rugidos, as catástrofes, as agonias, sobre um homem que continua em pé, a Fatalidade começa a sorrir, e o homem, bruscamente embriagado, cambaleia.

O sorriso da Fatalidade. É possível imaginar algo de mais terrível? É o último recurso do impiedoso testador de almas que põe à prova os homens. Algumas vezes, o tigre que está no destino simula patas de veludo. Perigosa preparação. Doçura ignóbil do monstro.

Todo homem já pôde observar em si a coincidência de um enfraquecimento com um crescimento. Um crescimento repentino desloca e dá febre.

Na cabeça de Gwynplaine havia o turbilhonamento vertiginoso de um amontoado de novidades, todo o claro-escuro da metamorfose, algumas confrontações estranhas, o choque entre o passado e o futuro, dois Gwynplaines, ele próprio duplo: atrás dele, uma criança em andrajos, saída da noite, vagueando, tiritando, faminta, que fazia rir; na frente, um brilhante senhor, faustoso, soberbo, que deslumbrava Londres. Despojava-se de um e se amalgamava no outro. Saía do saltimbanco e entrava no lorde. Mudanças de pele que são, por vezes, mudanças de alma. Em alguns momentos, tudo parecia demais com o sonho. Era complexo, mau e bom. Ele pensava no pai. Coisa pungente, um pai que não conheceu. Tentava imaginá-lo. Pensava naquele irmão do qual há pouco lhe falaram. Portanto, uma família! O quê? Uma família, dele, Gwynplaine! Perdia-se em fantasias. Tinha visões de magnificências; solenidades desconhecidas iam de nuvem em nuvem diante dele; ouvia fanfarras.

– E depois — dizia —, serei eloquente.

Imaginava para si uma esplêndida entrada na câmara dos lordes. Chegava transbordante de coisas novas. O que não tinha ele para dizer? Que provisão tinha feito! Que vantagem de estar no meio deles o homem que viu, tocou, sofreu, e de poder bradar-lhes: Estive perto de tudo aquilo de que estão longe! Àqueles patrícios cheios de ilusões, ele irá jogar na cara a realidade, e eles vão tremer, pois ele será verdadeiro, e irão aplaudi-lo, pois ele será grande. Surgirá entre aqueles todo-poderosos mais poderoso do que eles; mostrar-se-á a eles como o portador da luz, pois irá mostrar-lhes a verdade, e como o portador do gládio, pois irá mostrar-lhes a justiça. Que triunfo!

E, enquanto fazia essas construções em sua mente, lúcido e confuso a um tempo, tinha movimentos de delírio, acabrunhamentos na primeira poltrona que via, espécie de torpor, sobressaltos. Ia, vinha, olhava para o teto, examinava as coroas, estudava vagamente os hieróglifos do brasão, palpava o veludo da parede, mudava as cadeiras, revolvia os pergaminhos, lia os nomes, soletrava os títulos, Buxton, Homble, Gumdraith, Hunkerville, Clancharlie, comparava os lacres e os sinetes, tateava as tranças de seda dos selos reais, aproximava-se da janela, escutava o jorrar da fonte, verificava as estátuas, contava com paciência de sonâmbulo as colunas de mármore e dizia: "Isso existe."

E tocava no seu traje de cetim e se perguntava:

– Mas este sou eu? Sim.

Estava em plena tempestade interior.

Naquela tormenta, sentiu o desfalecimento e o cansaço? Teria bebido, comido, dormido? Se o fez, foi sem saber. Em certas situações violentas, os instintos se satisfazem como bem lhes parece, sem que o pensamento interfira. Aliás, o seu pensamento era mais uma fumaça do que pensamento. No momento em que o flamejar negro da erupção se derrama através de seu poço cheio de turbilhões, a cratera tem consciência dos rebanhos que pastam o capim ao pé da montanha?

Passaram-se as horas.

A aurora apareceu e trouxe luz ao dia. Um raio branco penetrou na câmara ao mesmo tempo que penetrou no espírito de Gwynplaine.

– E Dea! — disse-lhe a claridade.

LIVRO SEXTO

ASPECTOS VARIADOS DE URSUS

I

O QUE DIZ O MISANTROPO

Depois que vira Gwynplaine afundar sob a porta do cárcere de Southwark, Ursus permaneceu transtornado no recanto onde se colocara em observação. Ficou sentindo, por longo tempo, no ouvido, aquele rangido de fechaduras e de ferrolhos que parece o grito de alegria da prisão ao devorar um miserável. Esperou. Mas o quê? Espiou. Mas o quê? Aquelas inexoráveis portas, uma vez fechadas, não voltam a se abrir tão logo; são ancilosadas pela estagnação nas trevas e têm os movimentos difíceis, principalmente quando se trata de libertar; entrar, tudo bem; sair, é diferente. Ursus o sabia. Mas esperar é uma coisa que não estamos livres para deixar de fazê-lo a nosso bel-prazer; esperamos contrariados; as ações que praticamos emanam uma força adquirida que persiste, mesmo quando já não há mais objeto, que nos possui e nos mantém e que nos obriga, durante algum tempo, a continuar o que se tornou sem objetivo. A espreita inútil, postura inepta que todos nós tivemos em certas circunstâncias, perda de tempo de todo homem atento a uma coisa desparecida. Ninguém escapa a tais fixidezes. Obstinamo-nos com uma sorte de teimosia distraída. Não sabemos por que ficamos no lugar onde estamos, mas ficamos nele. O que começamos ativamente continuamos passivamente. Exaustiva tenacidade de que se sai arruinado. Ursus, mesmo diferente dos outros homens, ficou, como qualquer outro, imóvel no lugar por causa daquele misto de devaneio e vigilância em que somos mergulhados por um acontecimento que tudo pode sobre nós e sobre o qual nada podemos. Ficava considerando alternadamente as duas muralhas negras, ora a baixa, ora a alta, ora a porta onde havia uma escada de força, ora a porta onde havia uma caveira; parecia que estava apertado naquela morsa composta de uma prisão e de um cemitério. Aquela rua evitada e impopular tinha tão poucos passantes que não se notava Ursus.

Por fim, ele saiu do canto que o ocultava, espécie de guarita do acaso onde estava de sentinela e foi-se embora a passos lentos. O dia findava, tão longo fora o seu turno de guarda. De vez em quando, voltava a cabeça e olhava para o medonho postigo por onde entrara Gwynplaine. Tinha o olhar vidrado e apalermado. Chegou ao final da ruela, entrou em outra rua, depois outra, encontrando vagamente o itinerário por onde passara algumas horas antes. Vez por outra, voltava-se como se pudesse ver ainda a porta da prisão, embora já não estivesse na rua onde ficava o cárcere. Pouco a pouco, aproximou-se do Tarrinzeau-field. As veredas próximas do campo de feira eram sendas desertas entre sebes de jardins. Caminhava encurvado ao longo dos arbustos e dos fossos. De repente, parou, endireitou-se e gritou:

– Tanto melhor!

A mesmo tempo, deu dois socos na cabeça, depois, dois nas coxas, indicando o homem que julga as coisas como devem ser julgadas.

Pôs-se a resmungar baixinho, por momentos com explosões de voz:

– Bem feito! Ah! Vagabundo! Bandido! Velhaco! Canalha! Sedicioso! Foram os seus ditos sobre o governo que o levaram ali. É um rebelde. Eu tinha em casa um rebelde. Estou livre dele. Tenho sorte. Ele nos comprometia. Foi para a prisão! Ah! Melhor assim! Excelência das leis. Ah! Ingrato! Eu que o criei! Tanto trabalho em vão! O que tinha ele de falar e argumentar? Envolveu-se em questões de Estado! Vejam o que ele fez! Ao mexer com moedas, argumentou contra os impostos, sobre os pobres, sobre o povo, sobre o que não lhe dizia respeito! Permitiu-se fazer reflexões sobre o dinheiro! Comentou com maldade e malícia o cobre da moeda do reino! Insultou os centavos de sua majestade! Um *farthing* é a mesma coisa que a rainha! A efígie sagrada, com os diabos, a efígie sagrada. Temos ou não uma rainha? Respeitemos o seu zinabre. No governo, tudo é válido. É preciso conhecer. Eu vivi. Eu sei das coisas. Irão perguntar-me se renuncio à política. A política, meus amigos, importo-me com ela tanto quanto com o pelo de um asno. Um dia, levei uma bengalada de um baronete. Disse a mim mesmo: "Isso basta para que eu compreenda a política." O povo só tem um centavo, ele o dá, a rainha o toma, o povo agradece. Nada mais simples. O resto cabe aos lordes. Suas senhorias os lordes espirituais e temporais. Ah! Gwynplaine está nas grades! Ah! Está nas galeras! É justo. É equitativo, excelente, merecido e legítimo. Culpa dele. É proibido tagarelar. É um lorde, imbecil? O *wapentake* o prendeu, o justiceiro-quórum o levou, o xerife o mantém preso. Neste momento ele deve estar sendo dissecado por algum sargento da coifa. Como são hábeis em depenar crimes aqueles indivíduos! Atrás das grades, idiota! Azar dele, sorte minha! Estou contente, juro. Confesso ingenuamente que tenho sorte. Que extravagância a minha em acolher aquele menino e aquela menina! Estávamos tão tranquilos antes, Homo e eu! O que tinham de vir fazer em minha barraca, aqueles marotos? Acalentei-os bastante quando eram pirralhos! Puxei-os com minha cinta! Belo salvamento! Ele, sinistramente feio, ela, cega dos olhos! Privem-se de tudo! Por eles, passei fome muitas vezes! Crescem, vêm a amar-se! Namoros de deficientes, foi aonde chegamos. O sapo e a toupeira em idílio. Era o que eu tinha na intimidade. Tudo aquilo tinha de acabar pela justiça. O sapo falou como político, está bem. Eis que estou livre dele. Quando *wapentake* chegou, primeiro, fui idiota, a gente sempre duvida da felicidade, achei que não estava vendo aquilo, que era impossível, que era um pesadelo, que era uma peça que o sonho me estava pregando. Mas não, nada há de mais real. É plástico. Gwynplaine está realmente na prisão. É um golpe da providência. Obrigado, bondosa senhora. Foi aquele monstro que, com o barulho que fazia, chamou a atenção para o meu estabelecimento e denunciou o pobre lobo! Foi-se o Gwynplaine! E eis que estou livre dos dois. Dois coelhos de uma cajadada. Porque Dea vai morrer. Quando não mais vir Gwynplaine — ela o vê, a tola! — não terá mais razão de viver e dirá "O que estou eu fazendo neste mundo?" e partirá ela também. Boa viagem. Que vão para o diabo, os dois. Sempre os detestei, aqueles dois viventes! Morra, Dea. Ah! Como estou contente!

II

O QUE ELE FAZ

Chegou à hospedaria Tadcaster.

Soavam as seis e meia, meia passada das seis, como dizem os ingleses. Faltava pouco para o crepúsculo.

Mestre Nicless estava na sua porta. Seu semblante consternado não conseguira relaxar-se desde a manhã, o susto se congelara nele.

Assim que, de longe, avistou Ursus, gritou:

– E então?

– E então o quê?

– Gwynplaine vai voltar? Já não é sem tempo. O público não tardará a chegar. Vamos ter esta noite a apresentação de "O homem que ri"?

– "O homem que ri" sou eu — disse Ursus.

E olhou para o taberneiro irrompendo numa risada.

Depois, subiu diretamente ao primeiro andar, abriu a janela próxima da placa da hospedaria, inclinou-se, esticou o braço, puxou o cartaz de "Gwynplaine — O homem que ri" e o painel de *Caos vencido*, despregou um, arrancou o outro, pôs as duas tábuas debaixo do braço e desceu.

Mestre Nicless acompanhava-o com os olhos.

– Por que está despregando isso?

Ursus irrompeu numa segunda gargalhada.

– Por que ri? — insistiu o hoteleiro.

– Volto para a vida privada.

Mestre Nicless compreendeu e deu, ao seu lugar-tenente, o servo Govicum, ordem de anunciar a quem aparecesse que não haveria apresentação à noite. Tirou da porta a pipa onde se vendiam os ingressos e a pôs num canto da sala do andar térreo.

Um momento depois, Ursus subia na Green-Box.

Pôs num canto os dois cartazes e entrou naquilo que chamava de "o pavilhão das mulheres".

Dea dormia.

Estava deitada em sua cama, toda vestida, com a blusa desapertada, como quando fazia as sestas.

Perto dela, Vinos e Fibi, sentadas, uma delas numa banqueta, a outra no chão, estavam pensativas.

Apesar da hora avançada, não tinham vestido suas malhas de deusas, indício de profundo desânimo. Tinham ficado embrulhadas na capa de lã e no vestido de tecido grosso.

Ursus observou Dea.

– Está ensaiando para um sono mais longo — murmurou.

E dirigiu-se a Fibi e Vinos.

– Vocês sabem, as duas. Acabou-se a música. Podem guardar as trombetas na gaveta. Fizeram bem em não se fantasiar de divindades. Estão bem feias assim, mas fizeram bem. Guardem os saiotes de trapo. Não haverá representação esta noite. Nem amanhã, nem depois de amanhã, nem depois de depois de amanhã. Não temos mais Gwynplaine. Nem mais Gwynplaine do que na minha mão.

E voltou a contemplar Dea.

– Que golpe ela vai sofrer! Será como quando se sopra uma vela.

Inflou as bochechas.

– Fouhh! Mais nada.

Deu um sorriso seco.

– Gwynplaine de menos é tudo de menos. Será como se eu perdesse Homo. Será pior. Ela ficara mais sozinha do que ninguém. Os cegos se atolam mais na tristeza do que nós.

Foi até a lucarna do fundo.

– Como os dias se tornam longos! Ainda está claro às sete horas. Mesmo assim, é bom acender o sebo.

Bateu o isqueiro e acendeu a lanterna do teto da Green-Box.

Inclinou-se sobre Dea.

– Ela vai se resfriar. Meninas, vocês abriram demais o corpete dela. Há um provérbio francês que diz: "Estamos em abril, não tire nem um fio."

Viu brilhar no chão um alfinete, juntou-o e o espetou na manga. Depois, andou a passos largos pela Green-Box gesticulando.

– Estou em pleno uso de minhas faculdades. Estou lúcido, arquilúcido. Acho muito correto esse acontecimento e aprovo o que se passa. Quando ela acordar, contarei claramente o incidente. A catástrofe não se deixará esperar. Perdemos Gwynplaine. Boa noite, Dea. Desse jeito, tudo está bem arranjado! Gwynplaine na prisão. Dea no cemitério. Vão ficar um em frente ao outro. Dança macabra. Dois destinos que voltam para os bastidores. Guardemos a vestimenta. Fechemos a valise. Valise, leiam ataúde. Uma frustração, as duas criaturas. Dea sem olhos, Gwynplaine sem rosto. Lá em cima o bom Deus devolverá a claridade a Dea e a beleza a Gwynplaine. A morte põe as coisas em ordem. Tudo fica bem. Fibi, Vinos, pendurem seus tamborins no prego. Seus talentos para o barulho vão se enferrujar, minhas queridas. Não representaremos mais, não tocaremos mais trombetas. *Caos vencido* está vencido. "O homem que ri" está queimado. Poropompom morreu. E Dea continua dormindo. Ela faz bem. Se eu fosse ela, não acordaria. Bah! Logo dormirá de novo. Uma cotovia como ela não tarda a morrer. É o que dá imiscuir-se na política. Que lição! E como os governos têm razão! Gwynplaine ao xerife. Dea ao coveiro. É paralelo. Simetria instrutiva. Espero que o taverneiro monte uma barricada na porta. Vamos morrer entre nós esta noite, em família. Eu não, nem Homo. Mas Dea. Eu vou continuar pondo esta geringonça a rodar. Pertenço aos meandros da vida errante. Vou despedir as duas moças. Não ficarei com nenhuma. Minha tendência é ser um velho devasso. Uma criada junto a um libertino é pão sobre a mesa. Não quero tentação. Já não tenho idade. *Turpe senilis amor.* Continuarei o meu caminho só com Homo. É Homo que vai ficar espantado! Onde está Gwynplaine? Onde está Dea? Meu velho companheiro, eis que estamos juntos novamente. Pela peste, juro que estou encantado. Suas bucólicas me incomodavam. Ah! Aquele pilantra de Gwynplaine que não volta mesmo! Ele nos deixa na mão. Está bem. Agora, é a vez de Dea. Não vai demorar. Gosto das coisas acabadas. Não darei um piparote na ponta do nariz do diabo para impedi-la de morrer. Morra, está ouvindo! Ah! Ela está acordando!

Dea abriu os olhos, pois muitos cegos fecham os olhos para dormir. Sua doce feição ignorante estava em pleno esplendor.

– Está sorrindo — murmurou Ursus — e eu estou rindo. Tudo bem.

Dea chamou.

– Fibi! Vinos! Deve estar na hora da representação. Acho que dormi por muito tempo. Venham vestir-me.

Nem Fibi nem Vinos se moveram.

Entretanto, aquele inefável olhar de cega que tinha Dea encontrara a pupila de Ursus. Ele estremeceu.

– Vamos — gritou —, então, o que vocês estão fazendo? Vinos, Fibi, não estão ouvindo a sua patroa? Estão surdas? Rápido! A representação vai começar.

As duas mulheres olharam para Ursus, estupefatas.

Ursus vociferou.

– Vocês não estão vendo o público entrar? Fibi, vista Dea. Vinos, toque o tamborim.

Obediência, era Fibi. Passiva, era Vinos. Ambas personificavam a submissão. Seu patrão, Ursus sempre fora um enigma para elas. Nunca ser compreendido é uma razão para ser sempre obedecido. Elas pensaram simplesmente que ele estava ficando louco e executaram a ordem. Fibi despendurou a roupa e Vinos, o tambor.

Fibi começou a vestir Dea. Ursus baixou a porta do gineceu e, de trás da cortina, continuou:

– Olhe então, Gwynplaine! Mais de metade do pátio já está cheia de gente. Estão se apertando nas entradas. Quanta gente! O que dizes de Fibi e de Vinos, que pareciam não perceber? Como essas mulheres estéreis são tolas! Como há idiotas no Egito! Não levante a porta. Seja pudico, Dea está se vestindo.

Fez uma pausa e, de repente, ouviu-se esta exclamação:

– Como Dea está bonita!

Era a voz de Gwynplaine. Fibi e Vinos estremeceram e se voltaram. Era a voz de Gwynplaine, mas pela boca de Ursus.

Ursus, pela porta entreaberta, fez um sinal proibindo-lhes de se espantarem.

Continuou com a voz de Gwynplaine:

– Anjo!

Depois, replicou com a voz de Ursus:

– Dea, um anjo! Está louco, Gwynplaine. O único mamífero que voa é o morcego.

E acrescentou:

– Escuta, Gwynplaine, vá soltar Homo. Será mais sensato.

E desceu a escada de trás da Green-Box bem depressa, da maneira ágil de Gwynplaine. Ruído imitativo que Dea pode ouvir. Avistou no pátio o servo, ocioso e curioso com toda aquela aventura.

– Dê-me as duas mãos — disse-lhe baixinho.

E passou para elas um punhado de moedas. Govicum emocionou-se com aquela magnanimidade. Ursus cochichou-lhe no ouvido:

– Instale-se no pátio, pule, dance, bata, grite, esbraveje, berre, assobie, arrulhe, relinche, aplauda, sapateie, gargalhe, quebre alguma coisa.

Mestre Nicless, humilhado e despeitado por ver as pessoas vindas para ver "O homem que ri" darem meia-volta e se encaminharem para as outras barracas do campo de feira, fechara a porta da hospedaria; ele tinha até desistido de servir bebidas naquela noite a fim de evitar o aborrecimento das perguntas; e, na ociosidade da representação frustrada, com a vela na mão, olhava o pátio do alto do balcão. Ursus, com a precaução de pôr sua voz entre parênteses nas palmas das mãos ajustadas na boca, gritou:

– *Gentleman,* faça como vosso servo, grite, ladre, uive.

Tornou a subir na Green-Box e disse ao lobo:

– Fale o máximo que puder.

E, elevando a voz:

– Há gente demais. Acho que vamos ter uma representação movimentada.

Enquanto isso, Vinos tocava o tambor.

Ursus prosseguiu:

– Dea está vestida. Vamos poder começar. Lamento que deixem entrar tanto público. Como estão amontoados! Mas veja, então, Gwynplaine! Há uma turba desenfreada! Aposto que faremos nossa maior receita hoje. Vamos, meninas, as duas na música! Chegue aqui, Fibi, pegue o seu clarim. Bom, Vinos, toque o seu tambor. Aplique-lhe uma raspada. Fibi, faça uma pose de Famosa. Senhoritas, não as acho bastante nuas desse jeito. Tirem essas jaquetas. Substituam o tecido pela gaze. O público gosta das formas femininas. Deixemos trovejarem os moralistas. Um pouco de indecência, caramba! Sejam voluptuosas. E se lancem em melodias alucinadas. Ronquem, trombetem, crepitem, toquem fanfarras, tamborilem! Quanta gente, meu pobre Gwynplaine!

Interrompeu-se:

– Gwynplaine, ajude-me. Baixemos o pano.

Entretanto, ele desdobrou o seu lenço.

– Mas antes, deixe-me mugir no meu farrapo.

E assoou energicamente o nariz, o que sempre deve fazer um engastrimitista.

Pôs de novo o lenço no bolso, tirou as chavetas do jogo de polias que fez o seu rangido costumeiro. O pano baixou.

– Gwynplaine, é melhor não puxar o pano. Vamos manter a cortina fechada até que a representação tenha início. Senão, não ficaríamos à vontade. Vocês duas, venham para a frente do palco. Música, meninas! Tum! Tum! Tum! A plateia está bem composta. É a escória do povo. Que populaça, meu Deus!

As duas mulheres, embrutecidas pela obediência, instalaram-se com seus instrumentos, como de costume, nos dois cantos da cortina baixada.

Então, Ursus tornou-se extraordinário. Já não era um

homem, era uma turba. De tanto fazer a plenitude com o vazio, chamou em seu socorro uma prodigiosa ventriloquia. Toda a orquestra de vozes humanas e de animais que tinha em si entrou simultaneamente em ação. Tornou-se legião. Quem tivesse os olhos fechados acreditaria estar numa praça pública num dia de festa ou de tumulto. O turbilhão de balbucios e de clamores que saía de Ursus cantava, gritava, conversava, tossia, escarrava, espirrava, cheirava rapé, dialogava, fazia as perguntas e dava as respostas, tudo a um só tempo. As sílabas esboçadas sobrepunham-se umas às outras. Naquele pátio onde não havia nada, ouviam-se homens, mulheres, crianças. Era a clara confusão do alarido. No meio daquele alvoroço, serpenteavam, como numa fumaça, cacofonias estranhas, cacarejos de aves, miados de gatos, vagidos de bebês que mamam. Distinguia-se a voz roufenha dos bêbados. A irritação dos cães pisados pelas pessoas rosnava. As vozes vinham de longe e de perto, de cima e de baixo, do primeiro plano e do último. Na totalidade, havia um rumor, e no detalhe, um grito. Ursus dava murros, sapateava, soltava a voz do fundo do pátio, depois fazia-a vir de sob a terra. Era tempestuoso e familiar. Passava do murmúrio ao barulho, do barulho ao tumulto, do tumulto ao furacão. Era ele e todos. Solilóquio e poliglota. Assim como existe a ilusão de óptica, existe a ilusão de audição. O que Proteu fazia para o olhar, Ursus estava fazendo para o ouvido. Nada havia de tão maravilhoso quanto aquele fac-símile da multidão. De vez em quando, ele afastava o portão do gineceu e observava Dea. Dea escutava.

Por sua vez, no pátio, o servo fazia tumulto.

Vinos e Fibi se esfalfavam conscienciosamente nas trombetas e se debatiam nos tamborins. Mestre Nicless, único espectador, se dava, como elas, a explicação tranquila de que Ursus estava louco, o que, aliás, era apenas um detalhe desolador somado à

sua melancolia. O bravo hoteleiro resmungava: "Que desordens!"
Estava sério como alguém que se lembra de que existem leis

Govicum, encantado por ser útil à desordem, se esfalfava quase
tanto quanto Ursus. Ele se divertia com aquilo. Ademais, ganhava
seu dinheiro.

Homo estava pensativo.

Ao seu barulho, Ursus misturava suas falas.

– É como sempre, Gwynplaine, está havendo intrigas.
Nossos concorrentes estão minando o nosso sucesso. A vaia é o
tempero do triunfo. E depois, o público é muito numeroso. As
pessoas não estão bem acomodas. Os cotovelos dos vizinhos
não são benevolentes. Tomara que não quebrem os bancos!
Estaremos à mercê de uma turba tresloucada. Ah! Se nosso amigo
Tom-Jim-Jack estivesse ali! Mas ele não vem mais. Vê todas essas
cabeças umas sobre as outras. Os que estão em pé não parecem
satisfeitos, embora manter-se em pé seja, segundo Galeno, um
movimento a que este grande homem chama "o movimento
tônico". Vamos abreviar o espetáculo. Como só *Caos vencido* está
anunciado, não representaremos *Ursus rursus*. É sempre esse o
ganho. Que balbúrdia! Oh turbulência cega das massas! Eles ainda
vão nos causar algum dano! Mas isso não pode continuar desse
jeito. Não vamos poder representar. Não ouviriam uma palavra
da peça. Vou fazer um discurso para eles. Gwynplaine, abra um
pouco a cortina. Cidadãos...

Nesse ínterim, Ursus gritou para si mesmo com uma voz febril
e aguda:

– Abaixo o velho!

E continuou com a sua própria voz:

– Acho que o povo está me insultando. Cícero tem razão: *plebs,*
fex urbis. Não importa, admoestaremos a *mob*. Será muito difícil

fazer-me ouvir. Mas, mesmo assim, falarei. Homem, faça o seu dever. Gwynplaine, está vendo aquele megera rangendo lá adiante.

Ursus fez uma pausa e deu um rangido. Homo, provocado, deu um segundo, e Govicum, um terceiro.

Ursus prosseguiu.

– As mulheres são piores do que os homens. Momento pouco propício. Não faz mal, tentaremos o poder de um discurso. Sempre há ocasião de ser eloquente. Escute isso, Gwynplaine, exórdio insinuante. Cidadãs e cidadãos, sou eu que sou o urso. Tiro a minha cabeça para lhes falar. Peço humildemente o silêncio.

Ursus emprestou ao povo este brado:

– Humpf!

E continuou:

– Venero o meu auditório. "Humpf" é um epifonema como outro. Boa noite, povo fervilhante. Não tenho a menor dúvida de que sejam todos da canalha. Isso em nada diminui a minha estima. Estima refletida. Tenho o mais profundo respeito pelos senhores sacripantas que me honram com a sua prática. Há, entre o senhores, seres disformes, não me ofendo. Senhores coxos e senhores corcundas estão na natureza. O camelo tem a giba; o bisão tem o dorso intumescido; o texugo tem as pernas mais curtas à esquerda do que à direita; o fato é determinado por Aristóteles em seu tratado do andar dos animais. Aqueles dentre os senhores que têm duas camisas, têm uma delas no torso e a outra com o usurário. Sei que acontece isso. Albuquerque penhorava o seu bigode e São Dionísio, a sua auréola. Os judeus emprestavam até mesmo pela auréola. Grandes exemplos. Ter dívidas é ter alguma coisa. Reverencio mendigos em vós.

Ursus interrompeu-se com voz baixa e profunda:

– Triplamente asno!

E respondeu com o seu mais belo timbre:

– De acordo. Sou um sábio. Desculpo-me como posso. Desprezo cientificamente a ciência. A ignorância é uma realidade da qual nos alimentamos; a ciência é uma realidade da qual jejuamos. Em geral, somos forçados a optar: ser um sábio é emagrecer; pastar é ser um asno. Ó cidadãos, pastem! A ciência não vale um bocado de uma coisa boa. Prefiro comer filé a saber que ele é denominado músculo psoas. Eu só tenho um mérito. É o olho seco. Assim como me estão vendo, eu nunca chorei. Tenho de dizer que nunca estive contente. Jamais contente. Nem mesmo comigo. Eu desdenho a mim mesmo. Mas, submeto isto aos membros da oposição aqui presentes, se Ursus é somente um sapiente, Gwynplaine é um artista.

Fungou de novo:

– Humpf! — e continuou:

– Mais uma vez Humpf! É uma objeção. Entretanto, passo além. E Gwynplaine, ó senhores e senhoras, tem perto dele outro artista, é este personagem distinto e peludo que nos acompanha, o senhor Homo, antigo cão selvagem, hoje lobo civilizado, e fiel súdito de sua majestade. Homo é um mímico de um talento apurado e superior. Fiquem atentos e quietos. Daqui a pouco, irão ver Homo representar e também Gwynplaine, e é preciso honrar a arte. Isso é próprio das grandes nações. São homens da mata? De acordo. Assino embaixo. Nesse caso, *sylvae sint consule dignae*. Dois artistas valem bem um cônsul. Bem. Acabaram de jogar em mim um talo de couve. Mas não me atingiu. Isso não vai me impedir de falar. Ao contrário. O perigo esquivado é tagarela. *Garrula pericula*, diz Juvenal. Povo, dentre vós há beberrões e há beberronas também. Muito bem. Os homens são infectos, as mulheres são horríveis. O senhores têm todos os tipos de excelentes razões para se amontoarem aqui sobre esses bancos de cabaré, a ociosidade, a preguiça, o intervalo entre dois roubos, a *porter*, a *ale*, a *stout*, o malte, o *brandy*, o gim e a atração de um sexo pelo outro. Maravilha. Um espírito voltado para a brincadeira teria aqui um bom material. Mas abstenho-me. Luxúria, vá lá. Entretanto é preciso que a orgia tenha modos. Os senhores são alegres, mas barulhentos. Imitam com distinção os gritos dos animais; mas o que diriam se, quando falassem de amor com uma dama numa taberna, eu passasse o tempo a ladrar perto de vocês? Isso os incomodaria. Pois bem, isso nos incomoda. Eu vos autorizo a se calar. A arte é tão respeitável quanto a libertinagem. Estou usando uma linguagem honesta

E apostrofou-se:

– Que a febre estrangule-o com suas sobrancelhas de espiga de centeio!

E replicou:

– Honoráveis senhores, deixemos tranquilas as espigas de centeio. É impiedoso fazer violência contra os vegetais para encontrar-lhes uma semelhança humana ou animal. Além disso, a febre não estrangula. Falsa metáfora. Por favor, façam silêncio! Permitam-me que lhes diga, falta-lhes um pouco daquela majestade que caracteriza o verdadeiro fidalgo inglês! Estou vendo que, dentre os senhores, aqueles que têm sapatos que deixam os artelhos para fora aproveitam para pousar os pés nos ombros dos espectadores que estão à sua frente, o que expõe as senhoras a observar que as solas se rompem sempre no ponto onde fica a cabeça dos ossos metatarsianos. Mostrem um pouco menos seus pés e mostrem um pouco mais suas mãos. Estou percebendo aqui alguns pilantras que enfiam as unhas engenhosas nos bolsos dos vizinhos imbecis. Caros batedores de carteiras, tenham pudor! Esmurrem o próximo, se quiser, mas não os roubem. Um olho roxo deixará as pessoas menos enraivecidas do que se lhes roubarem uma moeda. Danificar-lhes o nariz, isso pode. O burguês é mais apegado ao seu dinheiro do que à sua beleza. De resto, aceitem minhas simpatias. Não tenho o pedantismo de censurar os malandros. O mal existe. Cada um o sofre e cada um o faz. Ninguém está isento dos parasitas de seus pecados. Não falo desse. Não temos todos os nossos pruridos? Deus se coça no lugar onde sente o diabo. Eu mesmo cometi erros. *Plaudite, cives.*

Ursus provocou um longo gemido que dominou com estas palavras finais:

– Milordes e meus senhores, percebo que o meu discurso teve a alegria de lhes desagradar. Despeço-me de suas vaias por um momento. Agora, vou pôr novamente a minha a cabeça, e a representação vai começar.

Abandonou o tom oratório pelo íntimo.

– Feche novamente a cortina. Respiremos. Fui melífluo. Falei bem. Chamei-os de milordes e de meus senhores. Linguagem tênue, porém inútil. Que diz de toda essa crápula, Gwynplaine? Como nos damos conta dos males que a Inglaterra tem sofrido nos últimos quarenta anos por causa dos arroubos desses espíritos ácidos e maliciosos! Os antigos ingleses eram belicosos, estes são melancólicos e iluminados, e dão-se a glória de desprezar as leis e não reconhecer a autoridade real. Fiz tudo aquilo que pode fazer a eloquência humana. Prodigalizei a eles metonímias graciosas como a face em flor de um adolescente. Estarão eles mais tranquilizados? Duvido. O que esperar de um povo que come tão extraordinariamente e que se abarrota de tabaco a tal ponto que, neste país, até os homens de letras compõem suas obras com um cachimbo na boca! Não importa, vamos representar a peça.

Ouviu-se o deslizar das argolas da cortina sobre o varão. A tamborilada das mulheres cessou. Ursus despendurou a sua sanfona, executou seu prelúdio, disse à meia-voz: "Heim! Gwynplaine, como é misterioso!" Depois chocou-se com o lobo.

Porém, junto da sanfona, ele tirara do prego uma peruca muito grenhuda e a jogara no chão num canto a seu alcance.

A representação de *Caos vencido* ocorreu quase como de costume, menos com os efeitos de luz azul e a iluminação feérica. O lobo representava de boa fé. No momento previsto, Dea fez sua entrada e, com voz trêmula e divina, evocou Gwynplaine. Estendeu o braço procurando aquela cabeça...

Ursus precipitou-se sobre a peruca, despenteou-a, cobriu com ela a cabeça e devagar, contendo a respiração, avançou a cabeça eriçada sob a mão de Dea.

Depois, invocando toda a sua arte e imitando a voz de Gwynplaine, cantou com inefável amor a resposta do monstro ao chamado do espírito.

A imitação foi tão perfeita que, desta vez ainda, as duas mulheres procuraram os olhos de Gwynplaine, assustadas por ouvirem-no sem vê-lo.

Govicum, maravilhado, sapateou, aplaudiu, bateu palmas, produziu um barulho olímpico e riu sozinho como se fosse uma turma de deuses. Digamos que aquele exibiu um raro talento de espectador.

Fibi e Vinos, autômatos cujas molas eram acionadas por Ursus, fizeram a costumeira zoada de instrumentos, couro e pele de jumento juntos, que marcava o final do espetáculo e acompanhava a saída do público.

Ursus se levantou suando.

Ele disse baixinho a Homo:

– Você compreende que era preciso ganhar tempo. Acho que conseguimos. Não me saí mal, eu que tinha todo o direito de estar bastante desatinado. Gwynplaine ainda pode voltar entre hoje e amanhã. Não adiantaria matar Dea desde já. Estou explicando a coisa a você.

Tirou a peruca e enxugou a fronte.

– Sou um ventríloquo genial — murmurou. — Que talento eu tive! Igualei-me a Brabante, o engastrimitista do rei da França Francisco I. Dea está convencida de que Gwynplaine está aqui.

– Ursus — disse Dea —, onde está Gwynplaine?

Ursus voltou-se sobressaltado.

Dea permanecera no fundo do teatro, em pé, debaixo da lanterna do teto. Estava pálida, com uma palidez sombria.

Ela continuou com um inefável sorriso desesperado:

– Eu sei. Ele nos deixou. Foi-se embora. Eu bem sabia que ele tinha asas.

E, erguendo para o infinito os olhos brancos, acrescentou:

– Quando serei eu?

COMPLICAÇÕES

Ursus continuou pasmado.

Não conseguira iludir Dea.

Era devido a sua ventriloquia? Decerto que não. Conseguira enganar Fibi e Vinos, que tinham olhos, mas não conseguira enganar Dea, que era cega. É que unicamente as pupilas de Fibi e de Vinos eram lúcidas, enquanto Dea enxergava com o coração.

Não conseguiu responder nada. E pensou de si para si: *Bos in lingua.* O homem estupefato tem um boi sobre a língua.

Nas emoções complexas, a humilhação é o primeiro sentimento a aparecer. Ursus pensou:

– Desperdicei as minhas onomatopeias.

E, como todo sonhador acossado contra a parede do expediente, invectivou:

– Belo tombo! Esgotei a harmonia imitativa. Mas o que será de nós agora?

Olhou para Dea. Estava calada, cada vez mais pálida, imóvel. Seu olhar perdido continuava fixo nas profundezas.

Um incidente ocorreu nesse ínterim.

Ursus avistou no pátio mestre Nicless, com a vela na mão, que acenava para ele.

Mestre Nicless não assistira ao final da espécie de comédia fantasma representada por Ursus. Era porque haviam batido à porta da estalagem. Mestre Nicless fora abrir. Haviam batido duas vezes, o que produzira dois eclipses de mestre Nicless. Ursus, absorto em seu monólogo de cem vozes, não o percebera.

Ursus desceu para atender ao chamado silencioso de Mestre Nicless.

Aproximou-se do hoteleiro.

Ursus pôs um dedo sobre a boca.

Mestre Nicless pôs um dedo sobre a boca.

Ambos se entreolharam assim.

Cada qual parecia dizer ao outro: Conversemos, mas calemo-nos.

Em silêncio, o taverneiro abriu a porta da sala inferior da hospedaria. Mestre Nicless entrou, Ursus entrou. Não havia mais ninguém, só os dois. A frente que dava para a rua estava de portas e janelas fechadas.

O taverneiro empurrou atrás de si a porta do pátio, que se fechou no nariz do curioso Govicum.

Mestre Nicless pousou a vela sobre uma mesa.

Iniciou-se o diálogo. À meia-voz, como um cochicho.

– Mestre Ursus...

– Mestre Nicless?

– Acabei compreendendo.

– Bah!

– Quis convencer a pobre cega de que tudo aqui estava dentro da normalidade.

– Nenhuma lei proíbe de ser ventríloquo.

– Tem talento.

– Não.

– É prodigioso a que ponto faz o que quer fazer.

– Digo-lhe que não.

– Agora, preciso lhe falar.

– É sobre política?

– Não sei de nada.

– É porque eu não escutaria.

– Veja bem. Enquanto fazia sozinho a peça e o público, bateram na porta da taverna.

– Bateram na porta?

– Sim.

– Não gosto disso.

– Nem eu.

– E daí?

– Daí, eu abri.

– Quem é que estava batendo?

– Alguém que falou comigo.

– O que ele disse?

– Eu o escutei.

– O que respondeu?

– Nada. Voltei para vê-lo representar.

– E...?

– E bateram uma segunda vez.

– Quem? A mesma pessoa?

– Não. Outra.

– Alguém que também lhe falou?

– Alguém que não disse nada.

– Prefiro assim.

– Eu não.

– Explique, mestre Nicless.

– Adivinhe quem veio falar na primeira vez.

– Não tenho tempo de ser Édipo.

– Era o dono do circo.

– Do lado?

– Do lado.

– Onde está havendo toda essa música enlouquecida?

– Enlouquecida.

– E então?

– Então, mestre Ursus, ele lhe fez ofertas.

– Ofertas?

– Ofertas.

– Por quê?

– Porque...

– O senhor tem uma vantagem sobre mim, mestre Nicless. O senhor, há pouco, compreendeu o meu enigma, e eu, agora, não compreendo o seu.

– O dono do circo encarregou-me de dizer-lhe que ele vira, esta manhã, passar o cortejo de polícia e que ele, o dono do circo, querendo provar-lhe que é seu amigo, lhe propunha comprar, por cinquenta libras esterlinas pagas à vista, a sua geringonça, a Green-Box, seus dois cavalos, suas trombetas com as mulheres que as tocam, sua peça com a cega que canta dentro, seu lobo e o senhor também.

Ursus sorriu altaneiro.

– Mestre da hospedaria Tadcaster, o senhor dirá ao mestre do circo que Gwynplaine vai voltar.

O taverneiro pegou, de cima de uma cadeira, algo que estava no escuro e voltou-se para Ursus, com os braços erguidos, deixando pender, de uma das mãos, um mantô e, da outra, uma esclavina de couro, um chapéu de feltro e um colete.

E mestre Nicless disse:

– O homem que bateu da segunda vez e que era um policial, e que entrou e saiu sem proferir uma palavra, trouxe isto.

Ursus reconheceu a esclavina, o colete, o chapéu e o mantô de Gwynplaine.

IV

MOENIBUS SURDIS CAMPANA MUTA

Ursus palpou o feltro do chapéu, a lã do mantô, a sarja do colete, o couro da esclavina e não pode duvidar daquelas roupas desvestidas. Com um gesto breve e imperativo, sem dizer nada, mostrou a mestre Nicless a porta da hospedaria.

Mestre Nicless abriu-a.

Ursus precipitou-se para fora da taverna.

Mestre Nicless seguiu-o com os olhos e viu Ursus correr, tanto quanto lhe permitiam as velhas pernas, na direção que tomara de manhã o *wapentake* que levara Gwynplaine. Um quarto de hora depois, Ursus chegava esbaforido na ruazinha onde estava a portinhola do cárcere de Southwark e onde já passara tantas horas de observação.

Não precisava que fosse meia-noite para aquela ruazinha ficar deserta. Mas, triste durante o dia, ela se tornava inquietante à noite. Ninguém se arriscava a ir lá depois de certa hora. Parecia temerem que as duas paredes se aproximassem e que fossem esmagados se a prisão e o cemitério resolvessem abraçar-se. Efeitos noturnos. Os salgueiros truncados da ruela Vauvert em Paris tinham a mesma fama. Afirmava-se que, durante a noite, aqueles tocos de árvores se transformavam em enormes mãos e agarravam os passantes.

O povo de Southwark, como já dissemos, evitava instintivamente aquela rua entre a prisão e o cemitério. Ela fora outrora bloqueada à noite com uma corrente de ferro. Nem era necessário, pois a melhor corrente para fechar aquela rua era o medo que inspirava.

Ursus entrou nela resolutamente.

Que ideia tinha? Nenhuma.

Viera àquela rua em busca de informações. Iria bater à porta do cárcere? Certamente, não. Aquele expediente assustador e inútil não lhe passava pela cabeça. Tentar entrar ali para pedir uma informação? Que loucura! As prisões não se abrem tanto para quem quer entrar quanto para quem quer sair. Seus gonzos só giram mediante a lei. Ursus sabia. Então, o que vinha ele fazer nessa rua? Ver. Ver o quê? Nada. Não se sabe. O possível. Encontrar-se diante da porta por onde Gwynplaine desaparecera já era alguma coisa. Algumas vezes, a mais negra e mais rude parede fala e, por entre as pedras, sai alguma claridade. Por vezes, uma vaga transudação de claridade emana de um amontoamento fechado e sombrio. Examinar o invólucro de um fato e ficar inutilmente na escuta. Todos temos aquele instinto de só deixar o mínimo possível de espessura entre o fato que nos interessa e nós. É por isso que Ursus retornara até a ruela onde ficava a entrada baixa da prisão.

No momento em que entrou na viela, ele ouviu um sino badalar uma vez e depois outra.

– Veja só — pensou —, será que já é meia-noite?

E começou a contar maquinalmente:

– Três, quatro, cinco.

Pensou:

– Como as badaladas desse sino são espaçadas! Que lentidão! Seis. Sete.

E proferiu esta observação:

– Que som lamentável! Oito, nove. Ah! Nada mais simples. Estar dentro de uma prisão entristece um relógio. Dez. E, além disso, o cemitério fica ali. Esse sino soa a hora aos vivos e a eternidade aos mortos. Onze. Ai! Soar uma hora que não é livre é também soar uma eternidade! Doze.

Parou.

– Sim, é meia-noite.

O sino soou uma décima terceira vez. Ursus estremeceu.

– Treze!

Houve uma décima quarta badalada. Depois, uma décima quinta.

– O que significa isso?

As batidas continuaram com longos intervalos. Ursus escutava.

– Não é um sino de relógio. É o sino *Muta*. Assim, eu dizia: como o soar da meia-noite é longo! Esse sino não está soando as horas, está dobrando. O que está acontecendo de sinistro?

Outrora, toda prisão, assim como todo mosteiro, tinha o seu sino dito *muta*, reservado para as ocasiões melancólicas. O *muta*, "o mudo", era um sino que soava muito baixo, que parecia fazer o possível para não ser ouvido.

Ursus voltara ao cantinho apropriado para a espreita de onde pudera espionar a prisão durante grande parte do dia.

Os dobres se seguiam a um lúgubre intervalo um de outro.

Um dobre fúnebre produz no espaço uma inquietante pontuação. Marca, na preocupação de todos, alíneas fúnebres. Um dobre de sino é semelhante a um estertor humano. Anúncio de agonia. Se, em uma ou outra casa nas cercanias desse sino a soar, existirem devaneios esparsos e em espera, esse toque os corta em pedaços duros. O devaneio indeciso é uma espécie de refúgio; algo de difuso na angústia permite a alguma esperança surgir; o toque fúnebre, que desola, precisa. Ele suprime essa difusão e, nesse distúrbio em que a inquietude tenta ficar em suspenso, ele determina precipitações. Um dobre fúnebre fala a cada um no sentido de sua mágoa ou de seu pavor. Um sino trágico diz respeito a nós. Advertência. Nada há de tão sombrio como um monólogo no qual recai essa cadência. As repetições iguais indicam uma intenção. O que será que esse martelo, o sino, forja nessa bigorna, o pensamento?

Ursus contava confusamente, embora sem objetivo, as badaladas fúnebres. Sentindo-se num terreno escorregadio, esforçava-se para não traçar conjeturas. As conjeturas são um plano inclinado em que se vai longe demais inutilmente. Entretanto, o que significava aquele sino?

Olhava a escuridão no local onde sabia que era a porta da prisão.

De repente, bem naquele lugar que formava uma sorte de buraco negro, surgiu um rubor. Aquele rubor aumentou e se transformou numa claridade.

Aquela vermelhidão nada tinha de vago. Tomou logo forma e ângulos. A porta da prisão acabava de girar sobre os gonzos. A vermelhidão desenhava a sua abóbada e os umbrais.

Era mais um bocejo do que uma abertura. Uma prisão não se abre, boceja. Talvez de tédio.

A porte do postigo deixou passar um homem que levava uma tocha.

O sino não se interrompia. Ursus se sentiu tomado por duas expectativas; pôs-se em guarda, o ouvido no sino, o olho na tocha.

Atrás daquele homem, a porta, que estava apenas entreaberta, abriu-se de todo e deixou passarem mais dois homens, depois um quarto. O quarto era o *wapentake*, visível à luz da tocha. Estava empunhando o seu bastão de ferro.

Depois do *wapentake*, desfilaram homens silenciosos, saindo por sob o postigo, em ordem, dois a dois, com a rigidez de uma série de postes que caminhassem.

Aquele cortejo noturno transpunha a porta baixa dois a dois, como numa procissão de penitentes, sem solução de continuidade, com um lúgubre cuidado para não fazer barulho, gravemente, quase devagar. Uma serpente que sai de um buraco tem essa precaução.

A tocha realçava os perfis e as atitudes. Perfis severos, atitudes sombrias.

Ursus reconheceu todos os rostos de polícia que, de manhã, haviam conduzido Gwynplaine.

Nenhuma dúvida. Eram os mesmos. Estavam aparecendo novamente.

Evidentemente, Gwynplaine também ia aparecer.

Eles o haviam levado; eles o estavam trazendo de volta.

Estava claro.

A pupila de Ursus redobrou de fixidez. Iriam libertar Gwynplaine?

A fila dupla de policiais ia passando muito lentamente, como gota a gota, pela abóbada baixa. O sino, que não interrompia os toques parecia marcar-lhes o passo. Ao sair da prisão, o cortejo, voltando as costas a Ursus, virava à direta no trecho da rua oposto ao qual ele estava postado.

Uma segunda tocha brilhou sob o postigo.

Era o sinal do fim do cortejo.

Ursus ia ver o que eles estavam levando. O prisioneiro. O homem.

Ursus ia ver Gwynplaine.

O que eles levavam apareceu.

Era um ataúde.

Quatro homens levavam, um ataúde coberto com um pano preto.

Atrás deles vinha um homem carregando uma pá no ombro.

Uma terceira tocha acesa, nas mãos de uma personagem que lia num livro, que devia ser um capelão, fechava o cortejo.

O féretro entrou na fila atrás dos policiais que tinham virado à direita.

Ao mesmo tempo, o início do cortejo parou.

Ursus ouviu o ranger de uma chave.

Defronte a prisão, no muro baixo ao longo do outro lado da rua, uma segunda abertura de porta foi iluminada por uma tocha que passou por baixo.

Aquela porta, acima da qual se distinguia uma caveira, era a porta do cemitério.

O *wapentake* entrou naquela abertura, depois dele, os homens, depois a segunda tocha atrás da primeira; o cortejo diminuiu como um réptil que entra no buraco; a fila inteira de policiais penetrou naquela outra escuridão que ficava além da porta, depois o féretro, depois o homem com a pá, depois o capelão com sua tocha e seu livro, e a porta tornou a se fechar.

Só ficou uma claridade acima do muro.

Ouviu-se um cochicho, depois, pancadas surdas.

Eram, certamente, o capelão e o coveiro que lançavam, sobre o féretro, um deles, versículos, o outro, pazadas de terra.

O cochicho cessou, as pancadas surdas cessaram.

Fez-se um movimento, as tochas brilharam, o *wapentake*, segurando alto a arma, passou de novo sob a porta reaberta do cemitério, o capelão voltou com o seu livro, o coveiro com a sua pá, o cortejo reapareceu sem o caixão, a fila dupla de homens refez o mesmo trajeto entre as duas portas com a mesma taciturnidade e em sentido inverso, a porta do cemitério fechou-se novamente, a abóbada sepulcral do postigo se recortou em claridade, a escuridão do corredor tornou-se vagamente visível, a noite espessa e profunda da prisão ofereceu-se aos olhos, e toda aquela visão voltou para toda aquela sombra.

Extinguiu-se o dobre fúnebre. O silêncio veio encerrar tudo, sinistra fechadura das trevas.

Da aparição desvanecida só restou aquilo.

Uma passagem de espectros que se dissipa.

Semelhanças que coincidem logicamente acabam por construir algo que se assemelha à evidência. A Gwynplaine preso, ao modo silencioso da sua prisão, as suas roupas devolvidas pelo agente de polícia, ao toque fúnebre da prisão para onde fora levado, vinha ajuntar-se, melhor dizendo, ajustar-se, aquela coisa trágica, um féretro levado para a terra.

– Ele morreu! — gritou Ursus.

E caiu sentado sobre um marco.

– Morto! Eles o mataram! Gwynplaine! Minha criança! Meu filho!

E irrompeu-se em soluços.

V

A RAZÃO DE ESTADO TRABALHA EM PEQUENO COMO EM GRANDE

Ursus se vangloriava de não ter jamais chorado. O reservatório das lágrimas estava cheio. Tamanha plenitude, em que se acumulou, gota a gota, dor a dor, toda uma longa existência, não se esvazia num instante. Ursus soluçou por muito tempo.

A primeira lágrima é uma punção. Ele chorou por Gwynplaine, por Dea, por ele, Ursus, por Homo. Chorou como uma criança. Chorou como um ancião. Chorou por tudo aquilo de que rira. Acertou as contas atrasadas. O direito do homem às lágrimas não tem data de vencimento.

Aliás, o morto que acabavam de sepultar era Hardquanonne; mas Ursus não era obrigado a sabê-lo.

Passaram-se várias horas.

O dia começou a raiar; a pálida camada da manhã, com vagas pregas de sombra, estendeu-se dobrada sobre o *bowling-green*. A aurora veio clarear a fachada da hospedaria Tadcaster. Mestre Nicless não fora deitar-se; é que, às vezes, o mesmo fato dá origem a diversas insônias.

As catástrofes irradiam-se em todos os sentidos. Atirem uma pedra na água e contem os respingos.

Mestre Nicless se sentia atingido. Aventuras em nossa casa são muito desagradáveis. Mestre Nicless, pouco tranquilizado e entrevendo complicações, meditava. Lamentava ter recebido "aquela gente" na sua casa. Se soubesse! Eles acabarão por envolvê-lo em alguma confusão. Como mandá-los embora agora? Tinha um contrato de aluguel com Ursus. Que alegria se pudesse livrar-se deles! Como fazer para pô-los para fora?

Bruscamente, ocorreu na porta da hospedaria uma daquelas batidas tumultuosas que, na Inglaterra, anunciam "alguém". A gama da batida corresponde à escala da hierarquia.

Não era realmente a batida de um lorde, mas era o bater de um magistrado.

O taverneiro, tremendo muito, entreabriu o postigo.

Realmente, ali estava um magistrado. Mestre Nicless divisou em sua porta, no romper do dia, um grupo de policiais, na frente dos quais se destacavam dois homens, um dos quais era o justiceiro-quórum.

Mestre Nicless vira o justiceiro-quórum pela manhã e o conhecia.

Não conhecia o outro homem.

Era um cavalheiro gordo, com rosto cor de cera, com peruca social e capa de viagem.

Mestre Nicless tinha muito medo da primeira daquelas personagens, o justiceiro-quórum. Se mestre Nicless fosse da corte, teria muito mais medo ainda do segundo, pois se tratava de Barkilphedro.

Um dos homens do grupo bateu uma segunda vez na porta, com violência.

O taverneiro, com abundante suor de ansiedade na fronte, abriu.

O justiceiro-quórum, com o tom de um homem que tem um cargo de policial e que está muito a par do pessoal de vida errante, levantou a voz e perguntou severamente:

– Mestre Ursus?

O hoteleiro, com o boné na mão, respondeu:

– Vossa honra, é aqui.

– Eu sei — disse o justiceiro.

– Sem dúvida, vossa honra.

– Faça-o vir.

– Vossa honra, não está aqui.

– Onde está?

– Não sei.

– Como?

– Ele não voltou.

– Então saiu cedo?

– Não. Mas saiu bem tarde.

– Esses vagabundos! — replicou o justiceiro.

– Vossa honra — disse suavemente Nicless —, ali está ele.

De fato, Ursus acabava de aparecer a uma volta do muro. Estava chegando na hospedaria. Passara quase a noite toda entre o cárcere, onde, ao meio-dia, vira entrar Gwynplaine, e o cemitério, onde, à meia-noite, ouvira encher uma cova. Estava pálido de duas palidezes, a da sua tristeza e a do crepúsculo.

O alvorecer, que é o clarão no estado de larva, deixa as formas, até mesmo as que se movem, mescladas à difusão da noite. Ursus, pálido e vago, caminhando lentamente, parecia uma figura de sonho.

Naquela distração feroz causada pela angústia, ele saíra da hospedaria com a cabeça descoberta. Nem mesmo percebera que estava sem chapéu. Seus poucos cabelos grisalhos moviam-se com o vento. Seus olhos abertos pareciam não olhar. Muitas vezes, mesmo acordados, estamos adormecidos, assim como acontece que adormecidos, estamos acordados. Ursus parecia louco.

– Mestre Ursus — gritou o taverneiro —, venha. Suas honras desejam falar-lhe.

Mestre Nicless, ocupado unicamente de amenizar o incidente, deixou escapar e, ao mesmo tempo, queria conter aquele plural, "suas honras", respeitoso para o grupo, mas talvez ofensivo para o chefe, dessa forma confundido com os seus subordinados.

Ursus teve o sobressalto de um homem que fosse jogado de uma cama em que estivesse dormindo profundamente.

– O que é? — disse.

E avistou a polícia e, na frente dela, o magistrado.

Novo e duro abalo.

Ainda há pouco, o *wapentake*; agora, o justiceiro-quórum. Parecia que um o atirava para o outro. Há velhas histórias de escolhos semelhantes.

O justiceiro-quórum fez-lhe sinal para entrar na taverna.

Ursus obedeceu.

Govicum, que se levantara há pouco e estava varrendo a sala, parou, acantoou-se atrás das mesas, pôs de lado a vassoura e reteve a respiração. Enfiou as mãos nos cabelos, indicando atenção aos acontecimentos.

O justiceiro-quórum sentou-se num banco diante de uma das mesas; Barkilphedro pegou uma cadeira. Ursus e mestre Nicless continuaram em pé. Os policiais, deixados para fora, aglomeraram-se diante da porta fechada.

O justiceiro-quórum fixou o olhar legal em Ursus e disse:

– Tem um lobo.

Ursus respondeu:

– Não totalmente.

– O senhor tem um lobo — continuou o justiceiro, sublinhando "lobo" com um tom decisivo.

Ursus respondeu:

– É que...

E calou-se.

– Delito —, replicou o justiceiro.

Ursus arriscou esta defesa:

– É meu empregado.

O justiceiro pôs a mão espalmada sobre a mesa com os cinco dedos afastados, que é um gesto muito significativo de autoridade.

– Saltimbanco, amanhã, e a esta mesma hora, o senhor e o seu lobo terão deixado a Inglaterra. Senão, o lobo será apreendido, levado ao tribunal e morto.

Ursus pensou "Continuação dos assassinatos". Mas não disse palavra e contentou-se em tremer por todos os membros.

– Está ouvindo? — continuou o justiceiro.

Ursus anuiu com um aceno de cabeça.

O justiceiro insistiu.

– Morto.

Fez-se um silêncio.

– Estrangulado ou afogado.

O justiceiro-quórum encarou Ursus.

– E o senhor, na prisão.

Ursus murmurou:

– Senhor juiz...

– Parta antes de amanhã de manhã. Senão, essa é a ordem.

– Senhor juiz...

– O quê?

– Temos de deixar a Inglaterra, ele e eu?

– Sim.

– Hoje?

– Hoje.

– Como fazer isso?

Mestre Nicless estava feliz. Aquele magistrado, de quem tivera medo, vinha em seu auxílio. A polícia se tornava auxiliar dele, Nicless. Livrava-o "daquela gente". O meio que ele procurava, ele lho trazia. Aquele Ursus, que ele queria mandar embora, a polícia o rechaçava. Força maior. Nada a objetar. Estava encantado. Interveio:

– Vossa honra, este homem...

Apontava Ursus com o dedo.

– ...Este homem está perguntando como fazer para deixar a Inglaterra hoje? Nada mais simples. Todos os dias e todas as noites, nos atracadouros do Tâmisa, tanto deste lado da Ponte de Londres como do outro, há barcos que partem para os países. Pode-se ir da Inglaterra para a Dinamarca, para a Holanda, para a Espanha; não para a França, por causa da guerra, mas para toda parte. Esta noite, partirão diversos navios, por volta da uma hora da manhã, que é a hora da maré. Entre outros, a pança *Vograat* de Rotterdam.

O justiceiro-quórum fez um movimento de ombro para o lado de Ursus:

– Está bem. Parta pelo primeiro barco que aparecer. Pela *Vograat*.

– Senhor juiz... — disse Ursus.

– E então?

– Senhor juiz, se eu tivesse, como antes, só a minha barraquinha de rodas, isso seria possível. Ela caberia num navio. Mas...

– Mas o quê?

– Mas é que eu tenho a Green-Box, que é uma grande máquina com dois cavalos e, por mais largo que seja um navio, jamais ela caberá nele.

– O que tenho eu a ver com isso? — disse o justiceiro. — Mataremos o lobo.

Ursus tremia, sentia-se como manejado por uma mão de gelo. "Monstros!", pensou. "Matar gente é o expediente deles."

O taverneiro sorriu e dirigiu-se a Ursus.

– Mestre Ursus, o senhor pode vender a Green-Box.

Ursus encarou Nicless.

– Mestre Ursus, o senhor tem oferta.

– De quem?

– Oferta pela carroça. Oferta pelos dois cavalos. Oferta pelas duas mulheres. Oferta...

– De quem? — repetiu Ursus.

– Do dono do circo vizinho.

– É verdade.

Ursus lembrou-se.

Mestre Nicless voltou-se para o justiceiro-quórum.

– Vossa honra, o negócio pode ser concluído hoje mesmo. O dono do circo ao lado deseja comprar o veículo grande e os dois cavalos.

– O dono daquele circo tem razão — disse o justiceiro — pois ele vai precisar deles. Uma carroça e cavalos vão ser úteis a ele. Ele também irá embora hoje. Os reverendos das paróquias de Southwark se queixaram das badernas obscenas do Tarrinzeau-field. O xerife tomou as medidas. Esta noite, não haverá mais uma única barraca de saltimbanco neste lugar. Fim dos escândalos. O honorável cavalheiro que se digna a estar aqui presente...

O justiceiro-quórum interrompeu-se para uma saudação a Barkilphedro, a que Barkilphedro correspondeu.

– ...O honorável cavalheiro que se digna a estar aqui presente chegou esta noite de Windsor. Ele traz ordens. Sua majestade disse: "É preciso limpar aquilo."

Ursus, em sua longa meditação da noite inteira, não deixara de fazer algumas perguntas a si mesmo. Afinal, ele vira apenas um caixão. Tinha certeza de que Gwynplaine estava dentro? Era possível que houvesse na terra outros mortos além de Gwynplaine. Um féretro que passa não é um morto a quem se dê nome. Depois da prisão de Gwynplaine, houvera um sepultamento. Aquilo não provava nada. *Post hoc, nonpropter hoc*, etc. Ursus voltara a duvidar. A esperança arde e brilha sobre a angústia como a nafta sobre a água. Aquela chama que sobrenadante flutua eternamente sobre a dor humana. Ursus acabara dizendo a si mesmo: "É provável que seja Gwynplaine que enterraram, mas não é certo. Quem sabe? Talvez Gwynplaine ainda esteja vivo."

Ursus inclinou-se diante do justiceiro.

– Honorável juiz, eu partirei. Nós partiremos. Pela *Vograat*. Para Rotterdam. Obedeço. Venderei a Green-Box, os cavalos, as trombetas, as mulheres egípcias. Mas existe alguém que está comigo, meu companheiro, e que não posso deixar para trás de mim. Gwynplaine...

– Gwynplaine morreu — disse uma voz.

Ursus teve a sensação do frio de um réptil sobre a sua pele. Era Barkilphedro que acabara de falar.

O último clarão se esvaía. Não havia mais dúvida. Gwynplaine morrera. Aquela personagem devia saber. Ele era bastante sinistro para isso.

Ursus saudou.

Mestre Nicless era um bom homem fora a covardia. Mas, apavorado, ele era atroz. A suprema ferocidade é o medo.

Ele resmungou:

– Simplificação.

E, por detrás de Ursus, esfregou as mãos, gesto particular aos egoístas, que significa "Eis que, enfim, estou livre deles!" e que parece feito sobre a bacia de Pôncio Pilatos.

Ursus, acabrunhado, baixava a cabeça. A sentença de Gwynplaine estava executada, a morte; e, quanto a ele, sua prisão lhe fora indicada, o exílio. Não havia mais nada a fazer além de obedecer. Estava pensando.

Sentiu que lhe tocavam o cotovelo. Era outra personagem, o acólito do justiceiro-quórum. Ursus estremeceu.

A voz que havia dito "Gwynplaine morreu" cochichou-lhe no ouvido:

– Aqui estão dez libras esterlinas que lhe envia alguém que lhe quer bem.

E Barkilphedro pôs uma bolsinha sobre uma mesa diante de Ursus.

Lembramo-nos da caixinha que Barkilphedro levara consigo.

Dez guinéus de dois mil era tudo o que podia fazer Barkilphedro. Em sã consciência, era bastante. Se tivesse dado mais, teria perdido. Tivera o trabalho de achar um lorde e começava a sua exploração, era justo que o primeiro rendimento da mina lhe pertencesse. Aqueles que vissem ali uma miséria estariam no seu direito, mas errariam ao se espantar. Barkilphedro amava o dinheiro, principalmente se fosse roubado. Um invejoso contém em si um avarento. Barkilphedro não era sem defeitos. Cometer crimes não impede de ter vícios. Os tigres têm piolhos.

Aliás, era a escola de Bacon.

Barkilphedro voltou-se para o justiceiro-quórum e lhe disse:

– Senhor, queira terminar. Estou com muita pressa. Uma carruagem atrelada com os cavalos de sua majestade está a minha espera. É preciso que eu volte a toda pressa para Windsor e que esteja lá em menos de duas horas. Tenho contas a prestar e ordens a receber.

O justiceiro-quórum levantou-se.

Foi até a porta que estava fechada somente com o ferrolho, abriu-a, olhou para os policiais sem dizer palavra e lançou sobre eles um gesto de autoridade com o indicador. Todo o grupo entrou com aquele silêncio no qual se entrevê aproximar-se algo de severo.

Mestre Nicless, satisfeito com o desfecho rápido que cortava pela raiz as complicações, encantado por estar fora daquela embrulhada, ao ver aquele aparato policial, teve medo de que prendessem Ursus em sua casa. Duas prisões seguidas em sua casa, a de Gwynplaine, depois a de Ursus, poderiam prejudicar a taverna, pois os bebedores não gostam de ser incomodados pela polícia. Era o caso de uma intervenção convenientemente suplicante e generosa. Mestre Nicless voltou para o justiceiro-quórum a sua face sorridente em que a confiança estava temperada pelo respeito:

– Vossa honra, observo a vossa honra que esses respeitáveis senhores, os sargentos, são dispensáveis, uma vez que o lobo culpado vai ser levado para fora da Inglaterra, que o citado Ursus não opõe resistência e que as ordens de vossa honra são pontualmente obedecidas. Vossa honra irá considerar que as ações respeitáveis da polícia, tão necessárias ao bem do reino, prejudicam um estabelecimento e que a minha casa é inocente. Uma vez que os saltimbancos da Green-Box estão limpos, como diz sua majestade a rainha, não vejo aqui mais nenhum criminoso, pois não suponho que a jovem cega e as duas mulheres sejam delinquentes, e eu imploraria a vossa honra que se digne a abreviar sua augusta visita e despedir esses dignos senhores que acabam de entrar, pois eles nada têm a fazer em minha casa. E se vossa honra me permitisse provar a justeza de minhas palavras sob a forma de uma humilde pergunta, eu tornaria evidente a inutilidade da presença desses veneráveis senhores perguntando a vossa honra: uma vez que o citado Ursus se resolve e parte, o que podem eles prender aqui?

– O senhor — disse o justiceiro.

Não se discute com uma espadada que nos atravessa de lado a lado. Mestre Nicless, alterado, deixou-se cair sobre qualquer coisa, uma mesa, um banco, sobre o que lhe apareceu.

O justiceiro levantou a voz de tal maneira que, se houvesse gente na praça, poderiam ouvi-lo.

– Mestre Nicless Plumptre, taverneiro desta taverna, isto é o último ponto a acertar. Esse saltimbanco e o lobo são errantes. Estão expulsos. Mas o mais culpado é o senhor. É na sua casa e com o seu consentimento que a lei foi transgredida. E o senhor, homem detentor de uma patente, investido de uma responsabilidade pública, instalou o escândalo na sua casa. Mestre Nicless, sua licença está retirada, pagará a multa e irá para a prisão.

Os policiais o rodearam. O justiceiro continuou, apontando Govicum:

– Esse rapaz, seu cúmplice, está preso.

A mão de um soldado foi no colarinho de Govicum, que o examinou com curiosidade. O servo, não muito amedrontado, pois pouca coisa compreendia, já vira mais de uma coisa singular e se perguntava se não era a continuação da comédia.

O justiceiro-quórum enterrou o chapéu na cabeça, cruzou as mãos sobre o ventre, o que é o cúmulo da majestade, e acrescentou:

– Está dito, mestre Nicless, o senhor será levado para a prisão e posto no cárcere. O senhor e esse servo. E esta casa, a hospedaria Tadcaster, permanecerá fechada, condenada e com as atividades encerradas. Para servir de exemplo. Agora, o senhor irá nos acompanhar.

LIVRO SÉTIMO

A TITÃ

I

DESPERTAR

— E Dea!

A Gwynplaine, que contemplava o raiar do dia em Corleone-lodge durante essas aventuras da hospedaria Tadcaster, pareceu que esse grito vinha de fora; esse grito estava nele.

Quem não ouviu os profundos clamores da alma?

Além disso, o dia estava raiando.

A aurora é uma voz.

Para que serviria o sol senão para despertar a sombra adormecida, a consciência?

A luz e a virtude pertencem a mesma espécie.

Que o deus se chame Cristo ou se chame Amor, sempre há uma hora em que ele é esquecido, mesmo pelo melhor; todos nós, até mesmo os santos, precisamos de uma voz que nos faça lembrar, e o alvorecer faz falar em nós o avisador sublime. A consciência grita diante do dever como o galo canta diante do dia.

O coração humano, esse caos, ouve o *Fiat lux*.

Gwynplaine — continuaremos a chamá-lo assim; Clancharlie é um lorde, Gwynplaine é um homem —, Gwynplaine foi como que ressuscitado.

Estava na hora de ligar a artéria.

Havia nele uma fuga de honestidade.

– E Dea! — disse.

E sentiu nas veias como uma transfusão generosa. Algo de salubre e de tumultuoso se precipitava nele. A irrupção violenta dos bons pensamentos é um retorno ao lar de alguém que não tem a chave e que força honestamente a sua própria parede. Há escalada, mas do bem. Há arrombamento, mas do mal.

– Dea! Dea! Dea! — repetiu.

Ele afirmava a si mesmo seu próprio coração.

E perguntou em voz alta:

– Onde está?

Quase perplexo por não lhe responderem, repetiu olhando para o teto, para as paredes, num desconcerto em que a razão retornava:

– Onde está? Onde estou?

E, naquele quarto, naquela jaula, recomeçou a caminhada de animal feroz preso.

– Onde estou eu? Em Windsor. E você? Em Southwark. Ah! Meu Deus! É a primeira vez que há uma distância entre nós. Então quem cavou esse vazio? Eu aqui, tu aí! Oh! Isso não existe. Isso não deverá existir. O que fizeram comigo?

Deteve-se.

– Quem foi, pois, que me falou da rainha? Eu o conheço? Mudado! Eu mudado! Por quê? Porque sou lorde. Sabe o que está acontecendo, Dea? Você é lady. São surpreendentes as coisas que estão acontecendo. Ah, é isso! Preciso recuperar o meu caminho. Será que me arruinaram? Há um homem que falou comigo de forma obscura. Lembro-me das palavras que me disse: "Milorde, uma porta que se abre fecha outra. O que ficou para trás já não existe." Em outras palavras: é um covarde! Aquele homem, aquele miserável! Dizia-me aquilo enquanto eu ainda não estava desperto. Abusava de meus primeiros momentos de perplexidade. Eu era como uma presa que ele tinha nas mãos. Onde está ele agora para que eu possa insultá-lo? Falava-me com o sombrio sorriso do sonho. Ah! Eis que estou voltando a ser eu! É bom. Estão enganados se acham que farão de lorde Clancharlie o que quiserem! Par da Inglaterra, sim, com uma parceira, que é Dea. Condições! Será que vou aceitá-las? A rainha? Que me importa a rainha! Nunca a vi. Não sou lorde para tornar-me escravo. Entrarei livre no poder. Será que imaginam ter-me tirado das correntes por nada? Só me tiraram a mordaça, isso é tudo. Dea! Ursus! Estamos juntos. Eu era o que vocês são. O que eu sou, vocês sois. Venham! Não. Eu irei encontrá-los! Imediatamente. Imediatamente! Já esperei demais. O que devem estar pensando por não me verem voltar? Aquele dinheiro! Quando penso que lhes enviei dinheiro! Era eu que deveria ter ido. Eu me lembro, aquele homem disse que eu não poderia sair daqui. Veremos. Vamos, uma carruagem! Uma carruagem! Preparem-na com os cavalos. Quero ir buscá-los. Onde estão os criados? Deve haver criados, uma vez que há um senhor. Sou o patrão aqui. É minha casa. Entortarei os ferrolhos, quebrarei as fechaduras, arrombarei as portas a pontapés. Se alguém quiser barrar-me a passagem, atravessá-lo-ei com minha espada, pois tenho uma espada agora. Queria mesmo que me resistissem. Tenho uma mulher, que é Dea. Tenho um pai, que é Ursus. Minha casa é um palácio e eu o dou a Ursus. Meu nome é um diadema, e o eu dou a Dea. Depressa! Imediatamente! Dea, estou aqui! Ah! Logo terei transposto a distância, vá!

E, levantando a primeira porta que apareceu, saiu impetuosamente do quarto.

Encontrou-se num corredor.

Seguiu em frente.

Apareceu um segundo corredor.

Todas as portas estavam abertas.

Começou a andar ao acaso, de quarto em quarto, de corredor em corredor, procurando a saída.

II

SEMELHANÇA DE UM PALÁCIO
COM UM BOSQUE

Nos palácios à moda italiana, Corleone-lodge era desse tipo, havia muito poucas portas. Tudo era constituído de cortinas, reposteiros, tapeçaria.

Naquela época, não havia palácio que não tivesse, em seu interior, uma singular miscelânea de quartos e corredores onde imperasse o fausto; douraduras, mármores, madeiras esculpidas, sedas do oriente; com recantos cheios de precaução e de obscuridade, outros cheios de luz. Eram sótãos ricos e alegres, alcovas envernizadas, reluzentes, revestidas de faianças da Holanda ou de azulejos de Portugal, vãos de altas janelas cortadas em mezaninos e gabinetes inteiramente envidraçados, belas lanternas habitáveis. As espessuras de paredes, esvaziadas, eram habitáveis. Aqui e ali, *bonbonnières* que eram guarda-roupas. Chamava-se a isso "os pequenos apartamentos". Era ali que se cometiam crimes.

Se tivessem de matar o duque de Guise ou de transviar a bela presidente de Sylvecane, ou, mais tarde, de abafar os gritos dos pequenos que Lebel trazia, era cômodo. Morada complicada, ininteligível para um recém-chegado. Lugar dos raptos; fundo ignorado onde se concluíam os desaparecimentos. Naquelas elegantes cavernas, os príncipes e os fidalgos depositavam seus butins; o conde de Charolais escondia ali madame Courchamp, a mulher do mestre das petições; M. de Monthulé escondia ali a filha de Haudry, o fazendeiro da Cruz de Saint-Lenfroy; o príncipe de Conti escondia ali as duas belas padeiras de Ile-Adam; o duque de Buckingham escondia ali a pobre Pennywell, etc. As coisas que eram efetuadas ali eram daquelas que se fazem, como diz a lei romana, *vi, clam et precario*, por força, em segredo e por pouco tempo. Quem estivesse ali ficava ali conforme o bel-prazer do dono. Eram masmorras douradas. Parecia tanto um claustro como um serralho. Escadarias giravam, subiam, desciam. Uma espiral de quartos que se encaixavam levavam ao ponto de partida. Uma galeria terminava em oratório. Um confessionário se inseria sobre uma alcova. É provável que as ramificações dos corais e os orifícios das esponjas serviram de modelos aos arquitetos dos "pequenos apartamentos" dos reis e dos fidalgos. Os entrelaçamentos eram inextricáveis. Retratos que giravam nas aberturas possibilitavam entradas e saídas. Era planejado. E era mesmo necessário; ali representavam dramas. Os pisos daquela colmeia iam dos subterrâneos às mansardas. Madrépora bizarra incrustada em todos os palácios, a começar por Versalhes, e que era como a habitação dos pigmeus na morada dos titãs. Corredores, locais de repouso, ninhos, alvéolos, esconderijos. Todos os tipos de buracos onde se dissimulavam as pequenezas dos grandes.

Aqueles lugares, serpenteantes e murados, despertavam ideias de brincadeiras, de olhos vendados, de mãos tateando, de risos contidos, cabra-cega, esconde-esconde; e, ao mesmo tempo, faziam pensar nos Atridas, nos Plantagenetas, nos Médicis, nos bravios cavaleiros de Elz, em Rizzio, em Monaldeschi, nas espadas que perseguiam um fugitivo de quarto em quarto.

A antiguidade também tinha misteriosas moradias desse gênero, onde o luxo era apropriado para os horrores. Uma amostra disso foi conservada sob a terra em certos sepulcros do Egito, como na cripta do rei Psamético, descoberta por Passalacqua. Nos velhos poetas encontramos o terror de tais construções suspeitas. *Error circumflexus, locus implicitus gyris.*

Gwynplaine estava nos pequenos apartamentos de Corleone--lodge.

Estava com o ardor de ir-se embora, de estar fora, de rever Dea. Aquele emaranhado de corredores e de células, de portas dissimuladas, de portas imprevistas detinha-o e o tornava mais vagaroso. Queria correr, mas era forçado a vaguear por ali. Pensava ter apenas uma porta a abrir, e tinha uma embrulhada a desembaraçar.

Depois de um quarto, um outro. Depois, encruzilhadas de salões.

Não encontrava vivalma. Escutava. Nenhum movimento.

Parecia-lhe estar voltando ao mesmo lugar.

Por momentos, ele achava que alguém vinha ter com ele. Não era ninguém. Era ele num espelho, com vestes de fidalgo.

Era ele, inverossímil. Chegava a reconhecer-se, mas não de imediato.

Andava em frente, entrando por todas as passagens que se lhe ofereciam.

Entrava em meandros de arquitetura íntima; aqui, um gabinete requintadamente pintado e esculpido, um tanto obsceno e muito discreto; ali, uma capela equívoca toda adornada de nácares e de esmaltes, com marfins feitos para serem vistos com lupa, como tampas de tabaqueiras; ali, um daqueles preciosos aposentos florentinos adaptados para as hipocondrias femininas a que chamavam, desde então, budoares. Por toda parte, nos tetos, nas paredes e até nos assoalhos havia figuras aveludadas ou metálicas de aves e de árvores, vegetações extravagantes envoltas em pérolas, bossagens de passamanaria, camadas de azeviche, guerreiros, rainhas, tritões encouraçados com ventre de hidra. Os biséis dos cristais lapidados aliavam efeitos de prismas a efeitos de reflexos. As vidrarias faziam papel de pedrarias. Viam-se cintilar recantos sombrios. Não se sabia se todas aquelas facetas luminosas, em que vidros de esmeraldas se amalgamavam a dourados de sol nascente e onde flutuavam nuvens furta-cores, eram espelhos microscópicos ou imensas águas-marinhas. Magnificência delicada e ao mesmo tempo enorme. Era o mais delicado dos palácios, a menos que fosse o mais colossal dos escrínios. Uma casa para Mab ou uma joia para Geo. Gwynplaine procurava a saída.

Não a encontrava. Impossível orientar-se. Nada é tão capitoso como a opulência quando a vemos pela primeira vez. Mas, além disso, era um labirinto. A cada passo, uma nova magnificência lhe opunha um obstáculo. Parecia que tudo resistia a sua partida. Parecia não querer soltá-lo. Ele estava como que preso num visco de maravilhas. Sentia-se capturado e preso.

"Que palácio horrível!", pensou.

Perambulava naquele dédalo, inquieto, perguntando o que significava aquilo, se estava na prisão, irritando-se, desejando estar ao ar livre. Ele repetia "Dea! Dea!" como se segura o fio que não se pode deixar romper e que nos permitirá sair.

Por alguns momentos, chamava.

– Ei! Alguém daqui!

Nada respondia.

Aqueles quartos não acabavam mais. Tudo era deserto, silencioso, esplêndido, sinistro.

Imaginamos assim os castelos encantados.

Saídas de calor escondidas mantinham, naqueles corredores e naqueles cômodos, uma temperatura de verão. O mês de junho parecia ter sido pego por algum mágico e encerrado naquele labirinto. Em certos momentos, o aroma era bom. Atravessavam-se lufadas de perfumes como se ali houvesse flores invisíveis. Estava quente. Por toda parte, havia tapetes. Poder-se-ia passear nu.

Gwynplaine olhava pelas janelas. O aspecto mudava. Ora ele via jardins cheios dos frescores da primavera e da manhã, ora pátios à espanhola, que são pequenos pátios quadrangulares entre grandes prédios, pavimentados com lajes, embolorados e frios; por vezes, um rio, que era o Tâmisa, por vezes, uma grande torre, que era Windsor.

Fora, de tão cedo que era, não havia passantes.

Ele parava. Escutava.

– Oh! Eu irei embora — dizia. — Vou encontrar Dea. Não irão me reter pela força. Ai daquele que quiser impedir-me de sair! O que é aquela grande torre? Se houver um gigante, um cão do inferno, uma tarasca para barrar a porta neste palácio enfeitiçado, eu o exterminarei. Um exército, eu o devoraria. Dea! Dea!

De repente, ele ouviu um barulhinho, muito fraco. Parecia água correndo.

Estava numa galeria estreita, escura, fechada a alguns passos a sua frente por uma cortina dividida.

Foi até essa cortina, afastou-a, entrou.

Então, penetrou no inesperado.

III

EVA

Era uma sala octogonal, com abóbada em alça de cesto, sem janelas, iluminada por uma abertura no alto, toda revestida, parede, pavimento e abóbada, de mármore flor de pessegueiro; no meio da sala, um baldaquino com pináculo em mármore cor de tecido mortuário, com colunas torcidas, no pesado e encantador estilo elisabetano, cobrindo de sombra uma banheira do mesmo mármore negro; no meio da banheira, um fino jorro de água perfumada e tépida enchendo suave e lentamente a cuba; era o que ele tinha ali diante dos olhos.

Banho escuro feito para transformar a brancura em resplendor.

Era essa água que ele ouvira. Um abertura feita na banheira a uma determinada altura não a deixava transbordar. Havia fumaça na banheira, mas tão pouca que só fazia algum vapor sobre o mármore. O tênue jato de água era comparável a uma fina vara de aço que se dobrasse ao mais leve sopro.

Nenhum móvel, a não ser, perto da banheira, uma daquelas poltronas-camas com almofadas, bastante longa para que uma mulher que nela se deitasse pudesse ter, aos seus pés, o seu cão ou o seu amante; donde *can-al-pie*, de que tiramos canapé.

Era uma *chaise longue* da Espanha, visto que a parte inferior era de prata. As almofadas e o acolchoado eram de seda branca brilhante.

Do outro lado da banheira, erguia-se, encostada na parede, uma prateleira alta de prata maciça com todos os utensílios para toucador, com oito pequenos espelhos venezianos emoldurados em prata e em forma de janela no meio.

No canto do muro mais próximo do canapé, estava entalhada uma janela quadrada semelhante a uma lucarna fechada por um painel de prata vermelha. Esse painel tinha gonzos como uma folha de porta. Na prata vermelha brilhava uma coroa real nigelada e dourada. Acima do painel, estava suspensa e chumbada na parede uma sineta em *vermeil*, talvez até em ouro. Defronte à entrada da sala, em frente a Gwynplaine, que parara de repente, faltava o canto de mármore. Este fora substituído por uma abertura de igual dimensão que ia até a abóbada, fechada por uma trama larga e alta de prata.

A trama, de uma feérica tenuidade, era transparente. Enxergava-se através dela.

No centro da trama, no lugar onde habitualmente fica a aranha, Gwynplaine avistou uma coisa excepcional, uma mulher nua.

Não literalmente nua. Aquela mulher estava vestida. E da cabeça aos pés. A roupa era uma camisa, muito longa, como os vestidos dos anjos nos quadros de santos, mas tão fina que parecia molhada. Daí, um quase de mulher nua, mais traiçoeiro e perigoso do que a nudez total. A história registrou procissões de princesas e de grandes damas entre duas filas de monges em que, a pretexto de pés nus e de humildade, a duquesa de Montpensier assim se mostrava a toda Paris numa camisa de renda. Correção: com uma vela na mão.

A trama prateada, diáfana como uma vidraça, era uma cortina. Estava fixada somente no alto e podia ser erguida. Separava a sala de mármore, que era uma uma sala de banho, de um quarto de dormir. Esse quarto, muito pequeno, era uma espécie de gruta de espelhos. Por toda parte, espelhos de Veneza, contíguos, ajustados poliedricamente, ligados por hastes douradas, refletiam a cama que ficava no centro. Sobre a cama, de prata como o toalete e o canapé, estava deitada a mulher. Estava dormindo.

Dormia com a cabeça virada, com um dos pés afastando as cobertas como o súcubo acima do qual o sonho bate as asas.

Seu travesseiro de rendas estava caído sobre o tapete.

Entre a sua nudez e o olhar havia dois obstáculos, a sua camisa e a cortina de gaze de prata, duas transparências. O quarto, mais alcova do que quarto, era iluminado com uma sorte de discrição, pelo reflexo da sala de banho. Talvez a mulher não tivesse pudor, mas tinha-o a luz.

A cama não tinha colunas nem dossel, nem baldaquino, de sorte que a mulher, quando abrisse os olhos, poderia ver-se mil vezes nua nos espelhos acima da sua cabeça.

Os lençóis estavam em desordem, sinal de um sono agitado. A beleza das dobras mostravam a fineza do tecido. Era a época em que uma rainha, pensando que seria condenada, imaginava o inferno como uma cama com lençóis grosseiros.

Aliás, a moda de dormir nu vinha da Itália e remontava aos romanos. "*Sub clara nuda lucerna*", diz Horácio.

Jogado ao pé da cama, estava um roupão de seda singular, da China sem dúvida, pois nas dobras entrevia-se um grande lagarto de ouro.

Além da cama, no fundo da alcova, havia provavelmente uma porta marcada e escamoteada por um espelho bastante amplo sobre o qual estavam pintados pavões e cisnes. Naquele quarto feito de sombra, tudo era reluzente. Os espaços entre os cristais e as dourações eram revestidos daquele material cintilante a que chamavam, em Veneza, "fel de vidro".

Na cabeceira da cama, estava fixado um atril de prata com travessas giratórias e luzeiros fixos sobre o qual se via um livro aberto tendo no alto das páginas, em letras grandes e vermelhas, o título *Alcoramus Mahumedis*.

Gwynplaine não percebia nenhum de tais detalhes. A mulher era o que ele via.

Estava, ao mesmo tempo, petrificado e transtornado; o que exclui, mas o que existe.

Aquela mulher, ele a reconhecia.

Estava de olhos fechados e o rosto voltado para ele.

Era a duquesa.

Ela, aquele ser misterioso em quem se amalgamavam todos os resplendores do desconhecido, aquela que o fizera ter tantos sonhos inconfessáveis, aquela que lhe escrevera tão estranha carta! A única mulher no mundo de quem ele poderia dizer: "Ela me viu e me deseja!" Ele repelira os sonhos, queimara a carta, relegara-a. Relegara-a; o mais distante possível de seu devaneio e de sua memória; não pensava mais nela, esquecera-a...

Ele a estava revendo!

E revendo-a terrível.

Mulher nua é mulher armada.

Ele não respirava mais. Sentia-se suspenso, como num nimbo, e impelido. Olhava. Aquela mulher diante dele! Era possível?

No teatro, duquesa. Ali, nereida, náiade, fada. Sempre aparição.

Tentou fugir e sentiu que seria impossível. Seus olhares se haviam tornado correntes e o prendiam àquela visão.

Era uma moça? Era uma virgem? As duas coisas. Messalina, presente quiçá no invisível, devia estar sorrindo, e Diana devia estar velando. Havia naquela beleza a clareza do inacessível. Não havia pureza comparável àquela forma casta e altaneira. Algumas neves que não foram jamais tocadas são reconhecíveis. As brancuras sagradas da Jungfrau, aquela mulher as tinha. O que emanava daquela fronte inconsciente, daquela rubra cabeleira espalhada, daqueles cílios baixados, daquelas veias azuis vagamente visíveis, daquelas formas arredondadas esculturais dos seios, dos quadris e dos joelhos modelando afloramentos róseos da camisa, era a divindade de um sono augusto. Aquela impudícia se dissolvia em irradiação. Aquela criatura estava nua com tanta calma que, se tivesse direito ao cinismo divino, tinha a segurança de uma olímpica que se faz filha do abismo e que pode dizer ao oceano: "Pai!" E ela se oferecia, inabordável e soberba a tudo o que passa, aos olhares, aos desejos, as demências, aos sonhos. Tão orgulhosamente adormecida naquele leito de budoar como Vênus na imensidão da espuma.

Adormecera a noite e estava prolongando o seu sono em pleno dia; confiança iniciada nas trevas e continuada na luz.

Gwynplaine estremecia. Admirava.

Admiração mórbida e que desperta demasiado interesse.

Estava amedrontado.

A caixa de surpresas da fortuna não se esgota. Gwynplaine acreditara estar no fim. E estava recomeçando. O que seriam todos aqueles raios que se abatiam sem trégua sobre a sua cabeça e, enfim, aquela suprema fulminação, que atirava, a ele, homem tremente, uma deusa adormecida? O que seriam tantas sucessivas aberturas de céu, de onde terminava por sair, desejável e temível, o seu sonho? O que seriam tais complacências do tentador incógnito, que lhe trazia, uma após outra, suas aspirações vagas, suas veleidades confusas, até seus maus pensamentos transformados em carne viva e esmagando-o sob uma inebriante série de realidades retiradas do impossível? Haveria contra ele, miserável, conspiração de toda sombra, e o que seria dele com todos aqueles sorrisos da sinistra fortuna em torno dele? O que seria aquela vertigem propositadamente arrumada? Aquela mulher! Ali! Por quê? Como? Nenhuma explicação. Por que ele? Por que ela? Teria sido ele feito par da Inglaterra especialmente para aquela duquesa? Quem os estava trazendo assim um para o outro? Quem era o otário? Quem era vítima? Abusavam da boa-fé de quem? Seria Deus que estavam ludibriando? Todas aquelas coisas, ele não conseguia precisá-las, entrevia-as através de uma série de nuvens negras na sua cabeça. Aquela morada mágica e malévola, aquele estranho palácio, tenaz como uma prisão, tratar-se-ia de conspiração? Gwynplaine sentia uma sorte de reabsorção. Forças obscuras o garrotavam misteriosamente. Acorrentava-o uma gravitação. Escapava-lhe a vontade extorquida. Em que se agarrar? Estava desorientado e fascinado. Sentia-se, agora, irremediavelmente desarrazoado. A sombria queda vertical no precipício do deslumbramento prosseguia.

A mulher dormia.

Como o seu estado de perturbação se agravava, para ele, não havia mais a lady, a duquesa, a dama; havia a mulher.

Os desvios estão em estado latente no homem. Os vícios têm no nosso organismo um traçado invisível já todo preparado. Mesmo inocentes e aparentemente puros, temos isso dentro de nós. Ser imaculado não é estar isento de defeito. O amor é uma lei. A volúpia é uma armadilha. Existe o inebriamento e existe a embriaguez. O inebriamento é querer uma mulher; a embriaguez é querer a mulher.

Gwynplaine, fora de si, tremia.

O que fazer contra aquele encontro? Sem ondas de fazendas, sem amplidões de seda, sem vestuário prolixo e vaidoso, sem exagero galante que esconde e que mostra, sem nuvem. A nudez em sua temível concisão. Sorte de somação misteriosa, desfaçatez edênica. Todo o lado tenebroso do homem posto em ação. Eva pior do que Satã. O humano e o sobre-humano amalgamados. Êxtase inquietante, terminando no triunfo brutal do instinto sobre o dever. O contorno soberano da beleza é imperioso. Quando ele sai do ideal e se digna a ser real, para o homem, é uma proximidade funesta.

Em alguns momentos, a duquesa se movia molemente na cama e tinha os vagos movimentos de um vapor no céu, mudando de atitude como a nuvem muda de forma. Ela ondulava, compondo e decompondo encantadoras curvas. Todas as maleabilidades da água tem-nas também a mulher. A exemplo da água, a duquesa tinha algo de inapreensível. É estranho dizer, ela estava ali, carne visível, e continuava a ser quimérica. Palpável, parecia distante. Gwynplaine, assustado e pálido, contemplava-a. Escutava o palpitar daquele seio e julgava estar ouvindo uma respiração de fantasma. Era atraído e se debatia. O que fazer contra ela? O que fazer contra si?

Tivera todas as expectativas, com exceção daquela. Um feroz guardião que viesse pela porta, algum monstro carcereiro a combater, era com isso que ele contara. Previra Cérbero; encontrava Hebe.

Uma mulher nua. Uma mulher adormecida.

Que sombrio combate!

Ele fechava os olhos. Luminosidade em demasia é um sofrimento para os olhos. Mas, através das pálpebras fechadas, ele a revia logo depois. Quanto mais tenebrosa, tanto mais bela.

Não é fácil fugir. Tentara-o e não pudera. Estava enraizado

como no sonho. Quando queremos retroceder, a tentação prega nossos pés no chão. É possível avançar, recuar, não. Os braços invisíveis do pecado saem da terra e nos empurram para o deslize.

Uma banalidade admitida por todos é que a emoção se atenua. Nada mais falso. É como dizer que, com o ácido nítrico caindo gota a gota, uma ferida se acalma e adormece e que o esquartejamento deixa Damiens indiferente.

A verdade é que, a cada novo lance, a sensação fica mais latente.

De espanto em espanto, Gwynplaine chega ao paroxismo. Aquele vaso, sua razão, transbordava sob aquela nova estupefação. Ele sentia um despertar angustiante.

Estava desorientado. Diante dele, havia unicamente uma certeza, aquela mulher. Entreabria-se uma irremediável felicidade semelhante a um naufrágio. Não havia mais direção possível. Uma corrente irresistível e o escolho. O escolho, não se tratava do rochedo, mas da sereia. Existe uma força de atração no fundo do abismo.

Gwynplaine queria escapar dessa atração, mas como fazê-lo? Não sentia mais um ponto onde agarrar-se. A flutuação humana é infinita. Um homem pode ficar à deriva como um navio. A âncora é a consciência. Situação lúgubre, a consciência pode quebrar-se.

Nem mesmo tinha ele este recurso: "Sou desfigurado e horrível. Ela vai me repelir." Aquela mulher lhe escrevera que o amava.

Nas crises há um instante de desequilíbrio. Quando pendemos mais para o mal do que nos apoiamos no bem, aquela quantidade de nós mesmos que está suspensa sobre o pecado acaba por prevalecer e nos precipita. Teria chegado para Gwynplaine esse momento triste?

Como escapar?

Então era ela! A duquesa! Aquela mulher! Ele a tinha na

sua frente, naquele quarto, naquele lugar deserto, adormecida, entregue, sozinha. Ela estava à sua mercê, e ele estava em seu poder!

A duquesa!

Avistamos uma estrela no fundo dos espaços. Ela nos encantou. E está tão distante! O que temer de uma estrela fixa? Um dia — uma noite — vemo-la mover-se. Distinguimos um tremeluzir em torno dela. Aquele astro, que julgávamos impassível, movimenta-se. Não é a estrela, é o cometa. É o imenso incendiário do céu. O astro caminha, cresce, abana uma cabeleira purpúrea, torna-se enorme. É para o nosso lado que ele se dirige. Oh terror, está vindo em nossa direção! O cometa nos conhece, o cometa nos deseja, o cometa nos quer. Aterrorizante avanço celeste. O que chega até nós é luz demais, e nos cega; é o excesso de vida, que é morte. Esse avanço produz o zênite, nós o recusamos. Essa oferta de amor do abismo, nós a rejeitamos. Levamos as mãos aos olhos, escondemo-nos, furtamo-nos e acreditamos estar salvo. Abrimos os olhos... A temerosa estrela está ali. Já não é estrela, é mundo. Mundo ignorado. Mundo de lava e de brasa. Devorador prodígio das profundezas. Ela enche o céu. Não há mais nada além dela. A pedra preciosa do fundo do infinito, de longe, é diamante, de perto, é fornalha. Estamos dentro da chama.

E sentimos a nossa combustão iniciar-se por um calor de paraíso.

IV
SATÃ

Subitamente, a adormecida despertou. Sentou-se com brusca e harmoniosa majestade; seus cabelos de loura seda aveludada se espalharam com doce oscilação sobre a cintura; a camisola, ao cair, deixou totalmente a vista suas espáduas nuas; ela tocou os pés rosados com a mão delicada e olhou, por alguns instantes, o pé nu, digno de ser adorado por Péricles e copiado por Fídias; depois, espreguiçou e bocejou como uma tigresa ao surgir do sol.

Gwynplaine provavelmente respirava, como quando retemos o fôlego, com esforço.

– Há alguém aí?

Perguntou enquanto bocejava, e com muita graça.

Gwynplaine ouviu aquela voz que não conhecia. Voz sedutora; tom deliciosamente altivo; a entoação da carícia atenuava o hábito de mandar.

Ao mesmo tempo, erguendo-se nos joelhos, existe uma estátua antiga assim ajoelhada em mil dobras transparentes, puxou para si o penhoar e desceu da cama, nua e em pé, rápido como o passar uma flecha, e imediatamente vestida. Num piscar de olhos, estava coberta. As mangas, muito longas, escondiam-lhe as mãos. Viam-se apenas a ponta dos dedos dos pés, brancos, com unhas miúdas, iguais a pés de criança. Ela tirou das costas um punhado de cabelos e o jogou sobre o vestido, depois, correu para trás da cama, no fundo da alcova e encostou o ouvido no espelho pintado que parecia encobrir uma porta. Bateu no espelho com a ângulo do dedo indicador dobrado.

– Há alguém? Lorde David! Já está aí? Que horas são então? É você, Barkilphedro?

Voltou-se.

– Mas não. Não é deste lado. Há alguém na sala de banho? Mas então responda! Na verdade, não, ninguém pode vir por ali.

Foi até a cortina de tecido prateado, abriu-a com a ponta do pé, afastou-a com um movimento do ombro e entrou no quarto de mármore.

Gwynplaine sentiu como que um frio de agonia. Nenhum abrigo. Era tarde demais para fugir. De resto, ele não tinha força para tanto. Queria que o chão se abrisse, deixando-o cair para debaixo da terra. Não havia meio de não ser visto.

Ela o viu.

Olhou-o prodigiosamente surpresa, mas sem nenhum estremecimento, com um misto de alegria e desprezo:

– Veja só — disse —, Gwynplaine!

Depois, subitamente, de um violento salto, pois aquela gata era uma pantera, atirou-se ao seu pescoço.

Apertou-lhe a cabeça entre os braços nus, cujas mangas, naquele arroubo, se tinham levantado.

E, em seguida, afastando-o, descendo sobre os ombros de Gwynplaine as mãozinhas como garras, ela, em pé diante dele, ele, em pé diante dela, pôs-se a olhá-lo de modo estranho.

Mirou-o, fatal, com seus olhos de Aldebarã, raio visual misto, que tinha algo de estrábico e de sideral. Gwynplaine contemplava aquela pupila azul e aquela pupila negra, perdido sob a dupla fixidez daquele olhar de céu e inferno. Aquela mulher e aquele homem repercutiam, um no outro, o deslumbramento sinistro. Fascinavam-se mutuamente, ele pela deformidade, ela pela beleza, ambos pelo horror.

Ele se calava, como sob um peso impossível de levantar. Ela exclamou:

– É determinado. Veio. Soube que eu fora forçada a deixar Londres. Você me seguiu. Fez bem. É extraordinário por estar aqui.

Possuir-se reciprocamente lança uma espécie lampejo. Gwynplaine, confusamente advertido por um vago temor selvagem e honesto, recuou, mas as unhas róseas crispadas nos seus ombros o retinham. Esboçava-se algo de inexorável. Ele estava no antro da mulher fera, ele próprio o homem fera.

Ela continuou:

– Ana, aquela idiota — sabes? A rainha —, ela me mandou vir a Windsor sem saber o porquê. Quando cheguei, ela estava fechada com o idiota do seu chanceler. Mas como fez para chegar até mim? É a isso que eu chamo "ser homem". Obstáculos. Não existem! Somos chamados e atendemos. Você se informou? Penso que sabia o meu nome, a duquesa Josiane. Quem o fez entrar? Sem dúvida, foi o pajem. Ele é esperto. Dar-lhe-ei cem guinéus. Como fez? Diga-me. Não, não mo diga. Não quero saber. Explicações amesquinham. Gosto mais de você surpreendente. É assaz monstruoso para ser maravilhoso. Você cai do empíreo ou sobe do terceiro subsolo através do alçapão do Érebo. Nada mais simples, o teto se afastou ou o chão se abriu. Uma descida pelas nuvens ou uma ascensão num flamejar de enxofre, é assim que chega. Merece entrar como os deuses. Está dito, é o meu amante.

Gwynplaine, desatinado, escutava, sentindo, cada vez mais, seu pensamento oscilar. Era o fim. E impossível duvidar. A carta da noite, a mulher a confirmava. Ele, Gwynplaine, amante de uma duquesa, amante amado! O imenso orgulho de mil cabeças sombrias moveu-se naquele coração desafortunado.

A vaidade, força enorme em nós, contra nós.

A duquesa continuou:

– Uma vez que está aqui, é porque assim foi determinado. Não peço mais nada. Há alguém lá em cima, ou em baixo, que nos atira um para o outro. Noivado do Estígio e da Aurora. Bodas desenfreadas fora de todas as leis. No dia em que o vi, eu disse: "É ele. Eu o reconheço. É o monstro dos meus sonhos. Será meu." É preciso ajudar o destino. Foi por isso que lhe escrevi. Uma pergunta, Gwynplaine. Acredita em predestinação? Eu acredito, desde que li *O sonho de Cipião* em Cícero. Olha, eu não tinha reparado. Um traje de fidalgo. Você se vestiu como nobre. Por que não? Você é saltimbanco. Mais um motivo. Um histrião vale um lorde. De mais a mais, o que são os lordes? Palhaços. Tem um porte nobre, é muito benfeito. É incrível que esteja aqui! Quando chegou? Há quanto tempo está aqui? Viu-me nua? Sou bela, não sou? Eu estava indo tomar o meu banho. Oh, eu o amo! Leu a minha carta! Você mesmo a leu? Leram-na para você? Sabe ler? Deve ser ignorante. Estou fazendo perguntas, mas não as respondas. Não gosto do som da tua voz. É suave. Um ser incomparável como você não deveria falar, mas ranger. Você canta, sua voz é harmoniosa. Odeio isso. É a única coisa que não me agrada em você. Todo o resto é formidável, tudo o mais é magnífico. Na Índia seria deus. Nasceu com esse riso assustador? Não, não é mesmo? Por certo, trata-se de uma mutilação penal. Espero que tenha cometido algum crime. Venha para os meus braços.

Deixou-se cair sobre o canapé e fê-lo cair junto dela. Encontraram-se um perto do outro sem saber como. O que ela dizia passava sobre Gwynplaine como uma lufada de vento. Ele mal percebia o sentido daquele turbilhão de palavras arrebatadas. Ela trazia a admiração no olhar. Falava desordenadamente, freneticamente, com voz exaltada e terna. A sua fala era uma música, mas Gwynplaine ouvia essa música como uma tempestade.

Pousou, novamente, sobre ele o olhar fixo:

– Perto de você, sinto-me diminuída, que felicidade! Ser alteza é tão enfadonho! Sou augusta, nada mais cansativo. Decair é repousante. Estou tão saturada de respeito que tenho necessidade de desprezo. Todas nós somos um pouco extravagantes, a começar por Vênus, Cleópatra, pelas senhoras de Chevreuse e de Longueville, e a terminar por mim. Vou ostentá-lo, dou a minha palavra. É um namorico que vai ferir a real família Stuart à qual pertenço. Ah! Enfim respiro! Encontrei a saída. Estou fora da majestade. Ser desclassificada é ser libertada. Romper tudo, desafiar tudo, fazer tudo, desfazer tudo é viver. Escute, eu o amo.

Interrompeu-se e sorriu assustadoramente.

– Amo-o não só porque é disforme, mas porque é vil. Amo o monstro e amo o histrião. Um amante humilhado, ridicularizado, grotesco, medonho, exposto aos risos sobre aquele pelourinho a que chamamos teatro, tem um sabor extraordinário. É morder o fruto do abismo. Um amante infamante é delicioso. Ter sob o dente a maçã, não do paraíso, mas do inferno, é isso que me tenta, tenho essa fome e essa sede e sou aquela Eva. A Eva do abismo. Você é provavelmente, sem o saber, um demônio. Guardei-me para uma máscara do sonho. É um títere cujos fios são seguros por um espectro. Você é a visão do grande riso infernal. Você é o amor que eu esperava. Eu precisava de um amor como o das Medeias e das Canídias. Eu tinha certeza de que teria uma das imensas aventuras da noite. Você é aquilo que eu queria. Estou dizendo um monte de coisas que não deve compreender. Gwynplaine, ninguém me possuiu, dou-me a você pura como a brasa ardente. É evidente que você não acredita em mim, mas se soubesse como não me importa! Suas palavras tinham o rebuliço da erupção. Uma picada no flanco do Etna daria a ideia daquele jato de chama.

Gwynplaine balbuciou:

– Senhora...

Ela pôs-lhe a mão na boca.

– Silêncio! estou contemplando-o. Gwynplaine, sou a imaculada desenfreada. Sou a vestal bacante. Homem algum me conheceu, e eu poderia ser Pítia em Delfos e ter, debaixo de meu pé descalço, o tripé de bronze em que os sacerdotes, acotovelados sobre a pele de Píton, cochicham perguntas ao deus invisível. Meu coração é de pedra, mas ele parece com aqueles seixos misteriosos que o mar leva rolando ao pé do rochedo Huntli Nabb, na embocadura do Thees, dentro dos quais, se os quebramos, encontramos uma serpente. Essa serpente é o meu amor. Amor todo-poderoso, pois fê-lo vir. Entre nós, havia a distância impossível. Eu estava em Sírius, e você estava no Alioth. Fiz a travessia incomensurável e ei-lo aqui. Está bem. Cale-se. Tome-me.

Ela parou. Ele estremecia. Ela recomeçou a sorrir.

– Está vendo, Gwynplaine, sonhar é criar. Um desejo é um chamado. Construir uma quimera é provocar a realidade. A sombra onipotente e terrível não se deixa desafiar. Ela nos satisfaz. Você está aqui. Ousarei perder-me? Sim. Ousarei ser sua amante, sua concubina, sua escrava, sua coisa? Com alegria. Gwynplaine, eu sou a mulher. A mulher é argila que deseja ser lodo. Preciso me desprezar. Isso tempera o orgulho. A grandeza se amalgama com a baixeza. Nada se combina melhor. Despreze-me, você que é desprezado. O aviltamento sob o aviltamento, que volúpia! A dupla flor da ignomínia! Eu a colho. Calque-me com seus pés. Só me amará mais. Eu sei. Sabes por que idolatro-o? Porque o desdenho. Está tão abaixo de mim que o coloco num altar. Misturar o alto e o baixo é o caos, e eu gosto do caos. Tudo começa e acaba pelo caos. O que é o caos? Uma imensa sujeira. E, com essa sujeira, Deus fez a luz, e com esse esgoto, Deus fez o mundo. Você não sabe até que ponto eu sou perversa. Modele um astro com a lama, serei eu.

Assim falava aquela mulher assustadora, deixando aparecer nu, através das vestes em desalinho, o torso de virgem.

E continuou:

– Loba para todos, cadela para você. Como vão ficar espantados! Doce é o espanto dos imbecis. Eu compreendo a mim mesma. Serei eu uma deusa? Anfítrite se deu ao Ciclope. *Fluctivoma Amphitrite.* Serei uma fada? Urgélia entregou-se a Bugrix, o andróptero de oito mãos espalmadas. Serei uma princesa? Maria Stuart teve Rizzio. Três belas, três monstros. Sou maior que elas, pois você é pior que eles. Gwynplaine, somos feitos um para o outro. O monstro que é por fora, eu o sou por dentro. Daí o meu amor. Capricho, vá lá. O que é o furacão? Um capricho. Há entre nós uma afinidade sideral; somos ambos da noite, você, pela face, eu, pela inteligência. Por sua vez, você me cria. Você chega, e eis que a minha alma está revelada. Eu não a conhecia. Ela é surpreendente. Sua presença ao meu lado faz sair a hidra de dentro de mim, deusa. Você me revela a minha verdadeira natureza. Você me deixa fazer a descoberta de mim mesma. Vê como me pareço com você. Olhe para dentro de mim como se fosse um espelho. O seu rosto é a minha alma. Eu não sabia que era tão horrível assim. Então, eu também sou um monstro! Oh Gwynplaine, você me livra do enfado.

Ela deu um estranho sorriso infantil, aproximou-se de seu ouvido e disse baixinho:

– Quer ver uma mulher louca? Sou eu.

Seu olhar penetrava Gwynplaine. Um olhar é um filtro. Seu vestido estava num perigoso desalinho. O êxtase cego e bestial invadia Gwynplaine. Êxtase com traços de agonia.

Enquanto aquela mulher falava, ele sentia como respingos de fogo. Sentia vir chegando o irreparável. Não tinha força para dizer uma palavra sequer. Ela se interrompia e o observava. "O monstro!", murmurava. Estava exaltada.

Inesperadamente, tomou-lhe as mãos.

– Gwynplaine, eu sou o trono, você é o palco dos saltimbancos. Fiquemos em pé de igualdade. Ah! Estou feliz, eis que estou derrubada. Queria que todos pudessem saber o quanto sou abjeta. Iriam prosternar-se mais ainda, pois, quanto mais horror sentem, mais rastejam. Assim é o gênero humano. Hostil, mas réptil. Dragão, mas verme. Oh! Eu sou depravada como os deuses. Não poderão jamais tirar de mim o fato de ser a bastarda de um rei. Comporto-me como rainha. O que era Ródope? Uma rainha que amou Pteu, o homem com a cabeça de crocodilo. Construiu em sua honra a terceira pirâmide. Pentesileia amou o centauro que é chamado Sagitário e que é uma constelação. E que o diz de Ana da Áustria? Mazarino era bastante feio! Você não é feio, é disforme. O feio é pequeno, o disforme é grande. O feio é a careta do diabo por detrás do belo. O disforme é o reverso do sublime. É o outro lado. O Olimpo tem duas vertentes; uma, na claridade, dá Apolo; a outra, na noite, dá Polifemo. E você, você é Titã. Seria Behemoth na floresta, Leviatã no oceano, Tífon na cloaca. É supremo. Há raio na sua deformidade. O seu rosto foi danificado por um raio. O que há na sua face é a torsão enfurecida do grande punho de chama. Ele o modelou e passou. A grande cólera obscura, num acesso de raiva, enviscou a sua alma sob esse medonho rosto sobre-humano. O inferno é um braseiro penal em que se aquece aquele ferro em brasa a que chamamos Fatalidade;

você é marcado com aquele ferro. Amá-lo é compreender o grande. Esse triunfo é meu. Apaixonar-se por Apolo é fácil! A glória se mede pelo assombro. Eu o amo. Sonhei contigo noites e noites! Este é um palácio meu. Você verá os meus jardins. Há fontes sob as folhas, há grutas onde poderemos nos beijar e belíssimos conjuntos de mármore que são do cavaleiro Bernin. E flores! Há demais. Na primavera, é um incêndio de rosas. Eu lhe disse que a rainha é minha irmã? Faça de mim o que quiser. Sou feita para que Júpiter me beije os pés e para que Satã me cuspa na cara. Tem uma religião? Eu sou papista. Meu pai, Jaime II, morreu na França com uma porção de jesuítas em torno dele. Jamais senti o que sinto junto de você. Oh! Quisera estar esta noite contigo enquanto executassem músicas, ambos recostados na mesma almofada, sob a tenda purpúrea de uma galera dourada, por entre as infinitas doçuras do mar. Insulte-me. Bata-me. Pegue-me. Trate-me como uma meretriz. Eu o adoro. As carícias podem rugir. Duvida? Entre onde estão os leões.

Naquela mulher havia horror e este se combinava com a graça. Nada mais trágico. Sentia-se a garra, sentia-se o veludo. Era o ataque felino, mesclado de retirada. Havia o jogo do assassínio naquele vaivém. Ela o idolatrava insolentemente. O resultado era a demência transmitida. Linguagem fatal, inexprimivelmente violenta e doce. O que insultava, não insultava. O que adorava, ultrajava. O que esbofeteava, endeusava. O seu tom de voz imprimia às suas palavras furiosas e amorosas algo de grandeza prometeica. As festas da Grande Deusa, cantadas por Ésquilo, davam, às mulheres que buscavam os sátiros sob as estrelas, aquela sombria fúria épica. Aqueles paroxismos complicavam as danças obscuras sob os ramos de Dodona. Aquela mulher parecia transfigurada, se é que é possível transfigurar-se do lado oposto ao céu. Seus cabelos tinham frêmitos de crinas; seu penhoar se fechava, depois, tornava a se abrir; nada existe de tão encantador como aqueles seios cheios de gritos selvagens, os raios de seu olho azul se fundiam com as cintilações de seu olho negro, ela estava sobrenatural. Gwynplaine, quase sem forças, sentia-se vencido pela profunda penetração daquele encontro.

– Eu o amo! — gritou ela.

E mordeu-o com um beijo.

Homero tem nuvens que talvez se tornassem necessárias sobre Gwynplaine e Josiane como sobre Júpiter e Juno. Para Gwynplaine, ser amado por uma mulher que tinha uma visão e que o via, ter sobre a sua boca informe uma pressão de lábios divinos era extraordinário e fulgurante. Sentia, diante daquela mulher cheia de enigmas, tudo se desvanecer nele. A lembrança de Dea se debatia com gritinhos naquela sombra. Há um baixo-relevo antigo que representa a esfinge devorando um amor; as asas do doce ser celeste sangram entre aqueles dentes ferozes e sorridentes.

Gwynplaine amava aquela mulher? Teria o homem, a exemplo do globo, dois polos? Seríamos nós, sobre o nosso eixo inflexível, a esfera que gira, astro de longe, lama de perto, na qual o dia e a noite se alternam? Tem o coração dois lados, um que ama na luz, o outro que ama nas trevas? Aqui, a mulher cloaca; lá, a mulher raio. O anjo é necessário. Seria possível que o demônio também fosse uma necessidade? Existe a asa de morcego para a alma? A hora crepuscular soa fatalmente para todos? O pecado é parte de nosso destino irrecusável? Em nossa natureza, o mal deve ser aceito em bloco, com o resto? Seria o pecado uma dívida a pagar? Frêmitos profundos.

E, no entanto, uma voz nos diz que ser fraco é um crime. Era indizível o que Gwynplaine sentia, a carne, a vida, o pavor, a volúpia, uma embriaguez estafada, e toda a quantidade de vergonha que existe no orgulho. Iria ele cair?

Ela repetiu:

– Eu o amo!

E, frenética, apertou-o em seu peito.

Gwynplaine ofegava.

De repente, bem perto deles, ouviu-se o som firme e claro de uma campainha. Era a sineta chumbada na parede que tilintava. A duquesa voltou a cabeça e disse:

– O que será que ela quer de mim?

E, inesperadamente, com o ruído de uma porta de mola, abriu-se o painel de prata com uma coroa real incrustada. Apareceu o interior de uma gaveta giratória, atapetada de veludo azul-real com uma carta numa bandeja de ouro.

A carta era volumosa e quadrada e fora disposta de maneira a mostrar a chancela, que era um grande sinete a cera vermelha. A campainha continuava a soar.

O painel aberto quase tocava no canapé onde estavam sentados os dois. A duquesa, inclinada e, enlaçando o pescoço de Gwynplaine com um braço, estendeu o outro braço, tirou a carta da bandeja e empurrou o painel. A gaveta tornou a se fechar e a campainha parou de tocar.

A duquesa rompeu o lacre entre os dedos, rasgou o envelope, tirou de dentro os dois papéis e o jogou ao chão, aos pés de Gwynplaine.

No lacre partido, a chancela continuava legível, e Gwynplaine pode distinguir uma coroa real acima da letra A.

O envelope rasgado mostrava os dois lados, de forma que era possível ler também o sobrescrito: "À sua graça a duquesa Josiane".

As duas folhas que estavam no envelope eram um pergaminho e um velino. O pergaminho era grande, o velino era pequeno. No pergaminho, estava impresso um grande sinete de chancelaria, naquela cera verde, chamada cera senhoril. A duquesa, toda palpitante e com os olhos banhados em êxtase, teve um imperceptível esgar de tédio.

– Ah! — disse —, o que estará ela me mandando aí? Uma papelada! Que desmancha-prazeres, essa mulher!

E, deixando de lado o pergaminho, entreabriu o velino.

– É a caligrafia dela. É a caligrafia da minha irmã. Isso me enfada. Gwynplaine, perguntei se sabia ler. Sabe ler?

Gwynplaine fez que sim com a cabeça.

Ela se estendeu no canapé, quase deitada, escondeu cuidadosamente os pés sobre o vestido e os braços nas mangas com um bizarro pudor enquanto deixava os seios a mostra, e, dirigindo a Gwynplaine um olhar apaixonado, entregou-lhe o velino.

– Pois bem, Gwynplaine, você é meu. Comece o seu serviço. Meu bem-amado, leia o que me escreve a rainha.

Gwynplaine tomou o velino, desdobrou-o e, com voz em que havia todos os tipos de tremores, leu:

– "Senhora: Nós lhe enviamos graciosamente a cópia anexa de uma ata, certificada e assinada pelo nosso servidor William Cowper, lorde e chanceler deste reino da Inglaterra, do qual resulta esta particularidade considerável que o filho legítimo de lorde Linnaeus Clancharlie acaba de ser reconhecido e encontrado, com o nome de Gwynplaine, na baixa condição de uma existência ambulante e errante e entre saltimbancos e acrobatas. Essa supressão de estado remonta a sua mais tenra idade. Em consequência das leis do reino e em virtude de seu direito hereditário, lorde Fermain Clancharlie, filho de lorde Linnaeus, será, neste mesmo dia de hoje, admitido e reintegrado na Câmara dos Lordes. É por essa razão que, querendo bem tratá-la e lhe conservar a transmissão dos bens e domínios dos lordes Clancharlie Hunkerville, nós o fazemos substituir lorde David Dirry-Moir em suas boas graças. Trouxemos lorde Fermain a sua residência de Corleone-lodge; ordenamos e queremos, como rainha e irmã, que o nosso dito lorde Fermain Clancharlie, até este dia denominado Gwynplaine, seja seu marido, e a senhora o desposará. É o nosso prazer real."

Enquanto Gwynplaine lia, com entoações que vacilavam quase a cada palavra, a duquesa, que se levantara da almofada do canapé, escutava com o olhar fixo. Como Gwynplaine terminava, ela arrancou-lhe a carta.

– "Ana, rainha" — disse ao ler a assinatura, com uma entoação de devaneio.

Depois, pegou do chão o pergaminho que jogara e passou os olhos. Era a declaração dos náufragos da *Matutina*, copiada numa ata assinada pelo xerife de Southwark e pelo do lorde-chanceler.

Depois de ler a ata, releu a mensagem da rainha. Em seguida, disse:

– Está bem.

E, calma, apontando a Gwynplaine a porta da galeria por onde ele entrara:

– Saia — disse.

Gwynplaine, petrificado, continuou imóvel.

Ela repetiu glacial:

– Uma vez que é meu marido, saia.

Gwynplaine, sem fala, de olhos baixos como um culpado, não se movia. Ela acrescentou:

– Não tem o direito de ficar aqui. É o lugar do meu amante.

Gwynplaine estava como que pregado.

– Bem — disse ela. — Serei eu, vou-me embora. Ah! É meu marido! Nada melhor. Odeio você.

E, levantando-se, lançando ao espaço um gesto de adeus, saiu.

A porta da galeria fechou-se novamente atrás dela.

V

RECONHECEM-SE, MAS NÃO SE CONHECEM

Gwynplaine ficou só.

Só, na presença daquela banheira tépida e daquela cama desfeita.

A pulverização das ideias estava no auge dentro dele. O que ele pensava não tinha semelhança com pensamento. Era uma difusão, uma dispersão, a angústia de estar no incompreensível. Tinha em si como que a debandada de um sonho.

A entrada nos mundos desconhecidos não é fácil.

A partir da carta da duquesa, levada pelo criado, começara para Gwynplaine uma série de horas surpreendentes, cada vez menos inteligíveis. Até aquele instante, ele estava no sonho, mas enxergava claramente. Agora, ele estava tateando.

Não pensava. Já nem mesmo sonhava. Resignava-se.

Permanecia sentado no canapé, no lugar onde a duquesa o deixara.

De repente, ocorreu, naquela sombra, um ruído de passos. Era um andar de homem. Aqueles passos vinham do lado oposto ao da galeria por onde saíra a duquesa. Vinha se aproximando e era ouvido surda, mas nitidamente. Gwynplaine, por maior que fosse a sua absorção, apurou os ouvidos.

Subitamente, além da cortina de tecido prateado que a duquesa deixara entreaberta atrás da cama, a porta que facilmente se suspeitava existir sob o espelho pintado, abriu-se totalmente e uma voz masculina, cantando a plena voz, lançou, no quarto dos espelhos, o refrão de uma velha canção francesa:

– *Trois petits gorets sur leur fumier / Juraient comme des porteurs de chaise.*

Um homem entrou.

Aquele homem trazia ao lado a espada e, na mão, um chapéu de plumas com galão e cocar, e usava um magnífico traje de marinheiro com galões.

Gwynplaine levantou-se como se fosse impulsionado por molas.

Reconheceu o homem e o homem o reconheceu.

De suas bocas estupefatas saiu ao mesmo tempo o duplo grito:

– Gwynplaine!

– Tom-Jim-Jack!

O homem do chapéu de plumas caminhou na direção de Gwynplaine, que cruzou os braços.

– Como está aqui, Gwynplaine?

– E você, Tom-Jim-Jack, como vem aqui?

– Ah! Compreendo. Josiane! Um capricho. Um saltimbanco que é um monstro é belo demais para que se lhe resista. Você se disfarçou para vir aqui, Gwynplaine.

– E você também, Tom-Jim-Jack.

– Gwynplaine, o que significa esse traje de fidalgo?

– Tom-Jim-Jack, o que significa esse traje de oficial?

– Gwynplaine, não respondo as perguntas.

– Nem eu, Tom-Jim-Jack.

– Gwynplaine, eu não me chamo Tom-Jim-Jack.

– Tom-Jim-Jack, eu não me chamo Gwynplaine.

– Gwynplaine, aqui, estou em minha casa.

– Estou aqui em minha casa, Tom-Jim-Jack.

– Proíbo-o de me fazer eco. Você tem a ironia, mas eu tenho o meu bastão. Pare com as suas paródias, miserável canalha.

Gwynplaine empalideceu.

– Canalha é você! Você me dará satisfação por esse insulto.

– Em sua barraca, quanto quiser. Aos murros.

– Aqui, e com a espada.

– Amigo Gwynplaine, a espada é coisa de fidalgos. Só me bato com iguais a mim. Somos iguais perante os punhos, desiguais perante a espada. Na hospedaria Tadcaster, Tom-Jim-Jack pode trocar murros com Gwynplaine. Em Windsor, é diferente. Fique sabendo disto: eu sou contra-almirante.

– E eu, sou par da Inglaterra.

O homem em quem Gwynplaine via Tom-Jim-Jack desatou a rir.

– E por que não rei? De fato, tem razão. Um histrião é todos os seus papéis. Diz-me que é Teseu, duque de Atenas.

– Sou par da Inglaterra e lutaremos.

– Gwynplaine, isto está se tornando longo. Não brinque com alguém que pode mandar açoitá-lo. Eu me chamo lorde David Dirry-Moir.

– E eu, eu me chamo lorde Clancharlie.

O lorde David deu uma segunda gargalhada.

– Essa é boa. Gwynplaine é lorde Clancharlie. É realmente o nome necessário para possuir Josiane. Escute, eu o perdoo. E sabe por quê? Porque ambos somos amantes.

A porta da galeria se afastou e uma voz disse:

– Os dois sois maridos, senhores.

Ambos se voltaram.

– Barkilphedro! — exclamou lorde David.

Era realmente Barkilphedro.

Ele saudava profundamente os dois lordes com um sorriso.

Atrás dele, a alguns passos, avistava-se um cavalheiro de semblante respeitoso e sério com um bastão negro na mão.

O cavalheiro adiantou-se, fez três reverências a Gwynplaine, e lhe disse:

– Milorde, eu sou o cavalheiro do bastão negro. Venho buscar vossa senhoria, conforme as ordens de sua majestade.

LIVRO OITAVO

O CAPITÓLIO E SUA VIZINHANÇA

I

DISSECÇÃO DAS COISAS MAJESTOSAS

A perigosa ascensão, que havia já tantas horas variava seus deslumbramentos sobre Gwynplaine e que o levara a Windsor, levou-o de volta a Londres.

As realidades visionárias se sucederam diante dele sem solução de continuidade.

Não havia como subtrair-se a elas. Quando uma o deixava, era apanhado por outra.

Ele não tinha tempo de respirar.

Quem viu um malabarista viu o destino. Aqueles projéteis que caem, sobem e tornam a cair são os homens na mão do destino.

Projéteis e brinquedos.

Na noite daquele mesmo dia, Gwynplaine estava num lugar extraordinário.

Estava sentado num banco ornado com flores-de-lis. Sobre suas roupas de seda, usava uma veste de veludo escarlate forrada de tafetá branco com roquete de arminho e, nos ombros, duas faixas de arminho bordadas de ouro.

Tinha, ao seu redor, homens de todas as idades, jovens e velhos, sentados, como ele, sobre as flores-de-lis e, como ele, vestidos de arminho e de púrpura.

Podia ver, a sua frente, outros homens de joelho. Esses homens usavam vestes de seda preta. Alguns dos homens ajoelhados estavam escrevendo.

Defronte a ele, a uma certa distância, podia ver degraus, um estrado, um dossel, um grande escudo reluzente entre um leão e um unicórnio e, sob o dossel, sobre o estrado, no alto dos degraus, encostada no escudo, uma poltrona dourada e uma coroa. Era um trono.

O trono da Grã-Bretanha.

Gwynplaine estava na câmara dos pares da Inglaterra, uma vez que ele também era par.

De que maneira ocorrera a introdução de Gwynplaine na câmara dos lordes? Vamos dizê-lo.

O dia todo, de manhã à noite, de Windsor a Londres, de Corleone-lodge a Westminster-hall, fora uma escalada de degrau em degrau. A cada degrau, um novo atordoamento.

Fora levado de Windsor nas carruagens da rainha, com a escolta devida a um par. A guarda de honra é muito semelhante à guarda que guarda.

Naquele dia, os moradores das margens da estrada que vai de Windsor a Londres viram uma cavalgada de fidalgos pensionistas de sua majestade acompanhando duas seges conduzidas a toda brida em posta real. Na primeira, estava sentado o cavalheiro do bastão negro, com seu bastão na mão. Na segunda, distinguia-se um grande chapéu com plumas brancas cobrindo de sombra um rosto que não se via. O que estava passando ali? Seria um príncipe? Seria um prisioneiro?

Era Gwynplaine.

Parecia alguém sendo levado para a torre de Londres, a não ser que fosse alguém sendo levado à câmara dos pares.

A rainha fizera bem as coisas. Como se tratava do futuro marido de sua irmã, ela concedera uma escolta de seu próprio serviço.

O oficial do cavalheiro do bastão negro estava a cavalo a frente do cortejo.

O cavalheiro do bastão negro tinha em sua sege, sobre um *strapontin*, uma almofada de tecido prateado. Sobre essa almofada, estava colocada uma pasta preta timbrada com uma coroa real.

Em Brentford, última etapa antes de Londres, as duas seges e a escolta fizeram uma parada.

Uma carruagem feita de casco de tartaruga puxada por quatro cavalos estava à espera, com quatro lacaios atrás, dois postilhões na frente e um cocheiro de peruca. Rodas, estribos, correias, timão, todo o trem daquela carruagem era dourado. Os cavalos estavam aparelhados com jaezes de prata.

Aquele coche de gala tinha linhas altivas e surpreendentes e teria figurado magnificamente entre as cinquenta e uma carruagens célebres, cujos retratos Roubo nos deixou.

O cavalheiro do bastão negro apeou e também o seu oficial.

O oficial do cavalheiro tirou do *strapontin* da sege de posta a almofada de tecido prateado sobre a qual estava a pasta com a coroa, tomou-a com as duas mãos e permaneceu em pé atrás do cavalheiro.

O cavalheiro do bastão negro abriu a porta da carruagem, que estava vazia, depois a porta da sege onde estava Gwynplaine e, baixando os olhos, convidou-o respeitosamente a tomar lugar na carruagem.

Gwynplaine desceu da sege e subiu na carruagem.

Depois dele, entraram o cavalheiro com a vara e o oficial que levava a almofada e ocuparam a banqueta baixa destinada aos pajens nos antigos coches de cerimônia.

O interior da carruagem era forrado de cetim branco guarnecido de renda de Binche com cristas e glandes de prata. O teto era pintado com insígnias reais.

Os postilhões das duas seges que tinham sido deixadas estavam vestidos com casaca da realeza. O cocheiro, os postilhões e os lacaios da carruagem em que entravam tinham outra libré realmente magnífica.

Gwynplaine, através do sonambulismo em que estava como aniquilado, observou aqueles faustosos serviçais e perguntou ao cavalheiro do bastão negro:

– Que libré é essa?

O cavalheiro do bastão negro respondeu:

– É a sua, milorde.

Na noite daquele dia haveria sessão na câmara dos lordes. *Curia erat serena*, dizem as velhas atas. Na Inglaterra, a vida parlamentar é habitualmente uma vida noturna. Sabe-se que, uma vez, Sheridan começou um discurso à meia-noite e terminou-o ao nascer do sol.

As duas seges de posta voltaram vazias a Windsor; a carruagem em que estava Gwynplaine partiu rumo a Londres.

A carruagem de casco de tartaruga com quatro cavalos foi lentamente de Brentford a Londres. Exigia-o a dignidade da peruca do cocheiro.

O cerimonial já começava a apossar-se de Gwynplaine sob a figura daquele cocheiro solene.

Aliás, aqueles atrasos, ao que tudo indica, já eram calculados. Mais adiante, veremos o provável motivo.

Ainda não era noite, mas faltava pouco quando a carruagem feita de casco de tartaruga parou diante do King's Gate, pesado portão em arco abatido que ligava White-Hall a Westminster.

A cavalgada dos fidalgos pensionistas agrupou-se em torno da carruagem.

Um dos lacaios de trás apeou e abriu a porta. O cavalheiro do bastão negro, seguido do seu oficial que levava a almofada, saiu da carruagem e disse a Gwynplaine:

– Milorde, digne-se descer. Que vossa senhoria mantenha o chapéu na cabeça.

Gwynplaine estava vestido com o traje de seda que não tirara desde a véspera sob a capa de viagem. Ele não tinha espada.

Deixou a capa na carruagem.

Sob a abóbada do King's Gate, havia uma porta lateral pequena e elevada sobre alguns degraus.

Nas situações de aparato, preceder é sinal de respeito.

O cavalheiro do bastão negro caminhava na frente e o seu oficial ia atrás dele.

Gwynplaine ia em seguida.

Eles subiram o degrau e entraram pela porta lateral.

Alguns instantes após, estavam numa câmara circular e larga, com um pilar no centro, uma base de torrinha, sala no nível térreo iluminada por ogivas estreitas como lanças de abside, e que devia ficar escura mesmo em pleno meio-dia. Algumas vezes, pouca luz faz parte da solenidade. O escuro é majestoso.

Naquela câmara, treze homens se mantinham em pé. Três na frente, seis na segunda fileira, quatro atrás.

Um dos três primeiros usava uma cota de veludo encarnado, e os outros dois, cotas vermelhas também, mas de cetim. Todos tinham armas da Inglaterra bordadas no ombro.

Os seis da segunda fileira usavam vestes dalmáticas em tecido achamalotado branco, cada qual com um brasão diferente no peito.

Os quatro últimos, todos de achamalotado preto, eram diferentes uns dos outros: o primeiro, por uma capa azul; o segundo, por um São Jorge escarlate no peito; o terceiro, por duas cruzes carmesins bordadas no peito e nas costas; o quarto, por uma gola de pele preta, chamada pele de zibelina. Estavam todos de peruca, sem chapéu e portavam a espada ao lado.

Na penumbra, mal se distinguiam os seus rostos. Eles não podiam ver o rosto de Gwynplaine.

O cavalheiro do bastão negro ergueu seu bastão e disse:

– Milorde Fermain Clancharlie, barão Clancharlie e Hunkerville, eu, cavalheiro do bastão negro, primeiro oficial da câmara de presença, confio vossa senhoria a Jarreteira, rei de armas da Inglaterra.

A personagem de cota de veludo, deixando os outros para trás, inclinou-se até o chão diante de Gwynplaine e disse:

– Milorde Fermain Clancharlie, eu sou Jarreteira, primeiro rei de armas da Inglaterra. Eu sou o oficial instituído e coroado por sua graça, o duque de Norfolk, conde-marechal hereditário. Jurei obediência ao rei, aos pares e aos cavalheiros da Jarreteira. No dia da minha coroação, quando o conde-marechal da Inglaterra derramou um copo de vinho em minha cabeça, prometi solenemente ser prestativo à nobreza, evitar a companhia das pessoas de má reputação, desculpar em vez de censurar as pessoas de qualidade e prestar assistência às viúvas e às virgens. Sou eu que tenho o encargo de organizar as cerimônias dos enterros dos pares e que tenho o cuidado e a guarda das suas insígnias. Coloco-me às ordens de vossa senhoria.

O primeiro dos outros dois vestidos de cotas de cetim fez uma reverência e disse:

– Milorde, eu sou Clarence, segundo rei de armas da Inglaterra. Sou o oficial que organiza o enterro dos nobres abaixo dos pares. Coloco-me às ordens de vossa senhoria.

O outro homem de cota de cetim saudou e disse:

– Milorde, eu sou Norroy, terceiro rei de armas da Inglaterra. Coloco-me às ordens de vossa senhoria.

Os seis da segunda fileira, imóveis e sem saudar, deram um passo. O primeiro à direita de Gwynplaine disse:

– Milorde, somos os seis duques de armas da Inglaterra. Eu sou York.

Depois, cada um dos arautos ou duques de armas tomou a palavra e proferiu o seu nome.

– Eu sou Lancastre.

– Eu sou Richmond.

– Eu sou Chester.

– Eu sou Somerset.

– Eu sou Windsor.

Os brasões que traziam no peito eram os dos condados e das cidades cujos nomes usavam.

Os quatro que estavam vestidos de preto atrás dos arautos guardavam silêncio.

O rei de armas Jarreteira apontou-os com o dedo a Gwynplaine e disse:

– Milorde, estes são os quatro assistentes de armes. Manto-Azul.

O homem com a capa azul inclinou a cabeça.

– Dragão-Vermelho.

O homem com o São Jorge saudou.

– Cruz-Vermelha.

O homem com as cruzes escarlates inclinou-se.

– Porta-flâmulas.

O homem com pele de zibelina cumprimentou.

A um sinal do rei de armas, o primeiro dos assistentes, Manto-Azul, adiantou-se e recebeu, das mãos do oficial do cavalheiro, a almofada de tecido prateado e a pasta com a coroa.

E o rei de armas disse ao cavalheiro do bastão negro:

– Assim seja. Dou a vossa honra a recepção de sua senhoria.

Tais práticas de etiqueta e outras que virão a seguir constituíam velho cerimonial anterior a Henrique VIII, que Ana tentou, durante um tempo, restabelecer. Hoje em dia, não se faz mais nada de tudo aquilo. Mesmo assim, a câmara dos lordes se julga imutável; e se o imemorial existe algures é ali.

Todavia ela muda. *E pur si muove.*

O que foi feito, por exemplo, do *may pole*, aquele mastro de maio que a cidade de Londres plantava no percurso dos pares que iam ao parlamento? O último a aparecer foi cravado em 1713. Desde então, o *may pole* desapareceu. Caiu em desuso.

A aparência é a imobilidade; a realidade é a mudança. Assim, vejamos este título, Albemarle. Parece eterno. Com esse título, passaram seis famílias, Odo, Mandeville, Bethune, Plantagenet, Beauchamp, Monk. Com este outro título, Leicester, sucederam-se cinco nomes diferentes, Beaumont, Brewose, Dudlei, Sidnei, Coke. Com Lincoln, foram seis. Com Pembroke, sete, etc. As famílias mudam sob os títulos que continuam os mesmos. O historiador superficial acredita na imutabilidade. No fundo, não há duração. O homem não pode ser mais do que marola. A onda é a humanidade.

As aristocracias têm para o orgulho aquilo que as mulheres têm para humilhação, envelhecer; mas mulheres e aristocracias têm a mesma ilusão, conservar-se.

É provável que a câmara dos lordes não se reconhecerá no que acabamos de ler e no que vamos ler, um tanto como a mulher bonita de outrora que não quer ter rugas. O espelho é um velho acusado; ele aceita essa condição.

Mostrar as semelhanças é todo o dever do historiador.

O rei de armas dirigiu-se a Gwynplaine.

– Queira seguir-me, milorde.

E acrescentou:

– Irão saudá-lo. Vossa senhoria erguerá somente a aba do chapéu.

E se dirigiram em cortejo para uma porta que ficava no fundo da sala redonda.

O cavalheiro do bastão negro ia à frente do cortejo.

Depois, Manto-Azul levando a almofada; depois, o rei de armas; atrás do rei de armas, estava Gwynplaine, de chapéu na cabeça.

Os outros reis de armas, arautos, assistentes permaneceram na câmara redonda.

Gwynplaine, precedido pelo cavalheiro do bastão negro e conduzido pelo rei de armas, seguiu de sala em sala, um itinerário que seria impossível encontrar hoje em dia, uma vez que a velha sede do parlamento da Inglaterra foi demolida.

Entre outras, ele atravessou aquela câmara gótica de estado onde ocorrera o supremo encontro de Jaime II e Monmouth, que vira o sobrinho covarde ajoelhar-se inutilmente diante do tio feroz. Em torno dessa câmara, estavam dispostos na parede, por ordem de datas, com seus nomes e brasões, nove retratos, em pé, de antigos pares: lorde Nansladron, 1305. Lorde Baliol, 1306. Lorde Benestede, 1314. Lorde Cantilupe, 1356. Lorde Montbegon, 1357. Lorde Tibotot, 1372. Lorde Zouch de Codnor, 1615. Lorde Bella-Aqua, sem data. Lorde Harren and Surrey, conde de Blois, sem data.

Como a noite chegara, nas galerias havia lâmpadas de distância em distância. Lustres de cobre com velas de cera estavam acesos nas salas, iluminadas mais ou menos como os lados baixos de igreja.

Ali só se encontravam as pessoas necessárias.

Numa das câmaras que o cortejo atravessou, estavam em pé, com a cabeça respeitosamente inclinada, os quatro escrivães do sinete e o escrivão dos documentos de estado.

Em outra, estava o honorável Philip Sidenham, cavalheiro com estandarte, senhor de Brimpton em Somerset. O cavalheiro com bandeira é o cavalheiro investido na guerra pelo rei com a bandeira real desfraldada.

Em outra estava o mais antigo baronete da Inglaterra, sir Edmund Bacon de Suffolk, herdeiro de sir Nicholas, e qualificado *primus baronetorum Angliae*. Sir Edmund tinha atrás de si o seu arcífero, levando o seu arcabuz, e o seu escudeiro que levava as armas de Ulster, os baronetes, que eram os defensores natos do conde de Ulster na Irlanda.

Em outra estava o chanceler do Tesouro Nacional, acompanhado de seus quatro mestres das contas e dos dois deputados do lorde-camarista, encarregados de dividir os impostos. E mais o Mestre da Casa da Moeda levando na mão aberta uma libra esterlina feita no torno, como é de costume para os *pounds*. Essas oito personagens fizeram reverência ao novo lorde.

Na entrada do corredor atapetado com uma esteira, que fazia a comunicação entre a câmara baixa e a câmara alta, Gwynplaine foi saudado por sir Thomas Mansell de Margam, Controlador da Casa da Rainha e Membro do Parlamento, por Glamorgan. E, na saída, foi saudado por uma deputação "de um sobre dois" dos barões dos Cinco-Portos, dispostos à sua direita e à sua esquerda, quatro a quatro, uma vez que os Cinco-Portos eram oito. William Ashburnham saudou-o por Hastings, Matthew Ailmor por Douvres, Josias Burchett por Sandwich, sir Philip Boteler por Hieth, John Brewer por New Rumnei, Edward Southwell pela cidade de Rie, James Haies pela cidade de Winchelsea e Georges Nailor pela cidade de Seaford.

Como Gwynplaine ia retribuir a saudação, o rei de armas lembrou-lhe, em voz baixa, do cerimonial.

– Somente a aba do chapéu, milorde.

Gwynplaine fez como lhe fora indicado.

Ele chegou na câmara pintada, onde não havia pintura, a não ser algumas figuras de santos, entre outras, Santo Eduardo, sob as curvaturas das longas janelas ogivais divididas em duas pelo assoalho, das quais Westminster-Hall ocupava a parte baixa e a câmara pintada, a parte alta.

Do lado anterior da barreira de madeira que atravessava a câmara pintada, ficavam os três Secretários de Estado, homens consideráveis. O primeiro desses oficiais tinha, em suas atribuições, o sul da Inglaterra, a Irlanda e as colônias, e também a França, a Suíça, a Itália, a Espanha, Portugal e a Turquia. O segundo dirigia o norte da Inglaterra, com o controle dos Países-Baixos, da Alemanha, da Dinamarca, da Suécia, da Polônia e da Moscovita. O terceiro, escocês, tinha a Escócia. Os dois primeiros eram ingleses. Um deles era o honorável Robert Harley, membro do Parlamento pela cidade de New-Radnor. Estava também presente um deputado da Escócia, Mungo Graham, *esquire*, parente do duque de Montrose. Todos saudaram Gwynplaine em silêncio.

Gwynplaine tocou a aba do chapéu.

O guarda-barreira ergueu braço de madeira articulado que dava passagem para a parte de trás da câmara das pinturas onde ficava a longa mesa forrada com tecido verde, reservada unicamente aos lordes.

Sobre a mesa, havia um candelabro aceso.

Gwynplaine, precedido pelo cavalheiro do bastão negro, por Manto-Azul e por Jarreteira, entrou naquele compartimento privilegiado.

O guarda-barreira tornou a fechar a entrada atrás de Gwynplaine.

O rei de armas parou logo depois que transpôs a barreira.

A câmara com as pinturas era espaçosa.

No fundo, em pé, abaixo do escudo real que estava entre as duas janelas, viam-se dois anciãos vestidos com trajes de veludo vermelho com duas faixas de arminho orladas com galões de ouro sobre os ombros e chapéus com plumas brancas sobre as perucas. Pela fenda das vestes, via-se a sua roupa de seda e a empunhadura de suas espadas.

Atrás deles, estava imóvel um homem vestido com tafetá preto, carregando erguida uma grande maça de ouro tendo em cima um leão coroado.

Era o porta-maça dos pares da Inglaterra.

O leão é a insígnia deles: *os leões são os Barões e os Pares*, diz a crônica manuscrita de Bertrand Duguesclin.

O rei de armas mostrou a Gwynplaine as duas personagens em trajes de veludo e lhe disse no ouvido:

– Milorde, estes são seus iguais. O senhor retribuirá a saudação exatamente como ela lhe será feita. As duas senhorias aqui presentes são dois barões e seus padrinhos designados pelo lorde-chanceler. Eles são muito idosos e quase cegos. São eles que vão introduzi-lo à Câmara dos lordes. O primeiro é Carlos Mildmai, lorde Fitzwalter, sexto senhor do banco dos barões, o segundo é Augustus Arundel, lorde Arundel de Trerice, trigésimo oitavo senhor do banco dos barões.

O rei de armas, dando um passo na direção dos dois anciãos, elevou a voz:

– Fermain Clancharlie, barão Clancharlie, barão Hunkerville, marquês de Corleone na Sicília, saúda vossas senhorias.

Os dois lordes levantaram os chapéus acima da cabeça até onde alcançavam o seus braços, depois tornaram a pô-los na cabeça.

Gwynplaine retribuiu-lhes a saudação da mesma forma.

O cavalheiro do bastão negro adiantou-se, depois dele, Manto-Azul, depois, Jarreteira.

O porta-maça veio colocar-se na frente de Gwynplaine, e dois lordes ao seu lado, lorde Fitzwalter à direita e lorde Arundel de Trerice à sua esquerda. Lorde Arundel estava bastante alquebrado e era o mais velho dos dois. Morreu no ano seguinte e legou ao seu neto John, menor, seu pariato que, aliás, deveria extinguir-se em 1768.

O cortejo saiu da câmara das pinturas e penetrou numa galeria de pilastras, em que alternavam de sentinela, de pilastra em pilastra, partasaneiros da Inglaterra e alabardeiros da Escócia.

Os alabardeiros escoceses eram aquela magnífica tropa de pernas nuas, digna de enfrentar mais tarde, em Fontenoy, a cavalaria Francesa e os couraceiros do rei e a quem o coronel dizia: "Garantam os seus chapéus, vamos ter a honra de carregar".

O capitão dos partasaneiros e o capitão dos alabardeiros fizeram a Gwynplaine e aos dois lordes padrinhos a saudação com a espada. Os soldados saudaram, uns com a partasana, os outros com a alabarda.

No fundo da galeria resplandecia uma grande porta, tão magnífica que os dois batentes pareciam duas lâminas de ouro.

Dos dois lados da porta estavam dois homens imóveis. Pela libré que usavam, podiam-se reconhecer os *door-keepers*, "guarda-portas".

Um pouco antes de chegar àquela porta, a galeria alargava-se e havia um semicírculo envidraçado.

Naquele semicírculo estava sentado, numa poltrona com um imenso encosto, uma personagem augusta, a julgar pela grandiosidade da sua veste e da peruca. Era William Cowper, lorde-chanceler da Inglaterra.

Ser mais enfermo do que o rei é uma qualidade. William Cowper era míope, Ana também o era, mas em menor grau. A baixa visão de William Cowper foi do agrado da miopia de sua majestade e fê-lo ser escolhido pela rainha para chanceler e guarda da consciência real.

William Cowper tinha o lábio superior fino e o inferior grosso, sinal de meia bondade.

O semicírculo envidraçado era iluminado por uma lâmpada no teto.

O lorde-chanceler, grave em sua alta poltrona, tinha, à sua direita, uma mesa onde estava sentado o escrivão da coroa e, à esquerda, outra mesa em que estava sentado o escrivão do parlamento.

Cada um dos dois escrivães tinha diante de si um registro aberto e materiais para escrita.

Atrás da poltrona do lorde-chanceler estava o seu porta-maça segurando a maça com a coroa. Ali estava também o porta-cauda e o porta-bolsa, com grande peruca. Ainda existem todos esses cargos.

Sobre uma credência junto da poltrona avistava-se uma espada com empunhadura de ouro, com bainha e cinturão de veludo cor de fogo.

Atrás do escrivão da coroa estava de pé um oficial segurando nas mãos uma veste aberta, que era a veste de coroação.

Atrás do escrivão do parlamento, outro oficial segurava outra veste desdobrada, que era a veste de parlamento.

Essas vestes, ambas de veludo carmesim forrado de tafetá branco com duas faixas de arminho com galões de ouro no ombro, eram iguais, a não ser por um roquete mais largo de arminho da veste de coroação.

Um terceiro oficial, que era o *librarian*, trazia, num quadro de couro de Flandres, o *red-book*, livrinho encadernado em marroquim vermelho, que continha a lista dos pares e das comunas, com páginas em branco e um lápis que era de costume entregar a cada novo membro que entrava no parlamento.

A marcha em procissão que Gwynplaine fechava entre os dois pares seus padrinhos parou diante da poltrona do lorde-chanceler. Os dois lordes padrinhos tiraram os chapéus. Gwynplaine fez o mesmo. O rei de armas recebeu das mãos de Manto-Azul a almofada de tecido prateado, pôs-se de joelhos e apresentou a pasta preta sobre a almofada ao lorde-chanceler.

O lorde-chanceler pegou a pasta e a entregou ao escrivão do parlamento. O escrivão veio recebê-la com cerimonia e foi sentar-se novamente.

O escrivão do parlamento abriu a pasta e levantou-se.

A pasta continha as duas mensagens costumeiras, a patente real dirigida à câmara dos lordes e a intimação de ocupar o assento dirigida ao novo par.

O escrivão, em pé, leu alto as duas mensagens com respeitosa lentidão.

A injunção de ocupar o assento[33] dirigida a lorde Fermain Clancharlie terminava pelas fórmulas usuais: "... Nós lhe injungimos estritamente[34], em nome da fé e da fidelidade que nos deveis, vir ocupar pessoalmente o seu lugar entre os prelados e os pares que têm assento em nosso Parlamento em Westminster, a fim de dar o seu parecer, com toda a honra e consciência, sobre as questões do reino e da igreja."

Terminada a leitura das mensagens, o lorde-chanceler elevou a voz.

– É dada confirmação à coroa. Lorde Fermain Clancharlie, vossa senhoria renuncia à transubstanciação, à adoração dos santos e à missa?

Gwynplaine inclinou-se.

– Está confirmado oficialmente — disse o lorde-chanceler.

E o escrivão do Parlamento redarguiu:

– Sua senhoria aceitou a abjuração.

O lorde-chanceler acrescentou:

– Milorde Fermain Clancharlie, pode ocupar o assento.

– Assim seja — disseram os dois padrinhos.

O rei de armas levantou-se, tomou a espada de sobre a credência e prendeu o cinturão em torno da cintura de Gwynplaine.

"Feito isso, dizem os velhos documentos normandos, o par toma a sua espada e sobe aos altos assentos e assiste à audiência."

Gwynplaine ouviu atrás de si alguém que lhe dizia:

– Eu revisto vossa senhoria com a veste parlamentar.

E, ao mesmo tempo, o oficial que lhe falava e que segurava aquela veste passou-a a ele e atou-lhe em torno do pescoço a fita preta do roquete de arminho.

Nesse momento, Gwynplaine, com a veste de púrpura nas costas e a espada de ouro ao lado, assemelhava-se aos dois lordes que tinha à direita e à esquerda. O *librarian* apresentou-lhe o *red-book* e o pôs no bolso de sua veste.

O rei de armas murmurou-lhe no ouvido:

– Milorde, ao entrar, o senhor saudará a cadeira real.

A cadeira real é o trono.

Enquanto isso, os dois escrivães iam escrevendo, cada qual em sua mesa, um no registro da coroa, o outro, no registro do parlamento.

Ambos, um após o outro, o escrivão da coroa em primeiro lugar, levaram seus livros ao lorde-chanceler, que assinou.

Após ter assinado nos dois registros, o lorde-chanceler levantou-se:

– Lorde Fermain Clancharlie, barão Clancharlie, barão Hunkerville, marquês de Corleone na Itália, seja bem-vindo entre os seus pares, os lordes espirituais e temporais da Grã-Bretanha.

Os dois padrinhos de Gwynplaine tocaram-lhe o ombro. Ele se voltou.

E a grande porta dourada do fundo da galeria abriu-se de par em par.

Era a porta da câmara dos pares da Inglaterra.

Não se haviam passado trinta e seis horas desde que Gwynplaine, cercado de um outro cortejo, vira abrir-se diante dele a porta de ferro do cárcere de Southwark.

Terrível rapidez de todas aquelas nuvens sobre a sua cabeça; nuvens que eram acontecimentos; rapidez que era uma tomada de assalto.

II

IMPARCIALIDADE

A criação de uma igualdade com o rei, dito pariato, foi, nas épocas bárbaras, uma ficção útil. Na França e na Inglaterra, esse expediente político rudimentar produziu resultados diferentes. Na França, o par foi um falso rei; na Inglaterra, foi um verdadeiro príncipe. Menor do que na França, porém mais real. Poder-se-ia dizer: menor, mas pior.

O pariato nasceu na França. A época é incerta; segundo a lenda, no tempo de Carlos Magno; segundo a história, no de Roberto, o Sábio. A história não é mais segura do que a lenda naquilo que diz. Favin escreve: "O rei da França quis chamar a si os grandes do seu estado pelo magnífico título de Pares, como se eles lhe fossem iguais."

O pariato bifurcou-se muito depressa e, da França, passou para a Inglaterra.

O pariato inglês foi um grande fato, e quase uma grande coisa. Teve como precedente o *wittenagemot* saxão. O *thane* dinamarquês e o *vavasseur* normando fundiram-se no barão. Barão é a mesma palavra que *vir*, que se traduz por *varon* em espanhol e que significa, por excelência, homem. Desde 1075 os barões se fazem ouvir pelo rei. E por qual rei! Por Guilherme, o Conquistador. Em 1086, eles dão uma base ao feudalismo; essa base é o *Doomsday-book*, "Livro do juízo final". No tempo de João Sem-Terra, houve conflito: a fidalguia francesa passa a desdenhar a Grã-Bretanha, e o pariato da França chama à sua barra o rei da Inglaterra. Indignação dos barões ingleses. Na sagração de Filipe-Augusto, o rei da Inglaterra carregava, como duque da Normandia, a primeira bandeira quadrada, e o duque de Guyenne, a segunda. Contra aquele rei, vassalo do estrangeiro, eclode "a guerra dos barões". Os barões impõem ao miserável rei João a Carta Magna, da qual sai a câmara dos lordes. O papa sai em defesa do rei e excomunga os lordes. A data é 1215, e o papa é Inocêncio III, que escrevia o *Veni Sancte Spiritus* e que mandava para João Sem-Terra as quatro virtudes cardeais na forma de quatro anéis de ouro. Os lordes persistem. Longo duelo, que irá durar diversas gerações. Pembroke luta. O ano de 1248 é o ano das "Provisões de Oxford". Vinte e quatro barões limitam o poder do rei, discutem-no e nomeiam, para tomar parte na querela ampliada, um cavalheiro por condado. É o alvorecer das comunas. Mais tarde, os lordes admitiram mais dois cidadãos por cidade e dois burgueses por burgo. Isso fez com que, até Elisabeth, os pares fossem juízes da validade das eleições das comunas. De sua jurisdição originou-se o adágio: "Os deputados devem ser nomeados sem os três P: *sine Prece, sine Pretio, sine Poculo*." Isso não impediu os *bourgs-pourris*. Em 1293, o tribunal dos pares da França ainda tinha poder de julgar o rei da Inglaterra, e Philippe, o Belo, citava em juízo Eduardo I. Eduardo I era aquele rei que ordenava a seu filho que o mandasse cozer depois de morto e que levasse os seus ossos para a guerra. Em decorrência das loucuras reais, os lordes veem a necessidade de fortalecer o Parlamento; eles o dividem em duas câmaras, a saber, Câmara Alta e Câmara Baixa. Os lordes mantêm arrogantemente a supremacia.

"Se um dos comuns tiver a ousadia de falar desfavoravelmente da câmara dos lordes, será chamado em juízo para receber a correção e, em alguns casos, será enviado à Torre."[35] Mesma distinção no voto. Na câmara dos lordes os votos são dados um a um, começando pelo último barão, a quem chamamos "o caçula". Cada par chamado responde "contente" ou "não contente". Nas comunas, votam todos ao mesmo tempo por "sim" ou "não", em massa. As comunas acusam, os pares julgam. Por desprezarem os números, os pares delegam às comunas, que disso vão tirar partido, a guarda do Tesouro Nacional, denominado *échiquier*, segundo alguns, em razão do forro da mesa que representava um tabuleiro de xadrez e, segundo outros, por causa das gavetas do velho armário, onde ficava, atrás de uma grade de ferro, o tesouro dos reis da Inglaterra. O Registro Anual, *Year-book*, data do final do século XIII. Na Guerra das Duas Rosas, é sentido o peso dos lordes, ora do lado de John de Gaunt, duque de Lancastre, ora do lado de Edmund, duque de York. Wat-Tyler, os Lollards, Warwick, o fazedor de reis, toda aquela anarquia-mãe, da qual sairá a emancipação, tem como ponto de apoio, confesso ou secreto, o feudalismo inglês. Os lordes invejam utilmente o trono; invejar é vigiar; eles circunscrevem a iniciativa real, restringem os casos de alta traição, suscitam falsos Ricardos contra Henrique IV, fazem-se árbitros, julgam a questão das três coroas entre o duque de York e Margarida de Anjou, e, quando se faz necessário, levantam exércitos e travam suas batalhas, Shrewsburi, Tewkesburi, Saint-Alban, ora perdidas, ora ganhas. Já no século XIII, tiveram a vitória de Lewes e expulsaram do reino os quatro irmãos do rei, bastardos de Isabel e do conde de la Marche, todos eles usurários, que exploravam os cristãos pelos judeus; de um lado, príncipes, do outro, escroques, coisa que foi revista mais tarde, mas que era pouco estimada naquele tempo. Até o século XV, o duque normando permanece visível no rei da Inglaterra, e as atas do Parlamento são lavradas em francês. A partir de Henrique VII, pela vontade dos lordes, passam a ser feitas em inglês. A Inglaterra, bretã com Uther Pendragon, romana com César, saxã com a heptarquia, dinamarquesa com Harold, normanda depois de Guilherme, passa a ser inglesa graças aos lordes. Depois, torna-se anglicana. Ser a sede a sua própria religião é uma grande força. Um papa externo usurpa a vida nacional. Uma meca é um polvo. Em 1534, Londres se liberta de Roma, o pariato adota a reforma e os lordes aceitam Lutero. Réplica à excomunhão de 1215. Isso convinha a Henrique VIII, mas sob outros pontos de vista, os lordes o incomodavam. Um buldogue diante de um urso é a câmara dos lordes diante de Henrique VIII. Quando Wolsey rouba White-Hall da nação e quando Henrique VIII rouba White-Hall de Wolsey, quem censura? Quatro lordes, Darcie de Chichester, Saint-John de Bletso, e (dois nomes normandos) Mountjoye e Mounteagle. O rei usurpa. O pariato extrapola os limites. A hereditariedade contém incorruptibilidade; daí a insubordinação dos lordes. Diante da própria Isabel, os barões se agitam. Daí resultam os suplícios de Durham. Aquela saia tirânica está manchada de sangue. Um saiote sob o qual há um cepo, essa é Isabel. Isabel reúne o mínimo possível o Parlamento e reduz a câmara dos lordes a sessenta e cinco membros, entre os quais um só marquês, Westminster, e nenhum duque. Aliás, na França, os reis tinham a mesma inveja e praticavam a mesma eliminação. Sob Henrique III, não havia mais do que oito ducados-pariatos, e era para enorme desagrado do rei que o barão de Mantes, o barão de Coucy, o barão de Coulomiers, o barão de Châteauneuf en Timerais, o barão de Fère en Tardenois, o barão de Mortagne e mais alguns outros continuavam sendo barões pares da França. Na Inglaterra, a coroa deixava, de bom grado, os pariatos se extinguirem; sob Ana, para citar apenas um exemplo, desde o século

XII, as extinções perfizeram um total de quinhentos e sessenta e cinco pariatos abolidos. A Guerra das Rosas dera início a extirpação dos duques, que Maria Tudor terminara a golpes de machado. Era decapitar a nobreza. Cortar o duque é cortar a cabeça. Boa política, por certo, mas corromper é melhor do que cortar. Foi o que sentiu Jaime I. Ele restaurou o ducado. Fez duque o seu favorito Villiers, que o fizera porco.[36] Transformação do duque feudal em duque cortesão. Isso irá pulular. Carlos II fará duquesas duas de suas amantes, Bárbara de Southampton e Louisa de Querouel. Sob Ana, haverá vinte e cinco duques, entre os quais três estrangeiros, Cumberland, Cambridge e Schonberg. Tais procedimentos de corte, inventados por Jaime I, têm bom resultado? Não. A Câmara dos Lordes se sente manipulada pela intriga e se irrita. Irrita-se contra Jaime I, irrita-se contra Carlos I, o qual, diga-se de passagem, talvez tenha contribuído para a morte do seu pai, como Maria de Médicis talvez tenha contribuído para a morte do seu marido. Ruptura entre Carlos I e o pariato. Os lordes, que, sob Jaime I, haviam mandado ao seu tribunal a concussão na pessoa de Bacon, fazem, sob Carlos I, o processo à traição na pessoa de Stafford. Tinham condenado Bacon, agora condenam Stafford. Um perdera a honra, o outro perde a vida. Carlos I é decapitado uma primeira vez em Stafford. Os lordes dão o seu apoio às comunas. O rei convoca o Parlamento em Oxford, a revolução o convoca em Londres; quarenta e três pares vão com o rei, vinte e dois, com a república. Dessa aceitação do povo pelos lordes sai o *bill dos direitos*, esboço de nossos direitos humanos, vaga sombra projetada do fundo do futuro pela Revolução Francesa sobre a Revolução Inglesa.

São esses os serviços. Involuntários, é verdade. E pagos caro, pois esse pariato é um enorme parasita. Mas consideráveis. A obra despótica de Luís XI, de Richelieu e de Luís XIV, a construção de um sultão, o rebaixamento trocado pela igualdade, a bastonada aplicada pelo cetro, as multidões niveladas pelo rebaixamento, aquele trabalho turco feito na França, os lordes o impediram na Inglaterra. Eles fizeram da aristocracia um muro, contendo o rei por um lado, abrigando o povo de outro. Resgataram a sua arrogância para com o povo em troca de insolência para com o rei. Simão, conde de Leicester, dizia a Henrique III: "Rei, você mentiste." Os lordes impõem servidões à coroa; ofendem o rei no seu ponto sensível, a caça. Todo lorde, ao passar num parque real, tem o direito de matar um cervo. Na casa do rei, o lorde está como em sua casa. Deve-se à Câmara dos Lordes a previsão de que o rei, não mais do que um par, pague uma tarifa de doze libras esterlinas semanais pela Torre de Londres. Mais ainda, deve-se a ela ter descoroado o rei. Os lordes destituíram João Sem-Terra, degradaram Eduardo II, depuseram Ricardo II, quebraram Henrique VI e possibilitaram a ascensão de Cromwell. Quanto de Luís XIV havia em Carlos I! Graças a Cromwell, ele permaneceu latente. Aliás, diga-se de passagem, o próprio Cromwell aspirava ao pariato, mas nenhum historiador deu atenção a esse fato; foi o que o levou a se casar com Elisabeth Bourchier, descendente e herdeira de um Cromwell, lorde Bourchier, cujo pariato fora extinto em 1471, e de um Bourchier, lorde Robesart, outro pariato extinto en 1429. Partilhando do temível crescimento dos acontecimentos, achou mais fácil dominar pelo rei suprimido do que pelo pariato reclamado. O cerimonial dos lordes, por vezes sinistro, também afetava o rei. Os dois porta-gládios da Torre, de pé, com o machado no ombro, à direita e à esquerda do par acusado que comparecia ao tribunal, estavam a postos tanto para o rei como para qualquer outro lorde. Durante cinco séculos, a antiga câmara dos lordes teve um plano e o seguiu rigidamente. Podem-se contar os seus dias de distração e fraqueza, como naquela ocasião insólita em que se deixou seduzir pela galeaça carregada de queijos, de presuntos e de vinhos gregos que lhe mandou Júlio II. A aristocracia inglesa era inquieta, altaneira, irredutível, atenta, patrioticamente desconfiada. Foi ela que, no fim do século XVII, pelo ato dez do ano de 1694, tirava ao burgo de Stockbridge, em Southampton, o direito de deputar no parlamento e forçava as comunas a anularem a eleição desse burgo, eivada de fraude papista. Impusera a Jaime, duque de York, a abjuração ao catolicismo e, por sua recusa, excluíra-o do trono. Não obstante, ele reinou, mas os lordes acabaram por prendê-lo novamente e por expulsá-lo. Essa aristocracia teve, na sua longa duração, algum instinto de progresso. Dela sempre emanou uma certa quantidade de luz apreciável, exceto por volta de seu fim, que é o momento presente. No reinado de Jaime II, ela mantinha na câmara baixa a proporção de trezentos e quarenta e seis burgueses contra noventa e dois cavalheiros; os dezesseis barões de cortesia dos Cinco-Portos eram mais do que contrabalançados pelos cinquenta cidadãos das vinte e cinco cidades. Mesmo sendo muito corruptora e muito egoísta, essa aristocracia tinha, em certos casos, uma singular imparcialidade. Ela é duramente julgada. Os bons tratamentos da história são voltados para as comunas; é um ponto a ser debatido. Nós reputamos o papel dos lordes muito importante. A oligarquia é a independência no Estado bárbaro, mas é independência. Veja-se o exemplo da Polônia, nominalmente é reino, mas é, na realidade, uma república. Os pares da Inglaterra mantinham o trono sob suspeita e sob tutela. Em muitas ocasiões, mais do que as comunas, os lordes sabiam ser desagradáveis. Punham o rei em xeque. Assim, em 1694, ano memorável, os Parlamentos trienais, rejeitados pelas comunas porque Guilherme III não os desejava, tinham sido votados pelos pares. Guilherme III, irritado, tirou do conde de Bath o castelo de

Pendennis e todos os cargos do visconde Mordaunt. A câmara dos lordes era a República de Veneza no seio da realeza da Inglaterra. Reduzir o rei ao doge, era esse o seu objetivo, e ela fez crescer a nação ao mesmo tempo que diminuía o poder do rei.

A realeza o compreendia e odiava o pariato. De um lado e de outro, eles procuravam diminuir-se. Essas diminuições traziam proveito ao povo. As duas potências cegas, monarquia e oligarquia, não se davam conta de que estavam trabalhando em prol de uma terceira, a democracia. Que alegria não foi para a corte, no século passado, poder enforcar um par, lorde Ferrers!

De resto, enforcaram-no com uma corda de seda. Polidez.

Um par da França não teria sido enforcado. Foi uma observação altiva feita pelo duque de Richelieu. De acordo. Ele seria decapitado. Polidez maior. Montmorency-Tancarville assinava: "Par de França e de Inglaterra", relegando, assim, o pariato inglês ao segundo plano. Os pares de França eram mais elevados e menos poderosos, prezavam mais a posição do que a autoridade, e mais as prerrogativas do que a dominação. Entre eles e os lordes, havia a nuança que distingue a vaidade do orgulho. Para os pares de França, ter prioridade sobre os príncipes estrangeiros, preceder os grandes da Espanha, primar sobre os patrícios de Veneza, deixar sentarem nos assentos inferiores do Parlamento os marechais da França, o condestável e o almirante da França, fosse o conde de Toulouse e filho de Luís XIV, distinguirem-se entre os ducados masculinos e femininos, manter o intervalo entre um condado simples, como Armagnac ou Albret, e um condado pariato, como Evreux, usar, por direito, em certos casos, o cordão azul ou velocino de ouro aos vinte e cinco anos, contrabalançar o duque da Tremoille, o mais antigo par junto ao rei, com o duque de Uzes, o mais antigo par no Parlamento, pretender ter tantos pajens e cavalos de carruagem quanto um eleitor, fazer-se chamar de *monseigneur* pelo primeiro presidente, discutir se o duque do Maine tem posição de par como o conde de Eu, desde 1458, atravessar a grande câmara diagonalmente ou pelos lados, era seu grande negócio. O grande negócio, para os lordes, era o ato de navegação, o juramento de abjuração, o envolvimento da Europa no serviço da Inglaterra, o domínio dos mares, a expulsão dos Stuarts, a guerra com a França. Aqui, em primeiro lugar, a etiqueta; ali, em primeiro lugar, o império. Os pares da Inglaterra tinham o pariato, os pares da França tinham a sombra. Em suma, a câmara dos lordes da Inglaterra foi um ponto de partida; em civilização, é imenso. Ela teve a honra de dar início a uma nação. Foi a primeira encarnação da unidade de um povo. A resistência inglesa, essa obscura força todo-poderosa, nasceu na câmara dos lordes. Os barões, por uma série de atos de violência contra o príncipe, esboçaram o destronamento definitivo. Hoje em dia, a câmara dos lordes se sente um pouco admirada e triste pelo que fez sem querer e sem saber. Mais ainda por ser irrevogável. O que são as concessões? São restituições. E as nações não o ignoram. "Eu outorgo", diz o rei. "Eu recupero", diz o povo. A câmara dos lordes julgou estar criando o privilégio dos pares, ela produziu o direito dos cidadãos. A aristocracia, esse abutre, chocou esse ovo de águia, a liberdade.

Hoje, o ovo eclodiu, a águia voa, o abutre morre.

A aristocracia agoniza, a Inglaterra cresce.

Mas sejamos justos para com a aristocracia. Ela constituiu o equilíbrio para a realeza; foi contrapeso. Foi obstáculo ao despotismo; foi barreira.

Agradeçamo-la e enterremo-la.

III

A VELHA SALA

Perto da abadia de Westminster, havia um antigo palácio normando que foi queimado no reinado de Henrique VIII. Dele restaram duas alas. Numa delas, Eduardo VI instalou a câmara dos lordes e, na outra, a câmara dos comuns.

Agora, já não existem as duas alas nem as duas salas; tudo foi reconstruído.

Já o dissemos, e é preciso insistir, nenhuma semelhança entre a câmara dos lordes de hoje e a de outrora. Demoliram o antigo palácio, o que demoliu um pouco os antigos costumes. Os golpes de picareta nos monumentos têm seus contragolpes nos costumes e documentos. Uma velha pedra não cai sem arrastar consigo uma velha lei. Instale-se numa sala redonda o senado de uma sala quadrada, e ele será outro. A concha modificada deforma o molusco.

Se quiser conservar uma coisa velha, humana ou divina, código ou dogma, patriciado ou sacerdócio, não faça nada novo, nem mesmo o invólucro. Acrescente peças, no máximo. Por exemplo, o jesuitismo é uma peça inserida no catolicismo. Trate os edifícios como trata as instituições.

As sombras devem habitar as ruinas. As potências decrépitas não se sentem confortáveis nas habitações recém-decoradas. Para as instituições farrapos são necessários palácios em ruínas. Mostrar o interior da câmara dos lordes de outrora é mostrar o desconhecido. A história é a noite. Em história, não existe segundo plano. O decrescimento e a obscuridade se apoderam imediatamente de tudo o que não está mais na frente do teatro. Cenário retirado, apagamento, esquecimento. O Passado tem um sinônimo, o Ignorado.

Os pares da Inglaterra se reuniam, como tribunal de justiça, na grande sala de Westminster e, como alta câmara legislativa, numa sala especial denominada "casa dos lordes", *house of the lordes.*

Além do tribunal dos pares da Inglaterra, que só se reúne quando convocado pela coroa, os dois grandes tribunais ingleses, inferiores ao tribunal dos pares, mas superiores a qualquer outra jurisdição, reuniam-se na grande sala de Westminster. No alto dessa sala, eles ocupavam dois compartimentos que se tocavam. O primeiro tribunal era o do banco do rei, presumivelmente presidido pelo rei; o segundo era o tribunal de chancelaria, que o chanceler presidia. Um era tribunal de justiça, o outro, tribunal de misericórdia. Era o chanceler que aconselhava ao rei os perdões; raramente. Esses dois tribunais, que ainda existem, interpretavam a legislação e a reformavam um pouco; a arte do juiz é esmiuçar o código em jurisprudência. Indústria da qual a equidade se sai come pode. A legislação era elaborada e aplicada naquele lugar severo, a grande sala de Westminster. Aquela sala tinha uma abóbada de castanheira onde as teias de aranha não podiam alojar-se; já basta que se alojem nas leis.

Reunir-se em sessão como tribunal e reunir-se como câmara são duas coisas. Essa dualidade constitui o poder supremo. A longa assembleia, que começou em 3 de novembro de 1640, sentiu a necessidade revolucionária daquele duplo gládio. Assim, ela se declarou como uma câmara dos pares, poder judiciário, ao mesmo tempo que poder legislativo.

O duplo poder era imemorial na câmara dos lordes. Como acabamos de dizer, como juízes, os lordes ocupavam Westminster-Hall; como legisladores, tinham outra sala.

Essa outra sala, propriamente dita câmara dos lordes, era oblonga e estreita. Era iluminada apenas por quatro janelas profundamente entalhadas no madeiramento, que recebiam a luz pelo teto e também, acima do dossel real, por uma claraboia com seis vidraças, com cortinas; à noite, somente doze arandelas aplicadas na parede. A sala do Senado de Veneza era menos iluminada ainda. As corujas da onipotência gostam de alguma penumbra.

Sobre a sala em que se reuniam os lordes, havia uma alta abóbada com planos poliédricos, uma alta claraboia de caixilhos dourados. As comunas só tinham teto chato; tudo tem sentido nas construções monárquicas. Numa das extremidades da longa sala dos lordes ficava a porta; noutra, em frente, o trono. A alguns passos da porta, a barra, corte transversal, sorte de fronteira, que marcava o lugar onde termina o povo e começa a fidalguia. À direita do trono, uma lareira com brasão no topo mostrava dois baixos-relevos de mármore; um deles representando a vitória de Cuthwolph sobre os bretões em 572, o outro, o plano geométrico do burgo de Dunstble, que tem somente quatro ruas, paralelas às quatro partes do mundo. Três degraus erguiam o trono. O trono era chamado "cadeira real". Nas duas paredes, fazendo frente uma a outra, estendia-se, em quadros sucessivos, uma grande tapeçaria doada aos lordes por Elizabeth, representando toda a aventura da armada, desde a sua partida da Espanha até o naufrágio em frente à Inglaterra. As altas acastelagens dos navios eram tecidas com fios de ouro e de prata, que, com o tempo, haviam enegrecido. Nessa tapeçaria, separada de distância em distância por arandelas, estavam encostadas, à direita do trono, três fileiras de bancos para os bispos, à esquerda, três fileiras de bancos para os duques, os marqueses e os condes, sobre estrados e separadas por degraus. Nos três bancos da primeira seção sentavam-se os duques; nos três bancos da segunda, os marqueses; nos três bancos da terceira, os condes. O banco dos viscondes, em esquadro, ficava em frente ao trono e, atrás, entre os viscondes e a barra, havia dois bancos para os barões. No banco alto, à direita do trono, estavam os dois arcebispos, de Canterbury e de York; no banco intermediário, três bispos, de Londres, de Durham e de Winchester; os outros bispos, no banco de baixo. Existe, entre o arcebispo de Canterbury e os outros bispos, a diferença considerável de que ele é bispo "pela divina providência", enquanto os outros só o são "pela divina permissão". À direita do trono, via-se uma cadeira para o príncipe de Gales e, à esquerda, assentos dobráveis para os duques reais e, atrás dos dobráveis, uma bancada para os jovens pares menores, que ainda não têm os seus lugares e não tomam parte nas assembleias. Flores-de-lis por toda parte e o grande escudo da Inglaterra nas quatro paredes, acima dos pares e também acima do rei. Os filhos de pares e os herdeiros de pariato assistiam às deliberações em pé, atrás do trono entre o dossel e a parede. O trono no fundo e, dos três lados da sala, as três fileiras dos bancos dos pares deixavam livre um largo espaço quadrado. Nesse quadrado, recoberto pelo tapete do Estado com as armas da Inglaterra, havia quatro almofadas de lã, uma diante do trono onde se sentava o chanceler entre a maça e o selo, uma diante dos bispos, no qual se sentavam os juízes conselheiros de Estado, que tomavam parte nas sessões, mas não podiam falar, uma diante dos duques, marqueses e condes, onde se sentavam os secretários de Estado, uma diante dos viscondes e barões, onde estavam sentados o escrivão da coroa e o escrivão do Parlamento, no qual escrevia os dois auxiliares de escrivães, estes de joelhos. No centro do quadrado, via-se uma grande mesa recoberta, cheia de processos, registros de pastas, com tinteiros maciços de ourivesaria e altos archotes nos quatro ângulos. Os pares tomavam assento por ordem cronológica, cada um de acordo com a data da criação do seu pariato. Tinham a posição conforme os títulos e, dentro do título, segundo a antiguidade. Na barra, estava o cavalheiro do bastão negro, de pé, com o bastão na mão. Por dentro da porta, o oficial do fidalgo e, por fora, o pregoeiro do bastão negro, que tinha por função abrir as sessões de justiça pelo brado "*Oyez!*", em francês, proferido três vezes, acentuando solenemente a primeira sílaba. Perto do pregoeiro, o porta-maça do chanceler.

Nas cerimônias reais, os pares temporais usavam a coroa na cabeça, e os pares espirituais, a mitra.

Os arcebispos usavam a mitra com a coroa ducal, e os bispos, que tomam assento depois dos viscondes, a mitra com fita de barão.

Observação curiosa e que é uma informação: o quadrado formado pelo trono, pelos bispos e pelos barões e no qual estão os magistrados de joelhos era o antigo parlamento da França durante as duas primeiras gerações. Igual aspecto da autoridade na França e na Inglaterra. Hincmar, no *de ordinatione sacri palatii*, descreve, em 853 a câmara dos lordes em sessão em Westminster no século XVIII. Bizarra espécie de ata feita com novecentos anos de antecedência.

O que é a história? Um eco do passado dentro do futuro. Um reflexo do futuro sobre o passado.

A assembleia do Parlamento só era obrigatória a cada sete anos.

Os lordes deliberavam em segredo, a portas fechadas. As sessões das comunas eram públicas. A popularidade parecia declínio.

O número dos lordes era ilimitado. Nomear lordes era a ameaça da realeza. Maneira de governar.

No começo do século XVIII, a câmara dos lordes já apresentava um número bem grande. Depois aumentou mais ainda. Diluir a aristocracia é uma forma de política. Elizabeth cometeu talvez um erro ao condensar o pariato em sessenta e cinco lordes. A nobreza menos numerosa é mais intensa. Nas assembleias, quanto mais membros, menos cabeças há. Sentira-o Jaime II ao levar a câmara alta à cento e oitenta e oito lordes; cento e oitenta e seis se excluirmos dos pariatos as duas duquesas da alcova real, Portsmouth e Cleveland. No reinado de Ana, o total dos lordes, incluindo os bispos, era de duzentos e sete.

Sem contar o duque de Cumberland, marido da rainha, havia vinte e cinco duques, o primeiro dos quais, o duque de Norfolk, não tomava parte nas assembleias por ser católico, e o último, o duque de Cambridge, príncipe eleitoral de Hanover, participava embora fosse estrangeiro. Estando ausente, por ser jacobita, Winchester, qualificado primeiro e único marquês da Inglaterra, como Astorga, único marquês da Espanha, havia cinco marqueses, o primeiro dos quais era Lindsey e o último, Lothian; setenta e nove condes, o primeiro dos quais era Derby e o último, Islay; nove viscondes, o primeiro dos quais era Hereford e o último, Lonsdale; e sessenta e dois barões, o primeiro dos quais era Abergaveny e o último, Hervey. Lorde Hervey, por ser o último barão, era o que chamavam de "o caçula" da câmara. Derby que, por ser precedido por Oxford, Shrewsbury e Kent, era somente o quarto no reinado de Jaime II, tornara-se, com Ana, o primeiro dos condes. Dois nomes de chanceleres haviam desaparecido da lista dos barões, Verulam, sob o qual a história encontra Bacon, e Wem, sob o qual a história encontra Jeffreys. Bacon, Jeffreys, nomes diversamente sombrios. Em 1705, os vinte e seis bispos eram só vinte e cinco, uma vez que o posto de Chester estava vago. Entre os bispos, alguns eram grandes fidalgos; por exemplo, William Talbot, bispo de Oxford, chefe da ala protestante de sua casa. Outros eram eminentes doutores, como John Sharp, arcebispo de York, antigo deão de Norwick, o poeta Thomas Spratt, bispo de Rochester, velhinho apoplético, e o bispo de Lincoln, que deveria morrer arcebispo de Canterbury, Wake, adversário de Bossuet.

Nas ocasiões importantes, e quando acontecia de receber uma comunicação da coroa à câmara alta, toda aquela multidão augusta, de togas, perucas, com coifas de prelatura ou chapéus de plumas, alinhava e dispunha as suas fileiras de cabeças na sala do pariato, ao longo das paredes onde se via vagamente a tempestade exterminar a armada. Subentendido: Tempestade às ordens da Inglaterra.

IV

A VELHA CÂMARA

Toda a cerimônia da investidura de Gwynplaine, desde a entrada sob o King's Gate até a abjuração no semicírculo envidraçado, se passara numa espécie de penumbra.

Lorde William Cowper não permitira que fossem dados a ele, chanceler da Inglaterra, detalhes demasiadamente circunstanciados sobre a desfiguração do jovem lorde Fermain Clancharlie, por achar abaixo de sua dignidade saber que um par não era belo e por sentir-se diminuído pela ousadia de um inferior ao levar-lhe informações dessa natureza. É certo que um homem do povo diz com prazer: "aquele príncipe corcunda". Portanto, para um lorde, é ofensivo ser disforme. Às poucas palavras que sobre isso lhe dissera a rainha, o lorde chanceler se limitara a responder: "Um fidalgo tem por rosto a fidalguia". Sumariamente, e sobre as atas que tivera de verificar e autenticar, ele compreendera. Por isso, havia precações.

Na sua entrada na câmara, o rosto do novo lorde podia causar alguma sensação. Importava prevenir isso. O lorde chanceler tomara as suas medidas. O mínimo possível de eventos é a ideia fixa e a regra de conduta das personagens sérias. Odiar incidentes faz parte da gravidade. Importava proceder de maneira que na admissão de Gwynplaine não ocorresse inconvenientes, como a de qualquer outro herdeiro de pariato.

Por essa razão, o lorde-chanceler fixara a recepção de lorde Fermain Clancharlie para uma sessão noturna. Por ser o chanceler porteiro, *quodammodo ostiarius*, dizem as cartas normandas, *januarum cancellorumque potestas*, diz Tertuliano, ele pode oficiar fora da câmara, no limiar, e lorde William Cowper se valera do seu direito para efetuar as formalidades de investidura de lorde Fermain Clancharlie no semicírculo envidraçado. Ademais, ele antecipara a hora para que o novo par fizesse a sua entrada na câmara antes mesmo do início da sessão.

No que diz respeito à investidura de um par na entrada e fora da própria câmara, havia precedentes. O primeiro barão hereditário criado por patente, John de Beauchamp, de Holtcastle, feito barão de Kidderminster por Ricardo II em 1387, foi recebido daquela maneira.

Aliás, ao renovar precedente, o lorde-chanceler estava criando para si mesmo um problema cujo inconveniente ele viu menos de dois anos depois, quando da entrada do visconde Newhaven na câmara dos lordes.

Míope, como já o dissemos, William Cowper mal percebera a deformidade de Gwynplaine; os dois lordes padrinhos, nem um pouco. Eram dois anciãos quase cegos.

O lorde-chanceler os escolhera propositadamente.

Melhor ainda, o lorde-chanceler, tendo visto somente a estatura e a imponência de Gwynplaine, achara-o de "ótimo aspecto".

No momento em que os *door-keepers* tinham aberto diante de Gwynplaine a grande porta de duas folhas, havia somente alguns lordes na sala. Quase todos eles eram velhos. Os velhos, nas assembleias, são os pontuais, da mesma forma que assíduos são junto às mulheres. No banco dos duques, só se viam dois deles, um todo encanecido, o outro, grisalho, Thomas Osborne, duque de Leeds, e Schonberg, filho daquele Schonberg, alemão de nascimento, francês pelo bastão de marechal e inglês pelo pariato, que, expulso pelo edito de Nantes, depois de ter feito a guerra à Inglaterra como francês, fez a guerra à França como inglês. No banco dos lordes espirituais, só estava o arcebispo de Canterbury, primaz da Inglaterra, e bem no alto, e mais abaixo, o doutor Simon Patrick, bispo de Ely, conversando com Evelyn Pierrepont, marquês de Dorchester, que lhe explicava a diferença entre um gabião e uma cortina, e entre as paliçadas e as estacadas, sendo a paliçada um alinhamento de estacas na frente das tendas destinadas a proteger o acampamento, e as estacadas um alinhamento de estacas pontudas no parapeito de uma fortaleza a fim de impedir a escalada dos sitiadores e a deserção dos sitiados, e o marquês mostrava ao bispo de que maneira se estaqueia um reduto, fincando as estacas metade na terra e metade fora. Thomas Thynne, visconde Weymouth, chegara perto de um candelabro e examinava uma planta de seu arquiteto para fazer o seu jardim de Long Leate, em Wiltshire, um gramado dito "grama cortada", por meio de quadros de areia amarela, de areia vermelha, de conchas de rio e de fino pó de carvão mineral. No banco dos viscondes, havia um grupo de velhos lordes, Essex, Ossulstone, Peregrine, Osborn, William Zulestein, conde de Rochfort, entre os quais alguns jovens, da facção que não usava peruca, rodeando Price Devereux, visconde de Hereford, e discutindo a questão de saber se uma infusão de azevinho dos Apalaches é chá. "Mais ou menos", dizia Osborn. "Exatamente", dizia Essex. E eram atentamente ouvidos por Pawlets de Saint-John, primo do Bolingbroke, de quem Voltaire, mais tarde, foi um pouco aluno, pois Voltaire, que iniciou-se com o padre Porée, finalizou com Bolingbroke. No banco dos marqueses, Thomas de Grey, marquês de Kent, lorde camareiro da rainha, afirmava a Robert Bertie, marquês de Lindsey, lorde camareiro da Inglaterra, que o grande prêmio da grande loteria inglesa em 1614 fora ganho por dois franceses refugiados, o senhor Lecoq, outrora conselheiro no Parlamento de Paris, e o senhor Ravenel, fidalgo bretão. O conde de Wymes lia um livro intitulado *Prática curiosa dos oráculos das sibilas.* John Campbell, conde de Greenwich, famoso pelo longo queixo, pela alegria e pelos oitenta e sete anos, escrevia para a amante. Lorde Chandos limpava as unhas. Como a sessão que viria em seguida era uma sessão real, em que a coroa seria representada por comissários, dois assistentes *door-keepers* estavam colocando na frente do trono um banco de veludo cor de fogo. Na segunda almofada de lã estava sentado o mestre dos papéis, *sacrorum scriniorum magister,* que tinha por moradia a antiga casa dos judeus convertidos. Na quarta almofada, os dois auxiliares de escrivão, de joelhos, folheavam registros.

Enquanto isso, o lorde-chanceler ocupava o seu lugar na primeira almofada de lã, os oficiais da câmara se instalavam, uns sentados, outros em pé, o arcebispo de Canterbury se levantava e proferia a prece e a sessão iniciava-se. Gwynplaine já entrara há algum tempo sem que lhe tivessem dado atenção; o segundo banco dos barões, onde ficava o seu lugar, por ser contíguo à barra, ele só tivera de dar alguns passos. Os dois lordes seus padrinhos sentaram-se à sua direita e à sua esquerda, o que havia, de certo modo, dissimulado a presença do recém-chegado. Sem que fosse anunciado, o escrivão do Parlamento lera à meia-voz, melhor dizendo, cochichara os diversos papéis referentes ao novo lorde, e o lorde-chanceler proclamara a sua admissão no meio daquilo a que, nos relatórios, chamamos de "desatenção geral". Todos conversavam. Havia na câmara aquele burburinho durante o qual as assembleias fazem todo tipo de coisas crepusculares que, algumas vezes, as espantam mais tarde.

Gwynplaine se sentara silenciosamente, sem chapéu, entre os dois velhos pares, lorde Fitzwalter e lorde Arundel.

Há que acrescentar que Barkilphedro, informado a fundo como espião que era, e determinado a ser bem-sucedido na sua maquinação, nos seus dizeres oficiais em presença do lorde-chanceler, atenuara, em certa medida, a deformidade de lorde Fermain Clancharlie, insistindo no detalhe que Gwynplaine podia, quando quisesse, suprimir o efeito do riso e imprimir seriedade ao seu rosto desfigurado. Provavelmente Barkilphedro até exagerara essa facilidade. Além do mais, do ponto de vista aristocrático, que importância tinha isso? Não era lorde William Cowper, o legista autor da máxima: "Na Inglaterra, a restauração de um par importa mais do que a restauração de um rei"? Certamente a beleza e a dignidade deviam ser inseparáveis, é lamentável que um lorde seja desfigurado, é um ultraje do acaso; mas há que insistir, mais uma vez, o que tem isso que ver com o direito? O lorde-chanceler tomava precações e tinha razão em tomá-las, mas, em resumo, com ou sem precauções, quem poderia impedir um par de entrar na câmara dos pares? Não são a fidalguia e a realeza superiores à deformidade e à enfermidade? Um grito de animal selvagem não fora hereditário como o próprio pariato na antiga família, extinta em 1347, dos Cumin, condes de Buchan, a ponto de ser pelo rugido de tigre que o par da Escócia era reconhecido? Acaso as medonhas manchas de sangue no rosto impediram César Borgia de ser duque de Valentinois? A cegueira impediu João de Luxemburgo de ser rei da Boêmia? A gibosidade impediu Ricardo III de ser rei da Inglaterra? A enxergar bem a fundo as coisas, a enfermidade e a fealdade aceitas com altiva indiferença, longe de contradizer a grandeza, afirmam-na e provam-na. A fidalguia tem tamanha majestade que a deformidade não a perturba. É outro aspecto da questão, e não é o menor. Como se vê, nada poderia constituir obstáculo à admissão de Gwynplaine, e as precauções prudentes do lorde-chanceler, úteis do ponto de vista inferior da tática, eram de luxo do ponto de vista superior do princípio aristocrático.

Ao entrar, segundo a recomendação que lhe fizera o rei de armas e que os dois lordes padrinhos lhe haviam renovado, ele saudara "a cadeira real".

Então, estava acabado. Ele era lorde.

Aquela altura, sob cujo resplendor ele vira, durante toda a sua vida, curvar-se assustado o seu amo Ursus, aquele pináculo prodigioso, ele o tinha a seus pés.

Estava naquele lugar resplandecente e sombrio da Inglaterra.

Velho cimo do monte feudal, há seis séculos contemplado pela Europa e pela história. Auréola apavorante de um mundo de trevas.

Acontecera a sua entrada naquela auréola. Entrada irrevogável.

Ali ele estava na sua casa.

Na sua casa e ocupando o seu assento como o rei ocupa o seu.

Estava ali e, doravante, nada podia impedir que estivesse.

A coroa real que ele via sob aquele dossel era irmã da sua própria coroa. Ele era o par daquele trono.

Perante a majestade, ele era a fidalguia. Menor, mas semelhante.

O que era ele ontem? Histrião. Hoje, o que era ele? Príncipe.

Ontem, nada. Hoje, tudo.

Confrontação brusca da miséria e do poder, abordando-se frente a frente no fundo de um espírito num destino e tornando-se repentinamente as duas metades de uma consciência.

Dois espectros, a adversidade e a prosperidade, tomando posse da mesma alma, e cada um puxando-a para si. Patética partilha de uma inteligência, de uma vontade, de um cérebro entre dois irmãos inimigos, o fantasma pobre e o fantasma rico. Abel e Caim no mesmo homem.

V

CONVERSAS ALTANEIRAS

Pouco a pouco, os bancos da câmara foram sendo ocupados. Os lordes começaram a chegar. A ordem do dia era o voto do *bill* que aumentava em cem mil libras esterlinas a dotação anual de Georges da Dinamarca, duque de Cumberland, marido da rainha. Além disso, anunciava-se que diversos *bills* consentidos por sua majestade iam ser trazidos à câmara por comissários da coroa que tinham o poder e o encargo de sancioná-los, o que erigia a sessão em sessão real. Todos os pares estavam usando a toga de parlamento por sobre a roupa de corte ou de cidade. A toga, semelhante à que usava Gwynplaine, era a mesma para todos, com a diferença que os duques tinham cinco faixas de arminho com orla de ouro; os marqueses, quatro; os condes e os viscondes, três; e os barões, duas. Os lordes entravam em grupos. Encontraram-se nos corredores e continuavam os diálogos começados. Alguns vinham sozinhos. As vestimentas eram solenes; as atitudes, não; tampouco as palavras. Ao entrar, todos saudavam o trono.

Afluíam os pares. Aquele desfile de nomes majestosos se realizava quase sem cerimonial, uma vez que o púbico estava ausente. Leicester entrava e apertava a mão de Lichfield; depois,

Charles Mordaunt, conde de Peterborough e de Monmouth, o amigo de Locke, por cuja iniciativa ele propusera que se refundissem as moedas; depois, Charles Campbell, conde de Loudoun, escutando o que dizia Fulke Greville, lorde Brooke; depois, Dorme, conde de Caërnarvon; depois, Robert Sutton, barão Lexington, filho do Lexington que aconselhara Carlos II a expulsar Gregorio Leti, historiógrafo bastante mal informado para pretender ser historiador; depois, Thomas Bellasyse, visconde de Falconberg, aquele belo velho; e juntos, os três primos Howard: Howard, conde de Bindon, Bower-Howard, conde de Berkshire, e Staford-Howard, conde de Staford; depois, John Lovelace, barão Lovelace, cujo pariato extinto em 1736 permitiu a Richardson introduzir Lovelace em seu livro e criar, com esse nome, um tipo. Todas essas personagens diversamente célebres na política ou na guerra, e várias das quais honram a Inglaterra, riam e conversavam. Era como a história vista em negligência.

Em menos de meia hora a câmara se encontrou quase completa. Tudo era simples, uma vez que a sessão era real. O menos simples era a vivacidade das conversações. A câmara, há pouco tão sonolenta, rumorejava agora como uma colmeia perturbada. Despertara-a a chegada dos lordes retardatários. Eles traziam novidade. Coisa bizarra, os pares que já se encontravam na câmara na abertura da sessão não sabiam o que se passara, e os que não estavam sabiam-no.

Diversos lordes estavam chegando de Windsor.

Há algumas horas, a aventura de Gwynplaine virara notícia. O segredo é como o tecido de uma rede, rompe-se uma malha e tudo se desmancha. Desde a manhã, em consequência dos incidentes narrados acima, toda aquela história de um pariato encontrado no tablado de um saltimbanco reconhecido como lorde eclodira em Windsor, nos meios privados reais. Os príncipes tinham comentado; depois, os lacaios. Da corte, o fato ganhara a cidade. Os acontecimentos têm um peso, e pode-se aplicar a eles a lei do quadrado das velocidades. Caem no público e nele se afundam com uma rapidez incrível. Às sete horas, em Londres, não se tinha conhecimento dessa história. Às oito horas, Gwynplaine era o burburinho da cidade. Unicamente alguns lordes pontuais que haviam chegado antes da abertura da sessão ignoravam a coisa, pois não estavam na cidade, onde contavam, e estavam na câmara, onde não tinham percebido nada. Assim sendo, tranquilos em seus bancos, eram apostrofados pelos que estavam chegando muito agitados.

– E então? — dizia Francis Brown, visconde de Mountacute, ao marquês de Dorchester.

– O quê?

– Será possível?

– O quê?

– "O homem que ri"!

– E o que é "o homem que ri"?

– Não conhece "o homem que ri"?

– Não.

– É um palhaço. Um rapaz da feira. Um rosto impossível que iam ver por duas moedas. Um saltimbanco.

– E daí?

– O senhor acabou de recebê-lo como par da Inglaterra.

– O homem que ri é o senhor, milorde Mountacute.

– Eu não estou rindo, milorde Dorchester.

E o visconde Mountacute fazia sinal ao escrivão do parlamento, que se levantava da sua almofada de lã e confirmava a suas senhorias o fato da admissão do novo par. E mais os detalhes.

– Ora, ora, ora — dizia lorde Dorchester —, eu estava conversando com o bispo d'Ely.

O jovem conde de Annesley abordava o velho lorde Eure, que não tinha mais do que dois anos de vida, pois deveria morrer em 1707.

– Milorde Eure?

– Milorde Annesley?

– Conheceu o lorde Linnaeus Clancharlie?

– Um homem de outrora. Sim.

– Que morreu na Suíça?

– Sim. Éramos parentes.

– Que fora republicano com Cromwell e que permanecera republicano com Carlos II?

– Republicano? De jeito nenhum. Estava zangado. Era uma querela pessoal entre o rei e ele. Sei de fonte segura que lorde Clancharlie teria aderido ao rei se lhe tivessem dado o posto de chanceler que foi dado a lorde Hyde.

– O senhor me deixa perplexo, milorde Eure. Disseram-me que esse lorde Clancharlie era um homem honesto.

– Um homem honesto! E isso existe? Meu jovem, não existe homem honesto.

– Mas, e Catão?

– Acredita em Catão?

– Mas, e Aristides?

– Fizeram bem em exilá-lo.

– Mas, e Thomas Morus?

– Fizeram bem em cortar-lhe o pescoço.

– E, em sua opinião, lorde Clancharlie?

– Era dessa espécie. Além do mais, é ridículo um homem permanecer no exílio.

– Ele morreu.

– Um ambicioso decepcionado. Oh! Sim, eu o conheci! Eu acho mesmo. Eu era o seu melhor amigo.

– Sabe, milorde Eure, que ele se casou na Suíça?

– Sei mas ou menos.

– E que, desse casamento, ele teve um filho legítimo?

– Sim. Que morreu.

– Que está vivo.

– Vivo?

– Vivo.

– Não é possível.

– Real. Provado. Constatado. Homologado. Registrado.

– Mas, então, esse filho vai herdar o pariato de Clancharlie?

– Ele não vai herdar.

– Por quê?

– Porque ele o herdou. Já o fez.

– Já o fez?

– Olhe para trás, milorde Eure. Ele está sentado atrás do senhor no banco dos barões.

Lorde Eure olhava para trás, mas o rosto de Gwynplaine se escondia sob sua floresta de cabelos.

– Olhe, — dizia o velho, vendo somente os seus cabelos — ele já adotou a nova moda. Não está usando a peruca.

Grantham se aproximava de Colepepper.

– Ali está um que foi apanhado!

– Quem?

– David Dirry-Moir.

– Por quê?

– Não é mais par.

– Como assim?

E Henry Auverquerque, conde de Grantham, contava a John, barão de Colepepper, toda a "anedota", a garrafa jogada ao mar e levada ao almirantado, o pergaminho dos comprachicos, o *jussu regis* contra-assinado Jeffreys, a confrontação no subterrâneo penal de Southwark, a aceitação de todos os fatos pelo lorde-chanceler e pela rainha, a abjuração no semicírculo envidraçado e, enfim a admissão de lorde Fermain Clancharlie no início da sessão, e ambos tentavam distinguir entre o lorde Fitz Walter e o lorde Arundel o rosto do novo lorde, de que tanto se falava, mas sem conseguir mais do que lorde Eure e lorde Annesley.

Aliás, Gwynplaine, por acaso ou por arranjo de seus padrinhos, prevenido pelo lorde-chanceler, estava colocado em suficiente penumbra para escapar à curiosidade.

– Onde é que ele está?

Era o que exclamavam todos ao chegar, mas nenhum deles conseguia vê-lo. Alguns, que tinham visto Gwynplaine na Green-Box, estavam agitadamente curiosos, mas em vão. Como acontece às vezes de aprisionarem, por prudência, uma jovem num grupo de viúvas puritanas, Gwynplaine estava como que envolvido por diversas espessuras de velhos lordes enfermos e indiferentes. Homens bondosos que sofrem de gota são pouco sensíveis às histórias alheias.

Passavam, de mão em mão, cópias da carta de três linhas que a duquesa *Josiane* — afirmavam — escrevera à rainha, sua irmã, em resposta à injunção, que lhe fizera sua majestade, de casar-se com o novo par, o legítimo herdeiro dos Clancharlie, lorde Fermain. A carta fora assim concebida: "Senhora, estou gostando tanto disso. Poderei ter lorde David como amante."

"Assinado Josiane." O bilhete, verdadeiro ou falso, fazia um entusiástico sucesso.

Um jovem lorde, Charles d'Okehampton, barão de Mohun, na facção que não usava peruca, lia-o e relia-o alegremente. Lewis de Duras, conde de Feversham, inglês que tinha espírito francês, olhava para Mohun e sorria.

– Pois então — exclamava lorde Mohun —, está aí a mulher com quem eu gostaria de me casar!

E os que estavam perto dos dois lordes ouviam aquele diálogo entre Duras e Mohun:

– Casar-se com a duquesa Josiane, lorde Mohun!

– Por que não?

– Credo!

– Seríamos felizes!

– Seriam diversos.

– E acaso não somos sempre diversos?

– Lorde Mohun, o senhor tem razão. Em matéria de mulheres, todos temos os restos uns dos outros. Quem é que teve um começo?

– Adão, talvez.

– Nem ele.

– Na verdade, Satã!

– Meu caro — concluía Lewis de Duras —, Adão é um testa de ferro. Pobre enganado. Assumiu o gênero humano. O homem foi feito para a mulher pelo diabo.

Hugo Cholmley, conde de Cholmley, forte legista, era interrogado do banco dos bispos por Nathanaël Crew, que era duas vezes par, par temporal, por ser barão Crew, e par espiritual, porque era bispo de Durham.

– Mas é possível? — dizia Crew.

– É regular? — dizia Cholmley.

– A investidura desse recém-chegado foi feita fora da câmara — respondia o bispo —, mas afirmam que há precedentes.

– Sim. Lorde Beauchamp, no tempo de Ricardo II. Lorde Chenay, no tempo de Elisabeth.

– E lorde Broghill no tempo de Cromwell.

– Cromwell não conta.

– O que o senhor pensa de tudo isso?

– Coisas diversas.

– Milorde, conde de Cholmley, qual será a posição desse jovem Fermain Clancharlie na câmara?

– Milorde bispo, uma vez que a interrupção republicana deslocou as antigas posições, Clancharlie está hoje situado no pariato entre Barnard e Somers, e isso faz com que, num caso de consulta aos pares, lorde Fermain Clancharlie fale em oitavo lugar.

– Pois é! Um saltimbanco de praça pública!

– O incidente em si não me causa espanto, milorde bispo. Essas coisas acontecem. E acontecem das mais surpreendentes. Não foi a Guerra das Duas Rosas anunciada pela secagem súbita do rio Ouse em Bedford no dia primeiro de janeiro de 1399? Ora, se um rio pode secar, um nobre pode cair para uma condição servil. Ulisses, rei de Ítaca, fez todos os tipos de trabalhos. Fermain Clancharlie continuou sendo lorde sob a capa de um histrião. A pobreza da roupa não atinge a nobreza do sangue. Mas o juramento e a investidura fora da sessão, embora legais, a rigor, podem dar margem a objeções. No meu entender, será preciso entender-se sobre a questão de saber se, mais tarde, haverá ensejo de questionar, em conversas de Estado, o lorde-chanceler. Dentro de algumas semanas, veremos o que se deverá fazer.

E o bispo acrescentava:

– Tanto faz. É uma aventura como nunca se viu desde o caso do conde Gesbodus.

Gwynplaine, "o homem que ri", a hospedaria Tadcaster, a Green-Box, *Caos vencido*, a Suíça, Chillon, os comprachicos, o exílio, a mutilação, a república, Jeffreys, Jaime II, o *jussu regis*, a garrafa aberta no almirantado, o pai, lorde Linnaeus, o filho legítimo, lorde Fermain, o filho bastardo, lorde David, os prováveis conflitos, a duquesa Josiane, o lorde-chanceler, a rainha, tudo isso corria de banco em banco. Um rastilho de pólvora, o cochichar. Repisavam-se os detalhes. Toda aquela aventura constituía o imenso murmúrio da câmara. Gwynplaine, vagamente, no fundo do poço de devaneio em que se encontrava, ouvia aquele zum-zum-zum sem saber que era por sua causa.

Entretanto ele estava estranhamente atento, mas atento às profundezas, não à superfície. O excesso de atenção se torna isolamento.

Um rumor numa câmara não impede a sessão de continuar o seu roteiro, da mesma forma que a poeira sobre uma tropa não a impede de continuar caminhando. Os juízes, que, na câmara alta, são meros assistentes e só podem falar quando interrogados, tinham tomado lugar na segunda almofada de lã, e os três secretários de Estado, na terceira. Os herdeiros de pariato afluíam em seu compartimento ao mesmo tempo fora e dentro, que ficava atrás do trono. Os pares menores estavam nos assentos especiais. Em 1705, aqueles pequenos lordes não eram menos de doze: Huntingdon, Lincoln, Dorset, Warwick, Bath, Burlington, Derwentwater, destinado a uma morte trágica, Longueville, Lonsdale, Dudley and Ward e Carteret, e isso formava um conjunto ruidoso de oito condes, dois viscondes e dois barões.

No recinto, nas três fileiras de bancos, cada lorde voltara ao seu assento. Ali estavam quase todos os bispos. Os duques eram numerosos, a começar por Charles Seymour, duque de Somerset, e a terminar por Georges Augustus, príncipe eleitoral de Hanover, duque de Cambridge, o último em data e, por conseguinte, ocupando a última posição. Estavam todos em ordem, de acordo com as precedências; Cavendish, duque de Devonshire, cujo avô dera abrigo, em Hardwick, aos noventa e dois anos de Hobbes; Lennox, duque de Richmond; os três Fitz-Roy, o duque de Southampton, o duque de Grafton e o duque de Northumberland; Butler, duque d'Ormond; Somerset, duque de Beaufort; Beauclerk, duque de Saint-Albans; Pawlett, duque de Bolton; Osborne, duque de Leeds; Wriothesley Russell, duque de Bedford, que tem como grito de guerra e por lema: "Che sara sara", ou seja, a aceitação dos fatos; Sheffield, duque de Buckingham; Manners, duque de Rutland, e os outros. Nem Howard, duque de Norfolk, nem Talbot, duque de Shrewsbury, tomaram assento por serem católicos; nem Churchill, duque de Marlborough — o nosso Malbrouck —, que estava em guerra e combatia a França naquele momento. Não havia, então, duque escocês, pois Queensberry, Montrose e Roxburghe só foram admitidos em 1707.

VI

A ALTA E A BAIXA

De improviso, irrompeu na câmara uma viva claridade. Quatro *door-keepers* levaram e colocaram, dos dois lados do trono, quatro altas tocheiras-candelabros cheias de velas. Assim iluminado, o trono se fez ver numa sorte de púrpura luminosa. Vazio, porém augusto. Se a rainha estivesse nele, não teria acrescentado muita coisa.

O cavalheiro do bastão negro entrou com o bastão erguido e disse:

– Suas senhorias os comissários de sua majestade.

Todos os rumores cessaram.

Um escrivão de peruca e samarra apareceu na grande porta segurando uma almofada bordada com flores-de-lis sobre a qual se viam pergaminhos. Aqueles pergaminhos eram *bills*. Em cada um deles, estava pendurada, numa trança de seda, a bolinha de ouro, que faz com que as leis sejam chamadas de *bills* na Inglaterra e de *bulles* em Roma.

Seguindo o escrivão, caminhavam três homens com roupas de pares, com chapéu de plumas na cabeça.

Eram os comissários reais. O primeiro lorde era o alto-tesoureiro da Inglaterra, Godolfin, o segundo era o lorde-presidente do conselho, Pembroke, o terceiro era o lorde do timbre privado, Newcastle.

Caminhavam um atrás do outro, de acordo com a precedência, não do título, mas do cargo, Godolfin na frente, Newcastle por último, embora fosse duque.

Chegaram perto do banco diante do trono, fizeram a reverência à cadeira real, tiraram os chapéus e tornaram a pô-los e sentaram no banco.

O lorde-chanceler olhou para o cavalheiro do bastão negro e disse:

– Faça virem à barra os comuns.

O cavalheiro do bastão negro saiu.

O escrivão, que era um escrivão da câmara dos lordes, depôs sobre a mesa, no quadrado das almofadas de lã, a almofada em que estavam os *bills*.

Houve uma interrupção de alguns minutos. Dois *door-keepers* puseram diante da barra um escabelo de três degraus. Era um escabelo de veludo encarnado com flores-de-lis desenhadas com pregos dourados.

A grande porta, que havia-se fechado, abriu-se novamente, e uma voz exclamou:

– Os fiéis comuns da Inglaterra.

Era o cavalheiro do bastão negro que anunciava a outra metade do parlamento.

Os lordes puseram os chapéus.

Os membros dos comuns entraram precedidos pelo porta-voz, todos sem chapéu.

Detiveram-se na barra. Usavam vestimentas de cidade, a maioria estava de preto com a espada.

O porta-voz, honorabilíssimo John Smyth, escudeiro, membro pelo burgo de Andover, subiu no escabelo que ficava no meio da barra. O orador das comunas usava uma longa samarra de cetim preto com largas mangas e com fendas agaloadas de alamares de ouro atrás e na frente, e peruca menor do que a do lorde-chanceler. Estava majestoso, mas inferior.

Todos os das comunas, oradores e membros, continuaram à espera, em pé e com a cabeça descoberta, diante dos pares sentados e com chapéus.

Notavam-se nas comunas o chefe de justiça de Chester, Josef Jekyll, mais três sargentos em lei de sua majestade, Hooper, Powys e Parker, e James Montagu, solicitador-geral, e o advogado-geral, Simon Harcourt. À parte alguns baronetes e cavalheiros e nove lordes de cortesia, Hartington, Windsor, Woodstock, Mordaunt, Gramby, Scudamore, Fitz-Harding, Hyde, e Burkeley, filhos de pares e herdeiros de pariatos, todo o restante era do povo. Sorte de sombria multidão silenciosa.

Quando cessara o ruído de passos de toda aquela entrada, o arauto do bastão negro, na porta, disse:

– Ouçam!

O escrivão da coroa levantou-se. Pegou, desdobrou e leu o primeiro dos pergaminhos colocados na almofada. Tratava-se de uma mensagem da rainha nomeando para representá-la, em seu parlamento, com poder de sancionar os *bills*, três comissários, a saber:

Naquele momento, o escrivão levantou a voz.

– Sydney, conde de Godolfin.

O escrivão saudou lorde Godolfin. Lorde Godolfin ergueu o chapéu. O escrivão continuou:

– Thomas Herbert, conde de Pembroke e de Montgomery.

O escrivão saudou lorde Pembroke. Lorde Pembroke tocou seu chapéu. O escrivão continuou:

– John Hollis, duque de Newcastle.

O escrivão saudou lorde Newcastle. Lorde Newcastle acenou com a cabeça.

O escrivão da coroa voltou a se sentar. O escrivão do parlamento levantou-se. O seu assistente, que estava ajoelhado, levantou-se atrás dele. Ambos estavam de frente para o trono, dando as costas aos comunas.

Sobre a almofada havia cinco *bills*. Os cinco *bills*, votados pelos comunas e consentidos pelos lordes, aguardavam a sanção real.

O escrivão do parlamento leu o primeiro *bill*.

Era um ato das comunas que punha a cargo do Estado os embelezamentos feitos pela rainha em sua residência de Hampton-Court, que montava a um milhão de esterlinas.

Feita a leitura, o escrivão saudou profundamente o trono. O assistente do escrivão repetiu a saudação mais profundamente ainda; depois, voltando pela metade a cabeça para os comuns, disse:

– A rainha aceita as suas benevolências e assim o quer.

O escrivão leu o segundo *bill*.

Era uma lei que condenava à prisão e à multa quem se subtraísse ao serviços das *trainbands*. As *trainbands* (tropa que se leva aonde se quer) são aquela milícia burguesa que serve gratuitamente e que, no reinado de Elisabeth, com a aproximação da armada, produzira cento e oitenta e cinco mil soldados de infantaria e quarenta mil cavaleiros.

Os dois escrivães fizeram nova reverência à cadeira real; depois disso, o assistente do escrivão, de perfil, disse à câmara das comunas:

– A rainha o quer.

O terceiro *bill* aumentava os dízimos e prebendas do bispado de Lichfield e de Coventry, que é uma das mas ricas prelazias da Inglaterra, concedia uma renda à catedral, aumentava o número dos cônegos e ampliava o diaconato e os benefícios, "a fim de prover — dizia o preâmbulo — as necessidades da nossa santa religião". O quarto *bill* acrescentava ao orçamento novos impostos: um sobre o papel mármore; um sobre as carruagens de aluguel fixadas em número de oitocentas em Londres e taxadas, cada uma, em cinquenta e duas libras por ano; um sobre os advogados, procuradores e solicitadores, de quarenta e oito libras por cabeça ao ano; um sobre as peles curtidas, "não obstante, dizia o preâmbulo, as reclamações dos artesãos em couro"; um sobre o sabão, "não obstante as reclamações da cidade de Exeter e do Devonshire, onde se fabrica grande quantidade de sarja e lã"; um sobre o vinho, de quatro *schellings* por barrica; um sobre a farinha; um sobre a cevada e o lúpulo, e renovação por quatro anos, às necessidades do Estado, dizia o preâmbulo, devendo passar antes dos protestos do comércio, o imposto da tonelagem, variando de seis libras tornesas por tonel para os seis navios que vierem do ocidente a mil e oitocentas libras para os que vierem do oriente. Finalmente o *bill* que declarava insuficiente a capitação ordinária já recolhida para o corrente ano encerrava-se por uma sobretaxa geral, em todo o reino, de quatro *schellings* ou quarenta e oito soldos torneses por súdito, com menção de que aqueles que se recusarem a prestar novos juramentos ao governo pagariam o dobro da taxa. O quinto *bill* proibia admitir no hospital um doente que, ao entrar, não depositasse uma libra esterlina para, em caso de morte, pagar o seu enterro. Os três últimos *bills*, a exemplo dos dois primeiros, foram, um após outro, sancionados e transformados em leis por uma saudação ao trono e pelas quatro palavras do assistente de escrivão "a rainha o quer" ditas, por sobre o ombro, aos comuns.

Depois, o assistente de escrivão tornou a pôr-se de joelhos diante da quarta almofada de lã, e o lorde-chanceler disse:

– Seja feito como é desejado.

Assim terminava a sessão real.

O porta-voz, curvado em dois diante do chanceler, desceu de costas do escabelo, arrumando a toga atrás de si; os das comunas se inclinaram até o chão e, enquanto a câmara alta recomeçava a ordem do dia interrompida, sem dar atenção a todas aquelas reverências, a câmara alta saiu.

VII

AS TEMPESTADES DE HOMENS PIORES QUE AS TEMPESTADES DOS OCEANOS

Fecharam-se novamente as portas; o cavalheiro do bastão negro voltou a entrar; os lordes comissários deixaram o banco de Estado e vieram sentar-se na frente do banco dos duques, nos lugares dos seus postos, e o lorde-chanceler tomou a palavra:

– Milordes, uma vez que a deliberação da câmara tem por objeto, há alguns dias, o *bill* que propõe aumentar em cem mil libras esterlinas a provisão anual de sua alteza real, o príncipe marido de sua majestade, e como o debate foi esgotado e encerrado, vamos à votação. O voto será recebido, de acordo com o uso, a partir do mais novo do banco dos barões. Cada lorde, ao chamado do seu nome, irá levantar-se e responder "contente" ou "não contente" e ficará livre para expor os seus motivos, se o julgar conveniente. Escrivão, comece a chamar para o voto.

O escrivão do parlamento, em pé, abriu um grande in-fólio erguido numa estante dourada, que era o Livro do Pariato.

O mais novo da câmara na época era o lorde John Hervey, feito barão e par em 1703, do qual se originaram os marqueses de Bristol.

O escrivão convocou:

– Milorde John, barão Hervey.

Um ancião de peruca loira se levantou e disse:

– Contente.

Depois, voltou a se sentar.

O escrivão adjunto registrou o voto.

O escrivão continuou:

– Milorde Francis Seymour, barão Conway de Kiltultagh.

– Contente — murmurou, erguendo-se pela metade um moço elegante com cara de pajem, que não desconfiava que era o avô dos marqueses de Hertford.

– Milorde John Leveson, barão Gower — continuou o escrivão.

O barão, de quem deviam originar-se os duques de Sutherland, levantou-se e disse, voltando a se sentar.

– Contente.

O escrivão prosseguiu:

– Milorde Heneage Finch, barão de Guernesey.

O avô dos condes de Aylesford, não menos jovem e não menos elegante do que o ancestral dos marqueses de Hertford, justificou o seu lema *Aperto vivere voto* pela altura do seu consentimento.

– Contente — gritou.

Enquanto ele tornava a se sentar, o escrivão chamava o quinto barão:

– Milorde John, barão de Granville.

– Contente — respondeu, levantando-se de imediato e voltando a se sentar, lorde Granville de Potheridge, cujo pariato sem futuro deveria extinguir-se em 1709.

O escrivão passou ao sexto.

– Milorde Charles Mountague, barão Halifax.

– Contente — disse lorde Halifax, portador de um título sobre o qual se extinguira o nome de Saville e devia extinguir-se o nome de Mountague. Mountague é diferente de Montagu e de Mountacute.

E lorde Halifax acrescentou:

– O príncipe Georges tem uma dotação como marido de sua majestade; tem outra como príncipe da Dinamarca, outra como duque de Cumberland e outra como lorde alto-almirante da Inglaterra e da Irlanda, mas não a tem como generalíssimo. É uma injustiça. É preciso acabar com essa desordem no interesse do povo inglês.

Depois, lorde Halifax fez o elogio da religião cristã, condenou o papismo e votou o subsídio.

Depois que Lorde Halifax se sentou, o escrivão continuou:

– Milorde Christof, barão Barnard.

Lorde Barnard, de quem deviam originar-se os duques de Cleveland, levantou-se ao chamado de seu nome.

– Contente.

E usou de certa lentidão para sentar-se novamente, pois tinha um colarinho de renda que valia a pena ser notado. Aliás, era um digno gentil-homem e um valoroso oficial esse lorde Barnard.

Enquanto lorde Barnard se sentava, o escrivão, que estava lendo a rotina, foi tomado de certa hesitação. Arrumou os óculos e inclinou-se sobre o registro com redobrada atenção, depois, endireitando a cabeça, disse:

– Milorde Fermain Clancharlie, barão Clancharlie e Hunkerville.

Gwynplaine levantou-se:

– Não contente — exclamou.

Todas as cabeças se voltaram. Gwynplaine estava em pé. Os feixes de velas colocados nos dois lados do trono iluminaram vivamente a sua face e a faziam sobressair-se na vasta sala escura com o realce que teria uma máscara sobre um fundo de fumaça.

Gwynplaine fizera aquele esforço sobre si mesmo, que, lembramo-nos, era a rigor, possível para ele. Por uma concentração

716   O HOMEM QUE RI

de vontade igual à que seria necessária para domar um tigre, ele conseguira tornar sério por um instante o fatal ricto de seu rosto. Naquele instante, ele não estava rindo. Aquela situação não podia durar muito; são curtas as desobediências ao que é a nossa lei ou à nossa fatalidade; algumas vezes, a água do mar resiste à gravitação, infla-se em tromba e forma uma montanha, mas com a condição de voltar a cair. Era assim a luta de Gwynplaine. Por um minuto que ele sentia solene, por uma prodigiosa intensidade de vontade, mas não por mais tempo do que um relâmpago, ele lançara sobre a sua fronte o sombrio véu da sua alma; mantinha em suspenso o seu incurável riso; daquela face que lhe haviam esculpido, ele retirara a alegria. Não estava mais do que assustador.

– O que é esse homem? — foi o brado.

Um frêmito indescritível percorreu todos os bancos. Aquela floresta de cabelos, aquelas negras cavidades debaixo das sobrancelhas, aquele olhar profundo de um olho que não se via, o modelo feroz daquela cabeça que mesclava horrivelmente sombra e luz foi surpreendente. Ultrapassava tudo. Tinham falado muito de Gwynplaine; vê-lo foi terrível. Mesmo aqueles que estavam na expectativa não esperavam aquilo. Imagine-se na montanha reservada aos deuses, na festa de uma noite serena, toda a turma de todo-poderosos reunida, e a face de Prometeu, devastada pelas bicadas do abutre, aparece de improviso como uma lua sanguinolenta no horizonte. O Olimpo avistando o Cáucaso, que visão! Velhos e jovens, boquiabertos, olharam para Gwynplaine.

Um ancião venerado por toda a câmara, que vira muitos homens e muitas coisas e que estava designado a ser duque, Thomas, conde de Warton, levantou-se apavorado.

– O que significa isso? — exclamou. — Quem introduziu esse homem na câmara? Ponham-no para fora!

E, apostrofando Gwynplaine com altivez:

– Quem é o senhor? De onde saiu?

Gwynplaine respondeu:

– Do abismo.

E, cruzando os braços, encarou os lordes.

– Quem sou eu? Sou a miséria. Milordes, preciso lhes falar.

Houve um frêmito e um silêncio. Gwynplaine continuou.

– Milordes, os senhores estão no alto. Tudo bem. É preciso crer que Deus tem suas razões para isso. Os senhores têm o poder, a opulência, a alegria, o sol imóvel no seu zênite, a autoridade sem limite, o gozo sem compartilhamento, o enorme esquecimento dos outros. Certo. Mas abaixo dos senhores existe algo. Acima, talvez. Milordes, venho dar-lhes uma notícia. O gênero humano existe.

As assembleias são como as crianças; os incidentes são sua caixa de surpresas, e elas têm o medo e o gosto. Algumas vezes, parece que uma mola funciona, e vemos sair do buraco um diabo. Assim, surgiu na França, Mirabeau, também disforme.

Naquele momento, Gwynplaine sentia em si um estranho crescimento. Um grupo de homens a quem se fala é um tripé. Fica-se, por assim dizer, em pé sobre um cume de almas. Tem-se, sob os pés, um estremecimento de entranhas humanas. Gwynplaine não era mais o homem que, na noite anterior, fora, por um instante, quase pequeno. As fumaças daquela súbita elevação, que o haviam transtornado, foram aliviadas e tornaram-se transparentes. E, ali onde Gwynplaine fora seduzido por uma vaidade, ele enxergava agora uma função. Aquilo que, a princípio, o diminuíra, elevava-o agora. Estava iluminado por um daqueles lampejos que vêm do dever.

De todos os lados, gritaram em torno de Gwynplaine:

– Escutem! Escutem!

Ele, porém, crispado e sobre-humano, conseguia manter em seu rosto a contração severa e lúgubre sob a qual pinoteava o ricto, como um cavalo selvagem prestes a escapar. Ele continuou:

– Eu sou aquele que vem das profundezas. Milordes, os senhores são os grandes e os ricos. É perigoso. Aproveitam-se da noite. Mas fiquem atentos, há uma grande força, a aurora. A alvorada não pode ser vencida. Ela chegará. Ela chega. Traz em si o jato do dia irresistível. E quem poderá impedir aquela funda de lançar o sol ao céu? O sol é o direito. E os senhores são o privilégio. Temam. O verdadeiro dono da casa vai bater à porta. Qual é o pai do privilégio? O acaso. E qual é o seu filho? O abuso. Nem o acaso nem o abuso são sólidos. Ambos têm um futuro sombrio. Venho advertir-lhes. Venho denunciar a sua ventura. Ela é feita da desventura alheia. Os senhores têm tudo, e esse tudo se compõe do nada dos outros. Milordes, sou o advogado desesperado e estou defendendo a causa perdida. Essa causa Deus irá recuperar. Eu sou apenas uma voz. O gênero humano é uma boca, e eu sou o seu brado. Entender-me-ão. Venho abrir diante dos senhores, pares da Inglaterra, os grandes tribunais do povo, esse soberano, que é o paciente; esse condenado, que é o juiz. Estou curvado sob o peso do que tenho a dizer. Por onde poderei começar? Não sei. Fui recolhendo, na vasta difusão dos sofrimentos, minha enorme causa esparsa. Que fazer dela agora? Ela me acabrunha, e eu a jogo diante de mim em confusão. Teria eu previsto tudo isto? Não. Os senhores estão perplexos, e eu também. Ontem, eu era um saltimbanco; hoje, sou um lorde. Articulações profundas. De quem? Do desconhecido. Temos de tremer. Milordes, todo o céu está do seu lado. Deste imenso universo, os senhores só veem a festa; fiquem sabendo que existe sombra. No meio dos senhores, eu me chamo lorde Fermain Clancharlie, mas o meu verdadeiro nome é um nome de pobre,

Gwynplaine. Sou um miserável talhado no pano dos grandes por um rei, a seu bel-prazer. Eis a minha história. Muitos dentre os senhores conheceram o meu pai; eu não o conheci. É pelo seu lado feudal que ele lhes concerne, e, quanto a mim, estou ligado a ele pelo seu lado proscrito. O que Deus fez está feito. Fui jogado no abismo. Com que objetivo? Para que eu lhe visse o fundo. Sou um mergulhador e trouxe a pérola, a verdade. Estou falando porque conheço. Entender-me-ão, milordes. Eu experimentei. Eu vi. O sofrimento, não, não é uma palavra, senhores felizardos. A pobreza, foi nela que eu cresci; o inverno, foi nele que tremi; a fome, eu a experimentei; o desprezo, eu o sofri; a peste, eu a tive; a vergonha, eu a bebi. E irei vomitá-la diante dos senhores, e esse vômito de todas as misérias respingará em seus pés e cintilará. Hesitei antes de deixar que me trouxessem a este lugar em que estou, pois tenho outros deveres em outro lugar. E não é aqui que está o meu coração. O que se passou em mim não lhes diz respeito; quando o homem que os senhores chamam de cavalheiro do bastão negro veio me buscar em nome da mulher que chamam de rainha, tive, por um momento, a ideia de recusar. Mas me pareceu que a obscura mão de Deus me impelia para este lado e obedeci. Senti que era preciso estar aqui entre os senhores. Por quê? Por causa dos meus andrajos de ontem. Foi para tomar a palavra entre os saciados que Deus me incluíra entre os famintos. Oh, tenham piedade! Oh, este fatal mundo ao qual creem pertencer os senhores não conhecem. De tão alto, estão fora dele; e eu lhes direi o que ele é. Experiência, eu a tenho. Estou chegando de sob a pressão. Posso dizer-lhes o quanto pesam. Ó, senhores, os mestres, os senhores sabem o que são? Veem o que fazem? Não. Ah! Tudo é terrível. Uma noite, uma noite de tempestade, pequenino, abandonado, órfão, sozinho na criação desmedida, fiz o meu ingresso na obscuridade que chamam de sociedade. A primeira coisa que vi foi a lei, na forma de um patíbulo; a segunda, foi a riqueza, a sua riqueza, na forma de uma mulher morta de frio e de fome; a terceira, foi o futuro, na forma de uma criança agonizante; a quarta, foi o bom, o verdadeiro e o justo, na figura de um andarilho que só tinha por companheiro e amigo um lobo.

Naquele momento, tomado por uma pungente emoção, Gwynplaine sentiu que os soluços lhe subiam à garganta.

Coisa sinistra, isso fez com que ele explodisse em risada.

O contágio foi imediato. Pairava uma nuvem sobre a assembleia; ela podia explodir em espanto; explodiu em alegria. O riso, aquela demência desabrochada, apossou-se de toda a câmara. Os cenáculos de homens soberanos não querem nada além de fazer troças. Assim se vingam da sua seriedade.

Um riso de reis é semelhante a um riso de deuses; tem sempre uma ponta de crueldade. Os lordes puseram-se a brincar. A troça aguçou o riso. Bateram palmas em torno daquele que estava falando e ultrajaram-no. Precipitou-se contra ele um tumulto de interjeições jocosas, estridente, álacre e contundente.

– Bravo, Gwynplaine! — Bravo, "homem que ri"! — Bravo, focinho da Green-Box! — Bravo, javali do Tarrinzeau-field! — Veio dar-nos um espetáculo. Ótimo! Vá tagarelando! — Está aí um que me diverte! — Mas ele ri bem, esse animal! — Boa tarde, polichinelo! — Salve, lorde Palhaço! — Continue a arenga, vá! — É um par da Inglaterra, isso aí! — Continue! — Não! Não! — Sim! Sim!

O lorde-chanceler estava constrangido.

Um lorde surdo, James Butler, duque d'Ormond, fazendo com a mão na orelha uma cone acústico, perguntava a Charles Beauclerk, duque de Saint-Albans:

– Como foi que ele votou?

Saint-Albans respondia:

– Não contente.

– Ora essa — dizia Ormond —, não resta dúvida. Com essa cara! Uma turba fora de controle — e as assembleias são turbas — deve ser contida. A eloquência é como um freio; quando o freio se quebra, o auditório se exalta e se desabala até derrubar o orador. O auditório odeia o orador. Não se tem bastante conhecimento disso. Segurar as rédeas parece um recurso, mas não é. Todo orador tenta fazê-lo. É o instinto. Gwynplaine tentou-o.

Observou por um momento aqueles homens que riam.

– Então — exclamou —, estão insultando a miséria. Silêncio, pares da Inglaterra! Juízes, escutem a argumentação. Oh! Eu os conjuro, tenham compaixão! Compaixão de quem? Compaixão dos senhores. Quem está em perigo? São os senhores. Não veem que estão numa balança e que, numa bandeja, está o seu poder e, na outra, a sua responsabilidade? Deus os pesa. Oh! Não riam. Meditem. A oscilação da balança de Deus é o tremor da consciência. Não são malvados. São homens como os outros, nem melhores nem piores. Acreditam que são deuses, mas se adoecerem amanhã, verão estremecer na febre a sua divindade. Todos nós temos o mesmo valor. Dirijo-me aos espíritos honestos, há alguns aqui; dirijo-me às inteligências elevadas, há também aqui; dirijo-me às almas generosas, também há. Os senhores são pais, filhos e irmãos, portanto, ficais muitas vezes enternecidos. Aquele dentre os senhores que olhou esta manhã o despertar de seu filhinho é bondoso. Os corações são iguais. A humanidade não é mais do que um só coração. Entre os opressores e os oprimidos, a única diferença é o lugar em que estão situados. Seus pés pisam em cabeças, e não é por culpa sua. É a culpa da Babel social. Construção falha, toda pensa. Um piso oprime o outro. Escutem-me, vou dizer-lhes. Ó, uma vez que são poderosos, sejam fraternais; uma vez que são grandes, sejam dóceis. Se soubessem o que tenho visto! Ah! Em baixo, que tormento! O gênero humano está na masmorra. Quantos condenados são inocentes! Falta a luz, falta o ar, falta a virtude; não há esperança; e, o que é mas temível, espera-se. Tomem conhecimento de tais infortúnios. Há seres humanos que vivem na morte. Há meninas que, aos oito anos, iniciam-se na prostituição e que, aos vinte anos, acabam na velhice. Quanto aos rigores penais, eles são apavorantes. Estou falando um pouco ao acaso e não escolho o tema. Vou dizendo o que me vem à mente. Não mais que ontem, eu, que estou aqui, vi um homem acorrentado e nu, com pedras sobre o ventre, expirar na tortura. Sabem disso? Não. Se soubessem o que se passa, nenhum dos senhores ousaria ser feliz. Quem já foi a Newcastle-on-Tyne? Nas minas, há homens que mascam carvão para encher o estômago e enganar a fome. Vejam, no condado de Lancastre, Ribblechester, por causa da indigência, de cidade que era, tornou-se aldeia. Não acho que o príncipe Georges da Dinamarca precise de cem mil guinéus a mais. Eu gostaria mais de receber no hospital o indigente enfermo sem fazê-lo pagar antecipadamente o seu enterro. Em Caernarvon, em Traith-maur como em Traith-bichan, o esgotamento dos pobres é horrível. A Straford, não podem secar o pântano por falta de dinheiro. As fábricas de tecidos estão fechadas em todo o Lancashire. Desemprego geral. Sabem que os pescadores de arenque de Harlech comem capim quando falta o pescado? Sabem que em Burton-Lazers ainda há leprosos perseguidos nos quais atiram com fuzis quando saem de seus antros? Em Ailesbury, cidade de que um dos senhores é lorde, a penúria é permanente. Em Penckridge de Coventry, cuja catedral acabam de dotar e cujo bispo enriqueceram, não há camas nas cabanas, cavam buracos no chão para neles deitarem as criancinhas, de maneira que, em vez de começar pelo berço, elas começam pela cova. Vi todas essas coisas. Milordes, os impostos os senhores votaram, mas sabem quem os paga? Aqueles que expiram. Ah! Estão enganados. Estão no mau caminho. Aumentam a pobreza do pobre para aumentar a riqueza do rico. Deveria ser o contrário. Oras, tomar do trabalhador para dar ao ocioso, tomar do andrajoso para dar ao farto, tomar do indigente para dar ao príncipe! Oh, sim, tenho nas veias o velho sangue republicano. Tenho horror a isso. Os reis, eu os execro. E como as mulheres estão descaradas! Contaram-me uma triste história. Oh! Odeio Carlos II! Uma mulher que meu pai amara entregou-se a este enquanto o meu pai morria no exílio, a prostituta! Carlos II, Jaime II; depois de um velhaco, um celerado! O que é que há num rei? Um homem, um fraco e miserável súdito das necessidades e das enfermidades. Para que serve um rei? Esta realeza parasita, os senhores a empanturram. Essa minhoca, fazem dela uma jiboia. Essa tênia, fazem dela um dragão. Graça para os pobres! Os senhores engrossam o imposto em benefício do trono. Tomem cuidado com as leis que decretam. Tomem cuidado com o formigamento doloroso que esmagam. Baixem os olhos. Olhem os seus pés. Ó grandes, existem pequenos! Tenham compaixão. Sim, compaixão de si mesmos! Pois as multidões agonizam, e o pequeno, ao morrer, faz morrer o grande. A morte é uma cessação que não excetua nenhum membro. Quando a noite chega, ninguém conserva o seu pedaço de dia. São egoístas? Salvem os outros. A perdição do navio não é indiferente a nenhum passageiro. Não há naufrágio destes sem que haja submersão daqueles. Oh, fiquem sabendo, o abismo é para todos.

O riso redobrou, irresistível. Aliás, para alegrar uma assembleia, bastava o que aquelas palavras tinham de extravagante.

Ser cômico por fora e trágico por dentro, não há sofrimento mais humilhante, não há cólera mais profunda. Gwynplaine tinha aquilo em si. Suas palavras queriam agir num sentido, seu rosto agia em outro; situação terrível. Repentinamente sua voz teve umas explosões de estridência

– Esses homens estão alegres! É bom. A ironia se defrontando com a agonia. A chacota ultraja o estertor. São todo-poderosos! É possível. Pois seja. Veremos. Ah! Eu sou um deles. Eu também sou um dos senhores, ó pobres! Um rei me vendeu, um pobre me recolheu. Quem me mutilou? Um príncipe. Quem me curou e me alimentou? Um morto-de-fome. Eu sou lorde Clancharlie, mas continuo sendo Gwynplaine. Descendo dos grandes e pertenço aos pequenos. Estou entre os que desfrutam e com os que sofrem. Ah! Esta sociedade é falsa. Um dia a sociedade verdadeira chegará. Então, não haverá mais senhores, haverá viventes livres. Não haverá mais patrões, haverá pais. Isto é o futuro. Não haverá mais prosternamento, não haverá mais baixeza, não haverá mais ignorância, não haverá mais homens burros de carga, não haverá mais cortesãos, não haverá mais criados, não haverá mais reis, a luz! Enquanto isso, estou aqui. Tenho um direito e faço uso dele. É um direto? Não se eu o usar em meu favor. Sim, se eu o usar em favor de todos. Falarei aos lordes, pois sou um deles. Ó, meus irmãos de baixo, hei de falar-lhes do seu desnudamento. Erguer-me-ei com o punhado dos andrajos do povo na mão e sacudi-los-ei sobre os donos da miséria dos escravos, e eles não mais poderão, eles que são os favorecidos e os arrogantes, desvencilhar-se das lembranças dos desafortunados e libertar-se, eles, os príncipes, da dor ardente dos pobres, e tanto pior se forem vermes, e tanto melhor se cair sobre leões!

Nesse momento, Gwynplaine voltou-se para os escrivães adjuntos ajoelhados na quarta almofada de lã.

– O que significam essas pessoas ajoelhadas? O que estão fazendo aí? Levantem-se, os senhores são homens.

Aquela brusca apóstrofe a subalternos, que um lorde não deve nem mesmo notar, foi a gota d'água para acabar com a alegria. Haviam gritado "bravo", então gritaram "hurrah". Das palmas, passaram a bater os pés. Pareciam estar na Green-Box. A única diferença é que, na Green-Box, o riso era para aplaudir Gwynplaine; aqui, era para exterminá-lo. Matar é o esforço do ridículo. Algumas vezes, o riso dos homens faz todo o possível para assassinar.

O riso se tornara uma via de fato. Choviam as zombarias. Ter espírito é a estupidez das assembleias. O seu escárnio astucioso e imbecil afasta os fatos em vez de estudá-los e condena as questões em vez de resolvê-las. Um incidente é um ponto de interrogação. Rir dele é rir do enigma. A esfinge, que não ri, fica para trás.

Ouviam-se clamores contraditórios:

—Basta! Basta! — Bis! Bis!

William Farmer, barão de Leimpster, lançava a Gwynplaine a afronta de Ryc-Quiney a Shakespeare:

– *Histrio! Mima!*

Lorde Vaughan, homem sentencioso, o vigésimo nono do banco dos barões, exclamava:

– Eis que retornamos ao tempo em que os animais peroravam. No meio das bocas humanas, um maxilar bestial tem a palavra.

– Escutemos o asno de Balaam — acrescentava lorde Yarmouth.

Lorde Yarmouth tinha o ar sagaz produzido por um nariz redondo e uma boca de través.

– O rebelde Linnaeus está sendo castigado em seu túmulo. O filho é o castigo do pai — dizia John Hough, bispo de Lichfield e de Coventry, cuja prebenda Gwynplaine mencionara.

– Ele está mentindo — afirmava lorde Cholmley, o legislador legista. — O que ele chama de tortura é a pena forte e dura, ótima pena. Não existe tortura na Inglaterra.

Thomas Wentworth, barão Raby, apostrofava o chanceler.

– Milorde chanceler, encerre a sessão!

– Não! Não! Não! Ele que continue! Está nos divertindo! Hurrah! Hip! Hip! Hip!

Assim gritavam os lordes jovens; a alegria deles era furor. Principalmente quatro estavam em plena exasperação de hilaridade e de ódio. Eram eles Laurence Hyde, conde de Rochester, Thomas Tufton, conde de Thanet, o visconde de Hatton e o duque de Montagu.

– Ao nicho, Gwynplaine! — dizia Rochester.

– Abaixo! Abaixo! — exclamava Thanet.

O visconde Hatton tirava do bolso um pêni e o jogava a Gwynplaine.

E John Campbell, conde de Greenwich, Savage, conde de Rivers, Thompson, barão de Haversham, Warrigton, Escrik, Rolleston, Rockingham, Carteret, Langdale, Banester Maynard, Hundson, Caernarvon, Cavendish, Burlington, Robert Darcy, conde de Holderness, Other Windsor, conde de Plymouth, aplaudiam.

Tumulto de pandemônio ou de panteão no qual se perdiam as palavras de Gwynplaine. Só se distinguia estas palavras: "Tome cuidado!"

Ralf, duque de Montagu, recém-saído de Oxford e ostentando ainda o seu primeiro bigode, desceu do banco dos duques onde era o décimo nono e foi postar-se de braços cruzados em frente a Gwynplaine. Numa lâmina, existe um lugar que corta mais, e, numa voz, o tom que melhor insulta. Montagu usou esse tom e, zombando no nariz de Gwynplaine, gritou-lhe:

– O que está dizendo?

– Estou predizendo — respondeu Gwynplaine.

O riso explodiu de novo. E, debaixo daquele riso, roncava a cólera num baixo contínuo. Um dos pares menores, Lionel Cranseild Sackville, conde de Dorset e de Middlesex, levantou-se, ficou em pé sobre o seu banco, sem rir, grave como convém a um futuro legislador, e, sem dizer palavra, encarou Gwynplaine com seu jovem rosto de doze anos erguendo os ombros. Essa atitude fez o bispo de Saint-Asaf inclinar-se para o ouvido do bispo de Saint-David sentado ao seu lado e dizer-lhe, apontando Gwynplaine:

– Ali está o louco! — e, mostrando o menino — Ali está o sábio!

Do caos das chacotas sobressaíam-se exclamações confusas "Cara de górgona!", "O que significa essa aventura?", "Insulto à Câmara!", "Que exceção esse homem!", "Vergonha! Vergonha!", "Que se encerre a sessão!", "Não! Que ele termine!", "Fale, bufão!".

Lorde Lewis de Duras, com as mãos na cintura, gritava:

– Ah, como é bom rir! O meu baço está feliz. Proponho um voto de agradecimento assim concebido: "A Câmara dos lordes agradece a Green-Box."

Gwynplaine, lembramo-nos, sonhara uma acolhida diferente.

Só saberá o que Gwynplaine estava sentindo quem escalou, na areia, uma encosta a pique toda friável acima de uma profundeza vertiginosa, quem sentiu sob as mãos, sob as unhas, sob os cotovelos, sob os joelhos, sob os pés, fugir e escamotear-se o ponto de apoio, quem, recuando em vez de avançar naquela escarpa refratária, à mercê da angústia de escorregar, afundando em vez de escalar, descendo em vez de subir, aumentando a certeza do naufrágio pelo esforço rumo ao cume, perdendo-se um pouco mais a cada movimento para escapar do perigo, sentiu a terrível proximidade do abismo, teve nos ossos o sombrio frio da queda, boca aberta debaixo de nós, essa pessoa sentiu o que Gwynplaine estava sentindo.

Sentia a sua ascensão desmoronar debaixo dele, e o seu auditório era um precipício.

Sempre há alguém que diz a palavra na qual tudo se resume.

Lorde Scarsdale traduziu num brado a impressão da assembleia:

– O que é que esse monstro vem fazer aqui?

Gwynplaine se levantou, desvairado e indignado, numa sorte de convulsão suprema. Encarou todos fixamente.

– O que venho fazer aqui? Venho ser terrível. Sou um monstro, como dizem. Não, eu sou o povo. Sou uma exceção? Não, eu sou todos. A exceção são os senhores. Os senhores são a quimera, e eu sou a realidade. Eu sou "o homem". Sou o pavoroso "homem que ri". Que ri de quê? Dos senhores. Dele. De tudo. O que é o seu riso? Seu crime e o seu suplício. Esse crime, ele os joga na cara; esse suplício, ele os cospe no rosto. Eu rio quer dizer eu choro.

Parou de falar. Todos estavam calados. As risadas continuavam, mas baixo. Ele chegou a pensar numa volta da atenção. Respirou e prosseguiu:

– Este riso que está no meu rosto foi um rei que o pôs. Este riso exprime a desolação universal. Este riso quer dizer ódio, silêncio constrangido, raiva, desespero. Este riso é um produto das torturas. Este riso é um riso de força. Se Satanás tivesse este riso, este riso condenaria Deus. Mas o eterno não se parece com as coisas perecíveis; por ser o absoluto, ele é o justo; e Deus odeia o que fazem os reis. Ah! Os senhores me tomam por uma exceção! Eu sou um símbolo. Ó todo-poderosos imbecis que são, abram os olhos. Eu encarno tudo. Represento a humanidade tal como seus donos a fizeram. O homem é um mutilado. O que fizeram comigo, fizeram com o gênero humano. Deformaram-lhe o direito, a justiça, a verdade, a razão, a inteligência, como a mim, os olhos, as narinas e as orelhas; como a mim, puseram-lhe no coração uma cloaca de cólera e de dor, e na face, uma máscara de contentamento. Onde o dedo de Deus tinha pousado, apoiou-se a garra do rei. Monstruosa superposição. Bispos, pares e príncipes, o povo é o enfermo profundo que ri na superfície. Milordes, eu lhes digo, o povo sou eu. Hoje, os senhores me oprimem, hoje, me vaiam. Mas o futuro é o degelo sombrio. O que era pedra, torna-se onda. A aparência sólida se desmancha em submersão. Um estalido, e tudo está dito. Uma hora virá em que uma convulsão romperá a sua opressão, em que um rugido replicará aos seus apupos. Essa hora já veio — você estava nela, ó meu pai! —, essa hora de Deus chegou e se chamou República, foi rechaçada, mas voltará. Enquanto isso, lembrem-se de que a série dos reis armados de espada foi interrompida por Cromwell armado de machado. Tremam. As soluções incorruptíveis estão chegando, as unhas cortadas começam a crescer de novo, as línguas arrancadas alçam voo e se tornam línguas de fogo espalhadas no vento das trevas e uivam no infinito; aqueles que têm fome mostram seus dentes ociosos, os paraísos construídos sobre os infernos estão balançando; sofremos, sofremos, sofremos, e aquilo que está no alto pende, e aquilo que está em baixo se entreabre, a sombra pede para se tornar luz, o condenado discute o eleito, é o povo que está vindo, eu lhes digo, é o homem que está subindo, é o fim que está começando, é a rubra aurora da catástrofe, e é isso que há neste riso de que riem! Londres é uma perpétua festa. Pois, que seja. De um extremo a outro, a Inglaterra é uma aclamação. Sim. Mas escutem: tudo aquilo que veem sou eu. Os senhores têm festas, é o meu riso. Os senhores têm alegrias públicas, é o meu riso. Os senhores têm casamentos, sagrações e coroações, é o meu riso. Os senhores têm nascimentos de príncipes, é o meu riso. Os senhores têm acima de si o trovão, é o meu riso.

Que meio haveria de manter-se diante de tais coisas! A risada recomeçou, desta vez esmagadora. De todas as lavas que a boca humana lança, aquela cratera, a mais corrosiva é a alegria. Multidão nenhuma resiste ao contágio de fazer o mal alegremente. Nem todas as execuções são feitas sobre cadafalsos, e os homens, desde que estejam reunidos, sejam multidão ou assembleia, sempre têm no meio deles um carrasco já pronto, o sarcasmo. Não há suplício comparável ao do miserável risível. Gwynplaine estava sofrendo esse suplício. Sobre ele, a alegria era lapidação e metralhada. Era chocalho, manequim, cabeça-de-turco, alvo. Saltavam, gritavam bis, torciam-se. Batiam os pés. Agarravam-se pelo jabô. A majestade do lugar, a púrpura das vestes, o pudor dos arminhos, o in-fólio das perucas de nada serviam. Os lordes riam, os evocados riam, os juízes riam. O banco dos anciãos dava risadas, o banco das crianças se torcia. O arcebispo de Canterbury acotovelava o arcebispo de York. Henry Compton, bispo de Londres, irmão do conde de Northampton, segurava os flancos. O lorde-chanceler baixava os olhos para dissimular sua provável risada. E, na barra, a estátua do respeito, o cavalheiro do bastão negro, ria.

Gwynplaine, pálido, cruzara os braços e, rodeado de todas aquelas figuras, jovens e velhas, que irradiava a grande jubilação homérica, naquele turbilhão de palmas, de batimento de pés e de hurras, naquele frenesi bufão do qual ele era o centro, naquela esplêndida expansão de hilaridade, no meio daquela enorme alegria, tinha dentro de si o sepulcro. Tudo se acabara. Ele já não podia dominar a sua face que o traía, nem o seu auditório que o insultava.

Nunca a eterna lei fatal, o grotesco agarrado ao sublime, a risada repercutindo o rugido, a paródia acompanhada do desespero, a disparidade entre o que se parece e o que se é, tinha explodido com mais horror. Jamais a profunda noite humana fora iluminada por mais sinistro clarão.

Gwynplaine assistia à efração definitiva do seu destino por uma gargalhada. Era o irremediável. Se cairmos, conseguiremos levantar-nos, mas se estivermos pulverizados, não nos levantaremos. Aquela zombaria inepta e soberana o reduzia a poeira. Doravante, nada mais era possível. Tudo depende do meio. O que era triunfo na Green-Box era queda e catástrofe na câmara dos lordes. O que lá era aplauso era imprecação aqui. Sentia algo como o reverso da sua máscara. De um lado desta máscara havia a simpatia do povo que aceitava Gwynplaine, do outro, a ira dos grandes que rejeitavam lorde Fermain Clancharlie. De um lado, a atração, do outro, a repulsão, ambas conduzindo para a sombra. Ele se sentia como golpeado pelas costas. A fortuna tem lances de traição. Tudo será explicado mais tarde, mas, por enquanto, o destino é uma armadilha, e o homem cai nessas esparrelas. Ele acreditara estar subindo, aquele riso o acolhia; as apoteoses têm finalizações lúgubres. Existe uma palavra sombria, desembriagar-se. Trágica sabedoria que nasce da embriaguez. Gwynplaine, envolvido por aquela tempestade alegre e feroz, pensava.

A risada louca vai à mercê da correnteza. Uma assembleia em hilaridade é o norte perdido. Ninguém sabia mais aonde estava indo nem o que estava fazendo. Foi necessário encerrar a sessão.

O lorde-chanceler, "à vista do incidente", adiou a sequência da votação para o dia seguinte. A câmara se separou. Os lordes fizeram a reverência à cadeira real e se foram. Ouviu-se as risadas se prolongarem e se perderem nos corredores. As assembleias, além das portas oficiais, têm, nas tapeçarias, nos relevos e nas molduras, todos os tipos de portas dissimuladas por onde se esvaziam à semelhança de um vaso por uma rachadura. Em pouco tempo, a sala ficou deserta. Isso ocorre bem depressa, quase sem transição. Esses lugares de tumulto ficam, de imediato, preenchidos pelo silêncio.

O mergulho no devaneio leva até longe e, à força de sonhar, acaba-se por ficar como num outro planeta. Gwynplaine teve, subitamente, uma espécie de despertar. Tinha ficado sozinho. A sala estava vazia. Ele nem mesmo percebera que a sessão fora encerrada. Todos os pares, até mesmo os seus dois padrinhos, tinham desaparecido. Só haviam restado, esparsamente, alguns funcionários subalternos da câmara, que esperavam que "sua senhoria" partisse para cobrirem os móveis e apagarem as luzes. Maquinalmente, ele pôs o chapéu, saiu do seu banco e se dirigiu à grande porta aberta para a galeria. No momento em que ele transpôs a abertura da barra, um *door-keeper* livrou-o de sua veste de par. Ele mal se deu conta. Um instante depois, encontrava-se na galeria.

Os serviçais que estavam lá observaram perplexos que aquele lorde saíra sem saudar o trono.

VIII

SERIA BOM IRMÃO SE NÃO FOSSE BOM FILHO

Não havia mais ninguém na galeria. Gwynplaine atravessou o semicírculo, de onde haviam retirado a poltrona e as mesas e onde não restava mais sinal de sua investidura. Alguns candelabros e lustres de distância em distância indicavam o caminho da saída.

Graças àquele cordão de luz, ele pôde encontrar facilmente, na sequência dos salões e das galerias, o caminho que seguira ao chegar com o rei de armas e com o cavalheiro do bastão negro. Não encontrava ninguém, a não ser, aqui e ali, algum velho lorde retardatário caminhando pesadamente e voltando as costas.

Subitamente, no silêncio de todas aquelas grandes salas desertas, chegaram até ele fragmentos indistintos de conversas, sorte de rumor noturno, singular num lugar como aquele. Dirigiu-se para o lado de onde ouvia aquele ruído e, bruscamente, encontrou-se num vestíbulo espaçoso fracamente iluminado, uma das saídas da câmara. Distinguia-se uma larga porta envidraçada aberta, um patamar, criados e archotes; fora, havia uma praça; abaixo do patamar, algumas carruagens estavam estacionadas em espera.

Era dali que vinha o rumor que ele ouvira.

Do lado de dentro da porta, sob o reflexo de luz do vestíbulo, havia um grupo tumultuoso e uma saraivada de gestos e de vozes. Gwynplaine, na penumbra, aproximou-se.

Era uma querela. De um lado, havia dez ou doze lordes jovens querendo sair, do outro, um homem, de chapéu na cabeça como eles, ereto, de cabeça erguida, barrando-lhes a passagem.

Quem era aquele homem? Tom-Jim-Jack.

Alguns daqueles lordes ainda estavam com a veste de par, outros haviam tirado a vestimenta de parlamento e estavam com roupa de cidade.

Tom-Jim-Jack estava com um chapéu de plumas, não brancas como as dos pares, mas verdes e com frisos cor de laranja. Tinha bordados e galões da cabeça aos pés, com ondulações de fitas e rendas nas mangas e no colarinho e manejava febrilmente com a mão esquerda a empunhadura de uma espada que trazia de través, cujos cinturão e bainha eram ornados com âncoras de almirante.

Era ele que estava falando; ele apostrofava todos aqueles jovens lordes, e Gwynplaine ouviu isto:

– Eu lhes disse que eram covardes. Querem que eu retire as minhas palavras? Pois bem. Não são covardes. São idiotas. Todos se posicionaram contra um. Não é covardia. Bom. Então é inépcia. Falaram e não compreenderam. Aqui, os velhos são surdos do ouvido e os jovens, da inteligência. Sou um dos seus o bastante para dizer-lhes as suas verdades. Aquele recém-chegado é estranho, e ele disse um montão de loucuras, concordo, mas, nessas loucuras, havia algumas verdades. Era confuso, indigesto, mal proferido; pois seja; repetiu demais "fiquem sabendo"; mas um homem, que até ontem era cômico da feira, não é obrigado a falar como Aristóteles e como o doutor Gilbert Burnet, bispo de Sarum. Os insetos, os leões, a apóstrofe ao escrivão adjunto, tudo aquilo era de mau gosto. Com os diabos! Quem está dizendo o contrário? Era uma parlenda insensata e desconexa, que ia de través, mas da qual saíam esparsamente fatos reais. E já é muita coisa falar daquela maneira quando não se está praticando o seu ofício; eu queria vê-los ali! O que ele contou sobre os leprosos de Burton-Lazers é incontestável; aliás, ele não seria o primeiro a dizer asneiras; enfim, milordes, eu não gosto que muitos caiam enfurecidos contra um só, esse é o meu temperamento, e peço a vossas senhorias a permissão de estar ofendido. Os senhores me desagradaram e eu estou irritado. Não acredito muito em Deus, mas eu acreditaria se ele fizesse boas ações, o que não acontece todos os dias. Então, eu sou grato a esse bom Deus, se é que existe, por ter tirado, do fundo daquela existência miserável, esse par da Inglaterra e por ter devolvido a herança ao legítimo herdeiro e, sem me preocupar se isso é ou não conveniente para os meus negócios, acho bonito ver subitamente o tatuzinho transformar-se em águia e Gwynplaine em Clancharlie. Milordes, eu os proíbo de ter uma opinião diferente da minha. Lamento que Lewis de Duras não esteja aí. Eu o insultaria com prazer. Milordes, Fermain Clancharlie foi aquele lorde, e os senhores foram os saltimbancos. Quanto a seu riso, não é culpa dele. Os senhores riram daquele riso. Não se deve rir de uma desgraça. São uns ingênuos. E ingênuos cruéis. Se pensam que não se pode rir também dos senhores, estão enganados; são feios e se vestem mal. Milorde Haversham, outro dia, eu vi a sua amante, ela é horrorosa. Duquesa, mas macaca. Senhores escarnecedores, repito que gostaria muito de vê-los tentar dizer quatro palavras seguidas. Muitos homens palram e muito pouco falam. Imaginam saber alguma coisa porque arrastam seus calções ociosos em Oxford ou em Cambridge e porque, antes de ser pares da Inglaterra nos bancos de Westminster-Hall, foram asnos nos bancos do colégio de Gonewill e de Caïus! Quanto a mim, estou aqui e quero olhá-los frente a frente. Acabaram de ser insolentes para com o novo lorde. Um monstro, vá lá. Mas entregue às feras. Eu preferiria ser ele e não os senhores. Estava assistindo à sessão, no meu lugar, como possível herdeiro de pariato, ouvi tudo. Eu não tinha o direito de falar, mas tenho o direito de ser um cavalheiro. As atitudes jocosas dos senhores me aborreceram. Quando não estou contente, vou ao Monte Pendlehill colher o capim das nuvens, o *clowdesbery*, que faz cair o raio sobre quem o arranca. Foi por isso que vim esperá-los na saída. É útil conversar, e temos contas a ajustar. Acaso não perceberam que também faltaram ao respeito para comigo? Milordes, tenho a firme intenção de matar alguns dos senhores. Todos que aqui estão, Thomas Tufton, conde de Thanet, Savage, conde Rivers, Charles Spencer, conde de Sunderland, Laurence Hyde, conde de Rochester, os senhores barões, Gray de Rolleston, Cary Hunsdon, Escrick, Rockingham, você, pequeno Carteret, você, Robert Darcy, conde de Holderness, você William, visconde Halton, e você, Ralf, duque de Montagu, e todos os outros que quiserem, eu, David Dirry-Moir, um dos soldados da frota, intimo-os e chamo-os e ordeno-lhes que providenciem rapidamente segundos e padrinhos, e os espero cara a cara, peito a peito, esta noite, agora mesmo, amanhã, durante o dia, à noite, em pleno sol, com archotes, onde, quando e como lhes convier, em todo lugar onde houver espaço suficiente para dois comprimentos de espadas, e fazem bem em examinar as baterias de suas pistolas e o corte de seus estoques, visto que é minha intenção deixar vagos seus pariatos. Ogle Cavendish, tome as suas precauções e pense no seu lema: *Cavendo tutus*. Marmaduke Langdale, você fará bem, como o seu antepassado Gundold, em levar contigo um ataúde. Georges Rooth, conde de Warington, você não voltará a ver o condado palatino de Chester e o seu labirinto à maneira de Creta e os altos torreões de Dunham Massie. Quanto a lorde

Vaughan, ele é bastante jovem para proferir impertinências e velho demais para responder-lhes; pedirei contas de suas palavras ao seu sobrinho Richard Vaughan, membro dos comuns pelo burgo de Merioneth. Você, John Campbell, conde de Greemvich, matá-lo-ei como Achon matou Matas, mas com um golpe franco, e não por trás, uma vez que tenho o hábito de mostrar o meu coração e não as minhas costas à ponta do espadão. E está dito, milordes. Assim sendo, usem de malefícios, se bem lhes parecer, consultem as cartomantes, untem a pele com os unguentos e as drogas que dão invulnerabilidade, pendurem no pescoço bentinhos do diabo ou da virgem, eu os combaterei benditos ou malditos, não os deixarei tatear para saber se trazem em si as feitiçarias. A pé ou a cavalo. Em plena encruzilhada, se quiserem, em Piccadilly ou em Charing-Cross, e as ruas serão descalçadas para o nosso encontro, assim como foi descalçado o pátio do Louvre para o duelo de Guise e de Bassompierre. Todos, estão ouvindo? Quero-os todos. Durma, conde de Caërnarvon, eu o farei engolir a minha lâmina até os copos, a exemplo do que Marolles fez a Lisle-Marivaux; e, depois, milorde, veremos se você vai rir. Você, Burlington, que parece uma moça com os seus dezessete anos, poderá escolher entre os gramados da sua casa de Middlesex e o seu belo jardim de Londesburg em Yorkshire para que o enterrem. Informo vossas senhorias que não é do meu agrado que sejam insolentes na minha presença. E lhes darei o castigo, milordes. Não gostei de vê-los zombar de lorde Fermain Clancharlie. Ele vale mais do que os senhores. Como Clancharlie, ele tem a nobreza que os senhores têm, e, como Gwynplaine, tem o espírito que não têm. Faço de sua causa a minha causa, da sua injúria, a minha injúria, e de suas chacotas, a minha ira. Veremos quem sairá vivo desta pendenga, pois eu os estou provocando com insistência, estão ouvindo bem? E com qualquer arma e de qualquer maneira, e escolham a morte que lhes aprouver, e uma vez que são patifes ao mesmo tempo que fidalgos, proporciono-lhes o desafio a suas qualidades e lhes ofereço todas as maneiras que os homens têm para se matarem, desde a espada, como os príncipes, até o boxe, como os toscos!

A tal jato furioso de palavras, todo o grupo altivo dos jovens lordes respondeu por um sorriso.

– Combinado — disseram.

– Eu escolho a pistola — disse Burlington.

– Eu — disse Escrick —, o antigo combate de campo fechado com maça e punhal.

– Eu — disse Holderness —, o duelo com duas facas, a longa e a curta, torsos nus e corpo a corpo.

– Lorde David — disse o conde de Thanet —, você é escocês. Eu escolho a *claymore*.

– Eu, a espada — disse Rockingham.

– Eu — disse o duque Ralf — prefiro o boxe. É mais nobre.

Gwynplaine saiu da sombra.

Dirigiu-se para aquele que até então ele chamara de Tom-Jim-Jack e em quem ele começava agora a entrever outra coisa.

– Eu lhe agradeço, mas isso diz respeito a mim — disse.

Todas as cabeças se voltaram.

Gwynplaine adiantou-se. Sentiu-se impelido para aquele homem que ouvia chamarem de lorde David e que era seu defensor e, talvez, mais ainda. Lorde David recuou.

– Ora, veja! — disse lorde David — É o senhor! Está aí! Isso é bom. Eu tinha também uma palavra para lhe dizer. Ainda há pouco falou de uma mulher que, depois de ter amado lorde Linnaeus Claucharlie, amou o rei Carlos II.

– É verdade.

– Senhor, insultou a minha mãe.

– Sua mãe? — exclamou Gwynplaine. — Nesse caso, eu estava adivinhando, nós somos...

– Irmãos — respondeu lorde David.

E deu uma bofetada em Gwynplaine.

– Somos irmãos — repetiu. — Assim sendo, poderemos lutar. Só se luta entre iguais. Quem é mais igual a nós que o nosso irmão? Enviar-lhe-ei os meus padrinhos. Amanhã cortaremos as nossas gargantas.

LIVRO NONO

EM RUÍNA

I

É ATRAVÉS DO EXCESSO DE GRANDEZA QUE SE CHEGA AO EXCESSO DE MISÉRIA

Como soava meia-noite na Saint-Paul, um homem, que acabara de atravessar a ponte de Londres, entrava nas ruazinhas de Southwark. Não havia lampiões acesos, pois o costume era, então, tanto em a Londres como em Paris, apagar a iluminação pública às onze horas, ou seja, suprimir as lanternas no momento em que se tornam necessárias. As ruas, escuras, estavam desertas. Não havia lampiões, daí poucos passantes. O homem caminhava a passos largos. Estava estranhamente vestido para andar na rua a tal hora. Usava um traje de seda bordado, uma espada de lado e um chapéu com plumas brancas, mas sem capa. Os *watchmen* que o viam passar diziam "É um nobre que fez uma aposta", e se afastavam com o respeito devido a um lorde e a uma aposta.

Aquele homem era Gwynplaine.

Ele fugira.

Onde estava? Ele não sabia. A alma, já o dissemos, tem os seus ciclones, os seus apavorantes redemoinhos em que tudo se confunde, o céu, o mar, o dia, a noite, a vida, a morte, numa sorte de horror ininteligível. O real se torna irrespirável. Somos esmagados por coisas nas quais não acreditamos. O nada se fez furacão. O firmamento empalidece. O infinito fica vazio. Estamos na ausência. Sentimo-nos morrer. Desejamos um astro. O que Gwynplaine estava sentindo? Uma sede, ver Dea.

Não sentia nada mais do que isso. Voltar à Green-Box e à hospedaria Tadcaster, sonora, luminosa, cheia daquele bom riso cordial do povo; encontrar Ursus e Homo, rever Dea, voltar à vida!

As desilusões se distendem como o arco, com uma força sinistra e lançam o homem, esta flecha, rumo ao verdadeiro. Gwynplaine tinha pressa. Estava chegando perto do Tarrinzeau-field. Já não andava, corria. Seus olhos mergulhavam na obscuridade da frente. Seu olhar o precedia; ávida busca do porto no horizonte. Que momento aquele em que iria avistar as janelas iluminadas da hospedaria Tadcaster!

Chegou ao *bowling-green*. Dobrou uma esquina e teve, à sua frente, no outro extremo do prado, a alguma distância, a hospedaria, que era, como nos lembramos, a única casa do campo de feira.

Olhou. Não havia luz. Uma massa negra.

Estremeceu. Depois, disse a si mesmo que já era tarde, que a taverna estava fechada, que era muito simples, que estavam dormindo, e só teria de acordar Nicless ou Govicum, que era preciso ir até a hospedaria e bater à porta. E lá foi. Não correu. Precipitou-se.

Chegou à hospedaria já sem respirar. Quando estamos em plena tormenta, debatemo-nos nas invisíveis convulsões da alma, já não sabemos se estamos mortos ou vivos, e temos para aqueles que amamos toda sorte de delicadezas; é nisso que se reconhecem os verdadeiros corações. Na submersão de tudo, a ternura flutua. Não acordar Dea bruscamente foi a preocupação imediata de Gwynplaine.

Aproximou-se da hospedaria fazendo o mínimo de barulho possível. Conhecia o cubículo, antigo nicho de cão de guarda, onde dormia Govicum; o cubículo contíguo à sala baixa, tinha uma lucarna sobre a praça; Gwynplaine arranhou suavemente a vidraça. Bastava acordar Govicum.

Não houve nenhum movimento no quarto de Govicum. Naquela idade, pensou Gwynplaine, temos o sono pesado. Com as costas da mão, deu uma pequena batida na lucarna. Nada se moveu.

Bateu mais fortemente e duas vezes. Ninguém se mexeu no cubículo. Então, com certo frêmito, foi até a porta da hospedaria e bateu.

Ninguém respondeu.

Ele pensou, não sem sentir o começo de um frio profundo: "Mestre Nicless está velho, as crianças dormem pesadamente e os velhinhos também. Vamos! Mais forte!"

Ele arranhara. Batera de leve. Batera forte. Batera mais forte. Veio-lhe à mente uma lembrança remota, Weymouth, quando pequenino, trazia Dea pequenina nos braços.

Bateu violentamente, como um lorde que era, ai!

A casa continuou silenciosa. Sentiu que estava se perdendo.

Deixou de conter-se. Chamou:

– Nicless! Govicum!

Ao mesmo tempo, olhava nas janelas para ver se alguma vela se acendia.

Nada dentro da hospedaria. Nenhuma voz. Nenhum ruído. Nenhuma claridade.

Foi até a porta-cocheira e bateu, empurrou-a e sacudiu-a freneticamente, gritando:

– Ursus! Homo!

O lobo não latiu.

Um suor gelado brotou em sua fronte.

Passeou o olhar à sua volta. A noite estava pesada, mas havia estrelas o bastante para que ele pudesse distinguir o campo de feira. Viu uma coisa lúgubre, o desvanecimento de tudo. Já não havia uma só barraca no *bowling-green*. O circo não estava mais ali. Nenhum tablado. Nenhuma tenda. Nenhuma carreta. Aquela vagabundagem de mil ruídos que ali formigara dera lugar a uma feroz escuridão vazia. Tudo tinha desaparecido.

A loucura da ansiedade apossou-se dele. O que significava tudo aquilo? O que havia acontecido? Não havia mais ninguém? Sua vida desmoronara atrás dele? O que lhes tinham feito, a todos eles? Ah, meu Deus!

Precipitou-se como uma tempestade sobre a casa. Bateu à porta bastarda, à porta-cocheira, às janelas, aos postigos, às paredes, com os punhos e com os pés enfurecido de pavor e de angústia. Chamou Nicless, Govicum, Fibi, Vinos, Ursus, Homo. Todos os clamores, todos os ruídos, ele os jogou sobre aquela muralha. Por alguns instantes, interrompia-se e escutava, a casa continuava muda e morta. Então, exasperado, recomeçava. Choques, batidas, gritos, rolar de batidas que faziam eco por toda parte. Dir-se-ia que era o trovão tentando despertar o sepulcro.

Em determinado grau de pavor, tornamo-nos terríveis. Quem teme tudo não teme mais nada. Damos pontapés na esfinge. Brutalizamos a incógnita. Ele renovou o tumulto sob todas as formas possíveis, parando, recomeçando, inesgotável em gritos e chamados, tomando de assalto aquele trágico silêncio.

Chamou cem vezes todos aqueles que poderiam estar ali e gritou todos os nomes, exceto Dea. Precaução, obscura para si mesmo, da qual ele conservava o instinto em sua perdição.

Esgotados os gritos e chamados, restava a escalada. Disse a si mesmo: "Há que entrar na casa." Mas como? Quebrou uma vidraça do cubículo de Govicum, enfiou o punho rasgando a carne, puxou o ferrolho e abriu a lucarna. Deu-se conta de que a espada ia atrapalhá-lo; arrancou-a com raiva, bainha, lâmina e cinturão e jogou-a ao chão. Depois subiu pelos relevos da muralha e, embora a lucarna fosse estreita, conseguiu passar. Penetrou na hospedaria. A cama de Govicum, vagamente visível, estava no cubículo, mas Govicum não estava nela. Para que Govicum não estivesse na sua cama era preciso que Nicless não estivesse no dele. A casa toda estava às escuras. Sentia-se naquele interior tenebroso a misteriosa imobilidade do vazio e aquele vago horror que significa "não há ninguém". Gwynplaine, convulsivo, atravessou a sala baixa, esbarrou nas mesas, pisou nas louças, derrubou os bancos, revirou os cântaros, pulou por cima dos móveis, foi até a porta que dava para o pátio e empurrou-a com uma joelhada que fez saltar o ferrolho. A porta girou sobre os gonzos. Ele olhou para o pátio. A Green-Box não estava mais lá.

II

RESÍDUO

Gwynplaine saiu da casa e começou a explorar o Tarrinzeau-field em todos os sentidos; foi a todos os lugares onde, na véspera, viam-se um tablado, uma tenda ou uma cabana. Não havia mais nada. Bateu nas vendinhas, embora soubesse que estavam vazias. Bateu em tudo o que se assemelhava a uma janela ou a uma porta. Nenhuma voz saía daquela escuridão. Algo que lembrava a morte estivera ali.

O formigueiro fora esmagado. Era visível que fora tomada uma medida da polícia. Tinha ocorrido o que hoje em dia chamamos de batida. O Tarrinzeau-field estava mais do que deserto, estava devastado, e, em todos os recantos, sentia-se o arranhado de uma garra feroz. Tinham, por assim dizer, revirado os bolsos daquele miserável campo de feira e esvaziado tudo.

Depois de ter esquadrinhado tudo, Gwynplaine deixou o *bowling-green*, entrou nas ruas tortuosas da extremidade chamada East-point e dirigiu-se para o Tâmisa.

Transpôs alguns zigue-zagues daquela rede de vielas onde só havia paredes e sebes, depois sentiu no ar o frescor da água, ouviu o surdo deslizar do rio e, bruscamente, encontrou-se diante de um parapeito. Era o parapeito da Effroc-Stone.

Aquele parapeito bordejava um trecho de cais muito curto e estreito. Por baixo do parapeito, a alta muralha da Effroc-Stone enterrava-se a pique numa água escura.

Tendo a água abaixo dele, Gwynplaine parou naquele parapeito, apoiou-se nele com os cotovelos, tomou a cabeça entre as mãos e pôs-se a pensar.

Olhava a água? Não. O que olhava? A sombra. Não a sombra de fora, mas a sombra que havia dentro dele.

Na melancólica paisagem noturna à qual não prestava atenção, naquela profundeza exterior onde o seu olhar não chegava, podiam distinguir-se vergas e mastros. Sob a Efroc-stone, só havia a onda, mas o cais em jusante baixava em rampa insensível e terminava, a alguma distância, numa margem que tinha ao longo diversos navios, alguns chegando, outros partindo, comunicando-se com a terra por pequenos promontórios de atracação, especialmente construídos em pedra ou madeira, ou por passarelas de pranchas. Os navios, uns amarrados, outros ancorados, estavam imóveis. Não se ouviam passos nem conversas; os marinheiros tinham o bom hábito de dormir o máximo possível e de só se levantarem para o trabalho. Se algum daqueles navios tivesse de zarpar à noite, na hora da maré, ninguém dali tinha acordado ainda.

Mal se viam os cascos, grandes ampolas negras, e o massame, fios misturados de escadas. Tudo era pálido e confuso. Aqui e ali, um fanal vermelho traspassava a bruma.

Gwynplaine não percebia coisa alguma de tudo aquilo. Só o destino lhe interessava.

Pensava, visionário perdido diante da realidade inexorável.

Parecia estar ouvindo atrás de si algo como um tremor de terra. Era a risada dos lordes.

Daquela risada, ele acabara de sair. Saíra esbofeteado.

Esbofeteado por quem?

Por seu irmão.

E, ao sair daquele riso, com aquela bofetada, pássaro ferido buscando refúgio em seu ninho, fugindo do ódio e procurando o amor, o que encontrara?

As trevas.

Ninguém.

Tudo desaparecera.

As trevas, ele as comparava ao sonho que tivera.

Que desmoronamento!

Gwynplaine acabava de chegar àquela borda sinistra, o vazio.

O universo se esvaíra com a partida da Green-Box.

Sua alma acabava de se fechar.

Ele pensava.

O que poderia ter acontecido? Onde estavam eles? Decerto teriam sido raptados. O seu destino fora um golpe sobre ele, Gwynplaine, a grandeza, e um contragolpe sobre eles, o aniquilamento. Estava claro que nunca mais tornaria a vê-los. Para tanto, haviam tomado precauções. E, ao mesmo tempo, tinham feito mão baixa sobre tudo o que habitava o campo de feira, a começar por Nicless e Govicum, a fim de que não se pudesse dar nenhuma informação. Dispersão inexorável. Aquela temível força social, ao mesmo tempo que o pulverizava, a ele, na câmara dos lordes, os havia triturado na sua pobre cabana. Estavam perdidos. Dea estava perdida. Perdida para ele. Para sempre. Potências celestiais! Onde estava ela? E ele não estivera ali para defendê-la!

Fazer conjeturas sobre ausentes que amamos é torturar-nos. Ele se infligia essa tortura. A cada canto em que se afundava, a cada suposição que fazia, ele tinha um rugido interior.

Por uma sucessão de ideias pungentes, lembrava-se do homem evidentemente funesto que lhe dissera chamar-se Barkilphedro.

Aquele homem lhe escrevera no cérebro alguma coisa de obscuro que ressurgia naquele momento, e aquilo fora escrito com uma tinta tão horrível que agora eram letras de fogo, e Gwynplaine via flamejar no fundo do seu pensamento aquelas palavras enigmáticas, hoje explicadas: "O destino não abre uma porta sem fechar outra."

Tudo estava consumado. Caíram sobre ele as últimas sombras. Todo homem pode ter em seu destino um fim do mundo unicamente para ele. É o que se chama desespero. A alma fica repleta de estrelas cadentes.

Era ali que ele chegara!

Uma fumaça passara por ele. Ele estivera envolvido por essa fumaça. Ela se tornara espessa sobre os seus olhos; penetrara no seu cérebro. Por fora, ele estivera cego; por dentro, inebriado. Aquela situação durara o tempo de uma fumaça ao passar. Depois tudo se dissipara, a fumaça e a sua vida. Desperto daquele sonho, ele se encontrava só.

Tudo se desvanecera. Tudo se fora. Tudo estava perdido. A noite. Nada. Era esse o seu horizonte.

Estava só.

Só tem um sinônimo: morto.

O desespero é um contador. Quer fazer o seu total. Nada lhe escapa. Adiciona tudo, não abre mão dos centésimos. Reprova Deus pelos trovões e pelas alfinetadas. Quer saber como lidar com o destino. Raciocina, pesa, calcula.

Sombrio refrigério externo sob o qual continua a correr a lava ardente.

Gwynplaine examinou a si mesmo e examinou o destino.

Um breve olhar para trás; terrível resumo.

Quando estamos no alto da montanha, olhamos para o precipício. Depois de cairmos até o fundo, olhamos para o céu.

E dizemos "Eu estava ali!"

Gwynplaine estava no mais baixo grau da desdita. E como tudo acontecera depressa! Medonha rapidez do infortúnio. É tão pesada que parece ser lenta. Não. Parece que a neve, por ser fria, deve ter a paralisia do inverno e, por ser branca, a imobilidade da mortalha. Mas a avalanche desmente tudo isso!

A avalanche é a neve transformada em fornalha. Continua gelada e devora. A avalanche envolvera Gwynplaine. Ele fora jogado como um andrajo, arrancado pela raiz como uma árvore, precipitado como uma pedra.

Recapitulou a sua queda. Fez-se perguntas e deu respostas. A dor é um interrogatório. Nenhum juiz é tão minucioso como a consciência quando instrui o seu próprio processo.

Que quantidade de remorsos tinha ele em seu desespero?

Quis descobri-los e dissecou a sua consciência; dolorosa vivisseção.

Sua ausência produzira uma catástrofe. Essa ausência dependera dele? Tivera ele liberdade em tudo aquilo que acabara de ocorrer? Não. Sentira-se prisioneiro. O que teria sido aquilo que o prendera e o retivera? Uma prisão? Não. Uma corrente? Não. O que fora então? Um visgo. Ficara atolado na grandeza.

A quem já não aconteceu isso, estar aparentemente livre e sentir as asas entrevadas?

Parecia a ele ter caído numa armadilha. O que antes era tentação acabou sendo prisão.

Todavia, e nesse ponto sentia a consciência pesar-lhe, fora ele submetido ao que lhe oferecera? Não. Ele o aceitara.

É verdade que o tinham violentado e surpreendido até certa altura; mas, por sua vez, deixara-se levar até certo ponto. Não era sua culpa ter-se deixado raptar; ter-se deixado embriagar fora por conta da sua fraqueza. Houvera um momento, momento decisivo, em que lhe fora apresentada a questão; aquele Barkilphedro pusera na sua frente um dilema e dera nitidamente a Gwynplaine a ocasião de resolver a sua sina com uma palavra. Gwynplaine podia ter dito dizer que não. Dissera sim.

Tudo decorrera daquele sim, proferido durante o deslumbramento. Gwynplaine compreendia. Gosto amargo do consentimento.

No entanto, pois, ele se debatia. Seria assim tão grande pecado recuperar os seus direitos, tomar posse do seu patrimônio, da sua herança, da sua casa, e, sendo patrício, a posição dos seus antepassados e, órfão, o nome do pai? O que aceitara ele? Uma restituição. Feita por quem? Pela providência.

Então, começava a sentir uma revolta. Aceitação absurda! Que tipo de negócio fizera? Que troca insensata! Fizera com aquela providência um acordo de perdedor. E por quê? Para ter dois milhões de renda, para ter sete ou oito senhorias, para ter dez ou doze palácios, para ter mansões na cidade e castelos no campo, para ter cem criados, e cães de caça, carruagens, e brasões, para ser juiz legislador, para ser coroado e em vestes de púrpura como um rei, para ser barão e marquês, para ser par da Inglaterra, ele dera a barraca de Ursus e o sorriso de Dea! Por uma imensidão movediça da qual submergimos e na qual naufragamos, ele dera a felicidade! Pelo oceano, dera a pérola. Ó insensato! Ó imbecil! Ó tolo!

Mas, mesmo assim, e aqui a objeção renascia num terreno sólido, naquela febre da alta fortuna que se apoderara dele, nem tudo fora pernicioso. Talvez houvesse egoísmo na renúncia, talvez houvesse dever na aceitação. Bruscamente transformado em lorde, o que deveria ele fazer? A complicação do evento produz a perplexidade do espírito. Foi o que lhe acontecera. O dever dando ordens em sentido inverso, o dever de todos os lados ao mesmo tempo, o dever múltiplo e quase contraditório fora apavorante para ele. Fora aquele pavor que o paralisara, especialmente no trajeto de Corleone-lodge à câmara dos lordes, ao qual ele não resistira. Na vida, aquilo que chamamos de subir é passar do itinerário simples ao itinerário inquietante. Onde está doravante a linha reta? O nosso primeiro dever é dirigido a quem? É para com os nossos parentes? É para o gênero humano? Não temos de passar da pequena para a grande família? Quando subimos, sentimos, sobre a nossa honestidade, um peso que se adiciona. Quanto mais elevados, mais nos sentimos obrigados. A amplificação do direito aumenta o dever. Temos a obsessão, a ilusão talvez, de diversos caminhos que se oferecem ao mesmo tempo e, na entrada de cada um deles, julgamos enxergar o dedo indicador da consciência. Aonde ir? Sair? Ficar? Avançar? Recuar? O que fazer? É estranho que o dever tenha encruzilhadas. A responsabilidade pode ser um labirinto.

E quando um homem tem em si uma ideia, quando ele é a encarnação de um fato, quando ele é homem-símbolo ao mesmo tempo que homem de carne e osso, a responsabilidade não se torna mais perturbadora ainda? Daí a preocupada docilidade e a muda ansiedade de Gwynplaine; daí a sua obediência à intimação de somação de participar do Parlamento. O homem que pensa é muitas vezes um homem passivo. Parecia a ele ouvir a própria injunção do dever. A entrada num lugar onde se pode discutir a opressão e combatê-la, não era a realização de suas mais profundas aspirações? Quando lhe estava sendo dada a palavra, a ele, formidável amostra social, a ele, espécime vivo do bom prazer sob o qual arqueja o gênero humano há seis mil anos, tinha ele o direito de recusar? Tinha ele o direito de tirar a cabeça de sob a língua de fogo que cai de cima e vem pousar sobre ele?

No obscuro e vertiginoso debate da consciência, que dissera ele a si mesmo? Isto: "O povo é um silêncio. Eu serei o imenso advogado desse silêncio. Falarei pelos que se calam. Aos grandes, falarei dos pequenos, e, aos poderosos, falarei dos fracos. É essa a finalidade da minha sina. Deus quer o que quer, e o faz. Por certo, é surpreendente que aquela garrafa daquele Hardquanonne na qual estava a metamorfose de Gwynplaine em lorde Clancharlie tenha flutuado por quinze anos no mar, nas ondas, nas ressacas, nas rajadas, e que toda aquela cólera não lhe tenha feito dano algum. Vejo o motivo. Há destinos que vêm com segredo; tenho a chave do meu e abrirei o meu enigma. Sou predestinado! Tenho uma missão. Serei o lorde dos pobres. Falarei por todos os taciturnos desesperados. Traduzirei os balbucios. Traduzirei os bramidos, os clamores, os murmúrios, o rumor das multidões, as lamentações mal pronunciadas, as vozes ininteligíveis e todos aquele gritos de animais que à força de ignorância e de sofrimento deixam lançar aos homens. O ruído dos homens é inarticulado como o ruído do vento; ambos gritam. Mas não são compreendidos; gritar assim é o mesmo que calar-se, e calar-se é o seu desarmamento. Desarmamento forçado que implora o socorro. Eu serei o socorro. Serei a denúncia. Serei o Verbo do Povo. Graças a mim, todos compreenderão. Serei a boca ensanguentada cuja mordaça foi arrancada. Direi tudo. Vai ser grande."

Sim, é belo falar pelos calados; mas falar aos surdos é triste. Era essa a segunda parte da sua aventura.

Ah, ele abortara.

Abortara irremediavelmente.

Aquela elevação na qual ele acreditara, aquela alta fortuna, aquela aparência, tudo ruíra debaixo dele.

Que tombo! Caíra na espuma da risada.

Ele se julgara forte, ele que, durante anos, flutuara, alma atenta, na vasta difusão dos sofrimentos, ele que trazia de toda aquela sombra um grito lamentável. Viera soçobrar naquele colossal escolho, a frivolidade dos ditosos. Julgava-se um vingador, e era um palhaço. Julgava fulminar e apenas fizera cócegas. Em vez da emoção, colhera a zombaria. Soluçara, os outros estavam alegres. Sob aquela alegria, ele soçobrara. Fúnebre afundamento. E de que haviam rido? Do seu riso.

Assim, aquela execrável via de fato da qual ele guardaria para sempre a marca, aquela mutilação que se tornou alegria perpétua, aquele ricto estigma, imagem do suposto contentamento das nações sob os opressores, aquela máscara de alegria feita pela tortura, aquele abismo do escárnio que ele trazia no rosto, aquela cicatriz que significava *jussu regis*, aquela atestação do crime cometido nele pelo rei, símbolo do crime cometido pela realeza no povo inteiro, era aquilo que triunfava dele, era aquilo que o esmagava, era a acusação contra o carrasco que se transformava em sentença sobre a vítima! Prodigiosa negação de justiça. Depois de ter destruído o seu pai, a realeza o destruía. O mal que tinham feito servia de pretexto e de motivo ao mal que restava a ser feito. Contra que se indignavam os lordes? Contra o torturador? Não. Contra o torturado. Aqui, o trono; ali, o povo. Aqui, Jaime II; ali, Gwynplaine. Certamente, aquela confrontação revelava um atentado e um crime. Qual era o atentado? Queixar-se. Qual era o crime? Sofrer. Que a miséria se esconda e se cale, senão ela se torna lesa-majestade. E eram maus aqueles homens que haviam arrastado Gwynplaine sobre o estrado do sarcasmo? Não, mas eles também tinham a sua própria fatalidade; eram felizes. Eram algozes sem saber. Estavam de bom humor. Tinham achado Gwynplaine inútil. Ele abrira o seu próprio ventre, arrancara o fígado e o coração, mostrara as suas entranhas, e lhe gritaram: "Represente a sua comédia!" Coisa pungente, ele mesmo ria. A hedionda corrente atava-lhe a alma e impedia que o seu pensamento chegasse ao rosto. A desfiguração lhe chegava até o espírito e, enquanto a consciência se indignava, a sua face produzia nele um desmentido e ria. Estava acabado. Ele era "o homem que ri", cariátide do mundo que chora. Era uma angústia petrificada em hilaridade carregando o peso de um universo de calamidade e para sempre murado na jovialidade, na ironia, na diversão alheia; dividia com todos os oprimidos, dos quais ele era a encarnação, a abominável fatalidade de ser uma desolação não levada a sério; divertiam-se com a sua desgraça; ele era uma espécie de enorme palhaço originado de uma atroz condensação de infortúnio, evadido de seus grilhões, feito deus, saído do fundo do populacho para o pé do trono, unido às constelações e, depois de ter divertido os condenados, divertia os eleitos! Tudo aquilo que trazia em si de generosidade, de entusiasmo, de eloquência, de coragem, de alma, de furor, de cólera, de amor, de inexprimível dor, acabava numa gargalhada! E constatava, como dissera aos lordes, que não era uma exceção, que era o fato normal, comum, universal, o grande fato soberano, de tal modo amalgamado à rotina da vida, que não mais o percebiam. O faminto ri, o mendigo ri, o forçado ri, a prostituta ri, o órfão, para ganhar a vida, ri, o escravo ri, o soldado ri, o povo ri; a sociedade humana é feita de tal maneira que todas as perdições, todas as indigências, todas as catástrofes, todas as febres, todas as úlceras, todas as agonias se resolvem acima do abismo numa assustadora careta de alegria. Aquela careta total era ele. Era ele. A lei do alto, a força desconhecida que governa, quis que um espectro visível e palpável, um espectro em carne e osso, resumisse a monstruosa paródia que chamamos de mundo; aquele espectro era ele.

Destino incurável.

Ele bradara: "Piedade para os que sofrem!" Em vão.

Queria ter despertado a compaixão; despertara o horror. É a lei da aparição dos espectros.

Ao mesmo tempo que espectro, ele era homem. Essa era a sua complicação pungente. Espectro no exterior, homem no interior. Homem, talvez mais do que nenhum outro, pois a sua dupla sina resumia toda a humanidade. E, ao mesmo tempo que tinha em si a humanidade, ele a sentia fora de si.

Tinha, na sua existência, o intransponível. O que era ele? Um deserdado? Não, pois era um lorde. O que era ele? Um lorde? Não, pois era um revoltado. Era o porta-luz; estraga-festa assustador. Não era Satã, é verdade, mas era Lúcifer. Chegava sinistro, com uma tocha na mão.

Sinistro para quem? Para os sinistros. Temível para quem? Para os temidos. Por isso eles o rejeitavam. Entrar no meio deles? Ser aceito? Jamais. O obstáculo que trazia na face era medonho, mas o obstáculo nas ideias era mais insuperável ainda. Sua palavra parecera mais disforme que o seu rosto. Não tinha um pensamento possível naquele mundo dos grandes e dos poderosos no qual uma fatalidade o fizera nascer e do qual outra fatalidade o fizera sair. Entre os homens e o seu rosto, havia uma máscara e, entre a sociedade e a sua mente, uma muralha. Ao inserir-se, saltimbanco nômade, naquele vasto meio vivaz e robusto a que chamamos multidão e ao saturar-se da imantação das multidões, ao impregnar-se da imensa alma humana, perdeu, no senso comum de toda gente, o senso especial das classes reinantes. No alto, ele estava impossível. Chegava todo molhado da água do poço da Verdade. Tinha a fetidez do abismo. Repugnava àqueles príncipes, perfumados de mentiras. Para quem vive de ficção, a verdade é infecta. Quem tem sede de lisonjas, vomita o real, bebido de improviso. O que ele, Gwynplaine, trazia não era apresentável; era o quê? A razão, a sabedoria, a justiça. Era rejeitado com asco.

Ali havia bispos. Ele lhes trazia Deus. Quem era aquele intruso? Os polos extremos se repelem. Não ha amálgama possível. A transição falha. Víramos, sem outro resultado além de um grito de cólera, aquele terrível face a face: toda a miséria concentrada num homem frente a frente a todo o orgulho concentrado numa casta.

De nada adianta acusar. Basta constatar. Gwynplaine constatava, naquela meditação na beira do seu destino, a imensidade inútil do seu esforço. Constatava a surdez das altas esferas. Os privilegiados não têm ouvidos para o lado dos deserdados. Será por culpa dos privilegiados? Não. É a sua lei, que pena! Perdoe-lhes. Comover-se seria abdicar. De onde estão os nobres e os príncipes não se pode esperar nada. O satisfeito é o inexorável. Para os saciados não existe o faminto. Os bem-aventurados ignoram e se isolam. No limiar do seu paraíso, assim como na porta do inferno, é preciso escrever: "Deixe toda esperança."

Gwynplaine acabava de ter a recepção de um espectro que entrasse na morada dos deuses.

Aqui, tudo quanto tinha em si se rebelava. Não, ele não era um espectro, era um homem. Ele tinha dito, tinha gritado para eles, ele era "o homem".

Não era um fantasma. Era uma carne palpitante. Tinha um cérebro e pensava; tinha coração e amava; tinha uma alma e esperava. Ter esperado demais era toda a sua culpa.

Ah! Exagerara a esperança até ao ponto de acreditar numa coisa radiante e obscura, a sociedade. Ele, que estava fora, voltara para ela.

A sociedade lhe fizera de imediato, de início, de uma só vez, as suas três propostas e lhe dera suas três dádivas: o casamento, a família, a casta. O casamento? Ele o vira no limiar da prostituição. A família? Seu irmão lhe dera uma bofetada e o esperava no dia seguinte com a espada na mão. A casta? Ela acabava de gargalhar dele na cara, dele patrício, dele miserável. Era rejeitado antes mesmo de ser admitido. E os seus três primeiros passos naquela profunda sombra social tinham aberto sob ele três abismos.

E era por uma transfiguração traidora que o seu desastre começara. E aquela catástrofe se aproximara dele com a face da apoteose! "Suba!" significara "Desça!".

Ele era uma espécie de contrário de Jó. Foi pela prosperidade que a adversidade chegou a ele.

Ó trágico enigma humano! Quantos embustes! Pequenino, lutara contra a noite e fora mais forte do que ela. Homem feito, lutara contra o destino e o vencera. De desfigurado, fizera-se resplendente; de infeliz, feliz. Do seu exílio, fizera um asilo. Errante, lutara contra o espaço e, como as aves do céu, encontrara suas migalhas de pão. Selvagem e solitário, lutara contra a multidão e fizera dela uma amiga. Atleta, lutara contra aquele leão que é o povo e o cativara. Indigente, lutara contra a miséria, enfrentara a sombria necessidade de viver e, à força de amalgamar com a miséria todas as alegrias do coração, fizera da pobreza uma riqueza. Pudera julgar-se o vencedor da vida. Inesperadamente, vieram contra ele, do fundo do ignoto, novas forças, não mais com ameaças, mas com carícias e sorrisos; a ele, todo impregnado de amor angelical, aparecera o amor draconiano e material; a carne se apoderara dele, dele que vivia de ideal; ouvira palavras de volúpia semelhantes a gritos de raiva; sentira enlaçamentos de braços de mulher que faziam efeito de nós de serpente; a fascinação do falso sucedera a iluminação da verdade; pois não é a carne que é o real, é a alma. A carne é cinza, a alma é chama. Aquele grupo ligado a ele pelo parentesco da pobreza e do trabalho, e que era a sua verdadeira família natural, fora substituído pela família social, família do sangue, mas do sangue misturado, e, antes mesmo de entrar nela, encontrava-se frente a frente com um possível fratricida. Ah! Ele se deixara reinserir naquela sociedade sobre a qual Brantôme, que ele não lera, disse: "O filho pode chamar justamente o pai ao duelo." A fortuna fatal o chamara "Você não é do povo, você pertence à elite!" e abrira acima da sua cabeça, como uma armadilha no céu, o teto social e o lançara por aquela abertura, e o fizera aparecer, inesperado e bravio, no meio dos príncipes e dos senhores.

Subitamente, ao seu redor, em vez do povo que o aplaudia, ele vira os nobres que o maldiziam. Lúgubre metamorfose. Ignominioso engrandecimento. Brusca espoliação de tudo aquilo que fora a sua felicidade! Pilhagem da sua vida pelas vaias! Arrancamento de Gwynplaine, de Clancharlie, do lorde, do saltimbanco, de sua sina anterior, de sua nova sina a bicadas de todas aquelas águias!

De que servira ter começado a vida imediatamente pela vitória sobre o obstáculo? De que servira ter triunfado no início? Ah! É preciso ser precipitado, sem o que o destino não é completo.

Assim, metade à força, metade por consentir, porque depois do *wapentake* tivera de haver-se com Barkilphedro, e no seu rapto houvera consentimento, ele trocara o real pelo quimérico, o verdadeiro pelo falso, Dea por Josiane, o amor pelo orgulho, a liberdade pelo poder, o trabalho altivo e pobre pela opulência cheia de obscura responsabilidade, a sombra onde está Deus pelo resplendor onde estão os demônios, o paraíso pelo olimpo!

Mordera a fruta dourada. Estava cuspindo o bocado de cinza.

Lastimável resultado. Debandada, falência, queda e ruína, expulsão insolente de todas as suas esperanças fustigadas pelo escárnio, desilusão sem medida. E o que fazer doravante? Se olhasse para o amanhã, o que enxergaria? Uma espada desembainhada cuja ponta estaria diante do seu peito e cuja empunhadura estaria na mão do seu irmão. Ele só via o medonho lampejo daquela espada. O resto, Josiane, a câmara dos lordes, estava atrás, num monstruoso claro-escuro cheio de silhuetas trágicas.

E aquele irmão mostrara-se a ele como cavalheiresco e valoroso! Ah! Aquele Tom-Jim-Jack que defendera Gwynplaine, aquele lorde David que defendera lorde Clancharlie, ele mal o entrevira, só tivera o tempo de levar uma bofetada e de amá-lo.

Quanto desalento!

Agora, impossível ir além. A ruína estava por todos os lados. Além do mais, para quê? Todos os abatimentos estão no fundo do desespero.

A experiência estava feita, e não devia ser recomeçada.

Um jogador que jogou, um após outro, todos os seus trunfos, assim era Gwynplaine. Deixara-se levar a uma terrível jogatina. Jogara sem se dar conta exatamente do que estava fazendo, pois assim é o sutil envenenamento da ilusão. Dea contra Josiane; tivera um monstro. Jogara Ursus contra uma família, tivera a afronta. Jogara o seu palco de saltimbanco contra uma cadeira de lorde; tinha a aclamação, obtivera a imprecação. Sua última carta acabava de cair naquele fatal pano verde do *bowling-green* deserto. Gwynplaine perdera. Não tinha nada a fazer além de pagar. Pague, miserável!

Os fulminados se agitam pouco. Gwynplaine estava imóvel. Quem o divisasse de longe naquela escuridão, ereto e sem se mover, na beira do parapeito, acreditaria estar vendo uma pedra em pé.

O inferno, a serpente e o devaneio se enrolam sobre si mesmos. Gwynplaine estava descendo as espirais sepulcrais do aprofundamento pensativo.

Ele estava considerando com o olhar frio, que é o olhar definitivo, aquele mundo que ele acabava de entrever. O casamento, mas não o amor; a família, mas não a fraternidade; a riqueza, mas não a consciência; a beleza, mas não o pudor; a justiça, mas sem equidade; a ordem, mas sem equilíbrio; o poder, mas não a inteligência; a autoridade, mas não o direito; o esplendor, mas não a luz. Balanço inexorável. Analisou visão suprema em que mergulhara o seu pensamento. Examinou sucessivamente o destino, a situação, a sociedade e ele mesmo. O que era o destino? Uma armadilha. A situação? Um desespero. A sociedade? Um ódio. E ele mesmo? Um vencido. E, no fundo da alma, exclamou: "A sociedade é a madrasta. A natureza é a mãe." A sociedade é o mundo do corpo; a natureza é o mundo da alma. Uma vai chegar ao ataúde, ao caixão de pinho na cova, aos vermes a acaba ali. A outra vai chegar nas asas abertas, na transfiguração na aurora, na ascensão nos firmamentos, e ali recomeça.

Pouco a pouco o paroxismo se apoderava dele. Turbilhonamento funesto. As coisas que se acabam têm um derradeiro lampejo em que revemos tudo.

Quem julga, confronta. Gwynplaine passou em revista o que lhe fizera a sociedade e o que lhe fizera a natureza. Como a natureza fora bondosa para com ele! Como ela, que é a alma, o socorrera! Tudo lhe fora tirado, tudo, até o semblante; a alma tudo lhe devolvera. Tudo, até mesmo o semblante; porque havia uma celestial cega, feita especialmente para ele, que não enxergava a sua fealdade e que via a sua beleza.

E era daquilo que ele se deixara separar! Era daquele ser adorável, daquele coração, daquela adoção, daquela ternura, daquele divino olhar cego, o único que o podia ver na terra, que ele se afastara! Dea era sua irmã; pois ele sentia dela para ele a grande fraternidade do firmamento, o mistério que contém todo o céu. Quando era pequeno, Dea era a sua virgem, pois toda criança tem uma virgem, e a vida principia sempre por uma união de almas consumada em plena inocência, por duas pequenas virgindades ignorantes. Dea era sua esposa, pois eles tinham o mesmo ninho no mais alto ramo da profunda árvore Hímen. Dea era mais ainda, era a sua claridade; sem ela tudo era nada e vazio, e ele via nela uma cabeleira de raios. O que seria dele sem Dea? O que fazer de tudo aquilo que era ele? Nada dele vivia sem ela. Então, como pudera perdê-la de vista um instante? Ó infortúnio! Deixara formar-se uma distância entre a sua estrela e ele, e, nas perigosas gravitações ignoradas, a distância logo se torna abismo! Onde estava ela, a estrela? Dea! Dea! Dea! Dea! Ah! Ele perdera a sua luz. Se tirarmos o astro, como fica o céu? Um negrume. Mas então por que tudo isso se fora? Oh! Como ele fora feliz! Para ele, Deus fizera um novo éden — "Demais, ah!" —, até deixar entrar nele a serpente! Mas, desta vez, o homem fora tentado. Fora atraído para fora, e, então, horrenda armadilha, ele caíra no caos das risadas negras, que é o inferno. O que o fascinara era medonho! Aquela Josiane, o que era? Oh! A horrível mulher, quase animal, quase deusa! Gwynplaine estava, no momento, no reverso da sua elevação e enxergava o outro lado do seu deslumbramento. Era fúnebre. Aquele nobreza era disforme, aquela coroa era hedionda, a veste de púrpura era lúgubre, os palácios eram venenosos, os troféus, as estátuas, os brasões eram suspeitos, o ar insalubre e traiçoeiro que lá se respirava era de enlouquecer. Oh! Os andrajos do saltimbanco Gwynplaine eram resplendores! Oh! Onde estavam a Green-Box, a pobreza, a alegria, a doce vida errante juntos como andorinhas? Eles não se largavam, viam-se a cada minuto, à noite, de manhã, à mesa, empurravam-se com o cotovelo, tocavam-se com os joelhos, bebiam no mesmo copo, o sol entrava pela lucarna, mas era apenas o sol, e Dea era o amor. À noite, sentiam-se adormecidos perto uns dos outros, e o sonho de Dea vinha pousar sobre Gwynplaine, e o sonho de Gwynplaine ia misteriosamente abrir-se sobre Dea! Ao despertar, eles não tinham muita certeza de não ter trocado beijos na nuvem azul do sonho. Dea trazia em si toda a inocência, Ursus tinha em si toda a sabedoria. Vagueavam de cidade em cidade; por viático e por cordial, tinham a franca alegria afetuosa do povo. Eram anjos errantes, que tinham bastante humanidade para caminhar aqui na terra, e não asas suficientes para alçar voo. E agora, desaparecidos! Onde estava tudo aquilo? Seria possível que tudo se apagasse? Que vento sepulcral havia soprado? Então estava eclipsado! Estava perdido! Ah, a surda onipotência que pesa sobre os pequenos dispõe de toda sombra e é capaz de tudo! O que haviam feito a eles? E ele não estivera ali para protegê-los, para pôr-se no meio, defendê-los, como lorde, com o seu título, com a sua nobreza e a sua espada, como saltimbanco, com os seus punhos e as suas unhas! E aqui sobrevinha uma reflexão amarga, talvez a mais amarga de todas. É isso, não, não teria podido defendê-los! Era ele precisamente que os perdia. Fora para preservá-lo deles, a ele lorde Clancharlie, fora para isolar sua dignidade do contato deles que a infame onipotência social se abatera sobre eles. Para ele, a melhor maneira de protegê-los seria desaparecer, assim não haveria mais razão para persegui-los. Com ele a menos, deixá-los-iam tranquilos. Era de congelar essa abertura por onde entrava o seu pensamento. Ah! Por que deixara que o separassem de Dea? Acaso o seu primeiro dever não era para com Dea? Servir e defender o povo? Mas Dea era o povo! Dea era a órfã, era a cega, era a humanidade! Oh! O que tinham feito a eles? Dor cruel do arrependimento! Sua ausência deixara o campo livre para a catástrofe. Ele teria compartilhado o destino deles. Sim, tê-los-ia levado com ele ou seria tragado com eles. O que seria dele agora, já que estava sem eles? Gwynplaine sem Dea, era possível? Sem Dea, nada mais existe! Ah! Tinha acabado. Aquele grupo amado estava para sempre afundado no irreparável desaparecimento. Tudo estava esgotado. De mais a mais, condenado e danado como estava Gwynplaine, de que servia lutar por mais tempo? Nada mais havia a esperar, nem dos homens, nem do céu. Dea! Dea! Onde está Dea? Perdida! Oh, perdida! Quem perdeu a alma só tem um modo de encontrá-la, a morte.

Gwynplaine, perdido e trágico, apoiou firmemente a mão no parapeito como se fosse uma solução e olhou para o rio.

Era a sua terceira noite sem dormir. Estava com febre. Suas ideias, que ele acreditava claras, estavam confusas. Tinha uma imperiosa necessidade de sono. Continuou assim por alguns instantes, inclinado sobre a água; a sombra lhe oferecia o grande leito tranquilo, o infinito das trevas. Sinistra tentação.

Tirou a veste, dobrou-a e a pôs no parapeito. Depois, desabotoou o colete. Ao tirá-lo, sua mão bateu em alguma coisa no bolso. Era o *red-book* que lhe entregara o *librarian* da câmara dos lordes. Tirou a caderneta do bolso, examinou-a na luz difusa da noite e viu um lápis. Pegou-o e, na primeira página em branco que se abriu, escreveu estas duas linhas: "Vou-me embora. Que meu irmão David fique no meu lugar e seja feliz." E assinou: "Fermain Clancharlie, par da Inglaterra."

Depois tirou o colete e colocou-o sobre a veste. Tirou o chapéu e o pôs sobre o colete. Pôs dentro do chapéu o *red-book* aberto na página em que escrevera. Viu no chão uma pedra, apanhou-a e a pôs dentro do chapéu.

Feito isso, fitou a sombra infinita que via acima da fronte.

Depois, sua cabeça foi baixando lentamente como se fosse puxada pelo fio invisível dos abismos.

Havia um buraco nas pedras da base do parapeito, pôs nele um pé, de maneira que o joelho ultrapassava o parapeito e que ele quase nada mais tinha a fazer para o saltar.

Cruzou as mãos atrás das costas e inclinou-se.

– Tudo certo — disse.

E fixou o olhar na água profunda.

Naquele momento sentiu uma língua que lhe lambia as mãos.

Estremeceu e voltou-se.

Era Homo que estava atrás dele.

CONCLUSÃO

O MAR
E A NOITE

I

CÃO DE GUARDA PODE
TORNAR-SE ANJO DA GUARDA

Gwynplaine soltou um grito:

– É você, lobo!

Homo abanou a cauda. Seus olhos brilhavam no escuro. Olhando para Gwynplaine.

Depois, recomeçou a lamber-lhe as mãos. Por um momento, Gwynplaine permaneceu como que embriagado. Teve o abalo da imensa volta da esperança. Homo, que aparição! Há quarenta e oito horas, ele esgotara o que se pode chamar de todas as variedades de amor à primeira vista; restava a ele receber o raio da alegria. Era o que acabava de cair sobre ele. A certeza recuperada ou, pelo menos, a claridade que leva a ela, a repentina intervenção de certa misteriosa clemência que está no destino, talvez, a vida dizendo "Estou aqui!" No mais escuro do sepulcro, o minuto em que mais nada se espera, esboçando bruscamente a cura e a libertação, algo como o ponto de apoio encontrado no mais crítico instante da derrocada. Homo era tudo isso. Gwynplaine estava vendo o lobo na luz.

Naquele instante, Homo se voltara. Deu alguns passou e olhou para trás como que para verificar se Gwynplaine o estava seguindo.

Gwynplaine começara a andar atrás dele. Homo abanou a cauda e continuou a caminhar.

O caminho por onde o lobo enveredara era a rampa do cais da Effroc-stone. Essa rampa ia dar na margem do Tâmisa. Guiado por Homo, Gwynplaine desceu.

De vez em quando, Homo voltava a cabeça para verificar se Gwynplaine estava atrás dele. Em certas situações supremas, nada se assemelha a uma inteligência que compreende tudo como o simples instinto do animal afeiçoado. O animal é um sonâmbulo lúcido.

Existem casos em que o cão tem necessidade de seguir o seu dono; outros, em que tem necessidade de precedê-lo. Então, o animal toma a direção do espírito. O faro imperturbável enxerga claro o que é confuso em nosso crepúsculo. Para o animal, tornar-se guia parece-lhe vagamente ser uma necessidade. Saberia ele que há um passo em falso e que é preciso ajudar o homem a transpô-lo? Provavelmente, não; talvez sim; em todo caso, alguém sabe por ele; já o dissemos, quase sempre na vida augustos auxílios que pensamos virem de baixo, vêm do alto. Não conhecemos todas as formas que Deus pode tomar. Qual é esse animal? A providência.

Chegando na margem, o lobo caminhou a jusante na estreita faixa de terra que costeava o Tâmisa.

Não gania, não latia, caminhava em silêncio. Homo, em qualquer ocasião, seguia o seu instinto e cumpria o seu dever, mas tinha a reserva pensativa do proscrito.

Depois de mais ou menos cinquenta passos, parou. Havia uma estacada à direita. Na extremidade da estacada, espécie de embarcadouro sobre pilotis, entrevia-se uma massa escura, um navio bastante grande. Na ponte do navio, no sentido da proa, havia uma claridade quase indistinta semelhante a uma lamparina quase apagada.

O lobo olhou pela última vez para estar certo de que Gwynplaine estava ali, depois, saltou sobre a estacada, longo corredor feito com tábuas e alcatrão, apoiado num entrelaçado de tábuas sob o qual corria o rio. Em alguns instantes, Homo e Gwynplaine chegaram à ponta.

O navio, atracado no final da estacada, era uma daquelas panças da Holanda de duas pontes, uma na proa e outra na popa, que tinha, entre as duas pontes, à moda japonesa, um compartimento fundo a céu aberto ao qual se descia por uma escada à direta e que se enchia de todos os volumes da carga. Formavam-se, assim, dois castelos, um na proa e outro na popa, como nos nossos velhos patachos fluviais, com cavidade no meio. A carga lastrava essa cavidade. As galeotas de papel que as crianças fazem têm mais ou menos essa forma. Debaixo das pontes, ficavam as cabinas que se comunicavam com o compartimento central por portas e eram iluminadas por vigias abertas na abordagem. Ao distribuir-se a carga, formavam-se passagens entre os volumes. Os dois mastros dessas panças eram fincados entre as duas pontes. O mastro de proa era denominado Paulo, o mastro de popa se chamava Pedro, sendo o navio conduzido por seus dois mastros, como a Igreja por seus dois apóstolos. Uma passarela, que servia de ligação, ia, como uma ponte chinesa, de uma ponte a outra por cima do compartimento central. Quando fazia mau tempo, os dois parapeitos eram baixados à direita e à esquerda por meio de um mecanismo, e isso formava um teto sobre o compartimento fundo, de forma que o navio, nos mares revoltos, ficava hermeticamente fechado. Essas embarcações, compactas, muito pesadas, tinham por barra uma viga, pois a força do timão deve ser proporcional ao peso da embarcação. Três homens, o patrão com dois marinheiros, e mais um rapaz, o grumete, bastavam para manobrar essas pesadas máquinas do mar. As pontes da proa e da popa, como dissemos, não tinham parapeito. Aquela pança era uma um largo casco abaulado, todo preto, no qual se lia, em letras brancas visíveis à noite: *Vograat. Rotterdam.*

Naquela época, diversos acontecimentos marítimos e, bem recentemente, a catástrofe dos oito navios do barão de Pointi[37] no cabo Carnero, que forçou toda a frota francesa a refluir para Gibraltar, tinham varrido o mar da Mancha e limpado de todo navio de guerra a passagem Londres e Rotterdam, o que permitia aos navios mercantes ir e vir sem escolta.

A embarcação na qual se lia *Vograat*, e perto da qual Gwynplaine chegara, estava encostada na estacada pelo bombordo de sua ponte traseira quase no nível. Era como um degrau para descer; Homo, de um salto, e Gwynplaine, com um passo, entraram no navio. Ambos se encontraram na ponte traseira. Ela estava deserta e não se percebia aí nenhum movimento; os passageiros, se houvesse, o que era provável, estavam a bordo, uma vez que a nave estava prestes a partir e que a disposição da carga tinha terminado, o que indicava que o compartimento oco estava cheio de fardos e de caixas. Mas, por certo, eles estavam deitados e provavelmente dormindo nas cabines do espaço entre as pontes sob a ponte superior, uma vez que a travessia devia ser feita à noite. Em tal caso, os passageiros só aparecem na ponte na manhã seguinte, ao despertar. Quanto à equipagem, tudo indica que estavam ceando no compartimento então denominado "a cabine dos marinheiros" enquanto esperavam a hora da partida. Por isso, as duas pontes, de popa e de proa, ligadas pela passarela, estavam desertas.

Sobre a estacada, o lobo quase correra; já no navio, começou a caminhar lentamente, como que com discrição. Abanava a cauda, não mais alegremente, mas com a oscilação fraca e triste do cão preocupado. Sempre precedendo Gwynplaine, transpôs a ponte traseira e atravessou a ligação entre as pontes.

Ao entrar na passarela, Gwynplaine viu diante de si uma claridade. Era a mesma luz que ele avistara da margem. Havia uma lanterna pousada no chão ao pé do mastro dianteiro; a reverberação da lanterna recortava em negro no escuro fundo noturno uma silhueta que tinha quatro rodas. Gwynplaine reconheceu a antiga carroça de Ursus.

O pobre casebre de madeira, carreta e cabana, em que rodara a sua infância, estava amarrado ao pé do mastro por grossas cordas cujos nós se viam nas rodas. Depois de ter ficado tanto tempo fora de serviço, estava absolutamente caduca: nada deteriora tanto os homens e as coisas como a ociosidade; estava pendendo miseravelmente. O desuso a tornara totalmente paralítica e, além do mais, sofria de uma doença irremediável, a velhice. O seu perfil informe e carunchado vergava com uma atitude de ruína. Todos os elementos que a compunham tinham aspecto de avaria; os ferros estavam enferrujados, os couros tinham rachaduras, as madeiras estavam carcomidas. As trincas raiavam os vidros dianteiros por onde passava um raio da lanterna. As rodas estavam cambaias. As paredes, o assoalho e os eixos pareciam esgotados de fadiga, o conjunto tinha algo de acabrunhado e de suplicante. As duas pontas erguidas do varal pareciam dois braços levantados para o céu. A barraca inteira estava deslocada. Em baixo, distinguia-se a corrente de Homo, pendurada.

Recuperar a vida, a felicidade, o amor e correr desvairadamente e precipitar-se sobre eles parece que é a lei e que a natureza assim o deseja. Sim, exceto nos casos de profundo tremor. Quem sai, todo abalado e desorientado, de uma série de catástrofes semelhantes a traições, torna-se prudente mesmo na alegria, receia trazer a sua fatalidade àqueles que ama, sente-se lugubremente contagioso. O paraíso se abre novamente; antes de entrar nele, ficamos a observá-lo.

Gwynplaine, cambaleando ao ao peso de tantas comoções, olhava.

O lobo fora silenciosamente deitar-se junto da corrente.

II

BARKILPHEDRO VISOU A ÁGUIA E ATINGIU POMBA

O estribo da carroça estava baixado; a porta estava entreaberta; não se via ninguém lá dentro; o pouco de luz que entrava pela vidraça da frente modelava vagamente o interior da barraca, melancólico claro-escuro. Distinguiam-se as inscrições de Ursus glorificando a grandeza dos lordes nas tábuas decrépitas que serviam, ao tempo, de parede por fora e de lambri por dentro. Perto da porta, num prego, Gwynplaine viu a sua esclavina e o seu casaco pendurados, como num necrotério as roupas de um morto.

Naquele momento, ele não usava colete nem casaco.

A barraca encobria alguma coisa estendida sobre a ponte ao pé do mastro e que a lanterna iluminava. Era um colchão do qual se via um canto. No colchão havia provavelmente alguém deitado. Via-se a sombra mover-se.

Estavam falando. Gwynplaine, escondido pela interposição da barraca, escutou. Era a voz de Ursus.

Aquela voz, tão dura na aparência e tão terna na realidade, que tanto corrigira e tão bem conduzira Gwynplaine desde a infância, já não tinha o timbre sagaz e vivo. Era vaga e baixa e se dissipava em suspiros no final de cada frase. Apenas confusamente lembrava a antiga voz simples e firme de Ursus. Era como a fala de alguém cuja felicidade morreu. A voz pode tornar-se sombra.

Ursus parecia mais monologar que dialogar. Aliás, sabemos que o solilóquio era seu hábito. Por causa disso, ele passava por maníaco.

Gwynplaine reteve a respiração para não perder uma palavra daquilo que dizia Ursus, e ele ouviu isto:

– É muito perigosa esta espécie de navio. Não tem rebordo. Se alguém rolar para o mar, nada o deterá. Em caso de mau tempo, seria preciso descer para baixo da ponte, e isso seria terrível. Um movimento em falso, um medo, e temos uma ruptura de aneurisma. Tenho visto exemplos. Ah! Meu Deus, o que vai ser de nós? Ela está dormindo? Sim. Está dormindo. Acho mesmo que está dormindo. Está inconsciente? Não. O pulso dela está forte o bastante. Certamente está dormindo. O sono é um período de repouso. A cegueira é boa. Como fazer para que ninguém venha sapatear por aqui? Senhores, se houver alguém em cima da ponte, por favor, não façam barulho. Não se aproximem, se for possível. Os senhores sabem, para uma pessoa de saúde delicada, são necessários cuidados. Ela está com febre, estão vendo? É muito jovem. É uma menina que está com febre. Pus este colchão para ela aqui fora para que tenha um pouco de ar. Estou explicando para que tenham consideração. Caiu de lassitude sobre o colchão como se desmaiasse. Mas está dormindo. Gostaria que não a acordassem. Dirijo-me às mulheres, se aí houver senhoras. Uma jovem, é uma pena. Somos apenas pobres saltimbancos, peço que tenham um pouco de bondade, e, depois, se houver algo a pagar, eu pagarei para que não façam barulho, pagarei. Eu lhes agradeço, senhoras e senhores. Há alguém aí? Não. Acho que não há ninguém. Estou falando à toa. Tanto melhor.

Senhores, se estão aí, fico agradecido, e fico agradecido se não estão. Ela está com a fronte banhada em suor. Vamos, voltemos para a prisão, retomemos a corrente. A miséria voltou. Estamos de novo à deriva. Uma mão, a terrível mão que não vemos, mas que sempre nos fez voltar subitamente para o lado negro do destino. Pois que seja; teremos coragem. Mas só é preciso que ela não adoeça. Pareço um idiota por falar alto e sozinho deste jeito, mas é preciso que ela sinta que tem alguém perto dela se vier a despertar. Contanto que não a despertem bruscamente! Não façam barulho, em nome do céu! Não seria bom um abalo que a fizesse despertar sobressaltada. Seria inconveniente se viessem andar deste lado. Acho que estão dormindo aqui no barco. Dou graças à providência por conceder esse favor. Pois bem! E Homo, onde estará ele? Nessa confusão toda, esqueci-me de prendê-lo, já não sei mais o que faço, faz mais de uma hora que não o vejo, deve ter ido procurar a sua ceia lá fora. Tomara que não lhe aconteça uma desgraça! Homo! Homo!

Homo bateu brandamente a cauda no assoalho da ponte.

– Está aí! Ah! Está aí. Louvado seja Deus! Homo perdido seria demais. Ela está movendo o braço. Talvez desperte. Cale-se, Homo. A maré está baixando. Vamos partir logo. Acho que fará bom tempo esta noite. Não há nortada. A bandeirola está baixada ao longo do mastro, teremos uma boa travessia. Não sei mais em que lua estamos. Mas são só as nuvens que estão se movendo. O mar estará calmo. Teremos bom tempo. Ela está pálida. É a fraqueza. Mas não, está corada. É a febre. Ela está bem. Não estou entendendo mais nada. Meu pobre Homo, não entendo mais nada. Então, temos de recomeçar a vida. Vamos nos pôr a trabalhar. Somos só nós dois, está vendo. Trabalharemos por ela, você e eu. É a nossa filha. Ah! O navio está se movendo. Estamos partindo. Adeus, Londres! Boa noite. Boa noite, vá para o diabo! Ah! Horrível Londres!

De fato, o navio vibrava surdamente com o levantar da âncora. Começou a afastar-se da estacada pela traseira. Na outra ponta, na popa, avistava-se um homem em pé, certamente o comandante, que acabava de sair do interior do navio, desatava a amarra e manobrava o leme. Aquele homem, atento somente ao canal, como convém quando se tem a dupla fleuma do holandês e do marinheiro, não ouvindo e não vendo nada além da água e do vento, curvado na extremidade da barra, mesclado à obscuridade, caminhava lentamente sobre a ponte traseira, indo e vindo de boreste a bombordo, espécie de fantasma com uma viga no ombro. Estava só sobre a ponte. Enquanto estivessem no rio, não havia necessidade de outro marinheiro. Em alguns minutos, a embarcação ganhou a corrente do rio. Descia sem balanço nem arfagem. O Tâmisa, pouco agitado pelo refluxo, estava calmo. Como a maré o puxava, o navio se afastava rapidamente. Atrás dele, o escuro cenário de Londres ia diminuindo na bruma.

Ursus prosseguiu:

– Está a mesma coisa. Vou dar digitais a ela. Tenho medo que entre em delírio. Está suando na palma da mão. Mas o que fizemos ao bom Deus? Como veio rápida esta desventura! Horrível rapidez do mal. Cai uma pedra, ela tem garras, é como o gavião sobre a cotovia. É o destino. E aí está prostrada, minha doce menina! A gente vem a Londres e diz: "É uma cidade grande que tem belos monumentos. Southwark é um excelente subúrbio. Ali nos estabelecemos." Mas, agora, são abomináveis lugares. O que quer que eu faça? Estou contente de ir embora. Estamos no dia 30 de abril. Sempre desconfiei do mês de abril; o mês de abril só tem dois dias felizes, 5 e 27, e quatro dias infelizes, 10, 20, 29 e 30. Isso é indiscutível pelos cálculos de Cardan. Quero que este dia acabe logo. Ter ido embora é um alívio. Ao amanhecer, estaremos em

Gravesend e, amanhã à noite, em Rotterdam. Eu juro, recomeçarei a vida de outrora na barraca, nós a puxaremos, não é, Homo?

Um leve abanar de cauda anunciou o consentimento do lobo.

Ursus continuou:

– Se pudéssemos sair de uma dor como saímos de uma cidade! Homo, ainda poderíamos ser felizes. Ah! Haveria sempre aquele que não está mais. Uma sombra, é o que resta aos que sobrevivem. Você sabe o que eu quero dizer, Homo. Éramos quatro, não somos mais que três. A vida não é mais que uma longa perda de tudo o que amamos. Deixamos atrás de nós um rastro de dores. O destino nos aturde por uma prolixidade de sofrimentos insuportáveis. Depois, a gente se espanta que os velhos fiquem repetindo tudo. É o desespero que torna as pessoas idiotas. Meu bravo Homo, o vento por trás continua. Já não vemos o domo de Saint-Paul. Logo passaremos diante de Greenwich. Serão seis boas milhas percorridas. Ah! Dou as costas para sempre a essas odiosas capitais, cheias de padres, de magistrados, de populaças. Prefiro ver as folhas se agitarem nos bosques. Sempre com a fronte banhada em suor! Não gosto dessas grandes veias roxas que ela tem no antebraço. É a febre que está ali dentro. Ah! Tudo isso está me matando. Durma, minha pequena. Oh sim, está dormindo.

Então, uma voz se fez ouvir, voz inefável, que parecia distante, que parecia vir das alturas e das profundezas ao mesmo tempo, divinamente sinistra, a voz de Dea.

Tudo aquilo por que Gwynplaine passara até aquele momento tornou-se nada. O seu anjo estava falando. Parecia-lhe ouvir palavras ditas fora da vida num desvanecimento cheio de céu.

A voz dizia:

– Ele fez bem em ir-se embora. Este mundo não é o que lhe convém. Só é preciso que eu vá com ele. Pai, eu não estou doente, estava ouvindo-o falar ainda há pouco, estou muito bem, sinto-me bem, estava dormindo. Pai, eu vou ser feliz.

– Minha filha — perguntou Ursus com voz angustiada —, o que entende você disso?

A resposta foi:

– Pai, não se angustie.

Houve uma pausa como que para recuperar o fôlego; depois, estas poucas palavras, proferidas lentamente, chegaram a Gwynplaine:

– Gwynplaine não está mais junto de nós. É agora que estou cega. Eu não conhecia a noite. A noite é a ausência.

A voz parou novamente, depois prosseguiu:

– Eu sempre tive medo de que ele alçasse voo; sentia que ele era celestial. De repente, ele levantou voo. Tinha de terminar assim. Uma alma vai-se como um pássaro. Mas o ninho da alma fica numa profundidade em que há o grande ímã que tudo atrai, e eu sei bem onde encontrar Gwynplaine. Não estou enganada quanto ao meu caminho, vamos. É lá, pai. Mais tarde, o senhor irá ter comigo. E Homo também.

Ao ouvir o seu nome, Homo deu uma pequena batida na ponte.

– Pai — continuou a voz —, o senhor compreende bem que, desde que Gwynplaine não esteja mais aqui, tudo está acabado. Ainda que quisesse ficar, não poderia, porque temos de respirar. Não se pode pedir o impossível. Eu estava com Gwynplaine, era muito simples, eu vivia. Agora que Gwynplaine já não está aqui, eu morro. É a mesma coisa. É preciso que ele volte ou que eu me vá. E, uma vez que ele não pode voltar, eu me vou. É muito bom morrer. E não é nem um pouco difícil. Pai, o que se apaga aqui, volta se acender em outro lugar. Viver nesta terra em que estamos é de apertar o coração. Não é possível que sejamos sempre infelizes.

Então, nós vamos para aquilo que o senhor chama de estrelas, nós nos casamos lá e não nos deixamos nunca mais, nós nos amamos, nós nos amamos, nós nos amamos, e é lá que está o bom Deus.

– Fique calma, não se exalte — disse Ursus.

A voz continuou.

– Por exemplo, no ano passado, na primavera, estávamos juntos, éramos felizes; agora, é muito diferente. Não me lembro mais em que cidadezinha estávamos, havia árvores, eu ouvia cantarem as toutinegras. Viemos para Londres, tudo mudou. Não estou censurando. Quando se vai para uma terra, não se pode saber. O senhor se lembra, pai? Uma noite, estava no grande camarote uma mulher, e o senhor disse: "é uma duquesa!" Fiquei triste. Acho que teria sido melhor ficar nas cidades pequenas. Depois disso, Gwynplaine fez bem. Agora é a minha vez. Porque o senhor mesmo me contou que eu era pequenina, que a minha mãe morrera, que eu estava no chão durante a noite com a neve caindo sobre mim e que ele também era pequeno e estava sozinho, que ele me pegara e que foi assim que eu fiquei viva. Não pode se espantar com o fato de hoje eu precisar absolutamente partir e querer ir ver no túmulo se Gwynplaine está lá. Porque a única coisa que existe na vida é o coração, e depois da vida é a alma. Compreende bem o que estou dizendo, pai? O que é que está se movendo? Parece que estamos numa casa que anda. Entretanto não ouço o ruído das rodas.

Depois de uma interrupção, a voz acrescentou:

– Não distingo muito entre ontem e hoje. Não estou me queixando. Não sei o que se passou, mas devem ter acontecido coisas.

Essas palavras eram ditas com uma profunda doçura inconsolável e um suspiro, que Gwynplaine ouviu, e terminou assim:

– É preciso que eu me vá, a menos que ele volte.

Ursus, sombrio, resmungou a meia-voz:

– Não acredito em fantasmas.

E continuou:

– É um barco. Pergunta por que a casa está se movendo, é porque estamos num barco. Acalme-se. Não deve falar demais. Minha filha, se tem um pouco de amizade por mim, não se agite, não provoque a febre. Velho como estou, não poderia suportar uma doença sua. Poupe-me, não fique doente.

A voz recomeçou:

– Procurar na terra, para quê? A gente só se encontra no céu.

Ursus replicou, quase numa tentativa de autoridade:

– Acalma-se. Há momentos em que não se tem nem um pouco de inteligência. Recomendo-lhe repouso. Afinal, não tem obrigação de saber o que é a veia cava. Eu ficaria tranquilo se você se tranquilizasse. Minha filha, faça alguma coisa por mim. Ele a recolheu, mas eu a acolhi. Você pode adoecer. É ruim. É preciso que se acalme e durma. Tudo ficará bem. Dou-lhe a minha palavra de honra que tudo ficará bem. Aliás, temos um tempo muito bom. É como uma noite feita de propósito. Amanhã estaremos em Rotterdam que é uma cidade da Holanda, na foz do Meuse.

– Pai — disse a voz —, veja, como é desde a infância e sempre estivemos juntos um do outro, isso não poderia ser mudado, porque então é preciso morrer, e não há como ser diferente. Eu te amo, mas sinto que não estou mais totalmente contigo, mesmo que não esteja mais com ele.

– Vamos — insistiu Ursus —, procure dormir outra vez.

A voz respondeu:

– Não é isso que vai me faltar.

Ursus redarguiu com uma entoação toda trêmula:

– Eu estou dizendo que nós vamos para a Holanda, em Rotterdam, que é uma cidade.

– Pai — continuou a voz —, eu não estou doente, se é isso que o preocupa, pode ficar sossegado, não estou com febre, estou com um pouco de calor, só isso.

Ursus balbuciou:

– Na embocadura do Meuse.

– Estou bem, pai, mas está vendo? Sinto que vou morrer.

– Não ouse dizer semelhante coisa — disse Ursus.

E acrescentou:

– Principalmente que não sofra nenhum abalo, meu Deus!

Fez-se um silêncio.

De repente, Ursus exclamou:

– O que está fazendo? Por que está se levantando? Eu lhe suplico, fique deitada!

Gwynplaine estremeceu e pôs a cabeça para fora.

III
O PARAÍSO REDESCOBERTO AQUI NA TERRA

Ele viu Dea. Ela acabava de se levantar ereta no colchão. Estava usando um vestido longo cuidadosamente fechado, branco, que só mostrava o começo dos ombros e o desenho delicado do seu pescoço. As mangas escondiam os braços, as pregas cobriam-lhe os pés. Viam-se as suas mãos em que a rede de veias quentes de febre se inflava em ramificações azuladas. Estava trêmula e oscilava, mas sem cambalear, como um caniço. A lanterna a iluminava de baixo. Seu belo rosto estava inefável. Os cabelos soltos flutuavam. Não havia nenhuma lágrima em seu rosto. Nas pupilas havia fogo e noite. Estava pálida, com uma palidez semelhante à transparência da vida divina num rosto terrestre. O corpo delicado e frágil era como amalgamado e fundido nas pregas do vestido. Ondeava toda com o tremor de uma chama. E, ao mesmo tempo, sentia que começava a não ser mais do que sombra. Os olhos, completamente abertos, resplandeciam. Dir-se-ia uma saída do sepulcro e uma alma em pé numa aurora.

Ursus, de quem Gwynplaine só via as costas, levantava os braços atônito.

– Minha filha! Ah! Meu Deus, está delirando! O delírio é o que eu temia. Não podia fazer movimento brusco, pois poderia matá-la. E seria necessário um movimento para impedi-la de enlouquecer. Morta ou louca! Que situação! O que fazer, meu Deus? Minha menina deite-se outra vez!

Entretanto Dea falava. Sua voz estava quase indistinta, como se uma espessura celeste já se interpusera entre ela e a terra.

– Pai, está enganado. Não estou delirando nem um pouco. Estou ouvindo muito bem tudo o que me diz. Está dizendo que há muita gente, que estão esperando e que eu preciso representar à noite; eu quero, está vendo, estou no uso da razão, mas não sei como fazer, uma vez que estou morta e que Gwynplaine está morto. Eu vou assim mesmo. Concordo em representar. Estou aqui; mas Gwynplaine não está mais.

– Minha menina — repetiu Ursus —, vamos, obedeça-me. Volte para a cama.

– Ele não está mais! Ele não está mais! Oh! Como está escuro!

– Escuro! — balbuciou Ursus. — É a primeira vez que ela diz essa palavra!

Gwynplaine, sem outro ruído além de um deslizar, subiu no estribo da barraca, entrou, despendurou o seu casaco e a sua esclavina, vestiu o casaco, pôs a esclavina no pescoço, desceu da barraca sempre escondido pela espécie de atravancamento entre a cabana, os petrechos e o mastro.

Dea continuava a murmurar, movia os lábio e, pouco a pouco o murmúrio tornou-se melodia. Ela esboçou, com as intermitências e as lacunas do delírio, o misterioso chamado que tantas vezes dirigira a Gwynplaine em *Caos vencido*. Começou a cantar, e aquele canto era vago e fraco como um zumbido abelha:

– *Noche, quita te de alli, La alba canta...*[38]

Interrompeu-se:

– Não, não é verdade, não estou morta. O que estava eu dizendo, então? Ah! Estou viva, e ele está morto. Estou aqui embaixo e ele está lá em cima. Ele se foi, e eu estou aqui. Não o ouvirei mais falar e andar. Deus nos dera um pouco de paraíso na terra, ele no-lo tirou. Gwynplaine! Acabou-se. Já não o sentirei junto a mim. Nunca mais. A sua voz! Não mais ouvirei a sua voz.

E cantou:

– *Es menester a cielos ir... Dexa, quiero / A tu negro / Caparazón.*[39]

E estendeu a mão como se procurasse onde se apoiar no infinito.

Gwynplaine, aparecendo ao lado de Ursus bruscamente petrificado, ajoelhou-se diante dela.

– Jamais! — disse Dea. — Jamais! Eu não te ouvirei nunca mais!

E recomeçou a cantar, perdida:

– *Dexa, quiero / A tu negro / Caparazon!*

Então, ela ouviu uma voz, a voz tão querida, que respondia:

– *O ven! Ama! / Eres aima / Soy corazon.*[40]

E, ao mesmo tempo, Dea sentiu sob sua mão a cabeça de Gwynplaine. E deu um grito inexprimível:

– Gwynplaine!

Uma claridade de astro iluminou o seu pálido semblante e ela cambaleou.

Gwynplaine amparou-a nos seus braços.

– Vivo! — bradou Ursus.

Dea repetiu:

– Gwynplaine!

E a sua cabeça dobrou-se de encontro à face de Gwynplaine. Ela disse, baixinho:

– Volta novamente à terra! Obrigada.

E, erguendo a fronte, sentada no joelho de Gwynplaine, envolta em seus braços, voltou para ele seu doce semblante e fixou nos olhos de Gwynplaine os seus olhos plenos de trevas e de raios, como se estivesse olhando para ele.

– É você! – disse.

Gwynplaine cobria de beijos o seu vestido. Há falas que são simultaneamente palavras, gritos, soluços. Todo o êxtase e toda a dor se fundem e irrompem confusamente. Não tem sentido algum e diz tudo.

– Sim, eu! Sou eu! Eu, Gwynplaine! Aquele cuja alma é você, está ouvindo? Eu, de quem é a filha, a esposa, a estrela, o alento! Eu, de quem é a eternidade! Sou eu! Estou aqui e você está nos meus braços. Estou vivo. Sou seu. Ah, quando penso que estava a ponto de acabar com tudo! Um minuto a mais! Não fora Homo! Eu contarei tudo. Como o desespero fica próximo da alegria! Dea, vivamos! Dea, perdoe-me! Sim! Seu para sempre! Tem razão, toque a minha fronte, certifique-se de que sou eu. Se soubesse! Mas nada pode mais nos separar. Estou saindo do inferno e voltando para o céu. Diz que estou descendo, mas não, estou subindo novamente. Estou de novo aqui com você. Para sempre, estou dizendo. Juntos! Estamos juntos! Quem diria? Nós nos reencontramos. Todo o mal se acabou. Diante de nós só existe o encantamento. Recomeçaremos a nossa vida feliz e fecharemos tão bem a porta que a má sorte não poderá entrar. Vou contar-lhe tudo. Ficará perplexa! O navio partiu. Ninguém pode impedir o navio de partir. Estamos a caminho, e em liberdade. Vamos para a Holanda, nós nos casaremos, não tenho obstáculos para ganhar a minha vida. O que poderia impedir isso? Não há mais nada a temer. Eu te adoro.

– Não tão depressa – balbuciou Ursus.

Dea, trêmula e com o frêmito de um toque celeste, passeava a mão no perfil de Gwynplaine. Ele a ouviu dizer a si mesma:

– É assim que Deus é.

Depois, tocou as roupas dele.

– A esclavina — disse. — O colete. Nada mudou. Tudo está como antes.

Ursus, estupefato, radiante, rindo, inundado de lágrimas, olhava-os e dirigia a si mesmo um aparte.

– Não estou entendendo nada. Sou um absurdo idiota. Eu, que o vi sendo enterrado! Estou chorando e rindo. É tudo o que sei. Também estou apalermado como se eu também estivesse apaixonado. Mas é que estou. Estou apaixonado pelos dois. Vá, velho animal! Emoções demais. Emoções demais. É o que eu temia. Não, é o que eu queria. Gwynplaine, vá com calma. Na verdade, que se beijem. Não é da minha conta. Assisto ao incidente. É estranho o que estou sentindo. Sou o parasita da felicidade deles e pego a minha parte. Não estou aqui por nada, parece-me estar por algum motivo. Meus filhos, eu vos abençoo.

E, enquanto Ursus monologava, Gwynplaine exclamava:

– Dea, você é bela demais. Não sei onde estava com a cabeça esses dias. Não há absolutamente nada além de você sobre a terra. Estou lhe revendo e ainda não acredito. Neste barco! Mas, diga-me, o que aconteceu? E olhe em que estado nos puseram! Onde está, pois, a Green-Box? Roubaram-lhes, expulsaram-nos. É infame. Ah! Hei de vingá-los! Hei de vingá-la, Dea! Vão ter de se haver comigo. Sou par da Inglaterra.

Ursus, como que atingido em pleno peito por um planeta, recuou e ficou observando Gwynplaine atentamente.

– Não morreu, é claro, mas estaria louco?

E apurou o ouvido com desconfiança.

Gwynplaine repetiu:

– Fique tranquila, Dea. Levarei a minha queixa à câmara dos lordes.

Ursus o observou de novo e bateu no meio da testa com a ponta do dedo.

Depois, tomando a sua decisão:

– Tanto faz — murmurou. — Vai dar na mesma coisa. Fique louco se lhe apraz, meu Gwynplaine. É direito do homem. Quanto a mim, estou feliz. Mas o que significa tudo isso?

O navio continuava a distanciar-se suave e rapidamente, a noite estava cada vez mais escura, do oceano vinham brumas que invadiam o zênite e onde nenhum vento as varria, mal se viam algumas grandes estrelas, e elas desapareciam uma após outra, e, no final de algum tempo, nada mais havia, e todo o céu ficou negro, infinito e calmo. O rio se alargava, e as suas duas margens, direita e esquerda, eram apenas duas linhas finas quase amalgamadas à noite. De toda essa sombra, emanava uma profunda serenidade. Gwynplaine se sentara pela metade, segurando Dea nos braços. Eles falavam, exclamavam, tagarelavam, cochichavam. Diálogo emocionado. Como descrevê-los, ó alegria?

– Minha vida!

– Meu céu!

– Meu amor!

– Toda a minha felicidade!

– Gwynplaine!

– Dea! estou embriagado. Deixe-me beijar os seus pés.

– É você então!

– Neste momento, tenho coisas demais a dizer ao mesmo tempo. Não sei por onde começar.

– Um beijo!

– Ó minha mulher!

– Gwynplaine, não me diga que sou bela. Você que é belo.

– Eu a encontro, tenho-a sobre o meu coração. Isso existe. Você é minha. Não estou sonhando. É você mesmo. É possível? Sim. Volto a tomar posse da vida. Se você soubesse, aconteceram todos os tipos de coisas. Dea!

– Gwynplaine!

– Eu te amo!

E Ursus murmurava:

– Sinto uma alegria de avô.

Homo saíra de sob a cabana e, indo de um a outro, discretamente, não exigindo que prestassem atenção a ele, dava lambidas a torto e a direito, ora nos enormes sapatos de Ursus, ora no casaco de Gwynplaine, ora no vestido de Dea, ora no colchão. Era a sua maneira de abençoar.

Haviam deixado para trás Chatham e a embocadura do Medway. Estavam chegando perto do mar. A tenebrosa serenidade da extensão era tal que a descida do Tâmisa ocorria sem complicação; não havia necessidade de manobra, e nenhum marinheiro fora chamado à ponte. Na outra extremidade do navio, o comandante, sempre só na barra, governava. Na traseira, estava apenas esse homem; na frente, a lanterna iluminava o feliz grupo daqueles seres que acabavam de fazer, no fundo da desdita, subitamente mudado em felicidade, aquela união inesperada.

IV

NÃO. NO CÉU

De improviso, Dea, libertando-se do abraço de Gwynplaine, levantou-se. Apertava as duas mãos sobre o coração como que para impedi-lo de explodir.

– O que é que eu tenho? — disse. — Tenho alguma coisa. A alegria sufoca. Não é nada. É bom. Ao vê-lo reaparecer, meu Gwynplaine, tive um choque, um choque de felicidade. Todo o céu que nos entra no coração é um inebriamento. Com a sua ausência, eu me sentia expirar. Devolveu-me a verdadeira vida que estava indo embora. Senti algo como um dilaceramento, o dilaceramento das trevas, e senti voltar a vida, uma vida ardente, uma vida febricitante e de delícias. É extraordinária essa vida que me deu. É tão celestial que maltrata um pouco. É como se a alma crescesse e não pudesse caber no nosso corpo. Esta vida dos serafins, esta plenitude reflui até a cabeça e me penetra. Sinto como um bater de asas em meu peito. Sinto-me estranha, mas muito feliz. Você me ressuscitou, Gwynplaine.

Ela corou, depois empalideceu, depois corou novamente e caiu.

– Ai! — disse Ursus — Você matou-a.

Gwynplaine estendeu os braços para Dea. Que choque é a angústia sobrevindo ao supremo êxtase! Ele também teria caído se não tivesse de ampará-la.

– Dea! — gritou estremecendo. — O que você tem?

– Nada — respondeu. — Eu te amo.

Ela estava nos braços de Gwynplaine como um pano que se pegou do chão. As mãos estavam pendendo.

Gwynplaine e Ursus deitaram Dea no colchão. Ela disse fragilmente:

– Deitada, eu não consigo respirar.

Eles a fizeram sentar-se.

Ursus pediu:

– Um travesseiro! Ela redarguiu:

– Para quê? Eu tenho Gwynplaine.

E pousou a cabeça no ombro de Gwynplaine, sentado atrás dela e sustentando-a, com o olhar perdidamente infeliz.

– Ah — disse ela —, como me sinto bem!

Ursus tomara-lhe o pulso e contava os batimentos da artéria. Não meneava a cabeça, não dizia nada e era impossível adivinhar o que ele pensava só pelos rápidos movimentos das pálpebras, que se abriam e fechavam convulsivamente, como para impedir uma onda de lágrimas de brotar.

– O que tem ela? — perguntou Gwynplaine.

Ursus pôs o ouvido no flanco esquerdo de Dea.

Gwynplaine repetiu inflamadamente a pergunta, tremendo porque Ursus não lhe respondeu.

Ursus olhou para Gwynplaine, depois para Dea. Estava pálido. Disse:

– Devemos estar passando por Canterbury. A distância daqui a Gravesend não é muito grande. Vamos ter bom tempo a noite toda. Não há por que temer ataques da marinha porque os vasos de guerra estão na costa da Espanha. Teremos uma viagem tranquila.

Dea, encurvada e cada vez mais pálida, amassava com os dedos convulsivos o pano do vestido. Soltou um suspiro inexprimivelmente pensativo e murmurou:

– Compreendo o que é. Vou morrer.

Gwynplaine levantou-se agitado. Ursus sustentou Dea.

– Morrer! Morrer, você! Não, não pode ser. Você não pode morrer. Morrer agora! Morrer imediatamente! É impossível. Deus não é feroz. Restituí-la e roubá-la no mesmo minuto! Não. Não se fazem dessas coisas. Então Deus iria querer que duvidassem dele. Então tudo seria um engodo, a terra, o céu, o berço das crianças, o aleitamento das mães, o coração humano, o amor, as estrelas! Deus seria um traidor e o homem, um ludibriado! Não haveria nada! Dever-se-ia insultar a criação! Tudo seria um abismo! Não sabe o que está dizendo, Dea! Você viverá. Eu exijo que viva. Tem de obedecer-me. Sou seu marido e seu amo. Proíbo-a de me deixar. Ah, céu! Ah, míseros homens! Não, não pode ser. E eu ficaria na terra sem você! Isso é tão monstruoso quanto a inexistência do sol. Dea, Dea, recomponha-se! É um pequeno instante de angústia que passará. Às vezes, temos alguns frêmitos, e, depois, deixamos de pensar neles. Preciso absolutamente de que fique boa e de que não sofra mais. Você morrer! O que foi que lhe fiz? Só de pensar nisso, eu perco a razão. Pertencemos um ao outro, nós nos amamos. Não tem motivo para partir. Seria injusto. Terei cometido crimes? Você me perdoou. Oh! você não quer que eu me torne um desesperado, um criminoso, um enfurecido, um condenado! Dea! Eu lhe peço, eu a conjuro, eu lhe suplico de mãos postas, não morra!

E, crispando as mãos nos cabelos, agonizando de pavor, afogueado em prantos, jogou-se aos pés dela.

– Meu Gwynplaine – disse Dea –, não é minha culpa.

Brotou-lhe nos lábios um pouco de espuma rosada que Ursus limpou com um pedaço do vestido sem que Gwynplaine, prosternado, o visse. Gwynplaine mantinha os pés de Dea abraçados e implorava com toda sorte de palavras confusas.

– Estou dizendo que não quero. Você, morrer! Não tenho forças. Morrer, sim, mas juntos. De nenhum outro modo. Você, morrer, Dea! Não há como consentir. Minha divindade! Meu amor! Compreenda que estou aqui. Juro que viverá. Morrer! Mas então não compreende o que será de mim depois da sua morte. Se tivesse ideia de como não posso perdê-la, veria que é absolutamente impossível, Dea! Só tenho a você, está vendo? O que me aconteceu é extraordinário. Você não imagina que acabo de atravessar a vida toda em algumas horas. Reconheci uma coisa, é que não há nada, absolutamente nada. Você, sim, você existe. Se você não existir, o universo não tem mais sentido. Fique. Tenha compaixão de mim. Já que me ama, continue a viver. Acabo de encontrá-la novamente para que fique comigo. Espere um pouco. Não se parte assim quando se está junto há tão poucos instantes. Não se impaciente. Ah! Meu Deus, como estou sofrendo! você não quer isso, não é? Você compreende que não tive outra maneira de agir, uma vez que o *wapentake* veio me buscar. Você verá que logo respirará melhor. Dea, tudo já está arrumado. Vamos ser felizes. Não me faça cair em desespero. Dea! Não lhe fiz nada!

Essas palavras não eram ditas, mas soluçadas. Sentia-se nelas um misto de abatimento e de revolta. Do peito de Gwynplaine saía um gemido que atrairia pombos e um rugido que teria feito os leões recuarem.

Dea respondeu com uma voz cada vez menos distinta, detendo-se quase a cada palavra:

– Ah! É inútil. Meu amado, estou vendo que faz o que pode. Há uma hora, eu queria morrer; agora, já não quero. Gwynplaine, meu Gwynplaine adorado, como fomos felizes! Deus o pôs na minha vida e me tira da sua. Eis que estou partindo. Você se lembrará da Green-Box, não é? E da sua pobre menina Dea cega? Você se lembrará da minha canção. Não se esqueça do som da minha voz e da maneira como eu lhe dizia "Eu te amo!". Voltarei a dizê-lo à noite, quando estiver dormindo. Nós nos reencontráramos, mas era alegria demais. Tinha de acabar logo. Decididamente, sou eu que vou-me embora primeiro. Gosto muito do meu pai Ursus e do nosso irmão Homo. Vocês são bons. Está me faltando o ar aqui. Abra a janela. Meu Gwynplaine, eu não lhe disse, mas por conta de uma que uma vez veio aqui, eu tive ciúme. Você nem sabe de quem quero falar. Não é verdade? Cubra os meus braços. Estou com um pouco de frio. E Fibi? E Vinos? Onde estão? A gente acaba gostando de todos. Tornamo-nos amigos das pessoas que nos viram ser felizes. Somos gratos a elas por terem estado conosco quando estávamos contentes. Por que tudo aquilo passou? Não compreendi bem o que aconteceu há dois dias. Agora, estou morrendo. Vocês me deixarão com o meu vestido. Enquanto eu o vestia, pensava que ele seria a minha mortalha. Quero ficar com ele. Está cheio de beijos de Gwynplaine. Oh! Bem que eu gostaria de viver mais. Que vida encantadora tínhamos na nossa pobre cabana que rodava! Nós cantávamos. Eu escutava as palmas! Como era bom não termos jamais nos separado! Parecia que eu estava com vocês numa nuvem, eu me dava conta de tudo, distinguia um dia do outro, mesmo sendo cega, eu reconhecia que era de manhã porque ouvia Gwynplaine, reconhecia que era noite porque sonhava com Gwynplaine. Sentia, em torno de mim, uma proteção, que era a sua alma. Nós nos adoramos docemente. Tudo aquilo se acabará e não haverá mais canções. Ah! Não é possível viver mais! Você pensará em mim, meu bem amado.

Sua voz ia se tornando mais fraca. O lúgubre decrescimento da agonia tirara-lhe o fôlego. Ela dobrava o polegar sob os dedos, sinal de que o minuto derradeiro estava chegando. O balbucio do anjo que começava parecia esboçar-se no doce arfar da virgem.

Ela murmurou:

– Vocês se lembrarão, não é? Porque será bem triste estar morta se não se lembrarem de mim. Algumas vezes, fui má. Peço perdão a todos. Tenho certeza de que, se o bom Deus quisesse, uma vez que não ocupamos muito espaço, ainda seríamos felizes, meu Gwynplaine, pois ganharíamos a nossa vida e estaríamos juntos num outro país, mas o bom Deus não quis. Não sei por que estou morrendo. Porque eu não me queixava de ser cega, não ofendia ninguém. Eu não teria pedido nada melhor do que continuar sendo sempre cega ao teu lado. Oh! Como é triste ter de partir!

A sua fala arquejava e as palavras se extinguiam uma após a outra, como se tivessem soprado sobre elas. Já quase não se as ouviam.

– Gwynplaine — continuou —, você pensará em mim, não é? Vou precisar quando estiver morta.

E acrescentou:

– Oh! Segure-me!

Então, após um silêncio, disse:

– Venha ter comigo o quanto antes. Vou ser bem infeliz sem você, mesmo estando com Deus. Não me deixe sozinha por muito tempo, meu doce Gwynplaine! É aqui que era o paraíso. Lá em cima é só o céu. Ah! Estou sufocando! Meu bem-amado, meu bem-amado, meu bem-amado!

– Piedade! — gritou Gwynplaine.

– Adeus! — disse ela.

– Piedade! — repetiu Gwynplaine.

E colou a boca nas belas mãos geladas de Dea.

Ela ficou um momento como se não respirasse mais.

Depois, ergueu-se nos cotovelos, um profundo lampejo atravessou-lhe os olhos e ela deu um inefável sorriso. Sua voz irrompeu viva.

– Luz! — exclamou. Estou vendo.

E expirou.

Caiu estendida e imóvel no colchão.

– Morta — disse Ursus.

E o pobre e velho homem, como que desmoronando sob o desespero, prosternou a cabeça calva e escondeu o rosto em soluços nas pregas do vestido aos pés de Dea. E ficou assim, desmaiado.

Então, Gwynplaine foi assustador.

Ergueu-se em pé, levantou a fronte e contemplou a imensa noite acima da sua cabeça.

Depois, sem que ninguém o visse, ou talvez observado naquelas trevas por alguém invisível, estendeu os braços para a profundeza do céu e disse:

– Estou indo.

E começou a caminhar na direção do bordo, sobre a ponte do navio, como se uma visão o atraísse.

A alguns passos, era o abismo.

Caminhava lentamente sem olhar para os pés.

Tinha o mesmo sorriso que há pouco Dea tivera.

Ia diretamente diante de si. Parecia estar vendo alguma coisa. Tinha na pupila uma claridade que parecia a reverberação de uma alma avistada ao longe.

Exclamou:

– Sim!

A cada passo, aproximava-se da beirada.

Caminhava ereto, com os braços erguidos, a cabeça inclinada para trás, o olhar fixo, com um movimento de fantasma.

E avançava sem pressa e sem hesitação, com uma precisão fatal, como se não tivesse bem perto o abismo escancarado e a tumba aberta.

Ele murmurava:

– Fique tranquila. Estou indo atrás de você. Reconheço o sinal que me faz.

Não tirava os olhos de um ponto do céu, no mais alto da escuridão. Estava sorrindo.

O céu estava absolutamente negro, já não havia estrelas, mas é evidente que ele estava vendo uma.

Atravessou a ponte.

Depois de alguns passos rígidos e sinistros, chegou à extrema beirada.

– Estou indo — disse. — Dea, eis-me aqui!

E continuou a caminhar. Não havia parapeito. Diante dele, o vazio. Pôs nele um pé.

E caiu.

A noite estava cerrada e surda, a água era profunda. Ele se afundou. Foi um desaparecimento calmo e sombrio. Ninguém viu nem ouviu coisa alguma. O navio continuava a vogar e o rio a correr.

Pouco depois, o navio entrou no oceano.

Quando Ursus voltou a si, não viu mais Gwynplaine e avistou, perto da borda, Homo, que uivava para a sombra, olhando para o mar.

NOTAS

1   Página 30, *caeteris filiabus aliunde satisfacti*: Vale dizer: prover-se-á às outras filhas como se puder. (Nota de Ursus à margem da parede)

2   Página 35, *Virtus aríete fortior*: A coragem é mais forte do que o aríete.

3   Página 44, sobre William Sampson Galo: Ver o doutor Chamberlayne, *État présent de l'Angleterre*, 1688, I Parte, cap. 13, p. 179.

4   Página 47, *Et que méconnaîtrait l'oeil même de son père:* E que o desconheceria até o olho do pai

5   Página 51, *Aguarda te, niño, que voy a llamar al comprachicos!*: Comporte-se, menino, senão eu chamo os comprachicos.

6   Página 78, *Aqui quedan las orejas de los comprachicos, y las bolsas de los robaninõs, mientras que se van ellos al trabajo de mar*: Aqui ficam as orelhas dos mercadores de crianças, e as bolsas dos ladrões de crianças que vão para as galés.

7   Página 105, *"uma nuvem escura saída do lado mau do diabo"*: No original, *Uma nube salida del malo lado del diabolo.*

8   Página 114, *Etcheco jaüna, que es este ombre? (...) La alma.*:
    – "Lavrador da montanha", quem é este homem?
    – Um homem.
    – Que línguas fala?
    – Todas.
    – Que coisas sabe?
    – Todas.
    – Qual é seu país?
    – Nenhum, e todos.
    – Qual é seu Deus?
    – Deus.
    – Como o chamas?
    – O Louco.
    – Como disses que o chamas?
    – O Sábio.
    – Em seu bando, que é ele?
    – É o que é.
    – O chefe?
    – Não.
    – Então, o que é?
    – A alma.

9   Página 120, *Cristovão*: Colombo.

10 Página 180, *Asi sea!*: Assim seja!

11 Página 180, *Aro raï!*: Em boa hora (dialeto romano)

12 Página 181, *Bist du bei mir?*: Está comigo?

13 Página 260, *Desinit in piscem*: Que terminaria em peixe. (Horácio, *Ars poetica*, 4)

14 Página 261, *O que fizera para Bassompierre, a rainha de Sabá fizera para Salomão: Regina Saba coram rege crura denudavit* (A rainha de Sabá desnudou as pernas diante do rei). *Schicklardus in Prooemio Tarich. Jersici f. 65.*

15 Página 278, *Q. A.*: Queen Ann.

16 Página 304, *Dieu veuille avoir son âne!*: Barkilphedro fez um jogo de palavras, trocando o termo âme, alma, pelo termo âne, asno, dizendo, então, "Que Deus guarde seu asno!", em vez de "Que Deus guarde sua alma!".

17 Página 309, *Supplice exquis*: Livro IV, p. 196.

18 Página 332, *All Soules College*: Colégio de Todas as Almas.

19 Página 332, *Helmsgail fez correr o bordeaux*: No original, *Helmsgail has tapped his claret.*

20 Página 333, *Bung his peepers*: Fura os olhos dele.

21 Página 333, *"Bravo, Helmsgail!"*, *"Good!"*, *"Well done, highlander!"*, *"Now Phelem!"*: Bravo, Helmsgail ! Bom! Muito bem, montanhês! Agora é você, Phelem!

22 Página 334, *rond*: Suspensão.

23 Página 355, *Hugo Plagon*: Versio Gallica Will. Tyrii, lib. II, cap. XXIII.

24 Página 381, *Ora! llora! / De palabra / Nace razon, / Da luz el son*: Ora! Chora! / Do verbo nasce a razão. / Da luz o som.

25 Página 381, *Noche quita te de alli / El alba canta hallali*: Noite! Vai-te embora! / A aurora canta hallali.

26 Página 381, *Es menester a cielos ir, / Y tu que llorabas reir*: É mister aos céus ir, / e tu que choravas, rir.

27 Página 382, *Gebra barzon! / Dexa, monstro, / A tu negro / Caparazon*: Rompe o jugo! / Abandona, monstro, / tua negra / carapaça.

28 Página 382, *O ven! ama! / Eres alma, / Soy corazon*: Oh! vem! ama! / és alma, / eu sou coração.

29 Página 501, *Sunt arreptitii vexati daemone multo. Est energumenus quem daemon possidet unus*: No demoníaco um inferno se debate. Com um simples diabo, somos somente energúmenos.

30 Página 517, *Em 1867 condenaram um homem*: O fenian Burke, maio de 1867.

31 Página 537, *Qui pueros vendis, plagiarius est tibi nomen*: Tu que vendes crianças, teu nome é plagiário.

32 Página 545, *Corpora et bona nostrorum subjectorum nostra sunt*: "A vida e os membros dos súditos dependem do rei." (Chamberlayne, 2ª parte, cap. iv, p. 76.)

33 Página 672, (...) *ocupar o assento*: Writ of sumons.

34 Página 672, *Nós lhe injungimos estritamente*: Strictli enjoin you.

35 Página 677, *Se um dos comuns tiver a ousadia de falar desfavoravelmente (...) será enviado a Torre*: Chamberlaine, Etat present de l'Inglaterra. Tome II, 2me partie, ch. iv, p. 64. 1688.

36 Página 679, *Villiers, que o fizera porco*: Villiers chamava Jaime I Vossa Porcaria.

37 Página 773, *a catástrofe dos oito navios do barão de Pointi*: 21 de abril de 1705.

38 Página 786, *Noche, quita te de alli, La alba canta*: Noite, vai-te embora. A alva canta.

39 Página 787, *Es menester a cielos ir... Dexa, quiero / A tu negro / Caparazón*: É preciso ir para o céu... / ... Deixa, quero o / teu negro envoltório!

40 Página 787, *O ven! Ama! / Eres aima / Soy corazon*: Oh! vem! Ama! / Tu és alma / Eu sou coração.

NOTAS
DO TRADUTOR

Página 138, *Nix et nox*
Neve e noite

Página 271, *Tunc Venus in sylvis jungebat corpora amantum*
"Então, nas florestas, Vênus aproximava os corpos dos
amantes" (Lucrécio, *De natura rerum*, V, 962).

Página 306, *omnis res scibilis*
Tudo o que pode ser sabido.

Página 355, *nares habens mutilas*
Cujas narinas estão mutiladas.

Página 379, *Ursus Rursus*
O título, em língua latina, significa "a volta de Ursus".

Este livro foi composto em
Crimson Roman no corpo 10.5/15
e impresso em papel Chambril Avena 70 g/m²
pela RR Donnelley.